contos reunidos

deonísio da silva

contos reunidos

LeYa

Preparação
Beatriz de Freitas Moreira
Michele Roberta da Rosa

Revisão
Débora Tamayose Lopes
Margô Negro

Capa, projeto gráfico e diagramação
MÁQUINA ESTÚDIO
Kiko Farkas
Thiago Lacaz

Dados internacionais de catalogação na publicação (CIP-Brasil)
Ficha catalográfica elaborada por Oficina Miríade, RJ, Brasil.

S586 Silva, Deonísio da, 1948-
Contos reunidos / Deonísio da Silva. – São Paulo : Leya, 2010. 608 p.

ISBN 978-85-62936-56-2

1. Contos brasileiros. 2. Literatura brasileira. I. Título.

10-0035 CDD B869.3

TEXTO EDITORES LTDA.
[Uma editora do grupo Leya]
Av. Angélica, 2.163 – Conjunto 175
01227-200 – Santa Cecília – São Paulo – SP – Brasil
www.leya.com

Sumário

A Soila Schreiber, que viu nascer meus primeiros contos e me aguardou, sofrendo muito, à porta do cárcere quando por alguns deles fui perseguido e preso nos tristes tempos da repressão, mais tarde reeditados, de modo insólito, onde menos esperávamos; ao cineasta Sylvio Back e ao escritor Rubem Fonseca, que me levaram a meus primeiros editores.

Ao contrário de Caronte

SERGIUS GONZAGA

Ao contrário de Caronte, o barqueiro de *A divina comédia*, que atravessa o rio Aqueronte levando os condenados ao inferno, Juvenildo, o menino do conto "A enchente", arrisca a pele vencendo as águas tenebrosas do rio de sua aldeia para buscar, na margem oposta, a parteira que iria ajudar no nascimento de uma criança. O primeiro barco conduz aos horrores da morte, o segundo, ao milagre da vida. A travessia do menino poderia servir como metáfora dos relatos curtos de Deonísio da Silva, absolutamente singulares na ficção brasileira dos últimos quarenta anos por se centrarem numa espécie de viagem, a viagem de alguém que transita de um mundo em decomposição, um mundo agônico, para uma outra margem da realidade, em que o novo começava a se insinuar decisivamente no cotidiano da população urbana do país.

Sob o peso aleatório do acaso, que dispõe a situação dos indivíduos no fluxo da História, o autor destes contos teve sua formação pessoal em uma época dilacerada. Filho de família de mineiros, residentes no interior de Santa Catarina, encontrou no seminário, a exemplo de tantos outros meninos originários da pobreza interiorana, a chance de ascender intelectual e socialmente. A par da formação clássica de alto nível, a Igreja impunha a seus futuros sacerdotes um código quase feudal de valores morais, de condenação da vida profana, de coerção dos instintos, de ascese e de frugalidade, condensando e hipertrofiando as ideias e os preconceitos vigentes na ordem patriarcal e que ainda se estendiam por toda a nação, excetuando-se talvez a cidade do Rio de Janeiro, que já se adaptava a tempos mais hedonistas.

Foi então que o país explodiu. Entre a segunda metade dos anos de 1950 e a década de 1980, o rolo compressor da sociedade industrial capitalista levou tudo de roldão. E a modorra quase feudal em que vivíamos cedeu lugar a uma agitação febril e contraditória. A própria implantação da ditadura militar indicava que o novo sistema tinha pressa de sedimentar o seu domínio e não desejava enfrentar dissensões e ameaças. O que muitos não esperavam, especialmente os conservadores, é que, às mudanças econômicas, suceder-se-iam vertiginosas mudanças nas mentalidades e nos comportamentos. Paradoxalmente, as próprias cabeças pensantes do regime autoritário que pregavam a modernização acelerada encaravam com horror a desintegração da velha ética e aferravam-se a princípios cada vez mais reacionários. Tudo tinha virado de cabeça para baixo.

Em 1967, por falta de vocação, Deonísio da Silva saiu do seminário. Ao contrário de outros fugitivos das escolas católicas, não haveria registro de culpa em sua futura obra literária. Deve ter saído de lá com um sopro de alegria libertadora no coração. Em seguida, vamos encontrá-lo na condição de jovem pretendente a escritor e professor na então provinciana Curitiba e depois em Ijuí, pequena cidade do noroeste gaúcho, enriquecida pelo primeiro plantio da soja e cujas elites políticas durante a década de 1970 haviam sido capazes de criar um conjunto de instituições universitárias. Ou seja, quando o furacão daquele convulso período histórico atingiu o país, Deonísio da Silva estava simbolicamente no olho do cataclismo, porque, embora as grandes capitais recebessem milhões de migrantes e alterassem radicalmente sua fisionomia urbana, foi nas cidadezinhas do interior que o choque entre as concepções passadistas e os princípios da modernidade se tornaram mais dramáticos e ruidosos. Nos pequenos municípios, cristalizava-se o confronto entre dois universos produtivos e duas concepções de existência. E lá estava ele, o ex-seminarista, o professor do Ciclo Básico e agitador cultural, que já na esfera de sua subjetividade rejeitara o passado, e que agora se mostrava pronto para registrar as transformações nos costumes, na sexualidade e nas expectativas de vida dos homens comuns, sobremodo dos mais jovens.

Diante da atomização da experiência humana e do caráter anárquico da liberação individual, as totalizações abrangentes do gênero romanesco haviam se tornado aparentemente impossíveis. Daí o triunfo naquele período, em escala nacional, do relato curto e frequentemente estilhaçado em suas formas mais convencionais. O Brasil dos anos de 1970 e 1980 foi retratado pelo conto. E Deonísio da Silva converteu-se num dos principais ficcionistas do país, ainda que o experimentalismo e o vanguardismo de expressão – tão caros à época e hoje já um pouco desmerecidos – não o tivessem seduzido por completo. A par de algumas inovações técnicas que aparecem aqui e ali, soube manter a construção de suas narrativas dentro de uma estética realista, verossímil e persuasiva.[1]

---

1. *Exposição de motivos*, foi premiado pelo MEC em 1977 como o melhor livro de contos publicado no Brasil no ano anterior. Alguns desses relatos foram levados por Antunes Filho à TV Cultura-SP, sob o nome de "Relatório confidencial", título de um dos contos. Mais tarde, Deonísio da Silva migrou para a narrativa longa e tornou-se um dos primeiros ficcionistas brasileiros a retomar a tradição do romance histórico. Em 1986, lançou *A cidade dos padres*, sobre as missões jesuíticas. Em 1992, com *Avante, soldados: para trás*, voltou-se para a Guerra do Paraguai, tendo este romance recebido o Prêmio Internacional Casa de las Américas, em júri presidido por José Saramago, obra já publicada em Cuba, Portugal

No conto "Jogo de espelhos", um cientista alemão aparece na pequena Sanga da Amizade (cenário da maioria das narrativas breves do autor) e profere conferência macarrônica diante da perplexidade de todas as autoridades do município e de estudantes arrebanhados para o evento. Seu discurso incoerente e o próprio espanto do público pareciam traduzir a desordem geral, sobremodo dos anos de 1970, quando ruíam os fundamentos do universo moral e social e o conflito de gerações tornara-se inevitável. São esses contextos de confusão e de desorientação – nos quais o caos ameaça devorar os padrões mais tradicionais de existência e os indivíduos se veem perdidos e impelidos a buscar novos destinos – que constituirão a matéria-prima de Deonísio da Silva.

O resultado podia ser o texto trágico, o homem arrastado por forças que não compreende, por transformações que não decifra, mas o escritor preferiu o riso. O riso implacável e, por vezes, escrachado. Como o leitor logo perceberá, o teor humorístico desses relatos nasce de um desacordo entre a camada da aparência e a própria realidade. A primeira apresenta a face honorável, respeitosa e conservadora de tipos mais ou menos identificados com as instituições dominantes: professores, sacerdotes, autoridades e figuras das elites econômicas. A segunda, desmascara a linguagem solene e banal, a fatuidade, a moralidade hipócrita e o cinismo dessa mesma gente. Opera-se então o desvelamento cômico: nada é como parecia ser, e os velhos princípios, oriundos do país arcaico

---

e Itália. Continuaria suas ficções de fundo histórico com *Teresa d´Avila*, já transposto para o teatro e premiado pela Biblioteca Nacional, e com o recente *Goethe e Barrabás*. Esse gosto pela História estará presente também no romance *Lotte em Petrópolis*, a ser lançado ano que vem, baseado na trágica existência de Stefan Zweig e sua mulher em nosso país, que culminou no duplo suicídio do casal.

e preconceituoso, sob efeito do viés satírico, desmancham-se no ar.

Mas a questão mais relevante das narrativas curtas do autor de "Livrai-me das tentações" talvez seja a sua obsessão pela sexualidade. O tema é recorrente em inúmeros autores que surgiram naqueles anos, Rubem Fonseca, Hermilo Borba Filho e, inclusive, em Dalton Trevisan, cujos primeiros livros haviam sido publicados anteriormente. A revolução sexual que, ao lado dos levantes estudantis, incendiara a década de 1960 deixava marcas indeléveis na cultura ocidental. Na obra de Rubem Fonseca, por exemplo, o sexo parece ser a única alternativa ao vazio da existência, pois os demais vínculos afetivos são efêmeros e dolorosos. Na de Hermilo Borba Filho – a tetralogia *Memórias de um cavalheiro da segunda decadência* – há como que uma imersão lírica e erótica no reino dos sentidos. Enquanto isso, nos contos de Dalton Trevisan, as paixões corpóreas arrastam os indivíduos ao inferno da perversão e do crime e configuram-se como intolerável maldição. Já no caso das ficções de Deonísio da Silva, uma outra visão do tema seria desenvolvida.

Na cidadezinha de Sanga da Amizade, microcosmos que traduz um país em ebulição, o sexo funciona como elemento francamente subversivo e contestador. Por isso, os contos transitam do erótico (exaltação da sensualidade de maneira aberta ou velada) à obscenidade que – diferentemente da pornografia – expressa uma espécie de protesto contra o sistema de valores morais, contra as concepções dominantes de amor e de conduta sexual e, às vezes, contra o próprio mundo. Talvez pudéssemos lembrar dos romances de D. H. Lawrence, que chocaram a Europa na década de 1920 e que apresentavam o êxtase sensual e o orgasmo como alternativas a uma sociedade preconceituosa, mecanizada e destruidora. Mas Lawrence, grande romancista, era também um pouco ingênuo na sua visão da purificação da vida pelo sexo, além de teorizar sobre o assunto nas próprias narrativas, tornando-se uma espécie de pedagogo da liberação erótica, a exemplo dessas senhoras esquisitas que na TV explicam o significado do coito, da felação e do risco de doenças venéreas. Já nos relatos de Deonísio da Silva, os personagens fornicam o tempo inteiro, inclusive em locais improváveis, e jamais emitem conceitos abstratos sobre o que estão fazendo. Os comentários que porventura se sucedam à profusão de cópulas e a outras manifestações lascivas são sempre jocosos e desabusados, porque, para o escritor, as vivências sexuais não se revestem de dramaticidade; antes, elas possuem tamanha força vital que desencadeiam o humor, a irreverência, o culto ao prazer e o deboche de todos os tabus que impedem a plena realização da libido.

No eixo da moribunda sociedade patriarcal brasileira, a antiga moralidade convertera-se em um conjunto de falsos pudores e de falso decoro. Mas na imaginária e poderosamente real Sanga da Amizade, a máquina do tempo iria triturar esses códigos totalitários de existência e descortinar novos comportamentos, anunciando a vitória da sociedade urbano-industrial. O escritor – que tudo espreitava – fixa então com palavras flamejantes a ordem que desabava e o mundo instável, frenético e aparentemente irracional que ocupava seu lugar. Assim, pode-se supor que o menino Juvenildo, do conto "A enchente", passa pelas águas revoltas do rio não apenas em busca de uma parteira, mas (simbolicamente) à procura de uma outra realidade, mais generosa, mais libertária, em que a civilização não fira os corpos dos indivíduos e a vida possa ser fruída em sua alegria mais instintiva, essencial e anárquica, a vida que Deonísio da Silva revela deliciosamente nestes contos de saudável obscenidade.

Sergius Gonzaga, Professor da Universidade Federal do Rio Grande do Sul, em Porto Alegre, ensina Literatura Brasileira há décadas, não apenas na universidade, mas também no ensino médio. Publicou diversos livros, ensaios e artigos, entre os quais obras de referência sobre a Literatura Brasileira.

A mesa dos inocentes

Moravam à beira do rio, sobre um espigão que acompanhava a planície, em casa de dois andares, de madeira, de cobertura bicuda, construída com a grana da primeira safra de porcos.

Haviam derrubado a mata, com aquela violência peculiar aos primeiros colonos de origem italiana, vindos do Rio Grande do Sul e de Santa Catarina, que, segundo a advertência do padre do lugar, não podiam ver árvore que já se sentiam atacados de cólera florestal, que os levava às exageradas derrubadas e grandes incêndios. O milho veio bonito de se ver e a porcada fez uma festa ininterrupta de cento e vinte dias, ao fim dos quais os leitões de trinta quilos haviam se transformado em mastodontes de quase duzentos. Uma porca chegara aos trezentos – quase o peso de uma vaca.

Bonifácio construíra o casarão e prognosticara aos filhos, já meio desacorçoado:

— Não vou durar mais muito tempo. Esta pontada, que me dá no peito e responde na costela, vai acabar me levando.

O enterro se deu em dia de forte trovoada, confirmando as palavras de dona Mosa, a benzedeira do lugar:

— Vai chover. Sempre que morre um, depois chove. Isso é para lavar os rastos do morto. Assim todos se esquecem logo do triste desaparecimento.

Rufino, o filho mais velho, ajudou a carregar o pai até a cerquinha do cemitério, pouco povoado, o campo-santo, inaugurado por Gonçalo, morto por seu tio em dia de festa por bala errosa.

Houve medos nos primeiros dias. As outras crianças, irmãos de Rufino, fugiam do escuro. Ninguém ia sozinho a um quarto à noite. Dona Aparecida os repreendia:

— Têm medo do próprio pai? Onde é que já se viu?

Cláudia, a mais velha das filhas, corrigia:

— Não é do pai que a gente tem medo. É do defunto. A gente tem medo de todo defunto.

Rufino não tinha medo nenhum. E, para consolar dona Aparecida, dormiu com ela naquela primeira noite.

Dona Aparecida era de repente uma mulher sem homem. Tinha trinta e sete anos e este era seu segundo casamento. Na volta do enterro já se ouvira um comentário: "Siá Aparecida é que nem louva-a-deus".

Rufino tirou as grossas calças de riscado novo, a camisa de xadrez meio avermelhado e deitou-se de calção, como fazia todos os dias antes de dormir, desde que fora autorizado a usar calções, aos doze anos. Eram já, pois, seis anos de rotina.

Dona Aparecida contemplou-se um pouco no espelho da penteadeira, com as duas mãos sobre o rosto, e por fim pareceu conformar-se com essa segunda visita da morte. "Todos têm seu destino", cantara uma dupla caipira ao amanhecer de anteontem.

Primeiro mistério doloroso: dona Aparecida começa a se despir.

No primeiro mistério doloroso, contemplamos como dona Aparecida, que abraçara livremente um viúvo remediado, vendo-se de repente sem marido de novo, tendo-se admirado um pouco no espelho, antes de deitar-se, e estando para ser entregue a um insólito destino nas terras do sul, desabotoou o vestido e começou a ver um corpo ainda roliço e sadio no espelho da penteadeira.

O vestido era de muitos botões, de uma carreira só, que ia desde a dobra da gola até o fim, perto do joelho. Dona Aparecida desabotoou botão por botão e jogou o vestido, com moleza, sobre uma poltrona que havia no quarto. De grosso tecido, dispensava combinação, luxo de que se despira logo que terminaram os únicos exemplares do enxoval de seu primeiro casamento. Mas esta noite ela vestia uma combinação preta, que combinava com a noite trovosa lá fora, com o dia e com o seu coração, preto de dor por ter sido castigada com duas viuvezes.

Levantou a combinação até a cintura, virou-se, contemplou a bunda no espelho. Deu uma escapada de olhos despreocupada sobre Rufino, que já dormia – parecia.

— Bunda de gringa é sempre esculhambada. Tenho que me cuidar mais, não ir muito no pesado, fazer os filhos ir; eu tenho seis filhos para quê?

Acariciou as próprias pernas, uma comichada no lombo meio entoucinhado, um sacolejo no sutiã para verificar a suspensão dos seios – ainda firmes –, uma penteada rápida, uns toques de pó de arroz no rosto e algumas dúvidas, e eis que se deitou.

A lamparina, tal como dona Aparecida, ardeu toda aquela noite. Antes do sono, lembrou-se do Zé-Sonso da Jurema, filho do próprio primo e, por isso, imprestável: segundo dona Mosa, os gêneros humanos não eram como o gado, pois se se misturavam muito, nasciam tansos e meio desconformes, com muitos aleijos. Zé-Sonso, além de mocorongo, tinha vinte e quatro dedos, seis em cada mão, seis em cada pé.

Olhou para Rufino, que dormia – parecia –, deu-lhe um afago na testa, virou-se para a beirada e assistiu à misturança das coisas do dia com as coisas do sono, olhar meio perdido no alumiar da lamparina.

Segundo mistério glorioso: dona Aparecida volta a ser cortejada.

No segundo mistério glorioso, contemplamos como dona Aparecida, depois da missa do trigésimo dia, definitivamente conformada com o roubo súbito de que fora vítima, voltou a ser cortejada por vários homens, que, atraídos por tão sóbria viuvez, começaram a piscar olhos para ela e a fazer-lhe propostas de muitos pecados.

Rufino continuava a dormir com dona Aparecida. Os outros irmãos, nos primeiros dias, muito debochavam:

— É um marmanjão e dorme com a mãe.

Cláudia, porém, em segredo, imaginava diferentes coisas.

Rufino, de ouvido mouco, ignorava aquelas provocações. Aprendera a preparar o quentinho na cama para que dona Aparecida, quando fosse deitar, achasse bom. E ela achava, principalmente quando chegou o inverno. Todos iam dormir logo depois da janta, mas ela não. Lavava pratos e panelas, escolhia o feijão ou peneirava a farinha de milho para o outro dia. Ia sempre dormir muito tarde. Disfarçava, assim, grandes exigências de seu corpo.

Uma noite, porém, Rufino sonhou, na força de seus dezoito anos, que no meio do rio abraçava uma mulher sem rosto, mas muito linda.

Terceiro mistério gozoso: dona Aparecida acolhe em seu glorioso corpo a força dos dezoito anos de Rufino.

No terceiro mistério gozoso, contemplamos como dona Aparecida, traída por agitado sono e fortes reclamos, acolheu em seu glorioso corpo a força dos dezoito anos de Rufino e praticou com ele as mais altas proibições que os atormentavam.

Ao acordar, dona Aparecida virou-se para Rufino. Ia falar, mas não pôde, não soube o que dizer. Apenas o risco de um riso maroto atravessava o seu rosto. Rufino dormia – parecia –, mas abriu um olho e deu uma piscadinha.

Então dona Aparecida passou a caprichar mais nas roupas. Estava amando.

Mandou fazer para si um conjunto de saia e blusa, no modelo do terninho-uniforme do Apostolado da Oração, de que era sócia ativa. Vendo que a saia ficara no meio da canela, encarregou-se de cortar bom pedaço. Comprou calcinhas azuis, cor-de-rosa, de todas as cores, para assim agradar mais ao bem-amado nas indevassáveis horas. Mas, com contido desapontamento, percebeu que o amante preferia as roupas pretas, abominando as coloridas.

Na revista das famílias cristãs nada encontrou que explicasse essas esquisitas preferências, embora tivesse muito procurado. Um dia, sem querer, viu num cantinho de página de uma revista feminina – enquanto aguardava consulta com o doutor Parobé – a explicação de uma psicóloga norte-americana, que, não tanto por ser psicóloga, mas, com certeza, por ser norte-americana, justificava aquele bem-estar geral de Rufino quando dona Aparecida ia para a cama com roupas negras:

— Por que os homens, de uma forma geral, atiçam-se melhor para o amor quando as companheiras portam trajes íntimos pretos? Segundo a professora Scarleta Ó Chantily, em pesquisa realizada com orangotangos na Universidade do Zaire, essa preferência deve-se ao fato de que a grande maioria da população masculina faz sua iniciação copulosa com prostitutas, e estas, sabendo que eles preferem a cor negra, só usam calcinhas e sutiãs pretos. No meio rural, porém, essa iniciação se dá com fêmeas multicolores: leitoas brancas, do tipo Landrace; novilhas preto e branco, do tipo Jersey; cabras trepadeiras, montesas ou não; de modo que a cor preta não interfere quase nada. Como adendo à iniciação sexual no meio rural, podemos acrescentar que entre os adolescentes do sexo masculino é muito praticado o barranquismo, que consiste, como a palavra indica, em encostar, em barranco apropriado, éguas ou potrancas em flor, e praticar com elas certas aplacações instintivas, comuns à idade. Entre eles, aliás, o incesto, primeira norma social de que se tem notícia, é largamente praticado, sem malícia nenhuma, mormente entre primos e primas, nos primeiros anos de ardor, cessando depois o ardor e a prática. Não fosse isso, não haveria iniciação sexual para o sexo feminino, já que os danados atiram-se com tanta volúpia sobre as fêmeas do reino animal.

Dona Aparecida não entendeu muita coisa do artigo em questão, mas conservou seu costume de dormir com roupas pretas.

Cláudia, porém, em segredo, elaborava maus pensamentos. Não via prova nenhuma. Passou, então, a fazer penoso trabalho interior para levar a si mesma a desacreditar o que lhe parecia verdadeiro. Mas as dúvidas avolumaram-se e o povo começava a inventar. Seu Hipólito, nos tragos de fim da tarde na bodega, ensinava que, por mais que quisesse inventar, o povo só podia inventar toda a verdade.

Cláudia casou com um nanico ruço, de nome arrevesado, e foi morar no norte do país. Uns disseram que se afastou para tão longe de vergonha do que a mãe andava aprontando. Outros discordaram e condenaram as línguas venenosas que gostavam de judiar de pobres próximas viúvas, sem defesa de ninguém – porque eram mulheres.

Mas dona Aparecida engravidou. Foram noites de muitas angústias, de discussões em cochicho, de rostos contraídos nas sombras do alumiar da lamparina do quarto de dona Aparecida. Rufino, ruivo, tinha ruivores de raiva. Dona Aparecida contou nos dedos os meses passados desde a morte do falecido e bateu as mãos para o céu, quase acordando as outras crianças, que dormiam sem nada saber. E ditou a estratégia para o bem-amado:

— Um nenê de sete meses se cria bonito de ver, nem não faz muita falta um par de mês a menos que ele deixa de passar na barriga da mãe.

Rufino, assustado, não entendeu.

Dona Aparecida explicou:

— Vou para Curitiba, faço pouco alarmosa cesariana.

Rufino, desesperado, não entendia o coração feminino de dona Aparecida.

— Você não sabe a tabuada, não sabe fazer contas, não sabe somar nem nos dedos?

Dona Aparecida parava um pouco nas raivas para explicar de uma forma que o seu novo homem pudesse entender.

— Quantos meses faz que o falecido finou-se? Não são nove? Não são nove meses de março a dezembro?

Ainda não entendia? Só mesmo no coração feminino de dona Aparecida para sentir as seguranças antes de a cabeça entender.

— Fazendo apenas nove meses, o filho pode ser do falecido.

No Natal, o menino Jesus era um nenê de cabeça vermelhinha, olhos meio fechados – por causa da claridade, dizia dona Aparecida –, que foi saudado com grande alarde, ganhou presentes de todos, dos irmãos e dos coirmãos – a família de dona Aparecida era composta de gente diversa, filhos do primeiro marido, filhas do segundo e, agora, do terceiro homem.

O menino suportou bem os dois meses de exílio, recuperou as forças que lhe haviam roubado por agrado de conveniências, cresceu bonito como o milho e chamou-se Jeremias, para atender aos desejos da mãe, emérita leitora da *Bíblia*, que, estando em dúvida sobre que nome pôr em seu filho tão sofrido, o pobrezinho, abriu as histórias sagradas e leu lá: "Antes de formar-te no seio materno pensei em ti; antes que saísses do seio de tua mãe, consagrei-te".

O povo não se conformava. Diziam uns: "Aquele último, o ruivinho, é filho do enteado. Ele é irmão e pai dele ao mesmo tempo. Ali vai dar a maior confusão". Diziam outros: "Das mulheres todo mundo fala, mas homem faz o que quer". Diziam mais uns, diziam mais outros: "Ele trabalha e cria. Sustenta e alimenta. Onde é que está a safadeza?"

Dona Aparecida tinha se traído, segundo dona Assunta, mulher do bodegueiro, pessoa de pouco falar:

— Esses dias ela me contava um sonho que teve: uma cobra ia morder o seu pé. Então ela me disse: "Daí eu gritei e cutuquei o Rufino: me atende, homem, que tem uma cobra querendo me morder". Daí ficou bem vermelha e trocou de assunto bem ligeiro.

De repente correu a notícia de que dona Aparecida ia casar. Mas precisava de licença do Papa, seu caso era de grandes gravidades. Na Igreja não havia só problemas de sangue. A Igreja queria pouco escândalo e muito respeito – quem dissera fora o padre do lugar, que também citara de cabeça o apóstolo São Paulo, que era o general da Igreja: "Se alguém está abrasado, se é de ficar em pecado, que case". Ora, o casal não estava somente abrasado, estava amasiado, estava abraçado, estava condenado setenta vezes sete se não casasse meio logo. Essa foi a principal justificativa que constou no processo.

Quarto mistério escandaloso: dona Aparecida casa com seu filho.

No quarto mistério escandaloso, contemplamos como dona Aparecida, depois de receber a alforria da Igreja, desposou Rufino, sabido varão, que era filho do seu primeiro marido com uma tal de falecida Constância, e, tendo se refestelado muito no baile da regularização, provocou o desacordo de muitas mães de família, sendo obrigada a mudar-se para longínquo lugar.

Adelardo estava grande e podia decidir sua vida. Tomou a parte dos bens que lhe cabia e, fugindo com uma Catarina dos da beira do rio, foi morar muito longe, para nunca mais se envergonhar de tudo o que acontecera. Bêbado, se queixava em noite de muito luar:

— Tão certo como esta lua que nos alumia: aquele menorzinho é filho do meu irmão. Eu vou embora e nunca mais quero ver ninguém da raça.

Depois a raiva passou e ele veio visitar o irmão, deu a bênção aos irmãos que eram seus irmãos e aos irmãos que eram seus sobrinhos, confundiu-se um pouco e cumprimentou a mãe e a cunhada, abraçou o irmão e o pai, mas todas eram pessoas muito parecidas e na tarde do primeiro domingo da visita de três dias já brincava com o irmão sobre a misturança que havia resultado daquele casamento que fora tão falado.

Mas o povo não perdoava. Muitas pragas eram rogadas em época de safra ruim. Sobreveio uma grande seca. Dona Mosa mandou, ao final de muitos esforços inúteis, que amarrassem São Sebastião pelo pescoço e o enfiassem no fundo de um rio, para que ele fizesse chover. Era o último recurso. Não deu certo. Então ela desfez aquele tremendo segredo, que guardava com cobertas de muito medo. A seca era um castigo de Deus, que não gostara daquele casamento malfeito. Era preciso desagravar o coração sagrado de Jesus. Ela mesma se encarregou do benefício. Mandou uns da bodega acharem um sapo rajado, pediu para o bodegueiro escrever o nome dos dois em papel de embrulho, mandou que Assunta costurasse, por cima dos nomes, um retalho preto de fazenda com linha vermelha, deixando, porém, a agulha cruzada com outra no pedaço de pano, juntou tudo a um patuá, colocou dentro de um saquinho de bala azedinha, enfiou dentro da boca do sapo rajado e mandou costurar. Artidor, o bodegueiro, foi quem costurou, outros cavaram um buraco enorme na roça que ficava na extrema da terra de Rufino e ali enterraram aquele sapo.

— Enquanto o sapo sofrer, eles também vão sofrer — disse dona Mosa. — E enquanto o nome deles durar na boca do sapo, tem que cair a chuva do céu.

A chuva caiu ao final de quarenta dias consecutivos de uma doída seca. Na roça em que haviam plantado o sapo, o milho de Rufino cresceu verduroso e cheio de muitas bonecas louras, que logo viraram espigas, que granaram depressa. E deu milho como nunca antes tinha dado. E Rufino ficou ainda mais rico. Comprou um automóvel, o primeiro do lugar – coisa que ninguém nunca pensara em trazer para aquelas estradas. Como Rufino tinha automóvel e muitos produtos, a estrada foi melhorada e, com isso, o prefeito se reelegeu, pois tinha muito voto naquele costão.

Dona Mosa justificou-se:

— O pequeno tem nome de santo antigo. Tudo dá certo pra eles.

E eles foram embora. Rufino, que aprendera desde muito pequeno a dar ouvidos à voz de dona Aparecida, não suportava mais os discursos de um tal de Hélio, quando este ficava bêbado:

— É um escândalo, é um escândalo. Em nossa comunidade, um filho tem cria com a mãe e não diz nada, fica aí de impostor a debochar de todos nós. Assim não é mais possível um cristão viver em paz com sua consciência.

E muito mais pesadas palavras proferia Hélio quando estava tomado pela cachaça.

Dona Aparecida então entrou em si e meditou, dizendo:

— Vamos para Curitiba. Esse dinheiro que está a juro na mão de todos, aí espalhado, a gente ajunta, põe no banco, você arruma um trabalho qualquer, eu sei fazer roscas de polvilho, pão de toda espécie. Lá esses dois podem estudar.

Rufino comprou um armazém bem fraquinho. Hoje não precisa mais ficar atrás do balcão. Deu a venda para os irmãos-seus-irmãos e para os irmãos-seus-filhos. Uns estão estudando para médico, outros para engenheiro. Os pequenos, quando crescerem, querem ser homens importantes, como Fittipaldi, Pelé, que tem muitas bicicletas, Tarcísio Meira ou generais. Tem uma menina louríssima que quer ser atriz de telenovela. Dona Aparecida olha para Rufino e sorri satisfeita:

— Lá onde a gente morava, ela nunca ia querer ser isso.

Rufino dá uma demorada tragada no cachimbo e comenta com certa preguiça:

— Lá onde a gente morava, lá onde a gente morava... Lá onde a gente morava era um lugar cheio de muita confusão.

A empregada chama para o jantar. Dona Aparecida, à cabeceira da mesa, convida todos a rezar:

— Abençoai, Senhor, as nossas pessoas e o alimento que agora vamos tomar, que Vossa justiça nos sirva para conquistar a liberdade aqui na Terra e merecer na outra vida o Céu. Amém.

Na mesa, Rufino pergunta:

— Cidá, você já ouviu alguma vez alguém falar em *mesa dos inocentes*?

— Não — diz dona Aparecida.

— É um costume de debaixo da serra — diz Rufino.

— Quando alguém faz um pecado que acha muito feio, para desagravar, convida todas as crianças com menos de sete anos de idade que moram no lugar, faz uma festa, arruma uma mesa com muitas comidas, e então Deus perdoa, porque quer bem aos pequenininhos. Vamos fazer uma dessas um dia?

Quero mulher: peço deferimento

I

Sanga da Amizade, 31 de janeiro de 1976.

Ofício nº 77/pic/A

Do chefe do Departamento de Estatística e Controle
Ao diretor adjunto do Serviço de Repressão e Afins

Senhor diretor,

Sabe o senhor quanto tempo eu já estou sem mulher? Não sabe, não é? Pois é, certos condimentos piperáceos ardem sempre em alheias bundas. O senhor, como guarda em casa uma mulher quentinha, nem quer saber das dificuldades dos subordinados. O senhor pensa que a gente nasce homem para quê? Desde que o subjugado aqui enviuvou que não vê a fosforescência de coxa nenhuma. E já lá vão seis meses. No tempo do claustro, em abstinências muito menores, acometi-me de inéditas poluções, sonhos ambíguos e práticas nada musicais, mas que lembravam sigilosos concertos para uma mão só. Depois soube que pesquisadores norte-americanos, que tudo devassam, como bem sabe o senhor, comprovaram que a mão do adolescente não servia somente para bater o tambor das cívicas festas – aquisição científica que muito me consolou.

Escrevo este ofício porque, na última reunião conjunta geral privativa fofocante, o senhor recomendou-me que, daquela data em diante, toda e qualquer necessidade deveria ser comunicada, *primus inter pares*, ao senhor, que, então, encaminharia o pedido da gente adiante, para que fosse atendido. Sei que essa centralização tem lhe trazido certos dissabores, pois a maioria dos subordinados que o cercam não parece voltar a olhar para coisas fundamentais, pois requerem borracha, papel, lápis, fitas adesivas – o senhor acabou se transformando no almoxarife-mor aqui da instituição, em vez de caudatário de solicitações mais verticais.

Meu caso, porém, justifica plenamente a solicitação que ora desentranho. E, sempre, no intuito de colaborar, tomo a liberdade, mas com responsabilidade, de prestar-lhe algumas sugestões para a solução do meu problema, que são as que seguem:

Solução A: Na seção de contabilidade trabalham duas moças que poderiam muito bem ser mobilizadas para resolver o nosso caso. Nosso? Quase me flagro, o senhor me desculpe, o senhor tem sua família, suas secretárias, alunas em segunda chamada que aí acorrem reclamando de supostas injustas notas, enfim, não precisa recorrer a esses expedientes a que a necessidade me obriga. Eu é que sou o mais pesado nessa escola, pois, exercendo um cargo burocrático, não posso deixar nenhuma aluna em recuperação ou precisando de nota. Mas eu divago, a vida tornou-se um cansaço só, depois que a falecida Rosemilda abandonou o tálamo de Hércules. (O senhor sabe que pratico halterofilismo todo santo dia?) E aquelas duas moçoilas de há tempo muito me fascinam. (No ginásio, os professores só queriam saber de Machado de Assis, acho que foi por isso que eu virei amanuense.) Que belos pares de canetas Deus lhes deu, o senhor não acha? Um dia desses, ao juntar o papel qualquer que não tinha caído embaixo da mesa de uma delas, obtive grande prazer visual. O senhor sabe que não sou nem um pouco original nisso, pois Santa Teresa de Ávila também extraía alegrias infindas por essas vias. Como o senhor sabe, pesquisar a vida dos santos, praticar a religião não é de todo vão.

Mas eu divago de novo. O que queria mesmo dizer é que, se for possível, e de sua vontade, delas eu sei que é, gostaria que o senhor me encaminhasse essas duas, *ex officio*, para que pudessem me prestar serviços sexuais, de resto inadiáveis.

Solução B: Como também não sou um heterossexual convicto, gostando muito de uma certa promiuscuazinha, advogo a presença daquele mancebo vermelhinho que dá seu expediente na tesouraria. Na impossibilidade do comparecimento das duas digitígradas antes referidas, esse jovem lustrado de certo ar aristocrata (mas um pé-rapado que dói, não havendo nisso entrave nenhum para o serviço que poderá prestar) parece-me devidamente equipado para o que eu penso poder requerer dele, bastando que se desenrusta um pouco, pois o bichinho (ou será bichinha?) é chegado a certos rebolados sub-reptícios com sua estonteante e bem calibrada bundinha, o senhor não acha?

Solução C: Se não for possível consumar meu atendimento com nenhuma das alternativas anteriores, só me resta este último recurso: a professora de Didática e Práticas do Xerox, a solteirona, aquela com ar de caveira roubada e rabo de girafa prenha. Sei que o senhor está surpreso, benévolo diretor, mas o que é que eu vou fazer? Último caso é último caso: a aludida mestra trata em seu quintal de uma espécie ruminante do grupo dos artiodáctilos, uma ardilosa cabrinha-montesa, e eu sou tarado por esses animais que não têm medo de despenhadeiro. O senhor poderia requerer a bichinha para uns exames de laboratório, disfarçadamente, para que eu possa obter o usufruto adequado. O senhor já experimentou uma cabrinha? "Coza munto boa", como dizia, sábio, o pároco daqui.

Atenções subordinadas,
Armando Paulo Francisco

II

O inquérito começou muito cedo, a julgar pela hora em que abria normalmente o fórum.

Pachorrentos, poucos processos haviam interessado à população de Sanga da Amizade. O último a provocar a curiosidade da população fora um em que um dos professores do Colégio Estadual Plínio Salgado era acusado de "exteriorizar matéria contrária à moral e ofender os bons costumes", num artigo publicado em fim de ano. Dali em diante, quando se queria julgar qualquer cristão, prendê-lo ou odiá-lo apenas, dizia-se que ele havia contrariado a moral e ofendido os bons costumes. Os cidadãos passavam a ser divididos em duas categorias: os que contrariavam a moral e ofendiam os bons costumes, e os que nada faziam.

Alguns advogados haviam cochichado em fins de tarde, nas bodegas, que não concordavam com toda aquela ostentação do inquérito. Segundo eles, desde a Idade Média, o local prescrito para arguições desse gênero era o ambiente sigiloso do fórum. O juiz deu uma entrevista no segmento social da Rádio Pandorga, justificando o trancamento de seu ouvido aos advogados:

— Hoje em dia, aqui em Sanga da Amizade, se você atira uma pedra num cachorro, e erra, acerta num advogado, de tanto que tem. Como ouvir a todos?

E depois de um comercial cívico, introduziu-se de novo, didático:

— A revolução cultural chinesa deve seu sucesso em grande parte ao extermínio dos cachorros e dos gatos. Aqui no Brasil, se a gente quiser fazer alguma coisa que presta com a tralha cultural que está por aí, vai ter primeiro que acabar com os advogados, essa raça enroladeira que entrava a cultura brasileira desde o tempo do Império. Eles são as principais pragas transmissoras dessa burocracia desengomada que infesta o país de norte a sul. Apregoam por aí que são pelo Estado de Direito, mas quê! Em grande parte, este país está onde está pela incompetência desses rábulas, metidos a fazedores de leis ambíguas. Se berram agora, é porque estão perdendo o emprego. E não sei se a senhorita sabe, mas a maior contribuição que os jurisconsultos brasileiros deram ao país foi a elaboração de minuciosos atos de exceção, que estão enrabando todos nós. Aliás, hoje só não é advogado quem não quer. Em 1968, segundo denúncia que mantenho arquivada por ora, cinco vestibulandos matricularam-se numa faculdade de Direito qualquer. Em 1973, sem que tivessem comparecido a uma aula sequer, elegeram um deles para ir buscar os diplomas. O cara foi e voltou com cinco diplomas. O detalhe mais vergonhoso é que um deles havia morrido em 1969, e a faculdade conferiu-lhe diploma. Por aí a senhorita tira uma base. Os advogados são como os médicos, como os engenheiros, aliás, como qualquer profissional universitário: matriculam-se nos cursos superiores, pagam as mensalidades e taxas como carneiros (afinal, o Boeing-477 está estacionado no pátio de qualquer escola universitária, para qualquer emergência), obtêm seus dignificantes pergaminhos e retornam mais bestas do que antes, sim, porque antes tinham a consciência da ignorância, mas agora, amuletados num diploma, quem os atinge? Indefectíveis entreguistas, ostentam miniatura do diploma nos painéis dos táxis que dirigem, colaborando com o olho de Deus, que tudo vê. Eu acho bom a gente terminar esta entrevista por aqui, porque eu tenho cinco filhos para dar o leite, a senhora veja só que acréscimo no preço da paternidade hoje em dia! De forma que o inquérito vai ser realizado a portas abertas: quando a roupa é muito suja, a gente manda lavar fora, senão o fedor enche a casa.

E com mais algumas clarinetadas de um produto multinacionaleiro qualquer, encerrou-se a entrevista.

O réu era pessoa informe e vazia, e as trevas cobriam-lhe o espírito. Servindo-se de um expediente deplorável, mas muito comum à época, ele conseguira nomeação para diretor de uma escola, graças a interesses pouco edificantes que seu sogro tinha em comum com um compadre que transava com a amante de um amigo do cunhado de um deputado, que era primo de um parente tergiverso de um conhecido cabo eleitoral de um cupincha de uma figura influente: as subserviências eram exercitadas no atrás de muitas redes, não de todo indevassáveis, porém. Incompetente, vagara de seção em seção e, quando do processo, ocupava a chefia de um departamento criado na escola só para lhe garantir o emprego.

III

Sanga da Amizade, 31 de julho de 1976.
Ofício nº 66/ded/AR

Do promotor da Justiça Pública
Ao MM. juiz de Direito da Comarca de Águas da Caveira

Senhor juiz,

Considerando que a Constituição da República, no artigo 153, parágrafo 8º, dispõe que não serão toleradas as publicações e exteriorizações contrárias à moral e aos bons costumes;

Considerando que essa norma visa proteger as instituições, preservando-lhes os valores éticos e assegurando a formação sadia e digna da mocidade varonil;

Considerando que as cópias de certa correspondência interna (que não se sabe ainda como veio a ser do conhecimento de tantos, se era interna...) que por aí circulam, distribuídas por incautos alunos, são insidiosas, corrosivas e flagrantemente contrárias às normas éticas da boa moral e afrontam os bons costumes;

Considerando que publicações dessa ordem estimulam a licenciosidade e ameaçam destruir os valores morais da sociedade brasileira;

Considerando que a destruição dos valores morais de um povo põe em risco a segurança nacional;

Considerando que o funcionário que escreveu esta carta, mesmo tendo um passado moralmente irrepreensível, afastou-se da ética que deve nortear a correspondência entendida como burocrática no seio de uma instituição educacional;

Considerando que seus vinte e tantos anos de assíduo trabalho burocrático explicam, mas não justificam, um pedido daquela natureza na correspondência que enviou a um dos diretores da instituição escolar em que presta seus serviços;

Considerando que o tradicional humor que lhe é tão peculiar nada teria de reprovável quando praticado junto a colegas de trabalho, mas força consequências negativas e deseducadoras quando usado na elaboração de correspondência entendida como oficial;

Considerando que esta promotoria é por dever de ofício a responsável pela integridade moral das instituições sociais que a abrigam;

Considerando que os laços fraternos que unem o poder judiciário e o poder popular viram-se de repente ameaçados e abalados pela leviandade do texto que adentrou nas famílias com finalidades dissociativas e, o que é pior, levado pelos próprios filhos;

Considerando que, segundo fomos informados, o referido funcionário goza de acesso junto à maioria das pessoas que o cercam, podendo, através dessa sua convivência fácil, incutir em pessoas desprevenidas, com sua falta de respeito, princípios desagregadores, esta promotoria resolve:

Solicitar ao MM. juiz de Direito desta comarca as providências que a lei determina para que seja promovida a devida ação penal, por haver o responsável pela lavra do documento anexo infringido o Decreto-lei nº 5.250, de 9 de fevereiro de 1967, combinado com o Decreto-lei nº 1.077, de 26 de fevereiro de 1970 (que mês santo o de fevereiro, não, senhor juiz – permita-me esse adendo – no que se refere à salvaguarda das instituições que tanto prezamos?), publicado no *Diário Oficial* da mesma data, e que sejam tomadas as medidas legais que o caso requer para que o funcionário que elaborou esta carta não continue a destilar a sua peçonha no seio de nossas instituições.

Na oportunidade que ora emerge proporcionando a que demos provas de serviço, pois nesta mísera cidade ninguém transgride nada – daqui a pouco arrisca a gente perder o emprego –, aproveito para convidar-lhe para o tradicional jogo de chaves trocadas, hoje à noite, ali pelas onze horas, adiantando-lhe que consegui a anuência da irrequieta Marília, paz das famílias, o meritíssimo já imaginou o que seria dessa comunidade se não fosse aquela tradicional fortificação que ela mantém com mão de ferro, provendo o contingente masculino dessa cidade com o que eles mais gostam (dizem que a mais recente é uma polaquinha dourada importada do norte do Paraná, onde, como o meritado sabe, os polacos não se deram bem, levando um sociólogo suspeito a inventar uma frase de triste fama para a imagem do Paraná no exterior – isto é, em São Paulo e arredores –, frase esta que tem o seguinte vezo: "O polaco é o negro do Paraná").

Atenciosamente,
Inn Werther Brado
Promotor Público

IV

Vistos e examinados os presentes autos de ação penal nº 28/47, promovida pelo Ministério Público, através da Promotoria de Justiça desta comarca, que denunciou Armando Paulo Francisco (certos nomes deveriam ser proibidos de vez), brasileiro, estado civil prejudicado, escriturário, residente e domiciliado nesta cidade, como incurso em todas aquelas sanções que o promotor público disse que o réu está, as quais não vou conferir porque tenho um compromisso hoje às onze da noite e já são quase isso,

ex positis

julgo improcedente não somente a denúncia, como o promotor público, o réu, as testemunhas, a polícia, o delegado, os que conseguiram emprego dedando os outros pobres próximos, os cabos eleitorais, o vigário, os chefes de família e suas panacas esposas sacanas, esses jovens colonizados que ouvem *rock* o dia inteiro no mais alto volume aqui pertinho do fórum, a população em geral, eu incluso, *vade retro* todo mundo, viciaram o pobre réu em escrever ofício a vida toda e agora querem castigar o infeliz porque se acostumou. Aqui ninguém tem culpa de nada, nunca vi em toda a minha vida uma cidade tão cheia de inocentes, se merecem algum castigo, ele está previamente dado e cumprido: é viver aqui.

Publique-se, registre-se, arquive-se, lasque-se.

12 de outubro de 1976

Gladstone Quaresma Leça
Juiz de Direito

O semeador ou Tudo de novo no ano-novo

Esfregando a bundinha na quina da mesa, blusa combinando com o batom, saia azul com costuras vermelhas para combinar com o lenço amarrado no pescoço, lá no chão os sapatinhos encarnados, dona Ione esforça-se por muito semear.

Uma parte da semente foi cair lá em cima do penteado da Lurdinha, onde fios brancos misturam-se à maioria preta. Encobrindo as orelhas, os cabelos, sedosos por força daquele *shampoo* que muda a aparência das moças, mas nada acrescenta à inteligência – dá conta de uma vedação ampla, tornando a cabeça imune a qualquer violação cultural. Lurdinha masca o *chicle*, despreocupada de qualquer exigência de fertilidade. Fertilidade? Tomou pílula ontem, sim ou não? Deus te preserve de um filho que irá passar fome, meu bem, que não vai vingar.

A semente que caiu nos cabelos da Lurdinha não frutificou. O penteado *black power* a sufocou: pobre sementinha, não podia mesmo crescer no meio do *bombril*, apesar de este ter mais de mil e duas utilidades, conforme apregoam por aí donas de casa subornadas, a julgar pelo que nos disse um amigo:

— Tem gente que não tem panela, mas tem *bombril*. Este é o verdadeiro milagre semiológico do nosso tempo.

Em cabeça assim colonizada, como iria frutificar a pobre sementinha, se era nacional?

Outra parte caiu bem pertinho das botas da Adelaide, entrou pelo cano; apesar das pernas boas, não pôde ali florescer. A doidona da Adelaide pela os pelos todo santo dia; além do mais, traz suas pernas sempre muito cobertas com longos vestidos, assim a semente não pode mesmo grelar, pois ali não bate sol. E nas poucas vezes em que ficam descobertas, elas estão dançando *rock and roll*, ou então debaixo do lençol. Não frutificou mesmo: Waldemar pôs sobre ela seus olhos de gavião e a comeu.

Com sua intensa sensualidade mestiça, se quisesse, a prestigiada Adelaide poderia acrescentar-se muito mais, mas não: não sabe falar. Quando a gente lhe fala nisso, ela logo pensa em aprender piano, pintar quadros, cozinhar, tricotar, crochezar, televisar. Escandalou-se quando Eliana lhe revelou, que, faltando tempo, lê os jornais ao trono, no banheiro. Ler? Para quê? Cansa muito. Ouviu dizer que no século passado, quando não havia ainda novelas de televisão, as mocinhas costumavam ler muito. Algumas não podiam nem isso fazer, pois os pais conservavam suas filhas analfabetas para melhor exercer a proibição das leituras e dos bilhetes de namorados. Mas, hoje, as pobres moçoilas não sabem mais escrever um bilhete de amor. Quem lhe conta essas coisas é Anelise, que nunca deixa de falar e conversar sobre as outras. Está sempre linguarando do século passado, década de 1960, fundamentos históricos, estratos ideológicos, situação política, não sabe ela o que mais. Anelise é maluca. Tão bonita e tão sem préstimo: não toca piano, não sabe costurar, onde vai parar, com quem vai casar, mulher assim quem vai querer?

Outra parte da semente foi cair bem dentro do coração da Adriana, que está apaixonada por um motoqueiro multicolor. Frutificaria, não fosse o coração dessa magrinha ser tão vulnerável a Elton John, David Bowie e um cigarro singular – tudo isso esmagou a indefesa sementinha, assim que começou a grelar. Vieram todos esses estrangeiros e passaram por cima dela, com muita fumaça, não sobrou nada. Depois de tudo isso, Adriana ficou com o coração muito magro, seco, como pedra, nada pode mexer com ele. Joga-se uma semente ali, a pobrezinha apega-se como pode, mas em vão: que fazer no chão batido de um coração?

Mas uma outra parte da semente penetrou mais profundo do fundo de um feixe de energias, que é o dínamo da figura da Talita, e ajeitou-se em meio a um dos canteiros. Ali cresceu, tornou-se uma árvore frondosa, fez muita sombra e deu muitos frutos. Deu tanta sombra que as outras plantinhas foram abafadas e, tendo seu crescimento interrompido, morreram. E tal árvore não parou mais de crescer. Sob sua sombra ficaram apenas frágeis plantinhas. Mas não tinha raízes muito firmes porque a semente fora produzida artificialmente e isso nem dona Ione sabia quando semeava. E sobreveio um furacão impiedoso, com grande força, que balançou a árvore frondosa e esta foi ao chão, desenfeixando as energias de Talita que, então, entrou em si e meditou, dizendo:

"Por que, tola, fui dar ouvidos à voz da professora? É verdade que muito reprovei minhas colegas quando se conservavam amorfas nas aulas de dona Ione. E em todas as outras. Mas elas escaparam do tremendo desastre que se abateu sobre mim. Jesus Cristo viveu noutro tempo, quando ainda se podia encontrar um bom semeador e a pura semente. Mas hoje já não se faz semente como se fazia antigamente. Bem que eu, no princípio, desconfiava que a professora tinha alguns falsos em sua pessoa: aqueles óculos *ray-ban*, aquele vestido *Lee*, aquele batom *darling* combinando com os *blue-jeans*, sempre mascando *chicles* para apagar um pouco o gosto travado do *Hollywood king-size* filtro, de vez em quando convidando um aluno mais destemido para curtir um som, um *long-play* ou um *cassette* em seu *tapedeck*, ou então, no caso de seu pupilo querer demorar-se na sua edificante companhia, os dois poderiam entrar disfarçados pelo *playground* da sua casa, cortar volta pelo *garden*, tomar o atlas e, enfim, *restar* um pouco no *living*, onde poderiam tomar um *drink*, ver o que haveria na *kitchen* para saborear, antes de os dois, de comum acordo, irem para a *bed*, a fim de *love you, love me*. Neste caso, ela, a senhora professora, precisaria antes tomar um *shower*, passar um *shampoo* nos cabelos, depois "draiar" o *hair*, botar uma *Lycra* por baixo, uma *DeMillus* por cima, e aí sim, tomar um *Chivas* ou um sugestivo *Vat* 69, mais sugestivo pelo número que pelo *vat*. Oh, mas às vezes o *boy* não podia ir logo, tinha que tomar o seu *Ford*, seu *Chevrolet* ou seu *Volkswagen* e ver o *replay* de uns lances do último *derby* gaúcho, isso se a televisão não resolvesse passar o *tape* completo do jogo, nesse caso ele ficaria meio confuso, pois queria primeiro terminar a leitura de um *best-seller* de muito suspense, ouvir a *hit parede* da semana, fazer o *cooper*, e, mesmo de *cooper* feito, precisava precaver-se contra o *stress*, então ela não sabia que ele era emérito frequentador do *country club*? Não, *surf*, não. Como praticar *surf* sem praia, em plena rua dos Andradas, "Essa professora gaúcha tá louca!". Então, antes de tudo, os dois tomaram uma coca, pois *milk-shake* tava em falta, deram-se *goodbye*, ela evidentemente tinha mais *know-how* que ele, mais *know-how*, mas menos liberdade, e por isso passou um *telex* para o marido, avisando que ele cuidasse neste *weekend* como é que os jornais estavam apresentando o *open market*, pois, sem explorar ninguém, como levar uma vida tão desembaraçada? Só mesmo se fundassem uma financeira que, logo, provocasse uma intervenção no Banco Central, do contrário, havia que se preocupar com *something in the world*. Cada um foi então para sua casa, cada um ligou a televisão, para pedir conselhos, onde no intervalo do *Kojak*, dois jovens enamorados emergiam das águas com duplo sorriso *Kolynos*, vestiam-se impecavelmente (para pecar depois?) com *Renner*, ela botava *Impulse*, ele, *Avance*, pareciam verdadeiras cópias *xerox* da gente da televisão."

"Pois é, pois é", ufa e bufa Talita: "Eu bem podia ter visto que havia uns pequenos falsos em dona Ione. Ela não podia de jeito nenhum ser boa semeadora e carregar boa semente, embora estivesse sempre muito vistosa."

Mas tudo bem. Dona Ione, professora devidamente recauchutada pelas mais amplas reformas que grassam no país, à mercê da sabedoria incontida dos burocratas, depois de umas reciclagens quaisquer em algumas das PUCs do país (enfim, a Igreja aliou-se à xerox) e umas leituras francesas, inglesas ou norte-americanas (não faz mal tanta mistura; desde que não se contamine com textos indígenas, não tem importância), ei-la, inviolada, a começar tudo de novo no ano-novo.

Procedimentos amorosos

Por detrás das grossas lentes, o velho professor nos espia. É uma peça rara do museu universitário, esse mestre. A única diferença entre ele e os outros objetos é que ele não muda. Algumas imagens já estão desgastadas pelo tempo e pelos zeladores, mas como nele ninguém toca, ei-lo intacto e indevassável – principalmente na cabeça, mas não somente.

Dizem as línguas mais perspicazes que, apesar de seus sessenta e poucos anos, esse professor é virgem. Na que era para ser a sua noite de núpcias, nos começos deste século, jurou angélico amor à esposa, de quem recebeu na mesma hora endosso para o seu voto de castidade, através de documento firmado pelos dois, sob cujas assinaturas estava posta também a do Papa Leão XIII. Até hoje, segundo as mesmas fontes, quando posto em dúvida o seu voto de castidade, o professor, além de mostrar a marca-d'água com a efígie do Papa no documento, retifica: seu voto não é de castidade, é de virgindade.

A diferença, conquanto sutil para gente sem nenhum voto, para ele é fundamental.

"Casto é quem, por um motivo ou outro (mas principal-mente por outro), fica de repente continente, o que não quer dizer que nunca tenha experimentado as delícias dos mistérios gozosos antes; já virgem é aquele que, por escolha, jamais quis entregar aos humanos aquilo que só a Deus deu. E veja que eu e minha esposa, ao contrário de muitas freiras e monges, demos a Deus o que muita gente queria, enquanto quantas diretoras e diretores de escolas – religiosas, principalmente – não serão mais repressivos que as exigências da vocação, justamente por, na pressa, terem dado a Deus o que ninguém mais queria?"

Mas esses assuntos ele não aborda em aula. Em aula, ele quer é saber o que é um ovo, pois leciona alguma tralha zoófila qualquer. Enquanto ele mesmo responde à questão que fez, como aliás é de sua praxe, Elizana, não sem um certo refestelamento posterior, envia aos colegas inédita definição, que só não foi ainda incorporada aos manuais didáticos da disciplina em questão por uma ignorância a mais das muitas que afetam os fazedores dos assim chamados livros didáticos, entre nós, mais conhecidos por picaretas, vocação decente que vai acabar assassinando sem nenhum pudor o primeiro broto de uma antiga flor que nem do Lácio é.

O bilhete de Elizana rodou de mão em mão e – terá sido por atração daquela saliva que lhe ensaboa a boca? – foi parar embaixo da mesa do professor. Ele interrompe dramaticamente a exposição sobre os benefícios morais da inseminação artificial nos louva-a-deus, e nas lentes de seus óculos você pode ler através de luminoso reflexo:

"Ovo é uma substância calcária expelida pelo orifício gozoso dos galináceos e, ao que parece, através de processo indolor; então você nem nota a cacarejada toda que se segue à expulsão do objeto boloide? Pois saiba que é de alegria que elas fazem todo aquele escândalo. Nesse sentido, comportam-se radicalmente diferente dos humanos, já que é na saída que mais se alegram."

Mas terá sido nas vidraças de seus óculos, ou nas lentes da janela, que você e eu lemos todo esse tratado sobre os ovos? Você desculpe a ambiguidade, mas ela é muito útil em alguns casos, haja vista o exemplo dos nossos mais prestigiados costureiros.

Elizana responde penoso processo para averiguar a exata autoria daquelas frases irreverentes? Não. Livrando-a desses entraves democráticos, o senhor diretor, legítimo modelo de importação, construído segundo o figurino gilbrandão 477, suspende-a por trinta dias e somente não a expulsa de vez porque o pai dela, viciado nos ardis da corrupção à moda da casa, ameaça com uma denúncia não de todo vazia, ao mesmo tempo que não se esquece de engraxar o diretor com o tradicional aditivo da administração pública brasileira, lubrificante mais conhecido pelo gesto característico do polegar roçando sutil no indicador, ou vice-versa.

Em casa, sua mãe quer corrigi-la:

— Mas que é isso, minha filha? Por que não capricha e conclui esse curso de uma vez? Amanhã ou depois você casa e...

— Mamãe!

E reboa da boca dessa alemoa coisa boa a palavra mais à toa do vocabulário de protesto que significativa parte da juventude brasileira está liberada a pronunciar – o sagrado monossílabo "pô", também o de maior carga semântica de que se tem conhecimento.

Ela cumpre suspensão junto com outro professor que, em aula, perguntado como Gonçalves Dias escrevia sua poesia, respondera:

— Não escrevia, ejaculava.

Quisera com isso, em precária síntese, exemplificar de modo entendível que aquele amigo dos índios só poetava depois de muita excitação.

Nessas férias forçadas, Elizana ameniza a dor do professor através de procedimentos amorosos que ele ainda não conhece, pois, com muitas aulas, tem-lhe faltado, ultimamente, tempo para pesquisa, de forma que está meio desatualizado de certos modernos modos de amar, que outros podem julgar perversos.

E em tarde de muita cachaça, ela revela o verdadeiro motivo da condenação. Desconfiando dos votos proclamados pelo mestre, em certa tarde morna, vestida com agasalho de Educação Física e por isso ligeiramente suada ("Tenho um cheiro a que ninguém resiste; nunca ponho desodorante em nenhuma parte do meu corpo por isso; os homens morrem pelo nariz, haja vista o cuidado que as mulheres têm com o bom hálito – não estão todas mordendo *chicle* toda hora?"), com alguma vontade de ensinar ao velho professor as lições que ele não sabia, por força de curta experiência em sua longa vida, sugeriu-lhe glamorosa modalidade de jogo de tênis, sem rede, sem raquete, fora do cimento da quadra e – pelados! Desde esse dia, ofendidíssimo, o mestre andara à cata de um castigo para a sua aluna. "Não permita Deus que eu morra sem que eu pegue o professor", suplica, um pouco rouca, Elizana.

"Pois quero lhe ensinar outra nova lição, explicando por que é que a língua não tem osso e comentando, minuciosamente, os costumes advindos de tal flexibilidade que levou os homens a usar a língua até para falar, desembocando depois nas ciências da linguagem, que até agora trataram somente de assuntos superficiais, já que se ativaram apenas ao estudo da língua em sua potencialidade menos usada, que é a de falar."

"Toda mulher é irresistível", proclama nosso professor de Literatura, que além de gostar muito de Gonçalves Dias e dos que gostam muito dos índios, é afeito a certas considerações desescolarizadas.

Baseada em tão forte teoria e encorajada pelo grande apreço que tem para consigo mesma, Elizana ataca várias vezes mais, na esperança de um dia poder colocar o dedo na moleira desse professor atrevido, que teve o peito – vai ver, puxou pela mãe – de resistir ao seu chamego. Nosso professor de Literatura, além de ratificar o que já dissera sobre Gonçalves Dias, adianta-lhe certas preferências desse mestre virgem, nenhuma das quais alentadoras. Depois dessas indicações, porém, Elizana surpreende-se com a interpretação que tais preferências recebem. Com efeito, já que esse casto não olha para as alunas que se vestem com apertadas calças, blusas transparentes e sutiãs aerodinâmicos, é porque tem medo do poder de atração dessas vestimentas. Se não olha a que rebola, é porque tonteia na certa. Se não presta atenção em cor de batom, é porque ainda não chegou à fase oral, mas, quando chegar, vai gostar.

Elizana ouve tudo isso com atenção, mas extrai daí outras conclusões. E, como um dia não é nunca, ela pega o professor desarmado. Surpreende-o na linha de córner, ginga o corpo, passa-lhe uma finta espetacular, deixando-se, em seguida, driblar, leva um gol que é um baita de um frango, apanha a bola no fundo da rede e convida-o a bater uma série de penalidades máximas. Lá pela metade das cobranças, apesar da excitação dessa primeira partida, e mesmo contando com a tesura de tanta continência, nosso professor perde o preparo físico que o esporte requer e entrega-se exausto à vingança de sua discípula que, bem adoidada, move as traves, a rede e tudo o mais até a marca do pênalti, para que possam ser marcados mais gols.

Mais dia, menos dia, o professor descobre que o futebol assim praticado é o esporte preferido da nação brasileira, e não é que vicia? Agora quer jogar todo santo dia. Elizana obriga-se a tomar grandes goleadas. Já foi vazada bem umas cem vezes e o artilheiro está sempre a postos para mais uma partida, torcida brasileira. O time de Elizana já conta com seis atletas. Quem mandou contar a façanha da seduçança? Foi o maior surupango. Todas as colegas duvidaram, mas umas duvidaram mais e agora o professor, antes casto, parece um verdadeiro sultão. À medida que se deita com as alunas, vai trocando de opinião sobre muitas coisas. Na primeira reunião para compor a nova chapa de representação estudantil ele está lá dando toda a força a uma das meninas do seu harém, que quer porque quer ser secretária. "Sua ambição me comove!", suspira o mestre, já mudado, claro. Alguns colegas, do oposto sexo, duvidam dessa mudança e, dizendo-se sem preconceitos, cantam o mestre no mais desavergonhado estilo, como as criancinhas que ontem foram: "Amo azê u'má-criação, fessor?". Não é que ele topa? Perdido um preconceito, perdidos todos – as alunas não conseguem entender tão rápidas mudanças quando um dia encontram o mestre com dois meninos debaixo das cobertas. Agora, o professor precisou mandar fazer mais chaves de um apartamento que resolveu não mais alugar. São nove alunos que carregam uma chave a mais em seus chaveiros. Desses, seis são do sexo oposto ao do professor, mas com muita afinidade todos eles.

O novo mestre, apesar de seus sessenta e muitos anos, esteve, para surpresa de todos os colegas e principalmente do senhor diretor, participando de várias atividades consideradas políticas – solicitação de mais recreio, um novo ginásio de esportes, chaveiros e camisetas para todos os alunos adscritos etc.

Um dia desses, achando que o estado do marido não estava muito satisfatório, a esposa propôs a quebra do velho juramento, pois de umas noites para cá ele tinha soltado cada coisa! Inclusive dissera algumas palavras feias e a agarrara pela bunda! E o pior de tudo é que ela gostara, achara muito certo e adequado e ficara torcendo para ele sonhar de novo!

— Que é isso, esposa? Perdeu a vergonha? Logo agora que estamos no fim da nossa vida vamos desperdiçar o juramento?

Ele tem razão e, por isso, sua esposa santíssima contenta-se em prevaricar com o encanador. Ultimamente, na casa deles, muito cano rachado, outros a desentupir, conexões a fazer, afrouxa dali, aperta aqui.

Enquanto isso, nosso mestre continua mandando toda a brasa coerente com sua plataforma de sessenta anos em seis meses.

Todos serão condenados

Meus caros alunos,

Estamos aqui mais uma vez juntos para começar um novo ano letivo. Nem todos os que se matricularam estão presentes. Todos vocês devem saber que de uns tempos para cá isso tem sido considerado normal. Alguns foram presos, outros não puderam fazer o pagamento das taxas, alguns outros estão respondendo a inquérito e por isso estão proibidos de comparecer às aulas enquanto durarem esses tais inquéritos. Como deve ser do conhecimento de vocês, assim que forem concluídos os inquéritos, *todos serão condenados*, pois a polícia estudantil nunca errou, já que os policiais, sendo alunos também, sabem muito bem o que fazem quando denunciam algum colega. Sempre têm posto o dedo em cima dos culpados, o que não quer dizer que tenham posto o dedo sobre todos os que mereciam a delação.

Não, em hipótese alguma. Sempre tem um ou outro que dribla a autoridade, mas é por pouco tempo. Este século nos legou a imagem de uma autoridade imbatível. A rede está sendo construída devagar e firme. Em breve, ela cobrirá todo o imenso território nacional. A organização dessa polícia estudantil é uma *experiência-piloto*. Se der certo, será recomendada a outros estabelecimentos de ensino. Não digo "escolas", digo "estabelecimentos de ensino", porque "escola" é um nome subversivo. Assim como "professor", "aluno", "giz", "apagador", "quadro-negro". Ora, vejam vocês, quadro-negro! Vê se se pode usar uma palavra tão feia como esta! "Quadro-negro" lembra Santa Inquisição, pelourinho, rol de culpados, um troço assim. E apagador, então, nem se fala! Mas como eu dizia a vocês, a experiência tem dado certo e é por isso que eu disse que em breve será estendida a todo o território nacional. Enviaremos o programa completo, como sugestão para a pacificação estudantil, às altas esferas educacionais. Digo "esferas" porque o poder é redondo, conforme já lhes expliquei em aulas anteriores, porque se o poder não fosse redondo, fosse meio quadrado, por exemplo, em todo recanto da nação aconteceriam sempre as mesmas coisas e o tédio seria imenso. A repressão precisa de autonomia. Nossa imaginação criadora produziu, depois de muitos esforços por parte do corpo administrativo deste estabelecimento, com a ajuda de alguns docentes universitários, entre os quais com subida honra me incluo, um sistema infalível para conter os excessos dos jovens. Acho muito boa essa expressão "subida honra", porque dá uma dupla ideia de honra. Como já lhes expliquei, a palavra "honra" vem do francês e do grego. O "on" quer dizer "agente" em francês, e "rá" é um sintético para "risada". Podem ver nas histórias em quadrinhos: quando os desenhistas querem dizer que o personagem se alegrou, botam lá: "rá-rá-rá". Então "honra" quer dizer "agente que ri". Se lhes fosse permitido fazer perguntas (mas como vocês podem comprovar, não precisam perguntar nada, pois acabaram de ver que eu mesmo pressenti a pergunta), me perguntariam: E o "h"? O "h", como sabem vocês, não serve para nada, a exemplo de muitas palavras, que existem, mas que não são utilizadas. Vejam o exemplo de palavras e expressões como *habeas corpus*, "garantias individuais", "inviolabilidade do lar", "direitos humanos", "voto", "democracia" e outras. São palavras vazias, às vezes tautológicas. Em breve serão expurgadas dos dicionários, pois não significam mais nada, o que quer dizer que aquilo que elas significavam não significa mais nada. É a clássica dicotomia "significante", o que significa, e "significado", o que não significa, em que não vou me demorar, porque se alguns de vocês quiserem saber algo mais que a Shell não dá, que vão ler Saussure, Wittgenstein e o maior semântico de todos os tempos, o doutor Goebbels. Que homens admiráveis a História humana já produziu! Só mais uma coisinha nesse aspecto: notaram que quando digo "algo mais" acrescento "que a Shell não dá"? Não estranhem: é que, apesar de eu gostar muito das multinacionais, Shell me lembra concha, e concha me lembra panela, e panela me lembra mamãe, e mamãe me lembra que eu tenho que cuidar muito da vigilância de vocês, do contrário vou muito mal... Notaram como o discurso humano pode ser infinito? Sentiram a barra? Desculpem, não estou me referindo a esta régua de ferro que tenho em mãos! A palavra é uma arma poderosa. Pode ser uma ferramenta de trabalho. Nesse caso, nas mãos de pessoas irresponsáveis, seria o maior perigo. Estão percebendo por que é que controlamos um pouco a boca de vocês? Já pensaram na bagunça se cada um começa a dizer o que quer? Quem é que governa? São Tiago diz lá na *Bíblia* – não quero riscos de risos maldosos, a *Bíblia* foi proibida neste estabelecimento porque é uma enciclopédia de má-criação, bem viram o que aconteceu com a Eliana e o Maurício, depois que passaram a imitar Boz e Rute, taí grávida a tansa da menina, e o boiotão desgualepado de riso como corvo novo. Mas São Tiago diz que a "língua é o leme do homem". Isto é: se o homem fosse um navio. São Tiago era mais literário que Junqueira Freire, que vocês devem conhecer, aquele que escreveu num poema "era meia-noite e o sol brilhava". Grande figura humana esse tal de Junqueira Freire! Antecipou uma viagem de aviação moderna porque, no exato momento em que o avião cruza um determinado ponto do espaço sideral, atrás é dia e à frente é noite, ou vice-versa. Se o avião passa esse ponto à meia-noite, o verso do nosso poeta torna-se verdadeiro. Mas quando é que é meia-noite? Como veem, o mundo é redondo em tudo. Nós é que enxergamos outras formas, porque o nosso sistema ocular é defeituoso. Parece que essa nossa deformação teve origem numa mutação genética ocorrida aí pelos meados do século XX, quando era praticado um esporte muito preferido pelos poderosos, que consistia em jogar feixes de luz de muitos watts na nossa cara para ver qual de nós cegava primeiro. A História registra que certos comissários da cultura, como àquela época eram chamados os policiais, tornaram-se brilhosos campeões, o que não deve ter sido muito difícil porque, com tanta luz, brilho é que não ia faltar. Entre nós popularizou-se um tal de Ricardo Troncudo, que por esse tempo era o comissário da cultura da Zona Sul 1, responsável pelas manifestações artísticas no território compreendido entre Registro e São Borja. Esse indivíduo ganhou vários dos torneios a que antes me referi. Depois disso os tempos mudaram, ele foi ao exterior, onde fez estágio no *Pravda* e no *Izvestia*, parece que se aperfeiçoou também no *Le Figaro*, voltou e fundou um jornalzinho absolutamente original: era impresso em chapas de ferro, com tipos de aço. Queria, com isso, esse homem, dar uma vaga ideia da linha ideológica de seu jornal. Parece que andou introduzindo também algumas modificações sintáticas, suprimindo recursos gramaticais como o ponto e a vírgula, argumentando que tais recursos truncavam seu comício, digo, seu discurso, e impediam a unidade de seu pensamento. Fez também algumas outras modificações: não usava sujeito, por exemplo; somente predicado e objeto, e assim mesmo só direto; dizia que o objeto indireto era uma tapeação; consta que predicado era usado somente quando a frase se referia a coisas; costumava dizer que homem nenhum tinha predicado. Se me ocorrer, um dia desses trago um exemplar da gramática normativa da língua portuguesa que ele elaborou.

Só que daí vou precisar da ajuda de vocês, pois é um volume que pesa mais de 476 quilos: está impressa aço no ferro e foi publicada anteriormente em capítulos no jornal que ele fundara, de que lhes falava há pouco. Sabe o que faz esse homem hoje? É diretor deste estabelecimento de ensino. Só que usa pseudônimo, sabem como é, é um homem modesto, avesso a qualquer esnobação, não quer se vangloriar dessas benfeitorias todas de seu passado.

Bem, mas eu estou divagando. Antes que me esqueça, quero avisar que, na última reunião da direção com os professores, foi decidido que daqui por diante haverá remuneração para a delação. Vai ficar muito prático: você entrega o colega e depois passa no caixa. É uma quantia modesta para não haver inflação. A gente começa a remunerar muito, na crise que está, daqui a pouco não sobra ninguém para ser entregue. O sistema de remuneração por esses serviços era feito até agora de uma forma muito pouco eficiente. Com um salário fixo por mês, ninguém tinha obrigação de prestar muito serviço.

Mas estou observando uma coisa curiosa aqui nos códigos do caderno de chamada: vocês cinco, que aqui estão presentes, não são alunos verdadeiros. Vocês são policiais disfarçados. Ué, não veio nenhum aluno hoje? Por quê? Não posso compreender essa juventude vagabunda de hoje em dia. Bem, então, vamos todos descer e tomar um cafezinho. Nunca pensei que a gente pudesse esvaziar a escola em tão pouco tempo. Quando fui convidado para fazer parte da comissão que ia elaborar esse plano-piloto, cheguei a duvidar de que obteríamos esse silencioso sucesso. Veja só: estamos sozinhos, que bom!

O direito dos miseráveis

I

"Quando as coisas estão acontecendo, ninguém as pressente. O homem somente consegue entender o mundo depois de um certo distanciamento histórico, sem o que qualquer interpretação será, no mínimo, temerosa. Eu poderia dar a vocês vários exemplos de ilustres homens públicos que perderam a credibilidade perante a nação que os abrigava, depois de uns poucos saques sofismáticos. Hoje, do fundo de seus sarcófagos, eles corrigem-se, justificam-se, até humilham-se. De nada resolvem suas queixas. Opinaram durante o acontecimento e hoje são consideradas figuras empedernidas. Há também os exemplos reversos: colmilhudos tecnocratas que aí estão a enrolar os menos cautos, em virtude de, na dúvida, haverem ultrapassado e, por pura sorte, não terem encontrado nada na contramão. Acertaram uma vez só, e por acaso, mas isso bastou para que passassem a figurar sempre na crista da onda, pelo menos durante um certo tempo.

Acho, porém, que o murmurar do mundo requer tempo para análise e mais ainda para interpretação. Porque não vai bastar a descrição de um só aspecto da realidade: uma boa explicação requer a descrição de todas as camadas que compõem o fenômeno que se quer ver. Caso contrário, você somente vê o que aparece. E o que aparece não é todo o real."

De uma aula de História do professor Sílvio.

II

"As minhas dificuldades, os meus problemas, as minhas insatisfações, as minhas desgraças? Ah, são muitas. Se eu começar a pintar agora o quadro, duas coisas vão acontecer: primeiro, vai faltar tinta; segundo, o senhor vai correr de medo. Eu estudei durante dezessete anos, cinco no Primário, porque naquele meu tempo havia o Complementar, que era um quinto ano acrescentado ao Primário; mais quatro no Ginásio, em que aprendi Latim, Francês, Inglês, um pouco de Física e Química, duas ou três coisas de Biologia – o senhor sabe que o Ginásio antigo era mais bem organizado, né? A gente estudava com mais afinco, eu, por exemplo, estudava o dia inteiro, sem parar. Bem, depois eu fiz o Científico, em que aprendi as leis gerais do mundo, tanto na Física como na Sociologia. Depois fiz vestibular e passei, mas dois anos depois o meu curso era fechado por decreto, então escolhi outro, História, mais inofensivo, né, assim pensam, e hoje estou lecionando nesta universidade, mas preciso sair meio logo e ir fazer um Mestrado, daí volto e está na hora de fazer um Doutorado, terminando o Doutorado, terei de fazer um Pós-doutorado, pois até lá este curso terá a mesma validade das constituições dos Estados latino-americanos. De forma que o meu destino é duplamente amargo: os próximos anos da minha vida eu os gastarei estudando e ensinando. O sistema pensa que a gente nunca se forma, está sempre desconfiando da gente: volta-se de um curso e vai-se fazer outro. E ainda me considero um privilegiado, pois deixei muitos colegas para trás nessa esteira e sei que todos eles me invejam, pois estão numa situação bem pior que a minha. Lecionam em colégios, onde a subserviência, por ser a norma básica de conduta, obriga-os a vivenciarem, na prática de cada dia, certos preceitos que eles abominaram nos cursos que fizeram, por absoluta coerência histórica. Para citar um só exemplo, mas que é um exemplo estrutural, tenho vários colegas que ensinam num colégio pertinho daqui, no qual uma diretora lhes dispensa os mesmos cuidados com que eram tratados os prisioneiros nos campos de concentração da Segunda Guerra Mundial: arbitrariedades, desumanidade, desrespeito à produção intelectual – isso é fichinha para eles. Com a mandona lá, as coisas são ainda piores.

Um dia a gente tergiversa, ninguém entende por quê: nem nossos vizinhos, nem nossos colegas, nem nossas mulheres, ninguém. Talvez nem mesmo nós, porque a confusão está enorme."

De um depoimento do professor Sílvio a um jornalista.

III

"A tarde ia morrendo e, se eu escrevesse como José de Alencar, não poderia contar o que agora estou contando. Porque ele viveu noutro tempo, quando havia verdes imensos, aves de nomes sonoros e árvores para muitas sombras. Ah, sim, e virgens suspirantes. Todas essas coisas hoje em dia estão em falta nos supermercados. Por falar em supermercados, por esses dias vi uma senhora benzer-se antes de entrar num deles, mas eu não devia me admirar: os supermercados são as igrejas do nosso tempo."

De uma redação do professor Sílvio, quando aluno do curso ginasial.

IV

"2/2/1977: Encontrei essa mesma menina em dezembro do ano passado. Estava tomando chope no Restaurante Universitário, junto a mais algumas pessoas, das quais não recordo os nomes, a não ser de uma, pela importância ou desimportância que passou a ter. Chamava-se Boiota. Minha mulher tinha viajado para ver seus pais, levara as crianças, de forma que eu estava em férias conjugais, a fim de uma transinha, mas disposto a apaixonar-me doidamente por uma bela mulher, coisa difícil de acontecer hoje em dia. Não pelas mulheres, que estão cada vez mais lindas, mas pelas paixões, que estão cada vez mais raras. Acho que são esses roqueiros que viciaram as menininhas nessas superficialidades. Elas paqueram os caras, e eles fazem as pobrezinhas entrarem nos carros, reclinam os bancos e ficam escutando *rock* a todo volume, sem sequer pegar na mão delas. Naquele dia, porém, não foi possível. Doroti foi jantar com Boiota e eu fiquei até mesmo sem ver navios, pois estava longe do porto. Mastiguei um pouco o amargo da hora, insuflei-me de súbita continência e fui ao cinema, onde Arlete passou o tempo todo tocando o pé no assento onde eu estava, mas dela eu não estava a fim. Hoje, quase sem querer, encontrei Doroti no recreio, com um feixe de cadernos: ia gazear o resto das aulas, pois, segundo ela, estavam muito chatas, ameaçadoras até, o professor muito nervoso.

Pedi a ela que perdoasse o professor, que é meu amigo, e que está nervoso porque seu salário é, de fato, um soco na cara. E que quanto a gazear, ela gazeasse quanto quisesse, desde que não ficasse em recuperação, pois, no caso dela, ficar em recuperação era um perigo: insatisfeito em outras fundamentais expectativas, qualquer bom mestre ia querer aprová-la em disciplinas lascivas. Ela então disse que só fazia amor por amor e que ninguém pensasse que ela era como as espiãs dos filmes da Segunda Guerra, que davam para conseguir informes. Não havia nenhum motivo que justificasse esse sacrifício de sua parte – acrescentou.

— E, por falar nisso, aonde é que você foi naquela noite que não apareceu para a janta?

Respondi que ela estava muito bem acompanhada e que meu interesse não era propriamente nem somente a janta.

— Sou uma pessoa que faço do ato de comer um ato social, em que o menos importante é a comida. Desde que eu não esteja com muita fome, claro — respondi.

— Corre por aí que sua mulher viajou, é verdade?

— Tudo corre fácil por aqui, hein! Passaram vaselina na universidade toda, ao que parece.

— Mas viajou ou não viajou?

— Viajou, ué! E daí?

— E daí que não precisa ficar irritado quando dizem a verdade. Além do mais, sempre é bom saber quais os frutos proibidos que podem ser mais apetecidos.

Como eu não tinha aula hoje à tarde, fomos passear um pouco. Levei-a a ver um recanto que muito bem conheço, onde há um gramado lindo de morrer, perto de um rio, umas árvores frondosas onde muitos casais já se abrigaram. À beira do rio, contei-lhe o conto "Isabel numa quinta-feira" e disse-lhe que Roberto Drummond sabia dois anos antes que Angela Diniz ia ser assassinada dois anos depois.

— Como é que ele descobriu a verdade? — ela perguntou.

— Pelos olhos — eu disse.

Eu estava deitado e ela, sentada. Depois que eu contei a história, ela deitou-se ao meu lado.

— Também tá procurando uma verdade nos meus olhos?

— Não. Você não é a Angela Diniz, as mulheres não são todas iguais, nem eu sou Roberto Drummond, todos são diferentes, eu acho que os seus olhos têm muita força, esta cor deles está mais expressiva ainda por causa do fim da tarde, mas o que acontece é que agora eu a peguei, nesse exato momento. Eu não estava conseguindo apreender você, apreender, ouviu? Sou precário observador pelos olhos, mas do ouvido nada me escapa. Meu ouvido a surpreendeu e você acabou de morrer pela boca. Aliás, é o jeito mais comum de as pessoas morrerem, como os peixes.

Ela insistiu para que eu identificasse o 'você morreu pela boca', eu disse que não, que ela poderia descobrir pensando sobre o que me dissera, mas que isso ela tinha que fazer com calma, sozinha, no reduto de sua liberdade. E que todos tinham um reduto para a sua liberdade e que ela devia ter o dela."

Das anotações do professor Sílvio.

V

— Doroti, por que você é uma pessoa triste?

— Ah, sabe que nem sei? Todo mundo diz isso de mim, mas todo mundo é triste como eu. Quando eu passei no vestibular, pensei que tinha perdido a tristeza. Em vez disso, dei cria a outra.

— Tem um psicólogo norte-americano que disse que a gente só pode ser triste ou alegre pelas coisas que faz ou deixa de fazer, isto é, que a prática é o critério da verdade."

— Um psicólogo norte-americano disse isso? Bonito!

— Na verdade, nem sei quem disse isso. Talvez tenha sido eu mesmo. Disse que foi um psicólogo, e americano, para obter maior credibilidade perante plateias mais colonizadas que não se descolonizarão jamais. Como é que é a sua vida, Doroti, me conta! Por exemplo, de segunda a domingo. Diga-me o que você faz numa semana e eu lhe direi quem você é.

— Bem, eu ainda estava estudando quando peguei essas aulas que falei que estou dando. Estava no segundo ano de Letras, faltava professora de Português num colégio lá da minha terra, e como hoje em dia ninguém mais quer saber de ser professora, porque o salário está cada dia mais minguadinho, eu aceitei, também porque precisava pagar a universidade. Desde então eu dou quarenta e quatro aulas por semana. De segunda a sexta, dou oito aulas por dia. Sábado leciono só até o meio-dia. À tarde, sempre tem reunião dos professores para ouvir avisos, condenar alunos, aperfeiçoar certas repressões, esses troços todos que se faz nas escolas. Domingo passo quase que o dia todo corrigindo redações, provas, preenchendo cadernos, programas, de uns tempos para cá o ensino está muito burocratizado, ih, eu tenho que pintar dezesseis quadrinhos com cores diferentes, isso para cada aluno, que correspondem às dezesseis habilidades desenvolvidas na Universidade Stanford, sem contar os registros de notas, observações sobre o comportamento de cada um deles, enfim, tanta coisa. — Doroti suspira, profundamente desanimada. — E quando é fim de bimestre, você multiplica esse trabalho por dez.

— Não sobra tempo para viver?

— Nem para amar. Perdi o homem que eu mais amei na vida por causa desse ritmo violento de trabalho. Eu estava apaixonadíssima por ele, nunca me vi assim, ele chegava lá em casa e me dava aquela imensa paz, de que tanto eu precisava, perto dele eu era uma grande mulher. Mas todo domingo eu sempre tinha muita coisa para fazer, corrigir, anotar, registrar. Ele cansou de me ver assim. Muito desconfiado e tímido, tinha uma timidez linda de morrer, começou a achar que eu reunia aquela montoeira de papel só para espantar ele lá de casa.

— Então, quando é que você vive, Doroti?

— Aqui. Nas férias. Nos cursos de férias. Eu venho estudar porque não posso parar. Se eu não fizer essa pós-graduação, um dia eu ainda perco esse emprego, que é ruim, mas é o único que eu tenho, e sei que tem gente assim, numa pior que a minha, louquinhos para pegar um emprego como o meu. Então, nesses cursos de férias, eu aproveito para desregular a vida, para tergiversar, para transar.

— E isso resolve?

— Não resolve. Nada resolve. Mas ameniza. Todas essas mulheres que aí estão, estão na mesma que eu. Em casa, nem se arrumam, nem se pintam, nem passeiam, nem vão ao cinema, nem amam, nada: são professoras! Nas férias elas vêm estudar aqui, desligam das famílias, não têm filhos, não têm marido, não têm sogra, não têm parentes, não têm comadres, não têm nada: elas estão em estado de esquecimento de tudo. Enfeitam-se, desfilam rebolando por aí com vestidos atrevidos, muito caídos em cima, meio abertos na frente ou dos lados, fazem sauna, vão ao cabeleireiro todo dia, pintam-se, exumam a cara com tudo quanto é cosmético, vão à boate, dançam, pulam, brincam, conversam, bebem, fazem festa e quase toda noite estão trocando de homem, porque têm medo de seus destinos.

— Mas todas são assim?

— Ora, é claro que tem aquelas mais fanáticas, que todo fim de semana vão correndo para casa ver o maridinho.

— E você?

— Estou agora com você. Daqui a alguns dias termina dezembro e eu vou para casa, esqueço tudo, planejo minhas aulas e dou entrada em algum ponto do círculo, posso entrar em qualquer lugar, porque o círculo é redondo, eu nunca irei a lugar nenhum mesmo.

— Mas, Doroti, então você... Quer dizer que esses dias você tem dormido comigo, como podia ser com qualquer outro, como é que você aguenta uma precariedade dessas?

— Essa não é a pior precariedade da minha vida. Você pensa que o problema é eu ir para a cama com você, transar com você, não sei o quê, e amanhã ter que estar em outra? Esse não é o problema. O problema é que eu tenho que trabalhar como uma besta de carga durante todo o ano e só me resta esse curso de férias. Por que é que você não se preocupa com coisas fundamentais?

— E a vida sexual da gente não interessa, então, não é uma coisa fundamental? Então não existem coisas fundamentais!

— Antes vem a sobrevivência. Depois a gente conversa sobre essas coisas mais lindas. Nas aulas de Filosofia, eu sempre penso: se a gente não precisasse pagar para comer, vestir, morar, por tudo quanto é coisa de que se precisa – aí, sim, o mundo e as pessoas seriam diferentes. Até esse limite, qualquer desejo é mera especulação. A minha vida e a de uma favelada são iguais. Apenas a minha miséria tem mais *status*. Mas eu também sou marginal.

De um dos muitos diálogos de Sílvio e Doroti.

VI

Querido Sílvio,

As aulas terminaram hoje e você não estava aqui. Precisava de você para me dar força, para falar comigo, para me contar histórias interessantes como a que você me contou à beira do rio Chorão. Hoje eu sou uma mulher, negra, pobre, desgualepada, numa sexta-feira, 13 de agosto de um ano bissexto qualquer. Sou *Doroti numa sexta-feira*. Mas como diz você, DJANGO não perdoa, DJANGO vem para matar e o *show* já terminou. Tenho aqui no meu caderno de Linguística aquelas brincadeiras de um dizer uma frase, outro dizer outra, lembra? A última que a gente fez foi a seguinte:

Você: Ame-me ou deixe-me.
Eu: Ninguém se segura no país.
Você: Eu sou um professor que não vai para a frente.
Eu: O *show* já terminou, mas os artistas ainda não foram pagos.
Você: Gente fina, boca fechada.

Eu: Nossos problemas estão sendo discutidos em Washington.

Você: De hora em hora Deus piora.

Eu: O professor é o sacerdote do sistema.

Você: Os sacerdotes não devem ser pagos, devem viver do altar.

Eu: O professor é o negro do universo, a mulher do Brasil, a poesia da Literatura brasileira, o filme sério do cinema nacional.

Você: Passam mil filmes estrangeiros por ano na televisão do Brasil e eu sei fazer roteiro de cinema, conheço uns amigos que sabem fazer cada filme que *voute*.

Eu: (enveredando por bíblicos caminhos) Buscai primeiro a colonização cultural e a alienação política, e todo o resto vos será dado por acréscimo.

Você: Quer comais, quer bebais, quer escovais os dentes, quer ensabonetais – em qualquer dos casos é com as multinacionais.

Eu: O professor não é invejoso, não é temerário, não se ensoberbece, não é ambicioso, não busca os seus próprios interesses, não se irrita, não suspeita das Delegacias de Ensino e das Secretarias de Educação, não folga com o salário, mas folga com o trabalho; tudo desculpa, em tudo acredita, tudo espera, tudo sofre. É o chamado boiota.

Você: As meretrizes e os burocratas estão nos precedendo nos salários.

Eu: Meu destino não é deste mundo, se meu destino fosse deste mundo, meus pais teriam lutado para que eu não fosse entregue ao Sinédrio do Magistério.

Você: Alegrai-vos e regozijai-vos quando vos perseguirem, vos ludibriarem nas promoções, vos incomodarem na distribuição das aulas, porque ser masoquista é a única alternativa que vos resta, conforme já disse Mateus, capítulo 5, versículos meio perdidos.

Eu: Se a sociedade brasileira despreza os professores, não temais. Primeiro ela desprezou os alunos.

Até as próximas férias. Boas-Festas!

Assinado: Doroti numa sexta-feira.

De uma carta de Doroti a Sílvio.

VII

Querida Doroti numa sexta-feira,

Você tem notado como andam evitando as discussões sobre a situação dos professores? Não existem preocupações fundamentais com os problemas da Educação, apenas remendos provisórios, e esse desleixo é um aspecto importante de nosso atraso cultural. Você continua professora, eu continuo professor, não há saída possível. É grande engano pensar que, mudando de profissão, muda-se de vida. As pessoas que fazem isso, cedo reconhecem que mudaram a trajetória de sua vida por causa de um olhar deformado lançado sobre a realidade objetiva de cada dia. Quanto a mim, Doroti, esforço-me para, em cada dia, juntar num motivo só essas três coisas, que considero as mais fundamentais:

1º – Analisar o mundo com olhar armado e coração desarmado.

2º – Fazer das pequenas tarefas de cada dia peças constituintes de uma ação política. Tudo o que faço interfere na engrenagem do mundo, não é nenhuma pretensão absurda, é apenas a dinâmica dessa tralha.

3º – Juntar às duas primeiras opções uma percepção estética.

Por isso, Doroti, transar com você não é um fato isolado, é a saída possível. Eu sou uma pessoa séria. Eu sou como um personagem de Otávio de Faria que, na hora do orgasmo, está interrogando o mundo com a única arma de que dispõe, a sua racionalidade. Lamento que você nem possa entender isso porque não leu nenhuma tragédia da burguesia, isso é o mais triste de tudo: as pessoas perderam o costume de ler, daí não sabem falar, nem pensar, nem amar.

Como não estão dizendo nada disso na televisão, você ainda não aprendeu, certo? Você chega em casa muito cansada de tanto dar aula, toma um banho, arria-se numa poltrona e não precisa fazer força nenhuma para ver televisão, que lhe é a única alternativa possível. Isso é o sistema? Pode ser que sim. Mas não se esqueça de que o sistema dos países atrasados é bem mais desgualepado que os outros. Ouvi dizer que na Europa e nos Estados Unidos, quando uma pessoa é acusada de algum crime, ela pode se defender; que se demitem um professor, sem justa causa, todos os outros se sentem mordidos, como abelhas; que se os patrões espoliam demais os empregados, os sindicatos berram, com toda a força, porque o berro deles é um berro institucional, reconhecido pelo próprio sistema. Seu professor não lhe disse um dia que os terremotos servem para ajeitar uma nova ordem na Terra? As revoluções também.

Você me disse esses dias que anda muito confusa ultimamente. Sabe por quê? Porque você olha o mundo a partir dos seus conflitos interiores. Eu acho que você deve olhar os seus conflitos interiores a partir do mundo. Você anda confusa, desorganizada, mal-amada – porque a ordem social que a cerca é injusta e por isso a deforma. Você vê: a vida é pelo inverso. A desordem que está no seu coração está no coração do mundo, no coração de todos. Não existe ninguém imune à ordem injusta que está estabelecida.

Embora não queria doutriná-la, espero que se um dia você for membro da ONU, vote contra todas as ditaduras e faça o maior espalhafato, a maior bagunça, para que ouçam a sua voz.

Não me esqueça, cresça, amadureça e apareça.

Sílvio

De uma carta de Sílvio a Doroti, pouco depois de ela ter ido embora.

A representação da verdade

O engenheiro tomou as pedras e as amontoou no canto da sala, espaçosa, com uma das paredes toda envidraçada. Ajeitou bancos, cadeiras e almofadas, de forma que acomodassem as cinquenta pessoas convidadas. Transferiu o tapete para perto da parede, que abrigava alguns quadros famosos: Goya, Rembrandt e outros. E Picasso. Trocou algumas lâmpadas queimadas dos grandes castiçais dependurados no forro. Abriu as cortinas que vedavam a claridade do luar e por um instante contemplou os dois carros estacionados no pátio. O brilho do luar alumiava a grade e o capô de um dos carros e ele achou isso muito bonito, pensando que se os homens da General Motors prestassem um pouco de atenção aos efeitos estéticos da natureza sobre os carros que produziam, em vez de associar os automóveis a mulheres famosas, produziriam fotos lindíssimas como esta que ele agora vislumbrava, imaginando seu Opala tomando um banho de lua cheia.

— Os homens perderam a imaginação. Hoje todos são carneiros e fazem as mesmas coisas todos os dias, numa rotina que dói mais que a saudade da infância. O juízo humano erra demais e repete os mesmos caminhos dia após dia, e não acha a verdade. Os moços, esses malucos, querem encontrar a verdade atrás dos sentidos; os velhos esforçam-se por provar que ela está do lado de lá da experiência; e outros levantam um véu que cobre obscuras coisas e afirmam que tudo lhes foi previamente revelado. Perguntou-lhe Pilatos: "E o que é a verdade?". Mas Jesus se calou.

— Que é que você está olhando, meu bem?

— A lua. Sou um homem uivando para um carro.

— E estas pedras todas, para que são?

— Ainda não terminei. Preciso arranjar as flores, botar os cristais sobre a mesa grande da sala, trazer as bebidas – cerveja, uísque, amargos, muita cachaça. Eles vão querer também as suas roupas e as minhas, todas, para se vestirem a rigor. Todos os nossos documentos que atestam propriedade serão colocados nesta cristaleira, assim ninguém não os suja, porque boto ali os papéis, mas chaveio o vidro.

— Mas para que tudo isso, Jorge?

— Para uma representação, mãe. O pai não lhe falou? Vai haver uma grande festa aqui em casa. Vão vir mais de cinquenta pessoas.

— E vão representar o quê, meu bem?

— Nada, mulher. Já diziam os gregos que nada é tudo. Aliás, o que é que eles não disseram? Você acha que é mais fácil a gente inventariar o que eles disseram ou o que eles não disseram? Original, original mesmo, foi o cara que pela primeiríssima vez gravou numa pedra a sublime palavra "mãe". Não seja uma supermãe, tá? Vamos combinar assim: você não é uma supermãe e eu não sou um superpai. Não sejamos totalitários. Do contrário, nossa família será uma escola de governantes latino-americanos.

Eles foram chegando e se acomodando conforme lhes foi preparado. Exceto os representadores, que foram para os quartos se aprontar.

Jorge e seu pai serviram bebidas para todos. No princípio havia harmonia no caos e a calma disfarçava todas as deformações. Logo alguns quiseram mijar. Eliana estranhou que entrassem em grupo no banheiro. Moisés contemporizou:

— Mulher, não se assuste, a nossa geração já se foi. Esta é outra e porque é outra faz outras coisas, tem outro comportamento, pensa diferente, sente diferente, age diferente. Você nunca pode entender os novos?

A conversa começou de mansinho. Alguém disse que o Congresso Nacional era a goela punida do país, que um presidente latino-americano qualquer havia arrebatado o troféu "cuca de lata" da semana, com a frase "Esta é uma democracia que, por motivos de força maior, não pode ser democrática". Isso fez outro lembrar outra frase, de um deputado brasileiro, notório anticomunista, que, numa coluna intitulada "O Perigo Democrático", advertia que num regime democrático ficava muito difícil combater o comunismo, pois os comunistas seriam livres também. E arrematara que liberdade era para quem merecia, não para quem precisava.

— Então, como é que os governantes devem proceder para que o Brasil chegue ao seu glorioso destino? — perguntou alguém.

— Preocupar-se mais com a distribuição de renda e menos com a repressão — disse uma menina.

— Mas, se houvesse liberdade nos meios de comunicação social, já seria um bom começo — disse um estudante de jornalismo.

— Vocês viram que a imprensa toda, toda esta semana, incendiou a opinião pública com a tragédia que aconteceu na novela das oito na semana passada? É um caminho perigoso: não se discute a realidade, se discute a fantasia. Aonde vamos parar?

— Ninguém sabe, nem mesmo os Estados Unidos que sabem tudo, até nossos pensamentos mais ocultos. A corrupção embotou a subversão. Só se sabe de xunxo, xunxo daqui, xunxo dali.

— Mas pensa que os professores falam disso numa aula? Nem tocam, nem podem. Estamos mergulhados num obscurantismo medieval. Agora, o Brasil vai se tornar uma ilha, separada do resto do mundo, por causa de uma nova lei que vai censurar todo material vindo do exterior. Nossos ídolos estão cansados; você sabe, os deuses também morrem.

— Escrevi uma carta a Zora Ionara, solicitando o horóscopo do país. De que signo mesmo que é o Brasil?

— O Brasil é de Touro e limita-se ao norte com colônias dos Estados Unidos, ao sul com colônias dos Estados Unidos, a oeste com colônias dos Estados Unidos, e a leste com o oceano Atlântico, que foi alugado pelos Estados Unidos. Vide os tratados. Este país está cercado: é um país ocupado.

— Agora eu sei por que é que ele não acha seu glorioso destino.

Depois se começou a falar de Dario que, além de fazer os gols, ainda inventava nome para eles. No último grenal, ao fazer o gol decisivo no meio minuto do jogo, ele dissera:

— O rei Dadá, pressentindo o precioso lançamento que lhe faria o príncipe Jajá, adiantou-se para receber o passe, disparando o poderoso torpedo que adernou o barco gremista.

Falou-se que a seleção brasileira iria perder a próxima Copa do Mundo, que quando a política ia mal, tudo no Brasil ia mal, com exceção de 1970, mas toda regra tinha uma exceção, que servia exatamente para confirmá-la. Depois se falou de moda, do tempo. Foi quando o grupo que fora se aprontar apareceu para a representação.

Não havia enredo previamente preparado, depois de toda a tragédia é que se soube.

Um dos representadores quebrou um jarro que a mulher do engenheiro muito estimava, só para avisar que:

— Atenção, pessoal, pessoal! A festa vai começar!

Houve um silêncio geral por causa do jarro quebrado e das lágrimas doídas de Eliana.

— Vamos representar uma tragédia aqui hoje. Evidentemente, isto é, evidentemente para nós, esta não vai ser uma tragédia clássica, por isso dispensamos roteiro, iluminação, coloridos. Esta é uma tragédia bem esculhambada, isto é, bem brasileira. É um engano pensar que tragédia segue roteiro ou precisa de muita iluminação e outras frufrufrezas. Tragédia é de repente. Não pode ser preparada.

Entra Zana:

— Meu casamento é uma tragédia que foi preparada passo a passo pela boiota aqui. Desculpe desviar este começo de tragédia trazendo para este palco, de cara, o meu casamento; sei que não é bom fazer como nas telenovelas, que só tratam de problemas superficiais. Vocês já viram uma personagem de telenovela fazer xixi? Nunca. Pois saibam que ela não faz xixi pela mesma razão por que não se preocupa com os preços de supermercado, perspectivas políticas do país e outras coisas mais verticais.

Entra Zenaide:

— Zana é uma mulher infeliz. O marido dela é ciumento que dói. O meu, também, ah, eu tenho um marido que *voute*! Seu coração é mais duro que o de qualquer patrão. Eu encosto o ouvido no peito do meu marido e ouço o batuque grave do seu coração batendo no cimento do peito. O som é o mesmo que o de uma talhadeira na rocha.

Entra Nilde:

— Um dos mais graves sintomas de perturbação sexual consiste nessas falquejadas dos maridos. As mulheres psicóticas falam de seus maridos com a mesma desenvoltura com que diriam que o seu cachorrinho de estimação cagou bem no meio da sala. Zenaide atribui aos problemas dela e aos de Zana uma causa errada. O ciúme não é o maior mal do mundo, nem é a raiz de tudo o que se diz por aí. O maior mal do mundo, todo mundo tá cansado de saber. E se não sabe ainda, basta ficar alguns dias sem comer que já aprende.

Entra Demétrio:

— Meus amigos, se isso fosse uma tragédia, seria preciso que se indagassem coisas fundamentais. A tragédia, meus amigos, é o próprio destino do homem, pois todo destino humano é trágico. Pedante isso, não?

Mas ficou muito bonito, não? A retórica tem dessas coisas: a gente diz umas bobagens quaisquer, mas diz de forma brilhosa, espumosa, pode ser até revoltosa... E o povo gosta. E vocês sabem por que é que o povo gosta de ouvir falar bonito? Tá lá na *Bíblia*. Aliás, como diz Borges, o que é que não está na *Bíblia*? Até esse queixume todo aí da Nilde, da Zenaide e da Zana tá lá na *Bíblia*.

Voltam a entrar Nilde, Zenaide e Zana. Todas repetem o que disseram antes, ao mesmo tempo, juntamente com Demétrio, que também repete o que disse e depois todos se calam.

Entra Gustavo André:

— Deus, quando quis atrapalhar os homens, o que é que ele fez, o que foi? Quem sabe pode dizer. Ninguém sabe, mas todos deviam saber, pois é muito importante saber isso. O engenheiro que hoje nos hospeda acha que porque sabe Cálculo I, Cálculo II, calculo que sabe calcular até o incalculável, já que a Matemática não deixa nem uma nesguinha assim pra gente enfiar a unha do pensamento e bisbilhotar ali – pensa que porque sabe todos esses feitiços sabe tudo. Mas não sabe o que Deus fez quando quis esculhambar a vida dos homens. Ou sabe? Se sabe, pode dizer. Não sabe. Mas também não admite. Não responde. Fica ali quieto no chão. É um bicho ladino. Porque, se responde, erra na certa. E se não responde, ninguém sabe que ele não sabe. Muito ignorantão já passou por sabido servindo-se desse expediente. Todo o complexo sistema do senso comum – a maior arma da ignorância – assegura a sabedoria da boca fechada, através de elaborados ditados, dos quais dois eu conheço bem: "Bobo calado não dá saber a ninguém"; "Em boca fechada não entra mosca". Mas ora: bobo calado pode deixar de parecer bobo se disser uma coisa inteligente, é ou não é? E, se em boca fechada não entra mosca, não entra comida também.

Entra o diretor da tragédia:

— Deus, quando quis confundir os homens para impedir que eles alcançassem o céu, destruiu a unidade linguística do gênero humano e fez todo mundo falar diversas línguas, estabelecendo a maior confusão semântica de que se tem notícia. Os norte-americanos, que são todos meio bíblicos, compreenderam muito bem isso e estão impondo a língua deles a todo mundo. A nossa ideia era quebrar tudo hoje aqui e para isso pedimos que o engenheiro trouxesse todas essas pedras. Mas resolvi mudar o roteiro da tragédia. A maior tragédia desta noite é esta: nós queríamos representar a verdade e fracassamos. Vamos puxar um fumo? Injetar algum tempero no sangue? Vamos trepar com todo mundo? A arte imita a vida. E, quando é uma arte fajuta como esta de hoje, imita melhor ainda.

As festas da corte

Depois de uma apresentação de nossa turma no dia 7, num número chamado "As festas da corte", eu, Dom Pedro I, Imperador do Brasil por graça de Deus e concessão de meu pai, Dom João VI, rei de Portugal, dancei uma valsa com uma das princesas minhas mulheres.

Mas Arlete não era princesa. Depois tudo se misturou e ela virou princesa, *miss*, professora, prostituta e, por último, garota de programa. Mas isso foi muito tempo depois. Naquela época, nós ainda vivíamos dentro de nossa realidade e por isso podíamos ser príncipes, reis, imperadores, princesas.

Arlete dava um jeito de a saia escorregar no banco, a fim de que pudesse me mostrar suas coxas, brancas como as hóstias. A saia era azul e combinava com aquelas alvas pernocas, "Ó Mãe do Céu, azul é teu manto, branco é teu véu, Mãezinha eu quero te ver lá no Céu" – a gente cantava na missa. Mas tinha sempre a turma dos malandros que cantava a todo volume uma variável dessa letra: "Azul é teu Modess, branca é tua calcinha, mãezinha eu quero te ver peladinha". Um dia todo mundo se combinou e parou de cantar antes do último verso. E a voz de Semenrique reboou pela igreja, em insólito solo: "Mãezinha eu quero te ver peladinha".

A diretora do Grupo Escolar Jacinto Machado Filho – que, tirando o Machado, ficava Jacinto Filho, conforme Semenrique gostava de perguntar para as meninas: "Onde vocês estudam?". Elas: "No Grupo Escolar Jacinto Machado Filho". E ele: "E tirando o Machado, como é que fica?". Elas, inocentes, as pobrezinhas: "Jacinto Filho". Ele: "Ah, é? Grávidas, né? E a mamãezinha já sabe?" –, que era mulher de um farmacêutico que todo mundo jurava que era aleijado e desconforme, suspendeu Semenrique por uma semana. Depois que ele cresceu, ao contar isso, exagerava um pouco:

— Uma vez a diretora me suspendeu por uma semana, na trave do campo de futebol.

— Por que na "trave de campo de futebol", Semenrique?

— Ué, porque tem essa outra trave, aí do gabinete, só para castigo mixuruca.

Riam dele, que acrescentava:

— Tenho as duas bolotas meio desparelhas por causa desse antigo castigo. Fui dependurado pelo saco.

Contava que ele, durante muitos anos, tinha mantido um romance com uma professora alta e magra, que era normalista. Naquele tempo, ser normalista era como ser doutorada. Uma normalista era consultada pelos pais, que queriam saber as bases da pedagogia moderna; pelos outros professores, que queriam saber o jeito de ensinar sem surrar, que, então, começava a ser proibido, para alegria da criançada; pelo padre, que queria cooperação na catequese; pelos colonos, que queriam informações sobre que veneno botar na plantação de fumo; pelas meninas, que começavam a menstruar e queriam saber "os mistérios da vida", como se dizia.

Arlete fazia tudo para que suas coxas roçassem as minhas. Eu acompanhava pelo rabo do olho e podia ver que ela estava fazendo o mesmo, com aquele seu olhar apertado e atrevido. Fazia eu me lembrar da minha tia

Nena, que me chamava a um escuro qualquer e dizia: "Põe a mão na minha, que eu ponho no teu". Era proibido pronunciar certas palavras, principalmente aquelas que eram contrárias a Deus Nosso Senhor. Procurava, como tia Nena, deixar a blusa meio desabotoada para que eu visse os dois cachorrinhos. Quem inventou essa de "dois cachorrinhos" foi o instrutor de natação, que mandava nadar de peito e dizia que era nado de cachorrinho.

Arlete livrou-se de sua virgindade nos porões da casa paroquial, então em construção, em agosto de 1959, assistida por quase toda a turma. Semenrique não se deu o trabalho nem de tirar a roupa. Arlete gania, gritava, gemia, assoprava, berrava, no fim esperneava – decerto ela nunca tinha pensado que podia doer. Isso ela contou depois para algumas amigas.

Depois, ficou costume a gente encontrar Arlete no bosque dos eucaliptos. A gente ia em quatro ou em cinco guris, e cada um tinha sua vez. Arlete sempre dizia: "Por que não convidam os outros também? Que venham os outros". Seu pai, que era engenheiro agrícola, levou-a a médicos especialistas em cabeça, voltou dizendo que sua filha era ninfomaníaca, uma doença esquisita, que nenhuma dor causava, que poucas mulheres tinham, mas que não tinha cura.

No concurso de *miss*, seu nome quase foi impugnado em virtude de certas falações, mas como as ditas moças sérias não haviam mesmo participado, tudo ficou por isso mesmo.

Arlete foi representar o município de Florianópolis, recebeu muitos prêmios, viajou, voltou e casou com um engenheiro americano. Viveu dois anos nos Estados Unidos e veio embora. Com as malas e um filho.

Eu tinha vagas lembranças de Arlete quando a encontrei em Curitiba, dez anos depois. Fazia um *striptease* num inferninho. De vez em quando a luz dava um clarão e eu levava um susto: eu conhecia aquelas pernas, conhecia, conhecia – conhecia ou não conhecia?

Acendeu-se aquela paixão por Arlete em meu peito. Mas ela não se chamava mais Arlete e sim Selmar.

— Por que um nome tão estranho, Arlete?

— Gosto muito da cor azul.

Seu marido havia sido sequestrado por um grupo marginal qualquer. Morrera com quatro tiros na cabeça. Era um sujeito muito rico, mas não deixou nada para Arlete, que, depois de ter vivido na alta sociedade, só recebeu a passagem de volta ao Brasil. A sogra não quisera ficar com o menino, embora Arlete fizesse questão de deixar o filho por lá, para aqui começar nova vida.

Hoje ela bebe, fuma, está num desespero permanente. Com o dinheiro que conseguiu com a prostituição, deu entrada a um apartamentinho, mas, como não tem qualificação nenhuma e a vida está a cada dia mais cara, ela se transformou numa garota de programa.

Assim, quando algum rico executivo quer fazer uma festa em sua corte, de preferência com dinheiro que não é seu, torna-se de repente generoso, bate um fio para Arlete e para outras moçoilas, arranja muita bebida e muito fumo, reúne os amigos e tenta imitar o Império Romano dos idos da decadência.

Depois que Arlete me conta essas histórias, eu me encho de raiva, penso em matar esses executivos, para o bem da pátria, ainda mais que eu morro de ódio de burocrata, só não me suicido porque acho que posso lutar bastante ainda para ver se me escapo dessa tralha toda. Mas tudo está ficando cada vez mais custoso. A nossa dívida tem aumentado que *voute*! Quando ela comprou esse apartamento, ficou devendo cem mil cruzeiros, pagou todo esse tempo e ainda deve trezentos. Era uma dívida moderna que se tornou eterna. Às vezes penso que seria tão bom se eu pudesse ajudar na prestação. Mas com o que ganho no banco dá apenas para pagar luz, água, telefone, leite, algum remédio para as crianças e poucas coisas mais. É a minha maior tristeza a vida da gente ser esculhambada desse jeito, porque Arlete é mãe amorosa e esposa muito apaixonada. Cada vez que volta de um programa, se eu estou triste, ela me diz:

— Não se aborreça! Você tem muita bondade! Um dia eu não vou mais precisar fazer isso. Faço por você, pelas crianças, por nós! Um dia não é nunca!

Disfarço, me ajeito por dentro e faço as contas: quando Arlete terminar de pagar o apartamento, ela estará com cinquenta e cinco anos, e eu, com sessenta. Ainda bem que tem uma lei desgovernada aí que garante que, se um do casal morre, o imóvel fica quitado automaticamente. Este é o prêmio da morte. Vai ter que ser um suicídio bem camuflado.

Notícias recônditas

Esta é uma folha clandestina. Não leia agora, deixe para ler na privada, que, como se sabe, se tornou o último reduto da liberdade. É preciso resistir. Os alunos desta escola precisam se mexer ou estarão irremediavelmente perdidos. A resistência estudantil está sendo organizada. Ano passado éramos uma meia dúzia de gatos-pingados. Hoje somos uma centena, mas precisamos de vocês todos, aliás, vocês precisam de nós, quer dizer, é preciso dar as mãos. Como o cochicho ainda não foi proibido, estamos sabendo de algumas coisas. Um deputado trouxe a notícia de que na capital o governo está sendo pressionado a encomendar minucioso processo para averiguar as acusações que são feitas contra um certo plano repressivo intitulado "Projeto-piloto para contenção dos excessos estudantis", de inspiração nazista, fascista e comunista. Como se sabe, estas três cores ideológicas no fundo querem uma coisa só: o totalitarismo. Este projeto, que está sendo elaborado aqui, por pessoas cujo passado está cheio dessas nódoas do tal plano-piloto, é para ser uma experiência-piloto. Se der certo, será aplicado em todo o território nacional. Não podemos esquecer que a escola é um lugar privilegiado para esse tipo de experimento. Assim como a Igreja, ou melhor: assim como a maioria das instituições, cujo princípio básico é a autoridade incontestável. Sem a soda cáustica da crítica, fica fácil elaborar projetos monstrengos, pois ninguém tem que dar satisfações a ninguém. Vocês devem estar lembrados que o diretor sempre nos colocou diante de duas alternativas: ou o seu sistema ou o caos. Esta é uma simplificação que é um verdadeiro atentado à inteligência humana. Entre o que está aí e o caos há muitas outras alternativas. Nós não somos consultados para nada nesta escola. Nós cumprimos ordens. Quando queremos fazer alguma proposta, a resposta é que somos jovens, inexperientes, erramos. Quer dizer que o privilégio de errar é somente das autoridades? O diretor está errando desde que assumiu o cargo. Não é jovem, não é inexperiente.

A bem da verdade, em certas coisas concordamos com o diretor. Ele quer disciplina, ordem, silêncio nas aulas. Nós também. A disciplina é essencial para a produção intelectual. Podem pegar a História e conferir lá: os grandes pensadores, os grandes artistas, os grandes construtores sociais sempre foram pessoas que impuseram disciplina em seu trabalho. Silêncio nas aulas? Mas quem não quer? É preciso ouvir o que os professores têm a dizer, é preciso discutir o que dizem, mostrar confiança, quem sabe eles não estão fingindo para ensinar? Muitos deles têm filhos e hoje em dia a paternidade está por um preço doído. Já houve quem justificou a delação em nome de uma família para sustentar. A diferença entre nós e o diretor é a seguinte: nós queremos a disciplina, a ordem, através do consenso, da nossa escolha. Até por uma razão muito simples: manter uma ordem escolhida é muito mais fácil que manter uma ordem imposta. Podem ver: o único responsável pela ordem instituída pelo diretor é ele mesmo. O dia em que ele cair, todos os seus ajudantes, que o ajudam por medo, vão dar pulos para cima de satisfação. E, enquanto está dando certo o seu sistema, eles dividem as glórias. Mas quando começar a decadência, o culpado será um só: o diretor. Ao passo que, se todo mundo participa das decisões, todos são responsáveis pelo sucesso ou pelo fracasso, não há alienação possível. Se você está de acordo com essas coisas, mexa-se!

Até um Papa enciclíqueiro disse aí, num desses documentos que os tefepistas abominam, que cada um é o principal responsável por seu sucesso ou por seu fracasso.

Confidências perigosas

Para o doutor Sigmund Freud

Em dia de chuva, estando um pouco desinteressada dos papos vazios de suas colegas, Jurema, senhora bem casada, beirando os quarenta e cinco, grande turiferária do próprio marido, ao imiscuir-se na vida de suas duas empregadas domésticas, ouviu relatos perigosos, a propósito do maior medo que cada mulher pode ter.

Margô, polaquinha das mais gostosas, responsável pela iniciação copulosa de vários filhos de patrões, brancona sabedora de que ao sul os homens preferem as polacas para uma boa noite de festas, aproveitou-se da súbita confiança outorgada pela ilustre chefe sua e disse que o que mais temia era um dia ser forçada a prestar serviços extraordinários aos maridos das patroas, aproveitando, entretanto, para alertar que, quanto a isso, na casa em que estava não havia o menor perigo, já que seu Honório sabia muito bem manter distância e respeito.

Elogiada pela senhora sua patroa, que a cobriu de várias vantagens, nomeando inclusive as partes mais apetitosas que sua boa saúde polaca lhe proporcionava, Margô procurou diminuir-se, dizendo que uma mulher não podia ser só seio, cara e coxa, uma mulher era muito mais que isso, devia poder ter instrução, roupas bonitas, bamboleante caminhar para chamar a atenção dos homens que porventura quisessem pialar. Ela um dia ainda ia ser bonita como as moças da televisão.

As virtudes de Margô não eram reconhecidas apenas pela sua patroa, ao contrário, eram mais bem gabadas na boca de certos seminaristas que juravam de pés separados que o fulgor dos rosários ditos fosforescentes, que tinham que carregar no bolso, não chegava nem perto do alumiar incandescente das receptivas coxas de Margô, responsáveis por inédito conhecimento que aqueles projetos de padres puderam ter acerca do que seria o Paraíso, confusão teológica que mereceu do padre espiritual a mais abrupta correção:

— Cês tão pensando que o Céu é um ninho de polacas devassas, louquinhas pra dar pra qualquer seminarista deslumbrado que por lá aparecer?

Por sua vez, o padre espiritual foi severamente advertido pelo reitor do seminário, que lhe perguntou se ele não dispunha de termos mais amenos para identificar o mais condenado esporte da gurizada.

Sabedor de diálogo tão moderno, o bispo diocesano, cujo maior sonho era poder voltar a vestir-se de púrpura outra vez, como nos velhos tempos, em bilhete sucinto recomendou ao padre reitor que moderasse um pouco a língua, onde já se vira um padre, com tanta experiência, confundir esporte com malcriadeza!

Dizem as más bocas que a história não terminou aí. Servindo-se de núncio apropriado, o Papa, em bula dirigida especialmente aos guardadores de seminaristas do Brasil, passou-lhes recado singular, em que prescrevia os mais importantes cuidados que deveriam dedicar aos pupilos, indicando como exemplo mais dignificante o tratamento que a CBD costumava dispensar ao selecionado brasileiro em tempo de Copa do Mundo.

Margô, a que causara esse alvoroçar todo, continuou a viver como sempre vivera, ignorando que seus dotes tivessem sido apreciados e discutidos até nos mais altos escalões da Santa Sé.

Jurema também não soubera nada disso, já que sua especialidade maior era andar desinformada de quase tudo o que ocorria ao seu redor.

Caladona, Cláudia, a outra doméstica – em cujo currículo constavam os seguintes feitos: provocadora de quatro desquites, cinco abortos em barrigas alheias, oito na própria, brigas generalizadas, que terminaram em algumas escoriações leves, e um ou outro triângulo amoroso, sua figura geométrica preferida –, tudo escutava, pegando as duas pela boca, como se sabe, órgão do corpo humano que mais tem derrubado as pessoas. Até que, nada mais tendo a ouvir, perguntou:

— E da senhora, qual é o maior medo?

— É um dia saber que meu marido tem uma amante, ainda mais se ela for mais atraente que eu.

Tempos se passaram e Margô, depois de um curso de secretariado feito à noite, numa escola que tinha a vantagem de situar-se perto do seminário, livrou-se da vida de doméstica, passando a amamentar e a terminar de criar diversos executivos retardatários que de repente vieram instalar-se em Sanga da Amizade.

Cláudia teve de se acostumar a ver a sua antiga colega reflorestada nos mais encantadores vestidos, de invejar até mesmo sua antiga patroa, não fosse seu rico maridinho presenteá-la com um muito lindo, coberto de ilhas de pérolas e enfeites ourosos vários, traje que tinha o objetivo de pôr fim à falsa concorrência da nova escriturária, o que, aliás, não conseguiu, pois Margô mandou cobrir um de seus mais avançados vestidos com bijuterias diversas, o que, na prática, anulou o fulguroso longo de sua antiga patroa.

Cláudia tomou raiva das duas e resolveu dar um jeito naquela ostentação toda.

Um dia dona Jurema chegou afobadíssima ao consultório do primeiro psiquiatra de Sanga da Amizade. Visse ele que seu fidelíssimo marido, depois de diversos lustros de uma assistência exclusiva à esposa, andava distribuindo esses favores a outra, à tradicional rival de todo lar. Quem era a outra? Ora, que psiquiatra incorrigível, então a primeira pergunta era sobre quem podia ser a outra, a amante?

Então sua primeira preocupação não era a cliente, era, como acontecia com seu marido, a outra? Revoltada, custou a apreender os conselhos do doutor, que lhe assegurou que, para o estudo do caso, convinha que fosse feito um levantamento de todos os aspectos do fenômeno. Assim, desceram a conversas mais íntimas:

— Sirvo o meu marido uma vez por quinzena, na segunda e na quarta sexta-feira do mês.

— Ele quer assim?

— Somos nós.

— Ele acha boa essa média?

— Acha. Na primeira sexta-feira do mês eu tomo a comunhão, na terceira tem reunião na casa de uma amiga.

— E nos outros dias, o que é que vocês fazem?

— Bem, visitamos frequentemente nossa filha casada.

— É bem casada a filha de vocês?

— Muito bem. É o tipo de marido que a gente pediu a Deus, o meu genro. Alto, bonito, trabalhador, atencioso com as senhoras, um pouquinho careca, louro, olhos azuis, muito caprichoso, me trata como se fosse sua mulher.

Na primeira consulta, o doutor Pereira anotou na ficha da paciente a seguinte frase: "Me trata como se fosse sua mulher".

Desde que chegara a Sanga da Amizade, esse era o caso mais complicado que passara a ter. Nos primeiros tempos, quantos sustos levara! As senhoras mais mal-amadas da cidade, nem bem passavam à porta do consultório, já iam tirando toda a roupa; decerto, meio desfamiliarizadas com uma ciência tão nova, confundiam, pensando que só podiam receber o tratamento peladas. Além do mais, houve, já de início, as aproveitadeiras.

Dona Lucrécia, jovem viúva, aportou em seu consultório em magnífico vestido preto de lustroso cetim, suficientemente descoberto na parte onde se enraíza o pescoço, com o objetivo evidente de propiciar uma amostra, atitude que foi reforçada com o cruzar das pernas, afiveladas com umas ligas de remexer o Marquês de Sade em qualquer túmulo que estivesse. E o doutor Pereira teve de se acostumar a ouvir os sonhos de dona Lucrécia: uma noite um avião levantava voo e lá do alto descambava, pegando fogo nas asas; outra vez um garotão do colégio não conseguia chegar ao topo do pau de sebo no dia 7, obrigando a intrépida viúva a escalar tão perigoso poste; certa feita, conhecido cavalo de raia, por ela visto só de longe num binóculo, não é que piscara um dos olhos em plena carreira?! O que é que o doutor achava de tudo isso, o doutor não se admirava? Então, tinha que inventar histórias mais remexedeiras, pois onde já se viu doutor tão paradão? Até que um dia dona Lucrécia convenceu-se de que o doutor, apesar de sua especialidade exigir isso dele, não entendia a linguagem dos sonhos, ela tinha mesmo que falar qual era o seu problema.

Confiando nas palavras de um antigo professor do lugar, que lhe dissera em noite de muitos amores que, de vestido preto, decotado e aberto um pouco dos lados, ela se tornava irresistível, dona Lucrécia apareceu no consultório coberta de desabridas paixões. Desde então, pobrezinha, acometeu-se de súbitas dores psíquicas, difíceis de identificar, e, sendo um caso tão patológico, obrigou-se a duas consultas por semana, caso inédito entre todas as demais pacientes.

Dona Lucrécia, com as coxas recheadas de celulite, tirou a roupa uma só vez. Nas demais, o doutor mandava apenas que ela deitasse, enquanto ele fazia rodar uma valsa de Strauss, aproveitando o tempo para ler uma ou outra revista de sua especialidade. Depois de seis meses de assíduo tratamento, com a conta definitivamente acrescida, dada a transferência compulsória de uma parte do saldo do marido da celulitada, o doutor diagnosticou enfim:

— Seu marido rejeita a senhora porque a senhora está com uma aparência estética desaconselhável e desprovida de atrações mais horizontais.

Receito três massagens diárias, sauna de dois em dois dias e, desculpe, mas é para firmar mais o corpo, um banho frio ao levantar-se e outro ao deitar-se. Isso feito, em pouco tempo a senhora ganha o "Rainha das Piscinas" facilmente, não desanime, que queimar graxa exige paciência, abnegação e até certa dose de devoção.

Dona Dalma, cujos olhos nunca o enganavam (enganavam apenas o marido dela, mas esse jamais a olhava nos olhos, pois o cifrão que havia no lugar da menininha atrapalhava um pouco esses olhares mais verticais), recebeu um tratamento específico, para cuja realização foi necessário instalar um divã um pouquinho mais largo, pois o que fora instalado nos primórdios da clínica podia abrigar somente a paciente, de acordo com os códigos da velha psiquiatria, que iam sendo diluídos pouco a pouco pelas pesquisas do doutor. A medicina continuava com poucas diversificações porque os médicos pesquisavam muito pouco, segundo palestra feita pelo doutor Pereira no Clube das Mães, no dia delas. Quanto à psiquiatria, não: um dia o mundo ainda haveria de descobrir que uma cidade do interior, acusada de abrigar uns poucos novos-ricos transitando com seus americaônicos carrões pelas ruas esburacadas, havia contribuído para o desenvolvimento da mais nova ciência do século XX. Sanga da Amizade não ia ser ignorada na história do Paraná. Então, pensavam que ali só havia soja, porco e trigo? Grande engano. Além de todos esses produtos, de resto vitais, para os paulistas principalmente, havia em Sanga da Amizade uma igreja, as Casas Pernambucanas, o seminário, o ginásio, a Escola Normal, o hospital, o Clube das Mães (o dos pais era um pouco mais retirado e menos formal), a delegacia de polícia e o cinema. A cidade parecia pequena porque todas essas construções ficavam meio amontoadas, quase não se esparramavam.

As mulheres dos médicos frequentavam o novo consultório, enfim vingadas, levando seus maridos a desconfiarem das súbitas neuroses e esquisitozes, mas a classe dos esculápios, unida, estava ali: para os médicos, tudo; para os clientes, apenas a receita atopetada de remédios que obrigatoriamente deveriam ser adquiridos na única farmácia do lugar, de cujos lucros todos eles participavam, protegidos por uma rede de silêncio por eles mesmos construída, bobos que não eram.

De toda essa clientela, dona Jurema era o caso mais complicado. O que queria a ilustre senhora? Depois de conversas e mais conversas, consultas e mais consultas, veio um dia em que o doutor Pereira, tomando a ficha mais séria de seu arquivo, constatou, meio surpreso pela quantidade de trabalho de que fora capaz, que acumulara – nada mais, nada menos – que onze observações, extraídas das conversas com dona Jurema, e que eram as seguintes:

"1 – Meu genro me trata como se eu fosse sua mulher, tão bonzinho ele é.

2 – Desde muito pequenininha que Jussara (mulher do genro, filha de dona Jurema e do seu Honório) tem sido sempre muito agarrada comigo, é a filha de que mais gosto.

3 – Se um dia eu fizer uma má-criação com outro homem, será com um homem parecido com o meu genro.

4 – Sexo somente às segundas e quartas sextas-feiras do mês.

5 – Tive uma empregada que era muito... boazuda, como dizem os jovens; hoje ela é secretária do meu marido.

6 – A Terra não é o centro do universo, segundo Copérnico.

7 – O homem tem uma inextirpável natureza animal, segundo Darwin.

8 – Não é o objeto que cria o ponto de vista, mas o ponto de vista que cria o objeto, segundo Saussure.

9 – Deus morreu, segundo Nietzsche.

10 – O ego não é senhor da psique humana, segundo Freud.

11 – O Corinthians não será campeão neste século, segundo Nostradamus.

12 – (Particular) A psiquiatria é a maior empulhação do Ocidente."

Dias depois, quando dona Jurema veio para a última consulta, o doutor Pereira, eufórico com a gaia ciência, entregou-lhe um papel que pediu que fosse lido ali em sua presença, e depois devolvido, para o caso guardar o caráter de confidência. Tinha o seguinte dizer:

"Peço sua atenção para o que se segue, pois é o diagnóstico perfeito e absolutamente irretorquível de sua perturbação:

1º – Seu marido é notório brocha e completamente inofensivo às secretárias.

2º – A senhora está apaixonada pelo seu genro, modelo de homem para a senhora, além de, dessa maneira, a senhora amar em bloco: ama a filha, o pai da filha, o marido da filha e a senhora mesma, mãe da filha.

3º – Sua confidência às empregadas manifestava seu desejo secreto de receber uma carta anônima do teor daquela que lhe chegou às mãos, para assim desculpar-se do seu amor pelo seu genro.

4º – Quem escreveu a carta anônima deve ter sido Cláudia, que tinha inveja de Margô, lembra?

5º – A senhora vive aos beijos e abraços com seu genro, com a desculpa de que é tudo entre parentes. Com parentes é que é mais perigoso.

6º – Chamo a sua atenção para os onze pontos que estão na ficha anexa para, no caso de preferir, continuarmos o tratamento, elucidando as ligações que há entre os primeiros cinco e os últimos seis pontos. Os primeiros cinco são seus, os últimos seis são meus. Pus um a mais para ficar com o controle da situação.

7º – No caso de eu precisar algum dia de um psiquiatra, tou ralado, porque vou meter um pobre próximo no hospício, a senhora já pensou como é que ele vai decifrar toda essa tralha? Ué, já começo a transferir-lhe meus problemas?"

Investigações sem nenhuma suspeita

— Não há problema algum se o que se quer é incomodar, de alguma forma, o rapaz — disse o delegado.

— Aguarde um momentinho só que eu já encaminho o senhor ao funcionário responsável, detetive prata da casa, pois tudo o que aprendeu, aprendeu em nossa companhia, que desfruta há anos.

O funcionário responsável era um sujeito alto, magro, claro, de pequenos olhos muito apertados e que cultivava uma vasta cabeleira. Sua elegância sempre marcava a sua presença na delegacia de polícia. Vestir-se bem, um dia ou outro, todos eram obrigados, por força de certas solenidades: inauguração de uma ala nova no presídio, aniversário de um chefe, transferência de um colega, congratulações por alguma captura difícil e coisas assim. Mas ele não: estava invariavelmente bem-vestido. Recentemente adquirira uma moto, o que lhe valera certo trânsito entre uma parte da juventude, aquela que podia comprar motos e podia por isso comer cachorro-quente, tomar uma coca ou outra, combinar algum encontro menos público, comparecer a alguma promoção oligofrênica em alguma boate suspeita, adquirir algum fumo mais nocivo, gazear aulas e, principalmente, não trabalhar, obrigação de que todos eles estavam desincumbidos por força de certo vestígio, que, mesmo não sendo genético, vai sendo transferido de geração a geração, desde que não ocorram certos entraves, que são raros, mas que não podem de todo ser impedidos.

— O meu método é o mais simples possível", disse o funcionário responsável.

— E como é que o senhor procede, então? — perguntou o queixoso.

— Pego uma pasta destas aqui e ponho uma etiqueta: Fulano de Tal. Não devia ir revelando logo os meus segredos, mas o senhor é pessoa de confiança. Com uma pasta devidamente catalogada, pode-se incriminar qualquer pessoa. Todos são culpados. A diferença entre os que são condenados e os que não é apenas uma tolerância das autoridades. O senhor pode me dizer aí o nome da pessoa que o senhor julgue mais idônea nesta cidade. Sua mãe, por exemplo. Pois saiba que se eu organizar uma pasta com o nome de sua mãe, em breve ela responderá a inquérito, leve ou pesado, dependendo das acusações que eu resolver arquivar aqui. O senhor está sentindo que depende de mim, e não dela, a gravidade das acusações, não está?

— E como é que o senhor sabe que eu sou pessoa de confiança?

— Todos os que denunciam são pessoas de confiança. A recíproca também é verdadeira. As pessoas realmente suspeitas são aquelas que se fazem de desentendidas quando recebem insinuações de esclarecer um ou outro ponto da vida de um vizinho que conhecem, de um colega de trabalho, até mesmo de um estranho que tenham visto uma ou outra vez.

— Quer dizer, então, que o senhor escreve ali, por exemplo, quero ver... Por exemplo, vamos dizer que o senhor escreve ali o nome da minha mãe, então...

— Vamos facilitar. Como é o nome da sua mãe?

— Maria José Fagundes. Mas não tem importância? Não compromete?

— Não, não, não. Trata-se apenas de um exemplo. Eu escrevo aqui o nome da sua mãe: Maria José Fagundes. Bem, temos aqui a pasta. Agora, eu a identifico. Procuro em nossos registros a sua filiação, o seu endereço, e dados mais gerais. Como vê, já temos algumas informações sobre sua mãe. Algumas já indicam certa suspeita. Fagundes é uma família muito ambígua. Se não me engano, entre os primeiros degredados que para cá vieram havia um Fagundes no meio. Não será ela uma descendente remota desse tal? Bem que pode ser, não é mesmo? Os vícios vão passando de geração para geração. Vejamos agora onde é que ela mora.

— Mas não compromete, não tem importância, o senhor tem certeza de que não complica?

— Claro que não. É apenas um exemplo. Para ilustrar. Para explicar como é que se faz investigação. Não foi isso que o senhor me perguntou? Onde é que ela mora?

— Mora aqui mesmo nesta cidade.

— Aqui? Esta cidade está cheia de vícios. Tem viciado de todo calibre. Viciado em corrupção, viciado em tóxico, viciado em putaria, viciado em vagabundagem, viciado em subversão... Em que rua mora a sua mãe?

— Mas não complica, o senhor tem certeza de que isso não vai atrapalhar a vida da velha? Eu sei lá...

— Mas trata-se apenas de ilustrar um exemplo do modo de proceder dos investigadores. O senhor não pode ter medo, é uma pessoa de confiança. Só se o senhor está escondendo alguma coisa, mas, se o senhor está escondendo alguma coisa, o senhor não é uma pessoa de confiança, e daí o tratamento é diferente.

— Não, não, não. Perguntei por perguntar. É que... Sabe como é, querem saber tanta coisa da vida da gente, declaramos tudo hoje em dia, daqui a pouco o formulário do Imposto de Renda vai nos perguntar quantas amantes temos, quanto elas nos custam por ano, os presentes que damos, essas coisas. Mas minha mãe mora na rua General Osório.

— Eieiei. Foi ela mesma que escolheu morar naquela rua? Não é possível!

— Não, não, não. O apartamento onde mora a senhora minha mãe foi adquirido antes da crise. No tempo da safra do porco, o senhor se lembra?

— O senhor vai aprendendo mais umas regrinhas concernentes à investigação. Quem pergunta sou eu, o senhor somente responde.

— Mas o senhor mesmo disse que este era apenas um exemplo ilustrativo.

— O senhor está dizendo que eu disse que este era apenas um exemplo ilustrativo. Não vou discutir a validade da observação, mas esta é uma opinião sua sobre uma coisa que eu disse. Pode ser que eu tenha dito isso, pode ser que eu não tenha dito isso, pode ser que eu tenha dito isso de uma maneira bem diferente desta que o senhor usou para descrever o que eu disse, pode ser que o senhor tenha querido dizer uma coisa e disse outra, podem ser muitas coisas e outras muitas podem não ser. Todos erram demais. Além do mais, o senhor deve saber que a forma com que é feita uma observação modifica o conteúdo desta observação.

— Mas o senhor dizia, isto é, me pareceu que o senhor me perguntou em que rua minha mãe morava.

— Morava? Não mora mais? Por que não disse logo? Por que só diz agora que ela "morava"? Quer me embrulhar?

— Não, não, não. Foi erro meu. Eu me confundi.

— Estou vendo que o senhor está confundindo muitas coisas. Parece, à primeira vista, um homem muito vulnerável à confusão toda que nos cerca. Mas é homem que ainda pode ter esperanças, porque é um animal humilde, já está reconhecendo que é o senhor mesmo quem erra e não nós, o que é sinal aberto de bom-senso. Mas então quer dizer que a senhora sua mãe ainda mora naquela rua?

— É. Mora.

— Pois é. Naquela mesma rua, ali pela altura do número mil e poucos, tem um cabaré, onde só trabalham menores. Quer dizer, não é propriamente um cabaré. É uma casa de família. Mas funciona como cabaré. Isso não teria muita importância se as mulheres não fossem aquelas que são: meninas. Temos que proteger a nossa juventude. A juventude é o maior patrimônio moral de um povo. Porque os velhos, os velhos o senhor sabe como são, já estão todos meio céticos de uma porção de coisas, cansados de proibições que não deram em nada, são todos uns safados. Podendo, tergiversam mesmo.

— Pois é. Eu ouvi falar nesse cabaré; dizem que é uma pena, que são meninas abandonadas – umas, filhas de ricos, outras, que vão lá apenas para matar o tédio. O senhor leu os livros *Londres, Roma* e *Lourdes*, de Balzac? Desculpe, quase lhe faço outra pergunta.

— Quase, não. Ponha sua sutileza de lado. O senhor me fez outra pergunta, embora já tivesse sido avisado de que quem pergunta sou eu, o senhor responde. Aliás, o senhor não pode ignorar noções elementares da lei. Bom, deixemos de lado isso, por enquanto. Por enquanto! Depois o senhor será chamado a depor sobre esse cabaré, sobre essa rua e sobre os que moram nessa rua. Advirto-o de que não se negue, porque ser arredio a convites da polícia equivale a colocar o pescoço na canga. Em que número da General Osório mora a senhora sua mãe?

— Mas já me arrependi de ter pedido o exemplo. Se eu soubesse...

— Como disse? O arrependimento sempre vem tarde. Vamos, vamos, vá respondendo.

— Mas não complica? Logo a minha mãe, meu Deus do céu! A criatura que mais amo no mundo. O senhor tem certeza de que não vou complicar a vida da minha mãe?

— Só se não responder direito às perguntas, só se não colaborar com a polícia.

— Minha mãe mora no número 1.821.

— No 1.821? Lá onde mora aquele médico que foi preso?

— Médico que foi preso? Ah, sim, o doutor Oliveira.

— Como é que ele tem se comportado depois que foi solto?

— Não sei de nada.

— Já começa a se omitir. Se sua mãe mora no mesmo edifício onde mora aquele médico, como é que o senhor nada sabe da vida dele?

— Mas é minha mãe que mora lá, não eu.

— Isso o senhor já disse. Não precisa ficar repetindo o que já disse para ganhar tempo. Essa tática é muito conhecida. Ora, todos nós sabemos que nossas mães nos contam uma porção de coisas. Então, logicamente, sua mãe lhe contou alguma arrelia desse médico.

— Mas dizem que ele não é médico. Que foi preso justamente por não ser médico.

— Mas o que é isso, homem? Que lógica tem esse seu pensar? Então quem não é médico vai preso? Entra em cana? Mas onde estamos?

— Eu quis dizer que ele foi preso porque dizia que era médico e não era.

— O senhor assinaria seu nome embaixo do que acaba de dizer? Não precisa responder. Mas, se o senhor assinasse, o senhor seria preso. Porque essa declaração incrimina muito a autoridade. Preste bem atenção no que vou dizer ao senhor: a autoridade não prende uma pessoa só porque ela diz que é uma coisa e é outra. Por exemplo, o senhor pode dizer para todo mundo que é inteligente e não ser. Ninguém vai prender o senhor por isso. Para se prender uma pessoa, é necessário, no mínimo – no mínimo, entendeu? Não há limite para o máximo –, uma acusação concreta. E aquele médico foi preso por "Prática Ilegal da Medicina". E eu vou dizer mais uma coisa para o senhor: para mim – para mim, o senhor está entendendo? Para mim, quer dizer, pessoalmente, não é como autoridade que eu estou, agora, fazendo essa observação –, para mim, quase todos os médicos deviam ser presos por prática ilegal da Medicina. Porque, como o senhor sabe, os estudantes de Medicina são recrutados – que recrutados?

Recrutados o quê? Eles é que se recrutam – nas classes mais favorecidas. E essa gente estuda muito pouco porque tem dinheiro. É difícil o senhor encontrar um filho de pobre que se torna médico. Também não quero dizer que a culpa seja somente deles. Não. É que todos temos poucas escolhas, não é mesmo? Esse aí, que mora junto com sua mãe...

— Não. Pelo amor de Deus! Ele não mora junto com minha mãe.

— É expressão de força, digo, força de expressão. Quis dizer que mora no mesmo apartamento.

— Mas não é no mesmo apartamento.

— Desculpe mais uma vez. Quis dizer no mesmo prédio. Por que o senhor ficou tão vermelho? Não se ofenda com enganos, não. Além do mais, o senhor pensa que as pessoas idosas também não dão seus pulinhos? Dão. E como dão! Pode ser então que a senhora sua mãe um dia tenha precisado desse seu vizinho, que se dizia médico, para aliviar o seu reumatismo, e ele, esperto como é, tenha lhe receitado um certo exercício de aquecimento. E ela, pobre velha, sozinha, não pôde aviar a receita. Então ele, um homem novo ainda, ajudou. É uma hipótese. E como na cama as pessoas costumam se tornar mais vulneráveis, mais amáveis, mais frágeis e mais decifráveis, pode ser que esse falso médico tenha confidenciado alguma proeza à sua momentânea companheira. Sabe como é, os humanos, quando se encontram, dizem coisas.

— Pode ser. Mas a minha mãe nunca me falou nada desse médico.

— É possível. As mães costumam ser muito discretas a respeito de sua vida sexual. Ao menos para os filhos. É compreensível. Depois de haverem ministrado uma educação baseada em repressões, em proibições, em beliscões, em safanões, fica muito difícil contar que praticaram exatamente o que mais proibiam. Bem, mas por hoje chega. São quase onze horas e já conversamos a manhã toda. O senhor pode passar aqui na próxima sexta-feira para continuarmos o inquérito. Se o senhor souber alguma coisa mais grave sobre sua mãe, anote para trazer, então, na sexta-feira. Se ficar muito apreensivo e tiver medo de esquecer o que descobriu – acontece muito isso entre as pessoas que depõem; excitam-se demais com as descobertas que fazem e, para aliviar, comunicam logo, não se aguentam, não podem esperar a hora marcada, é uma espécie de autoexorcismo –, pois bem, se acontecer isso com o senhor, o senhor pode telefonar, não se acanhe. Se eu não estiver, deixe o recado com um dos rapazes. Vou mandar mimeografar o seu depoimento de hoje para ser distribuído entre todos os que investigam. É a norma da casa. Um depoimento sempre esclarece outro. Sabe como é, os homens vivem em sociedade. Então tudo diz respeito a todos. Tá bom assim, então? O senhor pode passar na sexta-feira? Precisamos conversar muito. O senhor viu que nem deu tempo de tomar sequer o nome do rapaz que o senhor queria denunciar? Depois chamam os policiais de vagabundos. O senhor vê quanta injustiça se comete contra os que investigam. Ninguém pode imaginar a trabalheira que dá investigar a vida de uma pessoa. Aliás, como é mesmo o seu nome completo?

— Serafim de Fagundes.

— Pomba! Será que o nome tem a ver alguma coisa com o destino?

Assustado e confuso, Serafim de Fagundes despede-se do investigador.

O delegado vem ver por que houve tanta demora numa simples explicação. O investigador se justifica:

— Esse aí, que acabou de sair, deve ser aquele que rouba a aposentadoria da mãe. O senhor se lembra daquela denúncia que recebemos por telefone, aquela velhinha se queixando de que sempre era lograda pelo filho? Pois fui ver se ela pagou o aluguel este mês, me informaram que não, eu acho que esse aí... Bem, na próxima sexta-feira a gente vai ficar sabendo mais.

Antecedentes ilibados de um cavalo

Serviços de lazeres públicos e catarses variadas
Certificado de boa qualidade – processo Nº 82/1974

O Chefe dos Serviços de Lazeres Públicos e Catarses Variadas, usando, sem atribuições, de suas atribuições excepcionais, concedidas pelos diversos decretos promulgados por força das circunstâncias peculiares em que se vê envolto o país desde a década passada, e considerando que o Serviço de Poda vem funcionando satisfatoriamente, resolve liberar o presente conto para leitura individual daqueles que se acham situados na faixa etária que vai dos noventa aos noventa e cinco anos, e com horários previstos de leitura para quatro horas e trinta minutos no inverno e treze horas e trinta minutos no verão, resguardadas as disposições das legislações anteriores que determinam as penas cabíveis àqueles que burlarem as proibições de difusão ali explicitadas.

Lembra também aos mais incautos que o cochilo vem de ser terminantemente proibido em toda e qualquer situação através do Decreto nº

32-SS/74. Avisa ainda aos mais prudentes que a Seção de Esparadrapamento da Censura Federal ampliou seus postos de serviço para melhor atender à demanda daqueles que, por justificada e louvável precaução, preferem esparadrapar suas bocas, atitude que revela um grau considerável de adequação à realidade do país, e da América Latina de um modo geral, além de manifestar uma adesão maior à campanha de impacto LR e CC (Liberdade com Responsabilidade e Crítica Construtiva). Comunica ainda que, subsidiados pelo Governo Federal, estão sendo fornecidos dispositivos bocais com zíperes especiais a fim de que os patriotas usuários possam controlar melhor suas bocas.

Só.

Major Magalhão Eufrásio
Chefe

Capital da República, 17 de novembro de mil novecentos e tanto.

A raposa do século XX

apresenta

De João da Silva

ANTECEDENTES ILIBADOS DE UM CAVALO

Estrelando:

KATE DA SILVA, no papel de égua
BERNADETE SUECA, em papel oficial
MURILO PRUDO, no papel mais comum

Participação especial de TECNOCRATINHO COATOR
como *ghost-writer*

Escrito, produzido e dirigido pelas neuroses do filho de Jocasta de que é portador o peçonhento autor, e que é, no caso, o animal do título.

Informe especial: adendo ao Certificado de Boa Qualidade expedido no Processo nº 82/1974.

Depois de liberado o conto "Antecedentes ilibados de um cavalo", choveram pressões das mais altas autoridades e pessoas de bem deste país lamentando que o Serviço de Censura houvesse se deixado enganar, liberando o que não podia ser liberado.

Em face disso, este Serviço de Censura, que sempre tem se distinguido pelo apreço ao público brasileiro, resolveu, assim mesmo, apresentar toda a apresentação confeccionada em bonitos caracteres filmados em technicolor, conforme já pôde ver o público, e, no lugar do conto propriamente dito, colocar mais um filme publicitário. Certo de que nada perderá o público, pois o conto seria apresentado em preto e branco, e o filme do João Mãozão é totalmente colorido (e mesmo porque um conto-filme iria subverter a Literatura brasileira, como aconteceu em vezes passadas, se bem que ao reverso, quando um filme-conto subverteu o cinema brasileiro), deseja a todos um bom lazer.

Lembra ainda que a atriz Bernadete Sueca foi nomeada gerente do 13º BF (Décimo Terceiro Bordel da Fronteira) e que Kate da Silva foi convocada para representar sua própria vida nas dependências do DOPES (Departamento de Operações da Polícia Especial), sendo enganosos os boatos de que tenha sido suicidada. Entretanto, estaremos alertas para EMBROMAR a verdade, assim que ela for liberada, digo, dizemos, assim que for confirmada.

Murilo Prudo evadiu-se da prisão, graças à providencial ajuda de um ferrinho que ele havia levado para a cela, escondido num espaço vácuo do corpo humano que não nos compete explicitar por decoro.

Quanto ao autor, ninguém sabe de seu paradeiro, mas há bons indícios de que esteja disfarçado de louco em algum hospital psiquiátrico do interior.

Boa noite.

Cotidiano

Você tá chegando agora, a esta hora, é mesmo um marido irresponsável, não se importa com a própria mulher, nem com os filhos, pensa que homem é apenas para reproduzir a espécie, eu é que tenho que me preocupar com tudo, você nem pode imaginar a trabalheira que dá ser mãe de família de marido relaxado, tanta coisa pra cuidar; a Nice menstruou hoje, mandei a Zana comprar óbê, a coitadinha, não sabendo de nada, foi lá e comprou ódedê; quando vi, tava a vizinha morta de riso, não sei por que se intromete assim na vida dos outros, porque não cuida nem da sua, vive toda enfeitada, parece pinheirinho de Natal, e o marido com aquelas baita guampa na testa, ai meu Deus do céu, como tem gente intrometida neste mundo; na pressa para ver de que é que ela tava rindo, acabei me demorando e o feijão queimou, a galinha, então, que tava no forninho, taí que é puro carvão, nem sei se vai dar pra comer, também, quem mandou fazer galinha com feijão, não sei o que é que me deu na cabeça; o André andava quietão, recolhido aí pelos cantos da casa, só querendo escutar aquelas músicas de vagabundo, aquele barulhão, não se entende nada, não sei como é que esse guri pode gostar de uma coisa tão sem préstimo, logo desconfiei o que é que podia ser, taí com dezesseis anos nas costas, perguntei, não era outra coisa do que eu pensava, nessa última viagem às ruínas jesuíticas pegou uma gonorreia missioneira, eu não sei onde é que esse rapaz descobriu tempo para fazer o que fez, durante todo o tempo de visita às imagens, ele esteve junto com a gente, mas a Nice disse que aquela hora que ele entrou naquele quarto, que o guia disse que era de um jesuíta, ele não entrou sozinho, aliás, uma outra senhora que estava no nosso grupo, não sei se você se lembra, deve se lembrar porque ficou todo o tempo babando no traseiro dela, uma que estava com uma calça bem apertada, dessas caras, dessas que eu sempre pedi, mas você é um marido ridículo que dói, tem o coração no bolso, aquela mulher me disse que os jesuítas também não entravam sozinhos naquele quarto escuro, era ali que eles ensinavam o caminho do Céu pras índias; a gente não pode acreditar em mais nada, eu de primeiro sempre confiava nos padres, mas hoje em dia é melhor confiar na polícia, não sei se você sabe, mas o nosso vizinho aqui do lado foi chamado à delegacia ontem, como testemunha de uma denúncia que ele fez, quem mandou abrir o bico, bem feito, foi dizer que naquele conjunto do BNH tinha um cabaré só de menininha, a polícia veio ver, ele foi chamado a depor, por essa ele não esperava, em que mundo a gente tá criando os filhos, meu Deus, um vizinho denuncia o outro, assim de dia claro, bem feito pra cara dele, agora vai ficar preso um tempo para aprender a diferenciar uma casa de família de uma casa de gente sem-vergonha, só porque via as moças tomando banho de sol com as pernas de fora, o guloso, como não pôde se aproveitar, foi lá dedodurar, se esse tinhoso um dia tiver uma filha mulher, há de pagar a calúnia infame que fez, sempre botando defeito em tudo e em todos; hoje, quando fui tirar o carro da garagem, o diabo do homem não tirou os olhos de cima de mim, por causa do filho da mãe bati o para-lama da frente no portão, raspou de fora a fora, tá lá um talho destamanho, me deu uma raiva, o carro novo e já lanhado no primeiro dia, ainda teve a cara de me dizer que não era nada, que toda mulher é barbeira, mas que mais barbeiro que mulher é o homem que dá o carro pra mulher, mas claro que disse que decerto eu ia mentir pra você, mas logo vi pelo olho de gavião dele que toda aquela disposição em me consolar tinha outro objetivo, é que quando uma mulher desembarca de um fusca, sempre mostra uma boa quantia de perna e conforme até mais, foi isso que ele foi ver; mas eu já disse que se no ano que vem você não comprar um outro carro, eu volto pra casa da minha mãe, eu não sei como é que você não pode comprar um carro melhor, se o nosso vizinho aqui do lado tá opalizado; mas que seja com prazo de trinta e seis meses, homem, qual é o problema, o importante é andar nele, e depois, a financiadora inclui um seguro de vida de forma que se você, por acaso, morrer, coisa que Deus o livre, o carro fica pago por si, numas coisas o mundo tá bem moderno, você vê, o marido morrendo, a mulher fica com a dívida do BNH perdoada, o carro quitado, conforme o emprego do falecido ainda ganha uma pensão, eu não sei por que é que as mulheres não organizam um esquadrão só pra matar marido, só assim mesmo pra melhorar a vida esculhambada delas, uma coisa que eu ainda faço um dia é me desquitar de você, se você continuar a me incomodar muito; a Iraci matou no cansaço o samoco do marido dela, acampou-se a extrair dinheiro e mais dinheiro dele, chegou um tempo em que ele esteve quase a ponto de pedir esmola para pagar a pensão que devia à mulher, mas a infeliz não podia se aguentar, teve que perder o juízo com aquele rabicho que arrumou em seguida à separação de corpos, hoje tá sem pensão e sem paixão; eu, na Escola Normal, fazia muita poesia – sabia? –, fazia poema sobre os seus olhos, mas me dava vontade de poetar também sobre outros órgãos, acho que eu só não escrevia o que eu pensava porque a professora de Língua Portuguesa só obrigava a gente a ler Jotagê de Araújo Jorge, é uma coisa que a gente quase não liga, mas leitura tem muita influência; o André pegou doença feia de tanto ler o Antigo Testamento, foi o que deu a gente botar esse guri no seminário, saiu de lá quase fanado, eu não contei, decerto, e agora taí com o passarinho machucado, que ideia esse pobre próximo vai ter de mulher, se a primeira lhe passa esse atestado de iniciação, é por causa de uma dessas que a maioria dos homens tem uma ideia errada de mulher; se ainda na escola ensinassem alguma coisa que presta, mas a gente não sabe quem é pior, se o diretor ou o professor, o Nando chegou contando hoje que no grupo escolar o zelador e o diretor andam pegando a gurizada para sodomiar e gomorriar com eles; o padre cristão não se avançou na empregada da casa canônica, ali mesmo na sacristia?!; não tá lá a infeliz barriguda, esperando filho de pai estrangeiro, bonito missionário esse que atravessa o oceano Atlântico e vem engravidar a empregada?!; vai ver que nas universidades europeias não lhe ensinaram que esse era um dos requintes da escravidão brasileira, aliás, da escravidão só, não, de hoje também, o que tem de patrão e filho de patrão, tudo numa comandita só, prostituindo empregada, nem no gibi está, o mundo anda mesmo desgovernado; você viu aquele filme que eu achei bonito e você não, sinal vermelho da fêmea da tarde, como que não era esse o título, claro que era – como? –, pois não é que Pedro Álvares Cabral descobriu o Brasil e a polícia desencantou a casa de uma viúva onde se fazia a mesma coisa, toda tarde depois das três, cinco ou seis donas de casa iam pra lá refestar e refestelar-se com gente estranha, com homem que viam uma só vez e depois nunca mais, a única diferença entre aquele filme e este, digo, entre aquele filme e essa triste vida das coitadas, é que essas aqui faziam aquilo por precisão, você vê o estado que a necessidade leva uma mãe de família; e depois você fica aí com essas suas teorias sobre sobrevivência feminina mais fácil do que a masculina em alguns casos. Ora, você não vai comer? Tá esfriando!

Contribuição à História do Brasil

Para Dinarte Belato, que me deu o mote

Quando alguém perguntar o que você está lendo, diga-lhe que se trata do verso de uma tabela econômica: uma resposta cem por cento burocrática. A respeito desta possível tabela, há muito a considerar. Você poderá dizer, por exemplo, que estava estudando o superávit do custo de vida ou mesmo o déficit percentual de honestidade entre os maiorais. Não o aconselho a estudar o grau de insuficiência intelectual de nossas elites, pois essa insuficiência é do tamanho do oceano Atlântico, por onde, como você sabe, entraram aqui os portugueses, com seus degredados, seus sifilíticos, seus sem o que fazer. Mais tarde, como você sabe, vieram uns remanescentes do Concílio de Trento, jesuítas chamados, senhores de elaboradas sutilezas, que conseguiram, só os índios sabem como, conciliar os sicofânticos ensinamentos de Trento com a ressurreição cultural do Renascimento e com os preceitos dos tribunais do Santo Ofício, tudo dentro do quadro geral da maior multinacional medieval, a Companhia de Jesus, cujo executivo português, o padre Simão Rodrigues, era um homem de muito futuro. Além de ser o comissário-mor da filial de Portugal, foi também um dedo-duro dos maiores. Veja-se, por exemplo, o que ele andou aprontando para cima daquele pobre próximo do Damião de Góis. Uns põem em dúvida essas coisas. Dizem que os jesuítas eram os inimigos públicos números primeiros da Inquisição, porque, a esse tempo, quem mandava nas delações inquisitoriais eram os padres dominicanos, que tinham histórica quizila com os multinacionaleiros da "Companhia de Jesus Ltda. – religião, ideologia, gado, couro e bugre; atende-se em domicílio para efeitos de catequização". Se você, assim mesmo, tiver alguma dúvida sobre o assunto que acabei de alinhavar, compare Inácio de Loyola com Erasmo; a concepção de "Paraíso Terrestre" que os sonhos medievais construíram na cabeça de ilustres padres da Santa Igreja com a República dos Guaranis, a divisão geográfica de 1494 com a divisão cultural processada ao mesmo tempo; o motivo da delação do padre Simão Rodrigues (que estava disputando uma vaga para a xerocação do príncipe Dom João) com os que levam alguns minuetes de nossa pedagogia administrativa a pleitear cargos menos verticais hoje em dia; o *Index* com a censura atual; lembrai-vos todos que o tal Erasmo, que hoje estudais com pouco afinco na vã Filosofia, esteve posto no *Index librorum proibitorum*, como "urgente medida de salvação". Para consolar você, que também é professor, quero ainda dizer que em agosto, mês sempre aziago para os de língua portuguesa de 1550, três professores foram levados aos tribunais da Santa Inquisição, e as acusações principais eram as seguintes:

1º – Suspeitos de sentirem mal da fé.

2º – Não guardar jejum.

3º – Elogiar a resistência de alguns churrascos na fogueira.

4º – Repetir palavras de homens doutos.

Ora, você, logo você, que é professor, admirar-se de inquisições modernas! Não surgiram *ex abrupto*. Tudo o que se faz hoje em dia nas escolas guarda os resquícios das primeiras diretrizes e bases da educação colonial que rezavam, entre outras, as seguintes:

(a) Os professores de Filosofia que abrirem o ouvido a novidades ou se mostrarem demasiado livres nas suas opiniões deverão, sem hesitações, ser afastados do magistério.

(b) Personagens e hábitos femininos devem ser proibidos nos teatros (por aí você vê onde começou a exclusão da mulher).

(c) Que leiam a *Summa theologica*, de Tomás de Aquino, e Aristóteles, mais nada.

Estes são alguns pequenos exemplos da História brasileira. A História é uma mercadoria, como diria a respeito de alfinetes o senhor Adam Smith, respeitável iluminista da economia capitalista. Bem iluminado esse guru, não lhe parece? Acabo de lhe dizer o óbvio, mas às vezes o óbvio faz estrago. Quer um exemplo, é? Gosta de um exemplinho, não é? Pois vai: uma vez captei, numa aula de Prática e Titica do Ensino, um raciocínio singular, escorado em Platão. A professora estava falando sobre Tecnologia do Ensino e, para reforçar o que dizia, usou o exemplo de Platão que, segundo ela, ensinou como ensinar Geometria a um escravo. No caso, Platão estava ensinando a um escravo como é que ele devia proceder para calcular a área de um triângulo. Como toda didata, ela tinha entendido mal ou então estava debochando da cara dos seus alunos. Acontece que Platão estava com isso afirmando que "mesmo os homens destituídos de espírito são capazes de aprender Geometria, desde que se adote uma tecnologia adequada". Tratava-se de um escravo no exemplo da professora, isto é, de uma besta. Dei uma cordinha para aquela mestra, fui engraxando o seu raciocínio com balanceadas de cabeça, arregalando os olhos para fingir atenção, de forma que ao final da aula ela já dizia que Platão tinha usado recursos audiovisuais. Minha conclusão foi: usou recursos audiovisuais para ensinar Geometria para uma besta. Ela me expulsou da sala, eu me encaminho à direção, onde respondi, depois de alguns dias, à seguinte acusação formal:

Chamou Platão de fascista; pôs em dúvida a contingência sexual da professora; sentou-se de forma escandalosa na carteira; escreveu bilhete maroto para uma colega, cujo teor era "Você viu o que a professora acabou de dizer: 'As regras não favorecem o homem?'"; leu livros indecentes durante a aula e não assimilou direito a matéria.

Fui suspenso por uma semana.

Voltei e a professora estava ensinando como se ensina História. Não sei se você sabe, mas nas universidades brasileiras existe uma cadeira que se chama Práticas de Ensino, invariavelmente ministrada por professoras analfabetas que, seguindo à risca um ditado que diz que "quem sabe, faz; quem sabe um pouco, manda fazer; quem não sabe nada, ensina como fazer", ensinam a professores de toda matéria como eles devem ensinar o que sabem. Pois bem, no dia em que fui expulso, essa professora ensinava como queria ensinar Geometria. E no dia em que voltei, o último dia que passei naquela escola, porque descobri que o saco humano tem resistência limitada, ela estava ensinando como se ensina História. Mas daí tinha mudado a tecnologia. Cada um deveria dar uma aula prática de História. A minha aula prática, a arma do crime, foi a seguinte:

Meus caros alunos, vocês estão todos aí meio apalermados, fingindo-se de alunos, para que eu possa fingir-me de professor. Arlete, faça o favor de descruzar as pernas, do contrário não sai aula nenhuma, cansei de resistir às tentações. Ou descruza as pernas ou eu desrespeito. Preciso lhes falar hoje sobre a década dos vinte e já vou lhes adiantando que sou amarrado nessa década. Os *twenties* para mim foram ótimos. Os barões do café produziam devoradores de barões de café, numa carnificina, numa antropofagia só assimilável ao fracasso do preço no mercado internacional e aqueles rios todos fazendo café sem coador. Foi, de fato, o máximo. Os barões do café tinham ficado de bunda de fora, só esperando os dentes de um antropófago modernista. Depois, então, vieram os tenentes, que Deus os tenha. E a gauchada amarrando os cavalos no meio do Rio de Janeiro, o que é que vocês acham dessa? A cariocada, ao sair de casa para pegar uma praia, foi pisando em bosta de cavalo que não acabava mais. Será que a vingança vai vir algum dia? Essa os cariocas não nos perdoam! Imagine, fazem privadas especiais até para os cachorros! Onde já se viu, pois, espalhar bosta de égua por toda a praia? Se bem que hoje tudo esteja muito diferente e esteja cada vez mais difícil um carioca dar um mergulho e apontar a cabeça limpa para fora da água. Eu, de fato, estou muito preocupado com esse "problema". Quase não durmo à noite, pensando nas agruras da vida carioca. Não deve ser moleza. Falta é a gente dizer a eles que aqui também tudo mudou. A gente levanta de manhã, sai a passear pelos descampados aí fora para botar um pouco de bom ar nas ventas e volta tossindo uma coisa de louco, espirrando e peidando veneno de tudo quanto é qualidade. Já começaram a morrer as ovelhas, daqui a pouco vão morrer também os carneiros. Sentiram a metáfora? Pois é. Meta fora a metáfora, diria um poeta concertista, mas não vanguardeiro. Que diabo, em tudo quanto é problema tem problema de língua no meio, sô! Mas como eu lhes dizia, antes de as bundas dos barões serem assadas à moda da casa e oferecidas ao molho sulino, aportaram a essa década uns anarquistas que endossaram a política oficial de utilizar os ossos dos barões como iscas para atrair divisas para os industriais emergentes. Daí veio Getulio Vargas, que ora incentivava, ora refreava a comilança do baronato. Aqueles que comeram carne de barão de mais tiveram ataque de bílis, que, como se sabe, quando atacada, esparrama verdosos líquidos pelo corpo. Comeram barão de mais, barões integrais, por isso chamaram-se integralistas. Os que tinham comido barão de menos ficaram vermelhos de raiva e foram chamados de comunistas. Uns e outros, um dos presidentes mais baixinhos do Brasil liquidou em 1935 e 1937. Depois, muito outro tempero foi jogado no caldo geral, e assim, em 1945, o lema foi: "Nem a Deus, nem ao Diabo, mas à UDN!".

E agora estou aí esperando que abram uma faculdade por correspondência, ou então que instituam de uma vez o curso de Madureza Universitária. Não que eu precise disso. Mas é que eu vou adquirir um certo *status*. Você já imaginou um vendedor de inseticidas com curso universitário?

Tratado dos homens perdidos

De repente, porém, a Companhia Siderúrgica Nacional, sediada em Criciúma, ia aos poucos despedindo os mineiros. No lugar dos trabalhadores, máquinas! O pai do menino, mineiro também, que estava aguardando uma aposentadoria por motivos de saúde – o carvão corroera seus pulmões – via-se na rua... Sem emprego, sem aposentadoria e sem condições de trabalhar. O escorrupichado dinheirinho, ajuntado em sofridos anos de trabalho no subsolo, ia agora escorregando, escorregando, escorregando... Inevitavelmente. A ponto de quando o menino completar seus quatro anos, não haver sequer o costumeiro bolo. Nesse dia, o pai do menino tomou o retrato de Getulio Vargas, sempre dependurado na cabeceira da cama, e o beijou repetidas vezes, soluçando alto, assuntando a mulher.

A maior dor da família residia no fato de ter sido antes bastante remediada, comprando quase tudo de que precisava, vivendo bem. Os mineiros eram gente preta que vivia debaixo da terra, mas, depois do banho das seis da tarde, quem havia de reconhecê-los ou diferenciá-los na mesa de *snooker*? No jogo acabavam muitas diferenças. Ademais, não havia gente assim tão rica. A maioria dos que podiam botar fora um dinheirinho era mesmo composta de afobados mineiros boas-pintas.

Muitas outras famílias viviam agora a mesma situação. Despedidos, muitos doentes, onde arrumar trabalho? Onde ganhar a vida? Era preciso comer, vestir e morar. Além de tudo isso, o carvão trouxera outros apêndices à sobrevivência: estudar os filhos, dar almoços, ir a festas etc. Cada vez se multiplicavam mais tais apêndices. Tempos houve em que o salário mínimo era repartido entre comer, vestir, morar e algum remédio extra que não se podia pegar no Instituto ou no laboratório. Com o crescimento da cidade e o aumento do salário, surgiram novas necessidades, nem sempre criadas por eles, os mineiros. Eram inventadas pelas senhoras dos engenheiros e chefes de serviço. E como os mineiros tinham um certo orgulho em não ficar para trás – já haviam sido recalcados que chega –, suas mulheres pouco a pouco iam entrando na dança, levadas pelo cordão.

Não havia rivalidade ou desprezo entre as senhoras dos chefes de serviço e as dos engenheiros. Portavam-se muito simples, talvez não o fossem, mas o certo é que se portavam assim como gente da casa. Cumprimentavam as mulheres dos mineiros, com elas conversavam nas ruas, eram todas gente de casa. Muitas vezes haviam participado de festas juntas, onde procuravam elas saber da vida passada das mulheres dos mineiros, onde haviam vivido suas juventudes, a troco de que estavam ali etc. e tal.

Era uma comunidade em que todos podiam viver mais ou menos em paz. As mortes eram raras. Não morria ninguém no trânsito, um trânsito pequeno, as ruas ocupadas quase só por carros de serviço ou por automóveis dos engenheiros e chefes de serviço. Se um ou outro mineiro fazia economias e acabava comprando um carro, a hora não era de inveja e ambição, eram todos companheiros por força da convivência, o carro passava a ser usado pelo maior número de gente possível e o momento era de festa. No trabalho das minas, os atritos iam diminuindo na proporção em que aumentavam os salários; e era difícil um chefe de serviço berrar com alguém que à noite ia ser seu companheiro de jogo. Uma ou outra briguinha surgida entre mulher ciumenta de outra logo era acalmada pelas outras, eram todas comadres entre si, por que brigar? As mulheres dos mineiros mais não reclamavam, eram todas gente simples, quase sempre vindas da roça, não sabiam ainda das artimanhas das mulheres dos grã-finos a trair seus maridos na complacência de todos eles. No fundo, todos estavam sabendo que um corneava o outro, e assim iam salvando os casamentos. Não havia ainda os jogos de chaves de quartos trocadas, o que é que eles podiam fazer? Além do mais, havia um quê de mistério e encanto em comer a mulher do outro sem que ele soubesse, sabendo que havia a possibilidade de a recíproca ser verdadeira. Melhor assim, ficavam todos mudamente pagos, combinados. Como é que iam combinar isso em palavras? E mesmo que tal fosse possível, onde buscar o encanto para tais andanças?

Os mineiros não ficavam para trás nessas lides e geralmente demonstravam maior criatividade.

Apesar de ser público e notório o amor de dona Menizinha, mulher do doutor Willy, com o doutor Barreto, marido de dona Leila, todos se faziam de repente esquecidos dessas coisas, afeitos a outros lazeres mais interessantes que o de comentar tais casos. E havia um certo véu impenetrável na vida privada dos senhores engenheiros e seus intrépidos chefes de serviço. Assim sendo, havia que se comentar coisas de casa, os amores dos próprios mineiros, um que outro adultério aqui e ali, descoberto quase sempre por solteironas, experientes em tais assuntos, portadoras de olhos mágicos que tudo enxergavam, por mais que escondido fosse o recanto escolhido para os proibidos amores. Havia, por exemplo, o caso do romance célebre entre uma viúva e um dos mineiros solteirões.

Chamava-se ela dona Aurealice e ele, Mário. Ela era o que toda viúva era para ser. O marido, capataz, morrera pouco mais de um ano de casados, e ela ficara sobrando novinha em folha, recém-inaugurada. Já se passavam dois anos sem marido, noites longas a aguardar dias chatos no serviço, cantadas de quem não gostava, falta de cantadas de quem ela desejava, e nada de cama. Como é que ela ia aguentar? O serviço do escritório ia ficando cada vez mais sem sentido. Logo que casara, se agarrara naquele trabalho, entusiasmada por encontrar ali um jeito de ajudar o marido – e de se distrair.

O tal de Mário, moço encrespado e sadio, vindo da roça, acostumado a correr negrinhas nos morros lá do seu sítio, começou a se perguntar se tais olhares da viúva seriam mesmo para ele, assim tão fora da cidade! Olhava ao redor para certificar-se de que não era engano, talvez algum outro escoteiro rondasse por ali atraindo os olhares da casta viúva, mas não, era para ele mesmo que o cobiçado olhar se dirigia. Ficara encabulado no princípio, talvez aquela senhora quisesse apenas gozar dele, atraí-lo para depois desprezá-lo. O diabo! Que mulher tem truque pra tudo, cobra venenosa que é, conforme aprendera de seu pai.

Nada do que ele pensara. Dona Aurealice confiava no seu corpo e no seu nome bonito, botava vestido preto bem decotado para mostrar ao Mário todas as suas exuberantes riquezas, até encurtara a barra de um dos vestidos pretos, com o fim de fornecer uma pequena amostra do que seriam suas coxas, e lá se ia no sábado à tarde fazer compras, sem ter nada o que comprar, só para ver sua aberta paixão da viuvez.

Mário vinha a ser tio de outro homem perdido. O irmão casara na roça, bem de vida, com bastante terra e criação, mas o espírito do velho pai, inquieto como convinha a um bom tropeador gaúcho, fizera morada no coração dos filhos. Todos eles queriam alguma coisa mais do que viver correndo atrás do gado e das negrinhas nos morros. O pai viera do Rio Grande do Sul, trouxera uma boa ponta de gado, comprara a preço de banana uma grande estância de terra, ali se localizara com a família e botara banca de rico nas várzeas do rio Manuel Alves, no município de Araranguá. Das várzeas, a família tirara por anos e anos o sustento e o remedeio de vida que levavam. Tudo existia com fartura. Era bem verdade que todos trabalhavam de sol a sol. Eram cinco irmãos, só uma fêmea, o resto, homem! O trabalho era duro, mas compensador. A despensa estava sempre cheia de mantimento: queijo, salame, arroz, amendoim, farinha de trigo e de milho, sacas de açúcar e tudo o mais de que precisassem. No pasto, o gado ia aumentando. Todo ano era preciso aumentar um pouco o potreiro, enquanto porcos tão sadios como os donos iam generosamente engordando. A várzea dava de tudo que nela se plantasse, o morro dava banana, o pomar dava frutas, as frutas eram de todos, a vida era uma maravilha.

Por que estavam então nas minas? A troco de que Mário e Olivar agora estavam debaixo do solo?

Dona Neca, velha conversadeira que vivia de casa em casa colhendo a sobrevivência, continuava a contar a história deles – semeando as notícias, sempre bem-vindas, principalmente para dona Aurealice, que queria tudo saber.

Pois Mário e Olivar faziam parte de uma família de seis filhos, cinco homens e uma só mulher, conforme já dissera muitas vezes. Estavam bem de vida a mais não desejar. Mas, como tudo na vida, para subir fora difícil, tudo feito embaixo do braço, de sacrifício, de força bruta, de muito trabalho. Mas, para cair, como se sabe, não leva tanto tempo. Começou quando um dos irmãos tirou para dançar, em baile de roça, uma moreninha bonitinha e assanhadinha, que dançava apertado como era do seu gosto, do gosto da moreninha bonitinha e assanhadinha e decerto do gosto de todos os demais machos e fêmeas que no baile estavam. ("Pra que se vai a baile? — perguntava dona Neca no meio da história. — Se não é pra se divertir, pra que que é, então?") Pois era. Mas o pai da moreninha bonitinha e assanhadinha, de nome Jovino, chamara a atenção da filha para o jeito escandaloso como estava dançando com o Bastião e sentenciara: "Celina, tu vai criar juízo ou não vai?"

Ela argumentava que não era ela a safadinha – mas bem que gostava de se roçar no Bastião –, que era ele que puxava ela, como é que ela ia poder com um tamanhão daquele de homem? Pois na próxima dança o velho parou a gaita, avançou até o atrevido par e quis tirar satisfações com o Bastião. O rapaz se sentiu envergonhado com aquela trapalhada toda, jamais havia acontecido isso, ninguém se atrevera a corrigir-lhe a dança e agora vinha aquele senhor de bigode meio branco a repreendê-lo! Seu Jovino encarava nos olhos o adversário, pronto para qualquer coisa. Foi quando surgiu do outro lado da sala seu Antônio e mais dois outros irmãos de Bastião. Logo se aproximaram também alguns primos da moça, que vieram estabelecer uma espécie de retaguarda para seu Jovino. Os gaiteiros emudeceram mais ainda, não se ouvia nem mais o ensaio baixinho que perdurara mesmo quando seu Jovino pedira a parada; das mulheres, umas correram para a cozinha, outras, para fora, para longe, para proteger as crianças, e no salão só permaneceram os homens de comprovada coragem, entre os quais se destacavam aqueles da turma do deixa-disso, que não estavam conseguindo entendimento nenhum entre as partes. Era agravo, respondido com agravo, e em breve todos se tramaram na bala. Quem primeiro caiu foi Bastião, atingido por bala certeira vinda do revólver de seu Jovino. A bala entrou fundo em sua testa bronzeada e um grosso caldo de sangue meio escuro espalhou-se por ali. Logo depois, seu Jovino era alvejado pela pontaria de Jorge, uma pontaria treinada em brinquedos com o irmão Bastião. Depois, caíam quase juntos num monte só o primo de Celina e outro irmão de Bastião, o José. Seu Antônio, meio perdido no tiroteio, atirava para tudo quanto era lado depois que dera falta dos três filhos. Matou dois dos primos que ajudavam o velho Jovino e foi cair atingido por uma bala louca ao lado dos filhos que viera defender.

Terminado o tiroteio, no salão havia sangue no chão e buraco de bala para todo lado. As mulheres vieram saber dos sinistros resultados. Outras brigas aquele salão presenciara, mas nenhuma apresentara em tempo algum o saldo daquele dia: oito mortos, quase uma revolução. Houve uma choradeira danada no salão, tão alegre há poucos instantes, agora parecia o Inferno. Alguns, de espírito mais frio, se atreveram a estabelecer uma comparação com aquele fato do dia, mas o que mais acharam de semelhante foi uma briguinha famosa entre o negro Galardeão e o Setembrino, os dois a facão, brigando sempre e estragando tudo ao redor, indo o negro acabar de morrer na beira da sanga próxima, graças à covardia de um tio de Setembrino, que oferecera uma faca ao sobrinho, quando o negro já havia desarmado o gringo. Do contrário, o morto não seria Galardeão.

Ainda tentavam encontrar mais termos de comparação os espíritos calculistas quando o subdelegado começou a tomar as primeiras providências. Os corpos foram levados para suas respectivas casas e dona Clemência teve que aguentar aquela grande dor de um velório com quatro mortos.

Dias depois, ela não resistiu a tanta tristeza e viajou para junto dos filhos, que Deus a tivesse, coitadinha. Tão feliz que fora até então, como é que ia poder viver com quatro mortos na cabeça e mais quatro no coração? Bem que ela sempre recomendara ao marido que aquilo de valentia não resultava em nada, um dia ou outro ele ia achar alguém que ia lhe provar a coragem.

Não bastassem todas essas mortes na família, como por um castigo complementar, baixou perigosa peste no gado, tudo eliminando, deixando os potreiros vazios. Com tudo isso de uma vez só, a família dos Teixeira não aguentou. Morou pouco mais de um ano ainda na propriedade herdada do pai, tempo suficiente para casar a única fêmea da família, Donilha, com um certo Angelo Becker, filho de alemães, como o nome indicava.

Foi então que Olivar resolveu se casar também e se mandar para Criciúma. A fama chegava grande: estavam empregando todo mundo. Bastava ter boa saúde e ser maior de idade, abaixo de sessenta anos e, dependendo, até mesmo com sessenta; pagavam bem.

Olivar viu nisso uma possibilidade de livrar-se de três irmãos mortos numa noite só. Levaria Mário com ele, venderia a propriedade, quantas vezes o velho Becker tinha jogado verde querendo comprar.

E assim, numa tarde de sol, um céu limpo, o tempo garantidamente bom, eles embarcaram no caminhão do seu Zamboni e se mandaram para Criciúma. Zamboni era divertido. Gabava-se de uma convivência nômade com mulheres a quem dera carona, contava mil e uma histórias de amor, a viagem foi interessantíssima.

No começo tudo era bom, como diziam. Melhor ainda para eles que haviam trazido um bom dinheiro. Tanto Olivar como Mário ficaram encantados com a maneira de os mineiros se divertir, sem valentia, sem machismo, tudo como amigos, sem disputas outras que não fossem todas resolvidas num bom jogo de *snooker* ou de cartas, tudo na paz. Dona Isabel, recém-casada esposa e dedicada dona de casa, vivia só para o marido Olivar. Tinha suas amigas para conversar, os amigos visitavam os compadres, a vida era aprazível. Tiveram nesse tempo três filhos. Duas meninas e um menino. As meninas, de nome Teresa e Sofia, e o filho, que havia sido esperado há muito e muito tempo, e quando finalmente chegou, recebeu o nome de Ciro.

Era uma criança quieta que ficava observando os outros com certo ar de pesquisa e que gostava muito mais de erguer complicadas colunas de pedrinhas para fazer sua casinha do que reunir-se às outras crianças com brinquedos mais apropriados para a sua idade. Se as outras insistiam para que as mães as levassem ao parque infantil, ele não fazia coro junto.

Os compadres de Olivar, sabendo agradá-lo, sentenciavam: "Vai ser engenheiro". Até o doutor Willy, num acesso de eloquência, dissera certa vez: "Teu filho, Olivar, será engenheiro, construirá casas para os operários, erguerá escolas, será um líder da comunidade, pois, se bem que pequenino, já é um pensador". Ninguém entendia muito bem as ideias do doutor Willy, ainda mais quando ele começava a falar de justiça, fraternidade, igualdade entre os homens e coisas tais. Mas no meio da euforia, o doutor muitas vezes lembrava:

"É, acontece que a Revolução Francesa ainda não chegou ao Brasil!"

Seu Balduíno, o barbeiro, reclamara:

"Tudo igual coisa nenhuma. Então um nego e eu temos o mesmo valor? Que esperança! Que o senhor vale mais do que eu, isso eu sei, porque o senhor é doutor e eu sou barbeiro, mas um nego? Um nego não vale mais do que eu!"

De nada adiantava o doutor Willy dizer que tivera colegas negros na universidade, que haviam se formado doutores e estavam agora trabalhando, construindo o Brasil, batalhando para livrá-lo das mãos dos tubarões. Seu Balduíno não concordava e declarava:

"De nada adianta! Um dia eles ainda vão fazer uma cagada! Nego quando não caga na entrada, caga na saída!"

Foi dentro de um clima assim que nasceu o amor de Mário e Aurealice. Ele, a princípio, meio desconfiado de que não fosse com ele, olhando tímido e meio desencorajado ao redor, mas depois todo faceiro, incentivado pelos companheiros e pelo próprio irmão a desfrutar corpo tão apetitoso. De fato, dona Aurealice cedeu seus favores ao sadio solteirão, repartiu sua cama de viúva com ele, trouxe-o para companhia nas suas antes tão longas noites, com ele varreu as desesperanças que a habitavam, empolgou-se com tanta saúde e competência na cama, seriedade no trabalho e cumprimento da palavra, que todas essas qualidades avultavam na pessoa de Mário, tornando-o mais simpático ainda, um homem a desejar, um inocente bugre, necessário para o corpo temporariamente adormecido de dona Aurealice. E como ela precisava dele! Mas tinha classe a dona Aurealice. Certa vez, ao ser importunada com visita, altas horas da noite, não quis dar o gosto de mostrar o amante às amigas, embora o próprio argumentasse que "todo mundo sabia". Que soubessem, mas ela não ia dar o gosto, não. E assim Mário aguentou aquela eternidade dentro do guarda-roupa, que visita noturna, sendo de amigos, não é nada rápida, não senhores. E se de amigas, muito mais se prolonga. Levou um suador danado. Dona Aurealice fez questão de mostrar o quarto aos amigos, mostrando inclusive o retrato do falecido ali em cima da penteadeira. O inocente bruto, de dentro do guarda-roupa, a tudo escutava, quieto, irrespirante.

Ficou meio brabo aquela noite, mas depois que as visitas indesejadas foram embora, dona Aurealice soube como recompensá-lo e amansá-lo, oferecendo seu cobiçado corpo, se estendendo na cama que servira também para o falecido, mas quem é que ia se lembrar disso? A hora não era para tristezas. A hora era de alegria e de reconciliação. Debaixo de Mário, muitas vezes naquela noite dona Aurealice surpreendeu o marido observando-a por detrás do vidro do quadro onde estava o retrato. "Você não se importa, não é mesmo, querido?" Nunca mesmo ele se importaria, não era da conta dos mortos averiguar o comportamento dos vivos. Fizessem as besteiras que quisessem, muitas mais podiam fazer!

Havia ainda os inconsequentes adultérios de Olivar e de quase todos os outros mineiros que, dada a fartura do dinheiro, quase sempre acabavam por arrumar uma segunda mulher. A vida corria mansa e boa para todo mundo, mesmo para suas esposas que não tinham outras ambições que não fossem as de viver em paz. Lá uma vez ou outra uma delas acabava descobrindo os amores escondidos do marido e aprontava um forró danado! Mas era por pouco tempo, pois todos os outros se viam na obrigação de desmentir o acontecido, principalmente os homens que, fazendo a defesa do companheiro, nada mais faziam que arrumar o próprio álibi para o próximo deles que fosse descoberto. Algumas, mas poucas, se atreviam a cornear os maridos mineiros na complacência das tardes, quando algum eletricista ia consertar qualquer fio, dar um jeito em algum circuito, mas qual! O circuito estava na dona da casa, às vezes um fio cheio de energia mal aproveitada, um outro fio, logo consertado, pronto para conduzir energia outra vez.

Não fora assim com Liquinho? Feinho, um zé-ninguém, quem diria que alguma mulher fosse se interessar por ele? Todas eram unânimes em afirmar que ele era exímio eletricista, mas dona Matilde sabia de outras qualidades dele. O que ia adiantar contar? Não ia adiantar nada; mas logo adiantou muito, porque descobriram que na sua casa os casos de circuitos estavam se tornando muito frequentes. Houve briga na família, o marido insistia em acreditar na "calúnia", mas tantas e tão veementes foram as defesas coletivas para dona Matilde, que ele acabou somente por recomendar-lhe que não chamasse o eletricista assim por nada. Ele mesmo podia dar jeito, ora, também ele entendia um pouquinho de eletricidade, todos entendiam um pouco, trocar um fusível ou emendar um fio não era coisa do outro mundo, ainda mais se fio e fusível eram partes integrantes do sistema elétrico caseiro.

E assim iam consertando seus pequenos ou grandes problemas: unidos. Se uma ou outra insistia em fazer uma fofoca mais séria, as outras caíam de pau por cima. É verdade que primeiro faziam a fofoqueira mudar de profissão, sem violência. Mas fosse ela recalcitrante para ver! Fofocas, só se admitiam as inconsequentes. Um comentário mal airado atingiria cada um deles. Mas todos estavam unidos. Os ideais sociais imaginados pelos utopistas vieram ali praticados sem o mínimo conhecimento teórico do assunto, apenas porque era melhor viver assim, em paz. O doutor Willy se encarregava de teorizar aquela vivência, citando nomes esquisitos, de difícil compreensão, que, se não fossem ditos por ele, seriam considerados invenções.

A situação toda colaborava para isso. Os engenheiros conversavam com os mineiros de igual para igual, na medida do possível, pediam a opinião aos mais experientes na abertura de novas minas, tomavam o café frio das garrafas levadas para o subsolo, batiam prolongados papos com as mulheres dos mineiros, encantando-as com sua simplicidade, reuniam-se nos fins de semana com os chefes de serviço, bebiam juntos e levavam vida de reis. E dizer que tudo isso era feito sem ambição política, que nenhum deles estava objetivando um cargo público, que não eram candidatos a nada, que apenas assim se comportavam por certeza de que todos deviam viver em paz. Será que assim era?

Enquanto esses problemas surgiam e se resolviam, o nosso homem perdido ia crescendo sob as preocupações da família e dos demais amigos ou das pessoas a ele chegadas. Por que seria que o rapazinho era tão quieto e quase não brincava com as outras crianças?[1] Iam dizendo ao seu redor que ele ia ser engenheiro, que ia ser isso, ia ser aquilo, e ele não parecia escutar nada, nem mesmo quando em violenta polêmica com o doutor Willy, o doutor Barreto sustentou que aquele costume tão do menino de construir casinhas não evidenciava necessariamente uma vocação para a Engenharia. O doutor Willy defendeu sua ideia como um general que estivesse tratando de defender o seu exército de um iminente ataque inimigo, citando uma porção de nomes lá da sua terra, alemães famosos, que provavam que a criança começa cedo a escolher a profissão. O doutor Barreto argumentava que aquela cisma do menino em realizar suas minúsculas construções nada mais era do que um sinal de que ele possuía um tipo de pensamento original, um pensamento concreto, dialético! E um desejo de investigar as coisas, de recriá-las sob novas formas.

Afinal tanto o doutor Willy como o doutor Barreto acabavam concordando num ponto, o que bastava para arrefecer o debate, pois eles só queriam fazer um exercício de discurso, saudosos dos velhos tempos de universitários, na pátria lá deles. O doutor Willy, na Alemanha. O doutor Barreto, na França. O doutor Barreto não parecia tão saudoso assim, porque logo ao chegar apressara-se em trocar o nome de origem por Barreto, que achou ser um nome bem brasileiro, e ninguém ousou contestar, todo mundo temeroso de provocar polêmica demorada. O ponto em comum para os dois famosos doutores era que o menino tinha tendência para ser um grande homem. O doutor Willy citou Einstein, Feuerbach e Marx. O doutor Barreto, bem brasileiro que era, lembrou que o menino levava

---

1. O rapazinho seria um típico subdesenvolvido? Pois subdesenvolvido custa a falar – dizem!

jeito de se tornar um homem do calibre de Santos Dumont, Voltaire ou mesmo Balzac. Marx – a filosofia é que exigia concentração.

O pai, que tudo escutava orgulhoso, mas nem sempre entendendo aqueles nomes difíceis, muito se alegrava porque seu filho estava sendo objeto de estudo de dois famosos engenheiros.

Todos pareciam felizes... Até que chegaram as máquinas. Foi o doutor Barreto quem primeiro profetizou a desgraça, alertando que no "morte-América" haviam inventado poderosíssimas máquinas escavadeiras. Que se tais máquinas viessem para Criciúma, muitos mineiros iriam ficar sem trabalho. Que ele já vira no estrangeiro: quando as máquinas chegavam, os homens saíam! Como que por uma incapacidade fatal de convivência, a questão se postava assim: ou a máquina ou o homem. Dito e feito. As máquinas foram chegando e os mineiros saindo. Mário se assustou tanto com a súbita ameaça de desemprego que acabou casando com a cobiçada viúva, juntando os haveres que a hora era de união, indo morar perto de Turvo, comprando baratinho um terreno de beira de rio, onde pudesse de novo plantar para comer e ter suas criaçõezinhas, que fossem alguma vaca para o leite, uma junta de bois para o trabalho, um cavalo para o transporte; pelo menos Olivar esperou um pouco mais, descrendo do doutor Barreto. Por que ele iria ser despedido se tinha sido um bom trabalhador, sem jamais faltar um dia sequer ao serviço? Enquanto Olivar esperava, Mário não só encontrou as várzeas que procurava, como também descobriu um jeito de aproveitar os banhados, plantando arroz, uma coisa meio esquisita para ele nos primeiros tempos, pois na sua terra antiga plantara arroz no seco, e agora ali o arrozal crescia bonito dentro d'água, sendo preciso arrumar taipas, separar e distribuir as águas, uma coisa esquisita e linda. E o arroz, assim alagado, vinha viçoso, bonito e bem grãozudo.

Olivar tanto esperou e tanto aguentou em esforços de bom serviço, uma assiduidade e um esforço tão desesperados, que agora era despedido com os pulmões despedaçados. O dinheiro juntado se esvaiu aos poucos e a miséria estava batendo à sua porta.

O seu filho ia completar quatro anos já, e, ao contrário das outras vezes, não havia dinheiro sequer para fazer um bolo.

As discussões do doutor Willy com o doutor Barreto revestiam-se de coisas muito mais concretas, os mineiros podiam entender uma porção das coisas que eles agora conversavam, só que o doutor Willy aos poucos convencia o colega de que nada mais tinham a fazer ali. A Companhia Siderúrgica Nacional, cuja criação o doutor Barreto imputava sem contestação nenhuma a Getulio Vargas, pai dos pobres, atraíra nuvens de colonos, empurrando-os para debaixo da terra, para ali buscarem o seu sustento preto, e por muitos anos bem recompensara aquele trabalho penoso. Mas eis que agora as máquinas tomavam conta. O pai dos pobres, talvez muito mais desesperado que os seus pobres filhos mineiros, suicidava-se num mês agourento, mas tudo eram dúvidas!

Para o lugar dos doutores idealistas de antes, as máquinas traziam administradores enérgicos, prepotentes, que não batiam papo com os mineiros, que se ofendiam ao ser convidados para uma "cachacinha", que os tratavam como máquinas, não estabelecendo nenhuma diferença, que diziam estar moralizando a Companhia Siderúrgica Nacional. Eles não citavam nomes difíceis para os mineiros ficarem admirados de seu conhecimento, já que com os mineiros não conversavam, suas mulheres eram todas pomposas, ostentavam um notório desprezo pelas mulheres dos trabalhadores, e para tudo tinham uma reclamação a fazer. Formaram guetos, manifestaram a diferença entre as classes, mandaram muitas mulheres de mineiros conhecerem o seu lugar e quebraram a simpática convivência de antes. Seus maridos eram detentores de uma frase jamais dita pelos antigos doutores: "É problema seu". Ao ser despedido, o mineiro ia inocente perguntar o que é que podia fazer agora, sem emprego, sem trabalho. Era problema dele, os doutores não tinham nada com isso.

Cumpriam ordens, equacionavam problemas, objetivavam lucros, modernizavam a companhia. O Brasil não era mais um país atrasado para despender tanta mão de obra quando as máquinas podiam fazer muito mais em muito menos tempo e com muito menos despesas. O Brasil entrava para o trilho das nações líderes e desenvolvidas, trazia a tecnologia e dispensava em muito o trabalho humano. Fazia certo porque fazia exatamente o que os países europeus estavam fazendo, o que faziam os Estados Unidos, que agora não eram mais chamados de "Norte-América". Se os mineiros perguntavam o que tinha acontecido com os trabalhadores lá de fora, os matemáticos doutores embrabeciam: "Mas o que é que a gente tem com isso?". Eles não tinham nada com isso, eles não tinham nada com nada, eles cumpriam ordens, eles tinham vindo para cumprir um programa e estavam cumprindo.

Os mineiros estavam sem pai; o pai se suicidara, o desespero do pai fora maior que o dos filhos.

Em vão Olivar procurou novo emprego. Sua mulher morreu sob os descuidos de uma parteira incompetente, numa noite de vento e de lua. Onde estava o antigo hospital dos mineiros?

Algum tempo depois, Mário veio de Gurio buscar o irmão. Dona Aurealice arrumou entre as suas amizades alguém que providenciou internato para as duas meninas. Olivar, doente e envelhecido, continuou tossindo e definhando no sítio do irmão.

Hoje, passados quase vinte anos, aquecendo-se todos juntos ao redor do fogão a lenha, comendo amendoim ou pinhão, começam a lembrar suas histórias, que homem é bicho de muita memória. Quem mais fala é Olivar, de vez em quando interrompendo seus causos com uma tosse aguda e seca que lhe ameaça a voz. Os casos de todos eles, quer os de Olivar, quer os de Mário e dona Aurealice, são pontilhados de gente importante e coisas dramáticas, violência e muita morte, doutores e prostitutas, máquinas grandessíssimas e operários desempregados, fome e miséria, alegria pouca, jogos e tudo o mais que fizeram suas vidas. As duas meninas, não faz muito, casaram. Dona Aurealice é professora na escola local. Mário adora dona Aurealice e seus seis filhos. Dona Aurealice vive feliz com seu marido fértil e competente. Seus rostos são marcados por rugas, até mesmo o de dona Aurealice! A testa de Mário guarda ainda uma marca que nasceu quando ele começou a se preocupar com aquelas histórias dos doutores, de que iam vir máquinas para tocar o pessoal embora.

Quanto ao menino, hoje está um homem feito. Ajuda o tio na roça, o trabalho é muito, escuta com atenção os causos do pai, está sempre exigindo do pai um novo detalhe da morte da mãe, ansioso que é por saber das coisas que lhe dizem respeito. Nos dias de chuva, quando não há muito trabalho, ou mesmo nas noites em que não toma parte nas conversas, passa horas e horas a ler uns livros de dona Aurealice. Já leu um monte deles. Só depois de ler as coisas, é que vai perguntar à tia quem é o autor, pois os livros estão sem capa. Outro dia estava lendo umas poesias que achou muito bonitas. Então foi depressa perguntar para a tia quem tinha sido aquele homem tão inteligente que escrevera tantas coisas lindas a respeito dos escravos, denunciando a vida difícil que eles levavam, clamando contra os donos deles, exigindo justiça; quem tinha sido aquele poeta? A tia lhe explicou mil coisas sobre o famoso baiano. Mas o que mais o impressionou foi a tia dizer que ele não era propriamente um homem, era um moço, pois que morrera muito novo:

— Morreu com a sua idade! E dizer que um poeta tão sabido tenha morrido de doença feia — acrescentou.

Assombrou-se com o revelar da tia, mas muito mais ainda quando ela lhe assegurou com toda a certeza que quase todos os poetas da época morriam de doença venérea. Ele quis saber:

— Aquele do outro dia também?

— Qual? — quis saber a tia.

— Aquele que fez poesia triste e de amor?

— Também — respondeu dona Aurealice. — Quase todos. Todos, bem dizer.

Ora, ele já havia copiado uns quantos pensamentos bonitos para pregar na cabeceira da cama que dividia com o pai. Estava em dúvida sobre qual escolher. Um mais bonito que o outro. Agora, como podia colar um pensamento assim, se o autor podia ser um puto?

Confidenciou sua angústia à tia. Ela riu um pouco, um riso meio sem graça e disse:

— Também não é tanto assim. Mas já que você quer um dizer bonito, eu vou arrumar um, um bem bonito. Eu sempre quis pregar esse dizer em algum lugar, nunca me dei ao capricho.

E assim, numa noite de muita soneira, os olhos ardendo da fumaça que enfrentara na queimada da roça, mostrou ao pai a inscrição:

— Olha aqui. O senhor viu? O que quer dizer?

— Vi. Mas não entendi. Deve ser alguma besteira da sua tia louca. Anda sempre com a cabeça cheia de livro.

Ele não se conteve:

— Tia!

— O que é?

— Se a senhora ainda não dormiu, podia me dizer o que quer dizer isso daqui que está escrito?

— Isso daí o quê?

— Não sei bem ler... Isso que tá aqui escrito.

A tia, possivelmente envolvida em outros afazeres, logo no começo da noite, protelou a explicação para o dia seguinte. E, assim, pai e filho dormiram naquela noite em santa ignorância, não sabendo o que ia significar aquela bonita inscrição, com letras grandes e pretas na cartolina branca:

LASCIATE OGNI ESPERANZA VOI CH'ENTRATE.

Só no outro dia a bondosa tia foi lhe explicar o significado daquelas palavras que ele quase não conseguia ler.

Feita a tradução pouco ortodoxa, ele não achou tão bonito assim o propalado pensamento escolhido pela tia, só se preocupando com um detalhe da vida do autor:

— Esse aí, que a senhora disse que é o autor do pensamento, como é mesmo o nome dele?

— Dante — apressou-se em informar a tia.

De fato um autor que ela não podia esquecer, pois fora seu companheiro nas primeiras noites sem marido! E a ajudara a compreender as desgraças da vida.

— Morreu também de doença feia? — perguntou de novo seu sobrinho, com certeza era um homem perdido.

— Não! Esse não! Não é nem brasileiro! Não vê que não tá escrito em brasileiro?

E assim vai passando seus dias o nosso homem perdido, conturbado cada vez que a tia tem que explicar alguma coisa e, em vez de esclarecer, torna sempre tudo mais complicado, tal como o fez com as palavras da inscrição.

As mulheres dos maridos

Depois que Idiolis matou seu pai, ele foi amar. Combinaram-se entre os quatro irmãos e numa noite de lua cheia esperaram o velho Sebastião Serrano em várias armadilhas numa vez só. O pai nem botou a cabeça na porta da cozinha, por onde ele sempre entrava, e já levava bordoada de todo lado. No escuro, ele não sabia de quem vinha a traição, e lutou desesperado enquanto teve forças. O velho Antonio Teixeira contava diferente porque gostava de inventar os fatos, mas a mulher dele dizia que ele só não podia inventar o que acontecia. Segundo esse contador de causos que tinham acontecido, o bondoso Sebastião Serrano foi se defendendo como pôde, ele tinha lutado na Guerra do Paraguai, mas quando viu que estava sendo atacado pelos próprios filhos, desfaleceu de pesar, retirou as forças todas e foi descansar o juízo no Reino dos Mortos, exclamando: "*Tu quoque, Idiolis*?".

Os outros três encheram-se de medo e remorsos; Idiolis, não. Saiu dali e foi pousar com a sua prima Nena. Quando eles eram pequenos, brincavam nos morros e um gostava por demais do outro. Daí a mãe de Nena, que era viúva, morreu, e Nena cresceu. Esta, que era para ser mulher de Idiolis, morava sozinha no costado daquele morro que tinha um nome tão triste. Mas quando perguntavam a Idiolis aonde era que ele ia, ficava muito bonita a sua resposta: "Vou pro lado do Morro da Saudade, ver a minha Nena". Com Nena só moravam Piloto e Rompe-Ferro, dois cachorros de grande serventia e muita estimação. Eles também tinham vindo de Santa Catarina e estavam sempre com muita saudade de debaixo da serra, onde a vida era no limpo e as terras tinham um cheiro bom. Mas muitas desgraças tinham acontecido na margem direita do rio Manuel Alves e, de repente, todos tiveram que se mudar para o Paraná. Eles vinham para muita paz, mas podia ser para muita briga, isso não era da conta deles, segundo diziam. Em Santa Catarina, também não queriam ter brigado; no Rio Grande do Sul, também não. Naquele tempo se pensava que quem vinha para o Paraná vinha para morrer. Mas conversavam assim os compadres dos compadres: "Lá, pelo menos, a terra vai ser nossa. Para o sempre, para toda a vida. Aqui a gente não tem onde cair morto". Compadre Nenem brincava: "Quando a vida se acaba, se a gente tem ou não onde cair morto, isso não faz diferença nenhuma. A diferença é pros que ficam e tem que ter onde cair vivo: eu sou assim, eu sou pelos meus filhos".

Como era que fora, que de súbito, como uma trovoada, todos tinham perdido as terras? Eles não tinham ouvido as mulheres, era isso? Quando os instrutores da Companhia de Fumos chegaram e explicaram como tirar o dinheiro no banco, as mulheres dos homens olharam arrevesado, e de noite, nas camas, disseram que, se não desse certo, quem é que perdia? Os maridos das mulheres não puderam escutar o que elas diziam, porque na cabeça deles era uma confusão só, muito dinheiro que vinha, muita planta que ia verdejar, colheita adiantada, vender fumo, pagar o banco, sobrar uma porção para um comprar a terra do outro e ficar podre de rico, andar de automóvel, encostar bem pertinho da igreja, descer com a família, escutar a missa, prosear com o padre depois, passear um pouco, viver bem e...

O velho Sebastião Serrano tinha um lavourão. Quando tudo estava a ponto, pontinho, colhido e amarrado, veio aquela enchente que só vinha de trinta em trinta anos, mas que ninguém nunca não assenta a data certa. O irmão de Sebastião Serrano levantou, viu aquele mar de água, voltou para dentro de casa, deu uma olhada nas crianças que dormiam, entrou no quarto, onde a mulher, com partes de fora, gordíssima, roncava que *voute*. Tornou a sair, entrou na estufa, achou uma cordinha, amarrou numa travessa, subiu num banquinho, botou o pescoço na laçada e nunca mais puxou o fôlego, nem cheirou fumo, nem se preocupou com mais nada.

Sebastião Serrano muito reprovou aquela precipitação toda do irmão, reclamou que era muita falta de fé em Deus Pai Todo-Poderoso Criador do Céu e da Terra, que um dia haveria de julgar todos, os vivos e os mortos, conforme mandou dizer aos homens deste mundo pelos que escrevem nos Evangelhos. E seu irmão não pôde ser enterrado dentro do cemitério, pois padre Agenor disse que quem tirava a vida com as próprias mãos não podia ter a honra de morar com os que tinham esperado a sua hora e a sua vez. Que tinha que ser enterrado à entrada do campo-santo, e assim todos os que entravam passavam por cima de onde ele estava, ajudando a que ele fosse purgando esse pecado tão grande, porque na outra vida tinha três destinos: o Céu, o Inferno ou o Purgatório, fora o das crianças, que era o limbo, mas que quem se matava não podia nem ser castigado pelo Céu, nem por nenhum dos outros dois. E Deus queria que ele se humilhasse aqui na Terra mesmo, enterrando-se num lugar onde todos podiam pisar em cima.

Tempos mais tarde, Sebastião Serrano revisou a morte do irmão e achou que ele tinha agido certo. Que quem se matava, o mais que acontecia era que o padre Agenor não deixava que fosse enterrado junto com os outros do povoado, mas que, pelo resto, até que tudo estava de acordo com os modos do viver. Se ninguém podia escolher o jeito de viver, nascendo uns filhos de patrão, outros filhos de empregados e colonos, não seria o mais certo deixar o pobre próximo escolher o modo melhor de morrer? E quem não se matara na violência de uma corda dependurada em algum travessão qualquer, por acaso tinha deixado de morrer? O velho Silvestre Pedroso não tinha morrido todo lasqueado de faca, a mando de uns donos das terras dele que moravam em incertos paradeiros? Dona Beba não viu o irmão ser degolado na frente da primeira escola do lugar, só porque vivia dizendo praqueles alunos-mandrongões que a lei das terras era a lei do mais forte, isto é, dos que podiam comprar uma meia dúzia de advogados, apartamentos bonitos na capital do estado, sincas tufões e louras oxigenadas e um pouco sardentas, conforme aquelas que apareciam em revistas que ninguém não entendia, trazidas pelos medidores de terra, os doutores agrimensores, consoante eles gostavam de ser chamados? Depois não trouxe, a pobre mãe, aquele filho dependurado nos braços, morto afogado no rio, achado dentro do covo, com uma pedra atada ao pescoço e braços e pernas amarrados? E o marido dela? Aquela pessoa tão mansa que até parecia um boi de carro, aquele olhar comprido voltado aos amigos que ele queria bem, leitor das histórias sagradas, contador de histórias desabotoadeiras do riso e das malícias dos homens, exímio domador de cavalo xucro, nunca não caía de nenhum, por mais corco-veante que fosse, até a eguinha moura, que ninguém não domara, ele não dobrou as ventas, contando depois que a dourada amansara só depois de um serviço muito feio, mas de grande preferência da gurizada que ameaçava criar buço. "Eta, seu Anjo veio, com ele ninguém nunca pode", diziam os vizinhos. Na capital do estado, por detrás daqueles pesados portões de ferro, o olhar comprido e terno do seu Anjo tornara-se fundo, lonjudo, aquele amarelão todo no branco antes tão limpo, os pretos parados, eles que se apertavam e riam junto com a boca do seu Anjo quando ele as engraçadas histórias contava, distribuindo seus risos a quem quisesse, ao redor do seu rancho, quando a fresca demorava a chegar e o calor do verão impedia de na roça chegar! Um desconhecido, motorista de um caminhão que viera trazer uma mudança (as pessoas não perdiam a coragem e chegavam sem parar, para morrer naquelas terras), visitara seu Anjo em Curitiba. Noutra mudança, ele explicou para dona Beba:

— Augusto Angelo da Conceição Antunes, não é esse o nome dele? Tá louco, internado na Santa Casa de Misericórdia. Louco mesmo não tá, mas só meio tanso. Porque não é malfeitor pode ficar com o outro pessoal doente. Lá tem de tudo, a senhora pode um dia ver: é um hospital grande como uma cidade. Cabe todo mundo. É um perigo entrar lá dentro: a senhora quer ver paralítico entrevado? Tem. A senhora quer ver tuberculoso desenganado? Tem. A senhora quer ver gente quebrada nas derrubadas de mato? Tem. A senhora quer ver doença feia, qualquer uma, a que a senhora quiser, lá dentro tem de tudo. Lá a senhora fica sabendo como é o mundo.

Quando ele contava isso, seu Anjo, manso e indefeso, já tinha morrido de hepatite na Santa Casa de Misericórdia de Curitiba.

Dona Beba contava e chorava:

— Anjo nunca teve doença nenhuma, tão tudo vocês aí pra sabê disso. Quando o deputado quis interná ele, eu ainda disse: "Doutor, ele anda só meio avariado das ideias, não incomoda ninguém, foi depois que nóis perdemo a terra que ele se desgovernou assim".

Na banda direita do rio Manuel Alves é que acontecia tudo isso. Primeiro os moradores tiveram que lutar com os bugres que cercavam suas terras, que eram os legítimos donos. No começo tudo ia bem entre os colonos e os índios. Os bugres chegavam perto dos ranchos, olhavam muito admirados para tudo, mas não faziam mal nenhum. Foi um caçador quem provocou toda a fuzarca que depois se deu, ao atirar por gosto num índio, sem que ele o atacasse. Depois disso, índios e colonos brigaram por muito tempo, até que os bugres desistiram de tanto sangue e foram embora para nunca mais voltar, conforme acontecia sempre com eles. Quando os colonos estavam quase perdendo a esperança de vencer a resistência dos bugres, Sebastião Serrano, didático, com grande experiência de outras colonizações, explicara:

— Bugre sempre perde. Um dia ou outro eles vão embora pra nunca mais voltar.

Mas depois dos bugres, muitos anos depois, ih, muitos sem conta, vieram os instrutores da Companhia de Fumos que ensinaram muitas coisas aos colonos, ensinaram até como é que eles podiam perder a terra deles, sem sentir. A pessoa que depois daquilo pronunciasse a palavra *hipoteca* instalava entre todos eles um mal-estar de morte.

Foi quando todos eles resolveram mudar para o Paraná, onde havia terra devoluta para quem quisesse e dela precisasse. Sebastião Serrano foi um dos que mais ajudaram nas mudanças, na construção das novas casas, na abertura de picadas e tudo o mais que era preciso na nova vida que se iniciava.

No sudoeste do Paraná, Sebastião Serrano, cansado de trabalhar desborrachado debaixo do criciumal todo enovelado, pai de filhos, casado há mais de trinta anos – reservista de primeira categoria, segundo o velho Antonio Teixeira, homem madurão, mas muito bem-apessoado –, voltando da bodega em linda noite de lua cheia, viu Teresa mijando debaixo do laranjal que ficava bem rente à picada por onde ele passava. Sebastião Serrano não conseguia explicar muito bem aquele momento em que tudo acontecera. Só que ele ficou muito diferente. E contou para seu compadre João:

— Eu fiquei a vida toda, meu compadre, trabalhando para os filhos, para a formação da família, para um futuro diferente do que o que o meu pai me deixou. Casei no mais puro e agradável regulamento, pensando que tivesse ajeitado a minha vida no regular. Mas o compadre bem sabe como a Bitona me trata. Não vai pra roça, não cozinha, não costura, não remenda, não tira leite das vacas, não trata a criação, não faz nada. Quando eu não tinha os filhos grandes, era eu quem fazia tudo, mas tudo mesmo, compadre, mas de um tudo, incluindo lavar a roupa. Para que eu quis essa mulher é que eu não sei lhe explicar. Porque tem os canhotos do homem que ninguém nunca explica. Mas eu tava aguentando tudo, agora o aborrecimento ficou maior porque ela deu de botar os filhos contra mim, a única que não está contra mim é a Isabel, e assim mesmo porque não está em casa. Minha mulher me escolheu para culpado de tudo o que acontece de errado. Previamente, compadre, é a coisa mais triste de eu dizer para o compadre: se amanhã acontecer uma desgraça, eu já tou sabendo quem é que vai ser o culpado.

Todo dia Bitona preparava a grande desgraça para o marido que ela um dia amara. Esculhambava o paciencioso Sebastião Serrano, desmentia seus feitos na Guerra do Paraguai, debochava do jeito dele, criticava parentes e amigos, incomodava, catequizava os filhos para odiarem o pai. Desde que eles eram pequenos, cismava em pôr todos contra o pai.

Sebastião Serrano ouvia e calava, no fundo curtia a sua dor. Então, conheceu Teresa.

— Essa mulher, meu compadre, é uma égua solta no pasto e eu sou seu bagual titular, dono do potreiro, de forma que ela não me escapa. Ela vem me provocar debaixo dos laranjais, em noite de lua cheia, o compadre sabe que eu não posso me arrepender.

Teresa não fora ao laranjal para atiçar nada no Sebastião Serrano. Estava desprevenida quando ele passou e viu que ela ali se acocorava. Até pegou certa raiva de ter sido vista por um homem velho em posição tão incômoda. Mas a fama da bondade de Sebastião Serrano atravessava o costão. E a triste sina que o destino lhe dera na acompanheirice também. E Teresa não tinha nada contra Sebastião Serrano. E Teresa achava Sebastião Serrano um baita dum homem. E Teresa mantinha seu coração desocupado para quando chegasse a hora. E a hora de Teresa chegou, e ela trouxe Sebastião Serrano inteiro para dentro dela. E não demorou muito: o que entre eles era pesado segredo destrancou-se e foi parar na porta de muitas bocas. E encontravam Teresa e lhe perguntavam, rindo: "Ainda tinha café no bule?". E para Sebastião Serrano nada não falavam. E todos ajudaram Bitona a preparar a sua grande tramoia, cheia de muito sangue. E o que era esperado e preparado desceu naquele costão. E compadre João foi embora de desgosto, de não ter acreditado nas tramoias todas e não ter avisado aquele homem que ele queria tão bem, seu primeiro compadre, a quem de tudo se podia contar, que de sua boca nada não escorregava.

E Idiolis retirou o carro de dentro do galpão, descansou o cabeçalho sobre o muchacho, enfiou tamueiro, canga e canzis, tudo arrumou, chamou os bois no pasto, encostou o Barroso e o Osco, cangada aquela junta de bois até descansava a vista de linda que era, com toda aquela força trabalhando parelha, passou a regeira na orelha esquerda do Barroso e na direita do Osco, ajeitou uma tábua que passou a servir de rampa, empurrou o caixão de costaneira que ele mesmo fizera no dia anterior, foi lá dentro, pegou o pai morto, deixou ele cair seco no fundo do caixão, que alto era, pregou a tampa, retirou o muchacho de debaixo do cabeçalho, sentou-se sobre o caixão do pai morto e deu voz de saída: "Vamo, Barroso, Osco!".

O carro saiu cantando no meio do mato, começou a cair uma chuva fininha, que depois foi engrossando até virar e vir com pedras e muita tormenta. Idiolis reclamou para si mesmo que se esquecera de passar uma graxa no eixo, mas tocou adiante até o cemitério. Cavou a cova no meio do barro, largou o caixão dentro e resmungou: "Velho desgraçado, agora nunca mais ocê vai se meter com bisca nenhuma, e minha mãe vai viver descansada".

Ninguém não tinha querido ir ao enterro, porque todos estavam muito confusos. Não tinha polícia, não tinha delegado, não tinha nada. Dona Maria Carolina, do fundo de sua cama de entrevada, consolou a todos os que naquela noite lá estavam: "Um dia esses filhos da mãe ainda vão pagar! Quem faz, paga! E paga aqui mesmo!".

Idiolis casou com Nena e ficou morando no encostado da serra. Dos seus irmãos, diz-se que estão espalhados pelo Brasil afora e que só um morreu, picado de cobra, e que sofreu muito. Idiolis comprou trator, trilhadeira, tem conta no Banco do Brasil, compra fertilizantes e venenos, tudo através do banco, onde um dia o gerente assistiu surpreso a uma cena singular: Nena entrou de mansinho no banco, fez pelo sinal da santa cruz do livrai-nos Deus Nosso Senhor, ajoelhou-se e se pôs a rezar. Foi quando uma daquelas irrequietas moçoilas, que mostravam só a ponta do torneado das coxas, perguntou-lhe surpreendidíssima:

— Por que a senhora está rezando aqui? A senhora errou de porta. Aqui não é igreja nem cemitério.

Ao que Nena, com voz perturbada, respondeu:

— Eu sei que aqui não é igreja nem cemitério, mas aqui não é o Banco do Brasil? Então, é aqui mesmo que eu devo rezar, porque é aqui que o meu marido tá enterrado.

As maiores preocupações de Nena são ligeiras ou profundas, como, por exemplo, as lembranças de um certo crime que ela meio confusamente julga estar ajudando a pagar aqui mesmo, como sempre alertava certa pessoa de quem ela não recorda mais o nome inteiro. Em momentos mais amenos, porém, Nena, hoje com muitas rugas, sem aquele viço que atraiu Idiolis para sua casa, mesmo depois de ter matado o próprio pai, pensativa, indaga para si mesma: "E os que tomam a terra dos outros, pagam onde? Sofrem, será? Morrem de doença feia, penando um bom tanto antes de bater as botas? Não acontece nada pro pai, pra mãe deles?". Quase em vão, um dia desses, um padre estrangeiro, ensinando como era mesmo que os filhos deste mundo deviam de viver, dizia que os miseráveis também tinham que ter seus direitos. Muito mais coisas anda ensinando esse padre, mas uma dessas todo o povo muito gostou de saber. Foi quando ele explicou praqueles parvos quem eram os donos do Banco do Brasil. No começo da prática do padre tinha sido difícil entender, pois como era que a terra deles fora tomada pelo banco e os donos eram outra gente? Mas no fim da prática, cada um deles já explicava pros outros o que tinha ficado muito simples.

Cenas indecorosas

RALFO: — (o que eu queria era contar) Histórias
que atiçassem a imaginação do povo e o fizessem
compreender os demônios que devem expulsar
para que o corpo e a alma se tornem transparentes.
— Subversão — protestou o ministro da Ideologia.
— Loucura — disse o ministro da Sanidade.
— Heresia — acrescentou o ministro da Santidade.
— ATACAR! — ordenou o chefe dos Guardas.
Sérgio Sant'Anna, *Confissões de Ralfo*

— Olha lá uma mulher pelada na rua!

Quem primeiro viu foi o contabilista da Krost, que, descornado em vista do mais recente cano de sua namorada, contemplava o *vum-vum* dos fittibostas da vida, bem ali na curva da igreja, conjuminada com as Casas Pernambucanas – duas instituições indispensáveis em qualquer cidade que se preze.

Cabe sempre aos contabilistas daquela firma, por sua localização privilegiada, e talvez também pelo espírito bisbilhoteiro e sinistro dos burocratas em geral, anunciar as desagradáveis coisas da vida.

— Boazuda, pouco ossuda e bem carnuda — definiu na hora um ginasiano que gostava muito de Olavo Bilac.

Embora esse ginasiano estivesse enveredando para o concretismo do processo, tinha o orgulho de introduzir sempre em alguma discussão a seguinte revelação histórica:

— Meu avô trocou em idos tempos favores sexuais com a sogra de Olavo Bilac.

Parnasianos à parte, os paisanos puseram-se à contemplação das cenas indecorosas de um casamento tropical. A mulher, envergonhada e desesperada, era conduzida pela via pública, embaixo de relho, até o delegado de polícia, a quem caberia decidir sobre as providências para erradicação simbólica daquelas indesejáveis trepadeiras, que de repente floresceram na parte menos usada do infeliz marido.

— Dono de grande firma e já cornudo — comentou o guarda do Banco do Estado, pesaroso pelo sofrimento da mulher alheia e contente por não ser ele o atingido, casado que era.

— Por acaso a atividade comercial intensa isenta de tão pontiaguda doença? — retrucou Miraldo, taxista convicto, possuidor de um curso de Direito feito meio por correspondência e um Fusca quatro portas, daqueles que duram a vida inteira, como apregoam por aí os entendidos em táxi, agiotagem e putaria (trindade congênita para qualquer taxista que se preze no interior).

Outros comentários surgidos:

— As desgraças humanas são coisas fundamentais — de um popular.

— O amor é perigoso, é uma coisa boa, mas é perigoso — de outro popular.

— Vagabunda! Vai ver nem faltava nada em casa. Sal, açúcar, café, essa sem-vergonha tinha de tudo — de mais outro popular.

— O Plínio fez a mesma coisa, só que de combinação — de outro popular.

— De combinação? O Plínio? Você tá louco? — de ainda outro popular.

— É sim, Burranildo. De combinação, sutiã quarenta e cinco e suspensório de calça de mulher. Tem pessoas que perdem consideráveis oportunidades de manter a boca fechada — de um popular semiculto e indignado.

— Sutiã quarenta e cinco? Mas sutiã... Sutiã com número ímpar? Sutiã só com número par — de um popular preocupado com a matemática da vida.

— Por falar nisso, conheci uma mulher que tinha só um seio. O direito — de um popular minucioso.

— Coisas das circunstâncias políticas em que se via envolto o país em que morava essa dona? Onde era mesmo que o colega de trabalho viu essa mulher? — de um popular inquiridor ativo.

— No Caixa-prego que os pariu. Já começo a achar que dedo-duro é vocação. Não tens outro jeito de ganhar a vida, irmão? — de um popular incompreendido.

— Sede submissas a vossos cornutos, tá lá na *Bíblia*, não cumprem porque não querem, o mandamento é esse: mimeografou, tá despedida — de um popular que foi crente durante certo tempo para ver se deixava o vício da cachaça, do fumo e da vagabundagem; trabalha agora numa reprografia.

— Padre Estanislau, vem cá ver uma coisa. O Arduíno levando a mulher dele no porrete pela rua afora, ela pelada, peladinha, feita Menino Jesus de presépio — de uma empregada da casa canônica.

— Deixa, ela gosta — disse o padre, achegando-se à janela onde estava a empregada e passando a mão no bumbum dela, bom padre coadjutor que era.

Na quadra seguinte já havia se formado uma procissão de cada lado da rua, aquele corredor de curiosos e curiosas em geral. O marido ia adjetivando a mulher, brabo não parecia. A cada jaculatória, olhava orgulhoso a multidão. "Faço como meu velho pai me ensinou. Honra de macho se arresorve na hora ou nunca. Não fosse a lei ser hoje em dia tão frouxa, eu acabava com a vida dessa desgraçada."

Depois de certas lavrações, devidamente destratada pelo senhor delegado, a mulher recebeu uma manta suja sobre as costas, foi embarcada num jipe velho, de capota de aço, e foi levada à casa dos pais. "Daqui levei ela, aqui trago de volta. Não prestou. Mercadoria com defeito, mercadoria devolvida."

Agora o menino, já curado das porradas aplicadas pelo marido furioso, vangloria-se da façanha: transou com a mulher do homem mais brabo de Sanga da Amizade, o inspetor do quarteirão. Contou com detalhes para a sua professora de Matemática.

— Se fosse o meu marido, você não escaparia tão fácil — disse a professora de Matemática, docente de uma ciência exata, provocando o atrevido menino.

— O que é que ele fazia? — perguntou o aluno, tão vulnerável o pobrezinho.

— Cortava você onde mais dói.

— Onde mais me dói é no pescoço — disse o menino.

— O pescoço é seu calcanhar de aquiles, é? Para o touro, o calcanhar de aquiles é o focinho.

— Eu sou Virgem — disse o guri. — Virgem e Touro não dão certo; isso eu li na última revista de fotonovela.

— Vai atrás do que diz a revista, vai, para ver onde é que dá.

— Você se arriscaria a outra tunda dessas? — perguntou Marlei, meio interessada no galante e fascinada com o desempenho esportivo dele nos dois mil metros rasos, com barreira, e pelado.

— Todo dia — responde o intimorato casanova. — Você pensa que a gente nasce homem pra quê?

— Para surrar e judiar das mulheres – introduz-se a presidente do Grêmio Estudantil, atacada de feminismo contagioso, segundo o vice-presidente, e cônscia de suas responsabilidades, segundo a primeira secretária.

A disputa na cidade agora é decidir quem foi o mais macho. Se o marido, se o guri. Taxistas, advogados, veneráveis "senhoras" casadas, professores, bancários, policiais, barbeiros, filósofos com cargos vagos, faunos entreguistas e boiotas em geral travam exaustivas discussões todo santo dia.

O turquinho da loja ali ao lado, que você e eu conhecemos, mandou fazer a seguinte propaganda:

"Use sutiã BB e proteja-se dos olhares
indecorosos da população que tudo vê.
Não passe o fiasco que passou a Aidê."

O advogado-taxista quer ser o mais engraçado:

— Sabe qual é o crime? Reflorestação inadequada.

Ninguém acha graça. E ele, de novo:

— Uso invertido de inseticidas.

Não colou também. De novo ele:

— Apropriação indébita. Apropriaram-se das guampas do boi.

— Carneiro também tem chifre — pondera, sábio e venenoso, o velho Hipólito.

Doutor Hermenegildo Carneiro, taxista-advogado, metido a humorista desprevenido, arranca furioso, enquanto os que não parecem ter responsabilidade riem da cara dele.

Os dias se passam, e os comentários aumentam.

— Vi muita morte feia no meu tempo por causa desse negócio infame da mulherada — comentou outro dia seu Gervásio, certamente um pai incompetente, a julgar pela pouca consideração do povo.

— Uma vez um marido desses esperou o desaforado atrás da porta e com uma foiçada só cortou todos os pertences do outro.

— Maridos desses? — pergunta cínico e salgado o Valdemar.

— Maridos desses somos todos nós. Só que uns não descobrem as sacanagens das queridas esposas.

As fofocas aumentam e comprovam a solidariedade humana, segundo o professor de Psicologia.

— Não é todo dia que se vê uma mulher pelada dobrando a esquina — comenta um vendedor de sorte da loteria.

— Aqui no Paraná, só Borman dobra as esquinas de uns tempos para cá.

— A mulher é o negro do universo e o polaco do Paraná — endossa uma estudante fã dos Beatles e leitora da avançada Sociologia tropical.

Chega um motoqueiro, produto híbrido de moto com reprodução vocabular:

— Tão falando de mulher pelada? Não tão cum nada, tá legal? Qualé? Mulher pelada, mulher pelada. E daí?

Mulheres abandonadas

Mas então quem é que manda?
Quem devo matar? Não vou morrer
de fome sem primeiro matar quem
me quer matar de fome.
John Steinbeck, *As vinhas da ira*

Aquela mulher louca vinha todo santo dia para ficar ali na praça sem ter o que fazer. Todo mundo dela se ria por causa de seu desjeitoso modo de espantar os que dela debochavam. Ninguém não se preocupava com ela. Ela vinha e ficava ali paradona, sentada toda esbodegada, escarrapachada na grama, "mostrando as vergonhas para quem quisesse ver", segundo o falar de algumas senhoras que levavam as crianças ao parquinho da praça.

Nos primeiros dias desse seu costume, muitos comentários foram feitos. Um professor universitário, que escrevia uma crônica no jornalzinho local, muito afeito a certas pequenas questiúnculas, que, segundo alguns, nem da vida são, disse o seguinte no jornal local, no dia 29 de julho de 1972:

> "Essa mulher me faz lembrar várias coisas: não que eu queira insinuar que mulher sempre me faça fábrica de lembranças, porque, embora a verdade, para que eu me torne uma indústria assim, a mulher tem que ser branca, de pernas grossas, vestido curto, baixinha e um pouco gordinha, com cabelos lisos, olhos claros e, o que é mais importante, com um CPF cuja soma de todos os números

atinja pelo menos cento e vinte, pois está mais do que provado pela Sociologia norte-americana que a soma dos números do CPF é igual ao quadrado do QI e eu não aguento mulher burra, a não ser em cores, fumando um cem milímetros, numa pornochanchada nacional, às sete da noite, pela Rede Globo, numa produção novelística patrocinada por algum detergente qualquer, intercalada de propagandas do filme *DJANGO NÃO PERDOA*.

Retomando: as várias coisas que essa mulher me recorda dizem respeito principalmente a certas coisas que estão acabando nesta terra que nos aguenta. Instalou-se uma solidão brutal entre todos nós. As praças de nossa cidade não têm mais bancos, a não ser os de um tal de Roque Fel. Ninguém mais pode recostar o bumbum em nenhum lugar. Há uma conspiração geral contra a parte posterior de nosso hemisfério sul, que nos impede, à semelhança de Jesus Cristo, de encontrar uma pedra, ou um cepo, onde arriar a nossa bunda.

Árvore não tem mais nas praças. Derrubaram ou arrancaram todas. E isso é muito grave. Antes se conspirou contra nossos braços e nossas mãos, ao se instalarem as indústrias, depois contra o nosso nariz, nossos ouvidos, nossos olhos, nossas pernas, nossa barriga, de forma que a bunda era o último reduto de nossa liberdade. Escrevi isso também para dizer que as pequenas coisas têm muito a ver com as grandes coisas, muito embora certas pessoas disponham de bundas imensas. Essa mulher é um aviso."

Pouca gente leu o que ele escreveu. A mulher continuou a vir ali para a pracinha no seu costume, sem muita gente se importar. Com o tempo passando, tudo foi se tornando aceito por normal.

Até que, passados alguns anos de assíduo comparecer dessa mulher na praça, sem se saber de onde é que ela arranjava comida e mesmo aqueles trapos de roupa, ela um dia deixou de vir.

Quem primeiro deu falta dela foi um engraxate, que, ao dar brilho no sapato de um taxista de manhãzinha, contou de mais alguns costumes da referida mulher, que ninguém não sabia. O taxista contou para os outros taxistas do ponto, todos eles comentaram para os passageiros de um dia, de forma que, ao fim da tarde, toda a cidade sabia e à noitinha até as comadres da vila retirada ficaram sabendo do desaparecimento repentino daquela mulher estranha. Então, no outro dia, começaram as especulações variadas.

Um padre protestante protestou valendo:

— Mas será que para uma pessoa poder ser vista tem que desaparecer? Todo santo dia a pobre próxima tava aí no meio desse povo, ninguém não dava a mínima importância, jamais lhe alcançaram um copo d'água, um prato de comida ou uma roupa que fosse, mas bastou ela levar uma falta no caderninho de presença dessa gente bisbilhoteira, que já deram em fuxicar mil e uma coisas.

A linguagem do homem de Deus denunciava seu duplo ofício: padre pároco numa das muitas igrejas de Sanga da Amizade e professor de certos estudos na faculdade que então se criava. À noite, em frente a desinteressados alunos, ele repetiu o dito na igreja e na praça. Mas os universitários não queriam saber de nada. Quanto maior era o desinteresse demonstrado, mais ele se esforçava em sua retórica, teve uma hora em que ele quase dançou uma valsa para melhor exemplificar como é que aquela mulher andava perdida no mundo. Leitor de Tschakotine, resolveu apelar para outros instintos. Percebeu incríveis ligações entre aquela mulher e o fim do mundo, argumentou que hoje era ela que estava sem comer, amanhã seriam eles, os estudantes universitários, que se veriam privados da comidinha. Em vão. Ninguém não quis acreditar. Então, o padre pároco, homem de Deus e professor ao mesmo tempo, resolveu inventar uma história que era verdadeira, soube-se depois. Disse que a tal mulher fora de uma beleza admirável quando nova, apaixonara-se – "Vocês também não se apaixonam uns pelos outros?", perguntou a certa altura –, casara-se, criara dezessete filhos, fora abandonada pelo marido e então começara a vaguear pelo mundo, como São João Maria, Santa Joana dos Arcos e tantos outros santos da Igreja, sem contar aqueles que a lerdeza da Santa Mãe até então impedira de canonização, como São Padre Cícero, Santa Albertina Alemoa, esta assassinada por um negrão no meio do mato, ali perto de uma cidadezinha chamada São Ludgero, em Santa Catarina. Ah, mas daí ele conseguiu mexer com pelo menos um aluno, catarinense que era e que sabia da triste história de Albertina.

— Albertina não foi colonizada, digo, canonizada, pelos motivos que passo a enumerar. Primeiro, porque era branca e alemoa, e a Igreja já andava meio arressabiada de canonizar só brancos, ainda mais depois dos notórios envolvimentos de Pio XII na Segunda Grande Guerra, arranjando salvo-conduto para nazistas assassinos. Segundo, porque quem supostamente tentou violentar Albertina foi um negro. E a gente, agora, entra em duas dúvidas ao mesmo tempo! A primeira é a seguinte: todos nós sabemos que as alemoas em geral são caidinhas por um pretinho, eu mesmo, que não sou muito retinto, consigo, aqui mesmo nesta sala, paquerar e transar com a maioria das teutas presentes. (Ouvem-se vaias, assobios, gritos, uma das teutas citadas atira-lhe a boina com raiva, mas ele não se perturba.) Primeiro vem a boina, depois o resto, além do mais, esse gorro que jogou é duplamente vergonhoso para você, pois que, primeiro, construiu esse gorro crochezando em aula, coisa que não deveria fazer, e, segundo, atirou esse objeto, até meio fálico pelo reverso, porque está a fim de uma transinha. Não, não, não é preciso gritar, pois nem você mesma sabe que está a fim, eu é que tou a interpretar seu inconsciente. Sabedorias do velho Freud, meu bem. O velhinho era tirano de sacana. Adivinhava tudo, até os pensamentos mais ocultos, como Deus. Isto é, como o catecismo da doutrina cristã me ensinou que Deus era. Como o mundo mudou muito, eu fico meio desconfiado: esse catecismo dizia a verdade? E, além do mais, ô professor, todo dia mulheres abandonadas pelos maridos cruzam as praças de nossa cidade; todo dia gente com fome bate à nossa porta pedindo comida; todo dia mães de dezessete ou mais filhos morrem abandonadas em suas camas duríssimas, sobre colchões de palha de milho; todo dia se apaixonam pelos outros e depois se deixam; todo dia gente dorme ao relento; conheço uma família que mora debaixo daquela ponte sobre o rio dos Socós. Com o perdão da palavra, já que hoje a palavra precisa tanto de perdões, mas o senhor não está caricaturando, não? Quem haverá de cuidar desses desgraçados?

— Bem, o governo podia... — arrisca-se alguém a responder.

— Não, meu chapa, não responda. Não percebeu que fiz uma pergunta retórica e pergunta retórica não deve ser respondida? Desse jeito a escola vai mal. Um aluno desse porte seu não sabe nem o que vem a ser uma pergunta retórica.

Nesse instante bate a sineta, fim das aulas. A alemoa da boina ainda tenta explicar o que ela queria dizer com o que disse, apaziguam-se e marcam encontro no bosque da universidade.

Dias depois uma caveira é encontrada no bosque da universidade. Pelo muito sofrimento marcado sabem que se trata de uma caveira de mulher. Irreverente, o delator-chefe de um jornal tefepista comenta na sua coluna, denominada "Fogo neles":

— Que limpeza! Até que enfim! Chegou a primavera! Que bom! Que ar! Que flores! Que céu! Que beleza! Que azul! Que aroma! Que dia mais lindo! Que bom que essa mulher morreu, a pobre coitada!

Anos antes, em pesadas aulas de Filologia, brincando, o professor lhe explicara a raiz, o radical e tudo o mais da palavra "coitada", que ele agora usava.

Piedosas mães de família esses dias foram vistas altas horas da noite acendendo velas para mais uma ameaça de santa, para que a mulher que morreu no mato protegesse suas filhas que insistiam em trocar os fumos da Souza Cruz por outros cigarros mais venenosos.

Meio confuso, um supervisor escolar comentava outro dia:

— Não adianta. A voz humana sai de uma tábua rachada. Sai escorregando e como a tábua é rachada, ela já salta pra fora da boca desgovernada e toda cheia de lascas de ferida. Assim não é mais possível. Por isso é que eu digo: falar não adianta. Aquela mulher pouco falou, mas, o que fez, ficou. É pra ver: e ela não fez nada, só deixou de fazer.

Igualmente confuso, o povo, não podendo de imediato dar um juízo muito acertado, espera e, enquanto espera, aprova e reprova, repartido.

Mulher. (Do lat. *muliere.*) S.f. 1. Pessoa do sexo feminino, após a puberdade (Aum.: mulherão, mulheraça, mulherona.). 2. Esposa (1). Mulher à toa. Bras. Pop. V. meretriz: "Papai fica na igreja vigiando: se entra mulher à toa, corre com ela" (Geraldo França de Lima, *Branca bela*, p. 63). Mulher da comédia. Bras., SP. Pop. V. meretriz. Mulher da rótula. Bras., RJ. Pop. V. meretriz. Mulher da rua. Bras. V. meretriz. Mulher da vida. Bras. V. meretriz. Mulher da zona. Bras., V. meretriz. Mulher de César. Mulher de reputação inatacável. Mulher de má nota. V. meretriz. Mulher de ponta de rua. Bras., N. e N.E. V. meretriz. Mulher do fado. Bras., SP. Pop. V. meretriz. Mulher do fandango. Bras., SP. Pop. V. meretriz. Mulher do mundo. Bras., Pop. V. meretriz. Mulher do pala aberto. Bras., SP. Pop. V. meretriz. Mulher do piolho. Bras. Fam. Mulher muito teimosa. (Us., em geral, comparativamente: Ô velhinha teimosa! É pior que a mulher do piolho.) Mulher errada. V. meretriz. Mulher fatal. Mulher particularmente sensual e sedutora, que provoca ou é capaz de provocar tragédias: "Cadê Maria Rosa,/ Tipo acabado de mulher fatal,/ Que tem como sinal,/ Uma cicatriz,/ Dois olhos muito grandes, uma boca e um nariz" (Da marcha *Cadê Maria Rosa?*, de Nássara e J. Rui). Mulher perdida. V. meretriz. "Custava-lhe acreditar que o filho a houvesse enganado, abusando do seu estado para meter em casa uma mulher perdida" (Coelho Neto, *Turbilhão*, p. 314). Mulher pública. V. meretriz. Mulher vadia. V. meretriz.

Admoestação

Meu Weltschmerz é no coração.
Como ele dói! Eu ponho a mão sobre ele e
digo — sossega, meu coração, como uma
heroína de romance antigo.
Rubem Fonseca, "Relatório de Carlos",
in *O homem de fevereiro ou março*

Prezado aluno:

Temos observado, com redobrados cuidados, o seu comportamento. Não veja nisso, porém, indícios de dedoduragem ou coisas afins. Nossa preocupação diz respeito à sua pessoa, para nós tão cara. Dispomos de informações que nos dão conta de que o senhor já foi seminarista durante vários anos, tendo concluído o curso de Teologia em situação peculiar e privilegiada. Achamos então que deve conhecer muito a vida de famosos santos da Igreja, e que deve ter observado que muitos deles, antes de elevarem o espírito às coisas santas, andaram fazendo as maiores sacanagens dessa vida. É o caso, por exemplo, de Santo Agostinho, doutor da Igreja, que, antes de se recuperar para a fé, levou vida devassa com uma porrada de gente. Textos apócrifos chegam até mesmo a revestir de auréolas eróticas a pessoa de Nosso Senhor Jesus Cristo, insinuando que seu relacionamento com Maria Madalena não era somente apostólico ou fraterno. Outros, mais atrevidos, chegam a diagnosticar, com pontiaguda ironia, a existência de certas ramagens na inocente cabeça de São José. Hoje, o senhor sabe, em decorrência da evolução acelerada de certas espécies botânicas, essas ditas ramagens têm-se proliferado muito, adornando grotescamente considerável número de cabeças de maridos. E houve quem dissesse um dia que os costumes são os melhores intérpretes das leis.

Feita essa introdução, é chegado o momento oportuno de perguntar-lhe: E o senhor?

Sabemos o quanto o senhor mudou a sua vida desde que chegou a Curitiba. Vindo de Sanga da Amizade, ex-seminarista, o senhor era um pacato cidadão, incapaz da menor malícia. Trazia em seu lubrificado olhar a piedosa marca da virgindade, descontados, é claro, os amenos exercícios daquele esporte tão praticado nos internatos, quer masculinos, quer femininos, e de grande ibope dentre os adolescentes. (O senhor deve saber que uma das maiores benesses da continência sexual consiste em melhorar o desempenho de todos os outros órgãos do corpo, eis por que, literariamente, adjetivei de lubrificado o seu olhar. Fui tesoureiro da Academia de Letras Pio XII em meu tempo de estudante e me lustrei de certas figuras de estilo adequáveis.)

Porém, hoje o senhor é um fauno entreguista, a vagar, quase louco, todas as noites, pelas ruas de Curitiba, à procura das tentadoras senhoras de vida fácil, objetivando, com esse seu incontido ardor, troca de favores sexuais com as biscas acima referidas. Quando lhe escrevo esta reprimenda, o senhor está completando cento e oitenta dias de permanência nesta cidade do vampiro e da loura mortuária, sem que não deixasse um só dia de ser caçador ativo.

Conforme confidências suas, nesse tempo todo o senhor não deixou uma noite sequer de ser perdigueiro negro, mantendo insuperável recorde de idas à Visconde de Guarapuava: cento e oitenta investidas, média de uma por dia, fora suas transas a varejo com suas colegas universitárias, com as garçonetes do restaurante universitário, com as encarregadas da limpeza e com a mulher do guardião. (Espíritos mais maliciosos chegaram a afirmar que o senhor esteve tentando seduzir também o guardião. Outros há que afirmam que o senhor tem se prestado a práticas sodogomôrricas, insistindo que a cabra daquele velhinho cego, que mora nos fundos da universidade, não é mais a mesma.)

Compreendemos que sua reclusão prolongou-se por vários anos, mas que o senhor queira recobrar-se num semestre só também já é demais. Afinal, quantos créditos o senhor já fez nessa sua disciplinação optativa, Deus do Céu?

Tudo o que aqui foi dito referiu-se a práticas perpetradas por sua pessoa, que fez tudo isso quase sem falar. O senhor sabe qual é o seu apelido? Pois é, lima nova.

Resta ainda adverti-lo quanto às suas atividades orais. Diz-se, por exemplo, que o senhor é dado a contar piadas de papagaio, narrativas em que o senhor se mostra mestre, introduzindo a pessoa de veneráveis madres de conventos, freiras caridosas e abnegados padres em histórias eminentemente imorais.

A presente admoestação dá conta de uma devassa num aspecto de sua vida que o senhor julgava secreto. Não existe segredo neste mundo, porém. Um dia a gente fica sabendo de tudo.

Convoco-o, pois, de agora em diante, a mudar radicalmente a trajetória de sua vida, cuidando em vencer as tentações, tarefa que será facilitada agora que o senhor está com o espírito mais aplainado, em vista de suas constantes saídas.

Aconselho-o a retirar de seu quarto aquelas fotos de autopeças, em que mulheres peladas aparecem em poses desconcertantes, particularmente aquele calendário da morenona, aquela sentada em cima de um amortecedor de confiança.

Compareça a meu gabinete um dia desses para conversarmos sobre os novos rumos a seguir. Aquele incidente do outro dia, quando o senhor aqui esteve, não vai se repetir, asseguro-lhe. Naquele dia, não sei se o senhor se lembra, ao colocar minhas mãos sobre suas pernas, o senhor se perturbou, dando um salto abrupto e escapando da sala. Meu gesto não carregava malícia alguma, é meu jeito de conversar: gosto de tocar em quem me ouve, só isso.

O senhor poderia comparecer aqui em meu quarto, contíguo ao gabinete, à direita, para assim ficarmos mais à vontade e pensarmos com serenidade sobre os perigos dessa vida.

Jogo de espelhos

"Eu não uso sutiã porque qualquer coisa que me prenda me dá aflição."
Regina Célia Colônia, "Canção para o totem"

I

Ele chegou à cidade anunciando-se especialista em várias coisas, entre as quais figuravam diversos ramos das assim chamadas ciências humanas. Viera para umas justas férias, desejadas desde que começara a lecionar Tecnologia Psiquiátrica na Universidade de Berlim.

Para seu descanso não bastava não fazer nada. Assim iria se cansar. O que queria era variar: uma conferência aqui, um debate ali, alguns encontros. Vira muito bem o que Jesus Cristo dissera sobre o aproveitamento dos talentos. Não queria jogar os dele fora, por isso a disposição.

Os temas das reuniões edificantes que fossem escolhidos por quem de direito. A ele qualquer tema servia, estava preparado para qualquer coisa. Aguentar o rigor alemão durante tantos anos na Universidade de Berlim, além de lhe proporcionar chinesa experiência, dava-lhe direito àquela displicência.

Mas haviam sido cursos esporádicos. Ao aumentarem as neuroses junto à bruta cerca de arame elétrico e farpado é que se fez necessária a disciplina de Tecnologia Psiquiátrica, recém-criada no SAES (Sistema Alemão de Ensino Superior).

A primeira conferência poderia ser sobre "O problema do lazer na sociedade atual"? Que fosse. Ele, preparado para tudo, falaria sobre qualquer coisa.

II

As autoridades foram mobilizadas e em pouco tempo o professor estava instalado no melhor hotel de Sanga da Amizade, rodeado pelo prefeito, pelo relações públicas do prefeito, pelos puxa-sacos do prefeito, pelo presidente da Câmara dos Vereadores, pelo padre vigário, pelo delegado de polícia, pelos chefes políticos, pelo juiz de Direito, pela irmã Gabriela Blitz do Coração Totalmente Imaculado, pelo gerente do único banco do lugar – o Fifty Americans –, pelo presidente do Laionsclube Leste (do Laionsclube Leste, do Laionsclube do Norte e de outros divididos Laions de outros pontos cardeais), pelo presidente do Rotary Club – cada um deles representando umas quantas pessoas e outras tantas organizações, todos afobadíssimos, falando de cinco ou mais ao mesmo tempo, pressurosos, cada um querendo contar a melhor piada (doutor Alvo contava a sua, gritando e redemoinhando para todos os lados), apresentar as congratulações ao cientista, perguntar de guerras passadas, saber do consumo de drogas entre a juventude alemã ("Será tão mal-educada como a nossa? Hoje em dia ninguém mais respeita ninguém, trocou, agora somos nós que temos que dar o respeito a eles", queixou-se a certa altura o velho agiota Emílio), a idade certa de Beckenbauer, os amores de Hitler e muitas coisas mais que a oligarquia de Sanga da Amizade estava começando a saber pela televisão, que fora recém-inaugurada na cidade.

Podia-se dizer que o grupo se dividia em dois: um, bem pequeno, perguntava coisas; o resto da comitiva queria saber era de dar notícias do progresso de Sanga da Amizade, também contar de pescarias e de caçadas, relatar histórias de fantasmas e casos assombrosos ("O senhor devia conhecer o negro Adão, que um dia, tarde da noite, ao voltar para casa numa lua linda de fazer uivar desesperados os pobres cachorros loucos, de repente pôde notar que a sua eguinha de nome Anúa – por ser preta como era – começou a bufar de cansada e ele sentiu aqueles toques em sua cintura, e, ao virar-se, cheio de coragem, viu um bruto de um homem escarrapachado na garupa da pobre eguinha, um homem igual a qualquer outro, só que não tinha rosto").

Com tanta conversa, o pobre professor não pôde pronunciar uma só palavra. Quando eles se foram, ele se retirou para o quarto – essa é uma das versões. A outra, veiculada depois da triste história que se deu com ele, e que se vai ainda contar, reza que assim que as autoridades se retiraram, o professor, servindo-se do carro que lhe fora posto à disposição, correu para a casa da normalista viúva e a trouxe para passear com ele na cidade até mais ou menos umas três da madrugada, quando pegou o caminho que leva ao aeroporto e foi acionar antigos controles de um corpo ainda sadio, acumulando para o seu cabedal de conhecimentos das assim chamadas ciências humanas informações preciosas sobre certos costumes sexuais da juventude de Sanga da Amizade. Isso se descobriu depois, através de umas anotações encontradas no hotel e confirmadas por Bárbara, a normalista desprevenida e viúva.

III

O renomado professor alemão, coberto de adjetivos no jornal *A Voz do Povo*, compareceu à sua primeira e última conferência em Sanga da Amizade.

Estavam programadas outras mais, mas os programas dificilmente são cumpridos, como bem podia saber o teuto ali presente, professor que era.

Num pelourinho, à esquerda do quadro-negro, estavam colados vários cartazes e textos alusivos ao grande acontecimento. Um deles, assinado por Gomes, dizia assim (corrijamos, não era propriamente assinado por Gomes; constava embaixo apenas "a redação", mas todos estavam cansados de saber que era Gomes quem escrevia tudo no jornal, quem fazia a composição tipográfica, e quem entregava o jornal, além de ser também o dono de *A Voz do Povo*):

> Oriundo das terras teutônicas, ora visita a nossa cidade o doutor Erik von Alles, re-no-ma-do cientista, expressivo lente da Bundes Berlim University e livre-docente de outras escolas europeias. Pouco sabemos da vida pregressa desse pireneu de sabedoria, pois nossa discrição nos impede de muito perquiri-lo. O que basta saber é que ele escolheu nossa cidade para gozar merecido repouso, em virtude de Sanga da Amizade ser um pacato lugar, isento de poluições atmosféricas, marítimas ou fluviais. Mas como o trabalho intelectual realmente não cansa ninguém, vez que é uma atividade do espírito, nosso amigo (já podemos chamá-lo de amigo, porque em muitas coisas ele se parece com a maioria de nós) ministrará algumas conferências sobre temas de múltipla escolha, desde que situados no estreito campo das ciências humanas, pois de engenharia, medicina, política, essas coisas – ele não pode entender. A palestra de sábado terá como título "O problema do lazer na sociedade atual". *A Voz do Povo*, através do seu departamento de notícias e outros eventos, cobrirá todos os acontecimentos referentes à palestra. Todas as autoridades estarão presentes.

Enfeitavam a mesa do conferencista flores diversas: copos-de-leite, dálias, lírios, rosas em flor. Atrás, a bandeira do Brasil, a do estado do Paraná, a do município e a da Alemanha, um pouco descaracterizada, dada a pressa com que fora construída por dona Doracilha, senhora do intimorato

Gomes, e que as bocas mais irreverentes chamavam de elefanta por razões óbvias. Vistas sob os grandes lençóis brancos, improvisados de toalhas, as várias mesas, emprestadas pelos Laions e outros clubes, traíam-se, e a grande mesa branca ficava parecendo cheia de quebraduras.

Assim improvisada e grande, estendia-se desde a porta de entrada do grande salão de ginástica até o outro extremo, podendo acolher desse modo várias autoridades.

A Gomes tocou o último lugar à direita de quem entrava, perto da janela. Depois, seguiam-se os lugares do padre vigário, dos presidentes dos clubes, do delegado de polícia, dos chefes políticos, do juiz de Direito e das várias outras autoridades menores, cabendo à senhora diretora, irmã Gabriela Blitz do Coração Totalmente Imaculado, a extrema direita, pertinho da porta. Ao conferencista ficara reservado o meio, onde, por certo, conforme antigos provérbios, deveria estar a virtude.

Das diversas autoridades ali presentes, a mais eufórica era a grande mafiosa, dona do poder, com seu sobrenome marcando a orgulhosa origem, sequiosa por boas palavras do doutor Erik von Alles, sábio alemão, professor de muitas matérias, soçobrante do grande desastre do Terceiro Reich, inteligência brilhante, prova viva de que das ruínas pós-guerra estavam ressurgindo os legítimos construtores de um quarto reino, esse sim indestrutível.

O mundo corrupto e imoral que cercava o educandário, que ela dirigia com mão de ferro e cabeça também, iria agora tremer com as translúcidas palavras do grande doutor, vazadas na mais pura lógica alemã, qualidade inata de todo o povo germânico, reconhecida até pelos torpes dos judeus, amostra inconteste da superioridade natural e cultural da gloriosa raça.

Seria com certeza por assim pensar que ela fazia questão de emoldurar a cascadura das faces com um sorriso – a grande ditadora, arredando as banhas das bochechas para mostrar o interior da bocarra, tantas vezes desonesta, tantas vezes delatora, esculhambando os projetos de vida de incautos subordinados seus?

À sua frente ela agora observava a disposição das cadeiras na plateia. Assexuadas mães de família compunham as primeiras filas, ladeadas por seus maridos sacanas. "Quanto mais anjo a mulher, mais sacana o marido" – proverbiara o velho Hipólito, grandessíssimo contador de histórias, inimigo número um da senhora diretora, grande mestre do conto oral, fechando suas histórias de sacanagem sempre com um final irreverente, cercado de ouvidos atentos dos pupilos da ilustre mandona. Não fossem assentar em suas redações o que ele lhes contava, senão a freira ia cortá-los onde mais doía.

Lá no meio das trezentas pessoas, Marly, senhora casada e respeitosa, cruzava um pouco mais as pernas para provocar a gula do velho baboso que a espiava por um canto dos óculos. Amarildo ajeitava os cadernos para cobrir o escândalo – a troco de que a assanhadíssima Rosa, tão saborosa, exibia agora as vantagens, se ontem mesmo respondera à cantada com um feixe de cadernos? Maria olhava Sofia, que olhava Waldemar, molhando a boca encarnada de batom, sabedora de que o tarado do Waldemar reconhecia as boas coisas da vida, quase sempre mescladas em restos de felicidades infantis, não fora assim que lhe explicara um dia, no banco do velho Simca, pertinho do aeroporto, quando faziam o que mais era proibido pela senhora diretora? E Arlete, a do corpo parecido com o das estrelas de cinema, quando as estrelas de cinema mostravam suas gloriosas bundas na tela furada do único cine de Sanga da Amizade, nas primeiras sessões de cinema, não estava lá a curtir a fossa que lhe causara o marmanjo do Tonhão, incapaz de lhe dar um carinho, a não ser em operações realizadas sem a chancela da madre, nem um beijo, nem nada, pobrezinha da Arlete, hoje tão sozinha! Na última fila dos alunos, pardos ou amarelos, muitos mortos de fome, aguardavam, segundo um professor que foi preso, a chance histórica de poder botar em crise o que então estava na crista da onda – a história, essa paciente senhora, será que um dia haveria de os esperar?

Tudo pronto, só faltava agora dar a palavra ao doutor Erik von Alles que, claro, não ia começar direto, sendo o dono da festa, que o introduzissem, pois. O prefeito, depois de disfarçados tremeliques, passou-lhe a palavra, antes elogiando o gênio que hoje ali estava, sacrificando suas férias para espalhar um pouco de sabedoria entre eles, tão necessitados, quem não via? Mais uma olhada no discurso elaborado pela irmã, o padre e a freira, e eis outros tantos elogios.

IV

Certos excertos da conferência do doutor Erik von Alles, na futura sede da Escola Superior de Sanga da Amizade:

Última fala do prefeito (correndo os olhos pelo papel): Com a palavra, pois, o alemão em questão, lente, catedrático e professor. Ah, sim, e doutor também, é claro.

Doutor Erik von Alles: Quando eu era pequenino, minha mãe me dava leite, agora, que eu sou grande, eu só ganho porrada e choque elétrico.

(Alguns mais afoitos corrigem: "Cacete, é cacete.")

Doutor Erik von Alles: Como é que é?

Todos: Quando eu era pequenino, minha mãe me dava leite, agora, que eu sou grande, minha mãe me dá cacete.

Doutor Erik von Alles: Está bem, está bem, embora a minha mãe seja diferente da de vocês... (A senhora diretora começa a desconfiar se nessa frase não jaz uma ironia subliminar contra a mãe de todos.) Eu disse o versinho porque tenho uma grande dificuldade de começar um discurso; é um momento em que eu me vejo, de repente, sem fala. E como vocês me interromperam, eu tenho que dizer outro versinho antes de começar propriamente o meu discurso. Fiz chocar uma porquinha, debaixo de uma guabirobeira, os ovos gouraram e os leitõezinhos saíram às carreiras.

Aliás, eu, eu estou meio em dúvida, não estou sabendo as frases corretas. Eu me perco nessas, principalmente: As vacas descascam terneirinhos, as galinhas vêm de cria e as porcas estralam leitõezinhos. Não é assim como eu disse? Sempre que eu digo, depois que eu disse, é que vejo que não disse certo. Então digo de novo, e outra vez me parece errado, embora tenha dito pelo avesso.

Uma voz da plateia: O senhor deve é dizer pelo contrário.

Doutor Erik von Alles (num ar de admiração e descobrimento): Eieiê. Eu me embasbaquei. O senhor aí que falou, poderia me explicar afinal como é que é o contrário do avesso daquilo que parecia certo, mas era errado?

(A essa altura, há qualquer coisa no ar além dos mosquitos.)

Doutor Erik von Alles (continuando): Fui interrompido de novo e tenho que dizer mais um verso e depois pregar fogo no discurso – ou será palestra? Chamaram isso de discurso, de conferência, de palestra ou de discurso mesmo? Bom, não faz diferença – senão a gente nunca mais termina de proferir. Estrelinhas das alturas fazem tanta claridade, não é triste a dor da morte, como é triste a dor da vida. Então eu fiz aquele livro de ciência. Eu estava acostumado em casa a todos me aprovarem, mamãe passar a mão na minha cabeça e me incentivar coragem, papai a dizer que eu já estava hominho e meus irmãos a rir de mim porque eu era songamonga, meio palermão, às vezes me chamavam de mandiocão ou manecão, sempre sem razão, eu andava sempre de sapatão, gosto muito de falar com as finais de acordo, mas mesmo assim todos me davam coragem, que era para eu prosseguir na vida, eu ia muito bem na escola, quando terminei o Curso Complementar eu fui ensinar aos outros o que eu já sabia, mas daí vi que o que eu tinha aprendido não tinha servido para nada, resolvi mudar (daqui para a frente cantado) “porque o mundo é uma grande escola para ensinar quem não sabe viver” lalalalaralálalalalaralálalalalaralalalá “hoje eu sei que tu dorme com outro, desprezando quem é teu amooor...” (fim da parte cantada). Na escola não tinham me dado nenhum ensinamento conjuminado, só falavam de pouco em pouco, não era de assíduo, disfarçavam, davam ciência agora, moral depois, e quando eu fui professorar vi que assim não podia continuar, era pura traição e falta de honestidade, então resolvi fazer um livro conjuminado, até o tenho comigo, vou ler a primeira folha, sobre o corpo humano, vocês não reparem de ele ser um livro de ciências, mas é um livro bom, bem conjuminado, muito humano:

> O corpo humano divide-se em três partes, cabeça, tronco e membros, mas tem muitas pessoas que não têm cabeça e dão em fazer bobageira por essa vida afora que é de amargar, outras o que mais têm é perna e dão para ladrão porque não há quem os pegue, é uma tristeza, outros só têm tronco, são gente entroncada, pronta para brigar com os vizinhos, com os amigos, com os parentes, com tudo, esses são demais de briguentos, se eles dão uma paulada num cachorro, o coitado sai desgualepado, mas a gente não deve de ser assim, deve querer bem aos animais e não chutá-los, nem escoiceá-los.

Como vocês estão vendo, este meu livro está muito dentro das reformas do ensino, com essas suas lições globalizantes:

> Os membros da gente são quatro, contando os dois braços que não devem de servir só para cometer imoralidades com as raparigas, não senhor, fique sabendo que comigo não, Bastião, chega de imoralidade e pouca-vergonha na face da Terra, nem no metrô, vão para debaixo da terra pensando em fazer mais sacanagem, Deus vai castigar todos os desavergonhados deste mundo, pelo que me ungiu para libertar os encarcerados das prisões, alegrar as viúvas e anunciar uma nova era de tranquilidade e menos violência.

Ih, lá vêm eles de novo, estão pensando que eu ainda quero lecionar na Universidade de Berlim, não quero nem saber de Psiquiatria Tecnológica, esses são *ofi a bítichis*, como dizem no cinema as estrelas bonitas e boas, com pernas muito lindas e seios de fora... O guarda da prisão pensa que eu vou mesmo para Berlim, mentira, vou ficar por aqui...

A polícia, cuja invasão quem primeiro notara fora o conferencista, com delicadeza peculiar tudo derruba, e uns policiais mais troncudos, do corpo especial BATA-PÔ (Batalhão dos Taludos da Polícia), seguram o doutor Eike von Alles, enquanto uns enfermeiros vão aplicando injeções.

V

Dias depois aparece o seguinte artigo publicado num jornal da capital:

> Manoel dos Santos, vulgo Maneco, tornou a fugir do manicômio, indo desta vez para a localidade denominada Sanga da Amizade, onde foi preso e levado de volta ao sanatório. Na boca maldita corre a versão de que ele teria se anunciado como professor de Psiquiatria da Universidade de Berlim, dado autógrafos de um revolucionário livro de ciências, proferido conferências e palestras organizadas por gente importante de Sanga da Amizade, que não notou nenhuma anormalidade no "professor". Um dos habitantes daquela povoação nos disse que "quase todo santo dia aparece por essas bandas um professor de uma coisa ou de outra, mas é quase sempre professor de *horroscópio* ou cartomante". Mas o povinho está em polvorosa com as diversas versões que estão surgindo e todos aproveitam para ridicularizar os organizadores da "festança", como ficou denominado o acontecimento. Nossa equipe já foi enviada para fazer uma reportagem completa, e nos próximos dias informaremos mais sobre esse lance meio surrealista, mas que, como o dos usurpadores de sangue, merece ser conferido, afinal de uns tempos para cá muita coisa estranha vem acontecendo em Sanga da Amizade e arredores.
>
> Mais uma prova disso é o filme que apresentaremos hoje, depois do teipe

do jogo, gentilmente cedido por um motoqueiro de lá, que filmou todas as cenas indecorosas de um casamento tropical – estamos nos referindo àquele episódio recente, que envolveu um aluno de um conhecido colégio de lá, conhecido por ser o único, e muita coisa se notabiliza por escassa que é. Mostraremos tudo, com som direto e em cores.

Professorzinho

Veja um mestre, por exemplo, como
se move, como se levanta, como sabe fazer
bem as coisas que todo mundo faz.
Paulo Leminski, *Catatau*

Com dissimuladas intenções, inquieta, bem-vestida, caminhar de cobra, sabendo bem o que quer, a casada saiu à noitinha, entrou na farmácia, pediu algumas aspirinas e fichas de telefone e surpreendeu certo professor, sem sequer dizer alô:

— Toda sua, para algumas festas, no apartamento meu, venha depois das dez, um pouquinho antes de o porteiro passar a chave geral, estou louca de paixão, brasa viva, minha pele está queimando mais que Hiroshima, faremos namorações indecorosas, arrumei a minha cama e enfeitei o meu quarto e minha casa toda com prendas dos Estados Unidos e com pérolas da Europa, meu marido não está em casa, partiu para uma longa viagem, foi para São Paulo e eu estou ardendo por você, professorzinho de muitas matérias, venha me ensinar lições proibidas.

Desprevenido, nosso mestre, que sabe se safar de tantas difíceis coisas, malabarista político, que sempre cala ou se omite para não se comprometer muito, e entre os seus mesquinhos comparsas passa por sábio, pois ali a ignorância é uma circunstância até mesmo geográfica, coça a cabeça com suas grossas unhonas. E se algum aluno perceber a sua entrada no prédio de poucos andares, pertinho do ponto de táxi, que se há de fazer?

— Não posso; a senhora tá louca? Aqui na cidade, não.

— Fica a professorar, professor de duro coração, eu devia saber que era brocha, não faz mal, Santos Dumont me atende, pego o primeiro avião para qualquer lugar.

— Alô, aqui é do quarto 1026; por favor me ligue com o 1.027!

A telefonista alcoviteira bem que sabe o que o afobadinho do 1.026 mais precisa e atende gentilmente, não se esquecendo de aproveitar as delícias pagãs das linhas cruzadas dos hotéis.

— Meu bem, eu a vi ao subir. Como é que é, tudo bem?

— Tudo bem, pelo que se sabe, exceto o que vai mal. Mas isso lá são horas de telefonar para quem já tomou banho e se largou na cama?

— Deixa eu me descrever para você, depois você se descreve para mim, estou peladinho da silva, apenas uma correntinha de ouro, que ganhei da minha santa mãezinha, balança no meu peito inquieto, não é que de repente fiquei com vontade de ceder meu pescoço a uma mulher para que ela ponha seu pé sobre ele e me domine, me prenda com suas carícias, me pegue em sua rede, seja virgem ou prostituta, de qualquer forma meu patrimônio será mesmo dissipado inteirinho pelas mulheres, esse é o destino do homem, romper com todas as proibições, contemplar a formosura das damas casadas ao quente sol da praça ou ao açoitante vento dos descampados, inflamado com fogo e paixão, todo homem bebe e come com mulheres, todas de má vida, como se sabe, qual a mulher de boa vida, sou homem do povo, pelo certo eu devia estar sendo corrigido pelos magistrados do povo, mas como você bem sabe, eguinha querida, ou será uma potranquinha, os magistrados deveriam ser homens inteligentes, lúcidos, extremamente habilidosos em estratégias, táticas, objetivos e métodos, mas os nossos não, os nossos não são de ferro e fazem as mesmas coisas que todos fazemos, pois se sabe de sobra que os súditos copiam os seus governantes, mas deixemos de políticas e governanças, que hoje estou mais por sobre os ilícitos divertimentos, neguinha, casado, pai de filhos, em meu pescoço estão atadas várias coleiras, ah, sim, e professor, como você bem sabe, o destino de alguns homens é bem mais triste que o de outros, embora todos tenham essas asperezas da vida, acontece comigo que meu coração é um tremendo despenhadeiro, coberto de curvas e escarpas tenebrosas, tenho procurado sempre me conservar a distância dos poderosos, mas você bem sabe que tem um limite para isso, já que quem não é visto não é lembrado, então eu a vida inteira vago entre um limite e outro e não sou feliz, tenho é momentos provisórios de grande gozo e alegrias, esta noite pode ser um deles, não só para mim, como também para você, a quem escolhi lotericamente dentre os apartamentos desse povoado e solitário hotel, que me diz, minha vaquinha pampiana, cabrinha gostosa que corre pelas escarpas do meu corpo e pode achar água para matar a sua sede de amor, vem, todo animal deve procurar a sua espécie, você bem sabe que entre o rico e o pobre não há união possível, lobo e cordeiro continuam se odiando, então vem, que meu rosto pode deixar de ser sereno se não vier logo, e de minha boca correrão rios de dores; ao invés destas quentes palavras que estou dirigindo a você via fio, lembre-se de que a gente não dura mais que quarenta anos em média, estou com trinta e poucos, vem chegando a hora de eu acabar, de eu sumir, apareça, quantos anos você tem, você que me ouve em silêncio absoluto até agora, não estará também precisando de juntar-se a mim?

— Vamos por pontos, desconhecido que aproveita das cobertas sujas da noite para fazer convites indecorosos, embora apetitosos, vamos por pontos, porque antes de tudo quero lhe dizer que nunca estudei veterinária e, com tantos nomes de animais, embora conhecendo alguns, em outros me perdi; me diga, o que vem a ser uma potranquinha?

— Como a mulher, potranquinha é uma égua virgem. Ali!

— Então você se refere à fêmea do cavalo, mamífero do grupo dos perissodáctilos, que no decorrer de toda a história humana tem servido de meio de transporte para o homem, sendo por este esporeado constantemente, já que seu destino parece ser o de todas as criaturas judiar, mas não falemos disso agora, porque entre o homem e a mulher não há saída possível, já tentei o amor entre mulheres, fracassei, estranho da noite, é preciso que lhe diga coisas fundamentais já de início, para que possamos ser nós mesmos nos instantes que nos sobrarem nesta noite totalmente imprevista, isso nunca me aconteceu antes, eu tomo um avião para ir a Curitiba e ele desce em São Paulo, subo ao apartamento, tomo um banho, quando me atiro na cama, um desconhecido quer me seduzir ao telefone, meu coração está inquieto, por pouco não morri hoje no ar, deu-me grande medo quando o avião começou a pifar, de repente aquela súbita clareza de que nunca havia feito nada fora dos preceitos e ia morrer sem sentir um gosto de proibição, um momento fugaz que fosse para eu experimentar antigos prazeres, mas agora vou parar de falar, porque não mais aguento esperar, vem para me cobrir de tudo o que me falta com sua força de homem, embora eu nem o conheça e esteja mais a fim de transgredir do que de me divertir, venha você, desconhecido, seja quem for, venha que estou a esperar, também nua, completamente nua, não fosse esse pesado anel na mão esquerda, venha, a porta ficará destrancada, peço que entre e não acenda a luz porque sou mulher que em toda a vida jamais cometeu adultério, portanto não levante o lençol da noite que cobre a minha nudez.

Cabeças de cimento

Ai, eu era um rio solteiro.
Vinha bebendo o meu caminho
Mas o mato me entupiu.
Agora estou com o útero doendo ai ai.
Raul Bopp, *Cabra Norato*

— Morzinho, por que é que a gente não tem filho?

— Não começa, não começa.

— Mas, morzinho, a gente vai ter que dar um jeito nisso.

— Acha que vou entrar para o sindicato?

— Que sindicato, morzinho?

— SINPINA.

— Se empina?

— É. SINPINA. Sindicato dos Pais Incompetentes Naturais.

— Pais incompetentes naturais, morzinho? Mas por que isso?

— Ah, mulher! A natureza, mãe frígida e descuidada, esqueceu de povoar nossos pertences com o que mais era necessário.

— Com o que mais era necessário, morzinho?

— É, isso mesmo. Com o que mais era necessário.

— E o que é que é mais necessário, morzinho?

— O que mais é necessário é matéria-prima.

— Matéria-prima, morzinho? Como assim?

— Pois, os micróbios.

— Ah, entendi, pois é, os micróbios. Deus do Céu, quanta gente tem de sobra e toma porcaria para não engravidar. Morzinho, você conheceu a minha sobrinha Isoel?

— Conheci. Por quê?

— Ela fazia o Horácio atacar os micróbios num saquinho.

— Que saquinho o quê, mulher! Aqueles se vendem em farmácia!

— Pois então? Desses mesmo.

— Mas não é saquinho que se diz.

— E como é então?

— Camisa. Camisinha de Vênus.

— E o que é que o planeta tem a ver com isso?

— Mas que planeta? Ah... Não é planeta, é deus grego.

— Só podia.

— Só podia, por quê?

— Sendo grego, ué. A gente não entende grego.

— Larga de ser boba, mulher! Quando não se tem mais o que conversar, a gente se fecha.

— Eu tou fechada faz tempo.

— Iiiiii... Acho que você está ficando complexada.

— Complexada com o quê?

— Com essa mania de querer ter filho, custe o que custar.

— Já não sei dizer se sou feliz ou não.

— Ah, mas a gente é novo ainda. Um dia a gente vai engravidar ainda.

— É, mas um dia não é nunca.

— Sara ficou grávida com oitenta anos.

— Quem?

— Sara.

— Não conheço essa.

— Nem eu.

— E que bobageira é essa conversa, então?

— A gente então só fala do que conhece?

— Mas claro.

— Olerê, olará, olelê lará lará! E nós falando de filho!

— A gente tá falando de não poder ter filho, o que é bem diferente.

— Pra que ter filho? Pra passar fome como essas coitadinhas que vêm pedir sobra todo santo dia?

— Credo em cruz! Não era assim que você me falava antes, quando eu não queria e você queria. "Eia, vamos juntos à procura do absoluto imanente." Filósofo com cargo vago.

— Com cargo vago, mas filósofo. Não é por falta de emprego que eu perco a filosofia.

— Poeta de tristes cantos.

— Ué, só porque entrou pras Letras está assim desatinadamente lírica?

— Não se pode ser lírico sem ser um pouco desatinado.

— Provérbio não vale.

— Haveremos de um dia ser velhos e ninguém pra cuidar da gente.

— Quer dizer que ter filho é uma espécie de caderneta de poupança? Pobres coitadinhos! Têm que render juros e correção espermática!

— Você goza, agora. Eu quero ver é quando chegar o tempo de você andar de bengala, tossindo, com um câncer no pulmão e outro na próstata.

— Porra, se praga pegasse!

— Não é praga. Mas é a pura realidade. Já hoje em dia é difícil você encontrar um velho sem câncer, que dirá mais tarde! Meu professor de Relações Sociais da Produção me disse que, se continuarem plantando soja desse jeito, vai dar câncer em todo mundo.

— Ora veja. Até nos médicos?

— Até nos médicos.

— Bom, se isso for verdade, se quando eu tiver câncer souber de um médico que também tem um, não tem importância.

— Que raiva é essa de médico?

— Todos uns mafiosos.

— Todos não. Não o doutor Parobé.

— As exceções apenas confirmam a regra. Tá todo mundo se abaixando pras multinacionais.

— Afinal de contas, o que é que você tem contra as multinacionais? Bem que você gosta de um comprimidozinho quando esquenta a sua cabeça!

— Círculo vicioso. Esquenta a minha cabeça só de tanto pensar nas multinacionais. Daí vou à farmácia e compro um comprimido, produzido pelas multinacionais, que, prevendo que eu ia ficar com dor de cabeça por causa das safadezas delas, já preparam o remédio pra minha dor de cabeça. Esse comprimido a longo prazo vai me atacar os nervos. Sabendo que ele a longo prazo vai me atacar os nervos, as danadas já produziram comprimidos para os nervos. Porém esses comprimidos aliviam meus nervos, mas me deixam uniperfilítico. Sabendo isso, elas começam a produzir livros que só falam das "relações sociais da produção". Os uniperfilíticos leem e acham que tá tudo ali. É claro que não tá, as multinacionais sabem o que fazem. Mas para os esquerdofrênicos o que não for só isso não existe. É como lançamento de Modess: pequeno, prático, com a inscrição: "Use uma vez e jogue fora". Cabeças de cimento. Flor de plástico nunca vai combinar mesmo com defunto fresco, além de todo donzelo ter uma mãe que é uma fera. O que é que foi, mulher? Tá sentindo alguma coisa?"

— Tou com Relações Sociais da Produção.

— Guentaí que eu vou ali pegar o Gramsci na estante.

— Traz também o Marcuse, o *Alcorão* e a *Bíblia*.

— Ué, pra que tudo isso?

— Pra desintoxicar! Devia ter uma bula recomendando: "A cada ataque de monoglotismo filosófico tonitruante, várias doses de ecletismo". Pra equilibrar! Anticorpos, senão a gente sucumbe.

— Tá se sentindo melhor? Isso tudo cru pode até fazer mal!

As dores do mundo

Che motivo poteva avere avuto la
bestia per fuggire da un accampamento
in una terra cósi inospitale?
Dino Buzzati, *Il deserto dei tartari*

Não consegue ficar na cama depois que o dia clareou. Levanta e, impaciente, ferve uma chaleira d'água e vai tomando chimarrão até que a mulher resolva lhe fazer companhia. Então, bebem outras tantas chaleiras. O chimarrão da manhã é apenas um rito: ajuda o casal a disfarçar as verdadeiras dores. Olham-se mansos, indefesos, quase inocentes. Quem vai culpar quem?

"Não sei pra que tanto chimarrão", os filhos dizem, "se nem gaúchos são." "Quem inventou o chimarrão queria desinventar a solidão?", a filhinha que frequenta a escolinha de arte um dia inscreveu num desenho de árvore amarela.

"Deixe dinheiro para fazer o pagamento da primeira leva. Na segunda, já posso daí devolver."

"Tão dando lucro essas coisas, mãe?"

Chama de mãe a própria mulher, mas longe a ideia de incesto. É que, em tempo antigo, assim procedeu para acostumar as crianças. Ou terá sido com outros objetivos, poucos explícitos até mesmo para ele? Quem vai saber do funcionamento da maquininha do agiota?

Passeia um pouco ao redor da praça. Depois, com a chegada de um ou outro taxista do ponto, põe-se a bocejar, enquanto aguarda as presas. Sabe que são certas, pontuais. O advogado empepinado – para onde foram os clientes de ontem? –, o grandão do corcel azul – "suaves prestações" havia dito o revendedor, uma prestação de lavadeira, as seis primeiras foram pagas sem muita agiotagem, mas... E as outras trinta?

Pode emprestar quanto precisam, o único detalhe é o juro. Sem avalista, sem papel, desprezando o clássico preto no branco, a ele só interessa a vida do devedor. "Se não quiser pagar, não pague; só que você morre."

Onde a força da ameaça? Ué, ele então é sozinho? Quantos lhe devem favores? Pagam juro altíssimo e ainda se consideram favorecidos. Podendo, um dia ainda retribuem o grandessíssimo favor. "Seu Emílio, não fosse o senhor aquela vez nos alcançar aquele dinheiro, como tirar a Aninha do hospital? O médico não dava alta e a conta ia aumentando." "Favor nenhum fiz, ganhei o meu." "Mas a conta do hospital crescia mais que o seu juro." "Pois é." Um dia errou. Uma vez só. Deu o dinheiro em cheque e recebeu, crescido, em cheque também. Foi fácil provar o banditismo. Precisou então gastar nota gorda por fora para encobrir o descoberto. E as outras agiotagens, quem pune? "Seu Emílio, aquela vez, se o senhor não me socorresse, eu hoje não seria ninguém." Dá-se ainda ao prazer de debochar: "Que fiz eu? Você continua na pior". "Seu Emílio, o senhor se lembra daquela vez que o banco queria me protestar, eu ia gastar uma nota com o protesto, além de perder o crédito e me desmoralizar, se lembra?" A sua agiotagem é uma filha pequena, ah, as dores do mundo!

Um dia, didático, explicou aos mais samocos: "Uma mãe, grandessíssima marafona, tem uma porção de filhas. Bota todas elas de croias. Adianta a polícia prender essas?".

Em terra de cego, ele, que tem um olho, é rei. Elege os políticos, protege a Igreja nas festas, fez as primeiras sextas-feiras do mês em nove ao todo, com comunhão e tudo o mais, só pra garantir a alma, a mulher é do “Apostolado da Oração” e ele... Um companheiro de agiotagem, com inveja da competência dele, vive arruinando o fígado do homem: “Em vez da menina, ele tem no olho o cifrão”.

O advogado é homem culto, mas como a sua cultura não rende juros, correção monetária, essas coisas, nesse mundo adverso um dia precisou dele. Depois, a queixa sigilosa aos companheiros de três-sete: “O homem é paquidérmico”. Demonstrar ignorância quem quer, vamos ver, quem é que se habilita? Só o engraxate manco: “Paquidérmico, doutor? O que é isso?”. Contente por poder ainda explicar certas palavras, o doutor se sente valorizado. Assim não precisa ir dirigir táxi nas ruas de Curitiba, vai ficando ali por Sanga da Amizade mesmo. “Paquidérmico? Bem, digamos assim, como é que eu posso explicar, aliás, como é que é melhor de você me entender? O elefante é um animal paquidérmico.”

Sustém uma explicação maior. Recorda as aulas de língua nacional na Escola Normal. A sala cheia só de meninas e ele: “Meus senhores, hoje vamos tratar dos compostos gregos e latinos porque, meus senhores, a nossa língua...”. Lá no fundo da sala as mais agastadas desenham a cara dele no caderno. Caderno de normalista tem de tudo: receita de bolo, carta pro namorado, desenhos surrealistas, dia da menarca.

Cirlei perdeu-se na tabela de Ogino-Knauss e quase teve um filho com o tesoureiro do grêmio. Tomou umas xaropadas e desde então não perdeu mais a amarelidão. Dona Lídia, desconfiada, se queixou numa manhã de chimarrão: “O que será que tem a menina, homem? Tão descorada!”. Paquidérmico, nem pôde prestar atenção na canção do rádio:

“Que tem a rosa, tão desfolhada
Foi o sereno da madrugada.”

Chega o irmão de férias. “Tão branco, mano? Para de tocar bronha, faz mal para a saúde. Não vê como a Cirlei tá amarela?” “Ô mãe, olha aqui esse Davi! Me torrando o saco!" "Palavra bonita na boca de uma moça, né, minha filha!"

Emílio chega e faz as orações da mesa: "Abençoai, Senhor, as pessoas e a comida que nesta mesa vamos tomar, que sirvam para melhor glória de 'Vossa Senhoria'".

Em vez de dizer amém, como os outros, o que veio de férias faz doer para rir: "O pai já trata até Deus em linguagem comercial!".

Paquidérmico, como disse o doutor, nada ouve. "Capricha lá no colégio, meu filho. Seu pai e eu fazemos sacrifícios por você aqui." "Só peguei segunda época em duas disciplinas. Em três rodava, tão bom assim?" "Se é de ser pior, que seja assim." "Mas é um vagabundo, hein! No lugar de pesquisar as matérias, fica lá pesquisando as raparigas da Quatro Bicos, ano que vem você volta e eu vou, não pense que a vida boa dura sempre!" "Mãe, se a senhora não tapar a boca desse pantatão, eu entrouxo essa polenta na cara dele." "A mesa é um lugar de respeito. Onde já se viu isso, credo!"

Sentado na cadeira preta da cabeceira, o pai come descansado. Ninguém consegue importuná-lo. Todos comem depressa, ele não. Fuma um cigarro, corta uma unha, esgravata um dente: "Vai dar de você me devolver aquele dinheiro que emprestei, mulher? Já faz uma semana, é!".

"Vendi tudo o que trouxe. Vou para São Paulo amanhã buscar mais. Talvez minissaias e blusas de frente única, as guriazinhas estão querendo mostrar as coisas."

Tristes figuras

Toda coisa que acontece é intrinsecamente semelhante ao homem a quem ela acontece.
Huxley

A mulher do burocrata comprou inúmeras revistas que tratam do problema: em nenhuma a solução. Até mesmo receitas de vergonhosas sacanagens ela andou buscando na imprensa alienígena, nada deu certo ainda: seu rico maridinho continua no seu vago não poder.

Por detrás da mesona de burocrata, o pai incompetente, grande mafioso e pretenso dono do poder, percorre os olhos por cansativos manuais de fertilidade e coisas tais, à procura da força original, perdida ele nem sabe bem onde.

Com exaustivos e confusos relatórios, cobertos de sutilezas incompreensíveis para a maioria dos leigos mortais, ele conseguiu malversar vultosas verbas públicas e construiu no alto da colina a sua mansão de burocrata.

Na frente tem um jardim cheio de flores simbólicas, um quiri bem sombroso para o velho vilão descansar de sua cansativa incompetência. Atrás tem um pomar, onde a mulher do burocrata cultiva promissoras ervas afrodisíacas, na esperança vã de um dia encontrar um paliativo para o tédio, uma erva que seja capaz de elevar o moral e valores outros que mais alto devem se alevantar. Impossível que seu marido, tão alegrinho, não recupere um dia a força do homem.

Sanga da Amizade abriga tristes figuras. Também, onde mais um burocrata desengomado haveria de exercer o seu entediante ofício? Aqui tem reconfortantes companhias de infortúnio, cuja desgraça em muito o ajuda a suportar o Grande Mal.

Não é que a mulher do inspetor dos Herbicidas lhe confessou em uma noite de muitas estrelas que o seu robusto maridão tem aquela vermelhidão só mesmo no rosto? Onde mais precisa o sangue se recusa a passar. E o gerente do Banco Fifty Americans – deus dela! –, quem diria, não é que, tão rufião, deita e dorme como nenê novo, recém-dado o leitinho nutridor? E o juiz de futebol, quem diria, até Sua Senhoria, tão machão em campo, não é que só celebra as necessárias cerimônias uma vez por mês? E o turco do bar ali das esquinas, com seu vasto bigodão, troncudo e arrogante – mas tão boa pessoa, o pobre, tão servidor! –, não é que às horas mortas de toda noite acomete-se de súbitos males que lhe roubam a força do homem, não adiantando nem mesmo as piedosas receitas do profeta salvador? A sagrada mesquita continua então intocada até o outro dia, quando volta a se repetir o acontecido. Suratas vão e vêm, mas as necessárias forças, onde foi que se esconderam, voltaram para o fundo do homem?

Recorda-te, ó zeloso diretor da Escola Normal, de quando, em sonhos, cometeste ásperos pecados com aquela normalista? Deus há de te castigar um dia e verás, tomara que em sonhos apenas, o exército inimigo de todas as mães de normalistas a te cobrarem as gravidezes. Então, não deves vacilar: conhecendo bem a intimidade do teu coração, deves acordar, onde é que já se viu proceder a tantas sacanagens no escuro do teu quarto? E não sejas como aqueles que, para não ter esses perturbantes sonhos, entregaram-se a amenos exercícios de solidão, ou então saíram de suas casas e, só por ostentação, foram visitar as comadres altas horas da noite, nada não fazendo, apenas tomando alguns precavidos goles de cerveja na companhia delas, de lá só voltando para passar na casa do burocrata desengomado, na Casa Distribuidora de Herbicidas e Matadores de Outras Ervas Daninhas, no apartamento contíguo ao Banco Fifty Americans, no chatô alugado pelo presidente da Liga Desportiva de Sanga da Amizade à Sua Senhoria, na Loja Salim, na morada do zeloso diretor – então, os maridos, de repente, foram todos viajar? Que raça de viajantes destemidos, num temporal desses e viajando sem parar!

Alegres, as queridas esposas descrevem os costumes menos sublimes de seus amantíssimos maridões, apimentando suas historietas com saborosos requintes erótico-sadopornomasoquistas.

A mulher do burocrata, inconsolável, queixa-se da deusa da fertilidade. Por que ela assim, se logo a sua mãe teve dezesseis filhos? Não, ela não pode ser, dúvida atroz! Ela, não. É impossível que seja ela a culpada, sete gerações com venturosas procriações, ela não pode ser. Só pode ser ele, tão alegrinho, mas tão incompetente, com suas exuberantes musculaturas, conseguidas no halterofilismo. “Tudo bicha”, diagnosticara o experiente Hipólito, fascinante contador de histórias reais da vida. Então, não seria a musculatura o mais inconveniente dos entraves?

O motorista da Empresa União acaricia a melancólica figurinha: “Não pense no seu hominho agora. Daqui a pouco não sobra mais tempo nem pra morrer. E aí?”.

Joaquim construiu aquele palácio no topo do morro, então para quem ficará? Se ela soubesse, então sim, teria comprado muito mais apostas do baú, ah, viver é tão complicado!

Se grávida ficar, se filho pegar, se abortar não puder, se gemer não bastar, se pedir não surtir, se rezar não ajudar, o que se há de fazer? Enganar não vai poder, mentir não vai querer, a que mais recorrer? O filho criar, com pressa enganar, a nenhum não contar, segredo guardar dele, um pecadão?

A senhora do burocrata, arrogante quando não é preciso, entrega-se aos reprimidos prazeres. Seu corpo, quase burocratizado também pela convivência conjugal compulsória, vai aos poucos aprendendo a cometer as iniquidades da vida. Passou anos e anos a recusar, dizendo apenas: "Não me toques".

Nesta noite, contudo, seu pecado é uma grande virtude: procura a semente de um fruto em falta em seu pomar. Encurralará os homens, um por um, exigindo deles a cobertura necessária, até que se liberte da aziaga carta algum dia.

(Mas quê! Poucas viagens do esposo e eis a esperada semente crescendo bonito de se ver. Gordinha, entrega-se agora com prazer à baixa costura, crochezando, tricotezando, contente da vida!)

A mulher do Herbicídio põe-se a cobrir seu corpo com verdes folhas das plantas da região que, sabe, um dia estarão completamente dizimadas, porque Herbicídio desobedeceu ao Senhor e perdeu a orientação da vida. Abandonada pelo devastador do verde, ei-la a proclamar loucuras ali pertinho da Praça dos Três Boiotas, encostada ao obelisco:

"Chegará o dia em que as crianças, ao beberem o primeiro leite, cairão durinhas, e os pais, pobres ignorantes, não saberão que quem matou seus filhos foi o meu marido, grande monstro! Dia e noite trabalhando para os estrangeiros, e vá procurar dinheiro!".

Prudentíssima que era, até a sedutora esposa do gerente do Banco Fifty Americans, perdida que era pelo motoqueiro de novecentas cilindradas, deixou-se pegar na arapuca, só de paixão, só para ostentar o novo amor, conquista dela sozinha, só dela e de seu corpo, tão desdenhado nas noites frias pelo seu remuneradíssimo executivo!

Mas para ela houve remédio: não vira então que, se eles se separassem, a próxima subida de cargo ia pro beleléu? O jeito foi o incorrigível rufião adotar o esquema dos diplomatas. Ela curte o motoqueiro de olhos verdes, reflorestados com as lentes de contato, e ele usufrui as delícias pagãs da irrequieta Marília. Enfim a paz em mais uma família.

Sua Senhoria nem desconfia, ou faz que ignora, acostumado a tantos ultrajes. Chamam sua mãe de nomes feios, por que não haveriam de atacar também a sua santa "senhora"?

— Raça de torcedores mais desbocados, esses de Sanga da Amizade! Não são capazes de respeitar nem um idoso chefe de família, juiz que tantas vezes protegeu o time da terrinha, ora cobrando falta onde não existia, ora fechando os olhos por não querer ver, só para garantir o aluguel pago pelo presidente da liga.

O turco, que tanto prometia picar em pedacinhos a esposa se ela um dia adulterasse, é o único que não sabe de nada. Para proteger a infeliz, o pessoal nem contou, segredo guardou, entre todos.

— Bonita como uma trilhadeira, não merecia a delação mesmo — comentou um dia um vendedor de máquinas agrícolas, apaixonado que era por um tipo de trilhadeira que o havia quase enriquecido.

O zeloso diretor, entre relatórios esmiuçados sobre as intimidades de professores da Escola Normal, absorto na revelação de segredos de ferro, só se lembra de agradecer a Deus por ter conservado a esposa casta até agora, mesmo que à custa de exercícios sacrificosos. Do aluno bendito-o-fruto, que se matriculou na Escola Normal só por não resistir aos encantos da famosa professora, ele nem desconfia. Mesmo que a vocação para o magistério (sempre posta em dúvida nas mesas de bar da cidade) do bendito-o-fruto cedo tivesse fenecido e ele hoje esteja no terceiro ano de Arquitetura. Estaria querendo construir uma casa errada o intrépido sedutor?

A mulher do burocrata não mais pode se dedicar àquelas pomposas festinhas. Hoje, bem gordinha, continua incrivelmente recatada com o respaldo de ser a esposa de um executivo estrangeiro e, portanto, respeitabilíssimo. Às vezes distraída, põe-se a olhar a rua da janela de seu quarto de bem casada. Passam homens, passam jovens, passa carro, passa moto. Quem foi que a fecundou?

O réu que prove a sua inocência

Como o homem é poderoso, com a sua liberdade de pensar e agir – um poder perigoso, refreado exatamente pelos preconceitos e pela sua moral, reconstruída sempre pelos escombros de alguma catástrofe.
Assis Brasil, *O aprendizado da morte*

UNIVERSITÁRIOS FUMAVAM MACONHA NO BOSQUE.
CADÁVER ENCONTRADO ERA DE MULHER.
DIRETÓRIOS ACADÊMICOS DEPÕEM HOJE.
PROFESSORES CONDENAM ALIENAÇÃO DA JUVENTUDE.
ALUNAS AFIRMAM QUE ERAM APROVADAS POR VIAS TRANSVERSAS.
TAXISTA ABRE FECHADOS SEGREDOS.
INSTITUTO DE CIÊNCIAS DECLARA QUE O ÁLCOOL E OS CIGARROS COMUNS SÃO MAIS PREJUDICIAIS À SAÚDE.
VIGÁRIO DIZ QUE DROGAS VIERAM COM A IMPORTAÇÃO CULTURAL.
SOCIÓLOGO ACHA QUE DROGAS SÃO FRUTO DA DEPENDÊNCIA ECONÔMICA.

I

Kate, por sua incomparável beleza e grande inteligência, aliada às suas claras ideias políticas, atraiu a atenção de diversos professores que, com argumentos irrevogáveis, tentaram conseguir seu amor.

Mas ela, seguindo suas próprias convicções e a voz alucinante de seu coração, preferiu continuar com sua vida louca, à procura da felicidade permanente, que nunca encontrou. Disposta a romper pesados limites, inventou inúmeras situações para experimentar novas sensações. Sabia que seu fim podia ser trágico, pois viver além dos limites é sempre muito perigoso.

Na luta heroica que empreendeu contra a inércia de seus colegas, demonstrou muitas vezes que sabia muito bem o que queria, pressentindo até mesmo o seu trágico destino durante discussão mantida com o professor numa aula de Psicologia. Senhora de uma afiada astúcia e fria coragem, temperada com a sua sensualidade peculiar, conseguia envolver seus oponentes numa aura toda sua, e era o símbolo da nova mulher brasileira, que descobre seu destino depois de séculos e séculos de desprezo e escravidão.

Suas armas eram diversas e absolutamente desconvencionais. Um olhar podia anular raivas venenosas. Um beijo seu podia significar o desabotoar de forças desconhecidas no beijado. E suas mãos, apropriadamente macias para as carícias que só ela sabia fazer, podiam, de uma hora para outra, entortar-se, levantar-se, fechar-se nervosamente para acusar, para defender, para denunciar, para fazer vibrar suas colegas e anunciar uma nova era para os universitários seus colegas. O medo, a dor, o prazer, os sentimentos mais ocultos ou o amor – nada disso era suficiente entrave para Kate. Seus momentos eram provisórios. Amava o homem com louca paixão agora para odiá-lo depois, se ele tergiverssasse nos seus propósitos. Capaz de muitas coisas, destruiu a imagem do homem generoso e gentil, príncipe encantado, sonho de todas as moçoilas casadoiras. Em uma de suas muitas falas, disse um dia:

— Hoje, gentil, bondoso, carinhoso, um amor. E amanhã? Quem garante a permanência desses falsos sentimentos? Espancarão as mulheres e as bobas, que, em troca, ficarão eternamente apaixonadas e insatisfeitas. Um clima de sadomasoquismo e de doentio erotismo preside a produção de desejos no mundo em que vivemos. A maioria das mulheres nada tem a oferecer aos seus homens. A feminilidade? Mas a feminilidade de quem? Que feminilidade têm noventa por cento das mulheres deste país? Desdentadas, precocemente envelhecidas, recheadas de celulite, ou tísicas de tanto passar fome e subnutrição, cabeças vazias, sem qualquer instrução, sem o que conversar de atraente com um homem – onde está a feminilidade? As peculiaridades de um homem e de uma mulher começam onde termina a fome. Até esse limite sombrio, os dois são iguais. Certamente somos mais vítimas do que culpadas de muitas besteiras e contraditas, legadas pelos construtores sociais que nos antecederam, mas o nosso maior crime é cooptar, recusando as mudanças mais necessárias e mais urgentes. Por muitas coisas nós ainda podemos esperar mais. Mas por outras, não. Têm coisas que se não forem feitas hoje, causarão irreversivelmente a ruína de todos nós, ricos ou pobres, negros ou brancos, estudados ou não. Somos como as crianças do Terceiro Mundo: seus ossos precisam estender-se e fortificar-se; seu sangue precisa ser saudavelmente formado; seus sentidos precisam ser equilibradamente desenvolvidos para bem apropriarem-se do mundo que as espera. Essas três necessidades fundamentais têm que ser atendidas hoje ou nunca, porque amanhã será tarde, não sendo isso uma figura retórica barbosiana, mas uma crua realidade. Para nós, a situação é a mesma: ou as mulheres se mexem agora ou então não precisarão se mexer mais no resto de seus dias, pois, para os desavisados, que pensam que as coisas podem ainda ser feitas como antigamente, e que os movimentos de mudanças sociais sofrem ainda a mesma dinâmica de sempre, é bom lembrar que estamos no limiar da idade termonuclear, que nos traz a eletrônica, a guerra bacteriológica, os transistores, os reatores e outros malfeitores, os despóticos computadores, as naves espaciais, os satélites de comunicação e seus contraventores, o fim da vida privada, o poder multinacional, o cinema, a televisão colorida, o telefone solto sem fio, os fertilizantes, os cosméticos, os germicidas e os herbicidas. Quer dizer: trouxe quase só o que não precisávamos e, em sua maioria, esses bens atendem a necessidades menos urgentes. Colocam-se marcapassos nos corações dos grã-finos, extirpa-se o câncer do corpo dos burocratas, inventam-se detectores de mentiras para punir os criminosos comuns, constroem-se hospitais, escolas e hospícios indevassáveis, cada vez mais estradas cortam a terra, mas não se encontram nem se pesquisam novas formas de convivência entre os homens, não se pensa numa sociedade estruturalmente mais justa, não se vai à raiz dos problemas, não mexemos na máquina, não encontramos remédio para o tédio geral de nossos jovens, nenhuma mulher encontra remédio para as suas dores, não há jeito possível para a fome do mundo, tanta gente sem casa, sem saúde, sem instrução. Eu mesma estou aqui falando que as mulheres têm que se mexer, que têm que falar, que abrir a boca, que reclamar, que se libertar, mas sei que falo de coisas confusas, pois vejo que é preciso formar a mulher, depois informá-la, e por fim colaborar apenas com ela, dar-lhe toda a força, porque então ela saberá o que e como fazer. Chega das clarezas idiotas, dos clichês estereotipados. Agora é chegada a idade da confusão. É preciso mexer em tudo isso, mesmo que seja desjeitosamente, mas precisamos fazer o que nós podemos fazer. Em nenhuma outra época de nossa história abdicamos tanto de nosso poder de transformar a realidade do que nesta em que estamos. Lembram-se de Camões? "Tenham os religiosos o ofício de rezarem por vosso regimento... etc." E nós, os universitários, qual é o nosso ofício? Muitos de nós nem sequer sabemos que poderíamos ter alguma função a desempenhar e que essa função traria remédio para o nosso tédio, alívio para a nossa melancolia, sentido para as nossas vidas, um objetivo para o nosso destino.

Como se via, Kate não se preocupava somente com essas questões com que se preocupavam as outras moças de sua idade, que preenchiam seus dias com coisas fúteis, cedendo sempre, incapazes de estabelecer o descontínuo por um dia que fosse. Inconstantes em outras fundamentais expectativas, cumpriam rigorosamente o regulamento de sua prisão moderna desconvencional. Numa bolsa, esquecida num cinema, encontrou-se uma agenda que trazia as seguintes anotações.

SEGUNDA *Onze horas: Jurema passa lá em casa pra gente curtir um som. Depois, Instituto.*
Às duas, almoço com a Nilde e o patrão dela e outro coroa promissor.

TERÇA *Às dez, o Bebeto vai telefonar (23-1261, casa da Alma) pra gente ir na boate. (Antes, Instituto)*

QUARTA *Ginecologia só depois das três. (Sandrinho só pode me pentear depois das seis.) Bebeto me apanha no hospital às oito.*

QUINTA *Bebeto vem me buscar pro jogo às sete. (Instituto às quatro.)*

II

O inquérito começou com certas perguntas que foram feitas à dona da bolsa esquecida no cinema, chamada Élada. Mas pouca informação foi extraída. Apesar de conhecer Kate, Élada não soube dizer muita coisa sobre o que havia acontecido, ou talvez pudesse ou quisesse dizer mais, mas seu vocabulário não ultrapassava cinquenta palavras, vítima de uma certa redução vocabular que acometera os jovens nos últimos anos. Bastante medrosa, desconfiada, tremendo sempre, ela apenas indicou que Kate sempre a procurava, não propriamente para lhe dar conselhos, mas mais para fazer com que ela falasse, expressasse suas ideias, isto é, criasse ideias para expressar depois. Levara-lhe livros muitas vezes, recortes de jornais e algumas fitas gravadas em botecos.

A princípio, o comandante do destacamento policial BATA-PÔ (Batalhão os Taludos da Polícia) estranhou esse fato e perguntou à moça por que é que Kate assim procedia, mas suas desconfianças eram infundadas. Kate recolhia esses pedaços de conversas nos bares do lugar, apenas como pesquisa desescolarizada. Gravava as conversas e depois rodava as fitas, explicando para algumas amigas como as pessoas falavam sobre coisas importantes nos botecos. Dramas familiares, custo de vida, doenças incuráveis, desenganamentos de médicos, corrupções entre os advogados e os juízes, demissões sumárias de empregados por motivos mesquinhos, impotência sexual de ilustres figuras da cidade, questões fundamentais sobre Deus, o Diabo e a salvação da alma, propostas com mais originalidade do que nas igrejas e nas escolas, os buracos das ruas, a intranquilidade com o tempo e as pragas que ameaçavam as lavouras, o amontoado de gente que ia se formando na cidade, os padres que agora se casavam, as apostas da loteria esportiva, os exageros da polícia, a prepotência de certas autoridades, a ignorância de quase todos os homens públicos, a afoiteza e a desobediência dos jovens, seus namoros esquisitos e apressados, as broncas dos professores, as colas dos alunos e tudo o mais que se fala nos botecos.

Ao ouvir essas fitas, Kate, segundo informaram Élada e outras amigas, pelo pouco que se conseguiu resumir de claro do que elas disseram, meio confuso por causa dos "negativo", "não tão cum nada", "é isso aí", "não tava numa muito boa", exclamava apenas:

— Escutem, é o murmurar do mundo, as coisas que estão mudando, apodrecendo, se transformando, o enterro está garantido, só não se sabe ainda certo o dia, mas que vai sair, isso vai.

Depois de várias dessas conversas, o comandante mandou publicar nos jornais e veicular nas rádios uma nota que tinha o seguinte teor:

DELEGACIA DE POLÍCIA DE SANGA DA AMIZADE

O senhor Arquimino Nonato, delegado de Polícia de Sanga da Amizade, no uso de suas atribuições legais, vem a público para esclarecer certas dúvidas relacionadas com o cadáver encontrado no bosque da universidade local, advertindo a população que toma conhecimento desta nota para o que segue:

1º – Os policiais já previam há muito tempo um crime qualquer nas imediações da universidade, pois aquele era o lugar preferido dos maconheiros, e nossa experiência policial nos autoriza a dizer que maconha e sangue são duas coisas mais ou menos ligadas ou próximas. Depois de "altos", eles fazem qualquer coisa.

2º – Não é de hoje que esta Delegacia de Polícia vem observando o comportamento dos diretórios estudantis, sua teimosia em continuar publicando panfletos, apesar das várias admoestações feitas. E agora pretendem aproveitar a morte dessa menina para fazer mais politicalha, em vez de estudar.

3º – Apesar de alguns professores esquerdofrênicos alarmarem sempre que a juventude está sendo alienada pelo sistema político que se instaurou no país, esta Delegacia de Polícia dispõe de depoimentos de alunas desses mesmos professores que foram convidadas à aprovação por meio de provas mais amenas, realizadas em locais onde a incidência de luminosidade é bem menor que a da sala de aula, com o agravante de essas provas efetivarem-se em posições não aprovadas pela legislação em vigor.

4º – Por seu ofício, os motoristas de carros de aluguel têm oportunidade de saber mais da vida alheia que a maioria das pessoas, mas isso não os autoriza a sair contando a Deus e a todo mundo o que ouvem de terceiros.

5º – Sempre que um novo mal ataca a sociedade, não faltam os monótonos discos de bronze a minimizarem a ação dos órgãos competentes no combate a esse mesmo mal. Assim é que, para todas as desgraças, eles têm uma causa: a estrutura social. Ainda agora, nem bem ocorreu o crime, com o cadáver ainda quente, uns pesquisadores de província já começaram a alardear que o álcool e o fumo prejudicam mais a saúde que a maconha. Fome e subnutrição são explicações para tudo o que acontece de errado. Mas a esses eu digo que existe gente gorda e bem vermelha atacando mulheres e crianças nas ruas de nossas cidades.

6º – Antigamente a Igreja se preocupava com a salvação das almas, o amor a Deus e outras coisas do Alto. Agora não. Os padres deram de opinar no meio da confusão, diagnosticar a sociedade, propor soluções para problemas que não são de sua competência.

7º – Quanto a essa famigerada raça de sociólogos, convido-os a serem mais criativos na análise dos problemas, pois o clichê "dependência econômica" está gasto demais. Para todos os problemas existentes, a causa é sempre a mesma? Pois eu lhes digo que os antigos escravos, embora dependentes de seus senhores, tinham asseguradas a alimentação, a moradia e a saúde, três necessidades básicas que poucos homens têm satisfeitas ultimamente. Estão vendo em que pé ficamos com esses olhares sedutores? As coisas são mais complexas, a vida é um tecido de muitos fios.

(segue assinatura e data da expedição da nota)

III

Todos os que foram mencionados na nota explicativa do senhor delegado responderam com outras notas e estabeleceu-se a mais célebre guerra de notas de que se tem notícia em Sanga da Amizade, porque depois esses costumes de discutir e polemizar nos jornais e nas rádios foram abolidos.

Mas uma síntese pode ser feita. A Fume em Paz, associação dos fumantes de outros cigarros que não os do tamanho do rei, e com filtros diversos de carvão desativado, fez publicar uma nota em que solicitava, do senhor delegado, fatos que comprovassem o casamento que ele instituíra por própria conta entre o fumo e o sangue. Ao pé da nota, em letras mais miúdas, vinha a indicação de que eles sabiam muito bem quem exatamente matara Kate, mas era uma verdade que não podia ser comprovada e, como a polícia só aceitava verdades que podiam ser comprovadas, eles, os associados, não podiam se pronunciar, não deixando, porém, de protestar contra essa artificialidade da Justiça, que, ao ver deles, permitia uma perfeita construção de provas falsas para provar "a veracidade de uma mentira".

Os diretórios vieram a público para esclarecer a toda a população que estudar era um ato político, "aliás como comer ou beber", e que os seus "panfletos" eram mais sérios e mais verdadeiros que os outros jornais, porque não precisavam submeter-se a pressões comerciais, aos atos vergonhosos, predatórios e inúteis da Censura. Os professores que se sentiram envolvidos na acusação do delegado foram os únicos a não se manifestarem nos jornais, tendo alguns aproveitado o ambiente privilegiado da sala de aula para dizer que não negavam o que fora atribuído a alguns deles, desmentindo que a mulher do doutor delegado não estivesse entre as alunas que haviam sido aprovadas por meio desses expedientes menos acadêmicos.

Perguntados a respeito da nota, os motoristas de táxi assombraram-se: "Que nota? Que jornais? E nós precisamos decerto ler os jornais? Pra quê?".

Um dos pesquisadores que se julgou atingido escreveu a um dos jornais locais esclarecendo que não era por uma pessoa ser gorda e bem vermelha que ela teria saúde, pelo contrário, as adiposas tinham tendência a certas doenças, mais que as outras, e que quanto à cor podia ser apenas um problema estético ou mesmo étnico.

O vigário da paróquia, em sereno sermão, explicou aos seus fiéis, e a quem quisesse ouvir pelos alto-falantes colocados nas torres da igreja, que todos os problemas que envolviam o ser humano eram não somente da sua competência, mas de competência de toda a Igreja, além de ele, pessoalmente, achar que os direitos humanos eram universais e não divididos em direitos humanos dos africanos, dos asiáticos, dos latino-americanos etc.

Alguém, que se considerou o sociólogo atingido, argumentou em candente editorial cedido por um jornal da oposição que uma pessoa com a barriga cheia, morando numa casa boa e com bastante saúde podia muito bem ser uma pessoa infeliz. E que o fato de se insistir na "dependência econômica" referia-se muito mais a uma situação estrutural da maioria dos países da Terra.

Muita discussão se deu em redor do fato, mas, com o passar dos dias, as pessoas ficaram mais ocupadas com o que ia saindo nos jornais, de forma que na missa de sétimo dia já havia muito pouca gente. Entre um cochicho e outro, foi ouvido o seguinte diálogo: "E como foram saber que se tratava de um cadáver de mulher, se só acharam a ossada?". "Pelo muito sofrimento marcado." "E, mesmo assim, como é que eles têm certeza de que era o cadáver de Kate?" "Porque foi ela que desapareceu." "Mas ela pode ter ido para outro lugar." "Você não conta pra ninguém, mas tinha um cabo que gostava muito dela e ela tinha nojo da cara dele." "Não inventa. Sei quem mandou matar a menina, hoje é uma ilusão a gente pensar que pode dizer certas coisas, mas a morte dessa inocente é apenas um aviso: uma longa noite vai descer sobre todos."

Sedução

Mas, entre as mulheres em sanatório, o que mais há é uma necessidade desesperada, nos momentos de lucidez ou de lazer, de comunicar problemas, desaguar frustrações, expandir queixas, contar complicações e, quase sempre, chorar.
João Antônio, *Casa de loucos*

I
ESSAS DOLOROSAS DÚVIDAS

Que foi encontrada debaixo dos pessegueiros, entregue a grandes sacanagens, despregada de qualquer rijume de casamento, fazendo o que não se devia fazer – isso agora chega de boca em boca até meus ouvidos, por tradição do povo me paro como o último a saber.

Agora que pensava ter dado um jeito nessa minha esgrouvinhada vida, tendo abandonado a primeira minha mulher, que nem foi por safadeza nenhuma, essoutra me apronta isso tudo tão pesado? Mas como posso concluir semelhantes coisas, de onde o tempo, eu, com tanto serviço e outros préstimos?

Essa gente de beira de rio gosta muito de fuxicar, bisbilhotar a vida dos outros, armar uma coisa e outra, não estando no serviço deles.

Aprendem com o rio. Quanto tudo está calmo demais, botam uma enxurrada que lava tudo, deixando depois a sujeira que nunca mais sai.

Eu, pra falar a verdade, nem sei se eu devia mesmo não ter vivido com a primeira mulher minha. Vai ver, ela nem era nada disso que o povo disse que ela era. Se eu tivesse vivido com ela, hoje, por exemplo, não estaria passando todo esse trabalho, tinha os filhos grandes pra me ajudarem e me alegrarem. E decerto pra me incomodarem também, mas o perfeito não existe. Assim, eles me incomodariam um pouco, mas me socorreriam outro, por final seria mais ou menos agradável, além de eu poder assentar mais no regular essa minha vida.

Mas veja só como tudo é injusto nesse mundo e tão fora de propósito: o Ercílio não passava um dia sem correr morro acima, procurando visitar as negas, farreando a mais não poder. Eu, por recato, mas mais por conselho da minha mãe, nada fazia dessas coisas, esperando chegar a hora e casar no direito, viver para toda vida com a mesma mulher que fosse destinada pra ser minha.

Tudo fiz pra conseguir isso e veja só no que me deu: estou aí já com a segunda mulher, o povo me olhando arrevesado, cada vez que eu vou batizar um filho, ou que seja compadre, que seja, o padre tá com o zoio em cima de meus documentos, é sempre uma pouca-vergonha que acontece. E o Ercílio, que foi tão sem-vergonha, tão safado, tem até filho padre, filha freira, mulher do apostolado católico e, podendo, de vez em quando, toma parte em outras batalhas. De todos nós, o mais safado e o mais santo. Esses uns o povo aprova, sem muito desconfiar.

Agora como é que eu vou ficar sem essa mulher, quem vai cuidar da velha minha mãe? Essa é a minha primeira preocupação. Tão agarrada comigo desde que eu era pequeno, abandonar assim a outros cuidados a pobre velha – isso não posso e não quero. Sempre um filho encontra o que pagar nesta terra, se abandona a sua mãe ou não lhe presta os cuidados que deve merecer. Mas sem mulher, como tomar todos esses cuidados? E as crianças – viver sem mãe, quem é que quer, quem é que pode?

Porém, se ela se desleixou mesmo ali nos pessegueiros, sendo tão pertinho, minha mãe haverá de saber contar, sempre é bom tirar uma consulta com a velha, antes de me torturar com tanta agitação, afinal, se eu tomar uma providência agora com muito azáfamo, posso muito bem estragar o que há de ser benfeito.

II

ESSE FECHADO SEGREDO

João, meu filho, tem que confiar desconfiando, tem que cuidar de todas essas coisas, mulher não é bicho com que se brinque, melhor, quando tira pra ser bisca, quem segura? Pois a falecida Rosalinda, durante tantos anos tão certa, não deu pra vadiar depois de avó? Contam que até com os próprios genros dela, onde já se viu, não tinha outros com quem se meter, pegar logo os que estavam no lugar de filhos?

Você vem me perguntar se eu não vi qualquer arrelia dela por aí, mas como é que eu vou saber disso, pobre filho, aqui entrevada nesta cama, sem pode me mexer, como hei de ver? Mas se o povo fala é porque alguma coisa há, onde há fumaça, há fogo, o meu filho procure se informar, não com um, mas com muitos, pra tirar um tempo, e, se for verdade o que disseram, despachar essa desgraçada, com cara de tão santa e jogando barro na cara do marido, hoje em dia tem cada mulher neste mundo que *voute*, ora se no meu tempo alguma ia se descobrir ali tão no limpo? Faziam, porque mulher sem-vergonha existe desde que o mundo é mundo, mas era no mais retirado possível.

A comadre Constância, durante anos e anos, falsificou-se com aquele Beca, o marido nem nunca não desconfiou, foram saber depois da morte dele, porque, numa caçada, os perdigueiros acharam o casal no meio da macega e-vá-e-vá. Pensa que se envergonhou? Volta e meia debochava de si mesma, dizendo: "A comadre sabe que ando com uma comichão bem aqui no lado de montar, rente à virilha!". E se a gente ria, a desavergonhada acrescentava: "O Beca também, mas lá nele é no lado de laçar que dá o comicho". E se desbodegava de rir, se comparando mesmo com animais, como se o velho alemão fosse o cavalo dela e ela a sua égua. Com aquele cabelo sempre amarrado em feixe pra trás, se quisesse ser mesmo muná, o rabo é que não ia faltar.

Mas quanto a ela falsear depois de viúva, desde que não fosse assim tão na vista, importância nenhuma tinha, porque, pra uma mulher, sempre acostumada a cobertor de orelha e a dormir no quentinho, de repente ficar sem homem, mesmo, não é fácil. Eu mesma, depois que enviuvei... O que tem é que os homens são muito prevalecidos, vivem atucanando os cornos da gente. O velho Eufrásio, você nem conheceu, quantas vezes me atacou quando eu era parteira, indo levar nenê pras comadres. Ué, você vem me consultar e não quer que eu dê certos exemplos? É preciso dar.

Mas o que você tem a fazer com essa sua mulher é cuidar, ver o quanto é verdade o que dizem. E com quem foi que ela fez a safadeza? Com o Albério? E o Albério, aqui nos pessegueiros, teve cara de... Pois esses dias ele não estava aqui trabalhando? Mas veja só, parecia tão boa pessoa, bem, ele é homem, tem que fazer isso mesmo, mulher é que tem que se cuidar, homem faz uma sujeira aqui, sacode as calças, lá adiante é o mesmo homem.

Mas vá a mulher deixar de se cuidar. O que você tem a fazer? Ora, se ninguém mesmo não viu nada ainda, você não pode ter uma certeza, não pode nem mandar embora essa mulher, senão a lei pega você. Por a lei dava um jeito, umas bolsas de milho pro delegado, a polícia não é o mais difícil, meu filho. Mas você tem que poder provar o que haverá de alegar.

Bom, se ela prevaricou mesmo com o Albério, assim tão desaprumado e feioso, você bem podia botar ela numa prova. Tem aquele seu afilhado lá dos morros, o Juvenildo, que vem a ser meu sobrinho-neto, por causa do parentesco da senhora minha mãe com a tia da falecida Ritinha, e, portanto, seu sobrinho. Um rapaz bonito daquele, tão bem-apessoado, tão rosado, vermelho a mais não poder, parece que se a gente encostar uma ponta de unha nele salta sangue por tudo, ele está na força do homem, pra ele qualquer mulher, dessas que falseiam, haverá de querer se entregar.

Pois então, dá um jeito de trazer ele pra cá, com uma desculpa ou outra, seja serviço, seja visita, pois é nosso parente, conta bem pelo certo como é que é pra ele fazer, tudo no mais fechado segredo, se a Merência destoar, você faz ela ensacar a viola.

Não há de ser feio, coisa nenhuma, feio é você passar pelo que está passando, com todas essas crianças pra criar, tanto trabalho por fazer, e precisar se preocupar com as coisas mais destemperadas dessa vida. Vai, faz o que eu disse. Não veio me pedir um conselho? Então, esse é o meu conselho. Vai ver que sua mãe não se engana no seu jeito de resolver as coisas. Então, de nada me valeram os vinte anos passados nessa tarimba, sem nada poder, a não ser recordar o passado e pensar muito sobre tudo o que me falam todos os que por aqui passam e aqui vêm? Vai, meu filho, se esta velha tem algum préstimo ainda é o que nós vamos ver dentro de pouco tempo.

III
CONVERSA SINGULAR

Esse coitado desse meu irmão, quando vai aprender a entender mulher? Primeiro, lasqueou-se com aquela pobre próxima lá de debaixo da serra, casando na igreja e no papel, e depois recusando-se a viver com a mulher que era pra ser sua. Agora, que estava vivendo bem, deu de desconfiar desse jeito da azarada dessa pobre infeliz, tão bonita e tão boa pessoa. Se continuar perguntando todo santo dia, a todo mundo, desse jeito, se não viram alguma estrepolia da própria mulher dele, mesmo que ela não deva nada, vai surgir um gaiato que haverá de inventar alguma história, só pra ver um cornudo se enfezar. Quando der o fim final, o triste desse meu irmão não haverá de atinar que foi ele, com esse "chove não molha", que provocou toda a confusão. Onde é que já se viu o marido ficar perguntando pros outros se a própria mulher dele é isso ou aquilo? E, ainda por cima, sem motivo! Quando a gente era mais moço, na força dos desejos, que ia pros morros se divertir um pouco das intemperanças da vida, ficava ele lá por longe reprovando todos nós. Não aprendeu coisas importantes, agora tá aí no desespero das desconfianças, se molestando.

IV

MOVIMENTOS E BOLINAÇÕES

Nos primeiros dias, Merência mostrou-se um pouco desconfiada com aquela súbita visita. Qualquer passarinho lhe dizia que tinha areia no meio daquela história. Mas Juvenildo era simpático, o desgraçado tinha sempre uma conversa agradável, sabia de muitas histórias engraçadas, alegrava Merência, que ria pouco, mas achava tudo muito divertido. Trabalhador também, muito serviceiro, levantava cedinho e ajudava a que era pra ser seduzida a tirar o leite das vacas, separar os terneiros, tratar a criação toda, porcos e galinhas, enquanto João aproveitava a fresca para lavrar a terra, pois, depois do sol alto, que boi aguentaria forcejar na canga?

Suas histórias iam ficando cada vez mais devassas, do que a mulher aprendia a gostar. Acostumada a sempre ouvir histórias mais ou menos inocentes, contadas na maioria das vezes pela própria sogra, e quase sempre com fins moralizantes, essas de agora lhe pareciam meio desabotoadeiras, não só do riso, mas muito mais da libidinagem.

Foi que um dia perguntou àquele homem, de companhia tão agradável, por que era que gostava de reforçar daquele modo o que contava, deitando tempero para quebrar a inocência do que tinha acontecido, misturando sujeira em tudo.

Parou-se de grave aquele homem e ensinou-lhe umas quantas lições de divertimento, dizendo que o que ele fazia era apenas incluir o corpo todo nas histórias, já que a maioria dos contadores dessas ignorava importantes partes.

Seria por assim proceder que suas anedotas faziam aquele bem a ela? Ficou em dúvida, uma dúvida que foi crescendo à medida que aquele moço ia construindo a cada momento um jeito seguro de mais se aproximar dela. Agora punha as mãos em seus cabelos para lhe perguntar com que os lavava para ficarem tão macios, depois, um tiquinho presunçoso, deteve-se a olhar paradão nos seus olhos e, perguntando por que o olhar assim amornado, respondeu que estava a contemplar um moço bonito nos olhos dela.

Depois, procurava caminhar sempre muito perto dela quando iam de um serviço para outro; hoje, abraçava-se de brincadeira com desculpas de sobrinhagem, amanhã seria o mais esperado, e para o qual ele estava contratado.

Passavam os dias, e o tio lhe perguntava se fizera algum progresso. Dona Carolina dava um jeito de cochichar ao filho, quando este vinha vírá-la na cama, querendo saber se estava dando resultado seu sistema. "O moço trabalha com método, vai devagar e firme", respondia João. Todos pareciam serenos, esperando o fim final. À mesa, porém, João não permitia qualquer bolinação, de olhar que fosse. Que o sobrinho lhe desse respeito à sua frente. Longe dele, porém, fizesse o que melhor entendesse, para isso estava sendo até pago, mas à mesa, não. Proibição inútil, porque por baixo a bolinação tinha continuado e, se João fosse bom observador, poderia ver até pelo jeito como a mulher levava comida à boca.

Com toda aquela fervura foi que Juvenildo se apaixonou.

Aquele ar de mansa ovelha da tia se foi apoderando dele a largas braçadas, como se tivesse pressa de atravessar um rio antes da enchente, como um atalho inevitável.

Os dias se passavam depressa, nem notava o sol-posto e encarnado lá no fundo das matas do tio, que era o mesmo, que chegava da roça, tomava banho na cachoeira, jantava, fumava sereno o seu palheiro, proseava com grandes naturalidades, deitava-se e fazia Merência merecedora de sua força de marido, amanhecia outro dia, vinha aquele sol lindo de setembro e recomeçavam os prazeres de Juvenildo, que começavam a ser também os prazeres de Merência. Diferente de João, aquele seu sobrinho, tão prestimoso, tão carinhoso, um amor.

Os dias não mais custavam a passar, como dantes, quando tinha que ficar calada lavando roupa, tratando da criação, atendendo às crianças, fazendo comida e tudo o mais que era preciso para completar a sua vivência com aquele homem tão mais idoso do que ela, tão rude, se bem que sempre leal, com aquela ferida em seu passado misterioso, encaramujado em poucos conversares.

A vida era agora diferente, quando ele fosse embora ela ficaria com saudade de ter por perto aquela companhia tão agradável.

E o coração de Merência amoleceu, espalhava-se agora por todo o seu corpo aquele gosto atrevido de viver contente e apaixonada.

Juvenildo sentia crescer a cada momento aquele amor pela tia, aquela força corrosiva de seus antigos esquemas. Um dia, sem qualquer plano prévio, em atrevidas bolinações, à sombra daqueles importantes pessegueiros, eles se amaram com grande força. Quando a tia percebeu o que fizera, estava deitada nua e tinha nos braços o seu esperto sobrinho. Depois daquele dia, Juvenildo ficou gostando mais da sua tia tão querida, um amor vigorosamente correspondido desenhava uma tragédia.

Passado mais algum tempo, e quando entre eles não havia mais desconfianças, resolveu abrir aquele segredo para aquela mulher que agora amava tanto.

Assustada, Merência jurou por tudo quanto era coisa santa, por si mesma, por sua mãe, pelo bem que queria ao sobrinho: tudo não passava de uma grossa calúnia.

E com o destampar daquele segredo, seu grande amor começou por se transformar num grande ódio mortal. Não só do sobrinho, mas principalmente do marido e da sogra.

Mas, usando de serenidade, elaborou o seu plano perfeito. Contou ao sobrinho, que, nervosíssimo, lhe jurou incontido amor, louca paixão, grande amizade e muita vontade de viver com ela. Em face de tão sinceros apelos, o coração bondoso de tia Merência pela primeira vez na vida manteve-se inflexível. O sobrinho não passava de um comparsa do seu marido sujo e de sua sogra rabugenta e sem préstimo.

Era preciso agora contar ao tio os resultados do trabalho, receber o pagamento e viajar de volta para a sua terra, pois todo o dia o tio perguntava pela tarefa, e era impossível atrasar mais – colocaria em jogo a sua competência, já que o tio favorecia demais nas oportunidades.

V

CRÍTICA AOS TOUROS, CACHAÇOS E GALOS, QUE VIVEM NA MAIOR FARRA

Quando meu tio me sondou para esse serviço, dei pulos pra cima de grande satisfação, ia ganhar uma mulher assim de graça, sem muito esforço, pelo contrário, com muitos favorecimentos, inclusive esse dinheiro que ando precisando tanto para alcançar o médico que matou meu pai. A vida para mim estava cada dia pior, ora onde já se viu ninguém entender que o danado do homem fez o velho morrer por aqueles esquecimentos dentro da barriga dele, agora a gente tem ainda é que pagar esse grandessíssimo corno, filho da mãe, desgraçado, cupincha do diacho, socozão, mocorongo, samoco, mandrongão, vagabundo, explorador dos próximos, sem o que fazer.

Minha mãe é que cada vez eu entendo menos: viuvou pelas mãos daquele açougueiro e ainda diz que fez não sei quantas promessas para arrumar logo as pelegas de mil, entregar-se pra ele e assim se livrar de outras precisões, pois não é que o desgraçado ainda teve a coragem de atucanar a velha com ameaças de que, se não pagasse logo, cedo ia precisar das lanhuras dele travez?

Agora vamos e venhamos, mas se o danado do Deus arrumou esse jeito para atender à minha mãe no dinheiro, não pode ser tão bom como parece, taí, tou quase perdendo a fé por causa dessa estrepolia toda, é melhor não pensar em mais nada, quanto mais o pobre pensa na vida, mais esquenta a cabeça, essa vida não é pra entender mesmo, decerto, é só pra ir carregando adiante até que se possa, ou até que a gente dê os cornos num bilhete premiado de loteria e tudo muda.

Meu bilhete premiado de loteria é essa mulher, onde já se viu eu gostando de uma mulher casada, ainda por cima de tudo minha tia e mais velha do que eu, já com duas crias, eu louco por ela, feito guri novo, morrendo de vontade de deitar com ela toda hora, embaixo do pessegal, escorregar a mão por aquele corpo tão carnudo e bonito, lisinho, um amor, eu nunca encontrei em mulher nenhuma até hoje um lombo tão gostoso, ela, quando me abraça, me abraça inteira, com pernas e coxas e braços e tudo, eu fico perdido naquele mar de corpo, uma mãe de filhos e com as tetas ainda firmes, sempre me disseram que mulher depois que ganha nenê murcha tudo, feito as novilhas que dão cria por aí pelo pasto.

Seja como é pra ser que seja, eu não desgarro mais dessa mulher. Ela é a primeira coisa que presta a aparecer pra mim nesses anos todos. Quero é viver com mulher bonita, amanhecer, olhar pro lado e ter uma linda dona dormindo comigo, o resto é conversa de catecismo e de minha mãe, preciso mesmo é de uma vida assim, pouca coisa: um pedaço de terra, uma casinha bem-arrumada, esse meu cavalo bem encilhado, alguma roupa, algum dinheirinho no bolso, que seja muito preciso, e essa minha tia morando comigo, nós dois se espreguiçando sem parar: de manhã, meio-dia, ao jantar, a pior coisa que inventaram foi a gente ter que trabalhar, pra fazer isso, pra fazer aquilo outro, tem que primeiro trabalhar. Os touros vivem na maior farra com as novilhas e vacas, os cachaços ali na mangueira só pensam em pegar as leitoinhas novas, o galo no terreiro, o que é que ele tem a fazer antes de pegar as galinhas? Pelo contrário, ainda dão milho pra ele, enche o papo, os mais bem tratados são esses tais reprodutores-machões.

O bicho homem é que leva a vida mais braba: pra tudo que queira fazer, tem que trabalhar esmurrado antes, tirante os ricos que vivem no bem-bom, mas que também têm que se preocupar com os seus negócios da China.

Eu já nem quero nem saber, quero é viver com essa mulher minha tia, se ela não concordar eu nem sei o que fazer da minha vida, tou com esse dinheiro no bolso, mas sem ela sou capaz de jogar fora, só pra não ter que derramar de gracinha nas mãos daquele porco que matou meu pai. Como fui gostar tanto dessa mulher?

VI

CRÍTICA DO CORAÇÃO DIALÉTICO OU ESSE CASAL PELADO NO RIO

Meus filhos, a mãe hoje vai embora por um motivo que vocês não devem de saber por enquanto. Um dia desses, quando eu não chorar mais, eu ainda vou contar pra vocês o sacrifício que o pai de vocês me fez passar, manobrado por aquele toco de velha que tá lá na cama.

Eu era nova e bonita, tinha moço bom assim atrás de mim, João foi lá em casa me buscar, depois de um namoro bobo na bodega do Artidor; principalmente você, minha filha, quando crescer, vai saber quanto é mole o coração de um mulher por um carinho, e eu vim viver com ele, sabendo que já tinha sido casado, que nem papel passado podia ter, quando uma mulher desembesta é assim, confiei todinha nele, tava vivendo como sempre pedi a Deus, não me importando com os vinte anos a mais, com cuidar da velha, com morar com ela junto, não me importando com nada, eu queria era viver com ele, se fosse com ele, podia ser lá no fundo do mato, se fosse com ele, podia ser entre os bugres, se fosse com ele, podia ser até no Inferno, mas o Inferno ele me preparou sem que eu merecesse, os coitados dos meus filhos não me perguntem nada por enquanto, é cedo, certas coisas a gente só entende depois que muito tempo passou, mas por ora eu tenho é que me despedir de vocês, com essa cara que não para de chorar, com essa minha cabeça sem capacidade de entender o que João fez pra mim, essa desgraça tão bem planejada por aquele pedaço encolhido de gente que nem pode se mexer nem pra ir no pinico, e o coração da mãe a bater forte, outra vez apaixonado, mas a mãe não pode sempre só ouvir o seu coração, porque ouviu uma vez e deu errado, quem é que garante que esse homem é diferente, a mãe está disposta a ficar sozinha no mundo, se é pra viver sempre com um homem com um pé no seu pescoço, mas a mãe não pode fazer isso, olham mal a mulher que vive sem homem, negam tudo a ela, é como se fosse um animal, pior, um bicho, quando meu filho crescer não seja como seu pai e você, minha filha, tomara que tenha mais sorte que sua mãe, que agora precisa fugir da casa que é dela e ir viver amontoada de novo com um homem que ela quer muito bem, tem muito amor, mas com quem não tem muito futuro, isso, porém, não faz mal, com o pai de vocês eu tinha um grande futuro que deu em nada, com esse não vejo nada na frente dos olhos, não tem essa tropia de vaca que aqui tem, não tem essa porcada, não tem esse terrenão, não tem com certeza tanta fartura na mesa, mas por enquanto não tem também traição, é com ele que a mãe de vocês vai, porque também tem muito pouca graça uma mulher passar a vida toda sem experimentar o quanto é bom ir pra debaixo de uma cachoeira de um rio na companhia do homem dela e mais coisas que os meus filhos não podem ouvir, porque a mãe nesses últimos dias tem destravado a língua uma barbaridade.

VII

DO RELATO DA POLÍCIA

Que foi encontrado o corpo da anciã, de nome Maria Carolina da Conceição Antunes, mas que era atendida no povoado por Doralinda, por ter sido em nova mulher muito bem-apessoada, digo, foi encontrada moída a pau, tendo todos os membros quebrados, tanto os superiores como os inferiores, o rosto ensanguentado, bem desfigurado, tendo as crianças dito que foi antes de se enforcar na cruz do cemitério que o pai fez todo esse serviço de destruição da sua mãe, de quem ele cuidara durante mais de vinte anos e que...

A antiga vida vadia de Brandina

Era difícil acreditar na sua beleza antiga, quando o que se podia notar eram uns seios murchos, penduricalhos incompetentes na barriga fofa. O vestido comprido não mais mostrava as coxas famosas. Apenas se podia vislumbrar, sob a saia, uns ossos encardidos e rangedores, cobertos por pele de pouca tintura.

Parecia a Marta de um desses quadros das histórias sagradas ilustradas, que apresentam Nosso Senhor e Maria. Marta sempre aparece trabalhando.

Impregnara-se do vício santo de cuidar de crianças: criara muito mais netos do que filhos propriamente.

No rodízio feito da casa de um genro para a casa de uma nora, justificava a sua filosofia de velha, proferida na boca murcha pela falta de dentes. Contava-lhes então inúmeras histórias acerca das particularidades do nascimento e da criação de cada um dos dezessete filhos, enfatizando as peripécias que haviam conspirado contra a existência do ser humano no mundo. Escutavam as histórias fantásticas, sem acreditar. Julgavam-

-na caduca já. Se insistia, resmungavam que, pelo jeito, tinha passado o seu tempo de nova no Inferno. Doía-lhe a incredulidade, mas calava. Antigamente brigara, embrabecera os braços. Agora não mais. Seus gestos eram sempre de ternura.

Filhos da contestação juvenil – que já começava a apontar também na roça –, os netos iam aos poucos se recusando a aceitar sua super-realidade antiga.

Eram poucos os velhos que a rodeavam – os mais estavam no cemitério – quando ela também foi. Acalentava o nenê da filha, em cuja casa estava hospedada por força de seu histórico rodízio, quando caiu no fogo do chão, por sobre o qual estavam dependuradas em correntes as panelas de ferro, cozinhando a boia para os da roça. Não encontrou forças para escapulir, mas conseguiu jogar a criança a salvo. No esperneio, derrubou a comida quente por cima de si mesma. Os gritos decerto foram muitos, mas a roça era longe e os vizinhos mais ainda. Quando o pessoal chegou, o pequeno chorava num canto. No meio do fogo, a velha, muito mais assada do que São Lourenço, seu santo de maior devoção.

Então, pouco a pouco, suas histórias tornaram-se fantásticas na boca daqueles que as haviam negado. Erigiram-lhe um oratório, o que levou um velho remanescente a recordar a vida vadia que ela levara antes de juntar-se a um fecundo fazendeiro. Talvez o velho assim procedesse apenas para valorizar ainda mais o seu perdão. Disseram que o velho era caduco, Brandina...

Uma panela de dinheiro no sudoeste do Paraná

Escavando em terras do sudoeste do Paraná, sem outra preocupação que não fosse a de fazer um poço para dali extrair água para ele, para toda a sua família e para as demais companhias de viva vida, um colono de origem italiana encontrou uma caixa de ferro, repleta de papéis amarelados pelo muito tempo.

Como não entendia a língua em que tais papéis estavam escritos, acabou por consultar pessoas que julgou conhecedoras do problema. Procurou primeiro um médico. Explicou-lhe as circunstâncias em que encontrara tais folhas, sua dificuldade em ler os caracteres ali impressos. Acrescentou que algumas daquelas palavras ele entendia, posto que seus pais às vezes as tinham usado no falar de casa. Mas o que não pudera entender era o enredo mesmo, aquilo que aquilo queria dizer. O médico duvidou-o numa escapada que seus olhos clínicos deram para fora das grossas lentes dos óculos e ponderou num interesse vago: "Isso é coisa de italiano. Só pode ser besteira. Não entendo muito, porque a nova língua italiana é muito diferente do que esta que está aqui estampada".

O agricultor foi ficando mais curioso com o que escondiam aquelas misteriosas palavras. Por indicação do médico, procurou um comerciante.

Visse o negociante que ele cavava um despretensioso buraco no terreiro de sua casa com o fito de amenizar a seca, pelo menos para a criação, quando fincara a picareta num monte mole, parecido com um ninho de rato, cuja existência naquela fundura seria um absurdo, rato não ia viver debaixo da terra.

Interessado em outros "interesses", o vendedor/comprador encheu o bom colono de inúmeras perguntas, cujo alcance ele não demorou muito em entender. Criação não possuía muita, duas ou três vacas para o leite dos filhos – justificava a um só tempo física, moral, afetiva, social e religiosa; um touro zebu – justificativa somente moral; uma junta de bois, ponto de contato mais sofisticado entre ele e a terra – justificativa planetária; alguns porcos – justificativa alimentar e folclórica. (Comer carne de porco nas festas era tradição de sua família, herdada da família de seu pai, que por sua vez herdara de outras heranças.)

No decorrer dessas explicações todas, frequentemente o diálogo foi fragmentado por questões escusas, proferidas pelo interlocutor que parecia mais interessado na "realidade da mais-valia" do que no significado daquelas estranhas palavras.

Reclamou dentro de si para si mesmo o camponês o tempo perdido em contar tanta coisa para saber nenhuma, mas sorria com dentes amarelos para o comerciante, saiu com sua ignorância debaixo do braço, à procura de alguém que lhe explicasse o que faltava.

Depois de acorrer a várias outras pessoas, num rodízio de inconsequentes indicações, lembrou-se de que podia socorrer-se do padre, cuja ascendência italiana era agressivamente evidente.

O sisudo homem de Deus percorreu os olhos imprensados nas franjas daquelas sobrancelhas espessas, enquanto o colono ia tentando decifrar os movimentos disrítmicos daquele par de escovas, sem que dali obtivesse sinal algum de compreensão.

Desiludido, inquiriu os vizinhos, de quem até então guardara segredo por precaução, medindo a mesquinhez de sua comunidade pela sua mesma. Pois os compadres, parentes e conhecidos eram unânimes em afirmar que devia se tratar de um mapa de panela de dinheiro.

Correram boatos na vila, que foram se alastrando com o passar do tempo e o resvalar das bocas. E ao ouvir a expressão mágica "panela de dinheiro", muitos dos consultados apressaram-se em visitar o colono, oferecendo-se para maiores escavações, interessando-se prestimosos pela tradução do "documento" (o papel então estava promovido) e demais providências que porventura merecessem ser tomadas.

A todas as propostas o agricultor recusou. Pobre que era, pobre continuou, mas passou a dormir tranquilo, ele e toda a sua família, repousando toda noite sua cabeça sobre a papelada que foi aconchegada dentro de uma pasta de couro, convenientemente costurada. Aperfeiçoando seu convívio com os misteriosos escritos, acabou por organizar um rodízio para estabelecer quem poderia dormir sobre aquelas indecifráveis folhas encardidas, agora encobertas e veneradas na proporção em que se multiplicam as noites.

Quem tem o privilégio de reclinar a cabeça na já famosa pasta de papel sempre desperta provido de um sonho novo, que indica as circunstâncias em que se encontra o tesouro.

Todos vivem felizes com a segurança indecifrada. O único que destoa desses sentimentos é o caçula, que nasceu depois do achado. Não ambiciona a cobiçada pasta para travesseiro, apesar das insistências da mãe que secretamente acha que, se o caçula não se interessar por aquilo, é porque ali estará a desgraça deles todos. Tais temores têm se renovado em vista do crescente descaso que a criança parece dispensar ao esquisito pacote.

Conforme faz com outros pavores seus, prefere guardar segredo de tais pressentimentos e assim não fica sabendo que todos eles, pelos mais variados motivos, encontram-se interiormente inquietos com os constantes maus presságios que lhes assaltam os seres e fingem encobrimentos das mais diversas maneiras, polindo os sonhos numa linguagem cada dia mais cheia de figuras enigmáticas, cuja clareza, entretanto, é vislumbrada por cada um deles em particular, sem que a mínima comunicação se dê entre eles. Só comunicam os sonhos de seus próprios sonhos. Contemplam a criança com um ar investigador e secretamente deduzem que ela, por ser diferente, deve ter uma vivência tranquila, tanto diurna quanto noturna.

Comentários desairosos

Na cidade pequena onde morava, era chamado de "Mané Toco", sem que houvesse no cognome a mínima ironia. Pelo contrário, era estimado pela maioria. Fazia mais ou menos o que todo mundo costumava fazer, o que não era muito. Limitava-se a ir à missa, aos bailes, às festas e eventualmente a algum velório – únicos acontecimentos capazes de reunir boa parte do povinho.

Mas bebia. A princípio, para esquecer uma antiga desgraça, que só esmiuçava se bêbado. Dizia-se ramo de uma árvore em adiantado processo de extinção. Usava imagens literárias para descrever os causos. Invariavelmente referenciava as épocas com acontecimentos históricos de importância discutida.

Queriam saber de sua família. Respondia com um "sei lá" tão monótono quanto desinteressado. O que queriam com os antepassados? Não podiam ver que isso não lhe interessava? Insistiam de que raça e procedência eram os seus. Dizia que alemães. Inquiriram-lhe o motivo da cor de carvão, bem assim do cabelo enrosquilhado, espesso e indócil. Respondia rindo que fazia parte de uma estranha raça de alemães pretos. De onde haviam vindo não podia precisar. Só sabia que era de uns alemães que haviam se estabelecido no Rio Grande. Perguntavam se o do sul ou o do norte. Embrabecia. Rio Grande só tinha um.

Uns mais afoitos, quando o trago já era alto, pesquisavam seus antigos haveres. Rico tinha sido. Mas ao nascer. A cor não fora a encomendada pelo alemão já maduro. Um pai que não ia passar vergonha depois de velho. Tinha cara de homem, honra. Os outros matavam as traidoras. Sabiam de certos costumes religiosos, quais fossem o apedrejamento, o abandono, a morte também, a da pecadora, a do marido não.

Amava demais sua Elfriede. Matá-la não queria. Viver não tinha mais graça nenhuma, por causa dos comentários. Se não houvesse os outros nem os comentários, perdoaria a mulher que trouxera do além-mar. Em vista de todas as circunstâncias, quase nada podia o seu não querer. Sem prometer tragédia, ia, contudo, morrer. Amanhecera enforcado na cruz grande do cemitério. Elfriede amarrou coroa de flores na cruz da sepultura. Amarrou também o coração.

Contava e acreditava. Elfriede o criara mesmo assim, mas pobre. Antes da fatídica noite, o alemão, melancólico até a morte, passara as heranças pro outro filho, que ele não sabia onde andava. E a mãe? Ora, morrera. E não falava mais.

Exposição de motivos

"O professor Ambrósio pediu-me um atestado de eficiência e boa conduta para juntar à sua defesa no processo que lhe move a Justiça Pública, que entendeu haver ele infringido a Lei de Expressão, naquela conferência que pronunciou no Dia da Criança.

Consultei o advogado do colégio, já que se tratava de um caso delicado, qual seja, o de atestar eficiência e boa conduta para alguém que se vê envolto nas malhas da Justiça. Doutor Petrônio ponderou-me que seria prudente proceder a uma pequena investigação das atividades de Ambrósio como professor, antes de lhe passar o documento.

Assim agi e agora faço chegar às vossas mãos o resultado de tais investigações, pois tenho me consumido na leitura deste relatório, sem que tenha dirimido minha dúvida inicial, pelo que confio na argúcia de Vossa Senhoria, tantas vezes comprovada, para que possa me orientar, por escrito, sobre a posição que devo tomar."

"Ele tem sido excelente professor, seus alunos o têm em grande estima. Nesses anos todos em que o conheço tem sempre demonstrado invulgar capacidade na elaboração de currículos, programas etc. – deixando transparecer, impulsivamente é certo, dada a violência que imprime ao seu falar, uma visão global dos problemas que lhe são afetos, bem assim uma argúcia vivencial que, para a sua idade, vinte e três anos, pode ser considerada por demais precoce e alvissareira.

De uns tempos para cá chegou a esta direção, por boca de terceiros, que ele é dado a escrever, tarefa para a qual não lhe vão faltar engenho e arte, a julgar pelas redações que tem inventado para as provas de língua nacional, cadeira de sua responsabilidade, se bem que considere sua perspectiva estética um tanto destituída de valores espirituais, para nós, religiosas, tão caros. Jamais, em conversas que mantivemos a sós com seus colegas de profissão, referiu-se a Deus contra ou a favor. O que enfatiza muito é o valor do homem como 'dono de seu nariz', conforme tem se expressado não raras vezes, conseguindo com suas propostas tal apoio junto aos alunos que ouso compará-las a uma injeção de entusiasmo que se lhes enfiasse nas veias. Se pudesse contar com mais alguns professores de seu calibre, faria mudanças que há tempos venho protelando por insuficiência intelectual no quadro do magistério deste estabelecimento.

Que isso não pareça panegírico, porém. Ambrósio é senhor de algumas ideias com as quais não posso concordar. A bem da verdade devo esclarecer, no entanto, que nunca pôs públicas tais extravagâncias de seu pensamento, como, por exemplo, achar que todas as instituições estão falidas, que quem não contesta não existe; que as pessoas não se dividem em boas ou más, senão em favorecidas ou desfavorecidas, que a 'moral burguesa', como diz ele, 'é uma imoralidade devidamente constituída e hipocritamente conservada', que 'vive melhor quem é mais desonesto', que 'é uma pena ensinar a esses pobrezinhos, que quem não estuda nunca vai ser *alguém* na vida, quando se sabe que todos vão ser *ninguém*, estudando ou não, a senhora não acha assim, irmã?', e o danado se expressa com tal clareza e convicção, firmando aqueles cativantes olhos dentro da gente, que parece mesmo Jesus Cristo em pessoa, com o agravante de estar sempre barbudo e cabeludo, igualzinho a Nosso Senhor, até louro ele é.

Não é múltiplo amigo de todos quantos dele se acercam, apesar de ser querido pela maioria e mesmo aqueles que lhe são mais retraídos dele não terem do que se queixar. Prefere, contudo, ao que parece, e pelas informações que andei obtendo, solidificar suas ligações de amizade com um grupo reduzido de pessoas, entre as quais só inclui uma professora (que não leciona em meu colégio, por sinal). Os mais são gente simples, tais como um mecânico, um vendedor de livros e revistas, uma cirurgiã-dentista e um sujeito chamado Tonhão, sendo que com este último almoça quase todos os domingos. Pessoas sabedoras de mais coisas, mas que preferem o omisso anonimato, confidenciaram-me que tal professora de todos é amante e que de amigo mesmo, aqui em nossa cidade, ela só tem o tal Tonhão, conforme revelações resvaladas mercê de um uísque tomado nas comemorações do Dia do Professor. Inquiri das mesmas pessoas como seria esse misterioso Tonhão, mas nem elas souberam me dizer mais do que o que parece ser a característica pública do referido: gosta de correr como um louco no autódromo, sem que haja competição alguma. Um dos interrogados, que parecia gostar de corridas de automóvel, enfatizou que o amigo de Ambrósio quebrou várias vezes o próprio recorde, mas, ao ser convidado para participar de competições, nega-se sistematicamente, argumentando que competir não é divertido, é até perigoso, pois, segundo palavras textuais suas, 'quando se junta mais do que um, sempre tem um imbecil pra bater no carro da gente'. Assim sendo, prefere correr sozinho.

Alguém que, quando desconfiou que era investigação, não quis revelar o nome, afirmou que Ambrósio, essa enigmática criatura, tem seus maiores amigos na pessoa de um cineasta, de um professor universitário, de um literato brasileiro famoso e de um editor do Rio, que, segundo ele, lhe 'fez o favor de não publicar nada do que tinha escrito, pois ia dar complicação com a Censura'.

Mora à beira do rio Iguaçu, num dos 'apartamentos' daquele conjunto residencial e, segundo a opinião de seus vizinhos, não é mau homem. Todos são unânimes em declarar que quando volta da aula – leciona somente três dias por semana – sobe logo para seus aposentos, de lá só saindo para comprar jornais, indo à banca invariavelmente de carro, pois a pé não poderia trazer o monte de jornais e revistas que sempre traz. Outros disseram que quando em casa está sempre lendo. Batem no seu apartamento de solteiro – Ambrósio é solteiro – e ouvem dizer que entrem. Abrem a porta, sempre destrancada, e lá está ele lendo, na mesa, um monte de livros, que se espalham também pelo assoalho, misturados numa reviria de jornais, de onde emerge um toca-discos, sempre rodando música popular brasileira. (Seu cantor preferido parece ser Chico Buarque.)

Os mesmos vizinhos relataram ter ele o costume de datilografar até às vinte e duas e trinta, regulamentares, sendo que depois sua luz permanece acesa, pelo que deduzem ficar ele lendo outra vez. 'Ele é assim', me disse uma senhora do prédio, que pediu para não ser identificada, 'quando não está lendo ou ouvindo música, está escrevendo. Quando escreve, porém, desliga o som, só se ouve o barulho surdo da máquina elétrica. Não vê televisão, só lê.' 'É mesmo', confirmou outra mulher do condomínio que, como sua amiga, solicitou anonimato, 'outro dia precisamos levar o nenê no hospital, achamos que era meningite, sabe? E daí o carro dele estava trancando o nosso. O meu marido bateu no apartamento dele e ele, num instante, veio, penteado, vestidíssimo, atender a gente. Pedimos desculpas por acordá-lo. 'Que que é isso?', ele disse. 'Eu nem estava dormindo.' Em cima da mesa tinha um livro aberto.'

Soube também que possui hábitos nutricionais contraditórios. Não gosta de carne, preferindo alimentar-se quase exclusivamente de verduras, segundo o hoteleiro da pensão onde faz as refeições. Não ingere espécie alguma de álcool, a não ser uísque estrangeiro, para cuja escolha tem critério escocês, o que para ele é bom, pois nessa terra só vendem uísque falsificado no Paraguai, que é fronteira e fica aqui pertinho.

Quanto a seus hábitos sexuais, não me cabe investigá-los, mas, pelo que é do meu conhecimento, nada há que o reprove. Tem sempre comprado revistas *Playboy*, *Playmen* e afins, e penso que seja o único nesta cidade que lê tais publicações (fala bem o inglês, pude comprovar falando com ele), pois o resto compra para ver aquelas figuras imundas que a sanha dos pornógrafos não cessa de produzir, sem que haja o mínimo coibimento.

Alunos do segundo ciclo me disseram que, entre eles, Ambrósio às vezes brinca, maliciando as palavras, aproveitando-se das ambiguidades linguísticas, sejam elas lexicais ou estruturais, sempre discreto, porém, sem que a licenciosidade deixe de ser implícita apenas – e invariavelmente aparenta bom humor. O coordenador pedagógico disse-me que é impressionante a sua capacidade de rir das próprias dificuldades, 'um riso catártico, irmã, quase político'.

Quanto ao vestuário, está sempre de calças Lee ou de brim, com uma camisa que se esforça por cobrir-lhe a barriga, mas não consegue. É alto e está sempre de sandálias ou chinelos, a não ser no inverno, quando usa botas pretas. Sua magreza congênita é realçada pelo apertado das roupas, contingência que leva o inconveniente de pôr em relevo certos escândalos seus, mas isso não me compete observar, assim como a maioria do que aqui vai escrito, que é fruto de investigações de terceiros. Usa desodorante estrangeiro, mas prefere tomar banho no rio, porque em seu apartamento não há chuveiro, vez que nem apartamento é, é uma sala, com uma mesa e um abajur, nem cama tem, pois Ambrósio dorme sobre uma esteira.

Sua conta bancária nesses anos todos em que reside aqui jamais ultrapassou o saldo médio de um centavo, importância que tem cuidado de não retirar para não causar óbices às operações de crédito de seus vencimentos, conforme explicou à moça do banco, cujo nome não é posto aqui para não comprometê-la.

Com a desculpa de um atestado de saúde, que é exigido no início de cada período letivo, conseguimos recolher também uma amostra de suas fezes que, levadas a exame por um médico de nossa inteira confiança, não revelou nada mais do que alguns vermes não de todo nocivos. O mesmo aconteceu com o exame de sangue, conseguido em idênticas circunstâncias, mas felizmente nossa preocupação foi vã: não porta doença nenhuma, o que me leva a deduzir que sua magreza é mais resultado de um certo estado de espírito.

O barbeiro, que não visita senão raras vezes, contou-nos que ele costuma comprar xampu para cabelos oleosos, mas teve o cuidado de solicitar, como os outros, o não envolvimento de seu nome.

O dono de uma lojinha indicou-nos que ele faz suas compras lá, e que nunca comprou cuecas ou ceroulas. É bem provável que resida aí nesse seu costume de não usá-las a possível discrepância de sua dianteira. Em tempo: o dono da referida loja, quando soube que se tratava de uma investigação, pediu pelo amor de Deus que não citasse o seu nome, que ele tinha filhos para sustentar. Ponderou que a investigação era por demais minuciosa, mas, quando lhe expliquei que a Gestapo procedia a averiguações muito íntimas, tornou-se branco como o crepone que estava sobre o balcão. Confessou-me que não sabia que eu era alemã, refugiada da Segunda Guerra. Quando eu lhe disse que, por imposição de Hitler, havia trabalhado no Departamento de Investigações Íntimas, da Gestapo, só faltou desmaiar e penso que não o fez somente porque teve o providencial apoio de um rolo de algodão. (Ele também fugiu da Alemanha na Segunda Guerra.)

O porteiro do cinema observou-nos – desta vez estávamos eu e o advogado juntos – que Ambrósio só assiste a filmes que ninguém daqui gosta. 'Quando o pessoal sai do cinema de cara amarrada, dá pra prever a cara do professor, que sempre sai por último. Não esconde sua satisfação e aqui na portaria elogia o filme para o seu Moisés, dono do cinema.'

Era isso o que tinha a relatar-lhe, senhora delegada de Ensino, em face do impasse em que me vi envolvida, por haver o referido professor me solicitado o atestado de que lhe falei no início. Com a mesma dúvida do começo, passo-lhe a responsabilidade de negar ou não o documento a esse moço, que eu tenho na maior estima, sem que isso venha significar aprovação de seu *modus vivendi*.

Certa de sua compreensão, aqui fico sempre ao seu inteiro dispor.

Reverenda irmã Gabriela Blitz do Coração Imaculado."

A diretora leu o relatório datilografado pelo secretário e, achando-o conforme, pôs o símbolo combinado ao pé da última página, instruindo em seguida o secretário sobre como proceder para fazer a entrega do documento.

Depois disso encaminhou-se à sala dos professores e, encontrando Ambrósio lendo num intervalo de aula, convidou-o a fazer o que faziam sempre: conversar sobre as atrocidades cometidas na Segunda Guerra e lamentar o nível de degradação humana a que chegaram os seus compatriotas alemães. Ambrósio, como das outras vezes, ouviu tudo caladão, apenas se pronunciando no fim da conversa: "A História não conta tudo, não é, madre? Eu nunca li em lugar nenhum isso que a senhora está me contando".

Irmã Gabriela reitera sua amizade a Ambrósio, mas ele, talvez por excesso de precaução, não responde com iguais galanteios, preferindo sorrir enigmaticamente, sem mostrar os dentes, julgando-se indigno da amizade de uma religiosa. Nenhuma sombra de dúvida ou desconfiança aparece perpassar seu ser e ele retoma a sua leitura.

Senhora diretora

Sanga da Amizade, 18 de maio de 1975

Ofício nº 1.001/1975

Senhora diretora,

Vimos, pelo presente, comunicar a V. Sa. que, em cumprimento às determinações emanadas desta digna direção, o Grêmio Estudantil Adolf Hitler, em convênio com o Centro Cívico Benito Mussolini, ambos deste educandário, representando, respectivamente, os alunos do 2º e do 1º graus, tomou as providências reclamadas por V. Sa. em ofício codificado sob o nº 1.000/75. Assim é que:

1º Tal como foi antes solicitado por V. Sa., esta agremiação encarregou secretamente dois alunos por sala para vigiarem os seus professores, anotando seus deslizes no falar, no comportar e no ensinar, bem como em outros aspectos de suas vidas particulares (investigação nas suas contas correntes nos bancos, nas cartas recebidas, na seleção de leituras etc.). Mensalmente, os referidos alunos apresentarão seus relatórios por escrito. Havíamos, de início, pensado em nomear um só aluno que investigasse os professores, mas depois de umas discussões morais e cívicas, chegamos à conclusão de que se fazia necessário investigar estoutro também. Optamos então por dois agentes que são adrede denominados: Goebbels e Goering. Goering vigia os professores e Goebbels vigia Goering. Perguntará V. Sa.: e quem vigia Goebbels? Ora, ele, Goebbels, é um craque, vigia-se sozinho, mas, por precaução, já providenciamos a corrente pra frente... Vivemos as benesses do entreguismo, irmã, e não podemos facilitar. Confiamos ardentemente que estejamos sendo também vigiados por alguém de seu mando e ficaríamos bastante chocados se V. Sa. assim não procedesse, pois essa sua perigosa omissão representaria quebra de um elo da corrente pra frente.

E V. Sa. é bastante lúcida para compreender que, em qualquer elo que rebente a corrente, o fracasso será inevitável.

2º A lista dos estudantes que de uma ou outra forma contestaram ou perturbaram a ordem estabelecida segue anexada. São em número cada vez mais reduzido esses indivíduos, pois a maioria está muito assustada com "o que vem acontecendo" e que V. Sa. sabe muito bem o que é. (Estudante é uma classe muito medrosa, irmã.)

3º Lembre-se V. Sa. de que se uma instituição, qualquer que seja ela, perder para o indivíduo, qualquer que seja ele (mesmo que seja um estudante), no jogo da relação instituição-pessoa, tudo estará perdido, pelo que concitamos V. Sa. a desdobrar os cuidados de diligência.

Aproveitamos o ensejo para renovar nossos votos de que o Quarto Reich cresça e apareça.

Civicamente,

Pela Direção do Grêmio Estudantil Adolf Hitler,
Rudolph Silva
Pela Direção do Centro Cívico Benito Mussolini,
Giovanni Pipas

Para
Reverendíssima irmã Gabriela Blitz do Coração Imaculado
Colégio Plínio Salgado
SANGA DA AMIZADE-PR

Corpo docente

Se alguém algum dia pedisse ao secretário do Colégio Nossa Senhora da Luz, o Idanir, que dissesse o que achava dos professores, ia estremecer de gozo e susto com as meticulosas descrições, assentadas num caderno que levava na capa o despretensiosíssimo título de "Pequenas anotações".

Exercia a ingrata função desde a fundação do então ginásio, há mais de cinco anos. Os professores eram basicamente os mesmos, fato que facilitou suas observações, obtidas através de um convívio diário, só interrompido pelas férias.

Homem de correlacionar as coisas, não lhe foi difícil juntar à sua investigação as diversas histórias que ouvia de um e de outro, da boca dos próprios professores ou de terceiros.

E assim, ao contrário de sua vida, sobre a qual ninguém sabia quase nada, ele, a julgar pelo recheado caderno, conhecia a cada um dos mestres e a muitos dos alunos.

Resumi suas observações, procurando de início dar um tratamento literário ao texto, mas em seguida desisti. Idanir era senhor de uma redação clara, concisa, irônica e, de certo modo, didática. Eis o que lá encontrei.

1. *Antonio Pizaloni:* Diretor do Colégio. Ronda os quarenta. Junta ao ingrato cargo a função de professor de Estudos Sociais, matéria que parece entender razoavelmente, pelo menos o suficiente para lecionar para esses botocudos desses alunos. É um gringo esguio como a fala que fala. Tem as pernas bem maiores que o tronco, o que dá a impressão de que seu pacato corpo se move sobre um cavalete. De uns tempos para cá nunca mais fez a barba, atrevendo-se a apenas apará-la nas pontas vez por outra. Seus olhos castanho-claros são traiçoeiramente convidativos, vez que quando encara a gente não desgruda enquanto a gente não se fixa na cara dele. Feito isso, retira-os, como se deles precisasse para preparar nova emboscada. A testa é estreita, prenúncio de um despreparo genético para o exercício do pensamento abstrato. Com efeito, só sabe e pode falar sobre coisas concretas: a lavoura, a política, a Bolsa de Chicago, futebol, prostituição etc. Quando está num grupo e a conversa envereda para discussões sobre coisas abstratas – literatura, arte, cinema, música etc. –, não pode evitar a demonstração de enfado que assombra seu rosto, embora nenhum desagrado se note em sua face serena quem não o conheça. É excelente pessoa e, quando ajuda os outros – e o faz sempre que dele precisam –, consegue sempre criar uma situação de pagamento prévio, em que o ajudado, sem que ele force, se vê instado a retribuir o favor. Mas tudo se arruma tão bem que não lhe custa nada a retribuição. Tudo é fruto de arranjos do bruto. É casado e tem um Maverick de não sei quantas cilindradas, de cuja potência vive se gabando, contando uma porção de acrobacias, umas possíveis, outras nem pro Fittipaldi, que, aliás, não é grande coisa, o que mais tem é sorte. Cuida das propriedades do pai, e por isso não para, porque os negócios são muitos. Jamais leu um livro em toda a sua vida, creio eu. Conheço-o desde pequeno, nos estudos sempre foi um vagabundo de primeira, mas no trabalho... não sei de onde tira tanta resistência.

2. *Ademir Pereira:* Magricelo professor de Português e Inglês. Vive dizendo que desse jeito o ensino não vai pra frente porque o magistério é um bico, o que não o impede de fazer o mesmo, com o agravante de juntar a isso o recalque de não ter outra profissão, pois se diz escritor, mas não tem nada publicado, pode isso? Pra mim, escritor é quem escreve um livro. Isto é, escreve e todo mundo pode ler, a gente compra aí nas bancas. Ainda é meio petulante. Esses dias eu pedia que corrigisse a pronúncia dos alunos que deturpam a nossa fonética, botando sílaba forte onde não existe, debochando das letras, acrescentando umas, outras eliminando, por exemplo, os alunos chamam o diretor de Prezaloni. Ele redarguiu que quem faz a língua é o povo e não "esses cocorocas desses gramáticos, que não podendo mais masturbar-se começam a fazer gramáticas". E me veio com um papo de ciência moderna, linguística, por aí, o safado; ainda me tirou um sarro. Nunca xinga os alunos, é um demagogo e tanto, devia ser político. Tem uma lábia que só vendo... As palavras não saem de sua boca, saem lá do fundo dele, escorregandinho. Esses dias o diretor precisou agradecer de improviso um almoço, passou a palavra pra ele, alegando "maior fluência verbal". Além de fluente é também muito afluente: vive rodeado de alunos. Não fala com ninguém sem pegar em algum lugar do corpo do interlocutor. Até na mulher do diretor ele põe a mão pra falar. Na primeira vez ela não gostou, mas o bicho é danado de simpático e charmoso... e velhaco. Tem uma biblioteca só de livros "não devolvidos", segundo ele. O mais certo é dizer "roubados". Nas aulas, em vez de seguir o programa, vive dando leitura, análise com interpretação e redação, e metendo o pau na gramática e nos "fazedores de livros didáticos", para usar uma expressão sua.

3. *Cecília Muriato:* Dá Ciências. De bom, só as pernas. Boa ela é. Vive trazendo porcaria pra aula: besouro, sapo, moranguinho, pulga, couro disso, couro daquilo. "Pra analisar", diz com aqueles beiços finos. Quando não está falando de moda, está bobeando que leu esse ou aquele livro, só pra satisfazer a libido literária do besta do Ademir. No fundo, os dois

estão de caso. Ele nunca olha pras pernas dela quando conversa, o que me leva a supor que aquele par de canelas lhe é muito familiar.

4. *Marco Antônio Krist:* O matemático. Não sabe nem fazer uma raiz quadrada. Vem sempre com um monte de livros debaixo do braço pra enganar a gente. Dizer uma coisa pra ele e bem baixinho ao pé da orelha de um burro dá no mesmo.

5. *Maria de Lourdes da Silva:* Essa tá perdendo o tempo dela. Com um corpo desses, em vez de dar História, devia fazer história. Vive de frescuragem e frufru com o de Português. Ele pode estar falando com quem quer que seja, até mesmo com a Cecília, entra ela, pronto; o mondrongão já vem pro lado dela, perguntando banalidades e jogando verde pra colher maduro.

6. *Marly Bueno:* Essa só o que sabe é fazer patinho nadando com o rabo n'água. Dizem que... não ponho minhas mãos no fogo. Vive dizendo que vai se casar virgem, o que lhe valeu certa vez uma repreensão do Ademir: "Relaxada. Casar virgem hoje em dia é uma pouca-vergonha". Ficou empapuçada um dia com ele, mas depois voltou ao normal, o que pra ela é muito perigoso, pois seu normal é venenoso.

7. *Matias Cardoso:* Professor de Educação Física, o intrometido. Não tem físico nem pra jogar baralho. É casado com uma megera que o teleguia.

INTERROGAÇÕES

1. O diretor mantém em casa umas quantas armas de fogo. Mostrou-se um dia uma Winchester, uma Mauser, uma espingarda de repetição e uma outra pistola .45. No carro carrega um revólver e tanto. Pra que será que ele quer arma de fogo? Será que está pensando em matar algum professor? Acho que não. Ele só gosta. E estuda. E analisa. E fala sobre armas, mas não é de nada.

2. Ademir, cada vez que vem pro colégio, traz um monte de livros, quase todos de capa dura. Numa briga ele se defenderia bonito com qualquer deles. Bastaria dar na cabeça, sobre a moleira, e pimba! Quando conversa com a professora de Ciências, fica só alisando as capas dos livros, insinuando sacanagem, o descarado. E ela a se abrir toda na frente dele. Por quê? Quais são seus interesses?

3. Cecília muito se pinta, anda sempre com os beiços encarnados de tanto batom. A questão, que pro Hamlet era ser ou não ser, pra ela é casar ou não casar. A dúvida provém do seguinte: homem ela já arrumou na ilustre pessoa de seu colega de magistério. Mas e o sustento? E o viver sem trabalhar?

4. O filho da mãe do Marco Antônio vive brincando com as palavras, apesar de ser professor de uma ciência exata e não lhe assistir esse direito. Aproveita-se das ambiguidades da nossa língua pra confundir as mensagens e falas. É um sujeito sem responsabilidade. É casado faz quatro anos e filhos – nada! Afirma que, se a mulher engravidar, ele se manda e só volta pra enforcar o infeliz fruto do ventre num barbante, sonho que acalenta desde a infância. Nega a supremacia do homem no cosmo, contesta sua utilidade, lamentando que a raça humana não tenha se extinguido antes de se deteriorar. Agora: em que momento preciso a raça humana se deteriorou? Quando apareceu a religião? Na Idade Média? Por ocasião da Revolução Industrial? Na era tecnológica? Na idade eletrônica, termonuclear? Em 1917? Em 1914? Depois da Segunda Guerra? Quando surgiu a classe política? No aparecimento do capitalismo? Do mercantilismo? Quando os primeiros homens esfregaram uma pedra na outra? Pode ter acontecido de o homem ter gerado os germes da sua inviabilidade quando começou a pensar (usar as mãos), vindo a estragar-se completamente aí pela Revolução Francesa, começos da Idade Moderna, quem sabe? Que outros marcos temos senão os históricos? Mas, fazendo tais perguntas, eu concordo com ele e eu não concordo com ele.

5. Maria de Lourdes: Seu corpo prova que se a raça humana se deteriorou em todos os aspectos – social, moral, político, econômico –, pelos menos fisicamente não, a julgar pela máquina de costas de fora e exíguas minissaias, blusas transparentes etc. que vemos no colégio todos os dias, graças às generosas formas de nossa prezada professora. Coitados dos alunos com um corpo daquele pela frente! Estudar que é bom, neca! As notas mais baixas são as de História. Não há senso de perspectiva histórica, por mais bem fundamentado que seja, que resista a uma epifania dessas! Olha aí como a História não é tudo! Deixa-se vencer até por um corpo de mulher! Essa dialética não estava prevista nos caderninhos do alemão barbudo. N.B. Talvez, nos daquele canalha do Freud, que via desejos sexuais até numa criança de dois anos. Os outros tarados foram parar na cadeia ou morreram linchados. O cretino está aí pra conspurcar inocentes enciclopédias. Como é a humanidade, hein? A humanidade é como um juiz (de futebol, claro). Só que muito mais arbitrária, interessada somente em seus interesses? Quais são os interesses da humanidade? Bom, mas pra fazer essa pergunta é necessário que a resposta a essa outra não seja negativa: a humanidade está interessada em alguma coisa?

6. Marly: É perigoso, não só, é venenoso, ser normal. A coisa pior que deve existir para uma pessoa é ela ser normal. Acaba com as pessoas. Os normais são as lascas feridas dessa grande chaga da natureza que é o homem. (Que frase, hein! Com mais algumas dessas eu faria um livro de pensamentos, embora esse aí não tenha sido um pensamento. Mas não faz mal: os livros de pensamentos não são de pensamentos.) Minha incógnita com relação a essa professora é: mereceu o diploma que tem? Tá certo que sua licenciatura é só em 1º grau. Mas sou de opinião que em seu diploma devia constar um adendo: "Licenciada em meio grau, no que a outorgada culpa nenhuma tem, dado que a sua mediocridade não é maior do que a mediocridade de suas colegas e é o reflexo de um estado de espírito da maioria dos alunos dessa instituição". Que proveito pode

tirar um aluno abrindo um sapo? Estragando um moranguinho? Tá certo, vê como funciona, como é que é etc. E daí? Alguém está interessado em fazer funcionar sapos ou fabricar moranguinhos? E se houvesse esse interesse, de que é que os alunos seriam culpados? Pra que serve a escola? Aquele outro sacripanta – vai ver – tem razão?

7. Matias: Que se pode esperar de um teleguiado? Só se pode aguardar alguma coisa dos teleguiados, é ou não é?

POSSÍVEIS RESPOSTAS

1. Não está pensando, concretamente pelo menos, em matar ninguém. A relação entre o cargo que ocupa e o poder é evidente. As armas, pelo menos, lhe garantem o poder. Pode ser que seja impotente, ao menos mentalmente (um homem é um poço profundo e escuro – tá aí outro pensamento!), e as pistolas sejam símbolos de masculinidade, na falta de... (acho que não é isso).

2. Os dois se gostam e querem se explorar, mas têm medo. É um ato gratuito. Uns alisam cabelos ou carecas etc. Tudo porque têm mãos. Ele alisa livros. Ela, bem... ela é fêmea.

3. Não quer casar, tem pesadelos com o casamento, mas não tem outra alternativa. Quer dizer, outras existem, mas ela acha que tais não são alternativas, são imposições. Não vejo diferença entre alternativa e imposição, nesse caso.

4. Concurso aberto. Não é preciso ser qualificado, basta responder.

5. A humanidade não pode se interessar por coisa alguma. Ela é "no que 'outros' estão interessados". Quem ou o que são esses "outros"? Entenderia aqui "forças sistêmicas".

6. Essas perguntas tipo "e daí?" são irrespondíveis. Os linguistas precisam publicar. Seriam classificadas em "perguntas desarmantes" ("pra

que" é outro exemplo) no mesmo nível das interjeições. Os alunos são culpados de umas coisas e inocentes de outras. O pecado maior de qualquer estudante é a omissão. (Não, não estou certo disso.) O pecado maior dele é... Acho que eles não têm pecado. Estão em estado de graça; embarcaram no navio sem querer, sem nem mesmo saber dos ratos. A escola serve entre outras coisas para: conservar a pessoa humana; polir a pessoa humana; lixar a pessoa humana (nenhuma ambiguidade); preservar a pessoa humana. N.B. Depois de escrever isso, fui ao dicionário e constatei lacrimoso que todos esses verbos querem dizer a mesma coisa. Melhor: o fim da escola é unitário, globalizante e integrante. (Os três também devem ter o mesmo significado.) (No ano que vem eu vou lecionar Moral.)

7. a) que expluda; b) que, perdido o controle, perca o rumo; c) segurança? d) tudo; e) nada. (Em alguma dessas alternativas – ou imposições – deve ir uma marca.)

INFORMAÇÕES COLHIDAS SEM QUE OS INFORMANTES SOUBESSEM QUE ERAM INFORMANTES

Sobre o nº 1. Quando vê mulher despida em revistas, na televisão etc., exclama: "Mas que putana!".

Sobre o nº 2. Tem um caderninho em que anota as mulheres com quem... (Sua mãe não está incluída.) Não põe nomes. Vai fazendo assim: | | | |, como se estivesse contando os dias numa prisão.

Sobre o nº 3. Antes de ser professora, trabalhou num banco do Rio Grande do Sul, onde teve um caso com um gerente e um aborto com um charlatão.

Sobre o nº 4. O deboche e o pessimismo são seus deuses, e Sartre e Marcuse, seus profetas. Tem hemorroidas. Era padre. Saiu da congregação, moeu todo o dinheiro no exterior, vivendo com uma mocinha do interior (de São Paulo, onde trabalhava). Voltou e começou a lecionar aqui no Paraná, como se nada tivesse acontecido.

Sobre o nº 5. Era freira. Saiu, casou-se e se desquitou.

Sobre o nº 6. Filha de colonos. É muito inteligente. Na faculdade em que estudou, até hoje falam dela com saudade. As más-línguas dizem que essa nostalgia universitária deve-se a outros fatores.

Sobre o nº 7. Só entende de futebol. Só fala sobre o que entende. Consta que seja corno. Muitos dizem que sua mulher o trai porque não aguenta o seu papo monótono, chato! Não por disposição de prevaricar, visto que é uma moralista daquelas!

Estas foram as anotações que consegui solapar do bom Idanir. Tudo começou no dia em que ele me confidenciou ter feito tais anotações "por um demais" – conforme ele mesmo se expressou. Notando minha curiosidade, opôs-se a que eu visse o que estava escrito em seu misterioso caderno. Se consegui desvendar tudo o que acabo de vos apresentar, foi graças a um descuido dele, que certa noite deixou a secretaria aberta. Fosse eu o Idanir, jamais esconderia algum segredo em local desvelado e público como o é a secretaria de qualquer instituição. Mas ele jamais levava para casa o seu caderno, pois que as anotações eram feitas em intervalos de trabalho, que não eram muitos, dado que o ginásio era pequeno, dispunha de poucos alunos. A não ser que Idanir confiasse mais na secretaria do que em sua família. Ou, quem sabe, tenha deixado a porta aberta para ensejar o roubo, quem vai saber? Não sei por onde anda Idanir hoje em dia; se está secretariando algum ginásio, se ainda costuma fazer estudos sobre o corpo docente do estabelecimento onde trabalha, nem mesmo sei se está vivo, já faz tanto tempo! Mas, meu bom e arguto Idanir, se você em alguma parte estiver e lhe caírem em mãos estes escritos, não se revolte contra esse seu infeliz amigo. Não roubei essas coisas pra mim, roubei-as para torná-las públicas. Enfim, não há por que pedir desculpas: Quem escreve, certamente nada quer esconder. Acho que concordareis comigo que, se Idanir quisesse mesmo fazer segredo de tais observações, jamais as teria escrito. E quanto aos componentes do corpo docente, que dizer? Muitos morreram – efêmero é o homem, o que perdura é a escritura. Outros estão muito velhos para se ocuparem de leituras como essa, que julgam inconveniente.

Deus protege os que enriquecem

— O que vos "aflege", Aquiles?

— Eu não me chamo Aquiles.

— É que eu sempre me engano por causa do sobrenome.

— Ahn... O quê?

— Os dois são Florenzi.

— Que dois?

— Você e o Aquiles, ué!

— Que Aquiles?

— Ora, deixe de brincadeira! Viu a fila? E ainda tenho que ir na granja, no consórcio, no Banco do Brasil, ih, meu Deus! Natália, telefona pro João que eu passo lá de tarde pra transferir o carro. Aquiles, tome dois a cada duas horas e, se não melhorar, dentro de dez dias volte aqui.

— Volte aqui fazer o quê?

— Não precisa debochar da ciência! Volte aqui pra eu te examinar!

— Me examinar?

— Por que não? Pensa que nós, médicos, somos como... como os literatos, que tudo inventam? Nós fazemos experimentação. Examinamos. Diagnosticamos.

— E às vezes adivinham.

— E às vezes adivinhamos. Afinal, apesar de todo o esforço despendido, a ciência ainda não é perfeita.

— Mas, muitas vezes adivinham errado...

— Isso é difícil, rapaz. A experiência é uma espécie de diagnóstico implícito. Até mesmo um médico novo dificilmente erra uma "tirada" dessas.

— Em compensação dá cada "botada".

— (Ignorando a observação) Se ele diz que você tem câncer, pode ser que já, já você não tenha, mas no futuro... Antes de se formar, o médico estagia etc. etc.

— O senhor estagiou, doutor?

— Claro.

— Quantos anos faz que o senhor é médico, doutor?

— Seis.

— Então, o que é que eu tenho? Porque ler essa hermenêutica sua aqui da receita está mais difícil do que traduzir simultaneamente a entrega do Oscar na televisão.

— Simples, senhor André, Bactrim: dois comprimidos a cada doze horas.

— Antes o senhor disse "a cada duas horas".

— Falei errado. Mas na receita não erro. A palavra escrita é outra coisa.

— Mas Bactrim é antibiótico, doutor.

— E daí?

— Antibiótico é contra a vida, doutor.

— Contra a vida das bactérias!

— Mas que rins vão aguentar quarenta e oito comprimidos desses por dia?

— Quarenta e oito? Ah, sim, pois é. É pra curar de uma vez. Bem, Aquiles, Aquiles não, André, prazer em revê-lo.

— Eu não me chamo André. Não tenho bactérias. Não vim consultar e não vou tomar essas porcarias. Doutor, o senhor é o Doutor Ugly Itetê?

— Sou. Por quê?

— Porque eu pensei que o doutor fosse o Vampiro de Curitiba e estranhei: o vampiro não vai ao banco porque, em se tratando de sangue, não são feitas transações a crédito, só à vista, porque arriscar, o doutor só arrisca mesmo é no diagnóstico. Mas já que o doutor é o doutor Ugly Itetê, compareça ao Banco do Estado que está faltando um endosso seu no crédito para o Açougue São Roque.

— Você é brincalhão mesmo. Mas o crédito é para o hospital mesmo ou é para a Casa de Carne? Porque eu estou esperando aviso de duas ordens de crédito.

— O doutor confunde os dois, doutor?

— Não, não é isso. Você é mesmo brincalhão, hein! É que os dois têm o mesmo nome: Açougue São Roque e Hospital São Roque. Sabe como é, a gente precisa fazer um patrimoniozinho.

— Santo protetor taí, doutor. O doutor vai longe. São Roque é um santo elitista que nossa! Além do mais, Deus protege os que enriquecem. Até logo, doutor. Que São Roque proteja o Hospital São Roque e o Açougue São Roque e que lhe dê lucidez suficiente para, pelo menos, distinguir bem um do outro.

Seis tiras

TIRA UM. NA FAMÍLIA

— Mãe, é verdade que Deus é um espírito perfeitíssimo, criador do Céu e da Terra?

— Pra que eu tou pagando a catequista? Claro que é!

— Ahn, ahn... Não mesmo. Espírito, sim: nunca dá mesmo as caras. Criador, sim: tá tudo aí. Mas perfeitíssimo...

— O que é isso, meu filho?

— Gramática. A professora disse que terminando em íssimo é porque é impossível ser melhor.

— E daí?

— A senhora não lê os jornais, mãe?

— Por quê? Pegaram o filho da Ditinha de novo?

— Taí. Tudo, sim. Perfeitíssimo, não. E tem mais o seguinte: surraram o marido da Alice, despacharam a Ziloca do emprego sem motivo, negaram sobra de comida ao Jairzinho Silva, tão queimando o lixo, ah!, tou cansado de falar.

TIRA DOIS. NA IGREJA

— Oremos!

— Mas, afinal, o padre disse: oremos ou cobremos?

— Não sei. Não presto atenção aos padres. Em todo caso, nem ele terminou de falar, o sacristão já pontificou com as bandejas da coleta, uma em cada braço, pra render mais.

— Pra onde é que é pra ir esse dinheiro?

— Pros Lázaros, PQP!

— E pro Rio, São Paulo, Recife, Porto Alegre, Curitiba etc. não vai nada?

— Mas eles não são lázaros, são?

— Sei lá, acho que são lazarentos. Mas reparou como a hóstia hoje está fininha?

— Pois é. Pra certas pessoas não adianta mais vir à missa, né?

TIRA TRÊS. NA ESCOLA

— Aviso: De hoje em diante está extinto o Grêmio Estudantil Jackson de Figueiredo. O presidente, ou melhor, ex-presidente, daqui por diante vai ficar responsável pela cantina. O vice vai ajudar na revista higiênica, integrando assim o Pelotão de Saúde. O tesoureiro fica encarregado de observar quem vem com minissaia.

— E o secretário, diretora?

— Não há nada a relatar.

— As novas funções são compatíveis com a capacidade dos líderes?

— Eles se adaptam.

— Desculpe, mas eu queria perguntar: essas novas funções são a melhor maneira de eles desenvolverem sua capacidade?

— Você é muito pequeno para ser tão atrevido. "Seu" Garnizé! Cuidado que eu lhe corto a asa!

— Violenta passagem da linguagem adloquial para uma linguagem coloquial degenerada, hein! Por que o grêmio foi extinto?

— Porque eu tenho poderes para isso.

— Se a gente fizesse tudo aquilo que tem poder de fazer...

— Você é aluno, já lhe disse, fique quieto.

— Sou aluno, mas tenho direito de dar minha opinião.

— Nenhum poder teria se ele não lhe fosse outorgado por mim. Mas qual é a sua opinião?

— A minha opinião é que, em vez de extinguir-se o grêmio, devia-se extinguir a direção do colégio, que extingue grêmios. Questão de prioridade!

— Você é muito novinho para ser tão metido.

— A senhora é que pensa. E, além do mais, está muito enganada. Está embarcando no Boeing 477[1] sem passagem.

TIRA QUATRO. AULA DE PORTUGUÊS

— Conjugue o verbo conjugar na primeira pessoa, no negativo, do presente do indicativo.

— Não conjugo!

— Não conjuga por quê?

---

1. Uma alusão ao Decreto nº 477 de 1969, que punia estudantes e professores do ensino médio.

— Já conjuguei.

— Engraçadinho.

— Engraçadinho é o sobrinho do irmão de seu pai.

— Você pensa que isso daqui é uma bodega?

— Se fosse bodega, teria cachaça. Nem isso tem, e a vida aqui dentro é triste.

— Álcool, drogas, permissividade – vocês jovens vão mal.

— Prepotência, injustiça, repressão – vocês velhos não vão bem. Estamos todos no mesmo barco. A única diferença é que vocês, mestres, preferem o porão.

— Pra rua!

— Prazer!

— Se você disser mais uma palavra, está suspenso por uma semana.

— Se o senhor me expulsar para todo o sempre, chego ao orgasmo. Faça um jovem feliz: expulse-o da escola!

— Você não tem pai?

— Mas mãe é de certeza!

— Que desrespeito para com os progenitores!

— Não solicitei o progenitoramento. Sou um ser que veio para cá contra a vontade. Mas só descobri isso depois de ter vindo já. Deus dá o caniço quando a gente não sabe mais pescar. Além do mais, não morro de amores por suas aulas e por todas as outras.

— Ninguém solicitou a sua opinião.

— Se devo esperar que solicitem a minha opinião, nunca opinarei em toda a minha vida!

TIRA CINCO. NO DENTISTA

— Pode me atender agora? Não aguento mais de dor de dente.

— Sinto muito.

— Sente muito o quê? Quem está sentindo sou eu.

— Sinto muito não poder atendê-la de imediato. Primeiro, o cadastro. A senhora sabe como é, cidade grande, ninguém conhece ninguém, precisa de organização, escrita etc. A mocinha aí faz tudo num instante.

Mocinha:

— Nome? Casada? Com quem? Endereço? Tem conta conjunta? Número da conta no banco? Depósito livre ou a prazo fixo? Ações? Imóveis? Tem automóvel? Que marca, ano de fabricação, valor real? Assalariada? Quanto recebe por mês? Declaração do Imposto de Renda, número? Número do CPF? C.I.? T.E.? C.C.? C.N.?

— Escuta, eu venho ao dentista morta de dor de dente e antes que seja atendida preciso fazer cadastro? O que é isso? Pra que tanto documento, tanta especulação? Esperava que me perguntassem sobre alergias a determinados remédios etc.

— Sinto muito.

— Sente muito o quê? Que história é essa que todos aqui "sentem muito"? Quem está sentindo muito, mas muito mesmo, sou eu.

— É que dessas informações depende o êxito do serviço a ser executado.

— Tem certeza de que é o serviço que vai ser executado?

TIRA SEIS. NO BAR

— Um maço de cigarros Continental, preferência nacional.

— Com filtro ou sem filtro?

— Faz mal. Um uísque escocês que seja mesmo fabricado na Escócia, que, por sinal, empatou com o Brasil, você viu o soco que o Bremer deu no Rivelino?

— Duplo.

— Faz mal. Um cafezinho. Como é, não sabe se o Santos vendeu o Pelé?

— Com leite? Preto?

— Hoje em dia não se pode mais nem conversar.

Estudo sobre a carne humana

Eu estava no Pinheirinho, de saco cheio, na fossa e em abandono. Olhava em redor e achava tudo uma porcaria, as pessoas medíocres correndo como porras-loucas, atravessando a rua Sete nos dois sentidos, e os carros apostando seco nos cadáveres. Olhei pra mim mesma, pra ver a minha postura ali perto daquele bolinho de árvores em redor de uma construção em estilo japonês, mas daí não era mais o Pinheirinho, eu já vinha voltando, certamente, e me senti ainda mais enigmática.

— Eu sou semprre muito clarro para os outrros, as confusões estão em convulsão dentrro de mim somenti, mas isso não interressa porrque tudo são dúvidas e, sobre dúvidas, parra que converrsar? — ele me disse. — Não é mesmo?

Foi então que eu notei que ele também olhava o burburinho daquele formigueiro e estava falando comigo. É muito difícil na cidade grande saber quando é que alguém quer se comunicar com a gente, pois é preciso se cuidar de muitas coisas.

Eu me virei, afinal um diplomata não se encontra à toa, toda hora, na rua, assim sem mais nem menos. Mas eu não estava pra nada nem o diplomata mexeu comigo, porque o meu ardor cívico há tempo que eu tinha perdido, o único ardor que eu tinha era um ardor físico-psíquico e tal, e não estava a fim de diplomata.

— Na Áfrrica morrem tantas crrianças de fomi porr dia, na Amérrica Latina tem somenti tantos leitos parra tantos doentis, você sabi que a situação do Terceiro Mundo está cada dia piorr, é!

— Que estivesse. Eu não estava interessada em fome, apesar de senti-la, pois eram duas horas da tarde e eu não tinha posto nada na boca. E sempre fui avessa a cifrar, contar, fazer estatísticas disso e daquilo, pra quê? Eu me perguntava epistemologicamente, mas como são poucas as pessoas que fazem perguntas epistemológicas, porque não sabem o que é uma pergunta epistemológica, eu me senti realizada com a questão. Shakespeare propusera que a questão era "ser ou não ser", eu estava além do famoso dramaturgo, eu punha em outras bases: pra quê? Ademais, pra que falar em Shakespeare se ele nem sabia o que a gente ia pensar de tudo aquilo que ele fez, um lixo, como qualquer um pode ver. Ser não é possível e não ser é bem pior.

Então eu disse pro diplomata:

— A proposição não é esta, o senhor está por fora, não vê que a questão não se põe assim em termos de escritura? — E pensei: "O que é que esse gringo entende de escritura, ele não entende nada, os europeus só sabem raciocinar, sentir que é bom... aliás, na terra desse picareta aí as moças ficam menstruadas aos dezesseis anos; aqui, nestes tristes trópicos, tudo quanto é menina aos treze já tem sangue escorrendo que é uma beleza.

Mas eu não disse nada porque dizer essas coisas para um diplomata não adianta, só se eu fizesse a pergunta e eu mesmo fizesse a manchete para o jornal do outro dia: "DIPLOMATA DA ALEMANHA PREOCUPADO COM A MENSTRUAÇÃO PRECOCE DAS BRASILEIRAS". E em *lead*: "Segundo pudemos nos informar junto à assessoria do senhor Edmund von Schoebler, diplomata germânico, radicado aqui nas Araucárias há muito, ele está seriamente preocupado com uma descoberta interessante. Segundo dados estatísticos, dos mais dignos de confiança, a puberdade chega bem mais cedo para as meninas-moças latino-americanas do que para as europeias. De acordo com as mesmas fontes, o consulado está planejando pesquisas que averiguem as exatas causas dessa assimetria entre os dois continentes, no tocante à precocidade da puberdade neste lado de cá do Atlântico".

Ia ficar uma porcaria todo esse troço, onde é que já se viu falar em "dados estatísticos, dos mais dignos de confiança"? Mas é que hoje se faz quase tudo por oposição, de forma que mais uma não ia complicar mais do que já está complicado. Ah... A maior parte do que tem no jornal é porcaria mesmo, jornal é para isso. Além do mais, pra que escrever em jornais?

Depois de a gente conversar mais umas porcarias, o diplomata me perguntou se eu ia para o centro, e eu disse:

— Eu vou.

— Querr uma carrona? — ele me perguntou. — Eu istou indo parra lá agorra, nessi instanti.

Diplomata anda sempre em carro chique, o melhor carro do ano. Com todo o conforto, ar-condicionado e tudo o mais. Mas eu não sabia me explicar o motivo de eu não estar a fim de luxo naquela tarde. Embarquei no carrão dele, sem sentir diferença nenhuma. Afinal, eu sempre andava de *pick-up* e, para quem sempre anda de *pick-up*, devia ser bom estar agora escarrapachada naqueles bancos macios.

Mas eu não me importava com nada. Logo outro carro nos seguiu e eu logo deduzi que era a guarda do diplomata. E perguntei a ele:

— Do que o senhor tem medo, diplomata?

Ele, meio arrogante:

— Di ninguém, di nada

— Então, pra que esse espalhafato todo? — E mencionei o carro da guarda com o polegar.

— Não sou eu qui querro, é! É o cofeno qui...

— E do que é que o governo tem medo?

— Mas ele, o cofeno, não faiz isso bor medo, é!

Ele sempre falava com "é" no fim da frase e eu estava achando aquilo muito chato. Porque esse "é" não era preciso dizer e, quanto menos se diz, melhor, é ou não é? Já não chega a língua da gente ser uma porcaria, pra que complicar mais?

— A nossa língua é insuficiente e limitada, não é, diplomata? — eu perguntei. — O maior problema de hoje em dia não é a menstruação, não é, diplomata? — eu perguntei de novo. — Não é que a linguagem é bem pior que a menstruação, diplomata? — eu tornei a perguntar. — O diplomata não fala porque tudo fica muito ambíguo e sem graça, não é, diplomata? — eu perguntei ainda. — Anda, diplomata, me diga, o senhor, pra trabalhar, só fala? Pomba... Eu tenho que dar ferro o dia inteiro com aquela *pick-up* e ficar bem quietinha, o senhor não tem dó, diplomata?

Insisti que esses problemas eram fundamentais e, afinal, ele era diplomata, deveria se preocupar com problemas fundamentais. Mas ele se interessava mais por problemas periféricos: fome no Terceiro Mundo, as minorias sociais e sexuais americanas, depois é que eu fui entender essa sua preocupação com as minorias sexuais, o fim de tudo. E com o que mais ele se preocupava: com as guerras de libertação da África, o problema do petróleo etc. Só artigo de jornal. Era uma tristeza conversar com aquele diplomata. A gente não sabia se o que ele dizia era o que ele tinha lido nos jornais ou se fora ele mesmo que escrevera nos jornais aquilo que ele agora dizia, de tão parecida que era a sua conversa com a leitura dos jornais.

A gente estava conversando esses assuntos sérios e importantes e, de repente, como sempre fazia quando eu embarcava no carro dele, começou a passar a mão em mim, primeiro no pescoço, depois nas minhas pernas, o danado do diplomata. Mas eu não estava a fim de diplomata, eu não estava a fim de fazer nada. Falei isso pra ele e, como sempre, outra vez quis se justificar. Falei que a mulher dele era assim por causa dele. E tentei uma terapêutica na base da agressão:

— E dizer que vocês, não faz nem quarenta anos, quiseram impor a raça ariana como modelo de gente, hein, seus frescos? Uns frouxos é o que vocês são!

Mas ele veio de novo com um papo de que as minorias sexuais deviam ser respeitadas, a democracia tinha a desvantagem de proteger só as maiorias, não sei o que mais, tudo conversa de jornal, como eu já disse.

Tive vontade de contar pra ele que eu encontrava a mulher dele todo dia, que eu gostava da mulher dele, que eu a amava, que eu ia fugir com ela e viver bem longe dele, numa ilha do Pacífico, que eu não aguentava mais aqueles encontros fingidamente escondidos, que eu sabia que ele sabia tudo entre mim e a mulher dele, ou melhor, esposa, porque mulher de diplomata não é mulher, é esposa, e talvez isso explique em parte a sua frigidez, ser mulher de diplomata não é moleza, não. Para outras mulheres é fácil ser mulher: é só ser mulher e pronto. Mulher de diplomata tem que ser esposa exemplar, e esposa exemplar de diplomata, o que é bem mais grave, mãe exemplar, tudo exemplar. Isto é, tudo o que aparece, o que os outros podem ver, porque exemplo é pra ser seguido. Além do mais, geralmente mulher de diplomata tem que fingir poder querer gostar de ser presidente de uma associação feminina, que deveria gostar de querer fazer o bem para algumas pessoas, desde que tudo seja bem divulgado e que essas pessoas não pertençam à classe das pessoas que frequentam casas de diplomatas.

Eu acho que era isso que aborrecia Elfriede, ela se chamava Elfriede, que nome mais lindo, Elfriede! O nome de uma mulher pode ajudar muito na beleza dela. Conheci um amigo que tinha uma mulher lindíssima. Muitas vezes eu vi aquele mulherão, uma figura mesmo, desfilando solta na calçada. Pois bem, um dia ele chegou pra mim e disse:

— Olha, aquela ali é a minha amante.

Eu disse:

— Que boa, que linda — sei lá o que foi que eu disse, já faz muito tempo e minha memória é péssima pra essas coisas.

Perguntei como era o nome dela. Quando ela voltou pela mesma calçada e tudo, tudo igualzinho, eu já não achei ela linda, não. Achei um bucho, pois se chamava Ágata. E o bobo do meu amigo ainda disse:

— Agatha. Com H.

Com Elfriede era diferente. Nome e ser se conjugavam na beleza. A única tristeza de Elfriede era ser mulher de diplomata, aliás esposa, como eu já disse. Eu estava pensando em fugir com Elfriede, mas as duas filhas eram uns amores e ali eu tinha futuro. Manter a amizade com o diplomata era fácil, era só ceder algumas vezes. Eu era então um gigolô do amor? E que importância tinha? Todo mundo não é gigolô de alguma coisa? Alguns até de coisas abstratas como a Filosofia, a Literatura, outros casados com mulher rica – tudo isso eu ia pensando enquanto o diplomata ia me tentando, até que decidi!

Agora estávamos só nós dois no carro, vi o azul do céu lindo de morrer, e me lembrei de meu marido, que era esposo de uma diplomata, e sussurrei: "Quando eu tiver condições, eu mudo".

A primeira coisa que eu botei na boca

Eu tenho vinte e seis anos. Eu sempre levantava às seis da manhã de saco cheio, cara amarrada, o que é que eu podia fazer? Tinha uma porção de coisas pra pensar, negócios pra resolver, ir aos bancos, assinar duplicatas, quitar promissórias, aceites, endossos, essas coisas todas. Depois eu ia pro escritório, tomava um gole de conhaque ou uísque, dentro de um cafezinho, dois venenos conjugados, e só depois começava a trabalhar tentando entender a impenetrável semântica da vida econômica da firma para a qual trabalho.

Nos fins de semana eu enchia a cara em festinhas com amigos que eram tudo o que se podia esperar deles, menos amigos. Arrumava uma gata e ia pro apartamento do Carioca curtir um som, e depois... A pergunta era o Carioca que fazia e era sempre a mesma:

— Vamos curtir um som lá em casa?

Ele falava com um sotaque no "erre" e todo mundo desta terra gosta de ver carioca falar para ter o gostinho de gozar do seu "erre". Eu era tímido e começava a beber, e então me desabotoava todo pra guria que ia comigo e contava tudo pra ela, desde a minha infância, até inventava para tornar a história mais pungente.

Depois de passado o porre, eu achava chato pacas todo aquele meu papo, mas não podia negar que me fizera bem num certo sentido, e acho que era isso que me levava a repetir sempre a mesma coisa, todo sábado e domingo. Mas a cara que ia comigo, a desgraçada, invariavelmente era uma desgraçada, não achava chato o que eu contava, me chamava de inteligente e legal e vinha sempre me torrar de novo pra ver se eu topava outra, mas daí eu não estava mais tímido, sabia muito bem o que queria e dificilmente topava. Eu nesse tempo fumava um cigarro que dizia que quem fumava aquele cigarro, bem, dizia assim: que não era preciso mais nada. Pois com a cara que ia comigo, acontecia a mesma coisa: uma vez só e bastava! Mesmo que no som do Carioca fosse a Maria Bethânia que estivesse cantando, sugerindo e insinuando.

Eu fazia experimentação científica com todas elas. Eram todas iguais. Falava o que elas não compreendiam ou compreendiam pouco e as impressionava, propunha uma dimensão estética para o nosso relacionamento e depois deitava com elas, e bastava! Dormia e acordava com a boca seca de tanto uísque, olhava em redor do sofá (a cama ficava sempre com o Carioca) e via aquele monte de tocos de cigarro, os dois copos vazios e os litros sugados, e pensava: pra quê?

A gata tinha quase sempre um cheiro ruim na boca e a gente amanhecia fedendo a bebida, cigarro, sexo e *nonsense*. Acordava a mulher e dizia a contragosto:

— Levanta e te manda, meu bem, que eu preciso trabalhar.

E dê-lhe pensamento besta e confusão na cabeça, planos, arrependimentos e recaídas prévias, que pra tudo há um lugar na cabeça do ser humano. Daí eu não me interessava mais pelo que a cara sentia ou pensava, eu só queria acabar com tudo aquilo e começar a ficar triste.

O Carioca acordava mais tarde e dava mil despedidas na sua gata e prometia coisas sérias pra ela, tais como casar, se encontrar de novo etc. E pedia pra ela não acreditar nele, por favor.

Da última vez nós combinamos ainda no cinema que eu ficaria com a loura alta que tinha um jeito de sueca. Eu tinha lido uns troços sobre a mulher sueca, de forma que a leitura me levou a escolher a loura alta que tinha o jeito da minha leitura. O Carioca disse:

— Tá bem, nego, então, eu fico com a baixinha, você é um safado, eu não gosto de mulher baixinha, entra pela sala e sai pela cozinha.

E começou a assobiar a modinha da mulher baixinha. Perguntou o que sempre perguntava e depois da música...

Então a gente se identificou e, não sei por que, tudo pareceu verdadeiro. Ela disse que fazia o terceiro ano de História e me mostrou a carteirinha de estudante; eu disse que eu não acreditava em papéis, que eu acreditava nas pessoas, que eu queria acreditar nas palavras dela. Parece que ela gostou disso que eu disse, cretina como todas as outras, e perguntou o que é que eu fazia. Eu disse:

— Eu só leio e não posso te mostrar carteirinha de leitor, porque não tem desse tipo de identificação, quem lê é louco e louco não tem carteirinha, para que tudo seja menos difícil.

Ela disse que não tinha entendido e me julgou por causa dos óculos:

— Se você pensa que porque está de óculos eu vou acreditar que você é um intelectual está muito enganado, intelectual não usa óculos, sabia? Quem usa óculos são aqueles que querem parecer intelectuais, porque esses pensam que intelectual lê, o que é um grande engano, pois intelectual que é intelectual, que é intelectual mesmo, não lê nada, só saca as coisas porque, se ele começar a ler muito, de precisar usar óculos, ele tá ralado, porque então não será mais intelectual; eu transei com um intelectual de verdade, ele era parecido com operário, com colono, tinha as mãos grossas como as lentes de teus óculos e falava coisas geniais. Naquele tempo eu estava estudando o que era o estruturalismo, eu tive um monte de aulas de Filosofia no curso básico, sabe? Então ele me explicou de um modo tão simples o que era o estruturalismo que eu tive que me dobrar pro cara. Tu quer saber o que ele disse?

Eu nem queria, mas disse:

— Quero.

Então ela continuou:

— O cara fez um esquema com uma caneta na minha coxa que é uma pena que eu tive que apagar porque eu só uso saia curta, sabe? Eu tenho as pernas muito bonitas, você não acha as minhas pernas bonitas?

Eu disse:

— É claro que eu acho, sua boba, senão eu não tava aqui na cama contigo, viu?

Mas não era cama, era o sofá, pois o Carioca é muito egoísta ou então me julga mal. Ela disse:

— Não precisa ficar brabo comigo — e passou a mão no meu pescoço e fez uma cara de gamada, mas era clara a sua transparência de falsidade.

— O esquema que ele fez foi genial.

A minha cabeça estava pesada e, apesar de achar interessante o que ela falava, eu estava com uma vontade louca de que ela desembuchasse logo o seu contar, e então ela disse:

— O cara fez uma linha assim e outra assim, na horizontal e na vertical. A horizontal era a linha da História e a vertical era a linha da ontologia humana. A horizontal puxa a gente pra frente e a vertical pra baixo. Então, a geometria da pessoa humana consiste em criar condições para parar de seguir a horizontal, que é a linha da História, você está me entendendo?, e descer pela vertical até encontrar a gente mesmo, não é maravilhoso?

Eu disse:

— É maravilhoso, mas a História não tem linha, tem? Além do mais, estruturalismo não é isso aí que ele te explicou, ele te explicou tudo errado, fez uma confusão dos diabos, eu não sei a troco do que você achou maravilhoso.

E logo me arrependi porque ela levou a sério a brincadeira e me disse que a História era uma coisa que não existia porque era escrita e a escrita era falsa, não sei quanta coisa mais, e eu disse: "Tá bem", e paramos de conversar com tais palavras, dei um beijo nela, ela me deu quatro, o terceiro era pra casar e o quarto pra não morar com a sogra. Perguntei pelos motivos dos dois primeiros, ela disse:

— Pra você me querer bem sempre.

Depois que ela foi embora, eu fiquei encucado com as palavras dos beijos. Será que ela sabia que eu ia casar justo naquele dia? Eu me arrumei às pressas, era preciso tomar banho, fazer a barba, as unhas, buscar o terno, sapatos, meias, gravata e tudo o mais que um noivo decente precisa vestir para comparecer em frente ao altar do Senhor, e pensando nisso dei uma baita duma risada que reboou pelo prédio todo, acordando o Carioca, que veio todo espantado lá do quarto, esfregando os olhos e fedendo a uísque também, como as pessoas são nojentas ao acordar, nossa!

— O que é que é isso, você ainda tá aí, seu fresco? Eles vão morrer te esperando lá na igreja, é sempre o noivo que espera a noiva chegar, a noiva vem por último, pelo jeito você vai ser a noiva!

— Cuidado que eu te dou uma porrada — eu disse — eu hoje tou pra trinta, não vem que não tem!

— Só porque vai casar hoje não precisa mostrar as unhas de machão; deixa pra ser machão com tua mulher, viu? E se quiser ir pro pau, tamos aí!

Quando eu fui dizer "o que é que é isso", já tava levando porrada dele, eu sabia que ele tinha feito caratê, judô, esses troços, eu sabia porque ele um dia tinha me contado. Depois que eu tinha apanhado uma porção, eu disse:

— Você se prevaleceu, só porque fez judô, caratê, troços todos, você vem pra cima de mim que nem galo de rinha. Grande vantagem essa de você me bater com essas técnicas todas!

Ele então começou a rir desbragadamente e foi dizendo:

— Eu nunca fiz nada disso, que caratê, que judô, que coisa nenhuma!

Então, sim, eu parti pra cima dele e foi aquele entrevero, tapa daqui e dali, mesmo que nem dois galos. Paramos cansados, suados, ele começou a se queixar que aquilo não era jeito de acordar cristão nenhum, e eu disse:

— Então não tem importância, porque você mesmo não é cristão, é isso aí, bicho!

E começamos a rir, tão sem motivo como antes, pra brigar. A gata dele escutou aquele barulhão e veio saber o que é que era, pegou um cabo de vassoura e deu na minha cabeça, demorou um tempão até que o Carioca pôde lhe explicar que não tinha sido nada.

Resumo: compareci ao altar do Senhor (que vontade de rir de novo!) com os olhos roxos, a cabeça toda doída, a minha noiva tava lá me esperando tiririca da vida já, uma porção de outros pares me aguardavam, porque tinha um monte de casamento naquele dia, as pessoas tão ficando cada vez mais loucas mesmo, e o padre queria fazer tudo numa só vez, e por isso todos me esperavam, eu cheguei naquele estado, "que fiasco!", a minha mãe ia dizer depois, mas eu já sabia antes que o que ela ia dizer era isso mesmo, como realmente disse depois, isso e uma porção de coisas mais, tais como responsabilidade, dever, fidelidade, compromisso e coisas tais, tudo o que eu não tava a fim. Mas isso foi depois.

Quando eu chego ao lado da minha noiva, dou uma olhadinha pro lado pra ver se a outra noiva que tava ali rente a mim era boa, pela mãe do guarda, em carne e osso, toda vestida de branco, cheia de fricotes mais, boa como lhe convém, luminosa e bonita, provocante, aqueles lábios de pedir mais, olhos maliciosos, ora piscando um, ora outro (coisa que eu nunca pude fazer, só posso piscar o direito, o esquerdo não domino, talvez porque esteja do lado do coração, mas deixa isso pra lá...), os cabelos esparramados sob um véu enorme, o mesmo decote da noite anterior no vestido de noiva, medidinho, o mesmo colar, quase perguntei da carteirinha de estudante, terceiro ano de História, se ela tinha gostado de mim, pois eu na verdade naquele instante começava a gostar dela, e acho que chegamos a conversar porque chegou uma hora em que eu senti todo mundo me olhando e um forte beliscão no braço, até gritei alto: "Aiaiai", a minha noiva levou a mão à boca, só uma, porque a outra ainda tava grudada no braço do beliscão. "Sim, sim, aceito", o que é que podia dizer. Ela também, pro corno dela: "Sim, sim, aceito", e tocou aquela música linda e triste, e encheu a igreja, umas quantas pessoas choraram, mas quantas delas de arrependimento com certeza, pois a maioria dos que estavam ali eram casados. Eu só pensei: "Tou ralado!".

Durante a festa, encontrei uma mulher que eu quero muito porque ela quase sempre pôde decifrar a minha esfinge, eu a encostei num canto, atrás duma porta, e ela foi dizendo:

— Você tem uma porção de esfinges — e ela fala tudo certinho, nos "esses", concordância e tudo o mais.

— Eu nem quero saber de mais nada — eu disse — mas eu preciso conversar com você, você sempre conversou comigo, muitas vezes até...

— Cale a boca, que o meu marido pode escutar, seu desgraçado.

Eu quis beijá-la, e ela: "Não te passa!", mas acontece que fazia tempo que eu carregava ela dentro de mim, e depois que eu contei o meu problema, sem esperar, ao pesquisar em seus olhos, em seu rosto, na sua boca, que é linda, no lisinho que existe em redor do seu pescoço, na delicadeza das redondezas de seu umbigo e no gostoso veludinho de suas pernas, isso tudo pela frente, quando ela foi disfarçadamente buscar uísque, eu investiguei o seu caminhar de cobra, o seu rebolado de mulher boa; e sem essas duas divisões eu procurei entender o seu ser porque eu acho que uma mulher só pode ser amada inteirinha, apesar de para isso a gente precisar fragmentá-la; ela voltou e o nosso papo continuou pela linha vertical, tá aí a ligação com a última garota, que barbaridade! As pessoas nos ensinam mil coisas, poucas ensinam o que a gente precisa, e essas ensinam na hora errada; a danada, sem mais nem menos, venenosa como sempre foi, injetou seu veneno em mim num beijo louco, me mordeu a língua, deu uma dorzinha gostosa que acabou desenfeixando de dentro de mim uma força nunca sentida antes, que se propagou em cadeia em ondas loucas de desejos, sempre mais fortes; quando ela me soltou, eu disse:

— Não botei nada na boca ainda hoje; a primeira coisa que eu botei na boca hoje foi você, mas você não é uma coisa.

As palavras são umas porcarias, como botam a gente em fria, mas com certeza ela soube o que eu quis dizer, isto é, que não era coisa quando eu falei coisa, o que eu estou pensando é que o racionalismo humano está numa decadência total, a minha vida daqui pra frente vai ser um inferno, Sartre num certo sentido tinha razão, só que ele esqueceu de dizer que não são somente os outros que são o inferno da gente, a gente também tá incluído no bolo. Casei hoje, preciso me comportar, ainda há pouco falei "porrada", mamãe fez olho feio pra mim, o mesmo olho que me pegou comendo carne na Sexta-Feira Santa, quando pequeno; o mesmo que me fitou na fila da primeira comunhão, também quando pequeno; e certamente o mesmo olho que me acompanhou no rol dos noivos, também quando... aliás, quando grande, grandão já, grandalhão. Daqui uns dias mamãe viaja, que bom que papai não existe mais, ele sofria do coração, se não tivesse morrido aquela vez morria hoje, só de vergonha de ter um filho como eu; mas, mamãe viajando, a vida volta ao normal, isto é, à mediocridade que ela sempre é e não deixou de ser só porque tive casamento, mamãe veio, todos vieram etc.

A de História vai ser minha amante, com certeza, a outra, também, com certeza brigarei com minha mulher, assim como papai brigava com mamãe, e o pai da minha noiva com a mãe dela, enfim, tudo igual, que chato!

Essa tua boca venenosa

No que narrei, o senhor talvez até ache,
mais do que eu, a minha verdade.
Guimarães Rosa, *Grande sertão: veredas*

— Que é que tem isso? — ele me perguntou. — Quem é que se importa com dentes brancos, branquinhos? Dente não tem a menor importância, dente é secundário, acessório.

— Não vê que ela fala? Não percebe? Não percebe que é quando ela fala que a gente vislumbra o branco branquinho de seus dentes na névoa das palavras? Ora, vá... – isso foi o que eu disse, eu estava ficando de saco cheio com a sua falta de sensibilidade.

— Então não é o branco branquinho dos dentes; é a fala dela que te encanta porque... Sei lá, tudo isso é relativo.

— Isso é absoluto; relatividade é questão de parentesco; relativo é a tua vovozinha, ouviu?

Ele já estava me enchendo com sua mania de não acreditar no que eu percebia. Ora, ora... A gente, de repente, num instantâneo, percebe o branco branquinho maravilhoso do dente de uma pessoa que está falando, experimenta partilhar e vai ver no que dá: confusões. É por isso que eu às vezes penso em não dizer mais o que eu percebo; só dizer o que for possível pensar. Nem pros amigos... Pomba! Então a gente não pode nem observar, pode isso?

— Não precisa embrabecer — ele me disse. — Eu quero te entender, tá bem? Eu posso manifestar a minha opinião, posso ou não posso?

Não respondi. Ora, então sou eu quem deve permitir a ele se expressar? Se, me expressando, tive que fazer confusões... Eu não permito nada, me recuso a permitir. Simplesmente porque é impossível. Essa é uma crença instaurada em mim desde muito. E quando uma coisa está instaurada na gente desde muito, então a gente fala as coisas conforme.

A pergunta era simbólica. Ou alegórica, sei lá. O certo é que ele continuou falando, me pedindo desculpas. No seu falar descobri que ele gostava da do dente branquinho. Mas como já era velho, cabelos e barbas bem nevados, desprezava a moça. Doía nele eu estar encucado na do dentinho branco. Como explicar? Dentinho não era. Era um dentão; vários. Quando descortinavam os lábios, apresentavam-se todos os artistas, impecavelmente trajados de branco, uma beleza. Sim, mas nem sempre. Brancos mesmo eles só foram no instante da risada, misturada com o seu falar suave. Por que é que eu haveria de estar obrigado a achar importante o que era importante, o que devia ser importante? Mesmo que o meu amigo fosse mais experiente... Experiência então é questão de tempo?

— Concordo quanto ao branco branquinho dos dentes — ele me disse depois de um longo tempo.

— Agora nem tou — eu disse. — Agora sou eu que não concordo. Ora, vá...

Que importância pode ter o branco branquinho de um dente? Mesmo se for um dente de mulher, que importância tem? Mesmo se for o branco branquinho de um dente de mulher, o que é que tem? Mesmo que a mulher morra assassinada e, morta, ostente a dentadura bonita e toda branca, o que é que tem? Mesmo que o assassino a admirasse e a quisesse muito bem, o que é que tinha? Mesmo que, ao matar a moça, estrangulasse para colher um instantâneo do medo e assim poder ver o branco branquinho misturado no sem-falar do pavor, qual era o pó? Mesmo que depois a lembrança do branco branquinho o atormentasse pelo resto da vida, o que é que era?

Saí da prisão ontem e hoje já estou escrevendo. Uns morrem por coisas feitas, outros por palavras, coisas que não puderam fazer. E eu, você, de que morremos?

Os morcegos do fim da tarde

A notícia chegou à noitinha, na boca de um próprio:

— Seu delegado, venho a mando do povo de Águas da Caveira.

— Quem matou quem? — perguntou o doutor, sabedor dos costumes daquele povo.

— Dessa vez ninguém matou ninguém — apressou-se em informar o homem do recado, satisfeito por, pelo menos uma vez, redimir a sua comunidade de nome tétrico daquele conceito que o delegado mantinha.

— Então, o que é que há? — perguntou de novo, mais por costume, sem tirar os olhos de um inquérito que lia.

— Coisa ruim — tornou o homem do recado. — Coisa ruim.

Aproveitou a displicência do doutor para pendurar o chapéu de palha e pôr a camisa por dentro das bombachas. Em virtude da pressa, apeara sem se arrumar, apenas entregando o cavalo ao policial da portaria, pedindo-lhe o favor de "amarrar o animal aí em algum canto".

— Fala, homem! — autorizou o doutor. — Que coisa mais grave pode ser uma coisa que não é morte matada?

— Também eu pensava assim, doutor. Também eu. Mas só até hoje. De hoje em diante minha ideia é outra.

Decerto o delegado começou a matutar que a coisa devia ser mesmo grave. Porque para um gaúcho daquele calibre mudar de opinião não era bem assim.

A região havia sido colonizada por eles, vindos do Rio Grande do Sul há pouco mais de dez anos. Havia também uns barrigas-verdes e alguns caboclos da terra, mas quem fazia mesmo o lugar eram tipos como aquele, cheios de tradição, de honra de ser gaúcho, como o demonstravam muito bem as bombachas – vestuário não muito recomendado para terras como aquela, mas que a tradição impunha, quase como um distintivo. Havia poucas coisas mais que os caracterizavam como gaúchos. O chimarrão fora assimilado pelos barrigas – como eram chamados os catarinenses vindo do litoral, agora facilmente identificados com um critério geográfico: procuravam se estabelecer à beira dos rios, loucos pelas várzeas, incapazes de compreender o desdém dos gaúchos pelas terras da beira do rio. A primeira enchente explicou e justificou o tal desdém, levando água abaixo enormes plantações de milho e soja. Outra caracterização dos gaúchos era o CTG (Centro de Tradições Gaúchas), mas lá ia todo mundo, bastando para isso ser sócio. Assim, catarinenses e caboclos – como eram chamados os nativos do sudoeste do Paraná – adquiriam a peso de dinheiro o direito de ser gaúchos.

Convém abrir um parêntesis para explicar o termo "caboclo". Com ele não só se denominavam os nativos da região, como ainda todos aqueles que, mesmo oriundos do Rio Grande do Sul e de Santa Catarina, não eram "gringos" – italianos –, nem alemães ou poloneses, ou qualquer outra raça. Ou, ainda, todos aqueles que, mesmo sendo gringos, se comportavam como caboclos, não arrumando a propriedade, não fazendo uma casa "decente", isto é, assoalhada. Caboclo era nominativo de relaxado, vadio, enfim, ele encarnava tudo aquilo que não prestava. O gringo, ao contrário, de origem italiana principalmente, era o protótipo do homem trabalhador, caprichoso etc.

Outra caracterização do gaúcho, o cavalo bom e encilhado, durava somente o tempo necessário para desgastar o arriame trazido do Rio Grande. Depois, onde renovar? Na região não havia esses luxos, tais como capas de chuva para andar a cavalo, laço de não se sabia quantas braças etc. O que encontravam a muito custo eram as botas de couro. E nem essas podiam escolher. De fole? Sem fole? O sapateiro do lugar só as fazia de um tipo. Não se preocupava em diversificar a produção. Era o único sapateiro dali, todos compravam aquilo que ele fizesse. Certa vez, ao ser alertado por um estudante em férias por lá, de que aquelas botas e aqueles sapatos de bico fino e pontudo não eram mais usados na cidade, passou-lhe exemplar lição de moral e bons costumes, como convém a um bom gaúcho, exaltando o machismo gratuito:

— Isso não é base, seu moço. Ouvi dizer que na cidade aboliram muita outra coisa mais: o respeito, a palavra dada, a moral, o nome, a gratidão aos mais velhos. E muito mais coisas...

Em vão o moço estudante, raro da espécie, tentara explicar ao rude coureiro que não era tanto assim. Na cidade havia o progresso: gente bem-vestida, bem calçada, arrumada. Pra que fora bulir com o sapateiro? Gaúchos daquele tipo eram pessoas bastante honestas, delicadas, enquanto não fossem importunadas. Feito isso, insuportáveis.

— O senhor me desculpe, mas já que tem o direito de se meter na minha vida, posso eu também dar uma intrometidinha na sua. Pra que esse cabelo gorduroso, tão brilhante, tão bem alisado de modo ao senhor mais parecer um terneiro lambido por uma vaca? Aqui quem se arruma um pouco são as fêmeas e assim mesmo nas festas. O senhor não é fêmea – que eu saiba. Pois enxerguei o senhor piquinininho no colo da comadre veia. Só se virou isso lá na cidade...

Todos riram e o estudante voltara derrotado, a se queixar ao pai, que por sua vez não só apoiou o sapateiro, seu compadre, como também repreendeu o filho por se meter onde não era chamado.

— Tu sabe que aqui no mato todos duvidam dos home da cidade. Não achemo que eles sejam home como nóis semo.

E acrescentava:

— E não é sem razão. Que na cidade tem muito home fêmea, lá isso tem.

De todas as características gaúchas ali adotadas, a única que caracterizava mesmo o gaúcho, diferenciando-o dos demais, eram mesmo as bombachas. E era dentro de uma bombacha que o homem do recado fazia a denúncia:

— Andam tirando o sangue do povo por lá.

— O quê? — inquiriu o delegado perplexo.

— Isso mesmo que o senhor ouviu.

E passou a contar o ocorrido. O policial Norato, cujo principal ofício era relatar aquilo que os outros contavam ao doutor, a tudo ouvia e tudo escrevia no seu esmiuçado relatório.

E, lúgubre, a notícia ganhou a rua. Quem primeiro espalhou foi o próprio Norato, durante o trago costumeiro de fim de tarde na bodega. Alguns, quase tontos, discutiam a propósito de mulher que trai o marido. Norato, louco pra encaixar o assunto, e não via um jeito decente. Foi quando Agripino sentenciou:

— Quem mais castiga mulher traidora é turco.

Imediatamente relacionaram a sentença com o único turco do povoado, um gordo e bigodudo, muito simpático.

— Turco é gente que não presta, praga braba.

Então, sim, Norato viu o furo:

— Praga braba? E qual mal faz ele castigar a desavergonhada? Não mais do que o que deve. Homem tem que ser homem — resumiu ele.

Todos apoiaram, com exceção do velho Agripino. Mas não importava a opinião do velho. A maioria é que valia – desvantagem da democracia, pois Agripino é quem tinha melhores condições de opinar.

— Muito mais praga é uns que chegaro aí onti e andam chupando sangue das criança.

Foi o mesmo que soltar uma bomba no traseiro dos outros que o escutavam.

— Chupar sangue? Quem é que tá chupando sangue? Que eu sei que chupa sangue é morcego — completou o negro Alcides, que era conhecido mesmo como "negro Alcides". Ninguém a ele se referia sem usar o prenome característico.

Norato explorou o espanto deles, mascando um cigarro e se fazendo embromar na continuação da história que tanto lhes interessava.

— Até dá um calafrio contar! Existe cada barbaridade nesse mundo!

— Conta logo, homem — apressou Agripino.

— Chegaro onti — a voz pachorrenta de Norato. — Pegaro umas criança na "marra" e tiraro tudo o sangue.

— Si tiraro tudo o sangue das coitadinha, então elas morrero — concluiu o negro Alcides com olhar piedoso, como se já estivesse acompanhando o enterro.

E de repente se fez sério:

— E a pulícia? O que está esperando que não toma uma providença?

Norato fez beicinho:

— Nóis fumu lá... Não tinha nenhum caso concreto. Dissero pra nóis que os próprio bandido ameaçaro de morte os pai das criança, causo eles fosse contá pra pulícia.

— Que barbaridade! — disse o negro Alcides. — Nunca se viu isso aqui.

Agripino se viu na contingência de um esclarecimento:

— Nunca se viu aqui! Mas tem um país macumbeiro no estrangeiro que compra o sangue do povo. Quer dizer, não é bem o país que compra. Os norte-américa compra esse sangue.

— Qualé deles? — perguntou negro Alcides, que parecia o mais interessado.

— O Haiti.

— E por que é que compra?

— Não compra. Vende.

— Pois é. E o que é que esse pamonha desse governo tá fazendo que não combate os norte-américa?

— Vocês sabem pouco dos governos estrangeiros — professorou Agripino. — Há que saber mais. O governo do Haiti vende o sangue do povo. Sangue lá é o principal produto. É como pra nóis aqui o soja, como dizemos aqui no Sul, ou o feijão.

Todos escutavam quietos Agripino, que cada vez se entusiasmava mais, em algumas coisas falando a verdade, em outras inventado, acrescentando detalhes fantásticos inocentemente, somente para desfrutar o prestígio que sua presença impunha aos demais. Em terra de cego, ele, que tinha um olho, era rei.

A notícia ganhou proporções ainda mais vampirescas na pena de Gomes, o dono do único jornal da região. Não se sabe exatamente de que fontes se serviu o improvisado e eloquente jornalista, que acumulava todas as demais funções, desde entregador do jornal até diretor, mas saiu isso:

OS ARROMBADORES DE VEIAS

Nossa cidade (*sic*) viveu na semana passada dias de intensas atividades vampirescas, quando elementos hostis à nossa sociedade estiveram invadindo nossos lares e conspurcando de sangue inocente os colos maternais de nossa insignes mães de família. Quais Neros insaciáveis, esses dráculas, oriundos de incertos lugares e munidos de seringas assassinas, aliciaram crianças para poderem roubar-lhes o precioso sangue, que depois seria negociado a peso de dinheiro com outros crápulas, comparsas seus. As autoridades nem sequer procuraram os bandidos, limitando-se a enviar, em missão rotineira, uns guardas sem a devida instrução para compreender problemas desse porte. Tanto é verdade que não conheciam direito o problema, que voltaram assegurando não terem encontrado nenhum caso concreto. Ora, nossas mães aí estão a se queixar. Este jornalista entrevistou várias delas. Incrível a displicência que nossa polícia dispensa a um dos maiores problemas do mundo contemporâneo.

E ia por aí afora a gama de reclamos de José Gomes. Para ele, tudo o que merecia um comentário seu em editorial constituía-se inevitavelmente num dos "maiores problemas do mundo contemporâneo". Pela simples razão de a notícia merecer espaço no seu jornal, tratava-se de um impasse do mundo, mesmo que ninguém soubesse que o mundo contemporâneo estivesse sendo sugado por vampiros.

Entretanto, quem lia o seu jornal? Uns poucos, bem poucos, e ainda assim sem condições de avaliar direito o que liam: seu Graciliano, por exemplo, dono do Armazém do Barateiro, que unia o cultural ao necessário, utilizando os exemplares de *A Voz do Povo* para embrulhar as mercadorias que o povo lá ia comprar. Às vezes, quando não era muito o movimento, ele soletrava algumas manchetes para a sua velha, dona Genoveva, que por sua vez nada entendia. Foi assim que seu Graciliano tomou conhecimento da vampiragem a que se referia Gomes:

— Veia, minha veia, olha aqui, ó! O mundo tá acabando! Escute isso daqui: "Os arr...arrom...os arromba...arrombadores de veias".

Decifrada a notícia, comentou:

— Meu Deus, nem as veia escapa. Se fosse só as moça, mas agora são elas também. Ora, veja! Onde é que já se viu isso? Onde é que no Rio Grande iam faltar assim com o respeito?

Falava assim, mas pensava um pouco diferente. Na verdade, interiormente concordava que "esse problema de sexo sempre ingistiu".

— Nóis, quando era rapaiz, tamém fazia as nossa malandrage. Só que naquele tempo não saía no jornal tudo essas coisa. Mas que nóis fazia, isso fazia.

Tomava conhecimento de uma porção de coisas que falavam em dissolução dos costumes, solapamento da moral do povo e coisas tais, veiculadas em *A Voz do Povo*. Quase não lia – e se lia não entendia. Ficava sabendo que aquilo fora escrito por causa das discussões do bar, só.

Porém foi ficando confuso ao soletrar o corpo da notícia. Que as moças fizessem malandragem com os rapazes estava meio certo. Desde que o mundo era mundo – costumava dizer – que sempre houvera aquilo. Mas com as velhas, como é que podia?

Dona Genoveva inquietou-se:

— E aí não diz quem foi que os vagabundo atacaro?

Pronto! Já estavam devidamente qualificados os possíveis vampiros. Dali pra frente seriam simplesmente vagabundos. Gomes precisava escutar o povo para trocar seus adjetivos na "voz do povo".

— Aqui não diz o nomi da coitadinha da anciã, nem dos desavergonhado. Tamém, tudo tem limite.

À noitinha, reunidos para o trago costumeiro, os frequentadores do bar tiveram o maior pega com o dono do Armazém do Barateiro e suas estranhas confusões. Quase deu pau, não fosse o oportuno esclarecimento fonético de seu Agripino, que interveio elucidando o confuso comerciante:

— Seu Graciliano, no jornal está escrito: ve, e, i, a. Veia. Veia. Veia de braço, de sangue.

Mostrou uma das suas, vultosa sob a pele carijó:

— Viu?

Seu Graciliano vira, mas Agripino teve que contar toda a história de novo, para só então o iletrado velho se solidarizar com os outros:

— Mas e a pulícia?

— A polícia está dormindo — disse Agripino.

Depois de "meterem o pau" na polícia e no governo em geral – que naquele lugar eles criticavam tudo, fazendo uma revisão completa da vida da comunidade nos últimos dias, opinando sobre o comportamento do delegado, do padre, das autoridades em geral –, todos foram embora meio pinguços, dispostos a saber certo, no outro dia, como é que tinha acontecido tudo aquilo, de estranhos chegarem em Águas da Caveira, tirarem o sangue das crianças e mesmo assim retornarem incólumes aos Estados Unidos.

No outro dia, porém, seu Agripino serenou os ânimos:

— Invencionice do povo. Tiraram uns quatro litrinhos de sangue, nada mais que isso. Morreram pouco mais de vinte crianças. Mas os fofoqueiros têm o que alarmar.

A sátira de Agripino desencadeou uma discussão que prosseguiu altas horas da noite na zona – como era chamada a casa das prostitutas (o lugar estava se civilizando).

Depois de acirradas discussões, Conceição, dona do bordel, foi quem acendeu ainda mais os debates nada parlamentares, traçando o destino de Águas da Caveira:

— Eta lugarzinho de nome peste! Só podia ter acontecido num lugar desses!

Ao que Gomes acrescentou, parodiando "o velho", único evangélico pentecostal do lugar:

— Seu Adão é que está com a razão. O fim do mundo está se aproximando.

Agripino, culto e importante, assim se expressou:

— A fofoca é um troço típico de gente não civilizada. Aqui na cidade (*sic*) é difícil um causo crescer tanto. No interior, porém, o pessoal, de uma minhoquinha, faz uma cobra desse tamanho!

E desvencilhou-se de Margot para mostrar com os braços o tamanho da cobra. Margot, assanhada e debochada, comparou o tamanho da cobra proposta por Agripino com outras cobras, para ela, se não maiores, pelo menos mais importantes. Ele, por já haver brincado naquela noite, arrefecida a paixão, ministrou-lhe severa, se bem que sintética, aula de moral:

— Você só pensa em coisa.

Graciliano, na outra mesa, gozou do velho sabido, filosofando dessistematicamente como convinha em recinto daquela especialidade, se bem que a sua filosofia não fosse menos digna de nota que a de Sartre ou Marcuse:

— Ela pensa no qui é mió pra ela, velho hipócrita. No que é que tu quiria que ela pensasse?

Margot riu faceira e vitoriosa, cutucando o seu homem:

— Viu, viu? Graciliano sempre me dá razão.

O hiato da comparação não servia, entretanto, para apagar as manchas de sangue naquela elite ali reunida.

Doutor Tibúrcio, advogado que ficara famoso por ter se metido a cobrar umas levas de madeira que o velho madeireiro Piazzolini, inadvertidamente, vendera a uns velhacos de São Paulo, quis intervir, dissertando sobre as implicações jurídicas da venda de sangue, mas foi barrado pelas gargalhadas de Margot, provocadas pelas cócegas sabidas que Agripino lhe fazia nos seus recônditos.

Convém explicar, porém, a fama do doutor Tibúrcio, uma fama um tanto desastrosa. Chegara ele ao sudoeste do Paraná, advogado novinho em folha, disposto a ali exercer a sua atividade jurídica, a gabar-se dos estudos feitos na capital do estado – nada do que prestasse no mundo da advocacia faltava em Curitiba, Curitiba era isso, Curitiba era aquilo –, quando foi procurado, ou melhor, ofereceu-se para cobrar a vultosa conta do velho madeireiro, que generosamente lhe escorregou dinheiro bastante, adiantado, prometendo-lhe muito mais em caso de ele efetuar a cobrança. Afinal, não era tarefa tão custosa: as duplicatas estavam assinadas, os homens eram ricos, moravam no Rio; tinham negócios em São Paulo, os dois endereços eram conhecidos – enfim, era só ir lá e receber. Ele, Piazzolini, não ia porque não ia saber como cobrar, disposto já a chegar lá e encostar o ".38" na cabeça dos descarados – "Onde se viu, levar e não pagar?", filosofara ele em sua honestidade, inocência e ingenuidade. Doutor Tibúrcio garantiu a cobrança, traçou mil riscos em várias folhas de papel timbrado com o seu nome etc. e se tocou para o Rio. Lá permaneceu dois meses à custa do velho, toda quinzena mandando-lhe dizer que as negociações estavam progredindo. O velho lia as cartas, impacientava-se com a demora:

— Eu, por mim, já tinha cobrado isso no grito, à maneira gaúcha, que é mesmo a maneira mais certa de lidar com velhaco.

Enquanto isso, as meninas da "Assírius" eram poucas para o revezamento do doutor.

Ao cabo de dois meses, quando o velho já contava com o dinheiro quente no bolso, o resoluto rábula voltou das "férias" remoçado e sem nem um tostão da dívida antiga. Ouviu misérias da boca do velho madeireiro – vocábulos e expressões nada jurídicos, aos quais o novel homem da lei estava pouco acostumado.

A ira do velho, porém, como tudo, com o tempo passou, e agora Tibúrcio atendia encrencas de casais, fofocas etc., assegurando uma precária sobrevivência para ele, sua mulher e mais seis filhos. Mas, contente. Pois, depois de desmascarado, confessou, em noite que lhe empurraram mais cachaça que a habitual, ter muitos colegas doutores dirigindo táxis apressados nas ruas de Curitiba.

Eis por que sua opinião não era nada valorizada. Ouvidos cansados de suas gabolices permaneciam agora insensíveis aos seus eloquentes dizeres. O povo não lhe dava muita bola, o povo era mais de fazer do que de falar. O povo amava mais e dava mais ouvidos a quem fazia, mais do que a quem falava. A quem fizesse das palavras ação – como fora o caso do valente deputado estadual que juntava palavras e ações para resolver os problemas da região: estradas, escolas, em certos casos até igrejas, dependendo das circunstâncias, e evidentemente dos votos também, que ele não era de ferro, apesar de intimamente resolver aqueles problemas por uma convicção que tinha de que o poder devia ser exercido em nome das necessidades do povo.

O doutor delegado deu também a sua costumeira chegada à zona, para ver como ia o movimento, talvez com uma vaga preocupação com o caso do roubo do sangue das crianças. Encontrando tudo calmo, isto é, as putas e os chefes das famílias da "cidade" em doces bolinações – um que outro nos quartos, mas a maioria ali, afinal, ia mais para disfarçar o viver do que propriamente para... –, logo se retirou.

Muitas vezes Agripino lhes lembrara – e Tibúrcio também, mas a esse ninguém escutava – que nos países desenvolvidos, na Europa, nos Norte-América, haviam inventado uma tal de "pílula" que possibilitava deixar as mulheres machorras por um certo tempo. E, assim que deixassem o remédio, voltavam a procriar novamente. Os outros lhe lançavam olhares dúbios, mas Agripino escutava rádio em língua estrangeira, devia mesmo saber o que lá acontecia. O velho Adão, quando tomou conhecimento disso, exasperou-se:

— Tá lá na *Bíblia*. Crescei e multiplicai-vos. Foi Deus que disse.

Já era madrugada quando o assunto do sangue roubado às crianças voltou à baila, por obra e graça de um cabeludo que chegou, lançando olhares convidativos a Margot, incentivado pelas piscadas que ela lhe atirara às costas de Agripino. Assim que ele entrou, todos os presentes, raparigas e chefes de famílias honradas, começaram a se olhar, como a dizer:

— É esse aí.

O rapaz tinha mesmo uma cara inquieta. Nem bem chegara, já trocara várias vezes de mesa e agora se postava junto ao gaiteiro, que tocava tão desafinado quanto desafinado cantava:

"É quase meia-noite, a noite está calada,
A fria madrugada não tardará a chegar,
Estou aqui bebendo, fumando como um louco,
Porque daqui a pouco o meu amor vai me deixar."

Via o interesse do estranho e se animava ainda mais, mais desafinado, a suplicar:

"Olha nos meus olhos e vê quanta tristeza..."

O estranho bateu palmas, ele mais se entusiasmou, quase a gritar, em rima dissoluta, a sua dor:

"Console minha vida,
Trazendo mais bebida..."

Agora o estranho não só batia palmas, como dava gritos incompreensíveis, incentivando o gaiteiro, até então sempre jogado de lado, acostumado à ingratidão boêmia dos frequentadores. Sentia-se por isso agradecido ao estranho, e não parava nem de tocar nem de cantar:

"Nessa noite de angústia,
Vou beber até dormir..."

Fez um final caprichado com a gaita, e encarou bem o ovacionador. Será que ele entendia o que estava sendo cantado? Por que será que ria de uma canção tão triste?

Todos os presentes sabiam dissimular a sua preocupação com o estranho ovacionador. Era-lhes infinitamente fácil fingir, fazia parte de sua condição ontológica, não só o fingir como, principalmente, o saber fingir.

Já era quase dia quando Agripino largou Margot e ela se tocou pro lado do cabeludo que ninguém conhecia. Até hoje ninguém sabe por que é que o sabido Agripino, que não é muito dado a ceder sua mulher aos outros, fora largar assim tão fácil a faceira Margot. E nisso Agripino foi ajudado pelo barulho característico “àquela casa de espetáculos”, tal como ser referia Gomes em seus escritos.

Margot, com o estranho no quarto, e eles a se perguntarem:

— Você viu? Quem será?

— Nunca vi nem mais gordo, nem mais magro.

— Nem eu. Nem mais cabeludo.

— Deve ser o do sangue — arriscou-se Agripino.

Imediatamente todos confirmaram a suspeita. É que ninguém tivera coragem de suspeitar declaradamente por primeiro. Agripino, dada a sua condição de líder maior dos boêmios, era mesmo quem tinha condições para isso. Discutidas todas as hipóteses, urgia saber o que fazer. Mais uma vez Agripino lhes assessorou. Deviam esperar ele sair, seguir o bicho meio de perto, enquanto isso se informar com Margot que, com certeza, teria colhido algum verde.

DE COMO MARGOT FEZ AMOR COM UM HOMEM QUE NÃO ENTENDIA A SUA FALA, MAS ENTENDIA MUITO BEM O SEU CORPO

Ela ia seguir o costumeiro ritual. Tomar o jarro d’água, esconder-se por detrás da cortina que separava o cantinho de se lavar. Em vez disso, o híbrido da espécie foi quem tomou outras iniciativas. Quando ela passou por ele com o jarro d’água, o medonho se espantou com aquele gesto, se interpondo:

— *Where are you going to?* — engrolou lá ele na sua língua esquisita.

Só então Margot deu-se conta de que ele não falara nada até então, limitando-se a se comunicar com ela através de gestos, apalpando-a. Mas não se importara muito, pois cada louco tinha a sua mania.

— Ei, bichão, não fala polaco, não.

E se entocou por detrás da cortina.

Ele, porém, era insistente:

— *What are you doing, darling?*

— O que é que tá anssim zulhudo pro meu lado, seu viado? Nunca viu a gente se lavar?

— *God!*

— O quê?

Foi então que ele resolveu abandonar a linguagem das palavras e abraçou-a com ternura, ingrediente raro na cozinha de Margot, acostumada a simplesmente tirar a roupa e aguentar o suor e o cansaço dos outros. Agora era diferente. Estava sendo tratada como sempre desejou, embora no fundo desconfiasse da virilidade de seu amante, dúvida logo dissipada. Até quase se esquecera do último. Ah, sim, fora com aquele viajante que vendia remédios, e que inclusive lhe curara de uma doença feia numa outra vez. O "polaco" de seu corpo desfrutava, sabido. Nem parecia não ser brasileiro. Parecia ser viajante, com ela mexendo, em tudo revirando, uns dedos bobos e gostosos, a mão escorregadia e despertadora de cócegas. E engrolava que engrolava. E ela não entendia nada, mas era igualmente engraçado e interessante porque entre os outros ninguém falava.

Terminado o ritual à maneira dele, descansada e pachorrentamente, ele mesmo a lavou, a enxugou, depois fez o mesmo consigo. Abriu uma valise preta que tinha e de lá tirou um talco cheirosíssimo. Nela passou, nele também, ao seu lado de novo se deitou, pressa não tinha. Falava que falava. Ela nada entendia, mas mesmo assim lhe parecia muito interessante tudo aquilo. Quando ele foi guardar o talco, ela notou a seringa na pasta preta.

— Pra que que é isso?

Ele lhe respondeu em linguagem "polaca", ela nada entendeu outra vez, também, pra que perguntar se o seu "polaco" fora tão bom? Nem o talco guardou, pra ela atirou:

— *To you!*

Por gestos, silêncio pediu, não fosse da seringa contar. Pra que contar, se ele lhe fora tão bom? De novo deitaram, outra vez se amaram, talco passaram, sem nada falar. Apenas ele a engrolar em "polaco", ela beijando, seu corpo tocando, gostoso, que bom! Depois de tudo, dinheiro lhe deu, pelegas de mil, deu cem de uma vez. Tanto assim ninguém nunca dava, era bom o seu "polaco".

Nem bem o "polaco" deixou o quarto, já os "convivas" (outra denominação criada pelo intrépido Gomes) cercaram Margot com mil e uma perguntas:

— Quem era?

— De onde era?

— Caixeiro-viajante?

— Não era o do sangue?

Margot satisfeita e agradecida, de nada sabia:

— Polaco. Não falou nenhuma palavra.

Nada não sabia!

— Era "polaco", tô dizendo.

E só depois de algum tempo passado, quando já haviam esfriado as fofocas em redor do sangue tirado à força, foi que o velho Agripino voltou ao assunto, no trago costumeiro do fim da tarde:

— Vocês sabem quem era o cabeludo daquela noite?

Em face da "inguinorança" dos demais, ele, como sempre solícito, explicou tratar-se de um dos americanos do grupo que tirava sangue, que tinha jogado com os colegas como ia à casa de espetáculos encontrar a que vira em tarde de sábado quando descansavam da inglória mas compensadora tarefa.

Não só gozou do prazer de ganhar a aposta dos colegas, como de fato regalou-se com as coxas que ele vislumbrara sob um vestido ralinho que trouxera Margot ao armazém naquela tarde, à procura de velas "parmacéticas", séria e desprevenida.

Agripino muito mais explicou aos companheiros de trago, justificando o porquê de seu esquema de pegar um dos deles falhara. Eram americanos, ele não dissera?

— Usurparam uma boa leva de sangue do pessoal, passaram pro Paraguai, e a uma hora dessas estão com muitas pelegas de mil – hi, muitas, muitas, sem conta – no bolso, zombando de nós, festeando lá com as paraguaias.

Ninguém sabe por que, mas Margot está sempre perguntando se os morcegos do fim da tarde não mais apareceram em algum lugar ali na redondeza. Agripino, entre assustado e repreensivo, limita-se a murmurar:

— Pra mim, essa rapariga tá fora da ideia.

A liderança da verdade

— Quem lidera a verdade, vamos ver, quem é que pode liderar a verdade? Ninguém?

Então, todo mundo virou-se pra trás para ver quem é que falava assim tão alto. Era mesmo de se admirar, aquele homem bem-vestido, de terno e gravata, gritando todas aquelas coisas, perguntando:

— Quem lidera a verdade, vamos ver, quem é que se habilita?

Ninguém não entendia o que ele queria poder dizer. O condutor puxou o fio, avisando o motorista que gritou lá da frente mesmo:

— O senhor aí, quer parar com essa bobageira toda aí?

E começou a manjar o estranho que falava tanto pelo espelho. Todos os outros eram também estranhos, mas estranhos que não falavam e nunca incomodavam, todos quietos. Uns lendo o jornal, outros de olhos mortos postos nos vidros das janelas, outros segurando os pacotes de compras, e bem atrás um casal de magrinhos e morenos, assim pretos e tão magros, não inspiravam nem força, que é o que a gente procura ver nos negros, é ou não é? Os negros podem ser feios, tudo. Mas negro não pode ser fraco. Uma vez em Antônia eu vi um negro bem magro e me deu vontade de pular nele. Onde já se viu um negro assim tão fraco? Daí a minha tia me explicou que negro da canela fina era o melhor tipo de negro para o trabalho. Que seus avós escolhiam os pretos de canela fina para fazer os carregamentos e descarregamentos no porto de Antonina. Mas isso não interessa porque é de outra época. Ela falava assim "carregamento" e "descarregamento", parecia que era ela que estava carregando e descarregando, não o navio, mas o próprio porto, tanta era a força que ela imprimia no "erre". Mas nesse dia minha tia não estava no ônibus porque isso era no ônibus da Vila Nori, e minha tia era rica e podia morar em Antonina. Eu é que morava na Vila Nori e tinha que suportar aquele cheiro incrível de sovaco e fedor de trabalho todo dia – não sei se você sabe, mas trabalhador fede que nossa! –, pra ir para a universidade.

Nesse dia eu estava voltando da aula de Estética e por acaso comprei um *Pasquim*, e quando o estranho começou a gritar "Quem é que lidera a verdade?" eu estava lendo Lukács, porque não tinha outra coisa para fazer no ônibus e precisava ler Lukács, se bem que ele seja húngaro e eu não goste de húngaro, mas o caso é que eu precisava ler alguma coisa de Estética. Aliás, depois que se deu o desfecho com o estranho, eu comecei a ler o *Pasquim* e tinha um artigo que dizia que "esteticamente eu tenho nojo de pobre, embora seja a favor e simpatizante da libertação dos oprimidos". Devia ser um burguês desvairado que estava escrevendo aquele artigo porque burguês desvairado é o que mais escreve em jornais, aliás, essa palavra "burguês desvairado" é uma sacada minha, produto misto, extraído de uma aula de Sociologia e outra de Literatura. Burguês, o cara rico cheio de preocupações que não são preocupações. Desvairado, da escritura de Mário de Andrade, *Pauliceia desvairada*. Eu falei na aula em burguês desvairado e todo mundo riu, e como todos rissem eu achei bacana, achava que estava certo e pronto. Além do mais, eu já tinha lido Goethe e ninguém sabia disso, porque quase ninguém tinha lido Goethe, você sabe, a universidade é o lugar que a gente menos lê, todos querem viver na ilusão, calados. Agora, por que é que os universitários andam calados de uns tempos pra cá, isso é outro problema, a professora de Sociologia sempre explicava esses troços, mas eu já esqueci porque essa aula acabou faz tempo, nem tem mais no currículo do meu curso. Dos outros, não sei. Além disso, de uns tempos pra cá eu ando meio iludida, embora uma amiga ache que ando não iludida, mas desiludida. Então eu disse: "Comprar e vender são as ações que às vezes dão no mesmo". Ela, como não tinha lido o maior escritor brasileiro do século XX, me achou genial. Ela devia me achar genial pelo reverso, por eu ter lido o cara. Que obrigação eu tinha de saber o que os escritores sabiam?

Mas isso foi um tempo antes do episódio do louco do ônibus, ou depois, mas isso não interessa, nem a minha tia de Antonina interessa, nem o ônibus da Vila Nori interessa, eu só falei porque na vida da gente as coisas estão todas ligadas umas nas outras e isso não foi ninguém que me explicou, fui eu mesma que experimentei, ih, muito. O que interessa é esse louco, porque esse louco, sem saber, mudou a minha vida. Então, é o acontecimento que mais ligação tem com a minha vida, entre todos os outros.

Por que esse louco, sem saber, mudou a minha vida? Foi assim: nesse tempo eu era ainda uma menina adolescente, cheia de sonhos, sempre, e de fantasias, eu pensava em fazer um mundo de paz e de alegria; que nunca houvesse intriga entre os mortais, ou então que fosse bem pouca. Minha mãe havia me criado assim. Ela falava que era pra eu ser assim, do jeito que ela ensinava. De certa forma minha mãe era como aquela égua que queria que seu filho, quando crescido, fosse um grande campeão. Porque olhava para as pernas do filho e pensava isso. Mas eu nem sei se minha mãe olhava para as minhas pernas. E minha mãe não era uma égua. Eu digo isso "minha mãe não era uma égua" sem constrangimento nenhum. Mas isso é agora. Em outro tempo, eu nem pensava na possibilidade de minha mãe ser uma égua. Além do mais, numa revista estrangeira eu tinha lido uma entrevista de uma deputada irlandesa que defendia a violência, o amor livre, enfim, todas essas coisas de que falam os jornais. Comecei a ler jornal e revista, muita, quis ser também uma política, uma grande, em tudo mandar. Pensava que lá por cima era mais puro e agradável, ora você veja, o meu pensamento de moça adolescente. Eu queria ser uma mulher política para descobrir muitos segredos sociais, que ainda não haviam sido descobertos. Porque eu achava que as pessoas comuns não podiam descobrir os segredos sociais, só quem podia fazer isso eram os políticos. Na minha vida, então, houve um tempo em que eu gostaria de ser política? Fico séria, quando penso nisso. Enganoso. Cada um, quando é adolescente, eu acho que é assim, pensa em ser feliz de uma maneira que não dá. E, quando fica maduro, assim como eu estou agora, pensa de um jeito possível. É melhor sacrificar o jeito que a felicidade, porque essa a gente não recupera, é abstrata. No amor: um amor sublime, de verdade, de se gostar de quem se quer amar. Mas essas são coisas difíceis, que só devem estar no além, e isso não se pode nem querer.

Se digo tudo isso é para fazer uma ideia do estado que me configurava naquele ônibus, naquele dia, para poder entender o que veio depois.

O estranho começou a fazer seu discurso sobre "Quem é que lidera a verdade?". Uns homens que estavam falando sobre duplicatas etc., coisas de escritório, foram os primeiros a querer fazer com que ele se calasse, ameaçando-o, depois que o motorista não conseguiu nada. Mas o homem não tinha mesmo medo de nada. E falava que falava sobre "quem é que lidera a verdade". Quando ele passou pela roleta do pagamento da passagem, todos estavam ainda rindo. Mas ele, meio desengonçado e manco, num átimo estava bem pertinho do motorista, encostando um troço preto no pescoço do motorista e perguntando para os passageiros: "A senhorita, onde quer descer? Aqui nesse ponto? Na outra parada? É longe a sua casa?, quer que eu a acompanhe?, desculpe, não posso, estou a serviço da verdade, a verdade está momentaneamente sem liderança, eu sou provisório, mas tenho que ficar aqui de plantão, a senhorita não repare. E o cavalheiro, quer descer onde? No outro ponto?". E conforme lhe diziam, ele mandava parar, nem que fosse fora de ponto. E o motorista obedecia.

Quase ninguém relutava em descer, mesmo que ele mandasse descer em outro ponto que não o costumeiro. Uma senhora loura quis reclamar, pra quê? Foi o que ele disse:

— Senhora loirosa, não precisa se esvair em raiva, ficar com sangue espumoso, porque eu não me arredo desse rijume. Os seus olhos estanhados parecem os de um homem bastante assassinado que eu vi ontem na Visconde de Guarapuava. A senhora está encrencosa sem motivo, com desdedados gestos, parece cheia de mãos. Fique calma, minha senhora, aproveite em ficar calma enquanto eu não estou enraivado, porque depois que eu fico com o sangue espumoso, o dia pra mim é um morro. A cidade fica entre os morros, a senhora fique sentada onde está. A senhora não se astreve a ficar quieta? A senhora se astreve, a senhora não se astreve?

Era assim o falar dele, a gente quase não entendia. Entender a gente entendia, mas era um entender diferente.

— Ora, eu estou lendo Lukács e esse cara aí me atrapalhando — foi o que eu pensei.

Depois que todos desceram, inclusive o condutor e o motorista, isso já era no ponto final da praça Tiradentes, ele achegou-se a mim, bem pertinho, e o que eu pude ver eram os seus olhos secos, fundos, vazios. Um barulhão na cidade, sirenes tocando, luzes vermelhas em todos os semáforos, isso eu podia ver de dentro do ônibus, um cordão de guardas esperando o ônibus e impedindo o povo de chegar perto. Um sargento falava a rádios e emissoras de televisão, caras de jornais, a tudo. Entraram pela porta de trás, quebrando vidros, agachados, dando tiros. O que ele me disse antes de ser atingido pelos policiais:

— Quem é que lidera a verdade, hein?

Na delegacia me perguntaram muitas coisas, os jornalistas me perguntaram muitas coisas, todos me perguntaram muitas coisas. Eu decepcionava todo mundo, eu não sabia dizer nada.

— Mas você não conta como é que foi o negócio? — me perguntavam.

Eu só estava lendo o Lukács, eu não sabia de nada, eu não podia saber. Eu disse para o delegado, para os jornalistas, para todo mundo:

— Ele tinha uns olhos secos, vazios e fundos. Era calmo e não fez mal a ninguém. Matou os dois comerciantes porque eles tentaram agarrá-lo. Mas não queria fazer mal a ninguém. Até a amante do doutor Jesuíno estava no ônibus, ela é prova disso que estou dizendo.

Então, um jornalista já desviou:

— Desde quando ela é amante do doutor? E quem é ela, onde mora, trabalha, onde, onde?

Eu não sabia de nada, disse isso porque tinha visto aquela loura bonitona, que ficara encantada com o discurso do homem, até achei que ela fosse prostituta. Inclusive o nome do doutor era matéria imaginária. Mas deu certo. No outro dia um advogado veio com um cheque de milhões me procurar. Era um cheque do doutor. Eu não entendia muito bem tudo aquilo. Ele me explicou que se o escândalo viesse a furo, o doutor perdia não sei quantas cotas na empresa, enfim, era fácil ver quem era que sustentava tudo. Peguei o cheque.

— Tá bem, eu não conto.

— Não basta, desminta — ele me disse.

Eu não sabia de nada. Perguntaram, muito tempo depois, como é que tudo tinha acontecido, como era que eu sabia do caso da amante etc. etc. etc. Dos outros passageiros, ninguém quis se apresentar para a polícia "para não se implicar". Então eu inventei que a loura tinha contado, inventei outras personagens para a história, tornei dramático tudo, de sorte que, quando algum tempo depois o caso foi revivido nos jornais, nem mesmo os passageiros daquele ônibus reconheceram a história. Um dia peguei um final de conversa ao redor de um jornal:

— Comigo aconteceu quase assim, só que...

Emergência

— Quando eu fui daqui, isso aqui não era ainda reservado aos pedestres. Vi uma velhinha ser atropelada bem nessa sinaleira ali, por um cara que gostava de dar ferro. Foi uma tristeza. Eu nunca tinha visto ninguém morrer. O da velhinha foi o meu batismo de trânsito, apesar de eu não ser simpatizante de Scorza e achar a literatura latino-americana burguesa e alienada.

Isso era o que ele estava falando à mesa de chope, ali na rua das Flores. Quis fazer metáforas e não soube citar o autor certo. Voltara há pouco da Sorbonne, onde fizera Pós-Graduação em Filosofia da Linguagem. Todos procuravam saber coisas da França, não coisas de viagem, turismo, essas coisas, mas outros assuntos, ligados à realidade universitária francesa.

— A França é o oásis dos latino-americanos sedentos de expressão — disse alguém da roda, querendo impressionar o recém-chegado, buscando a atenção dele.

— Você sabia que muitos escritores exilados escreveram seus livros lá?

— E sabia que a maioria dos artistas exilados que vivem lá é composta de latino-americanos, intelectuais foragidos?

— Você precisou fazer tese?

— *Allez, uh-la-la,* você pensa que a Sorbonne é o quê? Quem não conclui a tese não pega diploma. Não é como aqui, que o sujeito tem prazo de não sei quantos anos para fazer a tese, computados depois que ele terminou o curso de Pós-Graduação, Mestrado ou Doutorado em alguma porcaria.

— E a sua tese? Como é que foi? Foi sobre o quê?

— Pesa uns oito quilos. Dois volumes desse porte aqui! — E quase derrama o cafezinho sobre as calças de linho para explicar.

Se a gente observasse bem, foi ali, naquele exato momento, que ele começou a se perder. Gaudêncio não podia sustentar o papo mais longe, pois estava enveredando por caminhos difíceis. Primeiro: aquela sua opinião sobre literatura latino-americana não agradou a ninguém do grupo. Mesmo Augusto, que estudava Química e podia não gostar mesmo de literatura como afirmava, não gostou muito de ele dizer isso. André, que nesse tempo fazia Direito, esteve com a boca ajeitada para chamá-lo de burro, só não o fazendo para não complicar a situação. Muitos outros procederam diferente, por motivos diversos. Mas todos pareciam interessados em investigar, sem agredir, para assim conseguir saber mais coisas.

Mas Paulo se queimou na parada.

— Isso não diz nada.

— Isso o quê?

— Isso, do peso que a tese tem.

— Como, não diz nada? Então eu faço uma tese de oito quilos e oito quilos não significam nada?

— Podem significar, mas não pelo peso.

Paulo era inteligente. Havia se mantido calado até reconhecer o terreno, feito um vietcongue, eu sempre achei que um viet-congue fosse assim, sem-vergonha de paciente, capaz de ficar trinta dias debaixo da lama, esperando o inimigo. Mas isso foi um turista americano que me disse uma vez, numa viagem de São Paulo a Curitiba. Ele fez um beiço feio e falou que os vietcongues ficavam escondidos debaixo de excrementos e só saíam dali para matar criancinhas e mulheres.

Paulo não pensava assim. Paulo pensava que aquelas guerras eram de libertação. E quando a gente perguntava quem é que tinha razão, Paulo embrabecia.

— E guerra, por acaso, é questão de quem tem razão? Não vê que o problema se posta em outro nível?

A gente não sabia se ele falava assim porque não sabia responder à questão ou se era porque precisava se recusar a responder. Esta é uma das muitas dúvidas que tenho quando falo com as pessoas e elas não respondem às perguntas: estão se recusando por necessidade ou não sabem mesmo?

Paulo disse que o peso não era importante e Gaudêncio ficou uma fera. Então ele fazia uma tese de oito quilos e isso não era importante? André perguntou:

— Você sabe quanto dá, Paulo? Meio alqueire são quinze quilos. A tese do Gaudêncio dá uma quarta. Meu avô tinha uma caixinha de medir o milho, que dava bem certinho uma quarta. A tese do Gaudêncio, então, encheria aquela medida. A sua tese é a maior tese que eu já vi. Aliás, eu não vi.

— Isso não interessa, não vê que isso não interessa? — Paulo começava a ficar irritado.

— Sobre o que que é a sua tese?

Foi isso o que Paulo perguntou e, se a gente observasse bem, aí foi que a conversa começou a engrossar. Porque Paulo falava de mansinho, mas era insistente. E André ironizava demais.

Gaudêncio tirou os óculos, deu um arroto, explicou que arrotar na mesa era normal para os franceses.

— Até mais do que isso — ele disse.

A sintaxe dele estava meio afrancesada, ele vestia calças francesas, camisas francesas e cueca suíças. Gravata italiana, sapatos alemães e uma cinta belga. Brasileiro era só ele mesmo, embora no fim da discussão Paulo já estivesse dizendo que ele não era mais brasileiro. Foi o que Paulo disse:

— Cê tá muito afrancesado, europeizado demais.

— A minha tese é sobre a linguagem em Merleau-Ponty. A de Mestrado, que é o primeiro volume.

— Merleau-Ponty ia caber direitinho naquela caixinha do vovô — isso André disse, podia? Queria mesmo era gozar! — Merleau-Ponty não dá nem meio alqueire, como é que pode? Epa! Nem sequer uma quarta, pois é só um volume.

Todos riram muito, mas Gaudêncio ainda disse: — E a de Doutorado é sobre a linguagem em Heidegger.

Daí degenerou. Foi o que André disse:

— Esse não ia caber na caixinha do meu avô. Ih, rapaz, Heidegger? Merleau-Ponty não coube numa medida de milho, mas Heidegger passou! — André ria esbodegado.

— Tou vendido no meio de vocês — isso disse Gaudêncio, para se defender.

No fim, quando já tínhamos quebrado uns quantos copos... Mas vale a pena a dos copos. Gaudêncio berrou:

— Como é que não tem importância o aspecto genético — nem lembro mais o que a gente estava discutindo àquela altura, e tacou o copo na mesa.

Todo mundo em solidariedade disse a mesma coisa, e quebramos todos os copos. O garçom veio todo apavorado, a gente adiantou o dinheiro dos copos. E Paulo disse:

— Pomba, Gaudêncio. Você se cria numa colônia italiana, estuda numa escola com professora de origem italiana, você tem pais italianos, você é italiano! Você viu a mistura das línguas *in loco* e você vai para a França e faz oito quilos de tese ("que cabem na caixinha de medir milho do meu avô", disse de novo André) sobre a linguagem em Merleau-Ponty e Heidegger! Vê se pode isso! Sabe o que é que você faz? Você imergiu na cultura europeia, no monoglotismo cultural francês. Voltou doutorado. Mas você devia emergir, entende? Fazer uma proposta, entende? Você ganha uma bolsa na Sorbonne e não faz uma proposta?

Você sabe de quanto era a minha bolsa? Eu precisava cuidar de um cachorro para pagar o quarto de dormir e comia o arroz que sobrava do cachorro, era esse o meu modo de viver. É fácil falar. Ah...

— Ele podia fazer a sua tese sobre a miscigenação das línguas italiana e portuguesa — disse Paulo.

— E a tese ia caber na caixinha do meu avô medir milho? — satirizou pela bilionésima vez André.

Mas dessa vez ninguém riu. Estava todo mundo com uma pena enorme do Gaudêncio. E Gaudêncio pensou que era porque ele tinha contado que tinha comido comida de cachorro. Gaudêncio ia viver sempre muito enganado.

Gaudêncio tinha visto uma velhinha ser atropelada na esquina com a rua das Flores no tempo em que a rua das Flores não se chamava assim, e sim rua Quinze de Novembro. Aliás, ainda é o mesmo nome. A gente chama assim de contente que está. A irmã de Gaudêncio fugira de casa um pouco antes de Gaudêncio ir para a França, por não se entender com os pais. Muitos colegas de classe do Gaudêncio não entendiam os professores. Fora o que não se vê ainda. E tudo isso Gaudêncio esqueceu. Isso Paulo lembrou a Gaudêncio, mas ele disse que a Filosofia não podia se preocupar com esses problemas "mesquinhos".

E Paulo: — Com o que é que a Filosofia da Linguagem se preocupa?

— Ela não tem função de resolver problemas — isso Gaudêncio respondeu.

— Então para que é que ela serve? — perguntou André.

— Para medir quanto de milho cabe na caixinha do meu avô?

— A Filosofia da Linguagem serve para... Querem saber de uma coisa? Se quiserem saber isso, vão sofrer como eu sofri, pode ser que aprendam.

— Mas nós sofremos muito mais, você não sabe de nada, Gaudêncio — isso Paulo disse, mas Gaudêncio já havia se retirado.

Gaudêncio fizera uma tese de oito quilos, que não cabia na caixinha de medir milho do avô do André, e agora abandonava a gente por causa de discussão.

— Linguagem em Merleau-Ponty e Heidegger: pra quê? — suspirou Paulo.

— Pra que é uma pergunta epistemológica? Você sabe que o meu avô era um ótimo contador de histórias? A gente ficava o dia inteiro ouvindo as histórias dele e não se cansava. E nem brigava — isso André disse com certa ironia.

O lar dos desesperados

He was an old man who fished in a skiff
in the Gulf Stream and he had gone
eighty-four days without taking a fish.
Ernest Hemingway,
The old man and the sea

I

Um homem de mais ou menos cinquenta anos, de boa aparência, bem-vestido, anel muito bonito na mão esquerda, cabelo grisalho e um tanto crescido, barbas esbranquiçadas, terno de cor clara, gravata muito chique – chora convulsivamente no banco de uma igreja.

Na abóbada da igreja – uma igreja espaçosa –, há várias figuras de santos, destacando-se na parte central a figura da Sagrada Família.

O homem acha São José com cara de marido traído e Nossa Senhora um pouco assanhada demais pra idade dela. O filho é que lhe parece meigo e bonzinho. O outro pai, um pouco acima, está com cara de pai vitoriano – pensa o homem. Essas divagações são rápidas e não são suficientes para estancar as lágrimas, derramadas no meio de soluços desesperados.

Setembrino Alves de Siqueira, de família tradicionalmente rica e poderosa, sem jamais ter precisado de favor algum, ao contrário, sempre prestando favores a Deus e a todo mundo naquela cidade que o nome dos Siqueira havia feito, se via na contingência de, pela primeira vez, precisar de um grande favor, um favor que nenhum homem podia fazer, nenhum amigo, nem mesmo um inimigo, não, ninguém. O que ele precisava era de uma coisa impossível. E por isso viera ali à igreja.

Olhava os santos todos, como a selecionar aquele que lhe pudesse ser o mais favorável, tal como fazia com os empregados. São Francisco estava à sua direita, num desenho marrom, desbotado, mas certamente o negligente santo não se importava com aquele pouco-caso do vigário, que todo ano pintava os santos, remoçando-os, e por último deixava o santo pobrezinho sem roupa nova porque invariavelmente faltava tinta quando chegava a sua vez. Não, pra São Francisco, não. São Francisco não inspirava confiança, fora pobre, devia ser recalcado, não ia ajudar os ricos, para pedir para São Francisco precisava se tornar pobre, mas pra isso ele não tinha coragem nem condição. Foi percorrendo todos os santos, em cada um refletindo sobre as possibilidades. São Carlos Borromeu não dava por causa do nome, incongruência fonética. Não, Nicolau também não. Era polaco, só atendia os "polacos", tinha raiva de brasileiro. "Todo polaco tem raiva de brasileiro", pensou. São João Batista também não podia ser: como é que ia poder pedir favor pra *hippie*? Pois não fora ele *hippie*? Tinha raiva dos ricos, ainda mais com raiva deve ter ficado depois de sua cabeça ter sido degolada em festa de ricos. Pra ele não ia pedir. Santas – tinha uma porção. Mas, pra mulher, em caso grave como era o dele, adiantava pedir? Tinha que pedir prum santo, um que fosse corajoso e expusesse a situação claramente para o Todo-Poderoso. Ou, então, ele ia pedir o favor diretamente para Deus-Pai. Pra Jesus Cristo não ia adiantar pedir. Sempre se demonstrara contra os ricos. Ainda Deus-Pai, conforme lhe havia ensinado a catequista, era misericordioso, se bem que justo. Confiava na justificativa de seu pedido, podia pedir diretamente para Deus-Pai, mas tinha medo de Ele ser influenciado pelo Filho, não era uma família patriarcal, não podia confiar. Como é que podia pedir diretamente? Deus devia ser como os poderosos da Terra: há sempre a necessidade de se servir de um político para conseguir alguma coisa. Precisava arranjar um santo forte e não o encontrava na abóbada. Foi quando começou a fazer considerações sobre a educação que São José teria dispensado ao Menino Jesus.

Vislumbrou no nevoeiro das lágrimas a figura imóvel daquele pai de família que, dada a chance do advento histórico, não enfrentara problemas que ele agora era obrigado a enfrentar. Ou teria sido pela peculiaridade do filho que o antigo não tivera problemas?

Os soluços se multiplicam em ecos surdos pela imensidão da igreja. Uma revolta eclode de seu peito, não pode compreender a brusca interrupção de seus planos de bem viver. Volta novamente o olhar para o altar em busca de um santo, mas agora o que lhe chama a atenção são uns cachos de uva e um feixinho de trigo, que a distância não é suficiente para lhes encobrir a artificialidade. Não encontrando o procurado santo, que nem ele mesmo sabe quem seja, apenas está cônscio de que precisa demais, desesperadamente até, faz um sinal da cruz finalizante e toma o corredor de saída, incapaz de reprimir os soluços. "Como é que pode?", vai pensando. "A gente ser feliz até os cinquenta e cinco anos e de repente estourar uma tempestade dessas, jamais pensada, nem sequer imaginada, e, no entanto, insuperável." Lembra-se de uns pedaços de soneto: "... E das mãos espalmadas fez-se o espanto./ De repente da calma fez-se o vento/ ... E do momento imóvel fez-se o drama".

E como fosse dado a leituras, inconscientemente talvez lhe veio de repente a lembrança de um rei que atira várias coisas ao mar da vida: alimentos, pérolas, poder, a própria filha. "Mas é um rei que tem sereias e por isso pode fazer coisas impossíveis", pensa.

Acomodado ao carro, finaliza seu momento de reflexão iluminada: "Mas eu não sou rei, não joguei ninguém no mar, há uma grande diferença".

II

— Chegamos, seu Setembrino. Quarto número dez vinte.

— Mil e vinte — diz ele, corrigindo seu motorista particular. — Pode me esperar no carro. Eu já volto.

O motorista sabe que o "já" é demorado e decide tomar uma caninha. Mas volta-se espantado com a gritaria vizinha, repentina.

III

— Quarto mil e vinte, por favor.

— Ah, é o senhor que... O pai daqueles... O marido da...?

— Sim, sou eu mesmo.

Uma porta branca se abre, mostrando paredes brancas que rodeiam uma cama branca, onde uma senhora branca, de cabelos brancos, envolta em lençóis brancos, cercada de homens brancos vestidos de branco por todos os lados, soluça compassadamente.

— Ela já está apresentando melhoras — diz-lhe um dos médicos. E com a segurança com que diz, parece resumir a opinião de todos os outros, não sendo difícil Setembrino deduzir que se trata do chefe da junta.

A senhora nota o marido e volta a soluçar alto:

— Como é que tudo pôde acontecer, tão depressa, sem a gente saber de nada, né, meu bem?

Ele finge calma, segura a mão da esposa, firme. Ela nada finge.

— Você me perdoa, bem?

— Perdoar o quê, querida?

— Todo esse tempo...

— Todo esse tempo o quê?

O chefe dos médicos fez um aceno:

— Dona Emília logo vai estar totalmente recuperada. Agora precisa descansar.

E parecendo alegre:

— Reconheço que vocês precisam conversar, isso é comum entre os que se amam, mas vou separar esses dois pombinhos.

Setembrino encara firme o médico, repreendendo com o olhar o toque humorístico. "Como é que pode ironizar tanto? Será que ele sabe que nunca nos amamos, que jamais gostamos de conversar, nem nunca parecemos dois pombinhos? Parecemos dois corvos insatisfeitos com a nossa condição. Só isso. Isso e nada mais. Mas, por ser médico, não precisa debochar, porque está ganhando dinheiro com isso. Antigamente a gente se amou, se gostou, sofreu junto. Ela era uma menina, cresceu comigo, construímos nossa vida juntos."

— Não precisa ficar perdido — diz-lhe o médico. — Vamos conversar um pouquinho. Despeça-se.

Setembrino fica pensando: "TOTALMENTE recuperada... TOTALMENTE uma ova! Advérbios deveriam ser usados somente quando necessários, assim como as outras palavras.

— Nós, brasileiros, ainda temos que enfrentar uma série de percalços para a nossa tarefa de cuidar da saúde de nossos cidadãos. Veja o senhor que, se fosse nos Estados Unidos, a gente poderia contar com muito mais recursos. Aqui conseguimos as coisas no peito e na raça. Talvez sejamos gênios em muita coisa por causa disso. A necessidade nos faz criativos. Temos sempre que inventar coisas. Sua mulher vai se recuperar, não totalmente, é claro. Coração é coisa séria. Digo-lhe com franqueza que ela morrerá do coração...

Setembrino se espanta.

— ... um dia. Um dia ela morrerá do coração. Agora está fora de perigo. Mas é certo que morrerá do coração, quando morrer. *Causa mortis*, o senhor entende? Tenho curso de Direito.

— Vê-se que o senhor é distinto. De onde mesmo que o senhor é?

— Sanga da Amizade, no Paraná. Não é muito longe. Só asfalto. Mas agora eu moro aqui.

— Sim, sim. Já estive lá, indo para o Paraguai. Aquilo lá está ficando cheio de rico, novo-rico, *nouveau-riche*...

O médico lhe oferece um charuto, mas ele rejeita e pensa: "Que contradição! O cara tem que cuidar da saúde e fica aí queimando essa nojeira, empurrando veneno pro pulmão. Acende uma vela para Deus e outra pro Diabo".

No carro não encontra o motorista. Dá umas buzinadas, nervoso, o motorista surge rápido de dentro de um bar.

— O senhor desculpe. Fui ver uma bronca. Veja o senhor que o cara chegou de táxi com a guria, ela não queria entrar no hotelzinho, aquele hotelzinho ali, o senhor sabe, aquele que diz só para casal, daí ele começou a gritar com ela, arrastou ela à força pra dentro do hotelzinho, mas não demorou muito, nem cinco minutos, os dois saíram e entraram no mesmo táxi de antes, acho que nem deu tempo de... O senhor sabe, eu acho que nem deu tempo, mas a moça tava meio machucada, com mancha roxa no rosto, meio arranhada, eu não sei bem o que é que houve, mas ela não tinha cara de mulher que não presta, não, o senhor sabe, dá sempre pra ver pela cara, mas essa não tinha cara disso, não, acho que era mulher direita, que foi enganada, o amor ilude muita gente, porque ela foi levada à força pra dentro do hotelzinho, mas eu acho que não deu tempo, não, o senhor sabe...

— Toca pra rua... Deixe ver o cartãozinho aqui da clínica...

— Esse trânsito aqui é coisa séria. Não pensava que São Paulo podia ficar pior do que tava há uns catorze anos, quando eu entrei aqui com um caminhão carregadinho de porco, era a primeira vez, eu não conhecia bem o trânsito, deu uma trabalheira que só vendo... Agora, graças a Deus, o trânsito tá pior, mas eu dirijo melhor, o senhor sabe... Mas o senhor tá muito triste com tudo o que aconteceu, mas tudo passa, daqui a alguns anos o senhor nem mais se lembra.

Setembrino lhe diz o endereço, o motorista obedece.

— Me espere no carro, volto em seguida.

— O senhor pode ir descansado.

— E nada de se importar com a vida dos outros. Quem é que se importa com a vida da gente? Cidade grande é cidade grande. Cada um cuida de si, Deus de todos.

— Nem vou sair do carro. Pego ali na banca um jornal pra ver como vai a nossa seleção, mas acho que dessa vez eles não ganham, não. Tá tudo muito paradão. Tão tricampeão, sentaram em cima do saco. O que é que o senhor acha?

Mas o patrão já está na portaria da clínica. Diz seu nome. Imediatamente surge uma enfermeira que o leva clínica adentro. Sentam numa salinha.

— Há possibilidade de recuperação para eles?

— Não vou enganar o senhor, o senhor é pai, eu também tenho filhos, não vou enganar um pai de família. A dor é mais importante que a mentira. Seus filhos não têm recuperação. Talvez a longo prazo, mas é humanamente impossível.

— Pra que usar advérbios? — pensa Setembrino. — Bastava dizer que é impossível, pra que dizer "humanamente impossível"? Não precisava.

— Nem a menina?

— Nem a moça. Por que o senhor a chama de menina? É uma moçona.

— É que... Ela cresceu depressa, não deu tempo para sentir, quando eu vi, ela já era mulher feita.

— Amanhã o senhor passa aqui que o médico vai lhe dizer que ela tem recuperação, ou possibilidades de recuperação, mas será mentira. Nem ela, nem os rapazes. Mas o médico vai lhe dizer que eles têm cura, negócio de ética médica, o senhor sabe, desenganar alguém é fogo!

Setembrino recorda sua ética de patrão e advogado. As questões perdidas e ele a alimentar esperanças dos empregados, pois precisavam sobreviver.

— Não adianta a gente esperar o que nunca vai acontecer — diz com um suspiro.

— Pois é. Amanhã o senhor passa à tarde, porque de manhã os médicos estão dormindo. Eles vão dormir sempre de madrugada e levantam cedo. O senhor precisa ver, eu queria fazer filmes pra filmar uma noite nesta clínica, ou em qualquer hospital do mundo, porque seria fantástico, é à noite, num hospital, que a gente fica sabendo mesmo o que é o homem, o que é a vida humana, o que é viver. Ainda mais numa clínica como esta aqui, especializada nessas coisas todas. Aqui é ainda mais fácil de compreender que pessoa nenhuma neste mundo é contente, ou vive bem.

— Amanhã à tarde, então.

— É. Mas não adianta vir. O que o senhor tem mesmo que fazer é pagar todo mês a conta até eles morrerem, não vai demorar muito, mas o médico vai lhe dizer o contrário do que eu disse, mas não será verdade.

— Não será preciso vir — pensa Setembrino.

IV

— Pode guardar o Mercedes na garagem. Não vou mais sair hoje — ordena ao motorista.

Na mansão ao lado, crianças brincam no jardim, meninos e meninas cantam juntos "Ciranda, cirandinha" em coro com a babá. Setembrino pensa: "Se são tão puras e boas, por que é que quando crescem se tornam tão más, desequilibradas, sem alegria, faces carregadas... É isso que eu vejo nos jovens. Que estará acontecendo? A gente cria esses anjinhos, põe no jardim, na escola, nos melhores colégios, educa na religião, por que se estragam e degeneram ao crescer? O que há de errado? Por que não aceitam a ordem constituída? O que querem...?

Encontra a empregada que lhe pergunta "se eles estão melhor". Ele se irrita:

— Por acaso a senhora tem alguma coisa com isso?

A empregada pede desculpas, só queria ajudar. Ele se enternece com a humildade dela, mas é um enternecimento misturado com raiva. "Petulante essa nega! Querendo me ajudar! É por isso que o mundo está cada dia pior. Até os empregados pensam que podem ajudar... Mas, afinal, ela foi tão humilde." Condescendente:

— A senhora gostaria de ser rica?

— Quem é que não gostaria? Mas o meu destino...

— Pra que a senhora queria ser rica?

— Pra não quebrar a cabeça toda hora, fazendo conta do pouco dinheiro, não quero reclamar, ganho bem aqui, é que dinheiro hoje em dia não dá pra nada.

— São todos iguais — desilude-se Setembrino.

Procura alguns discos. Não acha música clássica. Só encontra Jimmy Hendrix, Janis Joplin, por aí.

— Que diabo fizeram com Strauss?

— Quando dei o aparelho de som, nem desconfiei de nada. Veja só o que eles escutavam. — Parece que ele é dois, um conversa demais, o outro só escuta.

A empregada pergunta pela patroa:

— Ela ainda está no hospício?

Setembrino grita:

— Quem é que lhe disse que ela está no hospício?

— Mas o senhor...

— Cale-se.

— Se o senhor não fosse tão brabo, eu contava uma coisa pro senhor.

— Conta logo! — grita ele nervoso.

— Credo, o senhor...

— Estou mandando contar!

— Mas eu...

— Conta logo, nega desgraçada!

A empregada começa a chorar. Ele de novo se enternece:

— Estou nervoso.

A empregada reconsidera:

— Não posso mesmo contar. Segredo é segredo.

V

Robertinho e Eliane, irmãos, fazem uma bacanal com a empregada e mais um casal de namorados, Vera e Rui.

— Trouxe aqui a nega pra dar tintas proletárias nesta festinha — diz Robertinho. E de dedo na nega:

— Depois não vá dizer que não participou do processo histórico de libertação global, via sexo, isto é, via ser do homem.

Eliane quer saber como organizar a bacanal:

— Quem com quem?

— Que tal, irmãzinha, nós dois curtirmos uma de família? — pergunta Robertinho.

— Topo — diz Vera.

A empregada não quer saber de nada, fica apavorada:

— Todo mundo pelado, cês tão tudo louco.

Vera, toda pelada, para a empregada:

— Tira a roupa, paixão *black power*. A festa vai começar.

— Não posso acreditar que é você, Verinha — diz a empregada muito admirada.

Verinha faz uma descrição minuciosa de seu corpo, concluindo:

— Portanto sou virgem...

Rui interrompe:

— Ser virgem é desfibrar fibra por fibra os...

Vera continua:

— Minhas coxas estão ótimas, depois de ontem à noite. Não tava joia, Eliane?

— Legal pacas — diz Eliane. — Mas hoje vou experimentar com o mano.

— Teu mano é legal também — diz Verinha. — Aguenta demais a gente, quase mata.

— Não me provoque ciúmes — diz Rui. — Também sou bom na arte.

— Ah, meu cabritinho, quem disse que você não é bom? — diz Verinha. E lhe tira o resto da roupa.

A empregada reclama baixinho para Robertinho:

— Você me disse que era no seu quarto, só eu e você. Por que todo mundo? Não sou boa sozinha, não fui legal com você na última vez?

— Nada de repreensões, querida proletária. Isso aqui é uma espécie de corte epistemológico, que infelizmente tem que ser liderado pelas classes dominantes, vez que as classes dominadas, cuja amostragem se processa através de você, não reúnem condições de liderança. Uma bacanal é que nem um ministério, um parlamento. Uma bacanal é essencialmente uma tarefa política.

— Fala direito comigo, Robertinho. Vamo lá pro meu quarto, eu prometo fazer o que você quiser.

Chega Maurício:

— Trouxe o remédio, pessoal.

— Já tava atrasado, bicho — diz Eliane. — Pensei que não viesse mais.

— O trânsito, a máquina — diz Maurício. — Tudo conspira contra os meus desejos.

— A nega não quer tomar parte — diz Eliane. — Agora mesmo tava convidando o Robertinho pra ir pro quarto dela, sozinhos.

— A nega gosta mais de mim — diz Maurício. — Robertinho é frio. Nega é quente. Dicotomia das raças, mas comigo dá certo.

Maurício prepara as doses na seringa. Todos recebem o "remédio".

— Isso é remédio — diz Maurício. — Assim a gente fica mais forte, mais resistente, nega. Mexa-se!

— Faço tudo o que cês quiserem. Mas remédio, não. Não tomo remédio, nunca tomei, de tipo nenhum.

— Mas é vitamina, nega.

— Ela nem tirou a roupa — diz Eliane. — Ora, onde já se viu, nós todos pelados e ela aí feita madre de convento.

Todos pegam a empregada e tiram-lhe a roupa.

— Se eu tivesse as coxas que essa nega tem! — exclama Vera. — Eu ia ser prostituta.

— A prostituição é uma profissão e como tal deve ser regularizada — diz Robertinho. — Você já pensou bem sobre esse negócio, cês já pensaram? Sophia Loren devia ou não ser prostituta? Pois é. Só que ela devia ser independente, ir com quem ela quisesse, mas que podia viver disso, isso podia.

— Eu me responsabilizaria pela sobrevivência dela — diz Rui.

Todos riem, já perseguidos pelo efeito da injeção. A empregada ainda recusa o "remédio":

— Pra que vitamina, se cês são tudo tão bem-criado?

Derrubam a empregada e aplicam-lhe a injeção à força.

Antes, Robertinho faz a empregada jurar que jamais contará a ninguém o que aconteceu.

VI

Setembrino encontra o sócio, seu amigo.

— Jamais podia imaginar uma cena dessas! Quando fomos lá no quarto, Elianinha, Maurício e Robertinho estavam nus, apenas uma toalha enrolada na cintura de Elianinha. Tinha mais um casal de namorados, Vera e Rui, ela eu não conheço, mas ele trabalha no banco.

— Como está a sua senhora? — pergunta finalmente Heriberto.

— Vai demorar a se recuperar.

— E as crianças?

— Sem recuperação — soluça Setembrino. — Perdi os três. Vão morrer na clínica. O que é que eu faço da minha vida?

Heriberto bate-lhe as mãos nas costas:

— Você sempre foi um homem forte. Conheço você desde nossos tempos em Sanga da Amizade, nossos primeiros tempos, quanto trabalho, que vida mais sofrida a nossa! Vivendo no meio da porcada, carregando porco, cheirando a porco... Todos diziam que era cheiro de dinheiro... Era mesmo. Fizemos nosso futuro, mas e daí? Aqui em São Paulo não sou feliz. Nem eu, nem ninguém da minha família. Às vezes, me dá vontade de vender tudo e voltar para Sanga da Amizade, viver de novo no meio da porcada e...

— Como é que eu vou aguentar o fingimento dos outros, que parecem nada saber? Não posso fazer nada.

Heriberto concorda:

— É verdade! Você não pode fazer nada.

— A gente passa quarenta anos trabalhando, arruma a vida, quando pensa que vai poder aproveitar, veja o que acontece.

— É a primeira vez que você chora — diz-lhe Heriberto.

— É a primeira vez que você me vê chorar — diz Setembrino, inconsolável.

— Vamos pescar — convida Heriberto. —Vamos sair pro mato, antigamente a gente sempre saía, levava as crianças, era divertido.

— Está bem — concorda Setembrino. — Hoje vamos sair, vamos pescar, vamos pro mato, conforme sempre fazíamos, mas amanhã, depois, mês que vem, ano que vem? O que é que eu posso fazer?

— Você não pode fazer nada — repete, duro, Heriberto.

Vida acompanhada

Eu deito na cama, pego um monte de jornal. Não sei por que fazem jornais tão volumosos aos domingos. Está frio, eu ponho as luvas. Ela se encosta em mim, quer se aquecer? Não. Vem pedir que eu vá buscar a televisão. Resisto:

— Televisão só mostra besteiras, eu não nasci pra essas coisas, tenho outras pra fazer.

Ela me diz que isso é um preconceito, que as novelas mudaram muito, os noticiários mudaram muito, os filmes mudaram muito, tudo mudou muito nos últimos anos etc. Eu digo:

— Eu também mudei muito nos últimos anos. Eu andei mais depressa que a televisão. A televisão não pôde me acompanhar.

Ela traz a televisão, se queixa de frio e me diz:

— Essa novela aí revela o massacre tecnológico do homem.

Então eu abaixo o jornal, olho bem nos seus olhos e digo:

— Quando começaram com isso eu avisei: esse negócio não vai dar certo, mas ninguém me escutou.

— Mas pra quem você disse? — ela me pergunta, porque eu estou olhando nos olhos dela e então ela não pode ver televisão e tem que pensar e falar comigo. Eu não tiro os meus olhos dos seus e digo:

— Disse pra todo mundo. Disse nos jornais, nas revistas, no rádio etc..

— Etc. o quê? — ela insiste.

— Etc. são as conferências que eu fiz, os debates e as aulas que eu dei na universidade.

— Só?

— Só.

Então seus olhos brilham:

— Não adiantou nada. Você tinha que dizer na televisão. Todo mundo vê televisão.

Eu levanto o jornal de novo:

— Pra quem só vê televisão, não adianta dizer nada.

— Não disse? É preconceito.

E se anima:

— Olha lá ó! A luta do homem contra a tecnologia. Relógio, trânsito, tudo.

Eu digo:

— Podiam ter evitado a luta.

E penso, mas não digo: "Os homens são mesmo uns bobalhões. Sempre justificam suas lutas, nunca as evitam. Assim vão sempre se matar". E ela:

— Tá vendo? O amor é possível na sociedade tecnológica. Olhaí!

Eu não tou vendo nada, eu tou lendo, melhor, tou pensando, mas contesto:

— Isso aí não é amor. Isso aí é desespero.

Largo o jornal, animado comigo mesmo, e lhe digo baixinho, no seu ouvido:

— O amor, se é que um dia existiu, os homens o mataram. Amor não mais existe.

Ela se irrita e fala bem alto:

— Ah, então é assim, né? Não gosta mais de mim, né?

E se senta na cama:

— Quer dizer que você não me ama mais?

Então eu falo:

— Brincadeira!

Dou-lhe um beijo e digo:

— Amo você.

Ela me dá outro e continua a ver a novela.

Então eu penso, mas não falo: "Mulher é bicho burro. É só falar nessas frescuras, pronto! Já deixa de pensar!".

Leio o suplemento literário do jornal e digo pra ela, porque não tenho mais ninguém pra dizer:

— Esses críticos são uns palhaços. Um cara tá de saco cheio, pega e escreve um livro. Daí os críticos inventam mil coisas, mil e uma teorias pra interpretar o cara. Se eu fosse crítico, mandava fazer um carimbo com esta inscrição: "Obra boa, pois o autor tava de saco cheio quando escreveu". Quando a obra não fosse boa, eu deixava em branco. Mas, pensando bem, o revisor ia achar que eu esquecera e ia botar umas besteiras dele. Então dois carimbos. O outro seria assim...

— Obra ruim, pois o autor estava de saco vazio quando escreveu — ela me diz rindo e gritando.

— E por que não? Era bem assim que ia ser o meu outro carimbo.

Ela se faz séria, como se pensasse:

— Precisava mais um carimbo, no caso de uma obra não ser nem boa, nem ruim.

Então eu embrabeço:

— Bem, aí você já tá querendo acabar com a literatura.

Ela diz que comigo não dá pra conversar, eu concordo com ela, não dá mesmo. "Com quem é que dá para conversar?", eu penso, mas não pergunto a ela.

"Engraçado", eu fico pensando enquanto leio a seção de política internacional, "estou em uma crise de identidade."

Naquela seção, um articulista prevê para breve a terceira guerra mundial, acusando os países do bloco capitalista de estarem preparando a guerra. Naturalmente o articulista é do bloco socialista. Por isso já dá para prever o tema da seção de política internacional do próximo jornal. Acusarão os países do bloco socialista de estarem preparando a terceira guerra mundial. Naturalmente o articulista será do bloco capitalista.

Então eu me lembro de um troço, digo pra ela:

— Você não acha interessante isso?

— Claro, claro — ela me diz —, mas eu estou vendo a novela.

— Puta que pariu — eu digo. — Ainda não terminou essa porcaria?

— Os comerciais também são lindos. Olhe esse aí que gracinha! Árvores, lago, crianças.

— Lago e árvores, a gente só vê mesmo em comercial.

E ela:

— Mas criança ainda tem.

— Tá. Você pode me debochar.

— Mas não é filho que eu quero. Eu quero só ser mãe.

— Há que ser objetivo. Pra que você vai querer ser mãe?

— Pra ser mais mulher.

Então eu falo assim, só pra ver se ela argumenta:

— Isso é um reflexo da sua mentalidade capitalista. Quer ter um filho para poder dizer às amigas: "Olhaí! Esse é meu. Quem engravidou fui eu, quem gerou fui eu, quem amamenta sou eu, sou eu quem crio, ele é meu".

Ela faz beicinho:

— Minha professora da Escola Normal sempre me dizia que a mulher só se realiza plenamente quando se torna mãe.

— Engano dela. Mulher nunca se realiza plenamente.

— Não digo? É preconceito. Machão!

Então eu digo o resto do que eu penso:

— Ninguém se realiza plenamente. Nem a mulher, nem o homem.

— Eu sei, eu sei— ela me diz. — Eu sei o que quer dizer.

E como está na hora do comercial, ela tira os olhos do vídeo e me sussurra:

— Meu benzinho, como você é inteligente! Quando é que a gente se casa?

Eu digo:

— Está se contradizendo.

Termina a novela, vem o *tele-catch*, termina o *tele-catch*, vem outra novela, termina a outra novela, e vem futebol, tudo isso em meio a uma enxurrada de comerciais. Então, até eu solto o jornal, não olho mais nos olhos dela, me ponho a ver o que é que o futebol pode fazer por mim. (Não pergunte o que o futebol pode fazer por você, pergunte o que você pode fazer pelo futebol!) No intervalo ela insiste:

— Quando é que a gente casa?

— Agora!

— Tô falando sério. A mulher precisa de segurança.

Então eu digo:

— Segurança é um negócio perigoso.

— Ah, casa!

O jogo recomeça e eu digo:

— Não vou fazer isso pra você. Sou um bom cara. Você pode ver: eu leio, sei como é que os estadistas se comportam, mas não os imito. Leio os romances, contos, novelas e crônicas, vejo o que os personagens fazem, mas só os admiro, não faço o que eles fazem, sou um bom cara. Vou ao cinema e ao teatro, fico puto da cara, mas não faço nada, me aguento, sou um bom cara. Comprei todos esses quadros que me inspiram a morrer melhor, mas não faço o que os artistas mandam, pois sou um bom cara.

Ela então diz:

— Para de falar, senão eu durmo.

Gérson faz longo lançamento para Jairzinho, este dribla uns três, quatro, dá para Tostão, que empurra a Pelé, todo mundo pensa que ele vai chutar pro gol, em vez disso ele toca de leve para trás com o calcanhar, Rivelino vem na corrida, emenda de esquerda. O locutor grita: "Brasil! Brasil! Brasil!". Eu me viro pra ela e digo:

— Que bom que o Brasil tem o melhor futebol do mundo.

Ela diz:

— Que bom que o Brasil tem televisão!

— Engraçado — eu fico pensando enquanto vejo o jogo —, eu não estou com crise de identidade, não. Eu não posso estar com crise de identidade. É impossível que eu esteja com crise de identidade. Crise de identidade não é comigo.

Meu querido monsenhor de meias roxas

I

Na inauguração, o prefeito vaticinou excelentes prospectivas para a indústria que acabava de se instalar em seu município. E como não era de ferro, lembrou que somente com o poder público municipal, de mãos dadas com o poder público estadual, e este com o federal, tinha sido possível atrair para Sanga da Amizade aqueles circunspectos senhores, que haviam confiado na sua administração e agora se propunham a resolver os problemas de muitas famílias de seu rebanho. O prefeito tinha sido seminarista, o que não era difícil de constatar na própria linguagem dele, sempre recheada de inculcações subliminares a respeito das graças de Deus e outros favores patrocinados por seus filhos mais abastados.

II

Depois do prefeito, foi a vez do padre, que nem sequer se dignou a se expressar na língua nacional. Estava subindo ao palanque ainda e já rezava em latim, expulsando os demônios que porventura por ali transitassem e, recomendando-os, a bem de uma convivência pacífica, que fossem todos para suas casas. Enquanto rezava, espalhava água-benta por sobre as cabeças de mulheres, crianças, velhos, cachorros, porcos e galinhas que rodeavam o palanque. O coadjutor, mesmo entretido em sadia contemplação de umas pernas femininas, observou ao fabriqueiro que estava mais próximo que a reza do pároco dizia respeito à bênção de casas. Perquirido pelo fabriqueiro sobre o motivo de haver o padre velho errado de bênção, corrigiu:

— Não errou, não. É que Nosso Senhor Jesus Cristo não previu a idade industrial. E como se trata de uma construção, a Igreja recomenda para essas ocasiões uma bênção informal: a bênção das casas. O senhor acha que a Igreja está errada?

— Credo, padre! O senhor faz cada pergunta. Quem sou eu para achar que Deus está errado?

— Não perguntei se Deus está errado. Perguntei se a Igreja está errada.

— É a mema coisa. Deus e a Igreja: a mema coisa, tudo igual. Um é o outro.

— E o outro é o um. Que nem os grilos do Português — comentou o coadjutor, como sempre, irreverente.

— Padre novo é padre novo. Só cuida de olhar mulher. Cuidar da Igreja que é bom, neca.

— Do Grêmio?

— Ahn?

— Nada, nada.

III

Terminada a bênção e outras cerimônias, o vigário tomou o livro dos "avijos da parróquia" e tornou pública a programação para sua grei na semana que vinha, incluindo entre as várias visitas a capelas, missas encomendadas – no varejo e no atacado –, os testes que seriam promovidos a partir da próxima segunda-feira para se saber quem ia obter emprego na indústria, alertando que todos os homens com idade superior a dezoito anos seriam em princípio admitidos, vez que a oferta de emprego era um pouco maior do que a procura. Não se esqueceu de lhes ativar a rixa para com a vizinha cidade de Águas da Caveira: se o contingente masculino de sua paróquia não fosse suficiente para preencher os quadros da empresa – era, uma hora, indústria, outra hora, empresa –, os diretores se veriam compungidos, muito embora a contragosto, a recrutar o pessoal restante na outra paróquia. Todos, pois, apresentassem-se cedo, na segunda-feira, para fazer o que deveria ser feito: fotos, documentação e tudo o mais. Daquele dia em diante a história mudava. Eles, seus paroquianos, que não perdessem a chance histórica que lhes era oferecida para a redenção. Apimentou os conselhos com hiperbólicas figuras da parusia e outras promessas de delícias cristãs e despediu todo mundo, indo almoçar com as autoridades.

IV

Na segunda-feira a população toda da vila estava reunida em redor da indústria desde o clarear do dia. Tinham vindo para os tais testes. E os donos não apareciam. Os mais blasfemadores já haviam, por diversas vezes, excomungado os tais homens da indústria, não se esquecendo de estender as imprecações também ao restante dos familiares. Enfim, apontou na curva que dava entrada à cidade um carro preto, levantando uma nuvem de poeira. Freou quase em cima do povinho ali reunido, obrigando uns mais desconfiados a refugiarem-se conforme podiam, não se importando muito em que pés pisavam. Quase dá um massacre. Dona Mosa, famosa benzedeira do lugar – até cobreiro brabo ela curava com um raminho qualquer e um copo de salmoura, não faltando no folclore que se ia reunindo em torno de sua fama umas curas de doentes desenganados por doutores famosos –, deliberou:

— Esse traste traz coisa ruim.

A primeira coisa que o do carro disse ao desembarcar:

— Vocês estão malucos? Bom dia.

Ninguém não entendeu o espanto do chegado. As Filhas de Sião aproveitaram o ensejo para comentar entre si, em gestos arreganhados, a boniteza do moço, no que foram repreendidas por suas vigilantes mães.

V

Sanga da Amizade, 29 de setembro de 1975

Senhores:

Tem esta o fim especial de comunicar a V. Sas. que este povo está maluco. Todos querem trabalhar na fábrica: estudantes, lavradores, pedreiros, carpinteiros, professores, todos.

Pais e mães de família aqui acorrem pedindo emprego para seus filhos. Não vai caber todo mundo. Todos usam como argumento os senhores. Dizem que, quando da instalação da fábrica, os senhores teriam prometido que haveria lugar para todos.

Andei admitindo uns jovens, gente competente, da vizinha cidade de

Águas da Caveira. Coitados. São odiados até as vísceras pelos sangadaamizadenses.

Todos pensam que a indústria é o novo Paraíso. E o padre insiste em proclamar nos sermões que essa é uma nova era para esse povo, que o Paraíso tem que ser conquistado por aqui mesmo, que Deus Nosso Senhor há de dar o cêntuplo ainda nesta terra, bastando para isso todos trabalharem na fábrica. (Pra mim, esse padre é comunista, o que é que os senhores acham? Qual é o interesse dele em incitar o povo a trabalhar na fábrica? O que é que ele ganha com isso? Tem que abrir o olho com a Igreja. A Igreja não é mais aquela. Esses padres são uns cordeiros vestidos de ursos, aliás, de lobos. Aliás, é a mesma coisa.)

As dificuldades maiores, entretanto, dizem respeito ao próprio andamento do trabalho. E podem ser resumidas em alguns tópicos principais:

1º – *A questão do horário:* A fábrica não abriu um dia sequer às oito horas. Sempre antes. Nem bem clareia o dia, todo mundo está na maior algazarra na frente da fábrica. Começam a bater nas portas e a gente tem que abrir na marra. Ainda por cima debocham da gente: "Vagabundos, não têm vergonha de dormir até essa hora? Olhem o sol alto já! Quase meio-dia". Mandei que comprassem relógio, que observassem horário. Em vão. Quando são mais ou menos onze horas, começam a se sentir "soleados" – conforme eles mesmos dizem –, e saem para ver em que altura está o sol. O sol é o relógio deles. Quando vão para suas casas ao meio-dia, aviso-os: às catorze horas, todo mundo de volta! Inútil. Eles só voltam "quando refrescar". E à tarde não adianta tocar a sirene às dezoito horas. Nem ligam. Continuam até o escurecer. Em todo caso, cumprindo um horário à sua maneira, eles acabam perfazendo em média dez horas de trabalho por dia.

2º – *A questão dos feridos:* Faltam ao serviço conforme lhes dá na telha. Tudo é motivo para "falhar" no serviço: batismos, doenças, mortes, casamentos, cura de bicheira de um animal, castração de um porco, terneirinho novo, porca de cria, queimada de uma roça, puxirão daqui, puxirão dali, é o fim da picada. Entretanto, no fim do mês dá tudo certo, porque essas faltas são compensadas com as horas que fazem a mais.

Foram estes os maiores problemas que apareceram por aqui. Aguardo suas ordens.

Rolfe

VI

Extrato do sermão do Reverendíssimo padre Affonso Schumann, vigário de Sanga da Amizade, por ocasião das comemorações do primeiro aniversário da instalação da FACONPA, enviado ao senhor monsenhor por um agente da Diocese, especialmente infiltrado na festa para vigiar, não apenas o vigário, mas muito mais o coadjutor, que, segundo denúncias feitas pelo presidente da Associação Comercial, pela diretora do Clube das Mães Católicas, e por todos os componentes dos Cursilhos da Cristandade, estaria desencaminhado, viajando por trilhos outros que não aqueles especialmente recomendados pela Santa Madre Igreja:

"Meu querido monsenhor de meias roxas, meu chefe, meu amigo, meu tudo, e, mais que isso, meu proibido amor incompreendido!"

O sermão do seu servo Affonso, com dois "efes", não tece nada de mal. Foi inofensivo. Limitou-se a recomendar aos paroquianos que continuassem trabalhando direito como sempre vinham fazendo até agora, não dessem ouvidos à gente destemente de Deus que lhes falava de melhor salário, justiça social e outras bobageiras. Procurassem trabalhar mesmo e cumprir direitinho o horário, porque os chefes da indústria são autoridades que, embora menores, estão obedecendo a outras maiores, e que as autoridades representam Deus e que, portanto, os chefes só o que fazem é obedecer a Deus quando dão ordens.

Quanto aos castigos que um ou outro recebeu, que ninguém não se incomodasse: Deus castiga muito mais, vissem o exemplo do que ele fez com os judeus, depois que eles mataram seu filho maior; nunca mais tiveram paz. Disse também que por terem sido muito cruéis com Deus, os alemães foram muito cruéis com eles. E que, enfim, entre Deus e os judeus, estava tudo "elas por elas".

Durante o sermão, de vez em quando o piedoso vigário enfiava as mãos na gola da casula, não sei se era porque se sentia soleado ou porque não sabia onde botar as mãos. Podia, decerto, pô-las nos bolsos, pois como bem me ensinou o senhor, pelo buraco do bolso da alva chega-se facilmente ao bolso da batina que, por sua vez, possui uma passagem secreta até o bolso da calça, e não é preciso explicar, logo ao senhor, como se procede para brincar com um bolso furado. Mas deixemos de frufrufrezas, que isso, de extrato de sermão, está passando a relatório das sacanagens que podem ser feitas nas horas mais sérias da vida.

A FACONPA, segundo palavras textuais do vigário, é uma bênção para a paróquia. Disse que até São Paulo se orgulha da FACONPA. Assim é que se faz o progresso, e assim é que Deus quer – finalizou o homem velho.

Post Scriptum: No mais tardar, até sexta-feira estarei aí e poderemos fazer o que sempre fazemos e o senhor muito gosta. E eu também, claro. Todo prazer é comunitário: a única coisa que eu tenho a reclamar é que, infelizmente, pela falta de modernidade dos diocesanos, nosso romance tenha que permanecer na clandestinidade, como se fôssemos terroristas. Mas é preciso fazer muita força para cumprir o mandamento maior de

Jesus Nosso Senhor.

Já muito conversamos sobre o assunto, mas volto a lembrar-lhe: não vá o senhor cair na tentação de dar ouvidos às palavras daquele outro cretino, sobre o qual conversamos na última vez em que nos vimos (ai que saudade, deixa eu ir antes de sexta, deixa!), sei lá, o senhor sabe o quanto fica inseguro, longe de quem ama, um coração apaixonado. (Sei que fica brabo quando o chamo de "senhor", mas ainda não consigo chamá-lo diferente, ai!)

Recomendo-lhe igualmente que não vá pôr seus olhos nas pernas das empregadas da cúria, eu não sei não, eu acho que o padre Atílio contratou essas moças para outros fins que não os eclesiásticos. Eu nada tenho contra isso, mas espero que elas não sirvam de tentação a ninguém, Deus me livre de uma coisa que eu estou pensando, eu corto o senhor onde mais dói.

Com saudades, e na certeza do dever cumprido e do amor prolongado, pedindo também perdão pela mistura, sou de V. At^{o}., Obrdo., seu (ah, então o neguinho aqui não fez o curso de contador, decerto?)

Rufino, o saudável

Atenção, monsenhor: O próximo que me chamar de bicha enrustida, eu nem sei não, mas eu vou fazer uma bobagem. Que vou, vou!

O homem que queria ser intelectual

— O que é preciso para ser intelectual? — perguntou o recém-chegado à bodega do povoado.

— Quase nada — disseram uns bêbados. — Você consegue tudo o que é preciso aqui mesmo. É só pedir ao bodegueiro.

— Mas onde está ele? — quis saber o interessado. — Não o vejo no balcão.

— Morreu.

— Quando e como? — quis saber o estranho.

— Na semana passada, assassinado por uns que se julgaram enganados nos produtos — completaram em uníssono os presentes.

— Que produtos?

— Os produtos para ser intelectual — explicou um dos bêbados.

— Como assim?

— Os assassinos acharam que os produtos eram falsos — responderam os bêbados. — Foi essa a causa do assassinato.

Um homem alto, magro e barbudo, único não bêbado ali na bodega, depois de muito coçar as barbas sem dizer palavra, aproximou-se do interessado em ser intelectual e foi explicando:

— Homem, equacionemos um pouco o problema porque estou temendo que a reversão da expectativa ludibrie o seu entendimento e teça em sua mente possíveis confusões de ordem semântica, sejam elas genéricas ou específicas, mas, em todo caso, prejudiciais. Não confunda, pois, causa do assassinato com *causa mortis*, palavras latinas que evidenciam os condicionamentos vitais que determinam a *res*, isto é, a coisa que faz alguém morrer. Esses homens que lhe explicaram todas essas coisas até agora jamais se referiram à causa da morte do bodegueiro, aludindo apenas e tão somente ao motivo que levou os interessados em ser intelectuais à eliminação física do vendedor que eles, vejam bem, eles, não eu, julgaram distribuidor de produtos falsos. Entendeu Vossa Senhoria tudo o que eu quis lhe dizer?

— Não — respondeu o interessado em ser intelectual.

— Não podia mesmo — falou com dedos e tudo o de barbas. — Pra você entender tudo o que eu quis lhe dizer, você precisava ser intelectual.

— Foi por isso que ele veio aqui — disseram os bêbados.

O de barbas começou a rir desbragadamente e a gozar do interessado em ser intelectual. Os bêbados tentaram acalmar sua sátira:

— Mas ele só quer ser intelectual! Deixe ele ser o que ele quer!

— Sim, sim — disse o de barbas. — Evidente. Mas serão necessários organização e métodos.

E dirigindo-se ao interessado:

— Se você quisesse ser intelectual, você deveria proceder com métodos.

E parando um pouco:

— Acontece que hoje em dia não se fazem mais intelectuais como antigamente.

— Então o senhor é intelectual dos antigos? — perguntou o interessado.

— Sou sim. Eu sou. Por quê?

— Porque eu queria saber qual é a diferença.

— A diferença entre o quê?

— A diferença entre os intelectuais de hoje em dia e os de antigamente. Porque eu acho tudo a mesma coisa. Intelectual pra mim é tudo uma coisa só.

— Engano seu, amigo, grave engano — exasperou-se o homem de barbas — Existe uma grande diferença.

— Qual é a diferença, então?

Todos os presentes pararam então de cochichar entre si a respeito do interessado em ser intelectual e passaram a escutar as explicações do de barbas.

— Diga logo — impacientou-se o interessado em ser intelectual.

— Diga logo — insistiram os bêbados.

— É que os intelectuais de hoje se tornaram intelectuais às custas de se empanturrar com frascos das bodegas. E os antigos, não.

— O que os antigos faziam? — perguntaram num único coro.

— Eles apenas pensavam — disse o de barbas, esbodegando-se de rir.

Houve um instante de silêncio geral. Depois o interessado em ser intelectual fez outra pergunta:

— E para onde foram os assassinos do bodegueiro?

— Foram se organizar — disse o de barbas. — Criar grupos, força de pressão, essas coisas todas.

— Mas onde é que estão? Que direção tomaram?

— Direção do sul, uns. Outros, a do norte. Há dois grupos.

— Vou para um desses lados — disse o interessado em ser intelectual.

E dirigindo-se aos bêbados:

— Vocês não querem vir comigo?

— Não é que nós não queremos — disseram os bêbados. — É que não sabemos para qual grupo caminhar, que direção tomar. E como estamos na dúvida, preferimos ser bêbados.

Foi então que o interessado em ser intelectual saiu correndo para um dos lados do mundo, o que, na linguagem do de barbas, equivaleria a sair correndo para lado nenhum, "porque o mundo é redondo".

— Mas como eu tenho raiva — disse o de barbas. — Um homem que está confuso entre sul e norte, e que resolve tomar uma direção quando se sabe que o mundo é redondo, é mesmo de meter dó e raiva em qualquer cristão vivente.

— Nós só temos pena de nós mesmos — disseram os bêbados.

Livro de José

I

Após a morte do pai dos pobres, o povo da república falou ao filho das minas, dizendo-lhe:

Nosso pai morreu; levanta-te, pois, atravessa o que precisa ser atravessado, tu e todos nós juntos, em direção ao umbigo dessa terra. Lá chegando, apressa-te a construir uma nova metrópole, pois, do jeito que a vida está ficando boa nesta aqui, é impossível que os altos escalões resistam a essa famosa vivência noturna.

Todo território será nosso, põe atenção nisso, conforme foi predito várias vezes. Ninguém te resistirá, pois todos estaremos contigo, como estivemos com nosso pai e com os outros constitucionais. Não te repudiaremos em momento algum: tu és o nosso guia.

Sê maleável e objetivo. Faze com que não se evidenciem muito as dicotomias entre teu discurso e teu comportamento. Capricha, pois, nosso filho!

Jamais afastes do cochicho o teu ouvido receptivo, e, cauteloso, nunca te desvies do caminho da sabedoria. Viste o que aconteceu ao nosso amado pai, por onde ele foi não dá pra ir, desiste, o caminho é outro.

II

O filho das minas construiu a nova cidade e o gênio dos construtores espalhou-se pelo mundo todo. Uns aprovavam a sua administração, outros não. Mas naquele tempo os uns eram mais fortes do que os outros e ele deixou o palácio com o sorriso ainda mais branco, pois a esse tempo muitas coisas haviam se desenvolvido e entre elas o creme dental com flúor, que tinha o poder de tornar os dentes ainda mais brancos.

III

Ao edificador da nova cidade-mãe sucedeu Paulino, também conhecido como "o popular". Parecia querer fazer muitas boas coisas. Removia boas palavras de sua cabeça e as distribuía ao povo, que ficava muito faceiro. Proibiu alguns negócios, liberou outros. Governou durante seis meses e, na tarde do vigésimo quinto dia do oitavo mês, abandonou misteriosamente o poder. E um Goja viu que isso era bom.

IV

Pensaram muito certos homens da nação e, não resistindo, mas não resistindo mesmo, tencionaram coagir livremente Goja a sair de mansinho, como tinha entrado, isto é, pela porta de serviço.

Depois de muita confusão, Goja aceitou a liberdade de viver sem governar. Consta que depois disso emagreceu e perdeu um pouco o vinco: ele não era de *nycron*, assim como muitos outros.

V

Depois desses acontecimentos, José, filho de João, servo do patrão, morreu, apesar de alguns viventes insistirem em tê-lo visto exibindo suas mágicas capacidades de sobrevivência por aí, no sertão da pátria: Deus salve José.

NOTA DO HISTORIADOR: Ao Livro de José, segue na Bíblia o Livro dos Juí-zes. Na tradução dos textos originais, informa-se numa explicação que antecede o livro propriamente dito que:

> Juízes foram chamadas certas personagens insignes que, depois da morte de Josué (não sei por que espicharam o nome de José, mas devemos compreender os tradutores, são pessoas muito esforçadas) e até a constituição do reino – isto é, desde o século XIII até o século XI a.C. – libertaram, em várias circunstâncias, o povo das opressões inimigas. Não formaram uma série ininterrupta, mas eram 'convocados' pelo Senhor, segundo as necessidades.

Telegrama

....

DESTINATÁRIO: (preencha aqui)

....

(Rua, Av. etc.) (Bairro)

Cidade .... Estado ....

(ou nome da estação móvel no radiograma) (ou nome da estação terrestre no radiograma)

....

COMUNICO NAO PODER PROFERIR CONFERENCIA

CONFORME COMBINADO PONTO

PAREDES UNIVERSIDADE COBERTAS SLOGANS PONTO

ESCREVO CINCO MAIS INFELIZES ALGUMAS

DAS FACULDADES PONTO

LETRAS PONTO

EXAGERAR E JA VIRGULA COMECO INVENCAO PONTO

PERSONAGENS LITERARIAS SAO CUMPLICES STATUS

QUO PONTO
PENSADOR PENSA DOR PONTO
SOMOS PESSOAS MUITO ANTIGAS PONTO
IRACEMA VIRGULA CAPITU VIRGULA DIADORIM
VIRGULA SEVERINO VIRGULA JOSE DOIS PONTOS
TODOS MORTOS ABRE PARENTESIS
NASCE GENTE DIFERENTE FECHA PARENTESIS PONTO

CIENCIAS SOCIAIS PONTO
SHOW JA TERMINOU PONTO
HOMEM EH UM FOSFORO PONTO DE INTERROGACAO
PENAS QUE ESTAO VOANDO DE QUE PASSARO SAO
PONTO DE INTERROGACAO
NOVISSIMOS ET ANTIQUISSIMOS VIRGULA VOCE OS
CONHECE PONTO DE INTERROGACAO
PARA PREPARAR SOSSEGO NAO EH PRECISO SEMPRE
BRIGAR VIRGULA HE PONTO DE INTERROGACAO

FILOSOFIA PONTO
SISTEMA EH NOSSO DEUS ET BUROCRACIA SEU
PROFETA PONTO
ALEGRIA DA VIDA NAO EH BOCA FECHADA PONTO
DE EXCLAMACAO
PASSO FOME VIRGULA LOGO EXISTO PONTO
CORRENTE ARREBENTANDO ELO MAIS FORTE PONTO
JAH SABEMOS DONDE VIEMOS DOIS PONTOS AGORA
VAMOS VER PARA ONDE VAMOS PONTO

CIENCIAS BIOLOGICAS DOIS PONTOS
MEMENTO HOMO QUIA PULVIS ES ET IN PULVEREM

REVERTERIS PONTO
VIVEMOS INTERREGNO GUERRA BIOLOGICA PONTO
IN ILLO TEMPORE ERA TUDO DIFERENTE PONTO
DIXIT JESUS DISCIPULIS SUIS DOIS PONTOS
MANDATUM NOVUM DO VOBIS VIRGULA KILL THEM
AND COME BACK BEM LIGEIRO PONTO
OH DOR VIRGULA PRORROGARAM AINDA MAIS VIDA
HUMANA PONTO

PEDAGOGIA PONTO
MAIOR INCENTIVO AA INTELIGENCIA EH
COMIDA PONTO
AQUI SE REPRODUZ PONTO
XEROX EH BEM MAIS PRODUTIVO QUE
MIMEOGRAFO PONTO
TODOS ESTAMOS FERIDOS PONTO
PARECEMOS RELOGIOS MAS NAO DESPERTADORES
PONTO

DIREITO PONTO
ILEGIVEL FECHA PARENTESIS PONTO
ABRE PARENTESIS PREJUDICADO FECHA PARENTESIS
PONTO
PERGUNTADO SE QUERIA VIVER VIRGULA RESPONDEU
QUE PONTO ATENCAO PONTO DE EXCLAMACAO
A EXPRESSAO ABRE ASPAS TUDO EH RELATIVO FECHA
ASPAS EH UM ABSOLUTO PONTO
DIREITO DE MUITA COISA EH SER TORTA PONTO

ECONOMIA PONTO

FANTASTICO DOIS PONTOS TODOS
SOSSEGADOS PONTO
ERRATA CORRIGE FANTASTICO VIRGULA SHOW DA VIDA
DOIS PONTOS TODOS
SONEGADOS PONTO
ALQUIMISTAS ESTAO CHEGANDO ESTAO CHEGANDO
ALQUIMISTAS PONTO
ECONOMIA EH REGRA BASICA DA ELEGANCIA PONTO
ECONOMIA DOIS PONTOS ESTA DAMA NUNCA ESTAH
SOH PONTO

ODONTOLOGIA PONTO
CADA VEZ BOCA ABERTA VIRGULA DENTE PERDIDO
PONTO
GENTE FINA BOCA FECHADA PONTO
PARA DENTISTA BOCA HE TUDO PONTO
SO PODEMOS EXTRAIR DENTES PONTO DE
INTERROGACAO
AINDA NAO EH DIA DE PESCARIA PONTO

MEDICINA PONTO
ATENCAO DOCENTES DOENTES DOIS PONTOS CHEGOU
REMEDIO PONTO
PORQUE MUITOS ESTAO DOENTES VIRGULA ESTAMOS
COM SAUDE PONTO
NOSSO FUTURO EH MAIS ESPERANCOSO PONTO
CURAMOS ET NOS CHAMAM DOUTORES PONTO
APLIQUEM NA ERRADICACAO DA POBREZA DOIS
PONTOS RENDE JUROS ET CORRECAO MONETARIA
PONTO

ARQUITETURA PONTO

ARVORES FOGEM ASSUSTADISSIMAS ET SE REFUGIAM
NOS MORROS VIRGULA ESSA TATICA EH NOCIVA AA
COMUNIDADE PONTO

INTERESSES COMUNIDADE NAO INTERESSAM PONTO

SAIBAM DOIS PONTOS PONTES LIGAM MARGENS
OPOSTAS PONTO

MARGENS OPOSTAS SEM PONTE CONTINUAM OPOSTAS
PONTO

QUEM CASA QUER CASA PONTO

FIM TRANSCRICAO SLOGANS PONTO NAO PUDE
ESCREVER INGLES PONTO

ENCARREGADO CENSURA TELEGRAFICA EXIGIU
TRADUCAO PONTO ESTOU ESCREVENDO COM FACE
TODA LAMBUZADA BEM MADURO TOMATE VIRGULA
PODRE OVO VIRGULA BEM COZIDA BATATA ET
TROPICAIS ESPECIES OUTRAS PONTO SINTO MUITO
NAO SER DESSA VEZ CERTO ET ADEQUADO PONTO

MAS NAO TEM IMPORTANCIA VIRGULA HOTEL NOSSA
CADEIA TEM CENTRAL HEATING PARENTESIS CENTRAL
CALEFACAO PARENTESIS VIRGULA PELO RESTO TUDO
O PONTO K PONTO

(assine aqui)

(preencha ali)

....

NOME DO EXPEDIDOR.. TELEFONE.........................

RUA .... BAIRRO......................... CIDADE.........................

....

Bênção-tia-zé-
-bigo-bigo-tia-zé
e outras histórias
reais da vida

Cenografia extraída de uma ideia da infância.

Música: "Igual uma borboleta vagando triste por uma flor..."

Estrelando
Mamãe
Idoilis Serrano
Tia Merência
Tio Gervásio
Toninho
Nenê

Participação especial de um velho trauma infantil.

Diálogos produzidos pelo eco das notícias dos jornais e as nossas preocupações com o trânsito e com a vida.

Decerto era uma alegria bem sem graça para os outros, mas para nós era grande, demais. Era quando a gente podia brincar como queria. Que quando a mãe e os mais velhos também estavam, assim não se podia brincar. Ralhavam com a gente. Não só a mãe. Nossa irmã mais velha também, que se achava no direito de ajudar a mãe nas ralhanças. Então a gente ficava quieto daquele brinquedo, espairecia o tempo com outros que para eles tinham mais graça, não para nós. A gente só brincava daqueles porque esse outro era proibido na presença deles, dos mais velhos, da mãe. Era proibido para sempre. Mas para nós só era proibido quando eles viam. A mãe arrazoava o motivo de seu não querer, porque era para nós boazinha: a vó tava já bem velhinha e sem préstimo; para que então debochar de uma pessoa naquele estado? Onde que já se viu?, ela se perguntava. A gente, muito falante, dizia que não era pra pagode que a gente assim procedia, mas que só pra brincar, para gozo nosso, nossas alegrias de pequenos, tão poucas. "Brinquem de outra coisa", ela dizia. "Brinquem de onça, de comadre dona Sanja coberta de ouro e prata, de roda cotia de noite e de dia. De bênção-tia-zé-bigo-bigo-tia-zé, não, não mesmo."

Pelo que nos repreendia, ameaçando com castigo de surrar ou de deixar sem o de-comer. O primeiro, às vezes, ela cumpria; o segundo nunca cumpriu jamais. Mas não só pelo bigo-bigo. Surrava pelas artes: comer açúcar do jirau, se brigar um com outro, não atender o irmão-nenê que ficava deitado na gamela, que seu berço era, porque berço, berço mesmo, ele não tinha essas coisas.

Daí a mãe ficava pensando o que ia fazer para o de-comer do meio-dia, e dizia que estava quebrando a cabeça para ver o que ia botar na panela, sendo que nós ficávamos com piedade dela, mas ao mesmo tempo se rindo daquele seu jeito de dizer que faltavam as coisas de alimento. Vendo a gente se rindo, a mãe olhava comprido a gente, de cabeça prum lado inclinada, tinha bastante ternura naquele seu olhar vesgo, ficava ainda melhor para olhar para a gente, parecia que estava pedindo desculpa de ser assim a nossa vida, tão desgraciada de dura e sofrida e nós tão crianças. E nalgum de nós passava a mão na cabeça e noutros a mão no rosto, de leve, bem macia. Tão cheia de calos, como é que podia ser tão macia? Decerto era porque a ternura era tão verdadeira que... Isso eu vim saber depois de grande, vendo filme de luta: que querendo descer o braço com força, carecia de se concentrar, no filme o professor explicava ao seu aluno de caratê, ou judô, sei lá o que era, que nessas lutas não sou entendido e nem nunca me interessei por surrar os outros, só me cuidando de nunca apanhar. Mas aprendi pelo contrário, vendo o cinema. Meu irmão, que é estudado em palavras, disse que foi por dedução reversiva. Não sei dar o nome da minha aprendizagem: só sei que de repente aprendi que se aquela explicação do professor era verdadeira como assuntava ser, então as mãos calosas da mãe eram macias quase pela mesma raiz daquele motivo.

Depois que ela achava do quase nada o que fazer para a gente comer, então lavava a pouca roupa nossa, que se afigurava muita, porque a gente era em bastante. A mãe então estendia aquilo tudo no pasto e quase toda a grama ficava encoberta porque a coitada da mãe na hora do meio-dia lavava junto com as nossas as roupas da vó e do tio e das crianças do tio que eram nossas primas (as outras, da outra mulher, não eram pra ser nossas primas), mas que não podiam brincar com a gente porque era proibido pra elas. A tia tinha ido embora por birra antiga entre ela e o tio. O nome da tia eu ainda me alembro porque depois que ela foi embora ficou proibido de a gente tocar naquele nome. E, de dó da tia, a memória da gente se avivou: tia Merência.

Cuidava da vó. O tio casou com ela mais pra ela cuidar da mãe dele. Ele tava apartado da primeira sua mulher, também por desavença de coisas que no casamento não se devia de fazer e que a gente pouco entendia. Mas vimos que ele disse pro seu compadre, o Idoilis Serrano: que fosse lá na banda esquerda do Manuel Alves, numa família assim e assim; ia encontrar uma mulher também apartada que atendia pelo apelido de Bitinha, sendo que o nome verdadeiro mesmo era Custódia, Custódia Eufrásia Beca; Eufrásia, da família mesmo dela, e Beca, dos Beca mesmo, gente a que pertencia o seu marido desertor; o tio disse pro Idoilis Serrano que motivo de deixa não tinha havido, que tinha sido doidera do alemão, e agora caminhava pelo mundo junto com o São João Maria, ajudando a convocar para o último juízo; fosse e contasse como era que era, o que tinha para contar e fazer, quantas crianças, as vacas de tirar o leite – na roça ela não precisava botar a mão, que nisso o tio se desincumbia.

Idoilis Serrano parece que perguntou brincadeiras pro mandante, que era também seu tio, por ser ele filho natural de uma que vinha a ser prima do tio:

— Tio Gervásio — ele falou meio com força, de cara erguida como era seu jeito de falar, e com coragem — e se ela perguntar como é que o senhor é, que tipo tem, a idade, essas coisas....

— Diga que não porto aleijo nenhum. Que sou homem são e que trabalhador. Que se informe. Que digo o que é preciso quando quero, mas nunca pelas costas, ela pode ficar descansada.

Tornou Idoilis Serrano:

— E se quiser vir a saber da outra sua mulher, que é que o senhor me autoriza a falar dessa tal? Porque eu vou a seu mandado e só vou dizer o que convém que seja.

— Eu não mando perguntar nada do macho antigo dela — riu-se tio Gervásio.

— Não fosse tão longe a distância que é daqui até lá, eu não perguntava mais nada pro tio. Mas o tio sabe como é mulher, vai querer saber porque é que a outra foi resolver ir embora.

— Diga que foi embora por causa de chifre.

E Idoilis:

— Mas ela o conhece?

— Não, mas não faz mal. Eu conheço ela. É o que chega. Vi meio de revés, um dia, lá na venda do Artidor. O resto eu não sei, mas fui informado: tem três crianças. Diga que pode trazer as três que de fome é que elas não vão morrer.

Não me alembro do resto. Só me alembro que dali alguns dias a gente ganhava uma outra nova tia. Foi minha irmã mais velha quem contou a história da antiga tia: uma mulher muito bonita, boazinha pra gente e tudo o mais. Por que fora embora? Ué, porque um dia o tio saiu pra ir no moinho e precisou voltar do meio do caminho porque esquecera uns troços.

Se ela nunca mais vinha ali. Claro que vinha. Vinha muitas vezes. Vinha ver o Toninho, filho dela, passava a mão na cabeça dele, se abraçavam e choravam os dois: o menino tinha sido sempre muito garrado com a mãe.

Histórias reais, da vida. Decerto eram importantes. O que não era importante era o nosso brinquedo de Bigo-Bigo. Quase sempre no meio da brincadeira de bigo-bigo, vovó chamava um de nós pra ir tomar café da tarde. Era o Nenê, o felizardo, que ela chamava.

A gente ficava pulando no bigo-bigo. Era um brinquedo que se faltasse um, não fazia diferença, se continuava. Depois que a gente ficou grande, Juvêncio, o que vinha a ser o quarto filho homem, se viu mal no meio do rio e foi socorrido por Nenê. Morreram os dois abraçados. Engraçado de misterioso é muita coisa: eles sempre dormiam abraçados, os dois, assim morreram.

Outro dia, eu falando na nossa antiga brincadeira, me perguntaram como era que era: eu expliquei pros parvos, com muita emoção, mas ninguém quis entender.

Então nem contei o que era que a gente fazia depois do bigo-bigo, meninos e meninas, todos misturados: bigo-bigo era um ritual infantil. Nenhuma importância tinha. Para nós, a importância era que bigo-bigo era a nossa festa, só nossa, feita escondida porque era proibida, só por isso, nada mais.

Muito prazer a gente experimentou depois de grande já, que a vida da gente na mocidade é coisa boa mesmo, tudo do bem-bom, descontando a sofrença das outras horas, mas uma alegria que nem aquela nossa de bênção-tia-zé-bigo-bigo-tia-zé a gente nunca mais teve.

Livrai-me das tentações

Querida mamãe,

Elas muito se pintam e suas bocas estão sempre muito encarnadas. Como as da televisão, servem-se de suas bocas para pura provocação. Vestem-se com longos vestidos, como as europeias em noites de gala, mas sempre dão um jeito de desvelar algum apetitoso pedaço do corpo. Ou são os seios que, róseos, morenos ou pintassilgos, avançam para fora das prisões das roupas, ou é o fio do lombo que cava um rio nas costas, do pescoço até a bundinha, ou é um corte atrevidíssimo que mostra o vão das cadeiras e até o lugar onde a mamãe dava palmadas.

Em vez desses panos soltos e mal costurados, às vezes vestem-se de calças de homem, muito apertadas, que levam o inconveniente de realçar o que se ousou denominar de preferência nacional.

Esta fixação que acompanha todos os homens do país desde as primeiras buzinadas do desejo é reforçada o dia inteiro sem parar. E preste atenção, mamãe, que eu não estou usando figura de linguagem, como Coelho Neto, que a senhora tanto abomina porque sua avó a obrigava a lê-lo.

Desde o clarear do dia até o almoço elas cruzam, estão aí se exibindo: vão para o trabalho ou para as compras, para a escola ou para a creche, para os salões de beleza ou para... Ah! Os salões! Quão modernos e quão surpreendentes! Às vezes vê-se uma avezinha dessas voando leve na ponta dos pés e fica-se na dúvida: está indo ou voltando?

À tarde, algumas, ainda mais se têm carro, coriscam aqui e ali, à procura de um tergiverso amor. Corajosas, invadem o sagrado recesso de algum teto descompromissado e deitam-se por algumas horas em camas mais amenas, onde se entregam a práticas quase desaprendidas. Murmuram então lindas palavras de amor, tornam-se criativas, dançam, pulam, vão, vêm, ganem, gemem e por algumas horas o mundo inteiro é delas. Refesteladas e carinhosas, juram extremado amor ao homem com quem se deitam. O sol mormacento do meio da tarde lá do outro lado das cortinas amorna o desejo cheio de promessas: como podem mentir tanto?!

Mas, no mais das vezes, elas é que são abandonadas por primeiro. Visitam um homem hoje, amanhã, semana que vem. Na próxima vez ele não está em casa, depois viajou, sumiu. "Homem é bicho infiel, mas medroso", proclamam elas umas às outras em sigilosos entendimentos.

Veja a Margarida! Está quase murcha essa florzinha! Saiu do convento dois anos atrás, amparou-se num hospital aqui de perto, enfermeirou-se. É quase só o que essas pobres ex-freiras sabem fazer: cuidar de uma creche, xerocar uma que outra criança nesses covis da infância, botar mercuro num dedo cortado, picar hóstias, puxar o terço, ajudar o padre a dar o de-comer na hora da missa – tudo coisa quase meio sem préstimo. Um dia vai e diz à amante de um chofer de táxi qualquer: "Ele te despreza, te usa".

Uma tardinha lá vinha ela de leve caminhar, apressadinha um pouco, devia chegar logo, tomar um banho e ir completar o salário com a saúde perdida dos doentes, um carro encosta à calçada: "Uma carona, irmã?".

Nem gostou do antigo nome, mas pressa é pressa e necessidade não tem luxo. Assim que embarcou, tava roubada, vendida, cantada:

— E por que não, irmã? Vai dizer que não gosta de tão gostoso brinquedo?

— Pelo amor de Deus, não me chame mais de irmã, assim ofende Jesus, de quem um dia fui esposa, me chame pelo meu nome verdadeiro.

— E como é que é Jesus com suas esposas, hein, hein? Conta lá!

— Jesus é muito amoroso e você é um grande pecador, embora seja tão alcoviteiro.

— Que quer dizer alcoviteiro?

— Alcoviteiro é aquele que leva para a alcova.

— E o que é alcova?

— Alcova? Alcova é a cama.

— Não, vamos no banco de trás mesmo.

— Nada mais romântico do que um amorzinho num banco de carro, debaixo do cobertor negro da noite — disse depois Margarida, entre suspiros, à colega de infortúnio e de plantão. — Veja o meu destino: quis Deus que eu fosse violada por um padre que rezava missa todos os dias no convento e que servira como capelão na segunda guerra universal. O triste fato deu-se às seis horas da manhã, eu estava quentinha das cobertas ainda, me perdera em certos sonhos, tinha me atrasado na hora de levantar, era eu a encarregada de arrumar o altar, só deu tempo de escovar os dentes, tirar a remela dos olhos; joguei aquele vestidão solto por cima do corpo, por debaixo eu estava nuinha como Deus Nosso Senhor me fez, ajeitei o véu na cabeça e, quando nem bem eu tinha entrado na sacristia, a espada do Senhor já estava me ferindo e me curando; ai, menina, nem te conto, não ficou um curativo benfeito e eu fiquei no querer mais sempre; agora está tudo muito são e muito bom; você vê, tou rindo disso tudo e aproveitando de ser mulher, veja o destino desatinado que Deus ajeitou para mim.

E são assim, mãe: enfermeiras, garçonetes, balconistas, empregadas, professoras, estudantes; casadas, solteiras, desquitadas, viúvas, sozinhas ou prejudicadas – todas desritmam um pouco alguma vez. São borboletas em liberdade condicional.

Vai-se numa festa um dia, lá na mesa de honra estão várias pessoas importantes para a comunidade (sem elas, de quem a comunidade ia poder rir?): médicos cheirando a lavanda e detergente; administradores ignorantes, mas corruptos – falta de talento e de caráter andam sempre de mãos dadas –; pajés da comunidade, metidos a macaquear um que outro ancestral peludo; diretores escolares assumindo com garbo varonil o papel de censores do Brasil; comerciários; contadores (de roubos); advogados... Advogados, mami, maminha de Deus! Advogados! A senhora se lembra de quando eu lia para a senhora as histórias de pestes, pragas e epidemias da Idade Média, se lembra? Pois é, hoje tá tudo infestado de administrador de empresa, professor de pepsicologia, mestre em coca-cola, doutor em desodorante, novo contista e advogados, estes um pouco mais perniciosos, pois, a serviço dos poderosos, estão sempre pensando: "No rabo de quem vamos introduzir uma ação executiva?".

Disfarço perto deles e de seus anéis: sabem os senhores por que esse vosso dedo é chamado de anular? O polegar é para espremer as pulgas, o indicador é para denunciar o próximo, o pai de todos é o do prazer, o mais miudinho é para limpar o buraco do ouvido, o anular é para... Não sabem? Prestem atenção no prefixo, não estudaram latim e gramática?

Mas estou tergiversando, mamãe. Botei esse pedacinho aí sobre outros assuntos para a senhora não pensar que eu só penso em mulher. As mulheres evoluíram, né, mãe? A senhora se lembra do tempo em que as moças não podiam ser universitárias e eram normalistas? Como elas tinham prestígio! Suas opiniões eram solicitadas, os prefeitos das pequenas cidades consultavam as mais famosas para orientá-los na política educacional e assim garantir o voto do professorado para o próximo pleito (hoje nem pleito tem), os padres convidavam as mais pudicas para cantar no coro, outras se tornavam também catequistas.

Naquele tempo nenhuma donzela podia entrar na igreja com vestido decotado ou costas de fora. Então a Irene inventou o bolero, aquele minúsculo casaquinho que ia até onde vinha o cavado do vestido. As moças carregavam os boleros nas bolsas, tapavam o corpo só mesmo durante o tempo em que estavam dentro da igreja: à entrada botavam, à saída tiravam.

Aquele era um tempo em que a religião era rigorosa. Deus o livre que alguma donzela arredasse as coxas para algum, podia até ser o namorado dela, caía na boca do povo. E o povo tinha um bocão! Grávida ou não, perdia-se.

Arlete, que fez sofrido amorzinho com Semenrique nos porões da casa paroquial, então em construção, obrigou-se a arribar para a capital.

Bitinha, que casou grávida, subiu ao altar do Senhor com véu lilás, pra todo mundo saber; não lhe foi permitida a cor pura do branco, reservada somente às virgens.

A falecida Rosemilda ajeitou-se para viver com aquele escrivão do Timbé, procurou o padre Antonio Louco e contou-lhe como que era, como que não era. Tinha viuvado do primeiro homem antes dos três dias regulamentares. Legalmente era virgem, desimpedida.

O padre Antonio Louco não dispensou o interrogatório:

— A senhora vai casar de branco, dona Rosemilda? Veja bem, hein! Branco é a cor da pureza!

— Mas, seu padre, eu viuvei em três dias!

— Em três dias tem tempo para muita safadeza, dona Rosemilda! Três dias são três noites, não contando a senhora entre as desavergonhadas que copulam com o sol batendo no lombo.

— Duas, padre. Na terceira foi o velório. E tem mais: nunca cheguei a tirar a roupa, o falecido nunca me viu nua.

— Olha que a mentira incomoda os mortos! Não tem perigo de seu marido virar-se no caixão? Além do mais, um padre de nossa congregação emprenhou uma empregada do convento e nenhum dos dois precisou tirar a roupa para isso.

— Bom, padre, eu vou lhe contar o certo: ele me pegou à força, o meu marido!

— Quantas vezes, dona Rosemilda?

— Umas três ou quatro vezes, seu padre.

— Mas a segunda e a terceira não foi à força, então; a senhora me desculpe, mas já estava começando a gostar da brincadeira.

Dona Rosemilda rendeu-se à argumentação aristotélica e tomista do padre Antonio Louco e casou-se de roxinho. Depois garganteou que, só para debochar do padre, botou somente o vestido de noiva por riba do corpo; nem corpinho, nem sutiã, nem calcinha, nada! Dirigiu-se ao altar toda fresquinha – isso foi a senhora quem, mais tarde, me contou.

Mas, mamãe, contei tudo isso para que a senhora possa compreender o seguinte: não me perdi com nenhuma dessas safadas. Estou morando com um amigo que de dia lava a nossa roupa e de noite me deixa louco. Mas não encontrei fácil a felicidade, mamãe. Amei um médico, que me operou, um advogado, que me executou, um administrador, que me corrompeu, um professor, que me vendeu por pouco mais de trinta dinheiros, casando com uma solteirona intacta, sem contar um novo contista, que me encheu o saco durante mais de um mês, me obrigando a ler contos de sua lavra, onde não apareciam as coisas da vida, tudo em nome de uma ordem pura da narrativa, mas mais tarde vim a saber: ele queria que seu livro fosse adotado nas escolas. Até que um dia eu lhe disse:

— Olha, meu bem, a gente adota é filho, não é livro. Você já viu livro adotivo?

— Não é adotivo, é adotado — ele gritou com raiva. E nesse dia terminou o nosso amor.

Hoje estou vivendo com este garçom de que lhe falei. Não tem muita cultura, mas é muito buenacho. Além do mais, não escreve contos, nem me obriga a lê-los. Sei que, se eu tivesse descoberto esse amor em mim há mais tempo, teria sido muito mais difícil. Antigamente era tempo de muito rigor, muitas moralidades. Hoje, não. A década de 1960 mudou quase tudo.

Mamãe, me dê a sua bênção e não conte nada para o papai, para ele não ficar tristinho.

Zezinho

O mocinho sempre vence no fim

O mau exemplo está posto aí, às margens da cidade, disse o padre. No meio de bairros tão pobres, erguem-se essas casas suntuosas, com garagem e portão. Todo mundo sabe que elas não trabalham, que vivem das mesadas deles, que as festas são muitas, que isso, que aquilo. Antigamente não era assim. Até mesmo as casas de tolerância não forneciam lições tão perversas. Afinal, nenhuma das prostitutas enriquecia e todo mundo podia ver que o vício, além de abominável, não dava lucro.

Mas isso era antigamente, quando as perdidas, esquálidas, atravessavam, sempre tímidas, as ruas da cidade e iam comprar meias, ligas, cremes, pomadas, cosméticos. Então, até mesmo os mais assíduos frequentadores da Terezona fingiam desconhecer aquelas com quem cruzavam numa ou noutra esquina. Vestidas sem as pompas daquele mundo, neste outro elas não eram as mesmas e, assim procedendo, facilitavam a transformação súbita de seus clientes. Eles também eram outros, agora. Depois do sol-posto é que uns se escondiam e outros se revelavam. A condição humana sempre dá um cansaço danado quando chega a noite, dizia o velho Hipólito. Todos precisam camuflar-se, pois a guerra começa.

A guerra de que falava o antigo contador de histórias não terminou, mas os disfarces foram abolidos. Muita coisa mudou. O que mais escandaliza o vigário é que as meninas não são mais clandestinas, nem com aparência de mortas-vivas. Hoje, elas desfilam pelas calçadas, desinibidas e sem nenhuma vergonha. Não caminham; passam apenas, envoltas numa nuvem de sedução. Admiradas por todos, homens e mulheres viram a cabeça depois que elas passam. Uns, empurrados pelo sagrado costume nacional de olhar a bunda de toda mulher que aparece; outras, para conferir as formas da rival. E há também quem as contemple com outras intenções, por outros motivos. Insondável é o coração humano, disse o profeta. Aliás, como sempre pontificou o velho Hipólito, profeta só diz o que todo mundo acha.

O vício dá lucro, civiliza, democratiza o desejo, integra sua força ao progresso que todos querem. Toleradas ontem, admiradas hoje. Afinal, elas também evoluíram. Não moram mais nas antigas colmeias. E os pecados cresceram tanto e tão diversificados ficaram que o delas é um pecadinho de nada. Quem lhes deu as casas bonitas, incrustadas nos bairros, domina a cidade, recolhe os impostos, manda prender, autoriza a soltura, emprega e demite. E, sobretudo, cultiva os costumes que se transformam em leis.

Em cada casa uma bela. Em cada tarde uma festa. Os doutores chegam alegrinhos. Pudera! Doutor sem curso superior, alegre por herança, rico ri à toa. Chegam desconfiadinhos, apesar de toda garantia. O carro volta com o motorista que trouxe o doutor: ele não chega ao atrevimento de deixá-lo à porta da mulher errada. Em casa, a certa poderia não aprovar a falta de cautela. "Você faça o que quiser, homem sempre foi assim, mas me dê o respeito!" Respeito bem baratinho, ele dá sem vacilar.

Posto dentro do covil, desfruta, então, dos prazeres proibidos. Não fica logo sem roupa; aquece-se com um gole de caninha – afinal o

Proálcool é a grande esperança do Brasil. Liberta-se dos sapatos, afrouxa a gravata e os modos: a menina já está em seu colo e é pouco maior que a tarde. Afofa-lhe os seios, contempla, embevecido, o rosto de sua mulher de mentirinha e, muito atrevido, ensaia com as mãos os segundos afagos. Adolesceu rápido demais e, antes que se apaixonasse de seu melhor amor, já estava assinando contratos, admoestando empregados, negociando no varejo e atacado, como sócio-gerente, sócio-administrador, essas coisas. Num mar de tanta realidade, essa casinha é a sua única ilha de fantasia. A moça não o detesta. Vive dele, afinal. E se ela é novinha, a casa é antiga. Já foi do pai de seu homem. Certos privilégios passam de geração a geração; outros, não. O mesmo ocorre com as desgraças. Quem habitou a mesma casa em priscas eras não foi sua mãe, nem qualquer outra mulher que conhecesse.

Se muitas coisas são iguais e atestam a continuidade de certos usos e costumes, outras, porém, marcam substanciais diferenças. O homem que se preparava para o amor, ouvindo Tonico e Tinoco, hoje passa as tardes tossindo e lembrando. E, às vezes, contando o que nunca fez. Seu rebento acalenta-se, nos tempos modernos que correm, com música de Richard Clayderman, exalada, entre suspiros, do poderoso aparelho de som que decora um dos cantos da sagrada casinha. Santo, santo, santo é este senhorzinho e, por isso, até ele pisa descalço sobre o carpete verde do segundo lar.

Feito o amor mais uma vez, entre tantos perigos, ele, que faz tudo ao contrário, mergulha na piscina de seu condado; e, conde sendo, dá-se ao luxo de alguma reprovação:

— Meu pai não soube viver.

— Não fale mal de seu paizinho — diz a moça sem nome.

— Ele é tão bonzinho pra você!

— Não faz mais do que sua obrigação — retruca o mancebo que tudo tem — Não pedi para nascer.

— Ai, que mal-agradecido — diz a acompanhante de sua tarde. Abrupto, ele resolve interromper a conversa para mostrar quem é que manda:

— Te fecha! Não pedi a tua opinião.

— Muitas outras coisas que você não me pediu, eu dei, eu fiz!

Agora ele acha que foi demais e resolve responder sem nenhuma palavra, disparando o mais injusto dos socos bem no queixo dela, aquele que momentos antes afagara sob os lençóis.

Sem sentidos, ainda que não muito surpresa, a doce mulherzinha derrapa à beira das águas azuis de seu lago particular e desfalece sem amor. Se o vermelho do chão não for reflexo do sol que se põe, é certo que só pode ser sangue. Assustado, o mocinho, que aqui desempenha o papel de vilão, acode sua vítima um pouco perplexo com a força que tem, mas sem esquecer um desprezo atávico: fraco desaba à toa; não aguenta nada.

A bela sacode a cabeça, lançando água pelas ventas.

— Filho da puta, além de me bater, quase me mata afogada.

Unhas farpadas apertam agora o pescoço do felizardo de minutos atrás. Vai ficando vermelho também ele – será reflexo do chão, do sol? Ou o moço é cruzado com peru, para fazer tanto glu-glu-glu?

Entre gritos e resmungos, quando pensa que já deu fim à luta, pois não para de soquear a amante, leva a pior das mordidas no lugar onde mais dói.

— Você me desgraçou — diz ele, soltando orelhas e cabelos. — Mas vai me pagar!

Volta armado o seu amado e há um tiro na tarde. Como é de praxe nessas ocorrências, a mocinha jamais vence no fim, pois mocinho e vilão são uma só e mesma pessoa. A bala de grosso calibre acaba de fazer quatro maxilares num só rosto. É muito valente contra os mais fracos esse famoso doutorzinho.

Quando o delegado chega com seus auxiliares para abrir o incompetente inquérito, a moça de face quebrada parece serena ali no sereno.

— Vai nos dar muito trabalho este filho da puta — diz o doutor dos crimes. — Não chega poder comer um mulherão desses todo dia, ainda precisa matar a desgraçadinha?

— Quando eu vinha dar proteção por aqui — diz um cabo —, ouvia a mocinha cantar uma cançãozinha que dizia assim: "lá nas fraldas gentis do cruzeiro, num ranchinho de palha nasci, bem pertinho de um lindo coqueiro, meus primeiros amores senti, essas águas que afagam..." É interrompido pelo superior:

— Cala essa boca, animal! A mulher tá ali esticada e você cantarolando essas frescuras! Era o que faltava!

— Ela não canta porque tá morta — retruca o cabo —, porque, enquanto viva, foi moça muito alegrinha. Além do mais, filme de terror também tem música!

Ao redor dos jornais afixados num dos bares mais frequentados da *progressista hinterlândia paulista*, os comentários são os mais desencontrados. Um traço comum, porém, atravessa todos eles: o julgamento é feito agora, já, enquanto se bebe o primeiro cafezinho da manhã. Os costumes certamente mudaram muito nos últimos anos, pois poucos são os que ousam condenar a que foi sacrificada. Até os mais empedernidos machões têm para ela uma palavra piedosa:

— Não merecia morrer!

— Ninguém merece morrer — diz um dos filósofos do bar. — Toda morte é uma espécie de injustiça.

— A não ser que a pessoa esteja sofrendo muito — diz outro.

— Ah, você, então, é a favor do tiro de misericórdia, é?

Subitamente, porém, todos os olhares concentram-se em outra fascinação. Blusa de frente única, decote avantajado, e os dois gomos de sua apreciadíssima bundinha rebolando na calçada, outra moça acaba de passar em frente ao famoso café.

— Por que Deus fez da mulher o sumidouro do homem? — exclama afoitinho um velho de bengala prateada. O ancião é conhecido por suas tiradas inéditas e inusitadas citações.

— Que é isso, vovô? Até o senhor?! Quem diria!

— Ora, ora, meu filho, quem não diria? Eu também sou filho de Deus!

— Deus é pai de todos — adita um profeta bêbado já às nove da manhã, pensando que está a fazer a mais fatal das revelações, desfazendo o último segredo da condição humana.

Chega uma menina com um livro de Dalton Trevisan sob o braço, convicta decerto de que a boa literatura pode entrar pelo sovaco. Será por isso que outras sentam sobre livros escolares? Assídua frequentadora do local, é logo abordada pelo velhinho tido por tarado:

— Autor bom esse daí, não, minha filha?

Nessa cidade sem vampiros, nem louras mortuárias, as alegrias clandestinas são no mais das vezes conspurcadas por tiros na tarde que a ninguém mais surpreendem. Todos sabem quem disparou, em quem, quando, onde e por quê. Alguns mais bem informados sabem também quanto o delegado vai levar desta vez.

Morna e úmida: a polaca

I

Ele era noivo de uma loura escandinava, a quem amava com paixões anárquicas. Eram vistos passeando de mãos dadas pela rua das Flores. Frequentavam também o Motel Carioca, onde essa polaca morna e úmida abria as pernas para ele nas frias noites de Curitiba, quase nua, não fossem as meias, que vinham até a metade das coxas, e que ela não tirava, de resto um costume de muitas outras mulheres da cidade do vampiro e da outra loura, a mortuária.

Eu o conheci na praia e a princípio não lhe dei a menor importância: muitas meninas gostavam dele. Não sabia o motivo. Ou os motivos, já que – depois soube – eram mais do que um. Fomos apresentados por uma tal de Marlene, que tinha uma boca muito bonita. Esta, quando insinuavam certas práticas de sua intimidade, costumava exclamar, espantada de admiração: "Mas o sexo oral já era conhecido dos antigos gregos e romanos!".

Toda biografia compõe-se de alguns enigmas. A minha também. Não consigo narrar o certo continuado. Há alguns percursos escuros que não consigo ainda iluminar. De repente eu estava gostando dele e não sabia a que se devia este meu amor. Queria protegê-lo da fúria das outras? Apaixonara-me? Ele falava de modo a mover meu coração, afrouxar meus controles, soltar meu corpo, mexer com minha cabeça? Sei que um dia vi sua noiva e a achei lindíssima, luminosa. Era fácil de ver que estava por ele cheia de paixão, das mais brabas, aquela que faz um cidadão tomar uma Bíblia, expor-se à execração e ao desprezo dos transeuntes das praças e anunciar o amor de Deus – era desta espécie a paixão da moça. Deu-me inveja de um fogo assim. Como se procedia para abrasar deste modo um homem? Então, aproximei-me dele e tentei esquentá-lo com este meu olhar. Maquilagem perfeita, decote que antevia escândalos, vestido aberto de um lado para que vislumbrasse minhas pernas – eu tinha orgulho de meu corpo! Derrubei este homem sobre uma cama depois de um almoço na Churrascaria Chicote, na Visconde de Guarapuava. Dei-lhe vinho, dei-lhe olhares, mostrei meus seios, umedeci meus lábios, bolinei-o em meu desespero. A tarde era morna quando seduzi um homem pela primeira vez. Eu tinha muitos recursos, mas ele foi duro na queda. Uma vez vencido, porém, aninhou-se frágil em meus braços; em sua lassidão descansou o rosto sobre meus seios, acariciou minhas coxas, fez gostoso amorzinho, do qual nunca mais me esqueci, talvez porque tenha dito também lindas palavras de amor, murmurado segredos, confidenciado dúvidas, me advertido quanto à safadeza de estar construindo o amor certo em casa tão errada. Muito galhofeiro, ao despedir-se contou que faria à noivinha proposta indecorosa, mas cheia de toda sinceridade: precisava casar-se com nós duas.

II

Eu sou a mãe dele, dizem que este meu filho tinha sempre estranhas ideias, sem que, contudo, seus amigos e amigas pudessem adivinhar-lhes a tamanha gravidade. A noiva dele, como todo mundo sabe, era e é ainda hoje uma mulher muito bonita, que se casou com um empresário de Blumenau. Apesar de confessar-se arrependida de sua juventude, tem um travo no olhar que a mulher nenhuma engana. Mas marido é uma raça tão vulnerável! Era o sábado de seu casamento quando ele foi preso na cama da outra, para onde fora ainda na quinta-feira. Na igreja todos o esperavam, apreensivos. O AI-5 tinha sido baixado na semana anterior e aquele casal fechado no apartamento do hotel despertou graves desconfianças. Dizem que os dois foram presos no banho, ensaboando-se, entretidos em alegrias nunca vistas.

Quando pequeno, o que mais me lembro dele, era um costume que tinha: vinha para o meu colo e descansava a cabeça sobre meus seios. Certa vez, diante de um espelho, me vi Pietà, mas agora toda piedade será pouca. Ainda sei, contudo, que nunca conseguiu odiar ninguém. Quando matou aquele guarda, no assalto ao banco, matou por amor: este policial apontava seu revólver para uma das louras de seu duplo amor. Ele não tinha escolha. Ou matava o guarda, ou o guarda abatia uma das meninas.

Por onde andará este meu filho? Todo mundo diz que desaparecido é que nem morto: nunca mais aparece. Tenho, porém, esperanças de ter notícias dele qualquer dia. Será fácil identificá-lo. É indivíduo amorável, ainda que tenha algumas cicatrizes. Muito inteligente, tem uma conversa agradável e cheia de charme. Dizem que nunca ficou em prisão nenhuma porque no segundo dia já estava amigo do carcereiro, dos administradores, de perigosos companheiros. Transferiam-no dali, não resolviam o inusitado problema. Em outro presídio, sem conhecer absolutamente ninguém, ao final do primeiro dia já estava íntimo de meio mundo, arrancando segredos, cativando a todos, ajudando-lhes a suportar a perda da liberdade com a narração de histórias cheias de toda maroteza, conciliando os brabos, questionando os tolos, desabotoando risos em meio às lágrimas de toda espécie.

Este meu filho, se vivo estiver, deita-se com toda mulher, que, no dizer dele, o arrepia. Não são tantas, porém. Arrepia-se por muito poucas. Alguns reiteram que ele morreu. Eu não posso acreditar. Os que afirmam essa verdade sustentam que, para alguém assim, toda prisão é frágil. Mas as versões se desencontram porque há quem diga que morreu sob tortura de muitas dores. Outros, que metralhado. Outros ainda insistem que se suicidou, mas disso duvido. Este safado deste meu filho, danado de sem-vergonha, há de ser encontrado um dia entre as coxas de alguma frenética, afagando ventres, titilando seios, apertando bundas, desfalecendo de amor. É filho muito meu, licencioso assim, e desbocado como seu velho pai. O encanto de suas conversas era a pureza de menino com que temperava todas as sacanagens desta vida. Já escrevi até ao presidente. Quero o meu filho de volta. Roubaram meu melhor filho, porque todo coração de mãe sabe que o melhor filho é aquele que precisa mais de seu amor. Ele queria casar com duas mulheres, lia Marx e andava de moto, onde estava o seu erro? Como também sou loura, línguas venenosas chegaram a insinuar que entre nós havia o mais errado dos amores.

Nota do ficcionista: O momento privilegiado do escritor é o passado mais recente, aquele que você presenciou em sua passagem fugaz e que acha inadiável recuperar. Enigmas repostos, o narrador debruça-se, então, sobre a terrível verdade que quer inventar. E começa a fazer percursos que o levam a lugares para onde não quisera ter ido. À procura de uma polaca incendiária, morna e úmida, encontrei seu desditado amor, do qual teria preferido não precisar falar. Mas eis sua última armadilha, o derradeiro suspiro de sua verdade verdadeira: aí está sua memória para exame, acima de qualquer abominação, justa ou injusta. O ficcionista não escreve o que houve; nem o que ouve, agora vejo. Escreve o que sente.

Quo vadis, dona?

(Preciso ter uma conversa teta a teta com esta senhora.)

Não sei a quem e aonde vai neste seu rebolante caminhar. Sei apenas que as mulheres desta cidade não andam nem caminham – se locomovem. Vestem-se de seda e *jeans*, bebem muito gim, emolduram seu couro cabeludo no Tatata, o cabeleireiro da praça, onde todas as madames se arrumam. Mas as cabeças permanecem invioláveis até mesmo àquele caldo cultural ralinho que pode ser extraído das revistas de espera, que as aguardam na antessala do salão.

Tatata sabe que só pode colocar ali revistas bem ilustradas, com informações em forma de muitas fotos ou desenhos. As legendas dessas figuras têm que ser de tipos bem grandes, de preferência em relevo, para que sejam lidas apalpando, e melhor seria que fossem impressas em braile.

Essas frequentadoras, em sua grande maioria, são as mulheres dos chamados novos-ricos, aqueles que forraram o poncho com as primeiras safras de soja, essas, sim, soberbas, pois foram do tempo em que os lucros não ficavam descontados em créditos bancários que tudo cobrem; a máquina, o combustível, a semente, o fertilizante, o inseticida.

Preocupadas em arrumar o cabelo, essas donas, contudo, descuidam-se de outras coisas. Trouxeram da roça um vício antigo: comem que é uma barbaridade! E comem de tudo, principalmente doces, afinal a região é alemã, de amargo basta o velho Hitler. Irrompem, então, em seus rostos ansiosos, algumas marcas da adolescência que não tiveram. Quem erradica essas espinhas que, violentas, furam a pele, a epiderme e tudo o que a Helena Rubinstein mandou pôr sobre a face? E atrás, a dona Helena não mandou botar nada? O que se faz, então, com a graxa e a celulite que se avolumam entre os gomos da poupança? E na barriga, o que se passa? Em vez de creme de algas, não seria melhor instaurar ali um viveiro delas, para ir endireitando as pregas que se multiplicam a cada dia?

Tatata é moço criativo, sendo para ganhar dinheiro de incautas, sem fazer muita força. O legítimo malandro brasileiro pegou uma tesoura, armou-se de pente e secador e instalou instituto de beleza no Sul do Brasil, onde depila, dá banho de óleo e aromas, faz massagens e ioniza as novas-ricas que se querem parecer com as da televisão, que veem nas novelas. E o tão perseguido triângulo que o Senhor instalou entre as coxas, quem retifica suas alastrações e limites, aparando os pelos púbicos para que não se tornem públicos? A mão de Tatata é indispensável a tais modernizações e tosquias.

Do Oiapoque a Ijuí, o que foi sucesso em Paris é também aqui. Em Cannes, não faz muito, uma moçoila tirou a parte de cima do biquíni. No outro dia, dona Madalena atirou-se na piscina do clube, aquele peixão, só de sunga. Foi necessária a intervenção do guardião: "Que é isso, dona Madalena? A senhora observa os modos, sabe que é proibido...".

Não termina a frase de advertência. Dona Madalena, furiosa, com os pelos da cachopa às bordas da calcinha do biquíni, afunda as mãos nos quadris e, de queixo erguido, pensando estar apontando para o atrevido guardião os bicos de, pelo menos, três armas, contra-ataca, no melhor estilo das paraíbas: "Ponha-se no seu lugar, ouviu?". (Onde será o lugar dele?) Logo, porém, dá-se conta da falta de pontaria de suas armas. Com efeito, vencer contendas assim, só de queixo, é difícil. Seus seios, se disparassem, fulminariam, quando muito, os pés do outro.

Dona Madalena, ex-mulher de grande proprietário rural, nem parece mais aquela arredia senhora que um dia, um pouco a contragosto, transferiu-se para a cidade, acompanhando o marido nos novos negócios da família. E arrumou um nego para seu ócio. De mulher de latifundiário, passou a esposa de *lotifundiário*. E, coisa curiosa, o marido ainda é o mesmo! Está gostando da nova vida. Trabalha pouco, tem duas empregadas, assim sobra mais tempo para não fazer nada. Ocupa-se, então, com essas conversas à beira da piscina, a fim de inteirar-se das mais recentes novidades: quem será a nova *membra* das adúlteras vespertinas? Como todas sabem, a noite é perigosa e, além disso, o Rio Grande, que os cariocas acham que só é bom para gaúcho e pinguim, por causa do frio, cultiva costumes de bordoada e laço no lombo das mais afoitas, mutilando os cúmplices, segundo historiadores e ficcionistas do lugar. Por isso, esses rapagões saudáveis que vendem enciclopédias nas quais se pode aprender quase tudo só vêm de dia. As enciclopédias de nada lhes servem (algumas são até analfabetas), mas os rapagões! A não ser que venham de Pelotas. Nesse caso, elas que protejam seus maridos, pois toda moeda tem o outro lado e o frio não estorva muito. Não é assim com os pinguins? (Além do mais, até o soja é unissex, pois aqui no Sul é o soja, mas podem chamá-lo de *a* soja, ou de Odete, se quiserem.)

A vida boa que levam é garantida pelo novo empreendimento da família, a revendedora de insumos agrícolas Sempre Verde, nome dado pelo marido, que explicou: "Não é um nome bonito? E significativo! Verdes são as plantas da região, de verde estão vestidos os que garantem o modelo agrícola do Brasil. Não é um duo perfeito?". (O homem tinha sido emérito leitor de Zé de Alencar e Gustavo Barroso, vim a saber depois. De um aprendeu o estilo, de outro, a ideologia.) Mas não é um duo; é um trio. Porque verdes são também os pulgões, os insetos predadores das roças, que as joaninhas comem adoidadas, mas jamais acabam com eles. Há outros ainda, verdes de medo, apreensivos na contemplação desses eventos. Hei de estar ainda verde para contar tão pouco?

Alguns senhores, porém, não se ocupam dessas reflexões tardias. A zona do meretrício os espera logo à noite, para onde irão acompanhados do marido de dona Madalena e de outros cavalheiros metidos em negócios semelhantes. Bebem, dançam, refestelam-se. Enquanto a manhã não vem, as senhoras do puteiro afiam unhas e navalhas. Nada entendem elas de modernização agrícola: o que sabem é que ali estão alguns homens que nesses lugares não gostam de economizar. Cada vez que na Bolsa de Chicago sobe o preço da soja, outros valores ainda mais altos se alevantam por estas bandas; e as senhoras do puteiro umedecem a raiz das coxas.

Negras, índias e europeias de toda cor abrigam-se sob esses tetos, fugindo da casa paterna, que exagerou nos cuidados de proteção, trocando o salário da empregada doméstica por um múnus melhor, ou entretidas apenas em dar curso à vida que vai escorregando implacável, sem perguntar a quem a vive se gosta ou não gosta, sem recuperar passados ou antecipar futuros.

Meninas tão frenéticas, italianas ardentes, alemoas incendiárias, polacas charmosas, morenas amoráveis, índias amornadas, a quem procurais? A quem abris vossas pernas nas frias noites do Sul? Este jardim de flores negras e escandinavas que cultivais ao pé do ventre, de onde vem seu fascínio? E por que o ventre assim, eternamente vazio, mas sem poder ser ocupado?

Esta cidade é cheia de mistérios. Conquanto árdegos, os habitantes que adolescem anos frequentam esses becos onde o desejo foi confinado no que tem de mais doentio, que é o mercado dos corpos. Quem vem aqui são aqueles que os admoestam e recomendam, seus inflamados tutores. Por isso, se depender desta última safra de rebentos, a sexualidade de todo mundo será outra. Nem desjeitosas declarações de amor no sofá da sala, sopradas ao ouvido da noiva minutos antes de tomar o rumo do amor errado, nem castidades compulsórias. Rebeldes, mas serenas, as novas gerações que despontam estão tratando de apagar do perfil da cidade um dos baluartes da *sifilização* brasileira. As Casas Pernambucanas, a igreja, a família, a delegacia de polícia e outras coisas mais prevalecerão, mas a zona está com seus dias contados. De outra parte, dona Madalena e suas comadres não passam de um húmus que está apodrecendo em canteiros onde já brotam novas mulheres que, fôssemos olhar de onde vêm, nem saberíamos dizer para onde vão. São flores do brejo. Frequentam a universidade, leem sobre Shere Hite e tentam desfazer enigmas e iluminar alguns escuros do poço feminino.

Quo vadis, dona Madalena? A quem procurais? Parece não ser este o caminho. Sua filha o viu em outro lugar. O desejo não está mais onde sempre esteve.

Tia Vina

O demônio não dura quase nada na gente;
é como um perfume que logo se esvai.
(Palavras pronunciadas por tia Vina, muito tempo depois de ocorrido o que logo se vai narrar.)

Eu sou como um lago azul de águas paradas, tranquilo, como se estivesse num lugar bom de viver. Você vem e me contempla, assim por cima só vê minha calma, não vê minh'alma. Você não sabe o que está por debaixo das águas azuis do lago, nem se está em repouso ou fúria o que você não vê. As águas do lago azul... Tem dias que estão verdes; outros, cinzentas.

Foi depois que tia Vina passou em minha vida que eu fiquei fundo como este lago de que lhe falo. Foi tia Vina quem me alagou, me afundou. Na hora não percebi. Achava que estava preenchendo claros, iluminando escuros, desfazendo enigmas.

Nesse tempo eu era um pequeno menino adolescente, cheio de fantasia e de sonho, mas já queria consertar o mundo. Estando nesse conserto, me aconteciam coisas muito diversas, algumas delas agradáveis. Comia ameixa, andava em pelo num cavalo de meu pai, estalava pipoca, fervia pinhão, armava arapuca, virava cambota. Se você já foi pequeno, há de se lembra também que, depois da chuva, quando sua mãe pedia que você fosse pegar as vacas para tirar o leite da tarde, as goiabas tinham, além do gosto, um cheiro bom; é ou não é?

Eu voltava das goiabas. Mamãe, porém, achava que eu vinha da tarefa que me dera. Arlete estava lá em casa. Era uma menina da vizinha e brincava sempre conosco. Trepava nas árvores, tinha a agilidade de um menino. Conseguia, assim, o que muitas de suas amigas não alcançavam: as laranjas e bergamotas mais bonitas e, portanto, as mais gostosas, que eram as mais doces.

Por haver chovido, fomos proibidos de trepar nas árvores. Que fôssemos brincar no paiol, disse mamãe. E aí veio o que houve, o que um dia ia acontecer.

Arlete, ao encarapitar-se numa travessa, meu Deus do céu, apareceu tudo, a cidade e as serras. Não era a primeira vez que se podia ver o que encobria a calcinha daquela menina, mas foi a primeira vez que me assanhei. Foi me dando um friozinho na barriga, que logo se transformou numa ardência. Meu coração bateu mais forte, mas não era mais só um. Muitos corações, de repente, batiam no meu peito e espalhavam o sangue por todo o corpo. O sangue, a cor e o calor.

Ninguém notou o que acontecia comigo. Nem Sandra iria notar. De Sandra, talvez depois lhe fale. Conheci essa moça muito tempo depois: observava tudo, nada lhe podia escapar do olhar. Por ora, basta que você saiba desse meu contar que Sandra tinha uma boca bonita, arrumava bem os cabelos, usava vestido curto e tinha as pernas grossas, roliças, por cima um veludinho tênue as cobria.

Ninguém notou, mas aconteceu. As coisas não esperam pela observação dos outros. Vão acontecendo. Quem pega, pegou. Então, comecei a observar os maiores. Como comentavam as gurias, como as olhavam, as coisas obscenas que faziam sozinhos e que contavam uns aos outros. Aprendi com eles. Bolinação, dizia o padre na confissão. Bolinou-se muito, meu filho? Quantas vezes? Tanto assim? Modere-se, você pensa que

Jesus gosta? A Virgem Maria é nossa Mãe, a ela devemos todo o respeito do mundo. Os maiores diziam punheta. Bateu muitas? Vamos fazer um concurso? Organizavam, então, as bandinhas. Íamos em grupo para a beira dos valos que distribuíam água para as granjas de arroz. Águas limpinhas, claras, que deslizavam sobre o lodo, sem mexer com ele. Quem pode fazer a porra atravessar? Assim não vale, foi com o dedo. "Assim não fale", era o conselho que a gente recebia. Falar também era pecado. Até pensar era proibido, mesmo que fosse coisa inevitável. Até parecia que não era a gente que pensava; que alguém pensava dentro de nós, por nós. Alguém que gostava muito do proibido.

Eu vestia o pijama e vinha tomar a bênção na sala. Papai lia, mamãe costurava. Eu enforcava o que não podia aparecer com o barbante do pijama, e me cuidava ao caminhar. Mamãe dizia: "Deus te abençoe, meu filho". E não me via porque nunca tinha sido menino. Papai, que era sério por demais, enquanto me abençoava, olhava nos meus olhos, mas, assim que terminava a frase, corria a vista pelo meu corpo. Queria certificar-se de um acontecimento que eu escondia.

Se fosse maio ou outubro, lá em casa se rezava o terço. De tanto mamãe repetir, eu ia pensando: "Cheia de graça... bendito o fruto de vosso ventre...". O ventre das mulheres podia dar fruto. E o nosso ventre? Então não éramos cheios de graça? Só as mulheres tinham graça? Só as mulheres tinham aquela graça? Um senhor estava com elas. Conosco ninguém estava. Não havia uma reza que dissesse assim: a senhora esteja convosco. E eu precisava tanto de uma senhora!

Até papai um dia admitiu. Quando ele crescer um pouco mais, disse mamãe, você não seja louco de levar o menino na casa daquelas sem-vergonhas, isso é jeito de educar os filhos? Porque é filho homem, decerto agora tem que ir se refestelar com aquele chinedo?

China, na minha casa, tinha uma significação; na escola, outra. China podia ser um país imenso; mas podia também ser uma mulher que não pudesse de jeito nenhum estar com a gente. A família dessa china não existia. O chinedo estava condenado. Morrendo, iriam todas para o fogo do Inferno, nenhum Gabriel iria socorrer nenhuma delas, nem aquelas que mais precisavam ser socorridas. Já que o ventre de nenhuma delas não dera fruto nenhum, estavam todas perdidas para sempre.

Essa conversa eu ouvi atrás de uma parede. Papai falava muito baixinho, com calma, jeitoso. Mamãe discordava de um modo que eu podia ouvir.

Nossa casa ficava perto de um morro. Aliás, de muitos. Para nós, contudo, todos os morros eram um só; eram o costão. De lá subiam pequenas nuvenzinhas brancas que iam até o céu. Nossa irmã mais velha, muito pachola, dizia que o costão fazia assim para poder chover. Ninguém acreditava nessas bobagens que ela dizia. O costão fazia assim porque era bonito. Nossa irmã queria explicar geografias e vapores. Não permitíamos. Nem eu, nem os outros, nem Arlete, se por acaso estivesse junto conosco. Essa era, de todos nós, a mais safada. Atazanava nossa irmã: "E da bosta da vaca, por que é que sai fumacinha quando é frio?".

Vovô, quando vinha, vinha do costão. Era lá que ele morava, mamãe dizia. Como é que não dá pra ver a casa dele, mãe? Sejam bobas, crianças! E como é que a nuvem se pode ver? Mamãe calava-se. Éramos uns pirralhos azucrinantes, mamãe dizia, mas dizia com um olhar amoroso, estrábico de tanta ternura, de tanto olhar por nós, "agora e na hora da nossa morte".

Houve mortes lá em casa, um certo tempo. Disso não quero falar. Mamãe encompridou aquele olhar, chorou sobre os filhos que amava; nós ficávamos, eles se iam, mamãe nos abraçava com força e chorava que chorava. Mamãe era forte e tinha força para chorar bastante.

Vovô ficou uma temporada lá em casa para nos consolar. Alguns dias depois voltou outra vez. Tornou a voltar. Depois desapareceu.

Um dia veio tia Vina. Poxa, mas que tia mais bonita e desembaraçada! Logo estava muito amiga de todos nós! Fez trança no cabelo das meninas, pintou as unhas de nossa mãe. Fez até bolo; tomamos café da tarde.

Mamãe, de repente, estava muito feliz; contavam histórias uma para outra, do tempo que eram pequenas; todos riam, nós também.

À noite, tia Vina foi tomar banho antes de dormir. Que bosta, não se podia nem espiar. O banheiro ficava fora de casa. Tia Vina tomava banho frio e ainda cantava. Tia corajosa estava ali.

E onde tia Vina ia dormir? Mamãe achou que melhor seria ela dormir em nosso quarto. Mais cômodo que na sala, para a nossa tia.

Antes, mamãe foi ao quarto para olhar por nós, como sempre fazia antes de se deitar. As crianças estão dormindo, ouvi mamãe dizer à tia Vina. Papai também foi se deitar. Mamãe, antes de ir, levou tia Vina ao quarto e mostrou-lhe a cama. Bem perto da minha, ou melhor, da nossa, já que eu dormia com um dos meus irmãos.

Tia Vina comentou:

— Que rosado está o Zezo! Vai dar um baita dum homem!

E mamãe:

— É um pouco parecido com o louco de seu avô.

Tia Vina:

— Papai devia ser um homem bonito quando novo. Ainda hoje é... Eu podia estar dormindo, mamãe tinha certeza disso. Tia Vina, acho que não. Para tia Vina, eu podia estar dormindo, mas podia não estar.

Mamãe beijou sua irmã e disse que ela podia dormir até a hora que bem quisesse; no outro dia era sábado. Mamãe se foi. Nunca mamãe demorou tanto em nosso quarto.

Tia Vina começou a se despir, de costas pra mim. Tirou a blusa. Vi sua pele morena cor de vinho, alumiada pela luz fraca da lamparina. Soubesse, teria puxado mais o pavio: quem ia adivinhar? Tirou a saia, também cor de vinho. Vi a calcinha branca de tia Vina contrastando com sua pele morena, *avinhada*. Eu estava todo arrepiado sob as cobertas. Tia Vina virou-se. Vi os seios redondos, bonitos; pareciam arrepiados também, nas pontinhas os bicos saltados, mas eram parecidos com figos, da mesma cor. A tia procurava roupas na mala sobre a cama, mas me espiava com um rabo do olho. Depois de achar uma camisola, tia Vina tirou a calcinha e daí veio me ver. Agachou-se perto de mim para me ver melhor, senti sua respiração quente que soprava seu fogo sobre meu rosto, contemplei suas coxas aveludadas e ardentes – mais ardente era o meu olhar –, e vi o que nunca tinha visto: aquela mulher estava inteiramente nua ao meu lado. Tia Vina me examinava com atenção, seus olhos percorriam meu rosto com cuidado. E o que era bom, e inevitável, começou a acontecer.

Vi o risco de um riso maroto no rosto de tia Vina. Ela, devagarinho, foi pondo as mãos debaixo das cobertas (por pouco não me fazia cócegas), até encontrar o que estava no meio das minhas pernas. Fez "ah!", como um pequeno susto. Tia Vina fazia agora o que eu fazia, mas com as mãos dela. Não podia mais fingir que dormia. Começou a me beijar, encostando sua pele *avinhada* em meu rosto. Tomei sua cabeça com as duas mãos, dei-lhe um beijo comprido de nunca mais se acabar. A tia chegou a suspirar baixinho, contida. Foi-se enfiando debaixo das cobertas, sorrateira como o demônio quando entrava em mim para me tentar, foi descendo a cabeça, descendo... O que iria fazer? Tia Vina, louca... De repente era bom beijar tia Vina por todo o corpo. Aquilo durou quase a noite inteira. E foi a minha primeira vez.

Tia Vina, depois se soube, trabalhava num cabaré de Florianópolis. Mamãe sempre procurou esconder essa verdade. E eu sempre tenho visitado todos os cabarés do mundo, à procura de outra verdade. Tia Vina, por onde andará? Mamãe ainda hoje *entrediz*: "Tua tia Vina perdeu-se ainda muito nova. Faz tempo que eu não sei mais nada, que não tenho notícia nenhuma dela".

Isso, porém, não é verdade. Pois eu encontrei tia Vina muito tempo depois. (Ao contrário de todas as suas irmãs, não tinha filho nenhum.) Foi quando ela me disse que sempre dava notícias à mamãe e que, infelizmente, o demônio não dura quase nada na gente, é como um perfume que logo se esvai. E de meu pai contou-me coisas amoráveis e dignas, mas cheias de toda maroteza. Mamãe, será que eu sabia?, tinha casado grávida. E de vovô, eu não sabia tampouco a terrível verdade: que depois de criar os filhos todos, perdera-se em alucinações, repudiara vovó e estava vivendo com outra mulher, que soubera entender a sua loucura. Volta e meia, porém, quando passava a ver as outras pessoas com um olhar de vidro, que via tudo através, era levado a uma casa que não se podia nem nomear. Então, vovô, em espaços de fala que ninguém não podia entender (como esses brancos entre uma palavra e outra), dizia que queria muito bem à sua verdadeira mulher, de ventre frutuoso, mãe de seus muitos filhos, estando por ela cheio de paixão.

Muitas coisas mais me contou essa minha tia. Como você está vendo, tia Vina não tinha filho nenhum, mas contava coisas que mulheres de ventre preenchido jamais haveriam de poder entender. Com quem dormia mamãe? Com aquele seu marido, que era nosso pai? Grave engano; a pessoa podia ser, nas aparências, a mesma; mas o meu verdadeiro pai era aquele que mamãe não via. Tia Vina tinha essa vantagem sobre as mulheres abotoadas: sabia ouvir, amar e entender maridos.

Quando encontrei tia Vina essa última vez, tinha acabado de me tornar pai. Tive vontade, então, de entrar para debaixo das cobertas, tomar caldinho de galinha e comidinhas leves, descansar para recuperar algumas forças perdidas e permanecer na cama por quarenta dias. Só depois eu poderia sair dali para ser tentado pelo demônio outra vez. O demônio, porém, não dura quase nada na gente, é como um perfume que logo se esvai. Além disso, ele só vem de surpresa. De modo que a pior coisa que você pode fazer é vigiar e estar preparado: assim ele nunca vem. Mas eu, nesses quarenta dias, diria uma porção de coisas para mim mesmo, que mulher nenhuma não pode entender, porque, se não existe o primeiro amor, é certo que existe a primeira mulher, insubstituível, audaz, que o ouviu, entendeu e amou, ao menos por alguns breves momentos. De ventre eternamente vazio, essa mulher deixa em você um sinal indelével. Todas as outras, que virão depois dela, virão depois. Ela é o marco; não as outras. E como tia Vina não há mais, o que existe é o poder seco de mim mesmo. Há dias em que, recolhido dentro deste meu outro, começo a preencher claros, iluminar escuros, desfazer enigmas à procura de desencantar o demônio que todos me ajudaram sempre a espantar, e que só tia Vina me ajudou a encontrar. O coitado do demônio, porém, anda muito arredio e assustado, e por isso, quando vem, não dura quase nada na gente; é como um perfume que logo se esvai.

Anima

Cesset corpus, incipit anima.

Cesset anima, incipit ratio.

Cesset intellectiva potentia, et incipit mens.

O que a senhora tem é uma pequena irritação entre as coxas, mais propriamente na baratinha. Remédio para curar tal coceirinha não há. Veja a senhora que, se eu mando que ponha pomada aí, acabo causando alguns inconvenientes, pois esta é a parte do corpo da mulher menos indicada para ser untada com quimiquezas.

Armo o olhar e vou ver o que é que há para aquém do texto. Onde está o que ainda não está?

As vacas do pasto – desculpe pela má lembrança; mas não é para comparação – costumam apresentar de vez em quando estas brotoejas nas bainhas. A senhora sabe como são curadas? Não se passa remédio algum. Todo veterinário sabe disso, mesmo os mais moralistas: é o touro com sua saliva que cura este ardume. Toda hora há uma lambida. A molhadinha que ele dá tem um grande poder de cura.

Narrar, narrar, narrar. Narrar até morrer. Mas como narrar sozinho? Peço ajuda aos que me cercam e vou-lhes perguntando: para narrar uma cena indecorosa, tenho que tornar-me também indecoroso, obsceno, sentindo gozo e tormento?

A senhora poderia ser curada de um modo assim. Não para assustá-la, mas para adverti-la da urgência do tratamento, devo dizer-lhe que precisa tomar uma atitude ainda hoje. Amanhã poderá ser tarde demais.

Seu marido poderia aplicar-lhe o remédio. Mas como não? Pois não tem língua, não tem saliva e não dorme com a senhora toda noite? Tem homem que faz isso, mesmo que não seja para curar um mal assim!

Um escritor é sobretudo um homem que mistura coisas. Não veem que Rubem, mesmo narrando obscenas cenas, é lírico e terno, e ainda assim parece um pai que passa a mão em nossa nuca e nos diz com ar de bondoso: você é um grande cachorro! E quem não o entende? Todos o amam, menos os inquisidores e quatro ou cinco cocorocas que querem porque querem transformá-lo num Zé de Alencar de neon, elogiando virgens, brancas, índios inglesados e outra gente mais bem dentada.

Olhe, estou vendo que a senhora está assustada e só porque sou amigo da família vou me dispor a um sacrifício. Vou aplicar-lhe o remédio. Mas a senhora tem que se comprometer a vir todos os dias, sem faltar nenhum, durante um mês, pelo menos! Nojo? E por quê? Feio? Só para ganso ou cegonha, por causa do bico!

Quando é que a senhora quer começar o tratamento? E por que não? Tudo vale a pena quando a baratinha não é (muito) pequena.

É a gravidade do papel que puxa as palavras – dizem homens que hoje fazem o discurso se voltar sobre si mesmo para ver o que é que há e em que armadilhas ele nos prendeu e prende. E outros, quando também intento isso, me asseguram: você deve contar e nada mais. Machado queria complicar e ostentar brilho. Firulas de palavras sempre deram cidadania mais elevada a quem delas pôde fazer uso.

Mas hoje o mundo pode ser também daqueles que, nada tendo, podem ter o poder da fala.

A senhora não precisa tirar toda a roupa. Tire somente a calcinha e abra bem as pernas. Quando eu disser “fecha”, a senhora bote suas pernas sobre meu pescoço, como se fosse me abraçar ou laçar. Eu não vou chupar mais do que uma hora porque o veneno não pode ser extraído todo de uma vez. Além do mais, tem outras clientes aí fora, aguardando o mesmo tratamento. Chupo um pouco hoje, outro pouco amanhã, no fim do mês a senhora já estará bem melhor.

Dizem que a liberdade é essencial à prática amorosa. Desde que não seja outorgada, claro. Veja que no seminário era tão bom surrupiar a vigilância do padre prefeito e ir amorar com uma cozinheira ostrogoda (*apud* Guillhermino César, *Sistema do imperfeito*), besuntada com óleo de baleia (*idem*), que tinha um vestido tomara que caia, um par de tamancos altos e um olhar frontal e piscativo, mas que no escuro não se via, só se sentia o cheiro da graxa. Um dia um médico dormiu com ela e depois nos disse: "Aquela sobrancelhuda tem um aparelho ginecológico excelente!".

Rimos de o doutor não ter palavras para descrever assim subitamente um instante amoroso. Mas a nós também quantas vezes elas nos faltam?

É preciso, porém, combinar um troço. O médico jura por Hipócrates que jamais tornará público o que em segredo lhe fora confiado. Num caso de tal gravidade, é salutar que a senhora também jure, do contrário quem se compromete sou eu. Onde já se viu? O que irá pensar de mim a comunidade, se por acaso ficar sabendo que eu descanso o queixo nas saboneteiras das clientes?

Quem primeiro abriu o bico foi Elisabeth, que usava apertadas calças que apresentavam o selo do Tio Sam bem por sobre um dos gomos de sua cobiçada e redonda moranguinha. Não faltava quem lamentasse a presença desse registro estrangeiro em território mais que nacional. Certo professor, nem só uma, nem só duas vezes, lamentara a invasão cultural do país que, entre outras coisas, além de despejar sobre a imensa nação brasileira o excedente da produção musical, televisiva e cinematográfica dos Estados Unidos, ainda causava uma ofensa daquelas, batizando os mais belos e legítimos traseiros brasileiros com esdrúxulos nomes, difíceis de pronunciar e, entretanto, de fácil memorização, pela insistência com que eram repetidos aqui, ali, lá e por todo lugar.

Os costumes sexuais de nossa cidade estão mudando muito. Antigamente as mulheres não tinham esse rosto de hoje. Nem os homens eram tão cordatos com a lavoura de chifres. Paulada, facada, sangue, tiro e morte – eram esses os perigos de amar que um homem enfrentava. E para as mulheres que tergiversavam, casadas ou solteiras, velhas ou novas, só havia um destes dois destinos: a morte ou a zona. E ninguém lamentava a aurora que elas perdiam. Era tudo matéria do vento.

Elisabeth começou por fazer a Tatata, o cabeleireiro, uma pergunta singular. Se ele, que era assim tão dado, poderia dizer se, na opinião dele, seria possível haver algum pedaço do corpo da mulher onde o marido não tocava.

Mesmo acostumado a perguntas mais indiscretas, quase sempre indagando de sua singularidade cabeleirística, Tatata corou. Mas a coloração não o impediu de inquirir a razão de tão inusitada pergunta. Beth, confiadíssima, contou-lhe o estranho procedimento do doutor. Dona Elisabeth, que eu saiba, quando há qualquer ardume por ali, os médicos receitam uma pomadinha aliviante. A gente põe com um tubinho, um aparelhinho apropriado a um caso assim. A gente, Tatata? Você também? Ora, mas é que... Não era que era a segunda vez numa mesma tarde que aquela atrevida cliente colorova o jovem saloneiro? Mas eu, dona Elisabeth, eu não passo no mesmo lado, é claro, disse ele já sem conseguir esconder um resquício de bamboleio festivo: eu boto atrás. Elisabeth viu os próprios olhos arregalarem-se no espelho em frente, e o calor do secador apenas intensificou mais o vermelho que então se abateu sobre seu rosto de curiosa. Se já não estivesse sentada, não teria despencado? Não estava ali ao espelho a mesma menina que num longínquo Sete de Setembro pronunciara graciosa quadrinha:

"Sou pequenininha de perna grossa
Vestido curto papai não gosta
Mamãe é uma rosa, papai colheu
Eu sou o botão que a rosa deu."

A rosa deu para o doutor. Quando o marido chegou, encontrou os dois ainda no desafogo; por isso não pôde perdoar: armou-se de uma cadeira e quebrou o braço do doutor. Ou era verdade que ele escorregara sob o chuveiro? Neste caso, ele não sabia tomar banho! Era a segunda ou terceira vez que se quebrava!

Alice contou para Joana, que contou para Íris, que contou para Iracema, que contou para Rute, que contou para Regina. As que ainda não haviam consultado o doutor de repente contraíram súbita enxaqueca ou dor nas partes e foram indagar do doutor qual o remédio mais apropriado para um mal agora tão comum: de repente, não mais que Vinicius de Moraes, todas elas estavam com aquela coceirinha, para cujo tratamento quimiqueza nenhuma servia. De novo, as mesmas perguntas. Ora, os maridos não colaboravam porque esposa é esposa e mãe de filhos não é para ficar aí com a baratinha cheia de fios de barba – então o doutor não as podia entender?

— Mudei eu ou mudou Shere Hite? — perguntava-se o doutor, depois de cada consulta, que agora era semanal.

Desrespeitadas, e por isso alegres, não eram poucas as que ousavam adiantar detalhes umas às outras: aqueles seus óculos é que atrapalham um pouco! Como todo rufião, o doutor adora uma meia preta! Quando eu casei, pensei que esse negócio só podia ser de um jeito só!

Então, nenhuma mulher tinha o direito de arrulhar? Quando elas reclamavam, os homens ouviam somente as palavras, não o sentido. O sentido ficava guardado no olhar morno e choroso de uma filha que à casa do pai retornava, devolvida pelo homem que a rejeitara. E o pai também a repudiava.

Nós, os ficcionistas, somos gente presunçosa: julgamos que somos nós que recuperamos um olhar assim. E mesmo quando nossa linguagem parece obscena, estamos falando de coisas amoráveis e muito dignas, mas é que também nós somos vulneráveis à língua que nos cerca, porque não queremos ser censores daqueles que inventam uma linguagem que nós não inventamos, que apenas recolhemos, ao trilhar os rastros daqueles que, longe do poder, andam sempre a pé, sem cavalo e sem discurso, elaborando uma outra linguagem e também outros modos de viver, que são sempre jeitos renovados de construir a resistência.

Ninguém estudou o que eu, aqui, sem nenhum cuidado, vou dizer a vocês. Era Hélio abrir a boca e ganhar a atenção geral da bodega. O caso é que o país está cheio de livro, de pesquisa, de tese disso, tese daquilo, cada tesão! Mas ninguém ainda nunca explicou uma coisa! Até o Wilson Martins, que não se esquece de nada, nem de elogiar a censura, esqueceu-se disso: as influências da Nestlé sobre o comportamento sexual dos brasileiros! Ou vocês pensam que essas madonas que atravessam as ruas de nossa cidade, quando eram novas, tinham o traseiro muito diferente do que têm hoje? Coisíssima nenhuma! Porém, as meninas que rebolam pra lá e pra cá já refletem no bem-bom do bumbum o aperfeiçoamento da espécie. E devem a redondeza desse bolinho a quem? Nada mais, nada menos que à Nestlé – uma multinacional, sim senhores, mas uma empresa da maior serventia ao país. Sem ela, eu não sei como podia ser. Com ela nossos bosques têm mais flores, suas bundas? Uns amores! Sem contar que este cidadão que vos presenteia com seu charme e voz é o único exemplar de homem desta cidade que, graças à Nestlé, toma uma barra de chocolate, parte a referida em quatro partes iguais, pega uma por uma, sem usar as mãos, e ainda, sem usar as mãos – e sem usar os dentes também –, introduz cada uma das partes no interior do colo de alabastro de qualquer puta de nossa gloriosa zona. E de lá retira e bota quantas vezes cada uma delas quiser, para consolação das aflitas, até que o chocolate se acabe ou fique por demais lambuzado.

Hélio, agrônomo desgarrado de uma expedição de medir terras, nos longínquos 1950, vagava bêbado e quase sem préstimo, contando suas proezas para ouvidos atentos. Dormia quase sempre na zona! Seria este mesmo o seu mérito maior e a razão de as putas o acolherem sempre por lá?

O grande cientista de nosso tempo, Albert Einstein, engenhoso físico e também filósofo, era um homem muito religioso, que, sendo leitor de Goethe, acreditava que tudo o que era humano dizia-lhe respeito. Já Adolf Hitler, o *Pithecantropus erectus*, também de nossa era, atalho perdido da escala zoológica, não era nada disso e, como todo-poderoso, tinha grande pavor de pequenas sutilezas inventadas por gente sem poder nenhum. De qual dos dois os controladores dos discursos destes tristes trópicos estão mais próximos?

O doutor foi assassinado pelo marido de Elisabeth, que, armado de um trabuco militar, invadiu o hospital, fazendo coxos andarem, paraplégicos dispararem e cometendo outras inusitadas coisas, que podem ser comprovadas na memória popular. Existe, porém, um ritual para essas narrações, pois a respeitada gente que conta esses acontecimentos acha que só pode historiar pelo certo se estiverem todos, contadores e ouvintes, em redor de um copo de cachaça, único lugar onde se discute coisa séria neste país!

Crônica escolar

I

A nota de irmã Bárbara era clara: nenhuma normalista podia fazer ginástica de calção. Nem com elástico nas pernas, irmã? Marily queria salvar as colegas. Sim, porque de calção com pernas soltas, eu concordo com a senhora, é a maior pouca-vergonha. A rapaziada fica no campo ao lado, só esperando a hora e a vez das flexões de pernas, bobos que não são.

A senhora diretora não admite, porém, nenhuma interferência. Nem que seja para concordar. E, além do mais, serve-se da oportunidade para uma admoestação suplementar, que vinha protelando. Não era Marily a que praticava natação na piscina do colégio, sem antes ter o cuidado de patrolar uns pelos incendiários? Não era ela que depois de uns mergulhos, com a pelaiada ainda escorrida de molhada, secava-se ao sol, desprevenida, enquanto ia-se formando aquela cachopa às bordas do maiô? E quem era a moça de cujas calcinhas os alunos conheciam a cor, o corte e outras visões de esplendor que um distraído cruzar de pernas pode propiciar? E qual era a aluna que dizia que faria gostoso amorzinho com um dos professores, caso fosse requerida para a sem-vergonhice? (Falta de consciência política, reclamara um do grêmio estudantil. E os colegas, onde ficavam? Ela ia dar primeiro para os professores? Até nisso os estudantes saíam perdendo?) E que aluna era perseguida pelas ruas menos iluminadas da cidade na volta das aulas?

Vida perigosa tinha que levar a mulher sem homem naquela cidade. Os afoitos pensavam que, por ser mulher sozinha, a caça estava mais do que facilitada.

Marily era casada, mas seu marido viajava o tempo todo. Quando voltava, parecia meio arredio ao seu chamego. Enfastiado de tanta carona? Sua tia recomendara, ainda no dia do casamento: o mais perigoso de tudo é a rotina, minha filha! Você tem que lutar contra essa praga todos os dias de sua vida. Mas até a luta virara rotina.

Irmã Bárbara achava fácil dirigir o colégio. Preencher formulários, fazer matrículas, inventar relatórios, laborar ofícios, despachar requerimentos, nada disso deixava de ser fácil. O difícil era cuidar de coisas como estas: medir as saias das alunas à entrada da aula na fila; repreender professores de costumes avançados, aconselhar professoras muito liberadas – isso não era fácil.

A professora Esmeralda, uma noite, pensando estar só na secretaria, não deixou o estêncil ali à máquina e não se estendeu no tapete, com a blusa toda aberta, saia levantada, pés descalços, braços nus, pernas peladas, calcinha aos pés e o Danilo por cima, este rememorando costumes infantis de um lado e avançados de outro? E o texto de Casimiro de Abreu que a irmã mandara multiplicar? Ora, quem estava atrás das asas ligeiras das borboletas azuis, correndo pelas campinas, com saudades de sua infância querida e da aurora da vida era o poeta, não ela. Sua aurora não chegara e da pobreza da infância não tinha saudade nenhuma. O professor Danilo, por sua vez, deixara os alunos copiando um baita e chato poema sobre Fernão Dias Paes Leme e se mandara para a secretaria à procura de Esmeralda. Ao contrário do herói de Olavo Bilac, indivíduo nocivo à língua brasileira como poucos mais, o professor em questão não estava nem trôpego, nem envelhecido, nem roto, e muito menos sem forças para cair junto ao Guaicuí. Estava caído, sim, mas não de fraqueza. Era porque tinha achado as pedras preciosas de Esmeralda. Seus livores não eram de morte. Eram de muita alegria, depois de sete anos combatendo febres, répteis, coordenadores pedagógicos, orientadores educacionais e outros ferozes vice-diretores que interditavam o caminho da secretaria, onde aquela Esmeralda esperava com ares de muita seduçança.

E, para sua maior alegria, tudo acontecia em março, ao findar das chuvas, quase à entrada do outono, no começo do ano letivo, quando seu corpo, em sede dobrada, mercê das férias da estação, voltava a embrenhar-se com sua bandeira pelas selvas escolares, nem pudorosas, nem virginais, como queria o boloroso e repressivo poeta, mas cheias de sacanagem bem brasileira, daquelas que não constam dos livros didáticos, já que esses tais livros foram alugados pelo verniz da subcultura oficial, sendo seus inquilinos mais conhecidos, além dos aqui dantes citados, os senhores Coelho Neto e Rui Barbosa, que Deus os tenha! Não é por não constar em livro didático que alguma coisa deixa de existir neste país, porém. Mesmo com livros didáticos parecidos com catecismos de doutrina cristã dos mais antigos, ou, pior, cheios de preceitos semelhantes aos encontrados em manuais de campos de concentração da segunda guerra universal, o corpo resiste como pode e procura outros lugares em que possa registrar seus desejos, procura guarida em textos que, em vez de encobrir, revelem as boas coisas da vida. O fruto proibido, o fruto mais apetecido: ninguém conta isso?

II

A diretora, emérita exegeta dos textos santos, erguendo-se à ponta dos pés, viu, à beira da porta, um quadro paradisíaco. Não podia evitar a comparação. Os dois amantes eram Adão e Eva, não faltava nem a serpente. Mas ela, a senhora diretora, procuradora do Senhor, também estava ali com sua espada de fogo para expulsar os desavergonhosos. Seu primeiro ímpeto, porém, foi outro, outro fogo a queimava, já que o instinto é de uma inteligência bárbara. Mas e o cumprimento do dever? Num dia nevoento e longínquo, antes de ser chamada pelo Senhor, o que esta madre fizera com seu primo, no potreiro do pai? Viu o primo entregue ao maior desafogo com uma fêmea do reino cavalar, praticando o chamado barranquismo, que, como já se disse alhures, consiste, como a palavra indica, em encostar em barranco apropriado éguas ou potrancas em flor e praticar com elas certas aplacações instintivas, comuns à idade [1]. E então a serva do Senhor, ainda não atingida pelo raio do Divino, rolou pela grama em forma de concha até guerrear e gemer de prazer [2].

Depois de expulsar os anjos decaídos, irmã Bárbara fecha a escola e caminha para a casa das irmãs muito pensativa. Por que o Senhor permite tanto pecado no mundo? *Raffiniert ist der Herrgott, aber boshaft ist er nicht* [3]. Ela porém não é muito sutil, e no fundo fica tramando uma admoestação a Deus.

Chegando ao convento, estende um olhar sobre a cidade que está agora brilhando no meio da névoa da noite, cuida de fechar todas as portas e janelas, dirige os ofícios e rezas da noite, admoesta as colegas sobre possíveis tentações, lê trechos de cartas de São Paulo Apóstolo, que o correio continua entregando, interpretando-as e convidando as companheiras de voto para que façam o mesmo.

Feitas as abluções mentais, dirige-se a seu quarto, onde, depois de desfazer-se de todos os panos que enrolam seu corpo, veste pesada camisola de pelúcia e, reclinando-se num travesseiro que pôs de pé, à cabeceira, folheia páginas que traz escondidas na gaveta do criado-mudo. São anotações sobre a vida sexual dos professores, serventes e alunos a ela subordinados.

No quarto ao lado, uma das irmãs remexe-se sem sono e lamenta que a cama ranja tanto a qualquer modificação do corpo, pois a superiora pode ouvir e extrair daí outras anotações apressadas. Depois de beijar o crucifixo fosforescente, a fervorosa irmãzinha despe-se da camisola, desamarra o sutiã, livra-se da calcinha que mais parece calça de força e, nuinha no meio do frio e da noite, relembra resquícios de antigos prazeres. Jesus, que fosforesce à beira de sua cama, mesmo pregado à cruz, sacode a cabeça desolado e lamenta a prisão da irmã. Ele, que não escreveu nada, teve sua fala tão falsificada a ponto de depredarem assim esta moça nova que se agita agora no meio da noite. O crucifixo ainda brilha à beira da cama, mas o que agora esta irmãzinha admira são as luminosidades de seu corpo, suas coxas desocupadas e ardentes, por sobre os lençóis brancos. E o bom Deus deu as mãos pra quê? A irmãzinha começa por acariciar-se e descobre que esse resvalar das próprias mãos pela pele meio arrepiada causa-lhe um novo arrepio por cima do arrepio de frio. Esta flor escandinava que enfeita seu ventre é autêntica especialidade da casa – todas as outras irmãs cultivam um jardim de flores negras. Serão todas intactas como a desta irmãzinha? Um fio de remorso percorre a freirinha que agora se acarinha, em seu primeiro cio.

Esta irmãzinha é mulher perseguida por ser bela e fofinha. Viajando certa noite em carro-leito, sem hábito como desde muito tem sido hábito das monjas andar sem hábito, por pouco não foi estuprada pelo companheiro de poltrona, que, protegido pelo cobertor da noite, e pela desculpa de poder estar dormindo, lhe aplicou vigoroso abraço assim por trás mesmo, como aliás era de sua preferência, soube-se depois. O homem tinha esse costume pouco comum de ferrar os companheiros de viagem, fosse quem fosse.

Mas agora, na calma da noite, muito embora com seu corpo sacudido por tremendas tormentas, ela se esforça por prestar atenção à *Sinfonia nº 9*, de Dvorák, com seu opus 95 – a *Sinfonia do novo mundo*, enchendo a noite de serenidade.

III

Impedido de amar Esmeralda, demitida sem justa causa trabalhista, o professor Danilo capricha para ganhar o coração de Marily. Poupa-a de copiar aqueles poemões de Olavo Brás Martins dos Guimarães Bilac Chato, denominados "Profissão de fé", "A tentação de Xenócrates" e "O Caçador de Esmeraldas", dispensando-a também de pesquisar no *Aurélio* as palavras de significado raro listadas nos poemas, que são todas. Contempla aqueles cílios compridos, abanando os olhos de sua aluna mais gostosa, e diz de si para si mesmo: melhor do que um velho amor, só mesmo um novo amor.

Vêm novos dias e lá está Marily cruzando as pernas, na última carteira, encostada à parede. Cruza, descruza, morde a tampa da caneta, passa a língua nos lábios, espalhando melhor o batom, joga os lisos cabelos para trás, sacudindo a cabeça, coloca a mão sob a blusa, bolinando o próprio seio, introduz as duas mãos por sob a saia preta para rearrumar a anágua que havia dobrado, põe o queixo sobre o peito e fica espiando a barriga por dentro da blusa, controlando os quilos que têm se espalhado em seu corpo, mercê dos anticoncepcionais, tira o sapato e estende a perna até alcançar o apoio da próxima carteira, abotoa, desabotoa a blusa para tornar a abotoá-la depois, passa a mãos nos cabelos, trá-la (até eu?) de volta, contornando o pescoço e a introduz outra vez sob o sutiã para ajeitar mais empinadamente esse ou aquele seio, puxa uma figurinha lá do meio de um livro, passa um metro de língua no verso da pobre estampa desprevenida, umedece também a superfície que vai receber o enfeite, tira o travo da língua nos dentes bem brancos da frente, puxa da bolsa um espelhinho, retoca o rímel, alonga os pelos dos olhos, passa o pente nos cabelos, empurra uns fios rebeldes pra cá, outros pra lá, afrouxa o zíper da saia e a rodeia, de forma a que a parte de trás venha parar na frente e assim ela possa conferir o escorregador do reco, retira minúscula pluminha que poderia um dia entravar o fecho, torna a colocar a saia no devido lugar, dando uma rabanada e mostrando um relâmpago de coxas grossas e amorenadas, coloca os óculos, olha-se no espelhinho, retira os óculos, mira-se outra vez, torna a colocá-los, volta a tirá-los, levanta a blusa e, com as mãos nos quadris, mede com os polegares a cintura benfeita, escreve uma cartinha, mete de novo a língua a ativar a cola do envelope, cola tudo e, levantando os braços, cruza as mãos sobre a cabeça. Marily está muito engenhosa na seduçança. A seu lado um dos colegas de aula, na outra carteira, está que é uma baba só, desde o queixo até a cova do pescoço, mas Marily não vê ninguém, só vê o professor Danilo lá na frente, que tudo vê.

Irmã Bárbara tem muitas dificuldades na condução dos negócios escolares e na preservação moral de seus subordinados. Seu lema é: "Ignorantes, sim; desobedientes, nunca!".

Já o padre coadjutor, professor de Doutrina Cristã, além de não querer saber daqueles catecismos em que aparece serpente entrando por tudo quanto é buraco humano, pensa que o fundamental é destruir a ignorância. O resto virá por acréscimo. Perguntado se no Inferno acontece tudo mesmo como aquelas figuras demonstram nas lições de religião, responde rindo que aquilo tudo deve ser coisa de tarado. Ouviu bandalheiras? A serpente entra pelo ouvido. Proferiu palavrório devasso? Outra serpente entra pela boca. Olhou mulher pelada? Duas serpentes entram pelos olhos. Suou muito fazendo o proibido? Milhares de serpentes entram pelos poros. E assim por diante. Acham então que Deus é bobo? Deus é fino de sagaz. Para os brasileiros, Deus deveria saber que o Inferno mais doloroso consistiria em botar o sujeito lá de terno e gravata, batendo ponto toda a eternidade, sem secretária, sem poder sair para um cafezinho, sem poder ver nenhuma frenética gostosa rebolar, sem direito a ver os jogos da seleção brasileira de futebol. Deus não é um simples criador de ofídios!

O crivo dos maldosos é, porém, finíssimo. Do padre vigário dizem essas línguas que é chegado a práticas sodogomôrricas com certas fêmeas do reino animal que habitam os cercados da paróquia. Irmã Bárbara, desde que foi surpreendida por este padre no gabinete, onde estava sendo amassada por um professor de Moral e Cívica, vem vigiando este servo de Deus, com o intuito de recolher um deslize seu para poder recuperar a autoridade que perdeu. O danado do padre, aproveitador que só ele, desde o ocorrido, sabendo que não pode ser repreendido pela diretora, libera o colégio o mais que pode. Irônico e sarcástico, dá-se ao trabalho de passar sempre, depois de cada aula, no gabinete da diretora para anunciar as novas lições que acabou de dar. Hoje expliquei aos alunos o que é ejaculação precoce, orgasmo vaginal, orgasmo clitorial, orgasmo simples, orgasmo complexo, felação e outros babados. E como a aula é para ser de religião, expliquei-lhes também que o bom Deus nada tem a ver com isso. Ele sabe o corpo que nos deu. Mas a sua aula é de religião, padre! Religião e sexo estão sempre juntos, querida irmã. Quando não estiveram? E escola, convento, quartel, sempre gostaram desse pirão. E essas anotações que a senhora faz a respeito de seu corpo docente pode jogar todas fora. O normal que a senhora quer não existe. A senhora encontrou já algum professor que não foi caneteado? Pois é! Escola é para ensinar, irmã. E tem mais: falei com uns professores de Português e disse-lhes que neste país a juventude não sabe escrever porra nenhuma, também por causa deles, que mandam ler textos de Olavo Bilac, Coelho Neto, Rui Barbosa e outras múmias nacionais das mais incensadas, para os quais as personagens, se masculinas, não têm tico, e, se femininas, não têm perseguida. Indiquei autores que incluem o corpo todo nas histórias [4]. Precisamos mudar este país! Vamos começar por aqui onde estamos! Vamos fazer o que podemos! Não podemos abdicar deste nosso poder! A senhora pensa que os pais dessas crias se matam trabalhando para que a senhora, em vez de promover o ensino e dar-lhes instrução, fique aí contabilizando as bronhas e perversidades de cada um?

A antiga colaboradora da Gestapo ouve tudo aparentemente serena. No fundo trama contra aquele professor que, apoiado num segredo, atreve-se a corrigir o colégio que ela acha que dirige tão bem.

ALGUMAS NOTAS E REFERÊNCIAS

1. Na zona urbana, a iniciação sexual dos adolescentes dá-se, preferencialmente, com as empregadas domésticas. Esse costume nacional de requerer dos subalternos a prestação de serviços sexuais é muito antigo. Veja-se *Casa-grande & senzala*, do defumado mestre de Apicucos, grande sábio nacional, emérito turiferário da mulata brasileira e insigne *brazilianist* nativo – Gilberto Freyre. Porém, na zona rural, onde a mulher é muito mais interditada, porque ali o patriarcalismo, apoiado na virgindade da filha e na castidade compulsória da esposa, é ainda muito forte, os primeiros ardores são arrefecidos junto às fêmeas do reino cavalar, havendo também certa procura por outras espécies, como a dos artiodáctilos, a dos galináceos e até a dos vacuns. Avesso a outras inversões, de largo uso entre os urbanos, a espécie curiosa e pouco estudada do famoso *homo ruralis* tem como limite máximo o uso do supositório e assim mesmo em ocasiões extremas, por motivos de doença, quase sempre ocorridas na idade da inocência, como o Truffaut quer que seja a infância.

2. Estes fragmentos de vida de incensadas autoridades e ilustres figuras nacionais, das mais bem-postas nos ofícios do poder, ninguém os registra, nenhum biógrafo os aceita, por inconvenientes. Faltam, assim, com a verdade e somos nós que recuperamos o lado de cá da História. O povo de minha cidade (minha cidade é uma porção de cidades) conta coisas que nenhum livro conta. Por um moralismo

boloroso, artificioso, hipócrita e muito nocivo à tralha cultural brasileira, alguns sábios nacionais julgam a fala popular por indigna do papel, cuja brancura se esforçam por preservar, através de procedimentos censórios não de todo estéreis. Vejam-se os silêncios da História do Brasil e a condenação de tudo aquilo que descubra e defenda o corpo. Poucos incluem o corpo todo nas histórias. Muitos continuam ignorando importantes partes.

3. *Apud* Albert Einstein, que não fundou o Quarto Reich, nem ficou aí pronunciando discursos cavilosos contra os costumes sexuais dos povos.

4. Quando isso acontece, os livros são interditados ou, então, criticados por falta de enredo, ou de estilo, nos suplementos literários do país.

Deveres para casa

Querido professor,

Existe uma lei, de nº 6.202/1975, exarada, portanto, no governo Geisel, que dá às alunas grávidas o direito de não frequentar as aulas. Em tais casos, como é de seu conhecimento, o professor deve indicar-lhes tarefas domiciliares que substituam as aulas.

Escrevo esta carta porque estou amparada por esta lei, que em boa hora veio. Sei que é raro neste país alguém estar amparado por alguma lei, mas eu estou. Fiquei grávida ontem à tardinha, no bosque da universidade, banco traseiro de um fuscão de propriedade de um aluno de Estudos Sociais. Tudo aconteceu de um modo desjeitoso – eu na posição do capital nacional em face do investimento estrangeiro. Nessas pequenas cidades onde moramos, à falta de motel ou algum leito livre, o carro passa a ser nossa casa e nossa cama, e não são poucos os que apregoam as delícias de um amorzinho sobre rodas. Eu também partilho dessa opinião, mas só tiro as calcinhas num fusca se o cara vale a pena, mesmo. Do contrário, prefiro um carro mais espaçoso. O Arduíno tinha um Impala velho que vivia enguiçando, bebia um barril de gasolina, mas nada disso tinha importância: o banco traseiro era um verdadeiro sofá, melhor: uma cama de casal.

Eu não queria dar para este do fuscão, professor. Mas acontece que depois que se põe a mão no arado, não se deve nem se pode olhar para trás, isso está lá no Evangelho de Jesus Cristo. Tudo começou no semestre passado. Eu era uma pequena menina adolescente, cheia de fantasia, reumatismo, digo, romantismo e alienação. Achava que a virgindade era meu principal patrimônio, já que não dispunha de outros bens móveis ou imóveis. Achava uma pouca-vergonha o comportamento de mulheres, casadas ou não, viúvas ou prejudicadas, que abriam as pernas e abaixavam as calcinhas para qualquer um. Mas, enfim, depois que uma estrada foi aberta, quem pode proibir que seja trilhada?

Além do mais, um professor de romance de 1930 me ensinou diversas coisas curiosas. Com ele aprendi que a virgindade foi durante muito tempo, no Brasil agrário-mercantil e latifundiário, uma moeda de valor. Com uma filha virgem, um pai podia, teoricamente, arranjar-lhe um bom casamento e, assim procedendo, alargar sua propriedade, isto é, a propriedade do pai. Virgindade da filha e castidade da esposa, segundo este meu professor, foram durante muito tempo os dois principais sustentáculos morais da família patriarcal e do latifúndio brasileiro, ancorado também na Igreja, mas este já é outro problema. Mesmo entre os mais miseráveis, uma filha virgem tinha algum valor. Bordéis especializados andavam sempre à procura de inocentes para oferecer a seus mais assíduos e endinheirados fregueses. Para falar a verdade, o costume ainda não acabou. Ouvi dizer que em Foz do Iguaçu ou Porto Stroessner, não sei ao certo, existe uma casa cuja especialidade consiste em oferecer este cardápio. (O fato de eu não saber se é do lado de lá ou do lado de cá não tem a menor importância: é tudo terra de general, onde soem ocorrer essas e outras coisas.)

Quando contei isso ao meu sedutor (antes de me seduzir, porque depois não lhe contei mais nada, ele sumiu), ele acrescentou, bocejando:

— Mas esse não é um costume novo; estão apenas copiando a Igreja em seu famoso *jus primae noctis*.

Perguntei-lhe o que era *jus primae noctis*:

— Um advogado nacional, dada a competência e o trato da língua-mãe apresentados em suas petições, traduziria por *direito da prima "a noite"*.

Fiquei sabendo, então, que os padres antigos, ainda mais safados do que os de hoje, depois de abençoar os noivos, espantavam os noivos e comiam as noivas, iniciando-as nos mistérios da carne, que para mim já não tem mistério nenhum; foi tudo muito simples.

Aliás, eu sempre pensei que não haveria mistério algum. Sou do meio rural. Assim, minha experiência sexual era variadíssima, mesmo antes de ser seduzida, e apesar de virgem. Via o galo tacando o bico na nuca da galinha e metendo na sua bunda. (A posição do pronome em português quase sempre nos põe mal, né, professor? Se a gente facilita, encliseiam, procliseiam ou mesocliseiam a gente por tudo.) A posição da galinha, numa hora grave como essa, é de um ridículo sem par e indigna de uma fêmea, mesmo que do reino animal. Via o cachaço aboletar-se em cima das leitoinhas novas e babar em seu cangote durante horas, com aquele trado e-vá-e-vá. Via os outros naquelas memoráveis corridas, pulando em cima das vacas e novilhas e não errando jamais o lugar que eles mais apreciam. Uma vez li um texto chamado "Última corrida de touros em Salvaterra" e até pensei que o autor fosse tratar desse brioso costume. Afinal, depois que inventaram a inseminação artificial, os touros ficaram na pior! Mas quê! Autor boiota estava ali! Nem tocou no assunto, ficou a descrever patas, couro, ventas e guampas e esqueceu-se do principal. Se a gente conhecesse as pessoas e bichos pelas descrições literárias ou pelos desenhos elaborados nas escolas normais (algumas são normais?), ia pensar que ninguém tem tico ou xoxota, porque são pouquíssimos os autores que incluem o corpo todo nas histórias, muitos ignoram importantes partes, ignoram principalmente as partes. Mas como ia dizendo, via baguais na maior estripulia com as éguas do papai, relinchando e se dando coice, ao tempo em que embutiam aquele aparelho na perseguida das éguas, que quando estavam de cio relampejavam sem parar. É isso mesmo: relampejavam. Uma égua, quando está de cio, relampeja.

De todas essas minhas observações, tirei uma conclusão, ou melhor, uma pergunta de grande peso para o meu futuro: Por que é que as fêmeas estavam sempre por baixo? Seria a natureza mesmo? Ou, haviam sido, no decorrer dos séculos, dominadas e obrigadas a tamanha sujeição?

Meu colega de Estudos Sociais nesse ponto discordava de uma mulher que me quis engambelar. Dizia ele que só as fêmeas não civilizadas procediam daquele modo, sem criatividade alguma para o ato mais importante da nossa vida. As civilizadas variavam tanto os jeitos de amar que, às vezes, paradoxalmente, chegavam a imitar as fêmeas do reino animal, adotando posições de largo uso entre o galináceo, o gado suíno e vacum e os passarinhos.

Passarinho é bicho cheio de perversões, professor; já viu algum em avoada atrás do que mais precisa? E o pior é que a gente nunca sabe quem está correndo atrás de quem. Bem, tudo isso depende da espécie de ave; em se tratando de corvo, acho que quem escapa é a corva, porque não aguenta o mau hálito do companheiro.

Bem, professor, mas eu divago. Que tarefas domiciliares o senhor vai me dar? Pode me dar a tarefa que o senhor quiser. Moro aqui na pensão da dona Marisa e do seu Paulo e estou quase sempre sozinha, de modo que é fácil para mim, eu querendo, estudar. Sozinha, mesmo, eu nunca estou. Acontece que este seu Paulo é meio leso, eu rebolo que rebolo à frente dele, o eunuco nem se mexe, ele só pensa em acertar a raiz quadrada que ensina a seus alunos. Mas é a mulher que faz o marido. A tal de Marisa, da qual lhe falo, mais parece uma geladeira Bendix-1949, aquela que nunca degela. Realmente, professor, acho que ele é meio tanso. Boto uma calça comprida e saio à rua, ouço *psiu* daqui, *psiu* dali e às vezes até de lá. Nessas ocasiões acho o maior barato ser nova e gostosa e poder desfilar pelas calçadas. Quando volto, venho pensando: é hoje que o seu Paulo me agarra e, se me agarrar, eu não solto ele, não vai dar tempo nem pra se arrepender. Mas quê! O songomongo só tem olhos para me olhar no rosto, onde já trago impressas as marcas da vida que a muito custo disfarço com a magia caríssima da Helena Rubinstein. Neste ponto eu não sei dizer se a mais errada é a gente ou a natureza. Com efeito, você põe lado a lado um bumbum de uma mulher de vinte e outro de uma dona de quarenta anos. Homem nenhum é capaz de dizer qual é de quem. Aproxime os rostos dessas mulheres e qualquer desentendido decifra, de longe, a idade, a diferença, se tem curso superior ou não, se estudou Moral e Cívica etc. Este seu Paulo, desculpe por falar tanto nele, mas eu não compreendo como é que um homem não se acende quando eu passo por perto dele, a não ser que tenha catarata, este seu Paulo não olha pra bunda de mulher nenhuma. A primeira bunda que fitou deve ter sido a de sua consorte, que é um latifúndio. Desde então o danado do homem não contempla o *derrière* de ninguém. Devia contemplar. Veja que a maioria das mulheres não tem um latifúndio como aquele que deforma a carroçaria de sua *frau*. Todas se esforçam por embonitar seu minifúndio, amoldando-o ao gosto popular. Como toda pequena propriedade, fica mais fácil de se cuidar dela; latifúndio é sempre propriedade desleixada; a pequena propriedade, por não ser, ao contrário do que se pensa, de responsabilidade de um só dono, está sempre entregue a muitos cuidados. Já um latifúndio, desfrutado por um só, está sempre a merecer reparos. De fato, como afirmam diversos agrônomos nacionais, nossa estrutura fundiária deve ser alterada com urgência.

Professor, eu paro por aqui, porque conforme o senhor me ensinou, toda narrativa é interrompida por este ou aquele fator, do contrário quem tem o poder de narrar narraria, sempre e por toda a eternidade, mais um dia. Este um dia a mais é para o caso de haver outra forma de tempo, além da eternidade. Neste caso, quem é de narrar aproveitaria este adicional que ele mesmo se dá para o fim de recompor lembranças e preservar o estilo, e assim poder continuar narrando. Porque, sem narrar, professor, quem aguenta esta vida?

Não se esqueça das tarefas domiciliares. Afinal, foi o único proveito que nos restou do governo Geisel.

Fico aqui me perdendo em conversas de generais, o senhor poderá pensar que estou maluca. Nada disso. O generalato é uma daquelas categorias que interditam o desejo e estou ocupada em liberar a quota que me cabe deste latifúndio tão mal repartido. Afinal, o senhor vai ou não vai me dar as tarefas domiciliares que lhe pedi? Daqui a pouco estarei barrigudinha e sem préstimo.

Maternidade, para quem gosta, é melhor do que feijão com bosta. Eu adoro crianças, mas acho um defeito da natureza a mulher ser obrigada a acolher um inquilino por tanto tempo na barriga, sem direito a despejo, ao contrário do que as instituições podem fazer conosco a qualquer hora. O útero materno: o único lugar em que a gente tem estabilidade, o lugar onde o homem está mais bem protegido. Mas este bicho-da-terra tão pequeno fica protegido durante muito pouco tempo, já que o resto de seus dias ele vaga por aí à procura da segurança perdida, do abrigo que já teve e nunca mais vai ter, mas que não pode parar de procurar.

Curtirei minha gravidez atenta às coisas que aprendi nas aulas ou fora delas. Um outro professor me disse certa vez que uma pessoa pode aprender pelos olhos, pelos ouvidos, pela boca e até pelo nariz. Eu, muito desbocada, disse-lhe, na ocasião, que ele discriminava um importante orifício do corpo humano ao não citá-lo como instrumento didático. Afinal, a grande maioria dos brasileiros, nos últimos anos, incluindo burgueses e trabalhadores, têm aprendido muito mais tomando no rabo. O pepino tornou-se um recurso pedagógico de extraordinário vigor.

Dentro de mim, a partir de ontem à tardinha, está crescendo um brasileiro. Este é brasileiro mesmo. E um dos poucos produtos genuinamente nacionais: vai nascer devendo Cr$ 14.000,00, que é a cota que lhe cabe da nossa atual dívida externa. (Isso, sem contar a interna!) Como o senhor vê, surrupiam-nos nossa cota de desejo, mas não nos livram da dívida que pesa sobre nós, contraída ainda antes de nascermos e, portanto, sem o nosso consentimento. Essa safadeza, de fazer desabar desgraças e tragédias sobre nós, sem tomar o nosso consentimento (e, às vezes, até sem nos avisar), tem caracterizado os nossos maiorais, que continuam bem fornidos, enquanto gememos sob o peso dos dólares que tomam emprestados em nosso nome.

Talvez o senhor estranhe a minha missiva e identifique em alguns parágrafos o germe da irresponsabilidade. A juventude de hoje não tem projetos saudáveis, dirá o senhor, como quantas vezes já disse. Existe alguma coisa mais saudável do que a realização dos desejos? O que não é saudável é o modo que nos resta para atender aos reclamos do corpo. Sindicato nenhum até hoje reivindicou o orgasmo e, contudo, trata-se de um gênero de primeira necessidade.

Professor, acabo de transcrever nesta carta alguns registros desordenados de minha memória. Quando a biblioteca da Alexandria está sendo devorada pelas chamas, alguém grita que o fogo destruirá a memória da humanidade. E Bernard Shaw põe na boca de César as seguintes palavras: "Deixai-a queimar-se. É uma memória de infância". Por isso, talvez, o mais prudente seja não escrever nada. O velho Jesus Cristo já disse: "Não jogueis vossas pérolas aos porcos". Ao que consta, Jesus entendia de tudo, e, portanto, entendia também de suinocultura; sabia, então, que porco não se alimenta de pérolas. Quem pensava assim jamais escreveu qualquer coisa. A única vez em que Jesus Cristo registrou o que pensava foi quando escreveu na terra, logo depois de evitar o apedrejamento de uma adúltera. O que ele escreveu, até hoje não se sabe; sabe-se apenas que os que iam apedrejar a mulher, depois de ler o que ele estava escrevendo, retiravam-se.

Faço-o, pois, cronista de meus desejos. Não sou eu quem deve responder pelas pérolas atiradas aos porcos. Do senhor fica sendo toda a culpa, se culpado é quem escreve.

Beijos de sua aluna que o admira e estima,

Arlete.

Arlete,

Teu nome tem um cheiro de infância, que busco recuperar. Alterar as regras da distribuição das riquezas e dos desejos – eis meu velho sonho infantil, que nunca soube elaborar. Guardo lembranças de coxas aveludadas e árdegas, que me abraçavam em meu primeiro cio. À noite, quando não durmo, sinto espalhar-se por meu corpo um gosto antigo e bom. Parece que uma colega de aula me toca, perde a saia e a blusa, está sem sutiã e calcinhas, e me abraça e eu deito sobre ela e fazemos o melhor amor do mundo. De vez em quando sinto também na boca o gosto dessa mulher e não é raro passar por mim alguém com o cheiro dela ou com a voz morna e doce com que me convidava a ir para debaixo dos eucaliptos, à procura de pedras raras, onde ela apertava minha cabeça em abraços tidos por perversos na época. Era mesmo um tempo diferente: eu ainda não usava óculos e por isso jamais machucava suas coxas.

Nunca morri, mas posso afirmar com absoluta certeza, porque essa verdade eu não aprendi dos livros: à hora da morte, você há de lembrar-se de muito poucas coisas; talvez não se lembre de mais nada; mas, com toda a certeza, do amorzinho praticado sob o cobertor negro da noite, ainda que no banco traseiro de um fusca, você jamais se esquecerá.

A marca do ferro quente foi abolida na França em 1832, na Inglaterra em 1834; a escravidão foi erradicada em nosso país em 1888; um ano depois era proclamada a República; a Revolução Francesa é de 1789; a Declaração de Independência dos Estados Unidos, um dos documentos mais bonitos do mundo, é de 1776; os Evangelhos de Jesus Cristo datam do primeiro século. Tudo foi feito para instituir a liberdade, mas as marcas que nos pesam sobre o corpo ardem mais do que a do ferro em brasa.

Você e eu somos mais vítimas do que muitos mortais, porque vivemos em terra de generais, conforme você bem observa ao longo de sua longa carta. Generais volvem à direita ao primeiro grito, mas, antes de se voltarem à esquerda, viram-se para trás, para a frente, dão várias voltas sobre si mesmos, gritam com toda a tropa, infligem aos inconformados os mais estranhos castigos, e aqueles que levam seis movimentos para colocar a arma ao ombro têm a petulância de nos ensinar a viver. Deles, porém, não é prudente falar muito, pois acham que estão bem evoluídos. Afinal, o regulamento do exército prussiano, de 1743, que serviu de modelo aos exércitos de todo o mundo, previa seis tempos para pôr a arma ao pé, quatro para estendê-la, treze para colocá-la ao contrário sobre o ombro etc. E, assim mesmo, de vez em quando alguns oficiais batem com as armas na cabeça ou se sentam sobre as próprias espadas. Machucam-se, é verdade, mas adivinha quem lhes cura essas feridas? São os políticos com sua saliva!

Também eu, porém, sou paramilitar nessa escola militarizada onde ensino. O regulamento daqui, que data de 1549, ano em que a Igreja fundou o primeiro colégio brasileiro, prevê vários tempos para você ser aprovada ou reprovada. (Como você vê, todas as instituições se parecem.) Assim, não me esquecerei de anexar a esta carta os seus deveres para casa, muito embora ache que você e eu já tenhamos deveres demais. O que nos falta é uma porção de direitos.

"Há braços" de seu professor e amigo,

Sílvio

A confissão

João se confessa a Padre Antônio:

— Comi a dona Dulcina, padre.

— Filho d'uma puta, você não sabe que este é um pecado maldoso?

— Ela se ofereceu, padre. Chegou perto de mim, lá nos eucaliptos, ergueu o vestido – estava sem calcinha – e, apontando para aquela vasta cachopa, me disse: "É disso que você gosta, João?".

— E o que é que você fez, seu safado?

— Comi ela, padre, já lhe disse.

— E você pensa que é assim fácil? Você ajoelha aí e diz que passou na cara aquele mulherão e fica por isso mesmo?

— Mas o senhor não está aí pra perdoar a gente, seu padre?

— Estou. Mas primeiro você tem que contar como foi o pecado, descrever a safadeza, apontar os detalhes. Até que ano você estudou?

— Por quê?

— Por que o quê?

— Por que é que o senhor quer saber até que ano estudei?

— T'interessa? O confessor sou eu. Portanto, eu pergunto e você responde. Ande, diga lá.

— Até o quinto complementar.

— E complementou o quê? Não te ensinaram a fazer uma redação, contar as coisas em miúdos?

— A minha professora foi a dona Alzira, que de miúdo não tinha nada. Por sinal, tinha uma bunda muito da graúda. Até diziam que era graúda assim porque o Darío botava atrás lá nela aqueles pertences dele, que eram desconformes que nossa!

— E você, em vez de estudar, gastou o tempo contemplando os gomos da professora, né, seu filho da mãe?! Agora, te vira: vá contando em detalhes, mesmo sem ter aprendido.

— Foi como eu já disse: foi ela quem começou a me arretar. O senhor acha que uma dona daquela chega perto de um vivente, mostra aquelas coxas, ergue o vestido até nas tetas, e a gente diz: "Bom dia, dona Dulcina, como é que vai a senhora? Tudo bem?". Nem bem ela tinha erguido a roupa, começaram a crescer as coisas aqui embaixo.

— E você por acaso comeu fermento, seu desgraçado, pra's coisas crescerem de modo assim escandaloso?

— Eu não, padre. Eu só comi a dona Dulcina. Eu tenho culpa, seu padre, se as mulheres gostam de deitar comigo? Muitas já me disseram o que dona Dulcina me disse.

— E o que é que ela te disse, seu sacripanta?

— Me disse que bastava ela me ver para sentir uma comichão, uma ardência no meio das pernas.

— Ela não te disse assim como você está dizendo, seu relaxado. Mulher tem outro jeito de dizer as coisas.

— Não dona Dulcina. Estou repetindo o que ela me disse, vírgula por vírgula, tudo igualzinho.

— Quando que ela te disse isso?

— Uma porção de vezes. Outro dia ela entrou no meu carro e foi dizendo: "Que assento gostoso; até arrepia as partes!".

— E você?

— Eu disse: "Dona Dulcina, a senhora tenha cuidado. Toda mulher que sentou nesse banco onde a senhora está agora escarrapachada teve que me dar. Quem senta aí adquire logo uma vontade enorme de fazer o que Judite fez com o general Holofernes".

— Que história é essa de general? E ainda Holofernes? Onde foi que você aprendeu isso?

— No sermão. O senhor mesmo foi quem contou a história.

— Eu contei, mas muito diferente. Disse que Judite cortou a *cabeça* do general Holofernes.

— A cabeça?

— A cabeça.

— Puta que os pariu.

— Puta qu'os pariu, o quê?

— É que eu tinha entendido mal o seu sermão. Pensei que ela tivesse capado ele!

— Ele, quem?

— Credo, padre, o senhor parece que está leso da ideia. Pensei que Judite tivesse capado o general! Que pelo jeito tinha um puta pau. Do contrário, como explicar aquela cara alegre de Judite nas figuras da História Sagrada, toda *despentelhada*, com a cabeça do general ainda escorrendo sangue e ela toda mordida, toda arranhada?

— Mas que filho da puta! Quem é que te botou dentro desse porongo que ela saiu da cabana toda arranhada e mordida? E, principalmente, de onde é que você tirou que ela chupou o pau daquele general? Do meu sermão é que não pode ter sido...

— É que o senhor, no sermão, conta uns lances. O resto a gente imagina. Ora, ela antes de capar o general...

— Mas quem é que te disse que ela capou o general, seu miserável?

— Por quê? Um general decerto é incapável? Não tem o que todos têm?

— Mas será possível!?!

— Tá bem, seu padre, tá bem. Não capou; pior: matou. Pois bem, mas antes de matar o pobre bicho, enfiou sua espada entre as pernas. Fez que nem louva-a-deus: amou e depois matou. Mas não faz mal. Um cristão que morre numa hora dessas só pode morrer feliz. Até eu...

— Tá, mas você dizia que tinha convidado ela para *holofernizar* com você, no carro. Foi onde paramos; e daí?

— E daí ela disse: "O que é que tem mesmo esse banco? Dá um comicho na gente?". E eu: "Dá uma comichão! Nunca quem sentou aí deixou de me dar". E ela, padre, adivinha do que é que a danada se lembrou?

— Do quê?

— Ela disse que um dia eu dei uma carona pro senhor.

— T'sconjuro, filho duma égua!

— Foi o senhor que pediu pra ser em detalhes.

— Mas não precisa retroceder tanto. Daqui a pouco você diz que tudo começou com Adão e Eva.

— Isso é o senhor que sempre diz.

— E não foi? E não é verdade?

— Se o senhor diz...

— Conte o resto. Não tá vendo a fila de Filhas de Maria ali pra se confessar?

— Tou demorando por sua causa. Mas daí ela fez cabaninha.

— O que é isso?

— Estendeu o vestido em forma de cobertor por cima de mim, quando eu já estava pelado. Entrou pelos pés e, erguendo o vestido em forma de barraca, me chupou uma boa meia hora.

— Isso é mentira!

— O que é que é mentira? Que ela me chupou?

— Não; isso é comum entre as minhas *piroquianas*, digo, *pirocaídas*, aliás, *paroquidas*, merda. PA-RO-QUI-A-NAS. O que duvido é que tenha aguentado meia hora.

— Seja bobo, seu padre. Essa aguentou. Qualquer uma aguenta. Quem não aguenta é a gente. A irmã Gabriela disse que mulher é um bicho mais forte do que o homem.

— A irmã Gabriela?! Quando é que ela te disse isso?

— Ora, padre Antônio. Eu só posso contar um pecado de cada vez. O senhor quer tudo nos seus mínimos detalhes.

— Me diz uma última coisa: é mesmo gostosa como dizem essa tal de dona Dulcina?

— Uma mulher que é gostosa para um pode não ser gostosa para outro. Aquela uma que não é gostosa para outro pode ser gostosa para mim. Mulher gostosa a gente é quem faz.

— Eu ia te dar uma penitência pequena porque foi ela quem se ofereceu pra você. Mas por causa do que você disse aí por último, a penitência vai ser pesada. A vaidade eu não posso perdoar! Ponha o saco sobre a cabeça e senta sobre a cinza, aliás, senta sobre o saco e ponha a cabeça na cinza, ou melhor: já que hoje estou todo atrapalhado, a tua penitência é a seguinte: não conta pra ninguém as perguntas que eu te fiz. Agora, te arranca. Vai, vai!

João retira-se com sua inconfundível cara de sem-vergonha. As Filhas de Maria comentam entre si o tempo demorado. "Hoje o Padre Antônio quer saber de tudo, tintim por tintim", cochicham umas às outras.

Padre Antônio, ex-capelão da Segunda Guerra Mundial, também conhecido como padre Antônio Louco, aguarda as Filhas de Maria e seus pecados perdoáveis.

Sai a primeira do confessionário e começa a lavar as mãos na pia de água-benta, que é do tamanho de uma enorme bacia, pois serve também para batizar o *criancedo*.

Chegam as outras e querem saber por que a colega está lavando as mãos ali na água santa. Afinal, o padre Antônio Louco está sempre inventado penitência nova.

— É que eu contei pra ele que eu peguei no tico do meu namorado — explica a penitente.

— E daí? — querem saber as que a cercam, ansiosas também pelos detalhes que vêm do confessionário.

— Daí que ele me disse, brabo como uma fera: "Filha querida, minha filha, filha duma puta, você não sabe que isso é pecado? E bem pecaminoso? Vá lá, e lave essas mãos que tocaram a imundície".

Nem bem essa virgem termina sua história, chega outra ex-confessada e, subindo sobre a pia, levanta o vestido, baixa as calcinhas e senta dentro d'água. Uma colega de ofício, postada lá atrás, sussurra de modo que todas ouçam:

— Deixou botar atrás também, né, sua safada?

Risinhos marotos cortam o silêncio da igreja, em cujo altar São José, de cenho franzido e cabeça alevantada, nem sequer vira o pescoço para não cair em tentação ao olhar para Nossa Senhora. João, muito salafra, já disse que São José tá é de olho num baita dum São Cristóvão pintado no teto da casa, que é pra ser de Deus.

A última confidente está ainda sentada dentro d'água-benta, quando a mais recém-chegada comenta:

— Bem que você podia ter deixado que eu me confessasse antes de você. Agora vou ter que fazer um gargarejo nessa água onde você já lavou a bunda.

Somente Filhas de Maria estão na igreja. Azar de João, que não ouve nada disso. Daqui a pouco será a vez das senhoras do Apostolado da Oração, depois a dos Congregados Marianos casados.

Ouvidas todas as confissões, padre Antônio retira-se do confessionário com suas orelhas de aluguel. Vai até a sacristia paramentar-se. Em breve começará a missa.

Ei-lo que aponta em direção ao altar do Senhor, com uma nova surpresa: uma pombinha, que amansou, sobre o ombro.

Mexe-se daqui pr'ali o pobre padre, que bem não regula, genuflexa, levanta-se e a pombinha ali, na maior paz.

No sermão, ele explica por que trouxe a pombinha.

— Vou soltar essa avezinha e ela vai pousar no ombro do maior pecador que está aqui, hoje, entre nós. Ou da maior pecadora...

Padre Antônio Louco tem surpresas terríveis para seus paroquianos, embora acostumados a muitos gestos abruptos. Mesmo assim, um arrepio percorre seu rebanho. Cada um sabe de si, e nem os mais velhos deixam de ter medo daquela pombinha, branca e inocente, sobre o ombro do padre.

De repente, ele espanta a pobre avezinha e ela começa a fazer uma revoada atroz. Ameaça pousar aqui, logo ali, mais adiante e, para alívio e surpresa de todos, volta para os ombros de onde saíra.

Padre Antônio Louco não se dá por extraviado. Explica a seu rebanho de pouca fé:

— O fato de esta avezinha inocente voltar para os meus próprios ombros não quer dizer nada. É que ela é muito mansinha e está acostumada comigo. São Francisco de Assis...

E segue seu sermão sobre a inocência das aves e os exemplos deixados pelo santo que gostava delas, enfatizando que são pouco seguidos. Ilustra seu sermão com a confissão de um adolescente que gostava muito de galinhas, mas não com as intenções do santo, que não era pecador e tinha o coração puro.

Padre Antônio Louco é a maior atração da minha cidade.

Queridas vizinhas

Arredando um pouco o tédio geral das casadas, minhas vizinhas aproveitaram o quente da tarde para tomar banho de sol.

Estenderam-se, pois, no gramado que há atrás da casa de uma delas e estão aí cumprindo seus direitos.

Entretanto, essas duas mulheres muito me perturbam. Precisavam queimar-se, é lógico, pois estão muito brancas, suas coxas alumiando sem parar. Mas precisavam espichar-se lânguidas daquele jeito? É pura provocação, só pode ser. Além do mais, isto é, além de estarem deitadas e peladas, são ainda casadas. Que pode fazer um pobre professor que vem aqui para o quarto preparar sua aula, enquanto essas duas faunas entregam-se assim ao sol? E eu ainda sou um professor que tem horror ao porco chauvinismo.

Essas duas mulheres têm maridos que, infensos às lutas feministas, trabalham sem parar para sustentar a família. De uma delas conta-se que tem olhar malicioso e jeito dengoso para conversar com os homens quando o marido não está por perto. Da outra se diz que foi estuprada aos poucos anos e desde então nunca se satisfez. Na verdade, neste bairro onde eu moro, dizem coisas de todo mundo. Dizem de mim, por exemplo, que sou professor artificioso e retórico e que não poupo as alunas, reservando ainda as mais boazudas para a recuperação.

Como se vê, pura invenção. Por pouco não fui eu também estuprado em minha idade de inocência por uma senhora que entrou para a universidade apenas para arrumar o que mais precisava. Se eu me abaixo, ela me introduz o clitóris sem piedade, me morde, me desgualepa todo. Acham que essa quer um diploma? Está há vários anos na faculdade, sempre trocando de curso. Matricula-se nos professores e não nas disciplinas. Senhores de olhos que nada perdem já disseram que ela andou cursando umas disciplinas com o próprio reitor – brocha, o pobre próximo! Só mesmo por judiação elaboraram uma invencionice dessas. Haverá reitor que faz amor?

Agora se viraram, estão de bruços para mais me atiçar. Quem sabe eu tento um diálogo, antes que elas pulem a minha janela e me agarrem aqui? Eu bem que podia pedir paz. Chego assim devagarinho e digo manso, mansinho: “Paz e arroz!”.

E se elas se enfezam e me possuem à força? Eu já ando tão entregue. Se elas me fizerem este mal, amanhã nem aula posso dar. E depois, posso até ficar traumático. E isso eu não quero. Gosto de mulher, gosto de querer mulher quando eu quero. Mas assim, à força, no muque?

Chega a incendiária Rosa, que largou sua fagulha em plena aula de Moral e Cívica e quase fui expulso pela madre por prestar atenção demais naquela blusa.

Ninguém segura essas mulheres, já disseram alhures. A Rosa, com aquele olhar luminoso de gata perdida pelaí, se quisesse podia ter feito com que eu abandonasse a escola. É por isso que está sempre aumentando o analfabetismo do país. Essas alunas! Precisam provocar assim os professores?

Não comi aquela rosa tão cheirosa, fui atrás dos conselhos da senhora diretora e tarde descobri que, mesmo freira católica, a madre não deixava de conspurcar aquele vestidéu todo lá na secretaria do colégio. Um dia me chega o Gaudêncio:

— Duvinha quem papa a irmã? Tu não duvinha!

Eu disse:

— Ó Gaudêncio, sacripanta, vê se larga mão de ofender assim a religião, tu tá que nem aquele diplomata francês que difamou o Papa? Peraí, pra tudo tem um limite.

— Aí é que tá — me disse ele com aquele ar vergonhoso de bicha enrustida que vive bisbilhotando a vida dos outros. — O problema é que não é verdade que pra tudo tem um limite.

O Gaudêncio era bicha porque gostava. Eu, de primeiro, vivia reprovando o baita. Depois, adquiri a lucidez de que eu, naquele colégio, era um dos poucos exemplares do famoso e pouco estudado *homo ruralis*, que não deixa ninguém pôr a mão na bundinha dele. Os outros eram todos urbanos e quase não podiam esconder o componente homossexual que os confundia um pouco.

Afinal, essas mulheres querem o quê? Não têm mais o que fazer? Já lavaram a louça, enxugaram, limparam a casa, deram a mamadeira pro nenê, foram ao supermercado, alinhavaram a janta?

Uma dessas duas mulheres aí não é boa. Não tem saboneteira. Mulher boa tem que ter saboneteira, onde possa um coitado descansar o queixo. Já me disse um colega certa vez:

— Larga mão de usar óculos, machucam as coxas e arranham as saboneteiras.

Este também gostava de fazer tudo de cabeça trocada.

Mas eu, quem sou eu para chegar ali e pedir que se afastem, eu, que sonho com a Vera Fischer? Mas é que a única semelhança entre a Vera Fischer e essas duas aí é que essas têm orelhas.

A gente, olhando todas as mulheres do mundo, podia chegar à conclusão de que, estruturalmente, todas elas se parecem. Afinal, todas têm o que todas têm. Mas não é bem assim. Umas são gordas, outras são magras, umas são aprumadas, outras são fora de esquadro, umas sabem fazer raiz quadrada, outras nem somar. Umas sabem rir com jeito, outras, quando abrem a boca, é uma tristeza! Umas caminham, outras se locomovem. Umas têm costas bamboleantes, outras são autênticas carrocerias de Scania-Vabis-a-melhor-solução-em-transporte-pesado. Isso sem falar nas exceções: na minha sala tem uma que tem bigode. Você beija uma dona dessas e cai ao chão uivando de dor, fisgado por espinho de ouriço.

Eis-me cheio de coragem:

— Alô, queridas vizinhas. Aceitam uma cachacinha? Sem vocês a paisagem seria verde demais. Não estão achando que eu tenho jeito de garçom? Trabalhei muito tempo num cabaré de sétima categoria. Vim para paz, hein! Por favor, não vão atear fogo em mim!

Bem, por hoje passou o perigo. Mas preciso estar vigilante. Quem é que duvida que amanhã elas não aparecem na universidade para cursar Letras e me faturam no ato da matrícula? São capazes de fazer como certa aluna que trabalhava no banco e me passou um papel com aquela inscrição fatídica: "Pague no ato". Meu Deus, a que o capitalismo reduziu o ato? A uma simples operação bancária? Para poder efetuar o tal pagamento, tivemos que praticar o ato ali mesmo, no banheiro da instituição financeira, às quinze pras quatro.

Arrulho

I

O beijo que ela dá cumpre o propósito de interditar minha boca, bloqueá-la para que eu não fale, assegurar a posse e impedir a resistência que eu talvez não deseje, que eu nem sequer possa pensar em desejar. Mas se fosse possível o beijo sem a boca presa, bem poderia ser que meu comportamento fosse outro. Quem sabe eu a amasse sem precisar tornar-me assim seu prisioneiro – é preciso imaginar também o imponderável, porque eu não posso ter certeza de que este silencioso acordo, caso não fosse silencioso, seria o mesmo acordo. Essas coisas feitas sem falar não são as que mais nos prendem?

Ela chega toda tarde, a essa mesma hora, invade meu quarto e vai perguntando se vai tudo bem comigo, se estou mais triste ou mais contente do que ontem. Faz perguntas como se realmente fizesse perguntas, mas não está perguntando nada, está afirmando coisas, assegurando sentimentos que não domino, solidificando bases, construindo uma casa errada, que ela tem certeza de que poderá vir a ser certa. Digo-lhe que está tudo bem como se estivesse respondendo a perguntas que ela não faz. Conto-lhe coisas, passo as mãos sobre seus cabelos, escorrego meus dedos em sua face, desço até seu pescoço e, ao abraçá-la, sinto que está de frente única (mas não é só uma a frente das pessoas?!), que as costas estão descobertas. Arranho de leve sua pele clara e doce e fico pensando que aqui no Sul a cor branca é mais excitante que a escura, que aqui as mulatas seriam anômalas, que é tão bom conviver com os preconceitos que mamãe nos transmitiu no leite, ao toque de nossos lábios nos seus seios, como se nela esses preconceitos jazessem à superfície, aguardando nossa boca para recolhê-los em meio ao sal que nossa língua infantil juntava nos primeiros meses de vida.

Incapazes de derreter meu corpo como faz qualquer polaca, gringa ou alemoa que cruza comigo, as raras mulatas que coriscam meu caminho já passam por mim previamente marcadas, com o signo impresso pelas falas maternas num tempo longínquo e talvez falso, mas que reconstituo na memória, a fim de preservar as minhas resistências e cultivar os preconceitos que construí depois, mas que, para justificá-los, digo que me foram transmitidos no seio materno, porque mãe todo mundo respeita e justifica.

Como sou diferente de Gilberto Freyre! A casa-grande já me diz pouco, a senzala não me sussurra muita coisa. Quero uma blusa suada para esfregar no rosto[1] e cheirar até mais acontecer, mas tem que ser untada de suor de imigranta do Mediterrâneo. Eu só posso pensar em rio Danúbio, em alemoa peituda, em polaca flamejante, em italiana queimada de sol. Paro aí. É porque mamãe não quer? É porque mamãe não deixa?

---

1. Gilberto Freyre, em *Casa-grande & senzala*, refere-se a um rapaz que, tendo casado com uma branca, pediu que trouxessem uma blusa untada com suor de uma negra, a fim de ele curar súbita impotência contraída na primeira noite de núpcias. Apagando a luz, esfregou essa blusa no rosto, recuperando as forças de repente perdidas.

É porque bebi leite de peito de italiana, amei uma polaca fosforescente e recebi o destino de morrer de amor toda quinta-feira nos braços desta loura escandinava que solta os cabelos sobre os ombros e me diz com voz de nenhum inverno lindas palavras de amor? É por isso que, confuso, diluo as dúvidas em maus pensamentos e reitero propósitos de nunca mais interromper a tarde para amores perversos? Mas ela não parece ter dúvida alguma e já vai tirando o vestido e jogando o mais da roupa em cima da cadeira. Ela ama sempre sem pensar – é isso? Senta na cama que está perto da mesa em que escrevo, me pega por trás, me derruba da cadeira, corta meu texto, me prende com seus braços correntosos e me diz ao ouvido, com voz morna por causa do bafinho quente: "Eu posso ser o seu melhor amor; em vez de sempre escrever, você deve é falar". São palavras de bem-querer e por isso vou analisando o teor do calor desta pele que encosta em minha camisa suada, esta pele que sinto e que mesmo por cima de um pano me arrepia e me demole. Ela quer destruir, prender, punir? Um dia me diz até logo e nunca mais me vê. Daí, modificarei os meus discursos e guardarei essa derrota junto a outros troféus de amor para provar a mim mesmo que dias antes de chegar esse dia fui capaz de dobrar o coração de Joyce, de beijar Gracinha embaixo dos eucaliptos, de bolinar Jane no ensaio de dança do dia Sete de Setembro (grande dia da Independência e da minha primeira liberação!), de aplacar os meus primeiros desejos de muito amor entre as coxas de minha tia, debaixo das águas cachoeirentas do rio das Flores, enquanto a tia suspirava de amor e de medo, desconfiando dos barrancos e procurando nas árvores enfeitadas das margens os motivos de seu desgosto, e não as razões das safadezas que cometia comigo todo fim de tarde, que eu podia surpreendê-la ao banho. Contudo, só a surpreendi uma vez, nas outras foi ela que me surpreendeu com aquele súbito acordo de vir ao rio sempre à mesma hora. O que talvez quisesse era aproveitar seu corpo novo de moça bem bonita e bem gostosa que o tio não via. Eu era, pois, personagem de relevo menos elevado, eu era qualquer outro. Eu disse isso para minha tia e ela jurou que com parente era tudo mais safado e mais contente, que quando menina lhe dera uma vez uma vontade louca de recolher o suor do corpo de seu pai, que era forte e tinha um cheiro bom. "O suor, tia?" "Não, o meu pai... Papai." Quem podia entender aquilo que titia proferia?

II

Hoje é tarde das mais quentes, de sol escondido, de mormaço sem vento. Da janela vejo os montes, as árvores paradas, as casas quietas. Todas estarão quietas como esta em que estou? Ontem Marley matou o amante num apartamento dividido fraternalmente em seis.

Quarta-feira era o seu dia. Contente da vida, dirigiu-se a um lugar especial e previamente marcado, como sempre fazia às quartas, para matar sua sede de afeto, num estado de espírito perverso, à procura de aplacar sexo, sexo, sexo, para compensar o sofrimento de viver todos os dias debaixo de um teto que despreza há anos, mas que um dia desejou e amou. Encontrou-o durante meses no jardim das oliveiras, amando-o com grande paixão, estendendo seu corpo sobre a relva, bem no lugar onde os três apóstolos, num dia muito antigo, dormiram a sono alto. Do jardim das oliveiras transferiu-se para a beira de um lago, agora em outro dia da semana. Impedida de amar em lugares assim descobertos, obrigou-se durante meses a adotar o esquema amoroso da garotada, fazendo de um automóvel sua casa e sua cama, trocando o dia da semana para agrado de suas conveniências. De novo impedida de amar como queria e era possível, ocupou um único dia da semana que lhe restava para aplacar a sede e o desejo de posse, entregando-se em sua própria casa às sete da manhã, hora das mais impróprias, segundo as amigas, enquanto o marido, descuidado como sempre, saltava obstáculos e varapaus a fim de melhorar a forma com exercícios feitos em companhia de outros colegas de tédio sem remédio, no ginásio de esportes do grêmio estudantil dos que não sabiam de nada. Outra vez interditado o momento de amor, que a cada dia construía um jeito novo, consentiu enfim em amar às quartas, pronta a destruir a si mesma, mas por quê? Era o único dia que lhe restava, já que domingo é o dia do Senhor. É o dia do senhor, mas não é o dia da senhora, porque senhora não tem dia algum, senhora não é senhora nem de si, é senhora de algum senhor – conforme sempre comentavam suas amigas que se julgavam esclarecidas em coisas fundamentais. Foi nesse dia que o doutor Mário deu-lhe o triste desengano, comunicando-lhe que aquele era o último fim de tarde. Mas ele não sabia que era o último mesmo. Ele pensava que era apenas a última vez que se amavam, não que era a última vez para sempre. Ela, então, ingressava de repente num outro cativeiro, pior que o da Babilônia, o perpétuo cativeiro sem saída, porque estava com quarenta e cinco anos e as rugas vinham povoando seu rosto todos os dias. Não mais a queria presa e por isso largava-a dali por diante, roubando desse modo a sua liberdade, mudando a direção do caminho por onde se pode andar à procura de pedras raras. Marley guardou a arma na bolsa, desceu as escadas a passos calmos, cheia de serenidade. De volta à casa tomou um banho e admirou o corpo no espelho, com um olhar que desmentia o amante que, momentos antes, dissera que era cavalo velho chegando ao fim das forças e precisando de pasto novo. Quem tornava os homens tão vulgos? – isso Marley marreteava na cabeça e não conseguia responder. A professora Marley ainda lecionou hoje até o meio-dia e, agora à tarde, confessou o que ninguém esperava.

Agora está, decerto, contado coisas: quem ocupava o mesmo apartamento nos outros dias da semana, incriminando altas figuras da cidade, pondo em dúvida a honra de ilustres senhoras, conspurcando famílias das mais invejadas e mais louvadas, narrando perversos modos de amar que grandes chefes de família praticam ao tempo em que não estão repreendendo as esposas e corrigindo as filhas.

III

O desejo é ave que voa por cima dos telhados que vejo da janela, mas que não pousa em nenhum deles, preferindo para seu repouso a árvore sombrosa que há ao lado. É ao meu lado que o desejo se aquieta e disfarça, enquanto me diz com voz de gente muito bondosa: "Benzinho, em que você está pensando?". Sou bicho artificioso e retórico, mas me calo. Ela me chama à janela e me convida a ver as debutantes que, pulando pelas calçadas, anunciam o baile de sua regularização. Estão levando ao conhecimento do público que se encontram prontas para o amor, que todas têm quinze anos e que com quinze anos qualquer mulher pode, com sua boca, prender um homem, ainda mais se é fofinha como estas que, festivas, se sacodem ali na calçada. Agora poderão até ser mães, vão querer que nos enamoremos delas, que frequentemos suas casas, que sentemos no sofá da sala, que conversemos com seus pais assuntos sérios e preparados, como o preço da soja na Bolsa de Chicago e a eleição que vem aí.

Olho o céu, admiro a paz dessas casas, vejo verde uma árvore solitária que ficou preservada no meio da praça como edificante figura de exceção, procuro escutar outros ruídos. É um esquadrão que vem rugindo lá do fundo da rua? É apenas mais um grupo de motoqueiros que passa em disparada, apostando quem cruza mais sinais vermelhos. Já morreram uns quantos deles nesses jogos. Todos morrem? Os que amam e os que não amam?

Ouço as motos, vejo o vaivém de tanta gente no burburinho da praça. Vêm de onde, vão para onde? Todos correm tanto, mas a nuvem de gente não troca de lugar, pois, se uns saem, outros entram.

Na próxima quarta-feira Marley não mais encontrará o seu amor. Nem eu. Esta cidade está sendo corrigida, pois aqui também se colabora com um invento recente que o rádio está anunciando: uma bomba de nêutrons, capaz de destruir toda e qualquer vida humana, sem causar nenhum outro dano à cidade.

Em breve este invento estará à disposição deles e seremos exterminados. A cidade ficará, então, sem nenhum pecado.

Alterar as regras da distribuição das riquezas teria sido meu sonho aos vinte anos, para que todos ficassem menos loucos e a vida pudesse ser vivida por todos com dignidade de comida farta à mesa, vestes bem ajeitadas, gente saudável e muita paz e feijão e muita paz e amor e a força de todo bem-querer reunido, até que tudo ficasse outra vez impossível e a gente inventasse outros modos de viver. Contudo, inventamos novos modos de morrer.

Eu bem que poderia não ter medo de beijo nenhum.

À consideração inferior: uma novela burocrática

Non posso più vivere, ho troppa immaginazione.
Emilio Isgrò, *Marta de Rogatiis Johnson*

Ofício 1
Da Coordenadoria dos Contínuos
À Secretaria-Geral

Aos senhores, antes de tudo, meus penhores:

A fim de aumentar a eficiência de nossos serviços, venho, em nome de todos os contínuos adscritos a esta coordenadoria, na qualidade de coordenador-mor e, portanto, representante de todos eles nem que eles não queiram, requerer que sejamos equipados com uma pasta de papelão grosso para cada um de nós, que terá por finalidade principal abrigar os papéis que carregamos de cá pra lá e daqui pr'ali.

Sem mais, recebam meus prazeres.

(assinatura ilegível: apenas o carimbo é legível)

* * *

Ofício 2
Da Secretaria-Geral
À Direção do CUECA (Centro Universitário de Estatística e Contas Afins)

Na noite passada meu nenê quase não dormiu e eu passei em claro. Meu marido também. (Nenhuma metáfora, por favor! Meta fora toda metáfora!)

Por ter passado em claro, cheguei ao serviço de mau humor. Meu mau humor aumentou quando dei... com este pedido destas crias que, antes mesmo de haverem deixado os cueiros, estão aí mais desservindo e se servindo que servindo.

Eu não sei como proceder num caso desses, nem em qualquer outro. Não compete a esta secretaria deliberar sobre pedidos oriundos das coordenadorias, ainda mais se são dos contínuos. Por isso, remeto o pedido à sua consideração, para que delibere.

(Seguem assinatura ilegível e carimbo ilegível, onde se vê: *à consideração superior*.)

* * *

Ofício 3
Da Diretoria do CUECA (Centro Universitário de Estatística e Contas Afins)
À Reitoria

Exmo. Magnífico:

Sirvo-me da presente para levar a seu conhecimento o pedido ora em trânsito. Egresso de escalões inferiores, solicita o que julgo fora de minha alçada atender. Apresso-me, pois, a remetê-lo à superior consideração de vossa fosforescente magnificência.

Sem mais, nem menos,

(A assinatura é ilegível; segue carimbo legível onde se vê: *à consideração superior*.)

* * *

Não perca o próximo capítulo desta emocionante e frenética novela da burocracia nacional! Como reagirão os magníficos fosforescentes? Punirão a diretoria do CUECA (Centro Universitário de Estatística e Contas Afins)?

* * *

Resumo do capítulo anterior

Numa instituição dominada pela burocracia, os contínuos, precisando de pastas para carregar os papéis que entregam e desentregam, apelam a seu chefe para que resolva o problema. Este envia correspondência a seu superior imediato, que remete à consideração superior, encaminhando o pedido à secretaria-geral. Esta, com a songamonguice que a caracteriza, não delibera coisa nenhuma e, apondo o dístico *à consideração superior*, remete o pedido ao CUECA (Centro Universitário de Estatística e Contas Afins), cujo diretor, seguindo procedimento dos outros asseclas seus, depois de chorar e ranger os dentes, penosamente, como sói ocorrer com quem não é muito dado a produzir ideias, escreve correspondência destinada à reitoria, solicitando a resolução do que julga fora de sua alçada atender.

Porém o estilo das correspondências não é da lavra de nenhum deles, havendo o escriba que vos presenteia com este estilo ter introduzindo cortes, aposto acréscimos, tudo a bem descascar as frutas que encontrou nessa escavação que empreendeu com o fito de proceder a uma arqueologia do parasitismo burocrático que infesta este país, cujas primeiras bactérias foram inoculadas, juntamente com a sífilis, pelos nossos primeiros colonizadores que, entre outros pendores, possuíam o de somente aceitar reivindicações nos canais por eles instituídos, após o que as prorrogavam indefinidamente, no que revelavam grande sabedoria política, segundo alguns, pois ninguém podia dizer que não atendiam aos reclamos dos sofrentes, e nem que atendiam, é claro, mas, pelo menos, o processo estava em tramitação, desculpa que está sendo usada há mais de quatrocentos anos para muitas outras coisas.

Assumo este resumo e passo, enfim, a apresentar-lhes o segundo capítulo, no qual faço estrear a reitoria que, surpreendendo até a mim mesmo, procede com invulgar sabedoria, devolvendo tudo, como se verá, e não punindo ninguém, o que é mais surpreendente ainda. A realidade, porém, não imita a ficção.

***

Ofício 4
Da Reitoria
À Diretoria do CUECA (Centro Universitário de Estatística e Contas Afins)

Devolvo-lhe a pasta que me foi enviada com o pedido do *office-boy*, que o senhor equivocadamente chama de contínuo.

Sua carta é grave agravo à minha pessoa. Sua pessoa pensa (sua pessoa pensa?) que eu não tenho o que fazer? Que posso distender e despender meu tempo aí pelos cantos lendo pedidos de contínuos? Já atrofiei alguns órgãos que muito prezava por ter sido obrigado a ler tanta xixiceza.

Por falar em membros atrofiados, melhorou de sua dor de cabeça? Aliás, esta sua dor é uma invenção, pois a dor não se propaga no vácuo.

Junto ao presente ofício este maldito processo e delibero ao senhor ofídio: lasque-se e vire-se!

(A assinatura é ilegível; só o carimbo é legível e nele se pode ver a inscrição: *à consideração inferior*.)

* * *

Como se comportará o irritadiço destinatário? Não percam mais um capítulo desta perturbante novela! Mas, cuidado: não agitem antes de ler, a fim de não misturar as palavras; do contrário, depois, quem arruma o estilo?

* * *

Resumo do capítulo anterior

Uma simples requisição de pastas por parte de um contínuo desencadeia uma célebre enxurrada de ofícios *à consideração superior*, já que na instituição em que ocorre a história todas as instâncias decisórias estão denominadas pelo verme nocivo e corrosivo da burocracia, que é uma praga que afeta a vida brasileira desde o descobrimento do país, e que tem como características mais visíveis a morosidade, a complicação e a irresponsabilidade na condução das coisas públicas.

Aportando ao gabinete do reitor, a nave que levou a solicitação dos contínuos, acompanhada da verdadeira torre de papel que se erigiu para encaminhar o pedido adiante, recebeu, para surpresa do próprio escriba que narra estas peripécias, a ordem de regressar com toda a papelada a bordo, tendo aposto o reitor, por cima de tudo, o visto de *à consideração inferior*.

Foi tudo, até o presente, narrado em estilo devassável para que os leitores possam fazer leitura divertida e catártica e assim desopilar um pouco alguns órgãos, já de si tão intoxicados de avulsos e confusos papéis, timbrados com a marca indelével do bolor burocrático que a todos nós enruste e de quem surrupia boa quota de paciência, preenchendo nosso recipiente com quizilas de pouca importância.

Tendo reunido esses reiunos todos que agora outra vez reúno, deixo o dito pelo escrito e avoco a liberdade de levantar mais um dos sete véus que estão a encobrir nossos olhos para que todos vejam até onde podem nos levar nossas temidas e destemidas autoridades educacionais, quando derrubadas pelos pendores dos embrulhos burocráticos que assolam o país.

* * *

Ofício 5
Da Diretoria do CUECA (Centro Universitário de Estatística e Contas Afins)
À Secretaria-Geral

Eu não tenho nada a ver com seu nenê novo que não a deixa dormir. Nenê novo é igual a corvo novo: é só chegar perto e ele se suja ou vomita. Suas fezes, suas defesas: ainda não manjou?

Mande a estes contínuos, que as purpurências lá de riba insistem em chamar de *bois de escritório*, que remetam seus pedidos ao bispo diocesano, que desde que foi *ordenado* epíscopo, aprendeu também a gostar de báculo. Eu é que não vou atender a nenhum deles.

Atenciosa não mente
(A assinatura é ilegível; o carimbo tem este dizer: *à consideração inferior*.)

* * *

Incontidas raivas dominam a secretária; depois de receber este ofício, ela também adotará o comportamento dos ofídios? Todo nenê novo é assim mesmo como se diz aí? E o bispo, como reagirá? A quem poderá se queixar Sua Episcopeza? Agora que o Papa é polaco, como ficará tudo isso? Ficarão de lombo liso os que mandam os outros queixar-se ao bispo?

* * *

Resumo dos capítulos anteriores

Em vez de proceder aos despachos com presteza, os responsáveis pelas instâncias decisórias de uma instituição escolar acampam-se a enviar correspondências uns aos outros e remeter simples pedidos *à consideração superior*.

O reitor, entretanto, apanhando todo mundo de improviso, devolve toda a papelada com o despacho brevíssimo de *à consideração inferior*. Apesar da atitude sumamente louvável da luzidia magnificência, o irritadiço homem não está invulnerável à hierarquia e não pode, por isso, ao que parece, evitar que toda a papeluchada vá encalhando de repartição em repartição.

No último capítulo, o processo estava com a secretária-geral, que o havia recebido de uma diretoria adscrita à reitoria.

Se este escriba porventura não consegue esconder pardos resquícios de repetição, queiram relevá-lo: fá-lo, como Jânio Quadros, em atenção a olhos cansados e de pouco poder de retenção, ao mesmo tempo que não esquece a famosa doutrina dos ciclos, já contestada por Borges, que tem a seguinte formulação:

> O número de todos os átomos que compõem o mundo é, conquanto desmesurado, finito, e somente capaz como tal de um número finito de permutações, se bem que desmesurado também. Num tempo infinito, o número das permutações possíveis pode ser alcançado, e o universo tem que se repetir. De novo nascerás de um ventre, de novo crescerá teu esqueleto, de novo chegará às tuas mãos essa mesma página, de novo passarás todas as horas até a tua morte incrível.

Portanto, se aqui há repetição, é porque não posso fugir às leis mais gerais do cosmo.

* * *

Ofício 6
Da Secretaria-Geral
À Coordenadoria Continuísta

Estimado filho de um jegue:

Sempre que vejo você montado naquele cavalo, fico pensando: é possível um jegue montar um cavalo? Mas não é que é?!

Bote essas tuas rodelas luminosas nas folhas anexas e veja no que deu o pedido de vocês!

Eu não delibero coisa nenhuma. Você que, de posse disso, faça o que melhor lhe aprouver!

Quanto às maldosas referências feitas à sua bispeza, constantes no processo anexo, comunico, só para que você também saiba, que estou enviando cópia de tudo à Diocese, que, com certeza, queixar-se-á ao Papa. Daí é que eu quero ver! Faça o que quiser! Vire-se! Não chega o meu nome poder ser lido de trás, ainda vem você com esses pedidos? Tome o rumo do Caixa-Prego!

(A assinatura é ilegível; só o carimbo é legível e nele se lê: *à consideração inferior*.)

* * *

Que fará o pobre contínuo? Como trabalhará sem pasta? Ministro sem pasta pode trabalhar, mas contínuo sem pasta, como fica?

Prepare-se para uma grande surpresa no próximo capítulo. Todos capitularão? O contínuo capitulará também? Só Capitu não capitula? Os outros todos sempre capitulam? Até Machado de Assis? Os escândalos começam no próximo capítulo!

* * *

Resumo dos capítulos anteriores

Para surpresa de um contínuo, sua superior imediata envia um pedido simples *à consideração superior*. Forma-se uma verdadeira torre de papel, já que deste pedido é feito um processo que vai subindo de repartição em repartição, até chegar ao reitor. Este, num rasgo de inusitada clareza, devolve toda a papelada, escrevendo em cima do pacote: *à consideração inferior*.

Contudo, nossos destemidos e infláveis burocratas não entendem bem o espírito da coisa e seguem engrossando a papelada com ofícios e mais ofícios com o visto de *à consideração inferior*.

No último capítulo, o pedido voltara ao contínuo, depois de fazer o trajeto de ida e volta entre ele e o reitor. Agora, alguns escândalos, conforme o prometido.

* * *

Despacho do contínuo

Visto o que acabo de ler e ver, delibero como segue: outro contínuo, que não eu, deve enviar ofício ao tesoureiro, dando conta da minha decisão de comprar o que se solicitou. Na correspondência em questão há que se deslindar, em linguagem de tesoureiro, isto é, cheia de *Cr* e *$*, os motivos desta decisão, anexando xerox dos documentos constantes no pacote do processo ora em exame.

(Segue assinatura meio torta, enviesada e fora de prumo, mas legível, aposta num carimbo, onde se lê: *Gabinete do Contínuo Titular*.)

* * *

Ofício 7
Ao Tesoureiro-Chefe

Senhor tesoureiro,

Em primeiro lugar, meus pêsames. Não se assuste! Não morreu ninguém de sua família. Meus pêsames (outra vez?) dizem respeito à nomenclatura que nossa língua confere à sua função. Tesoureiro deve derivar de tesoura, cuja raiz deve ser *teso*, fragmento perdido de algum radical latino pobre.

Nós também estamos tesos e espero que o senhor não vá cortar a verba que solicitamos. Dizem as más-línguas desta instituição que o senhor, no lugar das menininhas dos olhos, tem o símbolo do dinheiro, o famoso cifrão.

Em segundo lugar, sirvo-me do presente (depois dos ausentes como me servirei?) para encaminhar a documentação em apenso. Na verdade, estou escrevendo este ofício não por dever de ofício. É que todo escritor, quando pode, é um verdadeiro ofídio. Tirou-me da tranquilidade da inexistência, criando-me para servir a seus baixos propósitos. Eis-me aqui para cometer uma correspondência, só porque ele não quis botar um despacho em cima do outro. Quis porque quis fazer um sanduíche burocrático: ofício-despacho-ofício.

Antes que o escriba em questão também me despache sem que eu tenha cumprido meus objetivos e metas, substantivas e adjetivas, mais estas do que aquelas, me despeço e volto às sombras, de onde nunca deveria ter saído. Epa! Já vi que não tem retorno.

Aqui fico, pois, subscrevendo-me.

(Segue assinatura bem legível e carimbo onde se lê: Coordenadoria dos Contínuos – Seção de Correspondência.)

* * *

Resumo dos últimos capítulos

Depois de fazer um pedido, os contínuos recebem de volta sua correspondência, acrescida de uma torre de papel, onde há ofícios, pareceres etc. Neste cipoal burocrático, as mais diversas instâncias educacionais explicam as razões que as impedem de atender ao pedido em questão.

Num primeiro momento, vão passando de mão em mão, com o visto de *à consideração superior*. Chegando ao reitor, o processo volta com o visto de *à consideração inferior*. O caso, depois de chegar ao conhecimento do Papa, de sua Episcopeza, o Bispo, a quem todos são mandados queixar-se, volta ao contínuo, que despacha devidamente e encaminha ao tesoureiro. Foi onde se parou na última vez.

* * *

Despacho do tesoureiro

As brincadeiras eu posso desculpar. Não brinco porque não sei. Cada vez que tento brincar, faz tlintlim nos meus ouvidos. Porém, só posso liberar a grana solicitada se forem autenticadas as cópias e reconhecidas as firmas.

(Seguem assinatura e carimbo ilegíveis.)

* * *

Despacho do tabelião

Cada autenticada custa cinco cruzeiros. Ou você pensa que eu autentico com cuspe e reconheço com o cotovelo, sem gastar tinta e carimbo?

(Segue assinatura do tabelião com firma reconhecida por ele mesmo.)

* * *

Despacho do contínuo titular

Senhor Tabelião,

Leão é o rei da floresta, mas o senhor, não. O senhor é apenas tabelião. Como pode, então, reconhecer sua própria firma? Podia denunciá-lo a seus superiores, mas isso levaria tempo. Além do mais, teria que contratar um advogado para instruir o processo de denúncia e outro para defender-me caso o senhor resolvesse revidar. Optei, então, por pagá-lo.

(Do bilhete entregue ao tabelião quando da segunda apresentação dos documentos.)

* * *

Aviso do contínuo titular aos colegas

Agora que estamos com o dinheiro nas mãos, não vamos gastá-lo sem antes aproveitar a verba para cobrir as despesas que tivemos com autenticações de cópias e reconhecimento de firmas. Só que não vamos proceder como da outra vez. Façamos assim: um de vocês requer, em ofício a mim encaminhado, desconto destas despesas por conta da verba agora liberada. Eu defiro e cada um dá no pé. Antes, compraremos as pastas, para não dizerem depois que nós também mamávamos nas tetas que eles mamam. Vamos trabalhar num lugar onde não haja tanto papel. Isto aqui é uma torre de papel.

* * *

Explicação do autor aos leitores

Aos que estranharem a linguagem escorreita dos contínuos, reclamando maior coerência com a realidade, ou verossimilhança, informo que nesta instituição, como em todas as outras, os contínuos costumam ser pessoas sensíveis, inteligentes, práticas e, principalmente, muito mais letradas que aquelas que os dirigem. Como se sabe, a burocracia é o analfabetismo de muitas autoridades.

Tendo sarrafaçado a realidade, julgo de bom som alardear que esta história que acabei de contar é verdadeira. Ela, efetivamente, aconteceu. Só que não aconteceu numa instituição só. Aconteceu, e continua acontecendo e se repetindo, aqui, ali, lá e por todo lugar, dispersa em fragmentos que tive o cuidado de recolher, reescrever e apresentar a vocês. Fui um amanuense da ficção.

A enchente

Árvores navegavam agora no dorso do rio, bicho que de repente embrabecera. Recém-abatidas, elas aguardavam na mansa paz das derrubadas o fogo que as haveria de queimar, quando o rio invadiu a várzea e fez tudo flutuar. Mais sobre o meio, gigantescas pauleiras, sem o empecilho dos galhos, deslizavam céleres à procura de outro porto que não fosse a antiga queimada. Encarapitado num galho viajava assustado um cachorrinho que fora tomado de surpresa em algum passeio. Mais próximo à margem esquerda podia-se ver algumas reses que, impedidas de empreender a resistência àquelas águas, deixavam-se levar a favor da correnteza, apenas flutuando. Passavam chiqueiros quase inteiros, os porcos nadando por perto, infelizes. Tudo podia ser até bonito, não fossem panelas, roupas, restos de mobílias e trens domésticos que, à força, também acompanhavam aquela estranha navegação de incerto porto.

Se agora passavam as coisas dos homens, não tardariam eles a apontar na curva do rio, quase desfeita, não fosse um cocuruto da terra impor ao rio a correção de seu nefasto rumo, de repente improvisado com grandes violências. Os primeiros corpos a aparecer boiando eram, com sempre, dos mais indefesos, aqueles que primeiro haviam sucumbido. Crianças redemoinhavam sobre as águas, depois da descida aos infernos profundos do rio, e deslizavam duras à procura de porto nenhum porque a morte, último porto, havia interditado aqueles frágeis barcos ainda muito antes do tempo que a gente podia achar oportuno ou esperado. Rodeando os corpos dos infantes, velhos, afogados com certeza quase ao mesmo tempo, davam cumprimento ao cortejo, enchendo de medo e arrepios aqueles que contemplavam a catástrofe desde as margens, agora bem arredadas e distantes do ordinário lugar, onde abrigavam avencas e árvores que se debruçavam sobre as águas para nelas atirar flores. Da alegria antiga, mais nada restava. Nem flores, nem pássaros, nem lontras, nem, principalmente, a molecada que costumava brincar nas mansas águas do rio.

Todos se entretinham a olhar a água e sua fúria quando João chamou Juvenildo. Que viesse até o paiol que precisava com ele conversar. Antes de atender ao chamado do tio, o menino deu uma última olhada à canoa para ver se estava bem amarrada e com corda sobrando, para o caso de o rio continuar a encher ainda mais.

Ainda longe do paiol, o menino já podia escutar a conversa do tio com aquela mulher que não conhecia, que nunca tinha visto. Quem seria? De onde estava vindo? Como até ali chegara, se por todo lado era rio, rio, rio? Serpenteando por entre os morros, o rio Capanema ia fazendo todas as voltas necessárias para acompanhar o leito possível. Ou seria o contrário? Os montes é que acompanhavam o leito do rio? Deus, quando criou o mundo, pôs primeiro os morros ou o rio? Naquele almanaque velho e ensebado que ficava guardado sob o rádio se ensinava que tudo tinha vindo da água. E para a água tudo outra vez voltava? Outras vezes era o próprio rádio que dizia que Deus também falara por metáforas e que tudo havia sido criado da água, que gerara o homem e o bicho, o capim e a árvore, a flor e o fruto, tudo elaborado com muita moderação pela natureza, numa paciência que ninguém tinha, nem podia ter.

— Este é o Juvenildo, meu sobrinho.

— Por parte de quem?

— De meu irmão Ercílio. Você não conhece ainda... Mora do outro lado do rio, para a banda da Sanga das Flores.

Juvenildo cumprimentava a mulher, que estava confusa, apressada, que não parava de se mexer e arrodear o tio, torcendo os dedos e estalando-os.

— Juve, você se *astreve* a atravessar o rio do jeito que está?

— Mas o menino! — espantou-se a mulher. — Pensei que seria o compadre a me levar para o outro lado! Mas essa criança!

— A comadre corre menos perigo com ele do que comigo! Eu pouco sei remar, e assim mesmo só quando o rio tá manso. A comadre nunca viu este guri na rabeira da canoa. Faz o que um grande não faz.

Juvenildo gostava do tio por coisas como essas. O tio sabia o que ele podia fazer melhor do que um grande. O tio era bom e sério. Tinha sempre uma cara carrancuda, mas bondosa para quem o conhecia. O tio ria pouco, mas, quando ria, a risada saía gostosa e espalhava-se pelo rosto, desmanchando rugas que pareciam provisórias. Quando era para ir ao moinho, o tio encilhava o seu cavalo baio, colocava a bolsa à garupa e, depois de encostar o animal a um cepo para que o menino pudesse montar, dizia:

— Você já tá grandinho. Mais um pouco e monta pelo estribo. No burro é bem capaz de você montar sem o cepo. Porém, esse é um cavalão!

— Mas é mansinho — dizia o guri.

— É. Digo que é um cavalão com o *instituto* de dizer que é grandão. Eu não sei se você sabe de onde veio esse meu cavalo baio, mas...

Sabia porque o tio sempre repetia com gosto.

— ... eu comprei de um carreirista.

João levou o menino até um canto do chiqueiro e falou, enquanto jogava espigas de milho à porcada:

— Não tem ninguém que pode levar essa próxima pro outro lado do rio. Só você...

— A mãe não deixa — disse o menino. — A mãe acha por demais de perigoso eu, ou qualquer outro, remar no rio na enchente. A mãe tem medo. A mãe tem medo por nós. A mãe diz que é muito perigoso. A gente pode até morrer... É muito perigoso.

— Tudo é perigoso — disse o tio. — Até nascer é perigoso! Que é perigoso, eu também sei. É perigoso também pegar o baio e ir bater lá no rio Florido, sozinho. O cavalo, sendo muito passarinheiro, pode derrubar você nessas pedras e você se machucar, que Deus o livre! Mas acontece que você rema melhor do que eu.

O tio era mesmo de deslumbrar. "Você rema melhor do que eu, você rema melhor do que eu, você rema melhor do que eu..." A ressonância agora se fazia dentro do menino e retumbava em alegrias nunca vistas. O tio era um homem que se desmanchava em fábulas. Ninguém pensava o que ele, sério, assuntava sobre os pequenos.

Juvenildo ria por dentro, gostoso. Ele podia remar melhor do que o tio.

— Mas a mãe acha mais perigoso é *eu* remar.

— Mulher é bicho por demais medroso — disse o tio. — Querem cuidar da gente com muito exagero. Se eu tivesse sempre ouvido a minha mãe, não tinha nem aprendido a andar a cavalo. E daí qual ia ser o meu préstimo? Pegar uma vaca no pasto, tirar dela o leite, é muito perigoso. Você pode levar uma guampada quando vai laçar, e um coice quando vai tirar o leite. Ainda por cima o terneiro, mesmo sendo pequeno, pode dar uma cabeçada e acertar até mesmo a pingola ou *os bago*.

Juvenildo espremia-se em risos agora. O tio bem que sabia aliviar de preocupações um vivente, dizendo uma maroteza.

— Você deve de fazer como sempre tem feito quando o rio é cheio. Como é que você costuma fazer quando tem enchentes?

— Eu subo pelas beiradas — disse o menino. — E vou pegando o remanso. Se atravessar direto, não chego no porto, só mais muito embaixo, onde não posso atracar.

— Então, faz assim como diz — disse o tio.

— É... Eu vou subindo até uma altura que eu vejo que posso atravessar sem perder a direção do porto. E continuo remando sempre pra cima, contra a correnteza, com toda a força. A água me vence, mas, quando acaba de me vencer, eu, daí, já tou do outro lado.

— E *das tranqueira*, como é que você se desvia?

— Ah, tio, com tranqueira não dá de atravessar. Qualquer galho de pau que bater na canoa pode até emborcar. A gente espera dar uma calmaria. Daí aproveita o espaço sem pau e atravessa. Dali do porto dá de ver quando na curva do rio ameaça de vir madeirame ou tranqueira. Às vezes, até pedra rola, cutucada por galho de pau.

Todos haviam se retirado, ninguém mais olhava o rio. Era hora do almoço.

— Você quer comer primeiro, Juve?

— Não, tio. E se precisar nadar? De barriga cheia a mãe disse que a gente morre, daí.

De repente o tio ficava preocupado. Se acontecesse alguma coisa ao guri, a comadre velha jamais ia poder perdoar quem quer que fosse. Mas estava ali a precisão. Se não buscava a parteira, quem sabe lá o que ia acontecer com quem dela precisava?

João enrolou a corda e segurou a canoa para a mulher embarcar. Ela tremia quando disse:

— Quem sabe, compadre, eu não atravesso! O menino vai lá e fala com a dona Mosa!?

— Não — disse firme João. — A senhora haverá de explicar para a comadre Mosa a urgência de ela vir. O Juve não vai saber dizer direito.

— A senhora deite no fundo da canoa, assim de comprido — ordenou, jeitoso, o menino. — Não olhe pra lado nenhum, fique mansa, que eu cruzo sem medo, *nada não pode acontecer*.

Juvenildo remava firme pelas beiradas, como dissera ao tio. João cuidava do barranco, vários corações batendo no seu peito. E se o menino rodasse, se perdesse na correnteza, batesse num galho de pau, emborcasse a canoa?

João logo aliviava o espírito: o rio corcoveava, mas já não trazia no dorso nenhuma tranqueira.

O menino venceu bem os remansos das margens, conduziu a canoa habilmente, desviando-se dos galhos das árvores que se debruçavam sobre as águas e, quando achou que subira o suficiente, empreendeu a tarefa mais difícil: embicou a canoa de inviés e, com todas as forças que tinha, foi remando cada vez mais rápido. As águas batiam na canoa e a chacoalhavam com violência, mas, para quem via das margens, tudo parecia feito com jeito, as águas ninando aquele berço que parecia ali à deriva, não fosse a enorme resistência do menino, remando, remando, remando... Remando a mais não poder.

Vencida a corredeira do centro do rio, as águas moderavam um pouco a sua fúria e iam cedendo mais facilmente aos braços de Juvenildo.

O menino encostou a canoa perto de uma árvore solitária de um espigão, jogou a corda e, depois de amarrar a embarcação, disse à mulher:

— Agora, a senhora já pode desembarcar.

Assustada, as pernas tremendo muito, a mulher deixou a canoa. Juvenildo ainda encontrou um jeito de dizer:

— Não precisa se assustar, que o perigo já passou.

Do outro lado do rio, João gritou:

— Viu como tudo foi bem?

O menino acenou para o tio e acompanhou a mulher que trouxera sobre as águas. Uma confusa sensação de poder espalhava-se agora dentro dele. Podia gostar ainda mais do tio, que nunca iria se arrepender.

Logo voltavam o menino, a mulher e a parteira. Juvenildo pouco entendia da conversa que as duas travavam.

— A minha irmã sempre foi de ter sacrifício nos partos. Já perdeu duas crianças e, desta vez, se eu não levar a senhora, ela é capaz de morrer de família. Por isso atravessei o rio nesse furor. Só a senhora pode salvar a vida da minha irmã, dona Mosa. E a do nenê também, muito claramente, se for da vontade de Deus, porque estamos nas mãos dele para sempre e em qualquer lugar.

O menino repetiu os procedimentos anteriores e atracou com segurança. Dona Mosa viajara meio atravessada no colo da outra, já que o menino ordenara que as duas se recostassem na canoa para ele poder equilibrar a embarcação.

II

Dali a uma semana, quando o humo cobria a várzea e o sol tornava tudo um cascão, dona Mosa voltava com boas notícias. Trouxera mais um homem, arrumara outra comadre e mais outro compadre. Dona Mosa daquele jeito ia ficando madrinha de todo mundo.

João disse:

— Por mim a senhora devia de abrir um hospital no seu galpão. A senhora cura doentes, benze, põe esse *gentaredo* no mundo, tudo com boa saúde e muita paz, tudo bem baratinho. Não é como os médicos que...

Corria agora de boca em boca a proeza do Juvenildo. Todos elogiavam sua coragem, sua força, seu cuidado.

— Mais do que força, o meu filho tem é muita cabeça — disse Ercílio. — Quando tudo vai bem, o meu filho até parece ser um molengão, quieto por aí. Baixa uma brabeza nesse costão e pronto: ele fica bem homem!

— Nildo, você não devia de obedecer o louco daquele seu tio. Onde já se viu botar uma criança dentro dum caixão de pau e largar na brabeza de um rio cheio!? Não sei como não se afogou! O meu filho precisa se cuidar mais, a raça do seu pai é toda composta de louco, o mais certo de todos eles é o seu pai, e veja só o que acha dos perigos da vida!

A mãe passava a mão na cabeça do filho, era tão bom sentir a sua proteção e ouvir o cuidado que ela lhe dispensava. Era ainda melhor escutar o pai dizer aquelas coisas bonitas: ele estava mesmo ficando homem? Quando é que seria do tamanho do pai? E as barbas, quando nasceriam? E o cheiro de fumo, em que altura da vida se adquiria?

— Pai, o tio João... Ele disse que, quando era pequeno, o senhor é quem cuidava dele, porque nem pai, nem mãe vocês tinham. O tio João gosta muito do senhor. O senhor é mais velho do que ele quantos anos?

— Ué, meu filho. Eu não sou mais *velho*. Ele é que é mais novo do que eu quatro anos.

Juvenildo ajudava o pai, agora, a limpar a várzea. Era preciso carregar toda a madeira e amontoá-la no espigão, para então lavrar a terra. Tio João, assim que o rio baixasse de verdade, viria com seu carro de bois, o Barroso e o Osco, o arado e tudo o mais.

O espelho

Os filhos de tia Amélia contavam: na casa deles havia um vidro que mostrava toda a gente que morava na casa. Mostrava tanto de um por um, quanto todos reunidos de uma só vez.

A gente perguntava:

— Esse vidro misterioso mostra todos de verdade?

Eles respondiam:

— Todos.

Nós:

— As mulheres também?

Eles:

— Principalmente elas.

Nós:

— Os mortos também?

Eles, então, se embasbacavam. Porém, o mais esperto deles, passado o susto da pergunta, explicava com alguma vaidade pelo achado retórico:

— Os mortos também aparecem nesse vidro, mas de um jeito diferente. Eles podem ser vistos na tristeza dos outros. Em toda casa que tem morto, o rosto dos vivos é triste, manchado; os olhos de todo mundo são fundos.

Os filhos de tia Amélia moravam longe de nós. Só de vez em quando é que eles vinham nos visitar. Gostavam muito, nessas visitas, de nos contar coisas admiráveis.

A casa deles tinha vidro nas janelas, como o das garrafas, só que não redondo, mas quadrado.

— E pra que serve vidro na janela? — a gente perguntava.

— Para os outros olharem?

— Não; para a casa ficar mais bonita — eles diziam.

— Mas os outros olham, não olham? — eu perguntava.

— Mas é claro que olham — eles diziam.

— E acham bonito?

— Mas é claro que acham!

— Acham bonito quem: vocês, eles ou o vidro?

Nesse tempo, quando eu fazia perguntas como esta última, era chamado de maluco. Eu não podia entender, contudo, se os outros olhavam o vidro das janelas para ver os de dentro, eles mesmos, ou o vidro apenas.

Às vezes papai nos olhava como se fôssemos de vidro. Ele, na verdade, olhava através da gente. O que via era outra coisa, que não era a gente, nem o que estava no real das coisas. E era o que ninguém não via, nem podia ver. O que via estava somente no imaginário dele sozinho.

Papai tinha ficado doente um tempo. Fora internado entre gente estranha. Ele não batia em ninguém, era manso e bondoso. Apenas falava as coisas que ninguém entendia. Quando começava a se expressar de um modo assim, vinham homens vestidos de branco, que o levavam numa camioneta que tinha vidro nas portas, na frente, atrás e nos lados. Os de dentro podiam ver os de fora por esses vidros; os de fora podiam ver os que estavam dentro. Alguns iam amarrados, dentro de uma roupa que os obrigava a ficar de braços cruzados. E, então, não podendo segurar-se em nada, batiam com o rosto nos vidros.

Nossa casa não tinha vidro nas janelas. Também não havia entre nós nenhum vidro semelhante àquele que havia na casa de tia Amélia. O pai quebrara, porque antes tinha. Mamãe arrumava-se às escondidas, para que ele não visse o vidro em que mamãe se olhava. Era este um vidro proibido. Ninguém podia olhar nele; só mamãe.

Papai quebrava esses vidros, mas não por raiva. Quebrava para poder depois recompor os pedaços do que via. E dizia que aquele que estava no vidro não era ele, não podia ser ele. Era um fingidor, pois não se quebrava. Ao contrário, aparecia em todo pedaço que se via.

Papai um dia foi pra nunca mais voltar. Avisaram mamãe, que chorou muito. Papai olhava através da gente antes de ir. Todos diziam: ele vai e não volta mais.

Mas eu, secretamente, cultivava a minha certeza, a certeza do que via. O dia que o meu pai achasse o que procurava através da gente, ele voltaria. Eu sabia. Eu sabia pelo jeito com que olhava através de mim, naquela última vez. Ele estava quase encontrando o que procurava. Faltava só uma nesguinha para achar.

Mas nunca mais voltou. A verdade que achou ficou com ele para sempre.

Então nós crescemos, estudamos, aprendemos muito sobre vidros, e nos dispersamos.

Quanto a mim, me perdi dos outros, andei desgarrado por aí, extraviado. Onde está mamãe? Meus irmãos, o que fazem? Ainda se preocupam com vidros? Nada sei.

Todos os dias olho no espelho. Nunca vejo a mim mesmo. É sempre outro quem vejo ali. É alguém que muda todos os dias o que se apresenta nesse vidro, que interdita todo olhar que, como o de papai, queira ver através. Só o olhar sempre raso é que é permitido nesse vidro. Você olha e vê só daqui até ali – assim é um espelho, hoje eu sei. É como se a gente (todos nós) sofresse de miopia comum à espécie. Ninguém vê o que na verdade está vendo.

E, agora, a última verdade que extraí dos espelhos, depois de examiná-los cuidadosamente durante anos: nenhum espelho mostra nada; ele inventa. Você é que acredita no que ele mostra.

Veja que eu, quando olho num espelho, não vejo a mim mesmo; através daquele a quem olho no espelho, vejo meu pai. É como se fosse um retrato que o tempo vai compondo, precisando de cada dia para aperfeiçoá-lo, lenta e cuidadosamente, para não esquecer nenhum detalhe. Por exemplo: também eu, como meu pai, olho através de mim. E até agora ainda não achei a verdade que ele tanto procurou, e que eu também procuro. O que procuro, em verdade, não sei bem o que seja. Só sei que é coisa de não se achar de repente. Ela vem pra gente em minúsculos pedacinhos, todos os dias. E só no fim da vida é que esta verdade haverá de mostrar-se por inteiro.

Alguns ainda vão mais longe. Dizem que só depois da morte é que esta verdade vem. Esses são homens de muita fé. Olham tudo através, seu olhar não bate em nada, vai longe, para o infinito, para o que ninguém não conhece, nem nunca viu.

Depois de morto... não pode ser. Porque, do contrário, como explicar que em família em que há mortos eles apareçam na tristeza de um olhar? Então, a morte é triste. E, se é triste, é porque não traz nenhuma verdade. A não ser que esses mortos estejam tristes de pena de ver a gente se esforçando por resolver o enigma dos espelhos. Morto, neste ponto, é mais confortável.

Eu, quando chego neste ponto, tenho medo de mim mesmo. Mas essa é uma verdade que fica só entre nós dois. Porque, se os homens de branco lerem o que escrevi, virão me buscar com sua camioneta cheia de vidros, suas roupas que me impedirão de escrever.

E as crianças de tia Amélia, você sabe delas? Não conhece? Mas como? Nunca olhou no espelho? Crianças são iguais em todo o mundo. Os espelhos é que são diferentes, traidores, fingidos, mentirosos, perigosos. Cuide-se deles. Em mim, você pode confiar. Não sou perigoso: sou manso como meu velho pai.

Caixa-d'água

I

Aquele homem era sempre de um confuso falar. Ninguém parecia gostar das histórias que ele contava, mas todos admiravam o jeito como as contava. Sofriam ouvindo seu conversar e comentavam uns com os outros a raiva comum que tinham das assombrosas coisas que o homem lhes enfiava nos ouvidos.

Eles não podiam resistir. Ninguém podia opor argumentos contrários. E iam chegando outros ao grupo dos que o ouviam. Então, por alguns dias, os veteranos acreditavam que aqueles novos iam enfim contestar e destruir a conversa escura daquele homem. Mas logo todos estavam também em estado de tédio geral.

No devagar e no choroso daquele passar de tempo, ele ia derramando o seu veneno espumoso sobre aquela gente que o rodeava. O seu veneno era um remédio muito nocivo que ia corroendo o ouvido daquela gente. Mas por que não se afastavam?

Eram atraídos por um desejo doente, total e permanente de sofrer a judiação daquele homem. E ele se alegrava com o poder sádico que tinha de entristecer todo aquele povo? Muito pelo contrário, era um homem de muitas mágoas, sendo a maior delas toda aquela atenção que lhe dedicavam.

Começara a cantar algumas décimas apenas para quebrar o silêncio geral. Com o tempo o povo foi ficando enjoado de ouvir sempre as mesmas décimas, mas mesmo assim não se afastavam dele. E então se viu obrigado a inventar todas aquelas histórias supérfluas. Às vezes, chegava a teorizar para si mesmo: "O supérfluo que tivermos e mantivermos é roubo; por isso tenho que contar todas essas coisas, que não são minhas. Assim cumpro o que o velho Santo Tomás nos ensinou. Mas o que é o supérfluo?".

Calava-se aquele homem, mas o povaréu não lhe dava tempo de pensar.

De que vivia? Vendia inseticidas e outros remédios venenosos para proteger a plantação. Era o mais rico daquele povoado. Todos os que plantavam viviam em grandes dificuldades por causa dos baixos preços dos produtos em anos de boa safra e por causa dos azares do tempo em anos de preços bons. E, então, embora não tivessem combinado isso, ficava assim: eles, que derramavam o suor na terra, rasgavam suas carnes nas roçadas, pisavam sobre espinhos arruinantes, sapecavam os olhos nas queimadas, sofriam com o mormaço do sol no tempo de limpar as plantas, respiravam o veneno que espalhavam para derrubar as pragas das lavouras – viviam todos em grande miséria, com uma muda de roupa cada um, um sapato que calçavam uma vez por ano e outros trens de pouca serventia. E ele, que não fazia nada disso, apenas viajava de vez em quando para trazer o remédio venenoso para eles, sem nada plantar, sem se esfolar, sem rasgar os pés, sempre muito bem abotinado, vestindo até paletó, vivia grandioso e folgado, parrudo e vermelho. Para ele o remédio venenoso fazia bem.

II

Foi-se criando, porém, uma inveja braba entre aquela gente, depois de misteriosas mortes que andaram acontecendo. Seu João enforcou-se na cruz do cemitério, depois de matar a mãe a pau; Merência fugira com seu sobrinho postiço, vivera amasiada uns anos e agora se virava na casa das mulheres, tendo dado os dois filhos para que sua mãe, criasse; o velho Graciliano morrera aturricado de veneno; seu Otacílio chegou a perder uma das vacas de leite, por descuido de um motorista que levara o caminhão na sanga que servia de divisa às suas terras.

Foram perguntar a dona Mosa o que é que se podia fazer contra o homem. Ao contrário do que esperavam, a velha benzedeira, que para tudo tinha um jeito, abriu os braços: era possível fazer o homem erguer-se dali, mas não era conveniente. Tinham esquecido o tempo das pragas nas roças? Tinha adiantado a bênção do padre? Tinha adiantado a simpatia com facão cruzado, feita no lado norte das roças? Se o homem fosse embora, o povo ia comer o quê? Acabariam as pragas, mas acabariam as plantações também, iam ficar em miséria muito pior. O que podiam fazer era ameaçar o homem com alguns sustos, dar a entender que não ficasse tão rico, que diminuísse a distância. Mas não sendo casado, nem pai de filhos, sendo jururu no mundo, de que jeito iam bulir com ele? Bombear durante os causos que contava, para ver se pegavam o *desgranado* em alguma mentira? Mas quem era mesmo que entendia direito o que ele contava, para poder aprontar um desmascaramento? Além do mais, o velho agiota Emílio e outros maiorais do lugar tinham interesse em que o homem permanecesse por ali, pois, desde que chegara, eles tinham aumentado os lucros.

De repente apareceram aqueles compradores de terra que pagavam um dinheirão pela propriedade de cada um. Dona Mosa começou a avisar que não vendessem por aqueles preços, que entre eles aquelas quantias avultavam muito, mas, para quem ficasse sem terra, aquilo ia valer muito pouco.

O pessoal receava um pouco, mas achavam que dona Mosa já estava caducando e cada um ia vendendo a sua parte. Um ou outro não pensava em vender, mas era um compadre que também vendia a sua, era um vizinho esquisito que vinha morar no lugar do outro, era isso, era tudo aquilo.

E foram conversar com o homem do veneno para tirar um tempo. Com surpresa observaram que ele estava furioso com o pessoal que tinha chegado, que não tinha respeitado a sua posição, gente desajeitada, esquisita, ninguém era companheiro de ninguém, com ninguém não conversavam.

III

Na reunião mensal com os do bairro, o padre explicava: "Vamos ver se, explicando mais simples, vocês entendem. A agricultura brasileira, desde o descobrimento do Brasil, foi sempre praticada com arado de pau. Mas, dos anos de 1960 para cá, ela foi modernizada. Botaram máquinas – trator, colheitadeira, essas coisas. Mas para que um colonista possa trabalhar com as máquinas em sua lavoura, tem que ter conta e financiamento no Banco do Brasil. E para ter conta e financiamento no Banco do Brasil, ou em qualquer outro, precisa ter uma certa quantia de terra. Vocês tinham só um pedacinho cada um, não podiam mesmo ter ficado onde moravam. Tá entendido agora? Tão sabendo por que é que vocês agora estão morando aqui? Não adianta chorar. Se vocês tivessem ficado lá, estariam passando mal do mesmo jeito. Vocês vieram para cá, não têm qualificação profissional nenhuma, isto é, vocês não sabem fazer serviço nenhum nas indústrias, só sabem trabalhar na roça, e aqui não tem roça". Por entender, eles estavam entendendo, mas o que é que podiam fazer? – isso era o que perguntavam pro padre. O padre era estrangeiro, parecia não ter a menor piedade, mas parecia que era honesto por demais.

E um dia aquele homem veio à reunião dos do bairro, ficou muito quieto juntamente com os outros, ouvindo o padre, e, depois que o padre foi embora, destravou-se a língua daquela gente. Começaram a beber da garrafa de cachaça que o homem tinha no bolso, logo ele alcançou dinheiro para que um deles fosse ao bar trazer mais algumas, e, quando era tarde da noite, ele falou por último: "Só tem um remédio venenoso. É a gente matar todo mundo. Porque o nosso lugar é aqui mesmo. Lá pra onde a gente morava, a gente nunca mais vai voltar".

Antes de dar boa-noite, aquele homem ainda perguntou: "Vocês não bebem da água encanada, bebem?". Ninguém tinha água encanada em casa e isso era um sábado.

IV

A caixa-d'água ficava no alto do morro, de onde se podia ver a cidade toda iluminada, quando lá fosse noite. Se era noite de luar, a água dos tanques brilhava, pois eram descobertos. Marily, um dia que foi amada lá em cima daquele morro, em noite de vento agradável, contemplando o leve ondear daquelas águas, dissera a seu professor e amante: "Um dia um louco pode vir aqui e envenenar toda a cidade; basta deitar um pó nesta água e a cidade inteira amanhece morta". "Você anda lendo muita porcaria", dissera o professor. "Os loucos estão todos nos hospícios." "Todos, menos dois. Onde é que já se viu a gente se encontrar logo aqui em cima?"

O homem subiu todo aquele morro com as bolsas de veneno às costas e chegou todo molhado de suor, apesar de ser noite fresca de novo. Tirou a camisa e ficou admirando a cidade acesa. Parecia que era dono do mundo. Viu, em cálculo rápido, que aquelas bolsas não iam bastar, e foi longe, em casa, buscar mais, desta vez vindo com a camioneta lotada.

V

E deu-se o que nem na Bíblia estava escrito, o que nenhum profeta profetizara, nem para o fim do mundo. As pessoas começaram a morrer como as pragas das roças. O hospital ficou de repente lotado, todo os quatro médicos do lugar foram acordados às pressas, doutor Parobé saiu com as marcas da boca da Matilde em sua cara, aquele batom roxo, inconfundível, mas naquela hora ninguém prestava atenção em nada, nem se importava que Matilde era noiva e ia casar dali a alguns dias com um advogado falador. Doutor Leôncio tinha estrebuchado ainda de madrugada e foi encontrado teso ao lado da mulher, também morta. Os que morreram primeiro foram, com certeza, os que tinham estado numa festa na casa de um granjeiro, onde tinha rolado uísque à vontade. À noite, bateu a sede, e os que tomaram água das torneiras estavam no outro mundo, ou então muito despedaçados por dentro, gemendo, chorando, se espremendo. Era pior que a guerra universal.

Os que sobraram enterraram seus mortos, alguns enterraram mortos que não eram deles. Famílias inteiras foram dizimadas.

VI

De tudo guardou-se o mais fechado segredo entre o pessoal do bairro. Os mais velhos olhavam-se assustados, alguns choravam, outros puxavam os cabelos no maior desespero.

Na encomendação de cada morto, o padre praguejava a ira de Deus contra o que tinha construído tanta crueldade no coração.

E diziam uns:

— Depois que o homem buliu na Lua, aqui embaixo é uma esculhambação só, não dá mais nada certo, uns são inimigos dos outros, as famílias não podem mais criar os filhos, ninguém mais ouve os padres, todo dia tem morte violenta, briga, se atiram, se faqueiam, é a maior confusão.

Diziam mais outros:

— Desde que o mundo é mundo, o homem só estraga a terra, aqui é o lugar de seu fim.

Bandidos

Os bandidos vivem de amor e de medo.
Inspirar apenas amor é fraqueza.
Quando inspiram apenas medo, são
odiados e não têm quem os ajude.
Yashar Kemal, citado por Hobsbawm,
em *Bandidos*

Aqui no presídio, a gente não tem mesmo alegria de fato, só tem uma alegria presa; apesar que dantes, no boi-preto, era tudo bem pior. O mais adequado lugar para se medir o valor do homem: o boi-preto. No escuro não existe ninguém, nada. No escuro só existe você. Você e os seus medos, que no escuro procriam. Mas só, falar para quê? Bobobó é coisa própria, dói nos próprios da gente; para os outros pode ser refresco, bem assim como bobobó sem remendo se alegra com os remendos dos outros por não estarem nele. Fididicos, fididicos da vida os bois-pretos. Pois não são muitos? Quantos presídios há no mundo? Presídio é prisão para os outros, para nós é presídio mesmo, a gente vive aqui dentro, ou, por melhor, faz que vive, esquecendo-se de morrer.

Sua conversa era uma conversa clara, apesar de embutida em variações que eu não entendia de pronto. Eu armara o olhar e fora ver o que havia. Não havia nada que eu pudesse aprender com os olhos. Então armei meus ouvidos e tornei-me receptivo às suas queixas e súplicas. Eu nem podia saber se era possível ouvi-lo. Eu queria registrar o seu discurso, recuperá-lo, não deixar que se perdesse no barulho geral irregistrado. Era matéria que não podia deixar escorrer. Ninguém havia conseguido estancar a sua boca e eu, agora, procurava estancar o seu discurso, a fim de que pudesse ser retido no papel. A página branca seria muito inocente para aceitar todas as suas bandalheiras? Como veem, a inocência da página não está nela mesma; está em quem a preenche e mancha.

O senhor fica assuntando tudo quanto falo, assim muito arregalado. Quer me pegar com os olhos, com esta boca aberta? Por que anota o que anota aí? É uma caderneta de notas? Uma zoeira de palavras como essas que eu pronuncio deve ter pouca serventia. Tudo o que é disperso acaba se perdendo. Não vá o senhor querer reunir o desatado a fim de poder escrever. Escolha coisa mais digna: o sol brilhando lá fora, aves cantando, toda a natureza. Pode olhar também as crianças: tem muita criança feliz, não é mesmo? Se o senhor não contar história bonita, vai ficar muito feio e sem graça, de ninguém querer nem ler nem ver. Por que o senhor não conta do dia e da noite para que pequenos leiam?

Ele tinha também suas armas. Às vezes, dava uma tocada em meus escuros. Perguntava se eu podia escrever sobre as coisas que existiam. Sugeria que eu só devia narrar o que não pudesse, de jeito nenhum, acontecer. Porque, então, o mundo aumentava e as pessoas iam poder ler o que não podiam ver. Sarrafaçava o mundo conforme podia.

O senhor, me vendo aqui no bruto desse presídio, que para o senhor é prisão, não vá pensar por isso que eu não assunto aquilo onde eu boto os olhos, que o senhor vai estar muito do enganado. Mas não se impressione muito, que faz mal para o sangue e daí para o fígado e os outros miúdos que interferem na alegria ou na tristeza da gente. É melhor para o homem viver calmo, o psicólogo diz. A gente deveria de poder perguntar sobre mulher; isso, vou ser franco, é o mais importante, assim como comida. Viver do jeito que se quer e é preciso é muito difícil, pois muita coisa é proibida, como o senhor bem sabe, já que, não que eu queira ser adivinho, o senhor também deve de ter as suas santas proibições, é ou não é? Eu falando toda coisa louca do mundo, o senhor ficará pensando que eu sou otário?

> Ele construía a sua resistência, armava um reduto que ia tornando cada vez mais sólido. Os traços do que pensava já não eram tão fáceis de identificar no palavreado que proferia. Não se manifestava em seu discurso, conforme eu esperava, mas se escondia em seus jogos de fala bem elaborada.

O que o senhor pensa, na verdade, não me interessa. Foi o senhor que pediu que eu falasse. E eu, o que estou fazendo? O que o senhor mandou? Só que o senhor não mandou direito, como sabe. O senhor não mandou direito, eu também não falo direito: conforme o toque da música é que a gente dança. Não vou ficar aí arrodeando em valsas, quando o gaiteiro está tocando vanerão! Agora, se o senhor desse ordem, eu, pronto, obedecia, como quando pequeno na escola. A professora dizia: contar uma história, só uma de cada. Eu contava, de morte era o que eu contava, o senhor vê, uma coisa me puxava. A professora ralhava comigo: de morte eu não devia de contar, assim podia botar medo nos menores. Eu só sabia contar história ruim. Foi então que ela me deu um livro. O que esse tal de livro temava: simples, sobre maracujá. Só que de primeiro, em vez de gente aqui na nossa pátria, o que tinha: índio, com flecha e tudo. E fizeram uma festa no tempo em que não havia noite. E nessa festa o melhor tacapeiro devia de levar a fruta de uma aldeia a outra, sem deixar cair. Muitos já tinham levado. E não tinha caído? Não, nunca. Mas uma caiu, nesse dia da história. Por aí o senhor já fica sabendo que as coisas não acontecem sempre pelo igual, tudo demuda muito, ih! O tacapeiro venceu todo mundo, estava cansado quando deixou cair o maracujá? Culpa dele, será? Antes de fazer a longa viagem, por que ele não pôde ir amorar com a índia que tinha merecido na disputa? Não ia arriar o corpo e deixar de ficar tão nervoso? Era para brincar com a sua índia somente na volta da viagem. Voltou no escuro, o senhor já sabe por quê: deixou cair a fruta no chão e por isso criou a noite. Sujeito papeiro o cara que escreveu essa história, para mim pequeno! Botou no fim que era para vir um castigo, que nenhum índio não sabia o qual, se noite, se qualquer... Veio a noite, o escuro, o lugar do medo, o lugar do homem. O senhor sabe do resto? Era Deus e Anhangá. Anhangá, na canhada do morro, tinha inventado o escuro.

O inventário de seus trens inclui vários cadernos em que se pode ver uma série de composições. São histórias diversas e muito interessantes, que jazem todas sob um epitáfio único: *Redações do aluno Castorino*. São todas de sua lavra e estão avaliadas com notas que vão de 85 a 100. Algumas trazem uma ou mais estrelinhas, desenhadas com esmero ao lado do grau conferido. Castorino deve tê-las produzido no seu Curso Complementar. Todas falam em lendas brasileiras e elogiam a esperteza do jabuti, a velocidade do coelho, a beleza da garça e o fracasso de animais que tentaram enganar a raposa. Em outras de suas anotações vê-se o registro de muitas invenções, como a da lâmpada elétrica, por exemplo. Num outro caderno, bem volumoso, há anotações agrupadas todas sob o título genérico "Conhecimentos Gerais". Tratam da força da anta, da maldade da onça, da inteligência do macaco, da malícia do gato, da ingenuidade de algumas aves, dos cuidados que se deve ter com a alimentação, da necessidade de ar puro e água limpa, dos animais úteis e dos nocivos, das plantas medicinais e das venenosas, das fontes de luz, das vozes dos bichos, das datas históricas principais e dos cuidados que se deve ter com a higiene. Numa cartolina amarelada pelo tempo pode-se ler a lenda da criação do dia e da noite, ilustrada com desenhos muito bonitos, provavelmente feitos por outro que não ele, já que em seus boletins escolares as notas de desenho são sempre entre 30 e 50.

Enquanto vai falando, socorrem-me as lembranças escolares. Também eu estudei em livros semelhantes aos dele. Também eu era fraco em desenho. Também eu gostava demais de mitologia indígena e ficava sempre muito encantado com as narrações da professora. Ele tem trinta anos. Eu também. Num certo sentido, nosso destino até aqui tem sido o mesmo.

O senhor não acha que uma pessoa é uma coisa muito fraca? Mesmo assim a gente pode se apoiar por inteiro na fraqueza dela. É porque a gente é do tamanho da mesma fraqueza? O senhor quase não fala; só não é insosso porque é uma pessoa mansa, não exige. Vieram uns aí, muito diferentes do senhor; falantes: semana do presidiário, você vai aparecer na televisão, mas não pode dar *tiau*, foram logo avisando. *Tiau* pra quem, se em treze anos eu nem visita tive, desamparado? E o delegado, isso antes da visita dos falantes: PUNIÇÃO, NÃO FALAR O QUE NÃO DEVE. E O QUE NÃO DEVE É MUITO. CASTIGO BRABO. O BOI-PRETO. Alguém falou? Esse não existe mais, não suportou. Foi o filho da Ditinha. Muita vez foi preso. Uma só vez que falou não foi mais preso. Então está solto? Quem dera! É que morto é mais confortável, não fala. Morto confortável é aquele que teve coragem. Eu não tenho. Vi muita coisa feia, mas não quero este conforto. Fico no ruim mesmo, mas vivo, penso assim, não vá o senhor soltar a língua por aí. Se um dia escapo, num descuido, quem me pega? Se me pegarem, não me chame mais de Castorino dos Santos. Daí é porque morri, de acordo? O senhor sabe por que estou aqui? Bem, o que de triste já foi contado não precisa de sempre repetir. Por causa da queridíssima rapariga eu hoje o que faço? O prazer do presídio não é bom. Se não se vai com algum desavergonhado, o que mais se pode fazer para acalmar? Sozinho, pois é. Eu decerto jamais vou poder vingar o meu julgamento. Sete a zero por ter dito uma poesia de Castro Alves para uma dona. Quem devia ter sido condenado era o poeta, não eu. Pois não era virgem, não arfava o peito e não gostava do que eu gostava? "Eu deixo a vida como deixa o tédio do deserto o poente caminheiro", dizia outro. O meu poente é bem capaz de acontecer aqui. Eu não devia ter esganado a moça. Mas por que gritou? Aí tive que inventar a noite dela, para sempre. E a minha ficou de ser provisória, mas é um provisório definitivo porque nunca deixa de ser provisória, todo dia se renova e eu nunca mais sairei daqui.

O doutor disse que eu posso sair e tomar sol quando eu bem quiser. Basta avisar. Em breve poderei ficar em liberdade condicional, estado que eu nunca deveria ter abandonado, segundo me explicou. Há pessoas que precisam da garantia e da proteção do Estado desde o dia em que nascem, me disse. Você é uma delas. Se você tivesse ficado em liberdade condicional desde sempre, você teria ficado sempre em liberdade. Assim, você ganhará meias liberdades somente agora. Pergunto se é verdade que eu vou morrer logo e se adquiri essa amarelidão por causa do boi-preto, a sala escura em que sempre fiquei. Desconversa e diz que morrer todos morrem. Pede para eu parar de fingir que sou dois e me diz que se esconder atrás das palavras todo mundo se esconde. O que é inadmissível é eu fazer o trabalho em dobro, procurando ocultar dois discursos como se estivesse encarregado de encobrir não uma, mas duas pessoas. Pergunto se devo continuar fingindo que estou aqui por esgano e estupro e ele me responde: isso, sim, pois é muito difícil explicar que você, aos dezessete anos, tenha cometido crime tão grave com a palavra. Ninguém ia acreditar em nenhuma das versões que você, porventura, imaginoso, inventasse. Só quem acredita em tudo é a folha branca; as pessoas são mais incrédulas. Começo a achar que existe pouca diferença entre o que o doutor fala e o que eu, de diversos modos, falo. A diferença é para quem escuta e vê.

O assassinato do presidente

I

DEPOIMENTO DO ORDENANÇA DO HOMEM

— Quando eu abri a porta, a moça virou-se sem nenhum susto e...

— Estava vestida ou pelada?

— Bem...

— Há que ser objetivo; eu tenho que registrar tudo aqui e, quanto menos lenga-lenga, melhor para mim. Então, você só me diz: vestida. Ou então: pelada.

— Mas é que não pode ser uma coisa ou outra, assim seco, no mais...

— Como não, homem? Seja exato: se estava de roupa, você diz: vestida. E eu prossigo perguntando a cor da indumentária, o tipo e tudo o mais. Se estava pelada, eu pego daí: vou querer saber se estava alegre ou chorando, debulhada em lágrimas ou às gargalhadas, se era feia ou bonita, casta ou lúbrica; o senhor já leu Santo Agostinho?

— Não.

— Então, diga: vestida ou pelada?

— Estava de calcinha.

— Assim não dá! No espaço da resposta, aqui no formulário, só há lugar para escrever *vestida* ou *pelada*. *Nua* também serve e é até melhor, porque a palavra é ainda mais econômica e a economia demanda elegância. Aliás, o contrário, a elegância requer economia. Não é por outro motivo que os gordos fazem regime. Mas, de calcinha, não. De calcinha estão todas as mulheres que trabalham nessa repartição, que não são muitas, mas que, se supõe, estejam com os dois gomos e a baratinha bem cobertos, com calcinha de qualquer cor, desde que não sejam cores muito berrantes. E com fundo de algodão, porque o náilon e outros tecidos sintéticos prejudicam muito, às vezes até arrancam os pelinhos, deixam vermelho o lugar, fazem coçar, e o senhor já pensou a pouca-vergonha se as mulheres começam a espantar a urticária à força de unhadas como nós, homens, que coçamos o saco sem mais nem menos? De modos que *de calcinha* pode estar a senhora sua mãe, sua tia, sua irmã, sua amiga... Não, não, não se apoquente, nem fique arreliado! *De calcinha* pode estar – e com certeza estará – a minha mãe, que é uma mulher honesta, embora meu pai não mereça a virtude dela; *de calcinha* estão as freiras, as abadessas, as putas, as professoras, as garçonetes, as secretárias, as empresárias, enfim.

— Mas essas todas que o senhor nomeou, não estão *só* de calcinha!

— Ah, bom! Agora o senhor esclareceu! É que a expressão *de calcinha*, mesmo em se tratando de bundas latifundiárias, deixa implícito – veja: implícito e não explícito – que por cima haveria saia ou vestido, blusa, sutiã para cobrir as pêssegas, essas coisas.

— Pois é. Mas essa estava *só* de calcinha.

— O senhor não leu mesmo Santo Agostinho, não é? E Santo Ambrósio, o senhor leu?

— Também não.

— E Abelardo?

— Não li nenhum desses, nunca. Não acho a menor graça nesses santos.

— Não acha a menor graça? Pois não sabe o que está perdendo. Esse último, por exemplo, conta a história da própria capação e de tudo o que houve entre ele e Heloísa, também conhecida como Helô. Os mais íntimos referem-se ao livro assim: *Abê e Elô*. Leitores finos, boa dieta cultural, raro poder de síntese. Veja o senhor: para *A história de Abelardo e Heloísa*, dizem apenas *Abê e Elô*. Maravilha!

— Não sabia.

— Não sabe de muitas outras coisas. Lê pouco, é no que dá... Seus plugues com o mundo devem ser outros. Seu poder de observação, por via de consequência, é pequeno. Seu modo de dizer o que vê é falho, impreciso, prolixo. O senhor vê mal, e o que mal vê descreve pior. Por exemplo: viu a moça *só* de calcinha e, em vez de dizer que ela estava assim, como enfim acabou dizendo que estava, fica omitindo um sadio e indispensável advérbio e complicando a vida deste modesto, porém atento, escrivão.

— Desculpe. Não foi minha intenção.

— Não faz mal. Em todo caso, sabemos que a moça estava em trajes íntimos, isto é, só de calcinha. Veja o senhor que a intimidade é muito relativa: as chacretes ficam *só* de calcinha num *show* para todo o Brasil; as mulatas do carnaval, e as outras também, sacodem-se assim para milhares de pessoas e...

— Sei, sei. Mas essa de que falo estava só de calcinha branca, em sua própria cama, ao lado de um senhor morto e...

— Ué! Destravou a língua de repente? Não nos antecipemos! Vamos devagar! Bastou que eu instruísse o senhor sobre como proceder no relato e o senhor já vai contando tudo, sem aguardar pelos itens que lhe são perguntados! E o formulário? Como haverei de fazer o formulário? Há uma forma, isto é, várias formas reunidas, um FORMULÁRIO. O senhor já leu Santo Tomás de Aquino?

— Mas o senhor, pelo jeito, só leu os santos!

O escrivão tirou os óculos, pondo-os sobre a mesa ao lado da máquina. Sorriu com superioridade e complacência para o informante e interrogado. Com oito dedos sobre a mesa e os polegares sob as beiradas, disparou:

— Não tire conclusões apressadas. Eu não li somente os santos, não senhor. O senhor não sabe o que eu li, isto é, o senhor não deslinda, de jeito nenhum, o meu universo de leitura. No máximo, o que o senhor pode afirmar é que eu lhe referi apenas os livros dos santos. E se o senhor alcançasse com sua inteligência o que eu já aludi ao senhor, sobre o que escreveram as santidades, o senhor mencionaria a sabedoria dos santos e não um raso deboche.

— O que o senhor leu mais, então? Por que, em meia hora de conversa, só referiu os santos?

— Porque escolho o que refiro de acordo com o interlocutor e as conveniências. Mas antes de lhe passar mais informações sobre a minha insignificante pessoinha – o homem é insignificante, como reconheceu Nietzsche, abraçado a um cavalo numa rua italiana –, quero que complete seu depoimento. Com clareza. Vamos lá!

— A moça tinha um lombo comprido e fofinho. Eu a vi de revés, ao abrir a porta do apartamento; o nome do hotel era Lux; o calcanhar esquerdo encostava na coxa esquerda, à altura de uma pinta, que nós chamamos de belezinha; os dois braços, ela os apoiava na cama, e o seio esquerdo era entrevisto num ângulo que escondia o biquinho; o ventre, o braço e a coxa formavam um triângulo; os lençóis eram brancos e a ponta de um deles estava levantada, mostrando o colchão da cama onde estava a moça; entre os dois leitos havia um criado-mudo, sobre o qual estavam os seguintes frascos de remédios: Olcadil 1 mg, Halcion 0,5 mg, Sonotrat sem indicação de dosagem, e Lexotan 3 mg. A moça era tão bonita de costas quanto de frente. Quando eu abri a porta, ela, sem mudar o corpo de posição, virou a cabeça e, então, por trás daqueles cabelos pretos, levemente molhados, vi um rosto comprido e benfeito, um nariz longo e levemente arrebitado, testa alta e larga, quase quadrada, olhos claros, as duas bolas verdes no canto esquerdo dos brancos, já que ela olhava para mim, e alguns cabelos estavam caídos sobre o olho esquerdo, à moda de uma tela. O homem morto era gordo, estava de bruços, com as duas mãos sobre a cabeça; era também ligeiramente careca, os braços eram grossos e, dada a posição do braço esquerdo, formava-se uma bola um pouco acima da junção do cotovelo; cobria-o parcialmente uma lã quadriculada, com linhas retas de dois centímetros de largura, em cor verde, perfazendo um debruado no desenho industrial desse cobertor; ao lado da perna esquerda da moça havia uma toalha, e manchas de sêmen espalhavam-se pelo lençol. Uma réstia de luz, vinda da porta, já que o quarto estava todo fechado, permitiu-me ver pequenas partículas de pó, à maneira de leve cerração, iluminando parte do rosto da mulher e indo escoar-se entre as cortinas. A moça era bonita e gostosa. Foi o que vi. E aquele homem não pode ter morrido em má hora."

— Malíssima, senhor. Malíssima. Viu pouco. Não lê quase nada. Viu só o que via e, por consequência, só o que aparecia. E o que aparece não é todo o real, como disse Georges Simenon, o escritor francês.

— Belga. Esse eu li.

II

DEPOIMENTO DA MULHER DO HOMEM

— Boa tarde, minha senhora. Não se apoquente. Preciso fazer umas perguntinhas. Um homem às vezes dá mais trabalho depois de morto. Sobretudo se ele é uma pessoa ilustre como era seu esposo.

— Obrigada.

— Precisamos saber quem o matou. A senhora tem alguma ideia?

— Nenhuma.

— Está bem. Tenho uma hipótese. Diga: qual era o maior medo de seu marido?

— Morrer durante a missa.

— Morrer durante a missa? Como assim?

— Ele ia à missa todos os domingos. Comungava sempre.

— E que perigo há nisso?

— Ele tinha um pavor, um medo horroroso, um pressentimento insuportável, uma coisa até difícil de se compreender.

— E qual era?

— Sei lá! Ele achava que a hóstia poderia estar envenenada. Um dia chegou a me perguntar se eu não sentira um gosto de Baygon na comunhão naquele dia. Eu sempre comungava com ele.

— E a senhora disse o quê?

— Que a hóstia estava bem fininha naquele dia, foi o que notei de diferente. Um padre novo assumira a paróquia. Disseram que era italiano. Já chegou economizando na hóstia.

— A senhora tem mais alguma declaração a fazer?

— Tenho. Acho a polícia completamente incapaz de resolver esse enigma que vem se tornando a morte de meu esposo. Vocês nem ao menos dão conta das prostitutas, dessas desavergonhadas que vivem de bunda de fora sacolejando as tetas aí pelas calçadas, dando para todo mundo, sobretudo maus exemplos.

— A senhora já leu Santo Agostinho?

— Eu não!

— E Santo Tomás de Aquino?

— De Santo Agostinho eu me lembro. O filho da Mônica!

— Isso mesmo. Aliás, este mesmo!

— Pois é. Mas esse tal de Santo Tomás, quem é mesmo? O senhor não tem outra indicação?

— Tenho sim. É aquele baixinho, careca, gordo, até meio fofinho, com cara de guloso, bonachão, que está para dar uma risada a qualquer momento, parece.

— Ah, sim! Um com cara de anjo?

— Este mesmo.

— Dizem que era uma sumidade.

— Exato. Chegou a escrever uma suma.

— Uma o quê?

— Uma suma, minha senhora. Um resumo teológico.

— Como todo gordo, preguiçoso. Em vez de escrever uma obra completa, limitou-se a um resumo.

— A senhora não pegou bem a informação, minha senhora. A suma desse santo tem milhares de páginas.

— Bom, nesse caso, ele apenas errou o título, não é mesmo?

— Mas, afinal, a senhora já leu esses dois Doutores da Igreja?

— Não sabia que eram médicos.

— Pois é. Mas são. Médicos de almas.

— Ah, bom! Não, nunca li. Mas por que o senhor me pergunta isso, sendo um escrivão de polícia?

— É que a senhora falou que nós, da polícia, aliás, nós, a polícia, não damos conta nem das sirigaitas que se refestelam por aí. E esses santos disseram que sem elas no mundo não haveria moral que se sustentasse. Que as putas são um mal necessário. Sem elas, a pouca-vergonha aumentaria, isto é, ficaria pouquíssima.

— Bem se vê que toda vez que um celibatário se mete a teorizar sobre sexo diz um monte de bobagens.

— Celibatário? Quem?

— Ué? Os dois santos. Pois não são santos?

— Quanto a isso não há a menor dúvida. Os dois são santos verdadeiros, autênticos, não são como São Cristóvão que...

— E não eram castos?

— Um deles era. Ou melhor, um deles foi. Me perdoe. Minha senhora, eu me retifico: um deles não foi, isto é, os dois foram. Mas um deles levou vida muito esculhambada em toda a sua mocidade. Por isso, esse haveria de entender de sexo e de coisas que reprovamos e de vez em quando fazemos.

— Qual deles era o sabidão?

— Santo Agostinho.

— Vai ver que é por isso que o outro engordou daquele jeito — concluiu a mulher em sonora gargalhada. — Na mocidade o meu marido também foi dado a essas, digamos, extravagâncias, procurando vagas em estacionamentos extraordinários, "uma hora aqui, outra ali, no vai e vem dos quadris" das outras, como diz o poeta.

— A senhora não parece muito triste, muito abalada, pela morte do seu esposo!

— O pensamento dele já se foi. O que passou, passou. Mas lembre-se de que é preciso esclarecer as circunstâncias da morte, já que todo mundo acha que ele morreu misteriosamente e pode ter sido induzido a procurar o descanso eterno com mais empenho.

— Muito proveitosa a conversa com a senhora, minha senhora. Até mais ver. Muito obrigado.

— Passe bem.

III

DEPOIMENTO DO GARÇOM, CONHECIDO COMO BISPO

— Já vou lhe avisando — disse o escrivão — que preciso de depoimentos concretos, sumários, resumidos. Não basta eu ser obrigado a perguntar e escrever a um só tempo e vocês ainda me enchem a alma, para não dizer o saco, com divagações estapafúrdias. Portando, seja sintético. Você conhecia o homem?

— Conhecia. Ele bebia todo fim de tarde no meu bar, isto é, no bar em que eu trabalho.

— Bebia só ou acompanhado?

— Bebia acompanhado de uma gravatinha-borboleta, pois derramava muito uísque na pobrezinha, que ficava bem bêbada e fora de lugar, a modo de parecer um morcego ali no seu pescoço.

— Bebia só uísque?

— Só. E não dava gorjeta nenhuma.

— E o que você, como garçom, acha desse costume dele?

— A maior pouca-vergonha. Mas, enfim, os mineiros são assim.

— Do que é que você acha que ele morreu?

— Já me disseram que de sexo.

— De sexo? Como?

— Nos braços da moça, não foi? Nos braços é um modo de dizer. Na verdade, o homem morreu entre as pernas da desgraçadinha.

— Quem é que soprou essa infâmia?

— Infâmia coisa nenhuma. E, além do mais, todo mundo sabe que ele decolou assim mesmo. Aliás, melhor morte do que esta, acho que não tem.

— Mas ele começou a passar mal depois que deixou o bar, depois que bebeu o uísque que você serviu, depois que...

O garçom foi amarelando de repente.

— Mas que é que é isso? Isso é calúnia!

— O que é que é calúnia?

— Isso de dizerem que fui eu que matei o homem.

— Ninguém tinha dito isso até agora. Você foi o primeiro. Está dispensado. Não vá matar todos os que não lhe dão gorjeta, hein, Bispo, senão você dizima a população dessa cidade, que está cheia de unha de fome, de sovina, de mineiro, como você diz.

IV

DEPOIMENTO DO MÉDICO QUE OPEROU A VÍTIMA

— Doutor, sejamos francos. Eu sou quase analfabeto. O senhor é doutor. Mas me explique uma coisa: está imobilizado na mesa de cirurgia um homem que o senhor detesta. Ele vai ser operado, ou por outra, o senhor está com a faca e o queijo na mão. Que tal errar um cortezinho maroto?

— Não aceito insinuações de espécie alguma.

— Nem eu.

— Ué! Que bicho o mordeu? Que insinuação lhe fiz?

— Insinuou-me que eu estava fazendo uma insinuação, quando o que eu buscava era criar um clima, fabricar um contexto apropriado ao seu depoimento.

— Nem sei por que diabos querem saber minha opinião.

— Porque o homem morreu logo depois de ser operado.

— Mas se já chegou nas últimas, apagando!

— Digamos que a chama da vida bruxuleava frágil, mas vida ainda, quando o senhor deu uma sopradinha marota.

— É verdade que o senhor está aí limpinho, bem barbeado, elegante, sóbrio, de terno azul-claro e camisa azul-escura, com meias de lã e sapatos pretos, mas não é nenhum detetive.

— Ah! Compreendi! O doutor lê Dashiell Hammett?

— Às vezes — disse o médico com uma ponta de orgulho.

— E gosta do que ele escreve?

— Gosto tanto que quase memorizo a história. Guardo tudo: enredo, personagem, chantagem.

— Guarda tudo, mas erra o principal.

— O que é que o senhor quer dizer com isso?

— Que errou o corte do bisturi e matou o homem.

— Ué! De onde tirou isso?

— Do senhor. Como o senhor aprendeu a sua profissão? Não foi nas aulas de Medicina?

— Foi. Aliás, com notas máximas nas provas. Sempre tive uma boa memória.

— Está se vendo.

— Como assim?

— Não tenho mais dúvidas de que o senhor esqueceu o trajeto exato do bisturi e cortou o homem por dentro, num lugar que provocou uma hemorragia fatal, interna. Uma morte cruel. O sangue se esvai e nem a vítima nem os que a rodeiam veem o sangue escorrer.

— Mas como o senhor pode tirar uma conclusão dessas?

— Muito simples. Philip Marlowe não... Aliás, deixe eu reforçar a minha hipótese. O senhor lê muito romance policial?

— Leio muito. Leio tudo o que encontro.

— E encontra muitos.

— Encontro, sim.

— Então façamos um jogo rápido. Eu digo o nome de um personagem e o senhor diz o de seu criador. Mas tem que ser na bucha, rapidíssimo. Podemos começar?

— Podemos.

— Sam Spade.

— Georges Simenon.

— Sherlock Holmes.

— Agatha Christie.

— Doutor, o senhor é ruim de memória ou é muito mentiroso mesmo?

— Por quê? Errei algum?

— Não. É que não acertou nenhum. Sam Spade é de Dashiell Hammett; Sherlock Holmes é de Conan Doyle; Hercule Poirot é de Agatha Christie; aliás, este eu nem perguntei. Está dispensado.

O médico saiu ofendido, achando uma ousadia atroz "*esse escrivão metido a letrado me humilhar desse jeito*".

V

DEPOIMENTO DA MOÇA (EXCERTOS PUBLICÁVEIS)

(...)

— Não é o primeiro velho que morre nos meus braços. Aliás, ele nem estava em meus braços, estava na outra cama, pois já...

— Já?

— Já. Ele foi rápido, ao contrário dos outros velhos.

— Que outros velhos?

— Os que vão lá se encontrar comigo. Tem o doutor...

— Pel'amor de Deus! Não me diga o nome de ninguém! Eu não quero saber de investigar a cidade inteira!

— Mas se está me perguntado!

— Seja breve, moça. Tenha pena de um pobre escrivão da polícia, obrigado a ser delegado e inquisidor ao mesmo tempo.

— Pois não. Serei. O velho morreu, isto é, saiu bem mal do meu apartamento. Eu achei que ele estava morto, mas o rabecão, interessadíssimo no enterro, e portanto insuspeito, disse que seu coração batia. Olhe, eu só fiz coisa boa nele. Dei um trato, sabe como é: ele sempre me pagou bem e era muito discreto. Não incomodava. Além do mais, um velho a mais em cima da gente é um velho a menos. Se bem que esse aí não gostava de ficar por cima. Ao contrário, ele sempre citava um poeta qualquer, e nesse dia me disse: "E este cavalo solto pela cama a cavalgar no peito de quem ama!".

— Disse isso mesmo?

— Disse. Achei bonito e decorei.

— A senhora gosta de Drummond?

— Quem?

— Nada, nada, esqueça!

— Pernóstico, hein? Já está me desmerecendo, né? Gosto do Carlos Drummond de Andrade, sim, senhor; do Carlos Nejar, da Cecília Meireles, do Mário Quintana, João Cabral, todos eles. Viu, seu papudo? Estou dispensada?

— Mas é claro!

— O senhor podia me devolver, então, os meus baratos para dormir que a polícia trouxe lá do meu apartamento?

— E que remédios são esses?

— Olcadil 1 mg, Halcion 0,5 mg, Lexotan 3 mg, Sonotrat.

— A senhora toma tudo isso para dormir?

— Doutor, eu sou nova e bonita. Cuido do meu corpo e da minha cabeça, mas faço amor com figuras abomináveis. À noite minha alma se evapora, eu sinto como que um nojo doce, um ácido no lugar do coração, dá vontade de partir, murmuram cascatas dentro de mim, antigas aves gorjeiam nas grotas de minha'alma, meu olhar é um lume só no meio da noite e ela é tão escura, o senhor me acha parecida com que pássaro? Doutor, para dormir, só mesmo com os remédios do sono.

VI

DEPOIMENTO DO ESCRIVÃO (EXCERTOS)

"... acho, pois, que a morte do homem, diretor-presidente da firma em questão, deveu-se a uma série de incompetências, a saber:

Primeira: O sermão do padre foi longo demais, aborreceu-o e impediu uma digestão correta. As aleivosias do pároco fizeram a bílis do presidente derramar-se de forma irregular. Ele começou a passar mal ainda na missa.

Segunda: A mulher dele, muito ciumenta, passou o tempo todo dando cotoveladas na barriga do marido, que insistia em contemplar as pernas e o decote da senhorita X (já arrolada como depoente). Ora, isso foi azucrinando o homem de forma atroz! Tripa para cá, tripa para lá, a cada cotovelada ele piorava.

Terceira: O uísque servido pelo sujeito conhecido como Bispo, que se considera garçom, é da pior espécie, uma verdadeira soda cáustica. O presidente nem percebeu o veneno que engolia, por duas razões: (a) repartia a dose com a gravatinha-borboleta; (b) estava já meio grogue quando chegou ao bar.

Quarta: O médico que o operou cortou onde não devia (folhas anexas, mostrando o local exato da incisão errada).

Quinta: O ordenança que levou o presidente para o hospital era o único que sabia onde ele estava, isto é, nos braços da moça. Disse que já o levou morto, mas diz isso por ignorância: posto que o homem não puxava o fôlego, deu-o por morto. É como o povo simples considera a morte: a ausência de respiração, o coração sem bater.

... de todos os que depuseram, louvo a argúcia e o poder de observação do ordenança, que o carregou para a ambulância. A princípio, vacilante. Melhor do que ele só mesmo a senhorita X, que, aliás, leva sobre o militar uma enorme vantagem. Enquanto ele não tem dieta literária nenhuma, e é feio que dói, ela é linda de morrer, como uma potranquinha, e lê o melhor de nossa poesia. Sou de parecer, porém, que nada mais há a fazer. O homem morreu. E o erro do médico, assim como o do agrônomo, a terra encobre para sempre."

A figueira

À beira do sinuoso Capanema, entre morros do Brasil Meridional, começou a pregar uma certa Rosa, cujo nome completo, quando solteira, fora Maria Rosa da Conceição Antunes. A terra era bravia, cheia de pedras, e para todos era muito difícil tirar daquelas escarpas o sustento para famílias de dez ou mais filhos. Nas capelas de madeira, encimadas pela cruz, os missionários de tempos em tempos ensinavam que as ervas utilizadas pelas mulheres para diminuir o número de filhos eram astúcias do Coiso, que, assim procedendo, visava diminuir o número de almas a serem remidas depois de ali acorrerem para ouvir os padres, trazendo-lhes também cereais, tão difíceis de serem cultivados entre aquela morraria cheia de pedreiras; leitões, tão fáceis de serem engordados naqueles chiqueiros de madeira, sempre tão sujos, como se os porcos, à semelhança dos homens, não necessitassem de nenhuma higiene; e galinhas, tão indispensáveis durante as quarentenas das mães por causa dos caldinhos e de tanta importância na alimentação das crianças, em virtude dos ovos de gemas tão vermelhas.

Não demorou para que os missionários, mesmo vindo tão esparsamente, notassem que dona Rosa era a intermediária do Demônio para aqueles ensinamentos do professor do Mal. Como sempre haviam procedido, desde os começos da cristandade, buscaram o confronto e tentaram de todos os modos aniquilar aquela heresia. A princípio em figuras de linguagem cheias de todos os disfarces, mas com endereço certo, começaram por desqualificar a sua oponente, gracejando daquela dona sabida e de suas ciências.

Mas, ou por muito parvo para compreender tantas sutilezas, ou por muito ladino para não entendê-las na medida em que os santos queriam, o povo parecia sonso e infenso àqueles ensinamentos tão cheios de deboche para dona Rosa e de ameaças para eles todos. Citaram, então, os padres, numerosos exemplos de bruxas medievais queimadas pelos cristãos para purificar aquela fé que, somente assim, ali chegara purinha para eles beberem, como a água que brotava das fontes dos morros, uma das quais cercada de lindas flores, tão formosa que havia dado nome ao lugar: Fonte Bela.

Com reverências cadenciadas e solenes, os homens deram o seu consentimento àquela metáfora. Porém as mulheres, que mantinham com dona Rosa mais estreitas confidências, entreolharam-se com os rabos dos olhos e outros sinais cheios de mistério, que revelam certa astúcia que os dominados guardam para cifrar as questões essenciais.

Num dos sermões, um dos padres, o mais novo da dupla que então voltara e o mais intolerante, comparou a família a um jardim e perguntou aos ouvintes qual deles gostaria de arrancar e lançar ao fogo a roseira mais bonita. Embora fossem poucas as famílias que cultivassem flores à frente das casas, todos entenderam o recado. Mas, para não deixar nenhuma dúvida, nem sequer aos mais simples, o jovem missionário esclareceu que toda mãe era uma roseira e que todos os seus filhos eram flores. E que o povo, cheio de sabedoria, em algumas das filhas, por semelhança, punham nomes de Rosa, Dália, Violeta; e até mesmo Açucena, nas muito belas.

Das flores às árvores era um pulinho, e logo o homem de Deus sacudia os ouvintes com um temporal de impropérios, citando a passagem do Evangelho em que Jesus, sempre bom de metáforas, parábolas e comparações inusitadas, falava de certa figueira que deveria ser cortada e lançada ao fogo pelo escasso motivo de não dar frutos, apenas sombra.

Transmitido este último recado a dona Rosa, ela abriu a Sagrada Escritura e leu outra metáfora sobre o fogo, consolando suas clientes.

— Escutem aqui, ó, eu vou ler, não são palavras minhas — era uma advertência vinda de sua modéstia, pois suas palavras tinham o mesmo peso daquelas que iria proferir —, está escrito no livro de Deus: "Goza a vida com tua amada companheira todos os dias de tua existência fugaz, que Deus te deu debaixo do sol, porque esta é a tua parte nos trabalhos que suportas".

Era um trecho do Eclesiastes, 9, 9, com a exclusão de um pedacinho do versículo, que, a bem de preservar seu estilo, dona Rosa o omitira.

— Não acreditam? Quer uma de vocês ler?

Elas não duvidaram daquela outra senhora, mas nenhuma poderia conferir: eram todas analfabetas.

O padre novo, sempre ele, na semana em que lá esteve pela última vez, insistiu com outras metáforas. Foi então que dona Rosa, sempre apoiada em outros trechos da mesma Sagrada Escritura que ele citava, descartou sua estratégia inicial de não levar sua voz em conta – afinal, os missionários vinham uma vez a cada dois ou três anos e ela nascera e se criara ali, de pai gaúcho e mãe catarinense – e passou a contestá-lo em surdina, entre cochichos com as comadres, depois entre risadinhas marotas durante os tragos e por fim até os homens repetiam os deboches de dona Rosa na bodega do Artidor. E, assim, o que era dito aos sopros nas várzeas passou a ser proclamado com descuidos no alto dos morros.

Chegou aos ouvidos do padre velho que os ensinamentos deles dois, por força de um pequeno exagero do padre novo, estavam frutificando errado. Com efeito, dona Rosa, usando poucas metáforas, aludia a exemplos concretos e fáceis de serem entendidos, acrescidos de perguntas cujas respostas eram completamente desnecessárias: "Quantos filhos teve Isabel, prima de Jesus?" "Quantos filhos teve Sant'Anna, sogra de São José?" "Os apóstolos, quantos filhos eles tiveram? E cuidavam dos pequenos?" "Conheceram alguma irmã de Jesus? Cunhada – vocês conhecem?" "Pois então, aqui já tem filho demais."

Com seu perfeito serviço de bisbilhotagem, a Igreja fez chegar a Roma, passando pelas numerosas instâncias que se punham no caminho entre Fonte Bela e a Cidade Eterna, que o controle de natalidade avançava por ínvios caminhos e estava muito difícil sustentar a sã doutrina, que recomendava a procriação. Correu notícia de que, dentro das hostes da própria Santa Mãe, padres mais tolerantes e certamente mais realistas haviam chegado à conclusão de que o mais prudente seria deixar aos pais – ou aos poderes do Estado, de acordo com peritos em direito canônico – a tarefa de limitar ou não o número de filhos por família.

De qualquer forma, mesmo muito distante do Rio e de Roma, a Igreja sabia que no Brasil os filhos de Deus eram sempre em menor número que os filhos dos homens, já que os senhores fornicavam com suas subalternas desde os primórdios da colonização. Esse fora um costume que nem o Padre Antônio Vieira, sempre tão zeloso do Evangelho, mas jamais imprudente, ousara combater em batalhas de confrontação, buscando, muito ao contrário, a persuasão doce, aludindo de passagem a esses ritos de uma sexualidade doentia que, na Terra de Santa Cruz, já estavam incorporados à própria cultura popular, pois nem todos eram maus, e de alguma forma até mesmo as concubinas e as esposas acabavam por aprovar aqueles costumes. A linha reta de resto não era, nestes trópicos, a menor distância entre dois pontos.

No embate interno, porém, ganhavam as forças que se perfilavam ao lado do padre novo e, então, Paulo VI lançou uma encíclica especial sobre a questão, intitulada *Humanae vitae*. Nela se prescrevia que a vida humana não poderia ser tolhida, impedida ou interrompida, a não ser através de métodos naturais, como se algum dos utilizados até então não o fosse. Voltava-se a Pio XII, que, por sua vez, voltara a São Paulo: quem não quisesse filhos que não fornicasse.

O aborto era legalizado em vários países. As ervas receitadas por dona Rosa não eram sequer do conhecimento dos que faziam as leis. E os casais passaram a ter os filhos que queriam, ali nas barrancas do Capanema. Além disso, a velha senhora medicava as mulheres, benzia de muitas outras coisas e espantava o Demônio do coração de várias pessoas tidas por meio enlouquecidas.

Os missionários não voltaram mais. No lugar deles agora visitava aquele povoado com muito mais frequência um certo padre Lírio, holandês de procedência, leitor de teólogos rebeldes, que dizia ao povo palavras como estas: "Isso, de filhos, é com vocês; eu nem sequer sei fazê-los; como poderei regular a economia deste assunto?". Com sua franqueza cativou aquele povo, no que foi auxiliado pela língua que grasnava. Falava um português cheio de sons guturais, de sílabas fortes e arrevesadas, em tudo contrário à alma da língua nacional, e isso o igualava aos do lugar, que se expressavam num misto de português, italiano, polonês e alemão, temperado por expressões idiomáticas estranhas à língua dos escreventes.

Tempos depois rebentou a revolução por causa de terras. Alguns lembraram que os antigos missionários estavam com a razão. Seria bom que todas as famílias tivessem mais filhos agora, pois eles iam morrendo nas emboscadas de uma guerra que, numa língua bem diferente daquela que eles falavam, era chamada de arruaça, desordem, bagunça, entrevero. Dúvidas havia quanto às palavras, jamais quanto à gravidade dos eventos e ao número de mortos. Os velórios eram feitos em casa. A morte, que sempre fora caseira para eles, sem a solenidade de necrotérios e sepultamentos oficializados, visitava-os com muita frequência e sempre de surpresa, sob violências. Não se morria mais das antigas doenças ou acidentes. As árvores não caíam mais por cima de ninguém que as estivesse derrubando para as queimadas. As moléstias de antanho, como o sarampo, a tuberculose e infecções diversas, não abatiam mais ninguém. Agora, pequenos pedaços de chumbo – arremessados sob pressão, de uma distância segura para quem efetuasse a operação apocalíptica –, conhecidos também como projéteis e balas, e lâminas de um metal alumiante ou lustroso de tão preto, conforme seus usuários, também conhecidas como facas, cortavam as pessoas e faziam jorrar um sangue muito bonito de tão bem corado. Em todo o mundo – os mais velhos ensinavam –, os problemas fundiários haviam sido resolvidos com aquele detergente vermelho que o homem trazia dentro de si para limpar a terra da imundície de proprietários que a possuíam para nada plantar. Até nos Estados Unidos tinha sido assim, diziam; quem tivesse a propriedade e não a ocupasse era obrigado a sair para que gente mais bem-disposta pudesse plantar, e assim alimentar as cidades que iam sendo semeadas por todo o Brasil, além das outras já existentes, que cresciam muito rapidamente.

O padre holandês ficou amigo daquele povo, que passou a respeitá-lo muito mais do que aos antigos missionários, sobretudo porque durante a revolta ele ficara do lado certo, encorajando-os como pudera. Outras versões davam-no como um dos mais eficientes insufladores da memorável porfia.

Dona Rosa e seus métodos foram vencidos por outras contestações. Feita a nova divisão e legislação da terra, veio o asfalto, acompanhado de um séquito comercial que incluía uma farmácia. Foi o que bastou para dona Rosa perder sua antiga clientela. E, ainda que poucas, as escolas ali instaladas levaram crianças e adultos a ler jornais, livros e revistas. E, sobretudo nessas últimas, outros métodos de viver, não apenas de controlar o número de filhos, eram ensinados sem que nenhum missionário pudesse contestá-los.

Dona Rosa, já velhinha e caduca, era ouvida com respeito por causa de seus antigos ensinamentos, mas iam morrendo aos poucos aqueles cuja memória guardava o rol de benefícios que ela havia feito para o povoado. Nos últimos anos de vida, Rosa elaborara uma estranha doutrina, segundo a qual Deus não era pai, mas mãe. Entre outras discrepâncias, afirmava também que, no final dos tempos, não seria nenhum Todo-Poderoso que viria julgar os vivos e os mortos, sentado num trono de nuvens, mas sim Nossa Senhora, que aproveitaria a ocasião para desmentir muitos, dando a sua própria versão dos acontecimentos da História da Salvação, e perdoando todos porque, sendo mãe do Redentor, não poderia guardar rancor ou cultivar sentimentos de vingança.

Alguns riam, outros choravam.

A televisão veio fazer uma reportagem.

No dia em que os do lugar puderam ver dona Rosa em suas casas, vestindo um lindo vestido vermelho, ela já havia sido enterrada, e pareceu a muitos deles que a vida era mesmo mágica, pois sempre atestando a veracidade de assombrações e aparecimentos de mortos, dona Rosa aparecia agora ela mesma, falando com a maior naturalidade.

Não houve filhos nem filhas para chorar a sua morte. Rosa era machorra, como então se dizia.

O pai da Aurora

Que eu me lembre, ela era quase minha namorada. Passeávamos de mãos dadas, depois das aulas, pela rua das Flores. Tínhamos olhos de coruja e só víamos faces escuras. Eram os tormentosos anos de 1970. A cada momento, um de nós poderia desaparecer. O que está claro todo mundo pode ver, mas a gente vivia no escuro e encontrava grande emoção em usar uma identidade inventada.

Nas calçadas, o número de mendigos aumentava dia a dia. Aurora tinha as faces bem coradas e um brilho no olhar que não enganava ninguém.

— Eu amo você — ela me dizia — mas primeiro é preciso consertar o mundo; não vê quanto pobre passando fome, frio?

— Quem sabe você não é louca, Aurora? Ela achava que não. Louco era quem governava o país. — Desgovernam, desgovernam, dá nisso.

Era frio em Curitiba, nos anos de 1970. O clima também. Chovia de repente. Meus colegas e amigos me tinham por um "rapaz direito". Ia à missa, proseava com grande naturalidade – eu era artificioso e retórico.

Havia outra pessoa, a Amanda. Ela gostava de mim. Mas o namorado dela a adorava. Achei melhor deixar o meu amigo casar. Teve filhos, fez casa de tijolinho, comprou um fusca, passava um pano no carro e a mão na moça, que se tornou uma mulher. Ficou feliz. Ela, nem tanto. Havia uma ponta de melancolia naquele olhar. Mas eu tinha pressa.

Quem sabia do meu segredo era somente eu. E também Aurora. No começo, eu a encontrava por amor. Ela me cativava. E, na verdade, nunca sabemos a secreta razão de estar com uma mulher ou com outra.

Então, deu-se o que se deu. Neste dia, ela usava uma capa branca que contrastava com os cabelos pretos esparramados sobre os ombros. Estava com um sorriso muito bonito – foi o último que eu vi. Saímos da aula. Entramos num cinema. Ainda não sabíamos que estávamos sendo seguidos.

Eis o que acontece. Dois jovens desavisados passeiam alegres e bobos da vida, pensando que o mundo inteiro é deles dois. Veem flores, tomam sorvetes, vão ao cinema. Quando saem, está chovendo. É preciso proteger a cabeça com o jornal.

Foram dois os desconhecidos. Tomaram Aurora dos meus abraços, me deram um empurrão com muita força e uns quantos tapas. Logo eu estava rolando no chão. Era para ser mais uma história muito triste. Levariam a moça. Tempos depois apareceriam os indícios de que foi vista uma caveira descendo um rio. Ou um monte de terra com jeito de sepultura, em lugar que ninguém deveria visitar. Ou, em algum bosque, de repente urubus voariam em bandos à procura de carniça. Lá embaixo estaria um boi morto por peste ou um ser humano torturado até a morte. Em geral, os bois não morriam naqueles bosques. E quem tivesse o topete de entrar ali encontraria uns soldados encarregados de não deixar ninguém chegar perto.

Fui lá certa vez. Um dos soldados usava um perfume chamado Tabu, que era comprado em Foz do Iguaçu, trazido do lado paraguaio. Passava aquele perfume sob o nariz e se queixava: "Tá um fedor danado, mas eu não posso sair daqui enquanto não chegar o próximo".

Havia, porém, uma coisa que ninguém sabia. Nem mesmo os que nos haviam seguido. Aurora era filha do cônsul. Naquela noite eu precisava visitá-lo. Não mais para ter uma conversa constrangedora como a de uns tempos atrás, quando a família toda (menos Aurora, claro!) negou terminantemente que não fossem carniças de bois pesteados o que os urubus procuravam.

Fui recebido pelo mordomo. Eu com pressa e ele cheio de fricote:

— Um momentinho, meu senhor, já vão atendê-lo, um momentinho.

Aquele era um brasileiro desinformado, alguém no mundo da lua. "Mas eu nem sequer posso ouvi-lo, não é da minha alçada", e me olhou dos pés à cabeça. Eu calçava uns sapatos bicudos, o bico de um dos pés estava inteiramente branco por falta de graxa. O dinheiro que eu ganhava mal dava para comprar livros, jornais, revistas e pagar a pensão.

— Um momentinho — ele dizia —, já vão lhe atender, mas que rapaz mais afobado é o senhor. – E fez um trejeito horroroso.

Não deu tempo de contar direito. O pai da moça ficou lívido, não queria acreditar, desconfiadíssimo. Mas alguma coisa que eu não percebia já acontecera. Porque, surpreendentemente, ele começava a acreditar em mim. Pediu cumplicidade:

— Não fale nada à minha mulher. Vem.

Interessante o modo de viver daquela gente. Para tudo se podia dar ordens. Saímos pela garagem. Continuava chovendo. Era um homem simpático. Tinha cabelos grisalhos. O pai da Aurora. Tive uma estranha sensação de mal-estar, sem razão nenhuma. Um fio bobo de pensamento. Uma ponta de loucura. Que rumo aquele homem tomava com tanta segurança? Como dava ordens! O motorista entrou por um corredor de árvores. Gotas de chuva escorriam das folhas. O verde mudara de tom.

Custei a perceber que entrávamos num quartel. A um sinal, a sentinela ergueu um fone e deu passagem. O homem desceu rapidamente. Eu recebi ordem de permanecer no carro, juntamente com o motorista. O bafo de nossa respiração nublava os vidros, eu passei a mão, senti um frio danado nos dedos, mas consegui ver três homens dentro de uma sala envidraçada. Um estava de pé, imóvel. O pai de Aurora gesticulava muito. O comandante, sentado, parecia sorrir, mas não se via toda a cara dele. Vi que o comandante apertava um botão sobre a mesa.

Logo depois apareceu Aurora rodeada por dois soldados. O cabelo estava em desalinho, ela não sorria, e mancava. Umas manchas roxas no rosto. Mais eu não vi. Começou a embaçar um vidro sobre o qual eu não tinha poder algum. Nem o de passar a palma da mão para desnublar. Aquele outro vidro não estava ao alcance da minha mão.

Tempos depois eu soube dos momentos decisivos daquela conversa do comandante com o pai da Aurora. Negociavam uma troca. Houve uma hora em que o comandante se levantou, veio até o vidro, olhou o carro estacionado e pareceu se surpreender.

Fui tirado do carro com muita gentileza. O comandante me deu café, que estava quentinho.

— Eles querem fazer umas perguntas a você, depois o levam — disse o pai da Aurora.

E saiu. O comandante sorriu.

— Não deve demorar — disse o comandante. E chamou um oficial.

Ao levantar-me, vi Aurora ser conduzida para dentro do carro onde antes eu estava. Ela não me viu. À porta da cela, o carcereiro olhou bem para mim e disse:

— Eu já não entendo mais nada. Ele veio no lugar dela?

Quem respondeu foi uma voz que disse:

— Isso não é conosco.

Começava a anoitecer. Estava mais frio. O clima também. Eu tinha pouco mais de vinte anos.

Já tomei meus comprimidos. Não sei por que razão me dói tanto o corpo em dias de chuva. Dói em quase todas as juntas, como se faltassem ligações entre elas. O pé separado da perna. A mão fora do braço.

Eu não sei dizer quem eram os que me batiam. Vinham todo dia. Batiam. Faziam perguntas. Um outro datilografava. Até que um dia um deles me disse:

— Mas você é uma peste! Você não grita! Você tem que gritar!

Então, aprendi. Quando um deles levantava a mão, eu dava o maior berro, antes ainda de o braço dele me tocar. O outro disse:

— Este sabe se defender. Aprende depressa.

Depois da sessão vinham conversar, traziam cigarro, às vezes café. E papéis para eu assinar.

Aurora foi estudar nos Estados Unidos. Depois, casou com um canadense. Nós dois éramos cheios de segredos. Pouca gente sabia de nossa verdadeira vida.

Foi sempre assim entre mim e Aurora. Eu nunca sei quando é que ela vem. Mas espero. Um dia, quem sabe, ao sair de um cinema, verei Aurora. Nem que seja ao entardecer.

A fala paterna

Descobriu-se, em minha cidade, que o prefeito tem um amante. Que sua senhora tem muitos, que o alcaide anterior era dado à concubinagem e que a filha deles mantém um romance com a cantora municipal – isso todos já sabiam. Afinal, a plebe adora comentar as perversões dos poderosos de qualquer calibre. Em tais comentários, os súditos deixam transparecer uma discreta e silenciosa alegria pela solidariedade encontrada. Ah, então seus tutores também prevaricam, que maravilha! Está sancionada a locupletação.

Ocorre, porém, que se o prefeito tivesse uma amante, como todo mundo, ainda vá lá. Mas um rapaz!

— Hoje em dia é normal — diz Hipólito, ex-escravo, contador de histórias e fofoqueiro exemplar. — O filho de todo mundo tem um namoradinho.

— O meu, não — grita, furioso, o vendedor de gado, sorvendo o primeiro café da manhã. — Se eu descobrir que meu filho único é veado, eu mato.

— Mata o veado — pergunta um galhofeiro — ou mata o carneiro?

— Mato os três: o veado, o carneiro e o macaco, que é pra você deixar de ser saliente, brincando com coisa séria — diz o doutor Modesto Carneiro com seu vasto bigodão. O ornamento, aliás, já mereceu antigo reparo de um dos frequentadores do famoso café:

— Assim comprido, espevitado e rombudo, não arranha as coxas?

— Que nada! Faz só cócegas. Moça gosta. Já o monóculo... Pode cortar, né?

Neste café, os melhores exegetas dos costumes e leis, em tempos de Constituinte.

Bem que o prefeito, quando mocinho, tentou gostar de mulher. Era, porém, um fraco, e desanimava logo diante da menor dificuldade. A primeira menina por quem se encantou desfilava soberba atrás de um sutiã aerodinâmico, daqueles bicudões. Possidônio apaixonou-se: "Que parecida com a mamãe é Rosália!". Levou meses para as primeiras carícias. Desfilavam de mãos dadas, os mais descarados seguiam atrás, numa distância regulamentar, contemplando carreto. Sua namorada, num vestido apertado, ia escorregando os gomos – um pra cima, outro pra baixo, para gozo dos que seguiam em procissão, de olhos fixos no bumbum da mulher do outro. Exceto Ambrósio, tarado por panturrilhas, que, cabisbaixo, contemplava apenas as barrigas das pernas dela. Que fascínio o corpo feminino! Que atração cada pedaço escolhido! Eram outros tempos; os enrustidos disfarçavam melhor. As enrustidas, nem se fala.

Às vezes, Rosália caminhava sozinha pela rua. De longe a gente reconhecia aquele sutiã bicudão metralhando os passantes: tá-tá-tá-tá. Possidônio, um mês depois de namoro, já abraçava a moça pelo pescoço e, ao final do primeiro semestre, começou a apalpar as pontas dos bicos. Surpreso com a falta de reação da namorada, custou a entender que ela nada sentia: ele apalpava um invólucro de papelão. As tetinhas jaziam lá no fundo, intocáveis. Possidônio, cada vez mais angustiado com tanta demora, meteu a mão na cumbuca. Foi quando se decepcionou com as frutas. Esperava os mamões da mãe e encontrou apenas limõezinhos.

Possidônio nunca mais foi o mesmo. É verdade que ainda tentou outras vezes. Com Marialva, que usava meia-calça, tampouco se deu bem. Pobre Possidônio! Marialva foi a primeira mulher a trocar as meias e ligas por aquela peça inteira que dificultava a bolinação. Sem querer olhar para as pernas da moça, ele foi apalpando até bem em cima, cada vez mais desconfiado, e constatou que a nova namorada estava blindada por fios de náilon bem tecidos que tornavam suas coxas herméticas.

A terceira namorada – e a última; este o erro de Possidônio: desanimar no número fatal – era mais assanhadinha, apesar de não muito bonita. Possidônio não teve tanto trabalho. Ela foi uma das primeiras a usar calças compridas. Em vez de saias, anáguas, meias etc., apenas um zíper. Rejane, devidamente cafungada nas orelhas, pescoço e arredores, desabotoou as calças, deixou Possidônio abrir o zíper. Já estava umedecida quando o namorado ousou molhar o biscoito entre seus ruivos pentelhos – originalidade absoluta entre todas as moças do povoado. Não concordou, porém, em abaixar as calças. E esta negativa foi um desastre para Possidônio. Em pé, encostado no portão, tendo de vigiar a porta e a rua, na hora esqueceu-se da dor, mas no outro dia foi ao médico e este se espantou com a mutilação: "Mas o que houve, rapaz? Comeste a famosa mulher de unhas farpadas, ou alguma dona com aqueles aparelhos que dentistas cruéis acoplam nos dentes delas para fazer a gente sofrer – todo dentista é um sádico –, ou então encontraste, enfim, a da vagina dentada?".

Assustado com tão sombrias alusões, Possidônio tomou a receita, caprichou na pomada todos os dias regulamentares e resolveu bater em retirada para sempre. Jamais queria saber de mulher.

O pai, porém, era político matreiro, raposa astuciosa e causídico cheio de trambiques. Chamou o filho às falas paternas.

— Como é que é? Não vai namorar mais? Dou-lhe seis meses para achar uma moça que preste, namorar, noivar e casar.

Possidônio apavorou-se. Casar? Os sacrifícios eventuais seriam, então, cotidianos?

— As eleições estão próximas e eu não posso mais concorrer. Descobriram uns acertos que fiz com certos empreiteiros e a oposição anda alardeando que são irregulares. Minha esperança é você — concluiu o velho, já de dedo paterno encostadinho no nariz do filho.

— Mas o senhor disse que o único empecilho para concorrer de novo seria o caso das patrolas. E só se eles descobrissem!

— Ah, o caso das patrolas: descobriram, sim. A oposição descobriu tudo. Mas ninguém se importou. Todo mundo sabe que prefeito nenhum vai comprar uma máquina cara para fazer terraplanagem sem levar algum. E depois, teve o seguinte: mantivemos os dez por cento de praxe. Não foi feito nenhum exagero.

— E aquelas joias que mamãe ganhou?

— Pergunte pra ela.

— Ela me disse que ganhou do homem que vendeu as patrolas.

— Se ela disse... Sua mãe é uma senhora honesta e nunca mente. Se ela lhe falou que corromperam ela também, digo que lhe deram aqueles badulaques de gorjeta, é porque é verdade.

— E os anéis?

— Bem, o caso dos anéis é diferente. Aquele tecnólogo lá da universidade – eu não sei o nome dele – foi quem comprou pra ela.

— Um assalariado dando presentes tão caros?

— Larga mão de ser bobalhão e palerma, meu filho! É claro que o dinheiro não é dele. Ele desviou alguma comissão: compra de máquina, de material de consumo, eu sei lá.

— Mas, pai, o senhor sabe de tudo, hein!

— Sei até mais do que você imagina. Do moço que deu as joias pra sua mãe, eu também sei.

— E o senhor não se importa?

— Eu? Faz anos que eu não conheço sua mãe, que nós não coabitamos.

— Coa... O quê?

— Coabitamos, meu filho! Coabitar, coabitar. Vocês devem dizer: transar, trepar, eu sei lá. Vocês são do comércio para transar? São alpinistas para trepar? No meu tempo só se trepava em árvore e assim mesmo se fosse frutífera.

O pai deu uma baforada no charuto e completou:

— As frutas estão ao rés do chão, meu filho! Tá todo mundo no barro. O povo é vítima e cúmplice, não se engane. Por isso, case. E case logo. Você é o nosso candidato.

— Mas, mesmo casando, eu não sei se vou ganhar as eleições.

— Eu sei. Nós sabemos. Eleição é fácil de ganhar. Os pobres moram aí em redor — o pai fez um gesto largo. — Nas vésperas do pleito, depois de todos os arrufos da oposição, nos comícios, no rádio, na televisão, a gente distribui as cestas de comida. É do que eles mais precisam.

— Mas e os cabos eleitorais? — o filho demonstrava alguma esperteza.

— Esses a gente ajeita antes. Empregos. Veja bem: emprego, trabalho não! Senão, na próxima eleição eles trocam de lado.

Possidônio casou num bosque, ao som de violinos e rodeado de muita gente de branco. Sua mulher, logo na primeira noite, confidenciou-lhe que achava sexo uma obrigação que a deixava sem graça, que, aliás, era pouca em sua pessoinha. Levou três meses para perder a virgindade. Era uma solteirona invicta e intacta. Possidônio quase morreu. Tempos depois começou a andar com este gurizinho. O povo fala que é amante dele.

Na administração, Possidônio faz o de sempre. Ninguém se importa. Quando exageram nas críticas, o velho Hipólito exclama:

— Mas que veado faria melhor?

— O remédio é esperar as próximas *ereções*, né? — diz o japonês das verduras, o único que não se serve da Feira Municipal para expor as hortaliças. Não precisa; onde ele as oferecer, lá todo mundo estará; são as melhores do município.

Possidônio, quando falam em Aids, a doença do século – muito embora Hipólito, sempre escatológico, advirta:

— Olha que o século ainda não acabou; vem coisa pior por aí — faz um olhar de quem pede pelo amor de Deus que não se fale de corda em casa de enforcado. Por isso é tão magnânimo com as doações para as confrarias que prometem combater o mal. Insinuam que é assim generoso em causa própria. Mas, não. É para se livrar logo do incômodo das explicações. — Casa de ferreiro, espeto de pau — diz o velho Hipólito.

— Como, seu Hipólito?

— Reconheço que, desta vez, a expressão não é a mais apropriada.

A cerimônia das balas

Não se deve olvidar jamais de que os vícios e os crimes dos súditos são infinitamente menos contagiosos do que os do senhor.
Erasmo de Rotterdam, *Elogio da loucura*

Vários cemitérios entristecem a minha cidade. O mais alegre deles é aquele em que repousam os mortos. Todo dia é dia de flor. Sempre sobra um cheirinho para todos os outros, ainda que somente um deles seja o agraciado. Coletivamente, eles só recebem rosas e cravos uma vez por ano. Enfeitam com coroas de flores aqueles a quem a vida exagerou nos despojamentos. Querem alegrar, depois de mortos, aqueles que sempre foram tristes. Jazem em casas que teriam desejado muito em vida: com tijolinhos. E repousam para sempre, em paz, porque, pelo muito que sofreram, só mesmo descansando eternamente será possível encontrar um modo de recuperar tanto tempo perdido. Quem sempre viveu descalço, morre agora calçado. Quem não tinha o que vestir, morre vestido. São os enigmas da morte.

Porém, estou falando apenas de um lado desse arsenal de mortos que aguardam o estouro do Juízo Final. Todos se levantarão ao som de trombetas e – dizem! – só não lutarão por um pedaço de terra e um pedaço de pão porque nem comerão, nem ocuparão mais o espaço tão duramente em vida disputado. São os consolos da morte.

Nos baixios desse conjunto habitacional dos mortos de que lhes falo, jaz a grande maioria da população que, ao correr do tempo, habitou essa minha cidade. Foram eles que desbravaram o mato, fizeram as roças, ergueram casas, instalaram indústrias, preencheram o vazio dos templos, cerraram fileiras em quartéis e pátios e ensinaram nas escolas. Enriqueceram e serviram a poucos, mas eram muitos. Quem muito trabalhou, pouco teve. Faleceram sem justiça. Morreram antes que ela chegasse, apesar de todo o esforço. São as contradições da morte.

Lá no alto, dando vista à rua principal e, sobretudo, longe desses tristes fundos onde o capim convive com os túmulos e covas, onde os vermes roem as últimas esperanças, mas não as últimas ideologias, lá no alto, pois, habita uma minoria faceira, tranquila e garbosa em seus túmulos monumentais. Nessa nova morada do grande benfeitor da cidade, por exemplo – que, por coincidência, foi também o maior latifundiário –, caberia muito mais gente do que ele sozinho. Caberiam ao menos seus antigos empregados. Aliás, é certo que teriam cabido também nas terras de que foi proprietário. Não digo que caberiam todos ao lado dele, mas espalhados por baixo, nos porões desse monumento, assim na morte como na vida. Afinal, estiveram sempre sob suas ordens. Tão acostumados a obedecê-lo em vida, não será agora, depois de mortos, que sacudirão o jugo. Porque faleceu também o tempo de se revoltar. Tudo agora está nessa paz e em paz vai ficar. São as pazes da morte.

Há que recuperar biografias. Corrigi-las. Desentortá-las. Aqui foram sepultadas muitas confusões. Necessário aclará-las, redimir a verdade que aqui jaz, aguardando a sua hora. Soe o modesto apito do ficcionista antes de ressoarem, gloriosas, as trombetas do Juízo Final. Pois confissões flutuam em meio aos vermes e outros bichinhos acostumados a roer os homens. Como os falsos pudores e as vergonhas de ocasião, por exemplo. São as continuações da vida.

Quanto à parte que me cabe, só conto o seguinte: naquele túmulo amarelado jaz Gonçalo, morto por seu tio, em dia de festa, por bala errosa.

Atirou no que não viu, matou o que viu. Deixou, inconsolável, uma viúva que, uma semana depois, recebeu piscares de olhos e propostas de muitos pecados. No primeiro aniversário da morte de seu ex-amado, o casal perfilou-se aqui e encomendou outra vez a alma do outro. Deu-se, então, uma coisa inédita. Maria, por parte da vida, é mulher de Gonçalo; e, por parte da morte, é sua sobrinha. Dos dois, o amor mais forte foi o do tio de Gonçalo que, apaixonado em segredo pela moça, ofereceu grandiosa festa para matar o sobrinho. E em silêncio outra vez aguarda o passamento do luto para casar. São as curiosidades da vida. Quem viver, verá.

Maria tinha uma cabeleira comprida e linda. Conversava de olhos baixos, contemplava o chão dos pés. Casou com Gonçalo porque ele tinha cabelos ondulados e uma junta de bois, além das vacas e porcos. Outro charme do namorado era criar ovelhas no meio do mato. As ovelhas e Maria desperdiçavam seus pelos e lãs naquele mato. As ovelhas teriam preferido um pasto limpo; aqueles arbustos, cipós e outros atrapalhos do criciumal as perturbavam. E Maria não gostava de o marido mandar na mulher. Eram os problemas da paixão.

Gonçalo tinha uma fala mansa, um bigode lanhudo e bem cuidado. Não ofendia ninguém com brutalidades de conversas indevidas e fora de hora. O tio não aprovava o sobrinho, pois gostava muito de Maria. O olhar da moça lhe dava alguns arrepios. Achava que o amor era a ausência de explicações. Queria afagar a moça e havia trinta anos de diferença. Porém, considerou a falta de modos do sobrinho, aconselhou-o como achava que podia e devia, mas o rapaz era recalcitrante. As balas são disparadas com muita cerimônia. São os ritos finais dos conflitos.

Eu apenas escrevo. Não mato ninguém. Amo poucos. Não me meto entre as frestas da paixão. Uns gemem, outros zurram. Alguns cantam. Eu conto. A reforma deste mundo vai demorar, pois, como nos ensinou São João, o que é da terra, fala da terra, volta para a terra, não sai da terra.

Vários cemitérios entristecem esta guerra.

Entrevista com um constituinte

— Qual a sua posição perante os sem-terra, que estão aí invadindo a terra dos outros?

— Sempre defendi a ideia de que todos os latifúndios fossem divididos em pequenas propriedades, para as famílias brasileiras ganharem seu sustento com dignidade, retirando da terra o seu alimento e cumprindo, assim, o que já fora prescrito pelo Criador: "Ganharás o pão com o suor do teu rosto até que voltes à terra de onde foste tirado". Não foi assim que Deus disse quando expulsou Adão e Eva do Paraíso?

— Não foi Deus quem expulsou aqueles dois perversos. Foi o anjo Gabriel.

— Não, não. Esse foi o que fez o anúncio da gravidez da Virgem. Ah, nós, políticos profissionais, sofremos muito com a ignorância dos repórteres!

— Bem, eu não sei realmente como era o nome do anjo. Mas tenho certeza de que não foi Deus quem despejou o casal. Aliás, em minha modesta opinião, que me perdoe o Todo-Poderoso, uma denúncia vazia.

O que Adão e Eva fizeram no Paraíso lá no meu prédio todos os casais fazem, inclusive trocando de parceiros. Mas o certo é que não foi Deus quem os expulsou. Foi o Chefe da Casa Militar do Céu, pois estava com uma espada na mão.

— Não, não. Não pode ter sido assim. Conheço a hierarquia. Você acha que o Anjo Gabriel, ou fosse lá quem fosse, iria pessoalmente executar a operação? Também sou coronel e sei que nessas horas um vai mandando o outro fazer o que lhe mandaram fazer até que a ordem chegue ao soldado raso. Portanto, quem despejou nossos velhos pais do Éden foi um *anjo soldado raso*.

— Deixa pra lá essa picuinha. O senhor confirma que é inteiramente a favor da divisão dos latifúndios?

— Sim.

— É verdade que o senhor é dono de um grande latifúndio também?

— Sim.

— E o dividirá entre os que não têm terra?

— Não.

— Mas, como? O senhor não disse há pouco que os sem-terra devem ter o direito de extrair da terra o seu sustento?

— Disse. Tanto que tem uma porção deles extraindo da terra o meu sustento há muito tempo!

— Mas e o sustento deles?

— Eles devem extrair dos latifúndios.

— Dos latifúndios dos outros, não do seu?

— Exatamente.

— E quanto ao preço da gasolina, o que é que o senhor acha?

— Uma barbaridade, uma coisa inominável, um horror!

— O senhor, então, é contra novos aumentos?

— Inteiramente contra. Este país está errado, torto. É preciso recolocá-lo nos trilhos do direito. Gostou da frase?

— Mais ou menos. Mas que solução o senhor propõe?

— Olha aqui! O povo brasileiro é muito boa-vida. Todo mundo quer andar de carro. É preciso acostumar-se a deixar o carro na garagem e andar de ônibus. Além do mais, a indústria automobilística faz carros muito dispendiosos.

— E que carro é o seu?

— Um desses grandes, dispendiosos, com uma potência de duzentos e dez cavalos, cento e dez mulas e muitos burros. Não economiza gasolina nenhuma!

— E por que o senhor não o deixa na garagem e anda de trem ou ônibus para economizar?

— Você gosta de solavanco, fedor de sovaco, essas coisas?

— Eu não!

— Nem eu!

— E quanto ao desemprego, o que é que o senhor propõe?

— O seguinte: o povo brasileiro, com essa mania de andar todo mundo de carro, não gastou mais sapato. O pessoal que trabalhava com couro e calçados ficou desempregado. As meninas passaram a usar só minissaia. A indústria têxtil foi pro brejo. Resultado: desemprego. Donde se conclui irrepreensivelmente que o desemprego é fruto da luxúria e da falta de moral. Menos luxo e mais moral os males do Brasil são. Aliás, o contrário.

— E qual é a sua plataforma?

— Faz tempo que não tomo um trem. Só ando de avião.

— E quem paga a sua passagem?

— O Congresso Nacional.

— E quem paga o Congresso Nacional?

— Meu amigo, que ignorância a sua! Isso todo mundo sabe. Quem paga todas as contas deste país?

— Nós, o povo.

— Não disse que todo mundo sabia?

Os originais recusados de Machado de Assis

Senhor editor,

Submeto-lhe à apreciação os originais de *Esaú e Jacó*. Certo de que não se vive de direitos autorais por aqui, adianto-lhe que não me amedronta a ideia de que o senhor não me pagará nenhum centavo por este trabalho. Enfatizo-lhe que só o que objetivo com isso é entreter os leitores com uma história sobre Caim e Abel nos dias atuais.

Atenciosamente,

Machado de Assis

Prezado senhor Joaquim Maria,

Dou-lhe mais uma oportunidade para convencer-me de que deva publicar seu livro. Estou pensando em lançar uma coleção de romances leves, soltos, até mesmo coloridos, com tamanho entre quarenta e cinquenta laudas de trinta e seis toques. O entrecho deve ser bem-humorado, mas de um humor explícito, não este insidioso, complicado e encoberto que o senhor usa e que nossos leitores jamais haverão de entender. Sugerimos, então, que o título de seus originais seja alterado para *Esaó e Jacu*, porque nosso leitor-padrão é chegado a uma gracinha. Quanto à extensão, penso que o senhor não terá problema algum em encurtar seu romance, já que há várias páginas ocupadas com a chamada *análise psicológica*, tão cansativa para nossos leitores, que apreciam uma narrativa mais ágil e – por que não dizer? – mais superficial. Quanto ao direito autoral, agradecemos a compreensão de não pagarmos nada. Efetivamente, se o livro fosse um *best-seller*, pagaríamos cinco por cento de direitos autorais ("tortos autorais", como o senhor, sempre malicioso, pronunciou um dia). Se concordar em receber em espécie, isto é, em livros, livros *mesmo*, encapadinhos, bonitinhos, empacotadinhos – o senhor os receberá em sua própria casa, aí no Cosme Velho (ou no Damião Novo, o senhor pensa que editor não tem humor? Tem, sim!) –, naturalmente pagará as despesas do correio. Para nós, será bem melhor, porque o nosso negócio é vender. E se a gente vender também para o autor, melhor ainda. O que vende, a gente edita. O que não vende, a gente deixa para os concorrentes.

Atenciosamente,
Editor Brasileiro

Senhor Editor Brasileiro,

Agradeço-lhe a presteza com que atendeu à minha proposta examinando os originais, ainda que rapidamente, já que o senhor deve ter tido muito pouco tempo para fazer isso. Nesses dez anos que se passaram, escrevi outros romances, contos, poesias, crônicas, ensaios etc. Espero poder publicá-los um dia através de uma editora que considere seu trabalho de uma perspectiva um pouco diferente da sua.

Cordialmente,
Machado de Assis

Senhor Joaquim Maria,

O senhor parece ser um autor renitente. O que é que lhe custa, com o gênio que tem, adequar seus originais a uma coleçãozinha? Não gostou do título meio debochado que demos a seu livro? Mas é o que vende! Além do mais, o senhor poderá optar por uma das duas coleções que vamos inaugurar agora: *Tudo é Jacó* e *Tudo é Esaú* – na hipótese de insistir em deixar seu livro carrancudo e sério do jeito que está e recusar nossa alteração engraçada.

Atenciosamente,
Editor Brasileiro

Senhor Editor Brasileiro,

Acuso o recebimento de sua proposta sobre coleções inusitadas. Enviei meus originais em má hora, por sugestão de um amigo. Não conhecia o acervo de sua editora. E este amigo, que mo indicou, não é mais meu amigo. Fui dar uma olhadinha em suas publicações e fiquei espantado com *tudo*. Inclusive com *O que é*. Nessa última coleção, pelo jeito, só falta *O que é caspa* e *O que é unha encravada*. A não ser que na estante de filosofia Vossa Senhoria ache por bem incluir *o que é o que é* na seção de metafísica, ou sei lá onde – não sei o que se passa em seu espírito! Outra coleção que vi numa farmácia foi uma denominada *Primeiros tropeços*, cujos volumes têm o propósito declarado de dar o maior tombo no leitor desavisado. Quanto à outra, *Primeiros empurrões*, fiquei em dúvida: está impresso em braile ou são letras em alto-relevo mesmo? Sei de seu propósito de facilitar o acesso do leitor ao livro através de um estilo mais pessoal, mais íntimo. Neste caso, por que não impingir logo a foto da mãe do autor numa das orelhas? Mãe todo mundo respeita e admira. Ou, então, embutir uma versão do livro em gravação original da fala do autor? Pouparia a revisão, reduzindo, assim, os custos. Mais adiante, aperfeiçoando,

Vossa Senhoria poderia incluir, naturalmente em volume de capa dura, uma fita de videocassete, em que o autor explique o próprio livro que escreveu. Era isso por hoje.

Machado de Assis

Senhor Joaquim,

Tirei Maria de seu nome, pois dava uma dubiedade incômoda que não toleraríamos para o caso de editarmos o senhor. E que história é esta de o senhor aludir a inventos que ainda não temos? O que é *gravação da fala*, *videocassete*? E saiba que o senhor não é o primeiro a reclamar do padrão que a duras penas conseguimos imprimir à nossa casa editorial. Outro dia um sujeito chamado Nietzsche saiu uma fera daqui, irritado com uma pequena alteração de ordem editorial. Imagine que o cidadão queria publicar um livro intitulado *Assim falou Zaratustra*, que acabou saindo por outra editora, mas é evidente que seu lançamento deveria ser precedido de um volume introdutório, que poderia se chamar *O que é Zaratustra* (não estou mais lembrando o nome do personagem: Zaratustra, Razatustra – era algo assim, sem nenhuma sonoridade). Ou, então, *Primeiras falas*; porque, reitero, nosso leitor-padrão não pode ser agredido assim de chofre com um livro desafiador como esses publicados por aí. E não vendem, não adianta.

Editor Brasileiro

Senhor Editor Brasileiro,

Se Moisés, ou qualquer outro portador, lhe oferecesse a Bíblia para publicar, o senhor recusaria? Diria que, em volume assim extenso, só mesmo a obra de Monteiro Lobato? Ou distribuiria partes em coleções do tipo *Tudo é Deus*, *O que é êxodo*, *Primeiros salmos* etc.? A Dostoievski, o senhor diria que não negocia com autores chegados a um copo ou a jogo? Se o senhor trata assim alguém como eu, que sou preto, pobre, órfão, epiléptico, gago, viúvo e sem filhos, sem nenhuma piedade, como haverá de tratar os fortes? Ou o senhor é daqueles que só tratam bem os que estão por cima? Mas como? Se a vida vive trocando nossos lugares!

Até nunca mais,

Machado de Assis

Senhor Quincas,

Pessoas difíceis de tratar, como o senhor, não chegam a lugar algum. O senhor é muito exigente. Inclusive comigo mesmo, o que é uma pena. Concedesse um pouco e ganharia inúmeros leitores, os editores correriam atrás do senhor em busca de novos livros. O senhor poderia escrever, em média, uns seis por ano. Arranjaríamos tipos bem grandes, em relevo, boas ilustrações etc. Mas o senhor não quer se atualizar. Está parecido com um sujeito que queria publicar um livro sobre um tema tabu no ano passado. Mas como? Assunto do ano passado já passou. Há que se editar uma coisa nova, deste ano, *quente* – como diz a garotada. O senhor é um homem muito frio, um autor cínico e desiludido de tudo. Procure outra editora. Acho que nenhum editor vai querer seus livros, mas, se alguém os aceitar, desejo felicidades.

Atenciosamente,

Editor Brasileiro

Letras em marcha

— Todo o poder emana do fogo e em seu nome é exercido, Major. Este é o artigo primeiro, parágrafo único de todas as Constituições do chamado mundo livre.

— Você acha, pirralho de bosta, que eu te chamei aqui para ser azucrinado com declarações universais do direito dos homens e não sei o que mais? Hein? Te chamei para te passar uma carraspana porque tu te meteste à besta com a madre superiora do Colégio Plínio Salgado!

— Major...

— Senhor Major!

— Senhor Major, eu...

— Senhor Major Fulano de Tal!

— Senhor Major Fulano de Tal, mas, peraí, eu nem sei o nome todo do senhor, tchê!

— Pode me chamar de Major Camargo!

— Mas de noite o nome dele é Odete. Ele pega aquelas duas pontas de cabelo que lhe sobram por detrás das orelhas, faz trancinhas, põe brincos, cinta-liga, meia-calça, salto alto, e implora à própria mulher: "Me chama de vagabunda, vai! Me bate e diz que eu sou corno, diz, amorzinho!".

— Major Camargo, o senhor já reparou que arrumação de cabelo, sapato de salto alto, brinquinho na orelha, cosmético no rosto, batom na boca, rímel de família e...

— Aonde o senhor quer chegar com toda essa enumeração caótica?

— Ah, o senhor já leu Leo Spitzer? Está se preparando para a Presidência da República?

— Obrigado por me ter em boa conta, professor. Sou um esforçado. Prendi o senhor para cumprir o meu dever, mas, sempre que posso, leio alguma coisa. Não sei se o senhor sabe, mas o Exército tem um jornal de letras!

— Mas não é do Condé?

— Não. É do Exército. E se chama *Letras em Marcha*.

— Ah, sim. Em sua redação se fazem artigos que são verdadeiras bombas. E às vezes se fazem bombas propriamente ditas.

— O senhor pode abusar de minha paciência, mas não pode abusar da paciência do Exército Nacional! A gente vai ser gentil, quer dar um trato no senhor, o senhor se alastra, toma confiança para falar mal da gente. Assim não pode ser. E como não pode, não será!

— Major Camargo! *Letras em Marcha*, né? Bombas. Editoriais-bombas! Festas na redação, coquetéis. Coquetéis Molotov. Festa e guerra têm muito em comum. Até na nomenclatura.

— Nomenclatura? Nomenclatura é coisa de soviético, de comuna, não fale mais nisso. Ou você é comunista? Porque a madre disse que você não era.

— Na orelha se põe brinco, Major! As mulheres umedecem a boca (menos a madre daquele colégio, claro), passam a língua sobre os lábios (menos as subordinadas àquela madre, claro), lambem os beiços. Sabe por quê? Porque elas adoram um homem! (A madre lá do colégio, também.)

Um ou mais. (Naquele colégio, onde fiz a conferência, um certamente é pouco, dois melhorariam um bocado, três também, mas o certo seria um mutirão.) Um e mais, depende das perversidades de cada uma. Lambem também os lábios umas das outras, este país é bem diferente do que o senhor pensa... Fizeram aqui um reduto da Contarreforma e o tiro saiu pela culatra! Portugueses e espanhóis fugiram dos ventos iluminadores e liberalizantes que sopravam sobre a Europa. Na verdade, não fugiram, foram varridos.

— O senhor fala bonito, confesso que já admiro o poder que o senhor tem de submeter o mundo, assim, desse jeito, às suas palavras. E, entretanto, há pouco mais de um mês o senhor dançava no arco da tortura sem dizer nada!

— Lá, no centro do suplício, asseguro que não me saía nada da boca. Ali, o mal era o que entrava neste homem, Major...

— Senhor Major!

— Senhor Major Camargo, agora já aprendi. Fizeram de tudo naquele cárcere. Quando eu era criança, lia uns livros em que seres malvados, vindos de bem longe, submetiam a raça humana aos mais insuportáveis tormentos. Lia e via em filmes, no cinema e na televisão, nos gibis, e ficava espantado com a crueldade de certos bichos.

— E de guerra, você não leu sobre a guerra?

— Li sobre a guerra, Major.

— Senhor Major!

— Senhor Major Camargo da Guerra, sim, li, *Sobre a guerra*, de Clausewitz. Li fascículos da Primeira Guerra, da Segunda e só não li da última.

— Está louco? Guerra mundial só *houveram duas*.

— *Houveram*, Major!

— Senhor Major!

— Senhor Major Camargo! Os senhores erram a concordância verbal e querem "conjurar esforços no sentido de aperfeiçoar os laços que unem civis e militares". É uma barbaridade!

— Se você demonstrar – ouviu bem? –, demonstrar, não apenas apresentar bom comportamento por conveniência, posso levá-lo a trabalhar em meu gabinete. Até chefe de assessoria você poderia ser!

— Major...

— Senhor Major! Você sempre se esquece!

— Senhor Major Camargo. O senhor é um homem amargo. Eu sou bem pernóstico, sabia? Não tanto como os militares de modo geral, pois veja bem: foi o senhor quem teve a petulância de convidar um professor titular de uma universidade – que o senhor não cursou, aliás –, pois bem, o senhor convida um cidadão que passou vinte anos na escola sem repetir um só ano, estudando e trabalhando sempre, em suma, um cidadão que, no intuito de ganhar a sua vida, ele a perdeu nos labirintos escolares e nos chamados circuitos culturais; que, por causa de não haver se contentado em ser mais um sorvete padronizado da atual faixa etária, acaba denunciado e preso por uns colegas que lutam pelas garantias individuais, pelos direitos humanos, pela sociedade sem classes e outras pérolas retóricas do jaez, e, para este cidadão, depois de marcar seu corpo com as manchas roxas das porradas, aviltar suas mais últimas vontades, o senhor lhe diz, sorrindo: Vossa Senhoria não quer ser meu chefe de gabinete? Ora, Major!

— Senhor Major! Chefe de gabinete? O senhor já quer começar promovido? Assim não dá!

— Senhor Major Camargo! Se eu não estivesse com as mãos amarradas atrás desta cadeira, eu lhe faria também um convite. Resta-me apenas a palavra para brigar com o senhor, já que está aí armado com este pistolão .45 no meio exato do corpo, que outros chamam de cintura. Sem contar os asseclas ali na porta, surdos a qualquer palavra minha, pois me acham doido varrido, não por dizer o que digo, mas por me atrever a discordar do senhor. A obediência é, sobretudo, um costume. Questão de treino. Trabalho paciente e horroroso de transformar homens em cachorros, corpos livres que fazem de tudo sob outras ordens. De preferência, ordem unida, para todo mundo fazer sempre as mesmas coisas sob as mesmas ordens. Isso!

— O senhor tem a língua destravada. E mente. Ninguém aqui "aviltou suas mais íntimas vontades". Isso, aqui, é proibido. Nem com homossexual nem com negro fazemos isso. Com mulher, é diferente. Chegam aqui umas assanhadinhas, com as vergonhas à mostra, como dizia o Caminha...

— À mostra porque seus brutamontes, sob suas ordens, rasgaram as roupas delas...

— Que seja! Não há como evitar certos excessos. Meus soldados provêm de classes baixas, jamais tiveram mocinhas cheirosinhas em suas camas, aliás, eles fazem amor aí pelos bordéis da pátria, pegam doenças feias, feiosíssimas, comem empregadas domésticas ou garçonetes com cheiro de fritura, daí pintam em suas unhas umas gatinhas rebeldes, metidas a bestas, que fazem de tudo, é bom que o senhor saiba; elas, a qualquer ponta de ameaça já vão se ajoelhando diante do primeiro soldado, depois do segundo e, enfim, de qualquer um deles que entrar na cela. Este deve ser o único amor de pica que não fica! Se bem que a Charlotte Rampling, no filme *O porteiro da noite*, tem cada orgasmo com seu torturador que vou te contar...

— Major...

— Senhor Major! Por favor! Não me faça repetir sempre a mesma ordem de tratamento regulamentar! Cumprir ordens pode ser difícil. Saiba, porém, que dá-las pode ser ainda pior...

— Senhor Major Camargo! Quando seus comandados comem essas meninas, na maioria estudantes, que eu sei, eles estão apenas estuprando. Isto é, são criminosos sexuais sob a farda.

— Vou providenciar que doravante trepem sem farda. Mas você me dizia que foi "aviltado em suas mais íntimas vontades". Íntimas ou últimas?

Não sei bem, mas guardei a frase. E isso não é verdade.

— O senhor entendeu que fosse violação, Major?

— Entendi, *senhor* preso!

— Mas não foi, *senhor* Major!

— Pois é.

— E posso saber por que estou sendo interrogado?

— Ah, assim não dá! O senhor é muito exigente. Nem eu mesmo sei por que o senhor está sendo interrogado. Cumpro ordens!

— Como em Nuremberg?

— Sim, como em... O senhor não abuse! Nunca haverá um Nuremberg no Brasil! Põe atenção nisso! Ponha essa verdade no bestunto! Nuremberg, aqui? Só rindo! O brasileiro é cordial, meu chapa! Querem botar o país de perna pra cima, cabeça pra baixo? Aqui há ordem, disciplina!

— E lei?

— Lei? Ora, a lei! Lei, não sei. Acho que há, né! Isso de lei é lá com os civis.

O corpo do preso foi devolvido à sua mãe no outro dia. Morrera atropelado. Já veio encaixotado, pronto para o velório. A ninguém, nem mesmo à sua própria mãe, foi dado ver o cadáver. Como ele fosse filho único, o Exército providenciou uma pensão para a sua mãe. Como seu pai fosse desconhecido e constasse em sua certidão de nascimento *filho ilegítimo* ou *natural*, não se sabe ao certo, ninguém tomou nenhuma iniciativa de reparação dos danos causados, tão grandes. E talvez irreparáveis.

Volta e meia, o antigo preso visita sua mãe. O Major providenciou também uma identidade falsa para ele. Nunca mais pôde exercer a docência, pois os diplomas, obtidos com tão duros sacrifícios, estão em nome do morto.

Então, para ganhar a vida, este *morto* vive nas catacumbas da sociedade, trabalhando como amanuense de carreira — a profissão que ele sempre abominou.

O Major hoje é general! É o único que sabe de tudo! De vez em quando ele localiza seu antigo preso e pede notícias de sua vida. O *morto* não tem como odiar o militar! Ele lhe deve a vida.

O intruso

Elas viviam no costão, ao pé dos morros; era de lá que se levantavam pequenas nuvens para encubar a chuva, segundo explicava nossa avó. Esse era um tempo em que fazíamos muitas perguntas: de onde vinha a chuva, como é que o costão era um lugar tão longe, se os morros pareciam tão pertinho de nós, quem mais morava no costão além delas etc.

Nossa avó era quem respondia a todas as perguntas. Os outros iam cedo para a roça. Ela, que vivia há muitos anos presa à cama, com doença incorrigível, entrevada, sem poder se levantar, era, contudo, a encarregada de zelar por nós. Atazanávamos a pobre velha com muitas e variadas perguntas. E os que trabalhavam nos morros, por que pareciam tão pequenininhos? Vovó era peremptória: pequenininhos coisa nenhuma; quando se olha de longe uma pessoa, qualquer pessoa, ela parece muito pequena, mas não é; tem o seu tamanho de verdade. Então, criança era sempre vista de longe, toda criança? Por que não íamos brincar? – desabafava quase sempre vovó.

O sistema de vovó cuidar de nós era simples, mas funcionava bem. De vez em quando, ela gritava lá da cama: O que vocês estão fazendo assim tão quietos, guris? Vovó somente se preocupava com o nosso silêncio. Enquanto ouvia algazarra, nada perguntava. Nosso silêncio, porém, a deixava inquieta. Então, respondíamos: Nada, vó; só brincando. Onde? Aqui nos pessegueiros.

Vovó não podia saber o que fazíamos quando quietos. Meninas e meninos, todos misturados, brincávamos de Bigo-Bigo. Era um brinquedo cheio de toda maroteza, devíamos saber que era proibido, porque nos cercávamos de cautelas para exercê-lo. Porém tratava-se de brincadeira necessária. Não somente para nós, já que todos os bichos, ainda que sob formas diferentes, também brincavam daquele brinquedo. Nosso pai, nossa mãe, o tio e a tia, e todos os outros grandes, será que também eles brincavam de Bigo-Bigo, escondidos nos morros, nas roças ou no bananal? Tia Celeste tinha cabelo azulado: se quisesse, poderia um dia brincar conosco de Bigo-Bigo que a gente ia deixar... Além do mais, era sempre muito boazinha. Permitia que roubássemos açúcar preto do jirau, onde era posto para enxugar. O tio, não; do tio a gente tinha medo. Ele era sério e nos repreendia, balançando aquele dedão bem pertinho de nossa cara, dava até de sentir o cheiro de cigarro, já que, com o mesmo dedo, ele desfiava o fumo na palma da outra mão para fazer o seu palheiro.

Nenhum de nós podia ir aos morros. Éramos crianças, éramos gente muito pequena para acompanhar os grandes às roças dos morros. Que brincássemos no potreiro, no pomar – aconselhavam-nos.

Além daquelas duas, quem mais morava nos morros? Mais ninguém, nos respondiam. E por que assim sozinhas, tão longe, aquelas duas? O pai delas tinha morrido. E a mãe? Elas não tinham mãe. Engraçado, essa. Podia alguém não ter mãe, como as xícaras, que não nasciam?

Vovó nos ensinava o catecismo, antes de dar o café da tarde. Quem fez tudo? Foi Deus. Quem fez o homem? Deus. A mulher? Deus. As vacas no pasto? Deus. Os porcos no chiqueiro? Deus. Vovó, a gente já pode voltar a brincar, né? Já sabemos que foi Deus quem tudo fez; não é preciso ficar esmiuçando tudo, né? Se ele fez tudo, fez os bois, os pintinhos da choca, tudo. Não seja atrevido, ajude a ensinar os *mais pequenos* em vez de ficar embananando as lições do catecismo e atrapalhando a catequista! Mas a senhora nem é catequista; a senhora é nossa avó. A senhora, catequista?! Mas catequista não é professora? É. Mas eu sou sua avó e catequista também; e quando sua mãe está nos morros, eu fico no lugar dela. É sim, viu? Obedeça à vovó. Nossa irmã gostava de ajudar nas ralhanças. Deus não fez tudo, não, fique sabendo! Né, vó? De onde tirou isso, menina?! Acabei de ensinar o contrário! Certo, vó; Ele fez tudo, claro. Mas não fez essa minha blusa; essa foi a mãe que fez, com aquelas agulhas compridonas. Tá bem, tá bem; agora tomem o café, repartam as bolachas e vão brincar; mas não vão muito longe, hein! Quando eu chamar, alguém tem que responder.

Quem explicava as coisas era vovô, no tempo em que vivia. Depois ele morreu, e aí complicou de vez. Todo mundo tinha medo de ir ao quarto dele. Às vezes, quando eram muitas as perguntas sobre as duas que moravam nos morros, ele ameaçava, enfim, abrir aquele segredo: Vocês querem saber daquelas duas? Então, eu vou contar. Vocês, quando brincam escondidos, brincam de quê? De bigo-bigo! Ó bobalhona! O que é que a gente combinou? Que não era pra contar! Então? Mas no vovô a gente pode confiar! Né, vô? É; menos o seu pai, que já tá chegando aí. Compadre velho, eu já lhe pedi que não corrompesse as crianças; mais de uma vez eu já lhe pedi; o senhor tem a língua destravada, uma barbaridade, vai soltando o que os pequenos ainda não podem entender; peço que o compadre se modere; modere-se, compadre!

Vovô tinha vindo da Itália. Era professor lá onde morava. Tinha atravessado o mar imenso com aquele baú cheio de livros que ninguém podia ler. E, se lesse, não entendia. Era muito parecido conosco. Os grandes ralhavam com ele, como ralhavam com todos nós. Não faça isso, compadre! Nosso pai até que era jeitoso para repreender o vovô. Mamãe, porém, esbravejava: Eu já lhe disse, papai, que o senhor não seja louco de confundir as crianças! Não seja louco?! Essa não entendi! Como é que não posso ser o que vocês afirmam que eu sou? É que às vezes o senhor se faz de mais louco ainda. Não precisa exagerar. Seja um louco normal, como todos os outros; precisa, decerto, ficar aí enchendo a cabeça das crianças de bandalheiras?

As duas que moravam nos morros, quando vinham à bodega, cavalgavam um cavalo zaino em grandes alegrias, uma agarrada à outra, rindo de satisfação, às vezes até assustavam o cavalo. Vestiam sempre roupas bonitas, floridas, estampadas. E no cabelo botavam rosas; às vezes, dálias, cravos ou um ramo verde. Vinham para comprar açúcar, café, sal, fazendas para fazer roupas, óleo de rícino, noz-moscada, temperos, chapéus de palha, botas de couro. Eram formosas, mas não queriam saber de namorar ninguém.

Idiolis, nosso primo, perguntou-lhes um dia qual das duas o queria. Ele casaria com qualquer delas, fosse a que fosse; bastava que uma delas quisesse. Elas lhes responderam com negativas doces. Ele insistira: Não; não precisam responder agora já; pensem bem, pensem lá em casa de vocês e depois me digam: aquela uma que vocês escolherem de vocês duas, com essa eu caso.

No outro dia, a resposta, dada em cima do cavalo, quando se encontraram perto dos laranjais à beira da estrada: Você é um moço bonito. Idiolis já foi ficando assanhado. E elas: Qualquer uma de nós, casando com você, será mulher muito feliz. Idiolis não cabia em si de contentamento. Você é moço novo e já tem sua terra, os bois, arado, carroça de quatro rodas, cavalo bom e encilhado. Idiolis ria até as orelhas. Tem também a sua mãe velha, que cuida de você. E, para quem casar, vai ser bom, porque ela faz todo o serviço da casa. Idiolis já estava quase escolhendo uma das duas antes que dissessem qual delas, em acordo, haviam escolhido para ser a mulher dele. Mas, então, veio o triste desfecho: A que de nós se casar deixa a outra sozinha, e assim não pode ser.

O cavalo firmou-se nas duas patas de trás e saiu a galope, dirigido por mãos hábeis e lindas. A que estava na garupa agarrou-se com mais força à outra. Pedaços de coxas apareceram mais livres. Por cima do vestido ralinho podia-se ver o limite do corte das calcinhas que estavam por baixo das roupas. Idiolis tirou o chapéu, coçou a cabeça, a vida era cheia de represas. Se as águas corressem soltas, não haveria a calma falsa dos açudes e se poderia ouvir o murmurar de outras cascatas. Idiolis aprendia lindas palavras com nosso avô, mas, quando as repetia para a mãe, a velha fazia um muxoxo, sacudindo a cabeça: "Você é muito bobão, meu filho!".

Veio um domingo. Ninguém ia pensar, ao alvorecer, que poderia haver algum desgosto em dia de sol festeiro, com seu calorzinho da manhã amornando as moças que saíam de casa pensando em namorados e carregando nas mãos os sapatos, que seriam postos nos pés somente bem pertinho da capela. Havia uma fonte perto da igrejinha, elas se abaixavam para lavar os pés e calçar os sapatos, os cabelos caíam sobre os ombros, a parte da frente dos vestidos caía também, e os seios pareciam pêssegos. Uma perguntava à outra: Estou bem-arrumada assim? Todas estavam arrumadíssimas. E caminhavam dentro de uma nuvem cheirosa.

Durante a missa o padre leu, enquanto com o rabo do olho espiava a Maricota, que estava de perna cruzada: Ai de mim, no fim da colheita não há um racimo para comer, nem um figo dos que eu apeteço. Maricota procurava esconder com o véu as frutas que o vestido descobria. Eram como figos, pois Maricota era morena. Todos estão à espreita para derramar sangue, suas mãos estão prontas para fazer destramente o mal. Idiolis, porém, era canhoto. No fundo da igreja olhava, triste, para as duas, que estavam no lado das mulheres. Ele não estava preparado para derramar sangue de ninguém. O porco, sim, tinha sido ele quem dera fim com o facaço. Esguichou sangue bem longe e dona Maricota gritou: Põe ligeiro o sabugo, Idiolis, porque senão não tem morcilha. Vovô achou aquela fala muito engraçada: mas que barbaridade! A outra ali quer que o rapaz bote o sabugo ligeiro! Gosta tanto assim de linguiça, Maricota? O senhor é um velho muito malicioso. Eu disse morcilha, e não linguiça. Mas, Idiolis, o que é que tu tá esperando para botar o sabugo?

Terminada a missa, todos foram churrasquear. As duas sentaram-se apartadas dos outros. As mulheres do Apostolado da Oração muito recriminavam aquelas duas: a cara delas. E vêm aqui como se fossem santas! Também são filhas de Deus, dizia seu Justino, que tinha um bigode muito elogiado pelas comadres: O compadre está com o bigode retorcido. É para não rasgar a fronha, dizia seu Justino. Nós, os pequenos, achávamos graça em tudo.

E sobreveio o que ninguém queria. Idiolis saiu correndo em direção às duas com uma pistola na mão, dessas de dois canos e dois tiros somente; de longinho todos viram que ele se aprumava, empertigado e firme, e dizia umas coisas para as moças, de arma em punho. O pessoal correu para um lado e para outro, alguns homens mais corajosos foram tomar conta do que estava por acontecer, mas chegaram tarde. Idiolis acertava um tiro no próprio ouvido e estava caído na grama, que ficara da cor das dálias.

Alguns dias depois, vovô dizia: Idiolis é igual a guanxuma. Ele não morreu. A mãe dele e ele vão embora para o Paraná. Vão criar porco lá. Tomara que sejam felizes, comam perdizes e saibam onde pôr os narizes. Mas essa última parte da frase o vovô já disse numa gargalhada retumbante. Enxerido esse tal de Idiolis, comentou vovó. Por que tinha que bulir com as moças? Estavam quietas, sem fazer mal para ninguém! Os grandes não nos explicavam o motivo de Idiolis haver atirado em si mesmo, embora muito perguntássemos. Então vovô disse baixinho, enquanto tomava uma xícara de café: Ele queria brincar de Bigo-Bigo com uma delas! E nenhuma das duas quis!

Alguns meses depois, o presidente da República dava um tiro em si mesmo, também, como Idiolis. Muitos foram os que choraram; em outras cidades, não naquele lugar. Ali muito imigrante bebera óleo de rícino à força, pelo crime de ter sotaque italiano. E então até nosso pai, sempre sério, riu um pouco quando vovô comentou: Ué, quem será que não quis brincar de Bigo-Bigo com Getulio Vargas?

O velho Freud

Em 1939, Sigmund Freud estava com oitenta e três anos, estourava a Segunda Guerra Mundial, e ele se sentia desiludido de tudo. Sua tristeza aumentava ainda mais porque todas aquelas exóticas e monstruosas teorias a respeito dos homens e do mundo eram pronunciadas e escritas em língua alemã. A cereja amarga posta no topo de tão nauseabunda sobremesa, Freud custava a engolir: Hitler era austríaco.

No silêncio de seu consultório, depois de atender a uma última cliente, que viera se queixar de que o marido não dava mais no couro, pois já passava dos oitenta anos, Freud entregou-se a uma insólita meditação e começou a rever todas as suas teorias. O elemento deflagrador de tal revisão foi o encontro com essa senhora, que historiadores, biógrafos e psicanalistas se esqueceram de registrar. Eis aí um dos muitos atos falhos destas três categorias. Não é o único, como sabem os leitores. Eu mesmo posso citar diversos outros. E os leitores também.

Por exemplo: ninguém até hoje fez ainda a biografia de meu avô materno, que atravessou o Atlântico, deixou a Itália, foi enganado pelo governo brasileiro – o primeiro da família a ser ludibriado, inaugurando, assim, um velho costume, já ancestral em nossa *árvore ginecológica* –, meteu-se sertão adentro, com um baú cheio de livros de Estética, indo ministrar aos bugres de Santa Catarina lições bem preparadas que explicavam como se dera a produção cultural e artística no Brasil colonial, suas relações com os poderes metropolitanos nos séculos XVII e XVIII. Se algum biógrafo tivesse se interessado por meu avô, é certo que o rastreamento histórico chegaria até mim que, enganado do mesmo modo e pelo mesmo governo, ensino a mesma coisa a bugres vestidos de camiseta e calças *jeans*, que têm o mesmo entendimento dos alunos do meu avô.

Tudo isso ocorreu com meu avô depois que Paul Nacke, em 1899, baseado numa definição clínica, inventou o narcisismo para descrever a atitude de uma pessoa que dispensa a si própria os mesmo carinhos e cuidados que são dados a alguém que é tratado como objeto sexual, em que, como se sabe, é o poder seco do corpo que vale.

O termo inventado por Paul Nacke era certo e preciso, mas não pegou porque Paul Nacke, sendo ele mesmo muito narcisista, obteve, de imediato, a repelência de todos a quem tentava persuadir da genialidade de sua observação. Freud fez a mesma coisa, mas de modo mais sutil. Retomou o conceito, utilizou-o para analisar o comportamento dos outros: foi assim que o termo pegou.

Como se sabe, os outros acham que são todos muito interessantes e, quando alguém fala deles, acorrem préstimos, prestando toda a atenção no que alguém diz ou escreve sobre eles. Prestam mais atenção no que alguém diz do que no que escreve, porque os outros não gostam de ler e preferem ouvir, não são como eu que, morando nesta estação do velho oeste, por onde não passa mais nenhuma diligência, tenho que ficar lendo horas e horas, noite adentro, para aprender as coisas. Freud explica. Mas os outros, em vez de ler, ficam ouvindo. Não fossem suas conferências, Freud não teria obtido o estrondoso êxito que alcançou. Eu, como não dou conferência nenhuma, fico aqui muito preocupado comigo mesmo e com essa minha situação. Outro dia, uma amiga me disse que eu sou muito vaidoso, que só penso em mim etc. Mas quem já teve a ideia de vincular algum tipo de relação entre Freud e o próprio avô?

Dos historiadores nem é bom falar. São todos uns mentirosos. Inventam ainda mais do que nós, os ficcionistas. Talvez Terêncio, Gibbon, Braudel, Hobsbawm e os Evangelistas tenham sido as exceções que confirmam a norma.

Quanto aos equívocos dos psicanalistas, nem é preciso citar muitos. Basta dar o exemplo de meu tio Faustino Correia, um solteirão do tempo do Segundo Reinado que dilapidou sua imensa fortuna em todo tipo de prazeres, aí incluindo em grande quantidade e intensidade aqueles proporcionados por mulheres – são ainda o que de melhor a humanidade conseguiu prover aos homens, não sendo por outro motivo que todos nós trabalhamos sem parar para obter o amor delas. Eu mesmo estou escrevendo este conto para poder mostrá-lo à Alexandra, para impressioná-la e convencê-la, ainda que subliminarmente, de que ela não está perdendo seu tempo comigo, apesar da vida complicada. Eu sou muito pior, é só ver o estilo, ih, estou chorando, leitores, acometeu-me um ataque de autoflagelação, cujo fim é provocar em vocês a piedade que eu abomino, só para que possa sofrer ainda mais e assim acentuar o meu martírio. Eu, que tinha feito dois belíssimos parágrafos, aqui degringolei e nem disse o que houve com meu tio Faustino. Voltemos. Atualmente há milhares de herdeiros reivindicando heranças que ele deixou. O processo está hoje no Tribunal Federal de Recursos, em grau de apelação. Eles apelaram mesmo. Eu fui, de todos os pretensos herdeiros, o único que não se habilitou. Ganho a minha vida trabalhando. Por isso, escravo, escrevo. Gostaram desta minha porção concertista, ó leitores desalmados, que vos comprazeis com minha desgraça, com minha obrigação de escrevente, escrever? Vocês ainda não viram nada! Eis uma amostra dos versos que guardo inéditos: "Ergui uma escada e pus um esparadrapo na Lua, que estava triste e ferida, agredida que fora por São Jorge, irritado por ter somente um cavalo, quando sabe que Napoleão tem muito mais e que anda no branco porque é de sua preferência". Que tal este poema, leitores filhos da mãe, que não vos comoveis com nada (estou sentindo isso ainda antes de publicar este conto). Vejam as possibilidades de análise desses meus versos, ó críticos e professores de Literatura. Poderiam seguir o seguinte roteiro: a agressão aos inocentes como forma de desabafo existencial: São Jorge ataca a Lua porque não há mais ninguém para agredir, o coitado do dragão jaz ali há séculos transpassado pela espada cruel, mais aterradora que Excalibur, a do rei Arthur. Disseram que este era bicha, talqualmente todos os outros; não era por outro motivo que somente cavaleiros se reuniam ao redor da Távola Redonda, que não era redonda coisa nenhuma, pois eles desconheciam o círculo. Mulher não era admitida. A sapatona, aquela que escreveu a história de outro ângulo, como é mesmo o nome dela? Só sei que é o mesmo de uma monumental escavadeira, que chegou a Siderópolis e Criciúma nos anos 1950, desempregou um monte de mineiros e começou a extrair mais carvão do subsolo que todos aqueles desempregados juntos, manejada por um único homem! Que destino o meu! Hoje essa senhora que reescreveu a saga do rei Arthur de uma perspectiva sapatona tem o mesmo nome daquela máquina e está tirando o meu emprego, porque os leitores de hoje só querem saber das sexualidades heréticas, ilegítimas, e nem se lembram de dar uma olhadinha nas minhas histórias, escritas na base do homem/mulher, mulher/homem, tudo nos conformes. O nome da máquina era realmente o mesmo dessa senhora? Não sei. O carvão escureceu tudo, até mesmo as minhas lembranças. Sem contar que eu não tive infância. Freud explica.

Muitos psicanalistas viveram à custa da alma dos descendentes de meu tio Faustino. Viram nesses clientes almas de pessoas ricas, isto é, esculhambadas, complicadas, almas que eram para esses psicanalistas o mesmo que é para os dentistas uma boca imprestável de gente rica, cheia de cárie, abscessos, nervos expostos, canais oclusos etc. Ou o que é para um gastroenterologista o estômago de uma pessoa rica em completo desacordo, com nós nas tripas etc. Ou o que é para um urologista um cacete sem o indispensável poder hidráulico (que o leve a se erguer sempre que necessário, ou, ao menos, na maioria das vezes), o pau brochante de um homem rico, claro. Ou o que é para um ginecologista a cachopinha de uma mocinha rica, que sofre de frigidez congênita, mal de Parkinson no clitóris (não, esta não é uma doença desagradável, não, leitores), ou qualquer outro mal. Agora, se todas essas doenças vitimarem um pobre homem sem dentes, um operário com tenesmo, um boia-fria sem tesão ou uma favelada frígida, ó leitores, esquecei. Ninguém irá cuidar de nenhum desses seres. Freud cuidou de algum trauma de pobre, desses que só sonham com comida e casa para morar, algum remédio? Jamais. Como todo bom e astuto judeu, Freud foi cuidar da aristocracia vienense. Trauma é que não faltava para esta classe.

Bem, mas Freud, tão logo aquela senhora, de quem falávamos no início, deixou o consultório, começou a rever todos os seus antigos conceitos, não sem antes imprecar contra aquela velhota, ofendendo-a com estes provérbios: Cavalo velho também pasta; Para cavalo velho, pasto novo. Freud era cheio de metáforas.

Freud reviu suas teorias. Em muitos casos em que vira o *superego*, depois de uma reavaliação chegou à conclusão de que se tratava de um *subego* disfarçado em empáfias, mas sem nenhum poder para se sobrepor ao ego, donde muitas pessoas terem um ego monstruoso! No *id*, esta pilha do desejo, ele viu um caos que ninguém entende, nem mesmo o objeto amado. Quanto ao narcisismo, depois de Hitler, este termo virou fichinha e não servia para explicar mais nada. Nenhum ser humano, depois de Hitler, pode ser considerado narcisista. Nem mesmo eu. Ou Freud. Ninguém. Sendo judeu, Freud abominava os alemães e foi por isso que os caluniou tanto em vida, escrevendo aquelas barbaridades sobre seus clientes, a maioria deles composta por alemães. Curioso este racismo de Freud! Freud também não gostava de negros, porque atribuía a eles o ódio racista dos alemães contra os judeus. Não podendo perseguir os negros, os alemães massacraram os judeus, ali à mão. Para massacrar os negros, era necessário ir até a África. E lá nenhum alemão ia se dar bem. Pois se nem Rommel, com aquela montoeira de tanques, se deu bem por lá! Não se poderia nunca atribuir a Freud algum tipo de racismo, já que ele, mesmo detestando alemães e negros, abominava o nazismo, que pregava uma pretensa superioridade racial. Agora, cá pra nós: vocês não acham, leitores, que a melhor versão do ser humano é ainda o brasileiro? Todas as outras raças estão ainda num estágio anterior da evolução, devido, sobretudo, ao clima e aos costumes. Os da Europa do Norte porque se suicidam sem parar. E os do hemisfério Sul porque insistem em morrer de fome na terra de Canaã!

Depois de rever todas as suas antigas teorias, Freud abandonou seus manuscritos numa arca e jogou no mar. Meu corvo-avô (um avô muito velho que eu tive, mais velho do que um corvo) foi quem a tirou do mar, nas costas de Santa Catarina. Dentro dela, a surpresa maior: lá estava eu, como Moisés no cesto, à deriva. Meu avô me tirou do mar, me entregou para minha mãe, que era nova e bonita e cuidou de mim. É por isso que eu não tenho complexo de Édipo. Agora, me digam: quem é a minha mãe, onde está a minha mãe? Eu quero a minha mãe! Todo mundo tem mãe, só eu que não!

Freud, depois de rever todas as antigas teorias, arrependeu-se de ter criado o homem, até então um simples animal como todos os outros. Mas já estava no fim da vida, quando nenhum arrependimento vale nada, a não ser para a Igreja Católica, que pode pegar os últimos trocados do cliente desgarrado, ministrando a extrema-unção.

Morrendo, Freud juntou-se ao Padre Eterno, e não se sentou nem à esquerda, onde pontifica Satanás, nem acima da cabeça do Velho, onde está o Espírito Santo, sempre cagando na cabeça dos querubins e serafins como fazem as galinhas gordas nos poleiros, que cagam na cabeça das mais fracas, ostentando o poder galináceo semovente que, entre outras barbaridades, expele calcário pelo rabo em forma de ovo. É um horror esta espécie. Por isso se diz de uma mulher para ofendê-la: é uma galinha. Todos elogiam a mulher com nomes de bichos ferozes: pantera, por exemplo. Para magoá-las, utilizam nomes de bichos caseiros ou de móveis: vaca, perua, cadela, gaveta etc. A exceção é gata.

Onde está Freud, então? Está atrás do Todo-Poderoso. É a eminência parda de Deus e, tal como aqui na Terra, manda menos que o Poderoso, mas sabe mais.

Os antigos gregos

Como se sabe, os antigos gregos conheciam o metrô. As escavações feitas demonstraram que nenhum tipo de transporte com tração própria movia-se sobre a terra naqueles tempos, o que nos leva à irretorquível certeza de que, para ir de um lugar ao outro, os gregos utilizavam caminhos subterrâneos. Como eram ainda mais inteligentes do que nós, que, mesmo assim, já usamos o metrô, é certo que eles também utilizavam o mesmo tipo de transporte, se bem que mais aperfeiçoado, pois na arqueologia procedida não foram encontrados trilhos, fios, nem vagões ou estações. Concluiu-se que os gregos tomavam o metrô onde bem queriam e que os acessos para debaixo da terra eram tantos que será impossível hoje em dia identificar todos eles.

Aristóteles, antes de tomar o metrô pela manhã, costumava caminhar entre as árvores, acompanhado de seus discípulos. Enquanto perambulava por aquelas paisagens de meus antigos livros de grego, ia ensinando aos montes e à ervinha o nome que no peito escrito tinha. Aristóteles tomava o metrô perto da Acrópole e descia sob o Parnaso. Se estava muito triste, abraçava uma das colunas, com quem mantinha um caso amoroso, secreto e indecifrável. Seus alunos, para consolá-lo, faziam-lhe cócegas, mas o grande Aristóteles cuidava em não rir, para preservar suas energias com o fim de escrever um tratado do riso.

Aristóteles era de tez clara e nunca passou vergonha ao preencher a ficha de entrada num hotel. Achava o sexo entediante, ao contrário do autor destas linhas, que acha que melhor que fazer amor só mesmo fazer amor de novo. Mas, como me ensinaram que o autor não deve se meter nas histórias que escreve, fico por aqui. Até logo, então, pessoal. Foi um prazer. Saibam, porém, que discordo do ensinamento: Machado sempre se intrometia e ninguém reclama desse seu costume, antes o louvam exatamente por causa disso. A mim é que querem encarcerar fora da escrita, impedindo minha entrada no texto que eu mesmo construí. Pode isso? Você, leitor, acha justo tal procedimento? Façamos uma conversa clara neste parágrafo: a liberdade de expressão é um tremendo esbulho, é ou não é? A única liberdade é a do leitor, que pode parar de ler quando quiser. Eu, por exemplo, quero parar de escrever, mas não posso: ali estão as contas do telefone, da água, da luz, da escola dos meus filhos, do guarda do quarteirão, do homem encarregado de cuidar do jardim, sem contar o armazém, o bar e a empregada. Compreenderam agora por que os gregos filosofavam tanto? Por que eles podiam ficar de quatro contemplando o horizonte à procura do infinito insondável, enquanto outro grego, por trás, procurava e achava o finito com outra sonda? Os antigos gregos eram veados, isto sim! *Exit*, como no cinema. De fininho, como naquele baile em que o namorado da Maria ia me arrebentar os cornos porque eu tinha comido a namorada dele. "Fora daqui, eu já disse. Vá fazer o seu trabalho, cumprir seu destino!" Até de repente, então, leitores. Repito: foi um prazer. Na máquina, é só vocês programarem a locução e apertarem depois o botão, que repete *ad infinitum* "foi um prazer, foi um prazer, foi um prazer...". Até cansar. Bem, eu vou indo. Preciso continuar a história.

Aristóteles, às vezes, não abraçava as colunas de templo nenhum. Esses eram os dias mais tristes. Ele se tomava de um tédio atroz e, antes de ir para a Acrópole, convidava os alunos a puxarem um fumo. Queimava as ervas num cachimbo e depois ia escrever o *Órganon*, a *Física*, a *Ética*, a *Política* etc. Só não escreveu a *Didática* por dois motivos: ele se interessava apenas por temas fundamentais e achava que, chapado como estava, não poderia ensinar como ensinar. Sócrates, seu colega no bar de Aristófanes (aquele que organizou a greve das xoxotas, muito antes de Jorge Amado fazer o mesmo em *Teresa Batista cansada de guerra*; por aí vocês veem como ninguém mais inventa nada, todos copiam tudo de todos, como já disse o Lavoisier, ele mesmo repetindo Tales de Mileto, Anaximandro ou um outro grego qualquer). A frase não me saiu completa, vou retomar, com licença, estes parêntesis às vezes atrapalham a gente. Sócrates, que jogava com Aristóteles no bar de Aristófanes (os gregos, ao contrário de nós, eram todos proparoxítonos – nós somos para xingar os outros: crápula, por exemplo), foi quem fez a autocrítica do companheiro: "Façavor, hein, Ari! Cê fica aí na maior libidinagem com esses rapazes, perde muito sêmen e ideias, além de suor, e depois vai escrever aquelas bobagens. Façavor, vê se manera. Esses *punks* que andam aí em redor de você jamais vão aprender nada e, no máximo, servirão para enfeitar as gravuras dos livros de latim quando os romanos nos invadirem. Você sabe, eles, mesmo quando vencidos, saem vencedores, pois aproveitam a nossa cultura".

Tanto Sócrates quanto Aristóteles viveram alguns séculos antes de Cristo. Há, porém, uma diferença de cinco anos, já que Jesus Cristo nasceu cinco anos antes de Cristo. Quem errou foi um santo da Igreja, péssimo em matemática, chamado Dionísio. Eu não tenho nada com isso. Por erros bem menores do que esse, cidadãos têm cheques devolvidos, moças têm que abandonar a casa paterna (essa vocês pegaram, leitores? Façam como Umberto Eco ensina: uma leitura cooperativa), firmas vão à falência, caixas de bancos são demitidos e o João deixou de casar com

Mariquinha, pois chegou um dia depois de realizado o casamento. Como a noiva já tinha dado pra ele: "Vocês dois comeram a merenda antes do recreio", ironizou o padre Pedro na sacristia, quando eles foram dar os nomes, o povo garrou a dizer: "Aí tem coisa!". Por errinhos de nada, muita gente pagou caro, e Dionísio é santo. Essa não!

Voltando aos gregos. Filosofavam eles porque eram veados ou porque tinham tempo de sobra? Todo veado tem tempo pra tudo.

Os gregos conheceram um tipo especial de sexualidade. Os homens tinham uma esposa, presa em casa para cuidar da *oikos*, isto é, da casa, donde a palavra economia; além da esposa, que administrava o lar e era encarregada da educação dos filhos, a quem ensinava a ser como os pais assim que crescessem, eles contavam com a hetaira, uma espécie de gueixa com quem eles faziam de tudo! Podem conferir nas gravuras das ânforas, pedrinhas, tijolos, telhas: a hetaira tem cara de quem já fez de tudo! Como as candidatas a miss! Com a diferença de que tinham os pés pequenos, e as misses calçam quarenta pra fora. Por isso, algumas são também sapatonas... Cala-te boca! Agora já falou, não precisa mais calar. Calar ou falar, eis a questão, como dizia Hamlet com a caveira na mão, e Glenda Jackson, aquela que é feia e charmosa, ou Carmen Miranda, não me lembro mais. Só me lembro que numa filmagem brasileira estava sem calcinha e, num arroubo do par, ela foi erguida, sacudida e beijada e acabou aparecendo a cachopa, imortalizada numa foto de José Medeiros ou Indalécio Wanderlei, não me lembro mais, nas páginas de *O Cruzeiro*. Sim, eram pretos, claro. Refiro-me aos pelos públicos que, outros, em outras ocasiões, chamavam de púbicos. Eu estou fazendo ficção.

Não bastava terem duas mulheres, os gregos tinham também um gurizinho, a quem amavam e com quem praticavam umas coisas que eu não quero escrever. Este é um conto decente. Mas que eles faziam com os gurizinhos, faziam. Eram pedófilos. Como Fernando Pessoa e aquele outro do "vinde a mim as criancinhas". Com aquele olhar ele nunca me enganou! Dizem que o quadro foi pintado por Leonardo da Vinci. Bem, esse vocês bem sabem quem foi, não? Se alguém tem alguma dúvida, é só olhar a *Mona Lisa*. Autorretrato do baita! Esses artistas.

Apesar de tudo, Aristóteles foi um grande amigo de Sócrates. Foram necessários muitos séculos para que o personagem Sherlock Holmes, o autor do imortal detetive Arthur Conan Doyle, descobrisse que o grande pensador não se envenenou com cicuta, mas com uma lata de sardinhas com botulismo. Os gregos conhecem o botulismo bem antes de nossas empresas de enlatados.

Quando os romanos invadiram a Grécia, não encontraram aviões e pensaram que os aeroportos eram pistas de atletismo – que fiasco o desses historiadores e cronistas! E, quanto aos telefones, pensaram tratar-se de instrumentos de tortura. Os rádios enormes, os romanos os utilizaram para fazer caixas de abelha. Das televisões, eles retiraram aquelas peças todas que estão dentro e substituíram a tela por um espelho mais nítido, e assim por diante. Todos os eletrodomésticos foram modificados. É por isso que de vez em quando eles enguiçam. Jamais alguém conseguiu refazê-los como eram nas origens e por isso estão sempre com defeito.

Bom, eu tinha que escrever o conto. Há as contas, como falei. Agora, eu vou me encontrar com Alexandra, que está me esperando. Eu gosto muito dela. É mais importante amá-la do que escrever. Não faço como Aristóteles: jamais digo a ela que a mulher tem menos dentes que o homem, como ele dizia para a sua mulher. E de jeito nenhum digo que, quando sopra o vento norte, é mais fácil de engravidá-la. Eu lá tenho tempo de olhar o cata-vento? Quero amar e escrever. Boa noite!

Padre, tenente ou professor: tanto faz

Conheci Amanda num fim de tarde quente. Eram os anos 1970, a vida cheia de perigos. Repressão braba. Como se não bastassem as naturais desavenças entre nós e nossas famílias, nós e nossos professores, baixara aquela nuvem escura sobre o país, a maior trovoada. Eu tinha ido levar um recado para ela. A moça apareceu diferente, assim recém-lavada e bem cheirosinha, os lábios carnudos sem nenhum batom, a face muito branca contrastando com as olheiras, fundas e escuras.

Seu nome verdadeiro era Lili. Gostava de mim, mas achava todo homem um tonto, incapaz de entender, às veras, uma mulher. Em 1970, eu não podia concordar com ela. Por isso, ao acordar, desiludido desse amor, eu puxava uma garrafa de conhaque bem baratinho, que estava sempre debaixo da cama, e começava o dia mamando naquele vidro. O que eu queria era o seio de Lili, escondido naqueles sutiãs bicudos: quando ela caminhava em seu rebolado de mulher boa, ia metralhando os passantes.

Agora, era bonito ver aquela mulher sem calcinha, mesmo que o roupão estivesse grudado no corpo. Ela me deu um oi cheio de ternura e recebeu o recado, cujo conteúdo eu somente vim a saber tarde demais... Diana já era louca por ela naquele tempo. De Diana eu pouco sabia, a não ser que era uma deusa e se entregava todas as sextas-feiras a um tenente do 18º Batalhão de Fronteira, que gostava de jogar xadrez para mostrar às autoridades do lugar quanto ele, por ser militar, era superior a todos os que enfrentava: o prefeito, o padre, o delegado, o gerente das Casas Pernambucanas.

Tempos depois se soube de história muito infeliz. Diana era torturada na cama e diziam que gostava dos sofrimentos que o tenente lhe impunha. O gozo, para ela, vinha sempre depois de muita amargura e toda sorte de crueldades.

Agora, eu tenho apenas as lembranças. Já se passaram quinze anos. Encontrei Diana em uma festa e ela exclamou com grande alegria: "A Amanda também está morando em São Paulo. Vai adorar te ver".

Sou um homem à beira dos quarenta anos e as surpresas estão cada vez mais raras na minha vida. Não que não venham mais, aos borbotões, incontroláveis, como antigamente. Sou eu que não me surpreendo mais. Acho a mulher a melhor parte da natureza humana, portadora de um fascínio irresistível. Na cama, cada uma delas me dá sempre a impressão de que sou estranho à espécie delas. Elas me afagam como se estivessem acariciando um gato, ouvindo um papagaio, dando milho a um pombo. Não me importo. Gozar ou sofrer, cada um só pode fazê-lo na mais irremediável solidão. À hora do amor, o suor torna lisos os corpos, para um ir escapando do outro, antes que a alma seja vampirizada nos beijos da companheira. Em seu hálito gostoso, lá se vai o nosso ar. Se os dois não morrem, na próxima vez será melhor.

O hotel é de cinco estrelas, e aquela lua morna lá no céu, entretanto pela janela, alumia nós três nus aqui nas alturas. Vigésimo andar para mim. Quadragésimo para as duas, pois, antes de se lamberem mutuamente, puxaram fumo, cheiraram coca, beberam muito.

Estou sentado na poltrona e observo o par. Estão se satisfazendo num gosto de dar dó. Diana de repente se vira e me pergunta: "Você não vem?".

Pego o cinto preto de uma das belas e começo a bater. O sangue muda seu curso sob a pele da deusa e vai formando pequenas manchas vermelhas, que serão pretas daqui a instantes. Lili tenta me acalmar. Eu bato cada vez com mais força. Não bato com raiva. Administro remédios esquecidos. Diana suplica a Lili que não impeça. Suplica a mim também: "Ai, não bata apenas, morde, me belisca, me chama de puta, cadela, o que você souber". Ela me distrai com sua arenga. Para elogiar uma mulher, chamamos a danada de gata, pantera, máquina, avião, o que não está ao alcance de nossa mão. Gata: a fêmea que mais sofre no amor. A mulher precisa prestar atenção a nossas metáforas; para falar mal delas, todos os nomes caseiros: cadela, galinha, franga, perua, ela também é bicho doméstico.

Amanda-Lili me abraça. Diana rolou pelo tapete, inconsciente. Apanhou mais. Dou uma olhadinha amorável para ela, antes de esquecê-la e perder-me entre as pernas de Lili-Amanda, de quem tiro muitas essências para ela se tornar minha amada. Misturo minha barba nos seus pelos, ouço rumores de sangue em meus ouvidos, vindos das coxas de Lili. Lili, meio partida, é a melhor parceira para reconstruir o Éden entre estes lençóis.

Vários corações batem no meu peito. Devo ser algum outro, mas podem me chamar de Leibniz que eu não me importo. Agora sou mônada, incapaz de perceber Lili, que se diluiu em mim.

"Me coma, me coma", ela sussurra. Não grita, como aquela vaca da Isabela Rosselini no *Veludo azul*. "Antes, vem cá." E me faz todas as carícias. "Você sabe à espanhola?" Eu sei, mas digo: "Me ensina", pois diante da fêmea astuta, raposa e felpuda, todo homem é um paspalho. "Não encontrando em ti a paixão que me incendiava, havia extraviado o desejo pelas quebradas do mundo." Ela toma os dois seios e dirige a bolinação. O amor é cheio de esfregações. "Agora, vem", ela sussurra, e este cochicho estremece a minha vida. Ela abre as pernas; eu vou. Este é um dos gestos mais bonitos que uma mulher faz para um homem. Ao pé da cama, a deusa dorme, bêbada e machucada.

No dia seguinte, a surpresa no espelho do banheiro, um recado de batom: "A outra da tua vida não sou eu. *Kisses*, Diana".

— Daqui pra frente, a vida começa outra vez — me diz Lili. — Eu nunca mais verei Diana.

— Nada de *melodramón* mexicano — eu digo. — Semana que vem, a gente telefona pra ela. Trarei também minha amada e a amiga dela.

Lili me olha cheia de espanto. Eu tenho pressa. A ampulheta, esquecida em qualquer lugar, assinala a passagem inexorável do tempo. Sócrates, como todo grego, não sabia de nada, sem contar que gostava de homem e era casado com uma toalha chamada Xantipa, feia e braba que nossa!

Vênus está lá no céu. A outra deusa jaz abatida ao pé de outra cama. Eu estou vivo, aqui, debaixo deste chuveiro, bolinando Lili e achando a vida o maior barato. O tesão está onde sempre esteve, que bom! E, além do mais, ao sair deste banho, serei outro ou o mesmo, dependendo das circunstâncias. Padre, tenente ou professor. Tanto faz. Heráclito não mora mais aqui. Somente o desejo faz o mesmo percurso do rio todos os dias.

A garça pousa ao entardecer

Não é apenas porque você é um paspalho, incapaz de ouvir a guria, envolta em tantas sutis transparências. Nem porque você, sendo um bobo integral, um bobo completo, saiba tão pouco da vida e de tudo. Tampouco nos importa que você a tenha magoado tanto, com a má água que você destila por sua boca imunda – não pelos contornos que a natureza lhe deu, mas pela paspalheira toda que você deixa derramar-se pelas beiradas dos lábios, viu? Mas, a verdade é que, num gesto de extrema delicadeza, por gosto dela e não meu, viemos nos despedir de você. Saiba, então, deste nosso contar, que *você nunca mais nos verá*. Já ouviu falar dos apóstolos Paulo e Barnabé? Não se entendendo de jeito nenhum, eles, de comum acordo, decidiram separar-se. Um foi fundar uma igreja bem longe do outro. Nós vamos fundar um amor bem longe de você. Compreendeu? Eu sabia! Você tem olhos, mas não vê; tem ouvidos, mas não escuta. Seu coração só tem um sentimento: o da piedade e assim mesmo exclusivamente para si. De alguma forma sou agradecido aos céus, a Alá, ao Corão, àquela santa que deu para o barqueiro para que este a conduzisse ao outro lado do rio, onde encontraria a salvação – você sabe o nome dessa tal? Nem dessa? Não sabe de Santa Maria Egipcíaca? O Manuel Bandeira sabia! Mas sou agradecido porque, exatamente por você ser assim como é, abreviou o caminho entre mim e a paixão que ora me incendeia e por quem esperei meia vida. Resta-me apenas a metade do viver, e quero vivê-lo em dobro, intensamente.

E o que você viu nela?

Vi o que você não viu. Chegou sorrateira, doce e calma, límpida e contente, me olhando sem nenhum cuidado, apenas aproveitando o tempo que para ela ainda não corre rápido entre as mãos, como para mim. Fumando muito, logo vi que soprava para fora, junto com a fumaça, pequenas nuvens de tristeza. Além do mais, uma ponta de melancolia recobria seu olhar e era vista na segunda pele do olho. Linda, maravilhosa, mar, ave, ilha, como dizem os poetas. Começou falando coisas inteligentes e me cativou para sempre.

* * *

Foi isso, doutor, o que me falou. Só podia estar louco. Nunca o tinha visto antes. Sabia que os dois eram dados a uma curiosa alquimia, que faziam como parceiros: transformar a vida em palavras, em astuciosos jogos de retórica, e depois levar ao papel, quente ainda, vida ainda, onde esperavam que a memória, graças à insidiosa invenção de Gutenberg, retivesse para sempre e preservasse do esquecimento, que é mortal, toda a lembrança do amor deles.

Não entendo nada do que você diz.

O mundo está desse jeito. Também eu não entendi nada do que os dois me disseram. E olha que a moça tinha sido minha namorada por algum tempo. Mas eis o mais grave: também eu não entendo nada do que agora lhe digo.

Mas você é mais paspalho do que eu. Porque eu só não entendo o que você me diz. O que eu próprio, eu mesmo, digo, eu entendo. E você confessa que não entende nem o que você mesmo diz.

Foi também o que eles me disseram.

Toda unanimidade é burra, como disse o dramaturgo.

Das anotações do homem

Sei que um escritor não escreve o que houve. Nem o que ouve. Esta mulher chegou como quem vem para me danar. Trouxe uma caneta; no segundo dia, outra. As duas escreviam. Formosa, calma, afagante – era assim que eu tinha esperado uma mulher a vida inteira. Não sei como pôde adivinhar. Falou de flores e amores. De luxúria, amizade, admiração. E tesão, claro. Intuiu que eu devia ser um bicho libidinoso, como de fato sei que sou. Minha semelhante e igual, a outra metade de que falaram sempre os antigos. Até os erros são comuns. As nossas fraquezas, que são as nossas grandezas, são parecidas. Com a diferença de que ela me conta tudo. Eu tenho uns medinhos, secretos por enquanto. Dá em mim uns beijos por onde escorrega a minh'alma para misturar-se à dela. Gosto de ficar por perto de seu calorzinho. De misturar os sentimentos, as pernas, os braços, enfim, o corpo. Trocar palavras. Espelhar-me nelas. Há algumas diferenças entre nós dois. Ainda bem. Mas o dos búzios, nisto estava certo: você tem todas as idades, ele lhe disse. Então, tem também a minha. Em percursos tão diferentes, só mesmo assim para eu dar de cara com esta moça, que é Rute catando espigas na minha roça. Até então eu não sabia que a colheita era para nós dois. Mas meu nome será Boz ou Foz?

Ele é complicado. Está sorrindo ou cantando e de repente fixa os olhos muito ao longe, como quem vê através. Um olhar de louco, profundo e desinteressado. Mergulha em si mesmo, atento ao que eu não sei, nem posso perscrutar por mais que me esforce. Então se fecha e nenhuma palavra ou gesto meu pode abri-lo. Outras vezes, sem que eu espere, estando triste ou desesperado, como posso intuir pelas rugas que se espalham em seu rosto, abre um sorriso enorme e se desata para mim. Conta de sua infância profunda, das dores – me conta tudo com alegria. Fala de seus amores passados, umas mulheres que o incendiaram. Mas aquele fogo, o tempo, como a água, o apagou. O que mais me irrita nele: por que não tem raiva de ninguém? Por que não odeia os que lhe fizeram somente o mal? Por que aquela superioridade boba de recusar todo tipo de piedade? Sua vida, eu a vou compondo aos pedaços. Sofreu muito a repressão que baixou sobre o país. Mas não se queixa. Abomina mártires de todo tipo. E, se não fala, é certo que escreve. Escreve que escreve, escrivão, escrirreverente contente. À máquina, é um brincalhão. Com as palavras ele é o que quer. Que eu um dia vou abandoná-lo, nem eu mesma ainda sei. Mas como suportá-lo?

* * *

Ela também era louca, doutor. Tinha uns passados... Seja mais claro, rapaz. Ora, os passados de toda moça, doutor. Especifique um pouco mais. Os amores dela, doutor. Amou mais do que um homem! Que grande revelação, rapaz! Amar mais de um homem, pois com toda mulher não é assim que acontece? Mas é que ela os amava verdadeiramente, doutor. Entregava-se a eles nas frias noites de São Paulo, enquanto a famosa garota lá fora gelava também o seu coração, mas isso depois de tudo feito, pois na hora a moça não percebia a grandeza de seus gestos. Você fala por enigmas, rapaz. Esclareça melhor este assunto. Eu queria ter o poder deles dois, doutor, o de escrever assim o semiescuro, iluminando aos poucos. Mas aqui não é possível. Aqui a gente tem por obrigação pôr tudo às claras. É um depoimento, um documento, não um monumento. Eu não quero contar mais nada, doutor. Deixo que a vida deles eles mesmos a inventem. Mas você não disse que os dois tinham morrido? Disse, doutor. Para mim eles morreram para sempre. Só para eles é que não. Você é ainda mais doido que os dois, rapaz. Foram eles que me deixaram assim enlouquecido, doutor.

Mas me conte, enfim, o que houve lá no necrotério. Eu disse apenas: É para mim que o senhor entrega o corpo. *Caro data vermibus*, como diziam os romanos. O corpo reduzido a um acróstico: cadáver. Ao senhor compete apenas o cuidado com as exéquias, os ritos finais dos mortos, mas talvez gostasse de saber que este é o corpo de meu pai e que em vida nós dividimos a mesma mulher.

Balada por Anita Garibaldi[1]

I

NOTA DO FICCIONISTA

Eu queria escrever uma história de amor. Queria contar do medo e da coragem, da paixão e do amor que marcaram a vida de Anita Garibaldi. Achei, porém, que sua história era tão fantástica e verdadeira que não precisava nem inventar. Retifiquei, porém, algumas coisas. Dei a palavra a Anita, ainda que de modo fugaz. E sintonizei uma conversa entre Garibaldi e Bento Gonçalves ocorrida no além-túmulo.

II

ANITA GARIBALDI, VERA FISCHER E OUTRAS

Nos começos do século passado, o governo brasileiro, no intuito

---

1. Devo o mote desta história a Josué Guimarães, que me convidou a escrever sobre Anita. A versão dele está no livro póstumo *Amor de perdição*, da L&PM. O outro amor de Garibaldi era Manuela.

estratégico de proceder enfim à ocupação do território nacional, que ainda hoje não foi feita, sendo nosso país um dos menos habitados do mundo, empenhou-se na tarefa que ficou conhecida como a *imigração europeia*. A sabedoria popular resume de modo mais econômico este conhecimento, dizendo: "Pois é, encheram isso tudo de alemão, italiano e polaco!".

As alterações havidas foram tão profundas que o século XIX foi um tempo que mudou tudo no Brasil Meridional. Ele nos possibilitou sucessos admiráveis: a beleza e a sensualidade de uma loura charmosa e ousada que atende pelo seu nome de guerra, Vera Fischer; os filósofos Ernildo Stein e Gerd Bornheim; os editores Appel, Jacob e Bertaso; os escritores Charles Kiefer e Armindo Trevisan, que exumaram muitos antigos incômodos; a escritora Edla van Stein; vários monumentos a imigrantes, muitas indústrias, roças, imensas plantações de soja, fumo, arroz; o poeta Paulo Leminski; uma das frases mais bem cunhadas no Sul do Brasil, dizendo que o polaco é o negro do Paraná; um ficcionista que levou a história curta à miniatura, chamado Dalton Trevisan; um outro que revirou a memória de uma guerra desconhecida, chamado Guido Vilmar Sassi, escrevendo, como Moisés, sobre uma tal de *geração do deserto*; um certo poder moderador das paixões latinas que as pessoas dessas paragens herdaram de alguma forma dos alemães em questão; um desperdício italiano, melhor dizendo, um fausto vocabular, que se faz acompanhar sempre de uma coreografia de gestos; uma arquitetura singular, com casas de pedra cobertas de tábuas rachadas, fornos de pão separados das casas; os melhores vinhos do Brasil; imensas igrejas, verdadeiros templos de suas pequenas cidades; procissões puxadas por padres, frades ou comadres; campanários com seus sinos melodiosos; ordens religiosas; escolas à sombra de diversas igrejas e um sem-número de padres, ex-seminaristas, freiras caridosas e verdadeiras polindo suas virtudes no farfalhar de vestes vestais: podiam todas ser *veras fischers*, mas assim mesmo, lindas e talvez ainda mais corajosas, acharam melhor seguir o chamado que vinha do harém do Senhor e hoje são todas esposas de Cristo; além delas, o Sul produziu bispos que espalharam sua fama e seus sinais de contradição pelos quatro pontos cardeais, tornando-se, alguns deles, os próprios pontos cardeais da Igreja à que serviam; o monjolo, o moinho e o pilão também compõem o legado que vem do século que mudou tudo. Sabemos, porém, que esta enumeração é incompleta.

III
UM PAÍS AO SUL DE SÃO PAULO

Ainda que orgulhosa de todos esses feitos e personagens, a nação meridional do país, que começa em São Paulo e vai até o mais longínquo sul do Rio Grande, não esquece a figura esplêndida de uma mulher como tantas outras, mas que teve uma vida intensa e trágica como poucas no périplo iniciado em Santa Cataria, em 1821, e concluído na Itália, em 1849. Aconteceu tanta coisa em sua vida que, ao nascer, chamou-se Anita Maria de Jesus Ribeiro da Silva, mas ao morrer já se chamava Anita Garibaldi, nome que ela própria moldou e que é também o que ficou para sempre gravado nas pedras de todo o mundo, mas sobretudo na memória de muitos.

IV
ELES NÃO DEIXAM RASTROS NO MAR, MARCAM A TERRA

Os catarinenses que habitavam as terras banhadas pelo oceano Atlântico, antes da chegada dos grandes contingentes de imigrantes alemães, italianos e polacos, eram em sua grande maioria descendentes de açorianos. Esta evidência podia ser notada desde a forma de arrumar o cabelo, nas mulheres, ou nos chapéus dos homens, até as plantas dos pés, encarapitados em chinelos de tiras de couro e solas de madeira, por eles chamados de tamancos. O oceano continuou a banhar as mesmas areias, indiferente à nova gente que suas águas haviam trazido. Mas se o mar continuou eternamente o mesmo, com seu lento cavalgar de ondas, que só galopeiam mais fortes pelos lados do mar grosso de Laguna, o mesmo não ocorreu com a paisagem, que foi sofrendo todo tipo de alteração. Por uma dessas fatalidades das ocupações territoriais, o mesmo homem, que no mar não deixa rastros, marca indelevelmente a terra onde pisa, trabalha, combate, ama e vive.

A gente de beira-mar, e também aquela outra, que sopita sua vida às margens dos rios catarinenses, doces e trágicos, receberam bem os novos forasteiros. Nem todas as nações vindas pelas águas misturaram culturas e raças. Sólidos preconceitos, que vicejavam nos jardins de patologias diversas, impediram uma mistura maior. De todo modo, firmou-se, a partir da beira do mar e sob sua influência, um tipo humano que dá imenso valor a amizades instantâneas e, por certo, também solúveis. Afetuosos e vulneráveis, os catarinas, como são chamados pelos estados ao norte e ao sul, imprensados entre gaúchos receptivos e paranaenses arredios, não demoram muito a revelar uma irresistível queda para a prosa, que é deflagrada sob o menor pretexto. Por exemplo, se encontram um caminhante extraviado, que pergunta por algum rumo novo, o endereço certo, ainda que provisório, é o ponto em que se cruzaram perguntante e respondente. Acocorados uma boa meia hora, rastreiam *árvores ginecológicas*, descobrem que são velhos conhecidos ou mesmo parentes e, se se encontrarem outras vezes, serão também compadres. Muito religiosos, é certo que o batizado será feito duplamente: em casa, logo que o rebento venha à luz, por precaução; já que a mortalidade infantil ainda é uma grande ameaça à expansão de tão simpáticos seres humanos, pelo menos que não se perca o desinfeliz nas trevas do limbo eterno; e na igreja, num domingo festivo, quando então a mãe vestirá seu melhor e estampado vestido, e o pai porá sua mais vistosa fatiota, a fim de, equiparando-se aos padrinhos e compadres, realizarem um batizado que preste.

V

ONDE ESSA MULHER NASCEU? É VERDADE QUE MORREU ESTRANGULADA?

Ana Maria, filha de dona Maria Antônia e seu Bento, foi batizada assim, por certo. Este "seu" é para reiterar que o dono do nome é o próprio e que ele é dele, não há outro proprietário, pelo que se reitera, assim, a soberania do indivíduo sobre si mesmo, coisa de que até o Hegel não duvidava. Hegel, como se pode facilmente depreender, se tivesse emigrado seria catarinense.

Despreocupados com a perdição da filha, já que ela havia sido batizada em casa, com respingos de água potável aspergida com um ramo de vassourinha-do-mato, seus pais só compareceram à igreja algum tempo depois, quando a menina já podia sentir a graxa dos santos óleos, a frescura da água, cuja aspersão era renovada, e o gosto amargo do sal. Sem contar o cansaço do celebrante, que, além de espalhar óleo, água e sal em todo o criancedo, estava obrigado a registrar um por um em livro próprio, com o nome correto dos pais, dos padrinhos, testemunhas e tudo o mais que a Igreja, preenchendo um claro, aberto pela omissão do Estado, sentia-se obrigada a fazer.

Pesquisadores que tudo devassam, especularam muito sobre o nascente e o poente de Anita e encontraram aí dois enigmas. Primeiro, um grande mistério, aliado a algumas dúvidas: a heroína nasceu em Laguna, Tubarão ou Lages? Há registros de muitos outros irmãos de Anita, mas o dela ainda está cercado de alguma névoa, semelhante àquela em que, em certos dias, cobre a terra onde ela viveu e foi descoberta por Giuseppe Garibaldi. Esta bruma é chamada de cerração pelos habitantes do lugar, e, quando é forte, encobre os horizontes, seja qual for o lado que se contemple. O outro enigma, este já um claro enigma, é do tempo em que Anita se pôs, acompanhando o sol, na Itália, em 1849. Disse o legista que examinou o cadáver: "Foi observado ter os olhos protrusos e metade da língua protrusa entre os dentes, além de traqueia rota e um sinal no pescoço, sinais inequívocos de estrangulamento sofrido". Anita morrera estrangulada? A cerração, em qualquer dos casos, sempre é desfeita. Basta esperar pelo sol, que tudo ilumina.

VI

ALCOVITAÇÕES DE UMA VIÚVA

Anita, batizada, cresceu em idade, sabedoria e graça. Seus biógrafos enfatizam demais os dois últimos itens. Deveria ser uma mocinha morena, dessas cheias de todo charme, que rebolam afoitas nas praias do oceano Atlântico que tanto veneram, à mercê de maridos incautos, que ainda procuram. Quando adolescia, tomou-se de amores por um certo João Gonçalves Padilha, sargento de milícias, volúvel galã que infestava a costa com suas muitas namoradas.

Naquele tempo, porém, o casamento era tramado por outros que não os próprios interessados, e às vezes a mocinha ia conhecer o feliz consorte somente à porta da igreja, que, de conluio com os poderes locais vigentes, muito ajudava o Estado nessas tarefas de distribuir com magnanimidade a pobreza e os encargos diversos da vida, de modo que a maioria pudesse ser pobre, sim, porém cheia de obrigações.

O pai de Anita não pôde tratar das alcovitações que arrumavam um marido para a filha por um motivo banal: vivendo entre costumes açorianos, estava atingido pelo cipoal burocrático de Portugal e, ao entrar numa repartição qualquer da época, foi-lhe exigido também, entre outros tantos documentos, o atestado de óbito, requisito ao qual atendeu, pouco antes de estourar a famosa revolução que proclamaria duas repúblicas no coração do Império do Brasil: a *República do Piratini*, no Rio Grande do Sul, e a *República Juliana*, mais feminina, mais charmosa e mais vulnerável, sendo então a que, acompanhando o que acontecia com muitas crianças, morreu vítima de mortalidade infantil, que afetava também as nascentes e ousadas repúblicas latinas. Bentão, como era conhecido, para poder obter o atestado de óbito, contraiu antes o perigoso tifo e, velho de cãs indefesas, cuidava de crianças no fim da vida, ainda que entrevado, tolhido, caído, quebrado, após o que morreu, como acontece com toda a gente. Entrevados, isto é, presos ao leito da doença e da morte é como têm morrido muitos catarinenses desde priscas eras!

Viúva a mãe de Anita, dona Maria Antônia torceu o coração de sua filha, virando-a para os lados de um certo Manuel Duarte de Aguiar, de olho num arrimo que ela, velha, já achava que estava precisando. Sua mãe não fez isso impunemente, como de resto todas as outras filhas contrariadas de Santa Catarina têm sabido demonstrar. Anita desviou o olhar do sargento preferido, sob o mando da mãe, e casou com esse sapateiro Manuel, que gostava muito de cachorros e de pescarias noturnas. Em tudo, dizem os biógrafos de Anita, ele diferia da mulher: Anita era linda, ele era feio; Anita vivia alegre e sorrindo, ele jamais mostrava os dentes, sempre acabrunhado; Anita tinha um ventre venturoso e fértil, ele teria sido estéril; Anita tinha a euforia da vida, esta que se expande no rosto, sobretudo no olhar, ainda quando se está adolescendo, e o marido tinha somente essas alegrias fugazes e de sequelas terríveis, provocadas por bebedeiras; ela era muito dada com todos, sem desconfianças e cautelas ciumosas, e ele, ao contrário, tinha um ciúme doentio da mulher. E, por fim, a incompatibilidade fundamental: ela, sequiosa por alterações e mudanças diversas, era revolucionária ainda antes de seguir Garibaldi, engajando-se nas lutas de libertação do jugo imperial, porque, não fora assim, não o teria seguido; e ele, monárquico empedernido, achava que o mundo era assim desde todo o sempre e assim ficaria eternamente, porque quando nasceu já o encontrara do mesmo modo, e, se os seus antepassados não o haviam mudado, por que ele haveria de fazer o tumulto da alteração, a perturbação da mudança? A rebeldia de Anita deixou-o tonto. Perdido e confuso, abandonou a mulher, alistando-se no Exército Imperial. A bem da verdade, deve-se dizer Guarda Nacional, pois Exército só se formará no Brasil com a Guerra do Paraguai. E alistamento, no caso, o sujeito somente o fazia livremente coagido pelas autoridades do lugar. De modo que outro enigma se instala nesse caminho: ele partiu porque quis ou terá aproveitado a convocação para abandonar a mulher por quem antes estivera apaixonado? Outros maridos, igualmente convocados, faziam-se seguir pelas próprias mulheres, que acompanhavam as tropas em seus deslocamentos. Por que Manuel não levou Anita junto com ele, como os outros?

VII
OS IDOS DE AGOSTO

O casamento deles teria sido uma daquelas fatalidades do oitavo mês, tão lamentadas pelos catarinenses e brasileiros em geral. O pai dos pobres não se suicidou num agosto? Pois Anita casou em outro! Mês de cachorro louco, agosto dava um péssimo marido à heroína, e arrimo nenhum à sua mãe. A freguesia da Igreja Matriz de Santo Antonio dos Anjos de Laguna assistia a mais um desses casamentos fadados a um triste fim. Entre tantas diferenças, havia ainda a da idade. Casaram uma menina que adolescia e um homem que, de tão maduro, envelhecia.

Agosto perseguiu Anita a vida toda e foi em outro agosto fatal que ela morreu, em plenos vinte e oito anos, numa boca da noite de um findar de dia 4, em 1849. Derrotada em Santa Catarina, nos combates pela proclamação e consolidação da *República Juliana*; derrotada na Guerra Farroupilha, cujas lutas não foram suficientes para fazer com que adolescesse a república-irmã, a do *Piratini*, ela, entretanto, depois de derrotas e vitórias no Brasil, Uruguai e Itália, morria com um filho no ventre. Como as repúblicas que ajudara a proclamar, o filho morria antes de nascer. Mas, como se sabe, outros filhos seus vingaram e outras repúblicas, semeadas em solo latino-americano, nasceram em terra hostil a repúblicas, e, mesmo cortadas e mutiladas diversas vezes, não foram banidas do solo que Anita pisara, e vicejavam aqui e ali, nos verões que se seguiram.

VIII
VÁ TOMAR UM CAFÉ LÁ EM CASA E APROVEITE PARA SE APAIXONAR

Anita cruzava uma rua qualquer da cidade de Laguna libertada quando Garibaldi, a bordo da escuna *Itaparica*, que estava ancorada em frente às poucas casinhas da Barra, a viu pela primeira vez através do telescópio que utilizava para contemplar a capital da república recém-proclamada. Colhia ele os chamados louros da vitória, saboreando com o olhar a paisagem, lambendo-se de contente por haver desbaratado as forças imperiais, vencidas pelo ataque surpresa, mas também muito triste por haver perdido na famosa batalha muitos amigos do peito, entre os quais alguns companheiros de infância. Deslumbrou-se com a moça, que, vulnerável, era vista de tão longe e cujo vulto o telescópio trazia para tão perto de seus olhos.

Garibaldi não sabia nada de Anita. Nem que ela, durante as cerimônias do *Te Deum*, celebrado na Igreja Matriz de Laguna pelo padre Vilela de Araújo, em agradecimento e honra da revolução vitoriosa, passara o tempo todo embevecida e apaixonada a contemplar, admiradíssima, aquele rosto barbudo, escondido entre diversos tons ruivos. O cabeludo a cativara, não somente pelo porte semelhante ao do antigo galã por quem se inclinara, senão também pela voz de barítono que sobressaía entre diversos conversares.

Garibaldi não sabia também que uma enfermeira prestara muita atenção a ele quando o comandante visitava o Hospital de Sangue, onde estavam os feridos dos últimos combates travados no rio Tubarão.

Um dia, ao descer da escuna para espairecer nas ruas estreitas de Laguna, ele recebe um convite para "tomar café lá em casa qualquer dia", convite que o catarinense faz a toda gente com que cruza, como se sabe. Ele, qualquer dia, foi mesmo e encontrou, para total surpresa de ambos, a mesma mulher que vislumbrara na névoa com o telescópio.

Tu devias ser minha, ele lhe diz ao despedir-se.

IX

GARIBALDI NAVEGA POR TERRA ATÉ ENCONTRAR O MAR

Para chegar até este momento, Garibaldi singrou por *mares nunca dantes navegados*, pois conduziu dois navios por terra, desde o riacho de Capivari, nas proximidades de Porto Alegre, até a lagoa de Tramandaí.

O feito heroico e imaginoso, que despistou as vigilâncias havidas no porto de Rio Grande, consistiu em colocar as duas naus sobre rodados enormes, em aratacas improvisadas, e assim transportá-las por terra, puxadas por umas cem juntas de bois. E não eram pequenos os navios: um, o *Seival*, tinha vinte e cinco toneladas; o outro, o *Rio Pardo* (que uns chamam de *Farroupilha*), era de trinta toneladas. A travessia, cheia de todo perigo e dificuldades, iniciou-se em 5 de julho de 1839. O percurso foi realizado por terrenos terríveis, lodaçais e restingas de areias movediças. No dia 11 de julho os barcos já navegavam em águas normais, na lagoa de Tramandaí, e no dia 14 ganhavam o mar. Contornam, então, o cabo de Santa Marta, apoiando por água as tropas de Canabarro, que atacavam por terra.

Antes, porém, naufraga o *Rio Pardo*, ao sul do cabo de Santa Marta, o famoso cemitério de tantos navios. Garibaldi passa, então, para o *Seival* e o leva não mais por mar aberto, mas por vias fluviais e lacustres próximas da costa, graças à ajuda recebida por práticos do lugar e às enchentes do inverno. Em 21 de julho ele está na foz do rio Tubarão. Era um sábado. No domingo, dia 22, coroando o projeto alucinado de navegar por terra, imaginado alguns dias antes, Garibaldi ajuda a libertar Laguna. Mais sete dias são necessários para outra travessia: a das conversas e entendimentos que levarão à proclamação da *República Juliana*, efetivada no domingo seguinte. Era o ano de 1839 e não era agosto. Era um julho cheio de incontido júbilo.

X

ENTREOUVIDO NO OUTRO MUNDO: BENTO GONÇALVES CONVERSA COM GIUSEPPE GARIBALDI

— Gringo filho da mãe, por que razão preferiste fazer tuas naus navegarem pelo pasto, lamaçais e restingas, e por banhados acanhados, quando a lagoa toda boa, cheia de patos, estava ali à tua cara, precisando ser navegada? Por que abandonaste os patos da lagoa, apegando-se desse modo louco às patas de teus bois e de teus burros para puxar navios por terra, animal ruivo alucinado? Não chegaste até o sul por mar? Tu achas, então, que o oceano é para pastar o gado e o pampa é para ser navegado com toda aquela pompa desvairada?

— Bentão, por quem foste benzido para seres bento, bento-chefe, bento-proprietário, bento-valente, bento-contente, com teu gado conseguido enquanto os outros dormiam seu sono e não cuidavam de seu gado, tornando-o, pois, gado sonegado? Por que tu achas que eu iria me atirar pela lagoa a navegar? A lagoa era dos patos, não era minha, e eu era burro para nadar em mar aberto e cair na armadilha e mira dos imperiais? Tu, então, achas que minha mãe me pariu para eu morrer no rio? Me botou no mundo imundo para eu ficar no fundo? Na lagoa eu me afundaria, no pampa eu navegaria, como de fato naveguei. Tu não costumas pastorear teu gado no descampado do céu, alimentando-o com as estrelas devolutas que iluminaram tuas fugas e lutas? Pois eu, não podendo ancorar meus barcos nestes céus, que não são meus, ancorei-os em bom porto depois de alguns passeios! O oceano não tem pasto, não tem ponte, é muito vasto, por lá não passo, a não ser que eu possa fazer o traço da minha estrada, sinuosa e grande como uma invernada. Se assim não for, prefiro navegar no pasto.

— O italiano deu pra poetar depois de morto varrido, morto apodrecido, morto sumido! Só te ocorreste agora, nesta hora, ser poeta louco? Por que não esperaste mais um pouco? O ouvido dos pósteros é mouco para nossas glórias, hoje tudo revisam, tudo revistam, e, além de não nos considerarem heróis, fazem nascer outros sóis que iluminam nossos escuros, revelam nossos apuros, fuçam em muitos monturos, jogam-nos para o outro lado dos muros: essa gente valente em pouco tempo nos transformou de heróis em vilões. Já me chamaram até de bandido. Eu fui, mas quem não foi? Em guerra quem não tem sido?

— Bentão, índio velho desgualepado, tu achas que eu comecei a poetar aqui na eternidade? Meu melhor poema foi justamente aquela travessia por terras nunca dantes navegadas, minha melhor invenção foi apascentar minhas naus naquelas carretas, colocando-as em varapaus, tornando-as naus com muletas. As valetas que abriam as rodas de pau, cobertas de couro, não valerão todo o ouro arrebatado em saques, todo álcool bebido em conhaques, todas as festas de fraques, nem os badulaques daquelas damas faceiras com imensos vestidos redondos, muito menos seus enleios e gorjeios amorosos. Se hoje nos desmerecem e revisam, deponham suas viseiras. A gente poderia fazer tudo o que quisesse?

— Bentão, meu irmão, em república essas alegrias seriam de toda a gente. Cada vivente viveria contente do seu jeito, no seu eito, sem ser fustigado em terra alheia, sem ter o peito oprimido pelo coração dos outros, sem ter jugo no pescoço.

— Mas tu, que és barbudo e homem como eu, me digas: e quem trabalharia para a gente, se todo mundo fosse fazer o que bem quisesse? Quem daria o prazer que é ter alguém no batente, trabalhando por nossa salvação? E, além do mais, vais me dizer que não gostas do carinho de uma china, desses arrancos na campina? Pensa que eu não sei o que fazias com tua Anita toda catita?

— Nem me fales dessa flor, dessa fêmea linda e carinhosa, a mais gostosa que passou por minha cama. Seu beijo era minha respiração, seu suor expandia uma força bruta que me empurrava para a luta, nossa guerra em sua terra.

— Já trajava luto quando tu a encontraste a contemplar o mar, com aquele olhar perdido que tanto te cativou, que te arrastou naquele sufoco louco da paixão?

— Ela era ainda uma menina que adolescia quando a vi pela primeira vez a vagar pelas ruas de Laguna como uma onda perdida, como uma vaga que rompera a maré, como uma náufraga que chega ao fundo, como um bispo sem sé, como um grito perdido, como uma mulher sem marido.

— Onde andava o marido dessa tal quando te aproximaste dela? Era um marido sumido, um amado sequestrado ou um esposo roubado? A guerra já chegara à sua terra?

— Querido companheiro, sempre houve muitas guerras nessas terras.

— E, do que fizemos, o que restou de tanta luta?

— A alegria de havermos feito o que era preciso, o conforto de havermos chegado a bom porto, o gosto da luta justa.

— E de nossas paixões, de nossos amores, por que é que tanto falam, por que não calam, por que não nos poupam nessas nossas fraquezas?

— As nossas fraquezas são as nossas grandezas, Bentão.

XI

A CERRAÇÃO NOS RETRATOS

Há ainda muitas lacunas. A cerração que costuma cobrir Laguna impede também que se reconstitua com exatidão o retrato de Anita. Monumentos diversos, espalhados pelo mundo, são porém pródigos em apresentar uma mulher exuberante, de fartos seios, firmes, alevantados e sensuais, ancas muito bem fornidas, bunda arrebitada, cabelos longos caindo pelas costas e olhar atento para a frente, para onde as orelhas do cavalo perscrutam o horizonte. Alguns daguerreótipos apresentam-na com um filhinho ao colo, com o fim de escoimar a imagem do tríduo preferido: mulher sensual, fêmea audaz; mulher maternal, mãe corajosa, que luta para proteger e criar o rebento; guerreira atrevida, que vai garantir sua liberdade, valor supremo, com braço armado, donde a lança com que se projeta à luta.

Um herói é uma pessoa comum, alguém que não pôde fugir, dizem bocas maldosas. Uma mulher é sempre diferente dos homens, dizem outros, mas sobretudo diferente de qualquer outra. Hoje se podem ainda colher depoimentos de gente bem próxima de Anita. Nenhuma dessas pessoas saberá dizer que vestígios de heroísmo se poderiam deslindar na contemplação face a face. O herói dormita no seio daquele que o carrega e o corpo é apenas a gaiola que o prende, impedindo-o de expandir sua força. Esta só eclode à beira de acontecimentos grandiosos.

Muitos anos depois, mas ainda no mesmo século, movidos por forças coletivas, inconscientes, mas também pela liderança concreta de outros revoltosos que quiseram reeditar os sucessos de Anita Garibaldi, ainda que sob bandeiras contrárias às que ela levantara, centenas de catarinenses foram enforcados nas repressões comandadas pelo coronel Moreira César, o mesmo que, ao tentar repelir o feito na Guerra do Contestado, foi enforcado por camponeses liderados pelo rebelde José Maria, que caminhava sobre as águas.

Sempre o caminho mais difícil para os de Santa Catarina! Garibaldi precisou navegar por imensos potreiros, restingas e lamaçais; José Maria foi obrigado a caminhar sobre as águas, vadeando rios que sabem ficar valentes no inverno e nas cheias.

E Anita Garibaldi, depois de morta, foi enforcada por força da corda que lhe ataram ao pescoço para arrastá-la até um potreiro, onde foi sepultada.

A modo do messianismo que deflagrou a crença na volta de antigas figuras masculinas, como o sebastianismo, será que Anita haverá de voltar, messiânica, para completar alguma luta mal-acabada? Ou será que fez tudo o que pôde e que o resto é obra para os demais, os que nasceram depois dela, e que não tenham nascido mortos como seu último filho? Se não nasceram mortos, se os úteros de outras Anitas os exilaram para estas terras, é certo que só viverão se lutarem, pois à borda desses mares as conspirações contra a vida começam muito cedo. Começam muito antes de o sujeito nascer ou ser concebido e gerado, pois é terra de muita guerra.

XII
EM CERTAS NOITES DE LUAR, ANITA APARECE EM ALGUM PORTO CATARINENSE PARA RECORDAR

Eu tenho dezoito anos e acabei de me juntar a Garibaldi. Nosso amor nasceu com a *República Juliana* e durou muito mais que os cento e seis dias em que a nação recém-proclamada vicejou, afagada pela brisa dos mares do sul. Há duas semanas deixamos a capital, Laguna, e rumamos pelo mar aberto ao encontro de nossos inimigos.

Estamos em plena lua de mel, mas quase não há tempo para o amor; só para a guerra. O momento de amor você pode transferir; o da guerra, não. A hora tem que ser agora. Travamos vários combates em alto-mar.

Meu batismo de fogo acontece aqui em Imbituba. O primeiro tiro assusta todos. Dois marinheiros caem mortos ao meu lado. Eu estou toda ensanguentada, mas não sinto dor nenhuma. Meu amado pede que eu me proteja, pois o inimigo nos fustiga sem nenhuma piedade. "Vá para o porão, Anita", ele me diz com aquela voz com que me seduziu, com que sempre me seduziu. Concordo.

No porão encontro vários homens assustados, tolhidos pelo medo. Grito com eles, mexo em seus brios. Digo que, se ficarem no porão, é certo que serão aprisionados e mortos pelo inimigo. E que, se lutarem, terão alguma chance. A chance só a tem quem luta. Quem luta tem uma chance. Pode ser pouco isso, mas é melhor do que nada. Quem não luta não tem nenhuma chance.

Eles sobem e vão lutar, envergonhados da covardia. Bichos engraçados os homens! Digo, os outros homens, porque o meu homem não é assim. Na hora do perigo, quem emerge com mais coragem é sempre a mulher, sei dessa verdade por intuição, pois sei de muita coisa que não li, de muita coisa que não provei.

Tão bom lutar de dia e amar de noite! Parece que a gente fez por merecer o amor e o afago que recebe como dádivas. Vale a pena anoitecer ao lado de Garibaldi, vale a pena machucar-se, misturar sangue, suor, lágrimas e alguns sustos. E, além do mais, a causa é a mais justa que encontrei, a maior que elegi em toda a minha vida.

Não me queixo. Poucas mulheres do mundo, em todos os tempos, terão unido amor e luta num só projeto de viver. A mim tocou esta sorte.

Aqui, na proa, de sabre em punho, eu sou Anita. Mas Anita serei também logo mais à noite, nos braços do meu amor. Homem estranha muito o sangue derramado. Mulher estranha menos, está mais acostumada: todo mês ele escorre entre minhas pernas. É um sangue de paz e de vida, ainda que seja mais escuro. Este, mais claro, que escorre de minha testa junto com o suor, é sangue de guerra. Dizem que é derramado com mais regularidade que este outro que nós, mulheres, fazemos derramar todo mês. Dizem também aqui, em conversas de marinheiros, que todas as mulheres do mundo, em todos os tempos, não derramaram, juntas, o sangue que os homens derramaram nas guerras. O capitão Lorenzo, também italiano, ao passar por uma rodinha de marinheiros no justo momento em que um deles dizia isso, comentou: "Sangue de guerra é como o da menstruação: o sangue da mulher limpa o seu corpo; o sangue da guerra limpa a terra de toda imundície".

De relatos imemoriais: senha para uma despedida

Excerto de leitura do Códice nº 20/39, cujo palimpsesto foi há pouco recuperado pelo doutor das Duplas Ilhas, também conhecido como Alceu D'Aubervilles, esclarecido alcaide e pesquisador que, em parceria com a consulesa Gaivota do Voo Sereno (este era realmente o seu segundo nome, já que do primeiro guardava todo segredo), deslindou e traduziu o que a seguir é transcrito:

> Havia na cidade de Ur, na Alta Caldeia, à margem esquerda do Ganges, certa mocinha de nome Qê, tida por muito formosa diante dos olhos dos que a contemplavam. Foi dada como desaparecida da corte onde reinava sua tia, a rainha Andaluz, cerca de quatrocentos anos antes do primeiro reinado de Nabucodonosor, o dos sonhos, e reapareceu no Brasil, ainda mais bonita, nos finais do século XX d.C., na localidade conhecida como Piratininga, mais tarde São Paulo, uns quatrocentos anos depois que ali haviam chegado os fabulosos jesuítas. Qê não se conformava com os rumos do mundo, tanto daqueles elementos que constituem o que hoje chamamos de mundo exterior, quanto

com os caminhos e atalhos do seu mundo interior, a este tempo chamado de coração. Desconhecemos a razão deste povo não usar o fígado como metáfora. Qê foi presa durante as manifestações ocorridas nos anos 1940, por haver entendido mal o som de um lema, que dizia: "Deus, Pátria e Família". No burburinho da multidão, ela, mesmo estranhando roupas e semblantes dos que compunham a inusitada passeata, aderiu ao movimento a plenos pulmões (os antigos ainda tinham esses órgãos, perdidos na mutação genética que só veio a ocorrer depois da terceira catástrofe): "Adeus, Pátria e Família!".

Perguntada na polícia se integrava o movimento, respondeu ao escrivão: "Sim, e você também; aliás, todos nós, o universo inteiro integra o movimento, por que perguntam só a mim? Será que só eu estudei Física?". Qê era leitora do Barão de Itararé, o da famosa batalha.

Foi libertada de seu cativeiro ao alvorecer do século vinte e um – século XXI, como então se grafava – por uma cavaleira andante que carregava um talismã no seio direito, incrustado na parte rósea que cerca o biquinho.

Qê tornou-se amante da cavaleira, por quem se tomou de uma paixão incendiária, a quem contava tudo o que com ela se passava, registrando tais confissões em forma de contos. O nome da cavaleira era Literatura.

Sabe-se que foi moça que muito amou. Foi dela que disse o Nísio: "Como é doce a memória do bem que ela me fez!" Este, que já tinha trabalhado sete anos, como Jacó, o judeu seu ancestral na *árvore ginecológica* dos Silva, começou a servir outros sete anos, dizendo: "Mais servira se não fora para tão longo amor tão curta vida". De Nísio pouco se sabe, a não ser que escrevia sempre o que em seu coração se passava, e deu em Qê afagos de cetim.

O rato na balança

A luta foi no pátio do grupo escolar. Talvez eu o vencesse, mas Carlinhos, meu colega de classe, era muito esperto e começou a bater em mim com um fio elétrico, deixando minhas pernas cheias de manchas vermelhas. Doeu muito. Mas doeu ainda mais ser vaiado por seus comparsas. Naquele dia todos os meus poucos amigos haviam faltado à aula.

Carlinhos jogava no time que dali a alguns dias enfrentaria o nosso e não perderia por esperar. Eu era meia-direita, meu modelo era Didi. Sabia que o príncipe etíope era de uma elegância só. E procurava imitá-lo em campo. Mas eu só sabia dele pelo rádio. Jamais vira uma única jogada de Didi.

Na semana seguinte, meninas e meninos foram à beira do gramado para a sensacional peleja. O nosso goleiro era Semenrique, enorme e gordo e, coisa surpreendente, com uma agilidade extraordinária. Seu modelo era Gilmar. "Agarra, Gilmaaaaaaaar!", ele gritava quando pegava qualquer bola, por mais fraca que fosse.

Naquele dia, porém, não sei qual foi o espírito de porco que amarrou dois pés de capim à direita de onde ficava o goleiro. A jogada começou assim: tomei a bola de Arturzinho e passei a Moacir. Este começou a rir do tombo que Cacildo tomou quando correu em sua direção. Enquanto ele ria, Carlinhos tomou a bola dele e disparou rumo do gol. O campo era pequeno, tudo foi muito rápido. O chute saiu fraco, mas Semenrique, o nosso goleiro, tropeçou no capim amarrado e caiu com a cara na grama, de uma forma ridícula. E ainda por cima começou a chorar.

A juíza era uma das professoras, a dona Estela, a primeira a usar calças compridas naquela cidade. Apitava as partidas vestindo eslaque. Não procurem no dicionário. Era *slack*, que em inglês significa frouxo. Designava as primeiras calças compridas que as mulheres brasileiras mais moderninhas começaram a usar tão logo terminara a Segunda Guerra Mundial.

Corremos para dona Estela, o nosso Armando Marques de saias. Linda aquela mestra! Eu tinha paixão por minhas professoras, mas a minha preferida era outra, que tinha um cheirinho bom e me alfabetizara. Seria fiel a ela a vida inteira porque os prazeres que a escrita me deu, sem exagero posso dizer que poucas mulheres me deram ao longo da vida. Ou melhor: se não fosse eu saber ler, não teria aprendido a amar as minhas amadas. Nem aquelas de minha infância profunda, quando nasciam em mim os mais puros dos amores, sem sexo, com toques de carinhos, nem todas as outras que vieram depois, com sexo, sem toques nem carinhos, e com sexo, toques, carinhos e outras essências que descobri mais tarde e que apenas umas poucas tiveram. Uma delas ficou minha namorada para sempre. Para sempre, eu digo, é até agora. Porque também na vida, como no futebol, uma jogada de um segundo pode mudar uma partida inteira.

Voltemos à dona Estela. Passou a mão em meu rosto suado, esfregou meus cabelos e disse:

— Aprendas uma coisa, menino, tu que não és burro: futebol tem regras e o juiz não pode apitar falta de capim amarrado, entendeste? O que não é proibido, pode fazer! E não é proibido amarrar o capim que o goleiro pisa!

Deveria ser por razões análogas que ela namorava o farmacêutico, um homem casado. No regulamento do grupo escolar não havia nenhuma regra que proibisse dona Estela de namorar farmacêuticos ou homens casados, nem que os dois ofícios fossem combinados.

E para o segundo gol, qual foi a desculpa de Semenrique? Um frango daqueles, a bola veio rolando, rolando, rolando e passou entre as pernas gordas de nosso goleiro. Ele disse:

— Eu ia *pegar ela*, mas *ni* que eu vi, *puft*, ela passou redondinha, vai ser difícil virar esse jogo!

Virar? Tomamos mais dois logo no início do segundo tempo. Fiquei distraído com aquele carinho de dona Estela e passei a jogar perto do juiz, se é que me entendem, porque a blusa saiu do eslaque e eu passei o tempo todo de olho na barriguinha e nas costas de dona Estela. Jamais pensara que professora também tinha umbigo! No segundo tempo fiquei mais atento ainda a outros movimentos: o dos seios de dona Estela, balouçando entre os meninos. Mais tarde vim a compreender todos os encantos daquela professora, sobretudo os ocultos, porque o farmacêutico se separou da mulher, matou um homem que mexeu com sua amada, saiu dali e foi viver no costão, plantando banana, milho, feijão e uva. E dona Estela amarrava um lenço na cabeça e, sem perder a elegância, ia para a roça. Tiveram dois filhos. Nos fins de semana, os filhos do outro casamento do farmacêutico iam visitá-los, a criançada brincava feliz que nossa! O único que os amaldiçoava era o padre, mas este amaldiçoava todo mundo que não concordasse com ele. No começo, ele tinha grande autoridade, mas depois que o povo descobriu que ele se encontrava às escondidas com a mulher do açougueiro atrás do altar, pediram para que o bispo o transferisse dali e mandasse um padre velho, porque padre novo dava muito problema.

— Que problema? — ousou perguntar um dia uma senhora desavisada.

— Os problemas da carne — respondera uma senhora do Apostolado da Oração. Na época, muitos de nós pensamos em roubo de peso no açougue, porque o açougueiro era muito amigo do padre e dava carne de graça para ele todos os dias. Sempre o melhor pedaço. Também era o melhor pedaço que sua esposa oferecia ao padre nas tardes vazias daquela cidade tão pequena e, por isso mesmo, tão cheia de fofocas.

Dona Estela chegou-se perto de mim, não precisou se esforçar muito, eu estivera toda a partida ali por perto dela, e me disse com aquela sua voz de cetim, seus grandes olhos negros:

— E tu? Não vais fazer o teu gol?

— Tenho medo do Carlinhos — eu disse —, ele é muito bruto e na semana passada me deu uma surra com um fio elétrico.

— Mas aqui no campo é diferente, se ele te bater ou derrubar, é *fau*.

Naquele tempo não se dizia falta, se dizia *fau*. O inglês ainda dominava o futebol. E mesmo Semenrique, quando escolhia a posição, não dizia goleiro, ele berrava:

— O *quíper* sou eu!

Recebi a bola de Moacir. Não pude dominar direito, então toquei ao lado de um zagueiro deles, corri pelo outro lado, tomei a bola adiante, esse drible era chamado de meia-lua, o zagueiro escorregou, todos riram muito e gritaram, segui em disparada em direção ao gol deles, eu queria fazer o meu de qualquer jeito, o Moacir apareceu de repente ao meu lado, pedindo a bola, livre dentro da grande área já, mas eu não passei a bola para ele e – vejam só! – quem aparece na minha frente como o último menino antes do goleiro? Justamente o Carlinhos! Não sei quanto duraram aqueles pequenos momentos que eu não sabia ainda medir na vida; frações de segundo, mas eu era péssimo em frações na aula; aqueles números em cima e embaixo de travessões me confundiam, não eram como as letras, que a gente só precisava cuidar bem delas na caligrafia, num caderno de pautas, que trazia dois carreirinhos, um para cada tipo de letra. Só sei que eu fazia que fosse e ouvia o Carlinhos ameaçar:

— Tu faz que vai, mas não vai e eu te pego pelo outro lado.

Mas eu fui pelo mesmo lado porque num daqueles minúsculos e exatos momentos me lembrei do Garrincha, que ia para aonde ameaçava ir, pela direita, por onde sempre saía, fiz o mesmo e chutei de pé esquerdo, mesmo não sendo canhoto, porque não dava tempo de trocar. A bola saiu mascada, mas passou pelo Carlinhos, que ainda teve tempo de se virar, passou pelo goleiro deles e entrou enviesada e torta lá no cantinho. 4 x 1 para eles, mas o meu eu fiz. Corri para dona Estela e nunca mais me esqueci daquele abraço.

A psicóloga disse que nasceu aí minha paixão por mulheres mais velhas do que eu. Não posso vê-las; sinto um aperto no coração, vontade de celebrar alguma coisa. Na última vez em que fiz isso na rua, com uma desconhecida, eu disse:

— Posso abraçar a senhora? É sem maldade!

— Mas aqui? — ela disse — Aqui no meio da rua?

— Onde a senhora quiser — eu disse.

Ela falou de soslaio:

— Você disse que era sem maldade!

— Mas é sem maldade — eu disse —, pode ser ali naquele cantinho, perto do Banco do Brasil, em frente ao Correio.

Entardecia. Agarrei aquela mulher de blusa branca e saia preta, de cabelos molhados, ela também me abraçou e disse:

— Eu não entendo mais os homens.

Eu disse:

— Eu também não entendo mais o mundo, como ele é diferente do que eu imaginava em minha infância!

— Sua infância? — a mulher perguntou.

— Sim — eu disse — sim, sim, sim — eu repeti bem agarradinho — sim, dona Estela, eu jamais me esqueci da senhora!

Por que fui dizer isso? Estraguei tudo, como homem é bobo, mulher gosta de segredo, é por isso que todas escondem a idade, para terem pelo menos um segredo, e eu só confio em mulher que esconde a idade, porque é capaz de guardar uma confidência. Ela me empurrou, soltou-se daquele abraço, porque abraçado a gente só vê as costas e a bunda da pessoa, e ela queria me olhar nos olhos, e me disse com seus dois grandes olhos negros molhados daquela luz eterna que a alumiaria a vida inteira:

— É você?

Eu falei:

— Sou eu, a vida continua de 4 x 1 para eles, mas o meu eu fiz, o meu eu venho fazendo sempre que posso!

Dona Estela saiu caminhando pela calçada, depois que me deu seu telefone. Os mesmos saltos, o mesmo *taque-taque* nas pedras. Apesar de eu preferir a música dos clássicos para escrever, me veio à mente este verso: "Garrincha, Didi, Vavá/ na linha são os primeiros/ com Zagalo e Pelé/ atacantes pioneiros".

Jamais tive oportunidade de dizer a Garrincha, a Didi e a Vavá que eles me ajudaram a ser escritor, a ser professor, a estudar, a lutar, a virar partidas, ou ao menos a fazer o nosso! Eu torcia pelo Botafogo. A linha de nosso time era a da seleção brasileira: Garrincha, Didi, Quarentinha, Amarildo e Zagalo. Carlinhos torcia pelo Santos. A linha do Santos: Dorval, Mengálvio, Coutinho, Pelé e Pepe. Carlinhos não era fraco, não!

Mas a memória, que em mim brota todos os dias, às vezes mistura as datas. Pois em 1962 foi quase a mesma coisa. Em 1970, de novo. Demos um baile no Chile, repetindo o glorioso feito da Suécia, e depois também no México, devem estar fazendo Comissões Parlamentares de Inquérito até hoje na Suécia, na Tchecoslováquia e na Itália para levantar os verdadeiros culpados daqueles três países que entregaram o jogo para a gente. 5 x 2 na partida final na Suécia, contra os donos da casa. 3 x 1 em cima da Tchecoslováquia. 4 x 1 sobre os italianos em 1970, no México. Nos Estados Unidos, quando ficamos tetracampeões, não teve a mesma mágica porque já andávamos muito exigentes num tempo em que não podíamos exigir tanto e também porque empatamos com a Itália, decidindo o título nos pênaltis. Ou porque éramos outros, não sei ao certo. E em 2002, na Ásia, vencemos os alemães na final e todos passaram a dizer: "Todo mundo tenta, mas só o Brasil é penta".

E sabem o que dona Estela me disse na última vez em que nos encontramos? Que Carlinhos é cartola!

— Ele era boiola — eu disse —, ele e o Semenrique, todos sabiam.

— O Semenrique é cabeleireiro numa cidade aqui pertinho, eu já arrumei meu cabelo lá.

— Ele deve ser um grande cabeleireiro — eu disse —, se bem que com a senhora é fácil deixar seu cabelo bonito, porque a pessoa inteira é.

— Para com isso — ela me disse —, você disse que era somente um abraço.

— Agarra, Gilmaaaaaaar! — eu disse.

Mas dona Estela ponderou:

— Cuidado, o outro ficou boneca.

— Não ficou quem sempre foi — eu disse.

E tudo isso escrevo para dizer que eu nasci em 1958. Dez anos depois de ter vindo ao mundo.

Mas dona Estela, que veio me esperar em outra idade, quando nós dois também já éramos outros, sendo os mesmos, que me tem dito e feito coisas prodigiosas, depois de nosso célebre reencontro, tem outra explicação para tudo.

— Como é mesmo o nome daquele autor que você citou no outro dia, dizendo que a gente nunca sai da terra?

— São João — eu disse. — Você se lembra da frase inteira? Aliás, do que você se esquece?

— O que é da terra, fala da terra, volta para a terra, não sai da terra — eu disse.

— E o autor ainda ficou santo! — me disse ela.

— Santo não é aquele que foi para o céu?

— Pode ser que o céu seja na Terra — eu disse — pois, quando amamos de verdade, é nele que parecemos estar, pelo menos é assim que nos sentimos, não é? — perguntei afirmando.

— Nada disso. Você, naquele dia em que nos abraçamos, lembra como oscilamos de leve, sem que os outros ao redor percebessem? Você balançava meu corpo devagarinho, balançava o seu, fazendo balançar tudo ao meu redor, eu deveria saber, mas quando fui sua professora jamais liguei uma coisa com outra, você é Libra, o outro nome de Balança, faz balanço de sua vida a vida inteira e um dia vai me abandonar, embora me diga o horóscopo que Libra é fiel. Fiel ao modo dos nascidos sob esse signo. Voltam sempre ao mesmo porto de onde partiram, mas o que mais sabem fazer é navegar mar afora, navegação de cabotagem, sem grandes aventuras. E no chinês você é Rato. Rato da Terra. Ai, meu Deus, estou perdida! E um dia vou destruir você, está escrito nas estrelas do zodíaco, previsto por antigos sábios da China e da Babilônia, que nós dois não combinamos.

Falou tudo de um jato só. Era ao entardecer, a hora mais agradável do dia, pássaros gorjeavam na varanda onde estávamos, um chinchila nos contemplava silencioso. E aquela não era a primeira vez que ela se feria ao falar de nós.

— À semelhança do morcego, eu também sou mamífero. Mamífero é assim, precisa de carinho, ainda mais sendo bicho voador, de hábitos noturnos — disse eu. — Estela, minha estrela, posso dizer com segurança, como fez Maria quando sua prima Isabel a visitou, a senhora faz em mim maravilhas!

Minha amada era muito querida e demonstrava isso com *shows* de delicadezas, a começar pela atenção que prestava às palavras que eu dizia.

— Como todo homem diante das mulheres, qualquer que seja ela, mas muito pior se for a sua amada, o morcego não vê nada na noite escura, pois é quase cego. Como se salva, então? Faz como São João da Cruz, que se salvava rezando? De jeito nenhum. Morcego, palavra que veio do latim e significa rato cego, emite ondas para se desviar de obstáculos durante o voo. Posso dizer, então, que ele se desvia da maldade, escutando seus inimigos.

— Morcego? Escutando? Você o que mais faz é falar como um papagaio! E eu sou seu obstáculo? — me perguntou Estela, sorrindo com verve, como sempre.

— Sim, você é meu grande obstáculo — eu disse —, a principal barreira que tenho na vida, é o baluarte que me impede que eu abrace o abismo e mergulhe nas trevas infinitas de onde todos viemos, reintegrando-me à divindade cujos desígnios insondáveis me trouxeram ao mundo.

— Afinal, você é rato, morcego ou deus?

— Todos somos deuses — eu disse —, mas só quando queremos, pois todos os dias fazemos tudo para negar a transcendência que nos foi dada como o maior presente desta vida.

Evangelho de Tomé

Naquele tempo, quando Jesus escolheu seus doze discípulos, o último dos quais era eu, por acreditar menos e questionar mais o Mestre, nenhum de nós era analfabeto. A Escrita não tinha, porém, o peso que passou a ter nos séculos posteriores. Seguíamos o exemplo de nosso líder, que dava mais valor ao falado e ouvido do que ao escrito e lido. Inclusive porque entre nossos principais desafetos estavam os fariseus, profissionais da Escrita e da Leitura, exímios na arte de decifrar a complexa hermenêutica da lei e dos profetas.

Líamos pouco e escrevíamos menos ainda. Quando Jesus morreu, fui um dos primeiros a achar que tudo tinha acabado. A falta de sua companhia, sempre envolvente e agradável para todos nós – porque ele amava todos nós, principalmente Judas, a quem constituiu como caixa de sua campanha, e João, porque era um dos mais novos e lhe parecia o mais desamparado –, iria pôr tudo a perder, achava eu.

Tinham começado as perseguições, que já existiam havia algum tempo, mas que desde a entrada de Jesus em Jerusalém tinham se tornado insuportáveis, a ponto de levá-lo à dupla condenação por romanos e judeus, esses já divididos em diversas tendências, o que dificultava nosso combate, porque é muito difícil combater um inimigo que tem muitos soldados e os aloca em frentes diversas. Os romanos representavam o império invasor. Criticá-los e combatê-los na Palestina ocupada era parte de nossa luta, que recebia endosso dos Estados oprimidos, ainda que vários procuradores do império, como foi o caso de Pôncio Pilatos, tivessem alguma simpatia por movimentos messiânicos como o nosso. No final, crucificavam quantos fossem necessários e tudo estava resolvido. Vinha a promoção e eles iam servir em lugares mais amenos. Pilatos complicou-se um pouco mais porque era homem de dar ouvidos exagerados à mulher com quem vivia, sempre desconfiada de misteriosos sinais que dizia receber em sonhos.

Tendo os romanos crucificado Jesus, começou, porém, a controvérsia das versões. Nós achávamos que ele tinha morrido na cruz e, com medo de romanos e judeus, nos retiramos de cena. Ficamos no esconderijo por cinquenta dias, qualquer barulhinho era motivo de aflição. O vento numa parreira, o trissar de um morcego, o cacarejar de uma galinha, o blaterar de um camelo, a passagem de uma caravana nas cercanias, tudo era motivo de pânico.

Foi então que certo dia aconteceu algo maravilhoso. Sabemos que o maravilhoso, como as tragédias, vem de repente, *ex abrupto* como diziam os romanos, brotando do duro bruto do cotidiano como água que jorra de pedra ao toque de um cajado, como ocorreu a Moisés. Estávamos todos reunidos, era o quinquagésimo dia da morte de Jesus, e para nós, sempre cismados com os números, aquele também era um número cheio de significados, cuja interpretação era ainda muito difícil, sem o sabor dos frutos maduros. Com efeito, em nossa cultura a Festa dos Cinquenta Dias, também chamada Pentecostes, por força da grande influência do grego entre nós, obrigados também a entender pelo menos hebraico, aramaico e latim, afora vários dialetos, encerrava a festa da colheita, iniciada cinquenta dias antes.

Tinha chegado, então, a hora de colhermos o que o Mestre semeara? Havia intelectuais entre nós, ainda que a maioria fosse composta de ignorantes pescadores, cobradores de impostos e praticantes de ofícios que pouco a pouco iam sendo marginalizados por falta de clientela, como era o caso dos carpinteiros. A própria família de Jesus falira depois que José morreu. O filho não encontrara meios de sobrevivência na pequena empresa do pai, o mesmo ocorrendo com seus numerosos irmãos e mais tarde também com seus filhos. Sobre os filhos de Jesus não há cruzes nem tumbas que memorem seus nomes, mas sabemos que certas interpretações religiosas nos são interditadas por séculos. São proibidas, às vezes, por milênios. Um dia, outras verdades virão à tona para maior engrandecimento e melhor compreensão do homem corajoso, sagaz e extraordinário que foi Ele. Por ora faço a minha parte, isto é, escrevo, sem saber se serei lido, aceito, divulgado. Escrevo apenas, como um passarinho que canta sem empresário. O risco de me tornar apócrifo é muito grande, mas não maior que a minha vontade de escrever.

As mulheres começaram a chegar. E a falar, como se sabe. Elas falam mais que nós. Talvez porque tenham mais necessidade e tenham mais o que dizer, ou precisem repetir muito o que dizem por sermos duros de coração e, arrogantes de nossos mandos, escutemos menos o que nos dizem. Maria Madalena era a mais boquirrota, como toda viúva que não guarda discrição. Proclamava que Ele não estava mais no túmulo desde o dia seguinte ao sepultamento. Tanto ela falou, e tanto fiquei mudo, que um dia lhe disse:

— Madá — era assim que eu e alguns outros a chamávamos — se não está, é porque o retiraram de lá. Você falou com o José de Arimateia?

— Você acha que ele ficou com o corpo do Mestre? Como, se eu o encontrei já no dia seguinte?

— Não sei — eu lhe disse —, porque você disse que quem você viu foi um anjo e não o Senhor, e, além do mais, há outros mistérios: onde estão o dono dos jumentos e o misterioso jovem com o cântaro da Última Ceia?

— Disso quem pode saber é Cléofas — respondeu Madalena.

— Eu me chamo Pedro, Cléofas já morreu, eu sou um Pedro ressuscitado sobre os escombros do que foi Cléofas.

Pedro tinha sido contagiado pela linguagem do Mestre, era quem mais o admirava e talvez o que mais o amava, sem se importar que Jesus manifestasse a todo momento visível preferência por João. Talvez soubesse no íntimo que o Mestre o testava para lhe conferir o grande poder com que o dotara. Não posso esconder que Pedro gostava de mandar. Foi Paulo, com sua incontestável superioridade intelectual, quem conseguiu controlar um pouco a arrogância de Pedro, embutida naquela humildade exagerada. O poder, como sabemos, torna muito estranhas as pessoas, a ponto de deixarmos de reconhecê-las.

Estávamos nessas dúvidas e apreensões quando surgiu uma pombinha no meio de nós. Foi um susto danado para todos os discípulos e as mulheres presentes. Como aquela ave tinha entrado ali, se estava tudo fechado? Madalena, sempre ela, antecipou-se: "Não sei por que Jesus escolheu apenas homens para discípulos, como homem é bicho assustado, meu Deus, o que será de nós e da mensagem Dele com esse bando de medrosos? Não sabem que as pombas entram em lugares cujas aberturas desconhecemos? E sabem por quê? Porque são pombas e não pombos, ouviram bem? Porque são mães e precisam arranjar comida para os filhotes!".

Resolvemos sair dali. A bem dizer, quem tomou a dianteira foi Pedro, o mais louco de todos e o mais impulsivo. Estávamos a poucos quilômetros de Jerusalém e seguimos falando e cantando pelo caminho. Ao chegar à cidade, Pedro falava com um grupo numa língua, lá adiante em outra, mais adiante em outra. Nasceu dessa sua lalomania a lenda de que recebera o Espírito do Pai e começara a falar várias línguas.

Começara, não. Ele sempre falava muito. Ficou mudo apenas no dia da prisão de Jesus, mas somente a partir do momento decisivo em que, tendo puxado da espada, quis enfrentar o pelotão que foi prender Jesus no Jardim das Oliveiras. Chegou a decepar a orelha de um soldado romano. Jesus o repreendeu e ele ficou desconcertado e perplexo, porque lhe pareceu que Jesus mudara de planos e não queria mais lutar pela implementação do Reino dos Céus. Pedro teve sempre grande dificuldade em entender Jesus, que quase sempre precisava repetir a lição para ele. Marcos e outros depois me disseram que Jesus curou o soldado, eu não vi, estava escuro e a confusão foi grande.

O certo é que depois Pedro negou três vezes antes que o galo cantasse e que Judas, desesperado ao ver Jesus tão maltratado, se enforcou. Judas, ao contrário de Pedro, era ardiloso, tinha suas estratégias. Ele achou, no meio dos graves eventos daquela semana que antecedeu a morte de Jesus, que, se ele forçasse o confronto, Jesus, à frente dos doze, lideraria a maior sublevação popular da História. Judas acreditava em povos oprimidos que, organizados, se levantam e sacodem o jugo dos opressores, como nosso povo tinha feito várias vezes. Somos um povo de grande tradição de luta, tendo às vezes empurrado nossos líderes para a guerra quando eles insistiam em negociar ou, pior ainda, recuar ou não fazer nada. Quando Judas viu que seu gesto extremo tinha tido o efeito oposto, devolveu a doação que lhe tinham feito uns fariseus discordantes, que apostavam na capacidade de os pobres vencerem, e purgou seu ato extremo com um gesto extremo. Ele não aguentaria nossas recriminações. Todos o criticávamos por qualquer coisinha. Além do mais, ele era cheio de segredos com Jesus, e na própria quinta-feira deixou o cenáculo sorrindo de um modo estranho, enquanto Jesus dizia que um de nós havia de traí-lo. Os mais ignorantes, que eram também os mais puros, começaram a perguntar em sua ingenuidade, sempre com a mente coberta pelos véus dos desígnios ocultos à inteligência humana, se um deles seria o traidor. Na confusão de termos, me parece que a palavra usada para indicar a ação que Judas faria naquele fim de tarde não era traição, significando um gesto surpreendente, bem diverso do que dele se esperava.

Como sabem, fui o último a acreditar que Jesus continuava entre nós. Como sabem também, sem ressurreição não haveria o triunfo do movimento que Ele fundara. Afinal, como todos os místicos, incluindo Jesus, achávamos que o corpo é quase sempre um atrapalho para os desígnios secretos da alma, sendo paradoxalmente também ajuda, pois sabíamos, pela tradição grega e egípcia, que a alma continuava existindo para além do corpo, limitado em tudo, ao contrário dela. Pois, sem alma, a língua não sente sabor nem fala, sem alma a boca não come nem beija, sem alma a cabeça não passa de simples capacete para o que está abaixo, sem alma as mãos não falam, nem sentem, nem nada fazem, o nariz não sente nada, olhos não veem, mesmo abertos, e ouvidos não ouvem, sendo que com a alma ouvem e veem mesmo fechados.

O que houve, então, meu caro leitor, sobretudo você que, de tanto ler, não contente com as versões vigentes, dá também a sua, inventando como outros inventaram para todos nós, certos de que a realidade é sonho, o mundo real não existe e somente a Escrita não é efêmera? Houve algo maravilhoso. Jesus vencera a morte. Mas como? Com a ajuda dos amigos. Amigos que nem sequer suspeitávamos serem tão amigos, a começar pelas mulheres, as mais amorosas, cheias de coragem, loucura e ousadia. Elas acreditavam que a vida é amor e que o amor sempre vence o ódio, e que o maior ódio é a morte imposta fora do prazo que o Senhor nos concedeu. O Senhor deseja que morramos velhinhos rodeados de descendentes, cumprindo nossa missão divina sobre a Terra.

José de Arimateia, Nicodemos e poucos mais, alguns dos quais eram amigos ainda mais clandestinos, usaram de sua influência e posição, foram a Pilatos e disseram que tudo tinha sido feito de acordo com as regras, que quebrar as pernas de Jesus e furar o peito com uma lança seria tripudiar sobre um inimigo vencido e isso não era legítimo, nem necessário. Jesus estava morto, que eles pudessem receber o corpo, dar-lhe sepultura. Pilatos, que já andava chateado com tantas exigências que lhe faziam sumos sacerdotes como Anás e Caifás, além de medroso diante das fofocas que dele faziam a César rivais como Herodes, concordou. Arimateia e Nicodemos eram grandes argumentadores e já tinham alertado Pilatos para que não negociasse com o Sinédrio, dominado por gente perversa, que tinha mórbido prazer em perseguir e executar inocentes. E Pilatos, que já estava arrependido de ter cedido tanto aos judeus, tendo inclusive mandado soltar um terrorista conhecido como Barrabás, o que certamente Roma lhe cobraria, acabou por concordar com os dois.

Jesus, tirado da cruz, foi levado a curandeiros clandestinos, vindos do Oriente, que sabiam tratar de ferimentos com muita maestria, ofício que tinham exercitado nos domínios do Império Romano, onde ferimentos eram constantes desafios. Quem providenciou o esconderijo para o tratamento de Jesus foram os essênios, com os quais Jesus vivera antes de sair em pregação naqueles três últimos e conturbados anos de sua vida, até então plácida e tranquila na Galileia, com constantes viagens acompanhando caravanas que percorriam o mundo, entretendo os viajantes com sua maravilhosa arte de narrar, seus conhecimentos de cura e consolação, sendo, enfim, boa companhia para quem o acolhesse em longas e tediosas travessias.

Por que cri? Porque reconheci que o homem a quem me apresentaram e que me pediu que colocasse meus próprios dedos sobre seus ferimentos era ele mesmo, Jesus. Estava desfigurado, o rosto não parecia mais o mesmo, os gestos eram mais leves, delicados, sem a ciclotimia que tanto o caracterizava até então. Uma hora, louvando os mansos de coração, abençoando os pacíficos, pregando amor, e dias depois proclamando que viera trazer a guerra ao mundo, não a paz, como quando expulsou os cambistas do Templo. Ele tinha passado por grandes transformações que somente os grandes sofrimentos podem produzir.

Minha versão do acontecido, como as de muitos outros, não foram aceitas. Como força alguma esconde um livro para todo o sempre, pouco a pouco aquelas versões divergentes, como era o caso do meu Evangelho, começaram a brotar nos desvãos da História e da Escrita, a dupla de deusas que regem nossos destinos, e reapareceram, à semelhança do Mestre, que ressuscitou. Só ressuscita quem não morreu de todo, quem ainda tem um pouquinho de forças para se reerguer depois de caído. Ainda que a queda seja em profundezas ignoradas como um túmulo, há sempre um modo de se levantar. Nossa tarefa é descobri-lo.

Em resumo, ao final dos cinquenta dias do Pentecostes, era tempo de semear porque as festas da colheita tinham acabado. E foi o que fizeram todos os discípulos, obedientes ao conselho que Ele nos dera: "Ide e pregai a boa-nova a toda criatura". Pregamos a todos, incluindo os seres que habitam em terra, mar e ar. Assim, pregamos aos pássaros, aos peixes, aos animais. E, dentre esses, também aos homens, que, à minha semelhança, são os mais difíceis de acreditar em boa-nova.

No correr dos séculos, a boa-nova triunfou por muitos motivos, mas sobretudo por causa desses outros loucos, os escritores e os artistas. Eles assumiram seu madalenismo e, arrependidos, fizeram como Madalena. Amaram e relataram. Você pode deixar de acreditar na *Última ceia* depois de contemplar os quadros de Leonardo da Vinci e Tintoretto? Descrer do nascimento de Jesus depois de olhar bem a *Natividade*, como a concebeu Fra Filippo e seus anônimos assistentes? Sandro Botticelli fez mais com sua *Adoração dos magos* do que muitos padres e catequistas. El Greco pintou o Inferno que Teresa de Ávila lhe descreveu e concebeu São Pedro e São Paulo em harmonia, o segundo explicando a lei para o primeiro. Jacques Callot mostrou Jesus lavando os pés dos apóstolos. Quem vai deixar de acreditar naquela obra? E na de Rembrandt em *A morte de João Batista*, encenando a decapitação do precursor que, se não tivesse morrido, teria sido o líder de tudo o que houve. Jesus foi um sucessor dele.

Rafael, Lorenzeto, Giotto, Fra Angelico, Veronese, Campagnolla, Rubens, enfim, foram tantos os artistas.

Se você ler os outros Evangelhos, não o meu, que é simples e sobre o qual sou o menos indicado a dar opinião, como todos os autores, verá que às vezes é um detalhe que salva ou põe a perder um texto inteiro. Para não limitar demais os sentidos, olhe bem para o quadro *A dança de Salomé*, de Benozzo Gozzoli, ouvindo alguma ópera cristã, e depois me diga se não é supremo consolo para a humanidade ter existido um homem que inspirou tantas maravilhas!

Sim, como eu, você não acredita muito facilmente e não lhe faltam argumentos, que vão da Inquisição ao conluio da Igreja com os poderosos, com a alta hierarquia sempre falsamente ao lado dos pobres, sem entretanto deixar de viver no luxo e na riqueza, mas pense que esses são desvios e que os simples são muito importantes. O que torna delicioso o prato que você tanto aprecia não é o restaurante apenas, nem seu dono, mas quem o preparou e cozinhou. Mas sem o dono da casa, quem daria emprego para tão habilidoso cozinheiro?

Se à semelhança do "tomai e comei, isto é o meu corpo", este texto puder ser entendido como tomai e lede, fui eu quem o escreveu, este é um pedaço de mim, já estarei contente. Quero ser mais um evangelista, apenas mais um, nem o mais famoso, nem o mais lido, nem o mais citado, reverenciado, canonizado. Posso ser até apócrifo, mas não posso deixar de escrever. Sem os narradores dos Evangelhos, Jesus não teria existido. Foi a Escrita que O criou e permitiu que a Humanidade O conservasse sempre entre nós. Como o Senhor, clemente e misericordioso, me deu este dom, e este é, além do mais, o meu ofício preferido, a coisa que melhor sei fazer entre minhas poucas e desjeitosas habilidades – não sei, por exemplo, cozinhar, nem cuidar da complexa sobrevivência da casa onde moro –, passo os dias que me foram dados neste mundo narrando a toda criatura que quiser me ler. São poucas, consideradas as extensões do mundo em que vivo, mas é para elas que escrevo, incluindo o pássaro que todos os dias vem me saudar à janela, com seu canto sem remuneração.

Aliás, quero por último declarar que só posso estar escrevendo hoje porque não morri. E não morri porque escrevi. Não morro porque escrevo, analogamente ao que disseram os místicos, que morriam porque não morriam. Penso que também para os leitores o processo é semelhante. Não morreram e a prova é que estão lendo o que escrevi.

A execução de Dalton Trevisan

Das ordens militares, amparadas em despacho judicial exarado meses após a aprovação da pena de morte no Brasil: "O escritor será encaminhado ao paredão carcomido das ruínas de São Francisco, nos altos de Curitiba, nas proximidades do Relógio das Flores e da Igreja do Rosário, a caminho das Mercês, onde ouvirá as acusações do populacho antes de ser enforcado".

— Quem é DGT? — perguntou o oficial com o papelucho na mão. — Ele é o primeiro da lista em Curitiba.

— É melhor perguntar para um taxista — disse o subordinado, um cabo de tez muito branca.

— Para um taxista?! — espantou-se o superior. — Ficou louco, animal?

O cabo, que era polaco, um dos negros do Paraná, segundo a definição de ilustre sociólogo paulista ao estudar as contribuições das diversas etnias do Brasil Meridional, tinha senso prático.

— É que eles sabem tudo o que nós não sabemos: quais as melhores garotas de programa, onde se come o melhor bife, quais as bancas que vendem jornais de fora, onde é o ponto de ônibus para a Cruz do Pilar, quem se deu bem no bicho e em quanto acumulou a loteria que ninguém ganhou.

Foram feitas as pesquisas de praxe. Infrutíferas. Delas saiu desiludida até mesmo uma alta autoridade, com trânsito por todas as ideologias e domínios conexos – sabe-se que a esquerda, por exemplo, sempre preferiu a Boate Quatro Bicos, assim chamada porque era lá que quatro altos dignitários faziam bicos durante o expediente, explorando algumas siriguaitas e bisbilhotando as visitas.

— O indivíduo não foi localizado — disse o oficial ao comandante.

O comandante tinha seus lustros literários:

— Sabem de uma coisa? Esta cidade faz por merecer um escritor como o condenado, viram? DGT, sim, sim, esta é do peru! Não perceberam que com a idade ele foi encolhendo até no nome? De tanto resumir os contos que escrevia, resumiu-se a si mesmo. Começou com novelas, estacionou décadas nos contos, depois encurtou-os para hai-cais, depois ais apenas, já que Curitiba, cidade sem mar, não tem cais. Seus últimos cantos serão intitulados is, mas sem ponto, embora quem o conheça diga que ele irá finar-se com apenas um "s", não por ser indicativo de plural, mas pelo fonema semelhar a brisa que passa.

— Até logo, então, como dizia Ruy Barbosa — disse o oficial.

Dizem que quem, sem querer, entregou Dalton Trevisan foi Luís Gastão. Perguntaram-lhe se era verdade que o segundo nome de Dalton era Gerson e ele confirmou. Mas Dalton não acreditava em nada feito sem querer: não adiantava lhe explicar que tal ou qual ato era resultado de um sem querer. Ao contrário, ele só acreditava no querer. É o que dizem. Recolhi de ouvido. Sobre ele teceram-se lendas urbanas e rurais. Certo dia, à beira do rio Iguaçu, o signatário deu-se a divertimentos com certa moça que usava calcinha vermelha para ficar parecida com a Dinorá, mas, quando se despiu, usava um biquíni de bolinha amarelinho, bem pequenininho, que na palma da mão se escondia. Mas na mão de quem? Era orgulhosa dos cento e dois centímetros de seu – como direi? – *derrière*. Todas essas divagações têm o fim de registrar, ainda que por ínvios caminhos, que as lendas sobre o celebérrimo escritor ganharam também o campesinato. Inclusive, no exato momento em que a moça disse isso, um boi berrou ali por perto e uns alemães gritaram numa festa: "*Ele berrou, ele berrou/ ele berrou, ele berrou/ ele/ berrou/ ele, berrou*". E segundo os nativos do lugar, aquelas palavras todas repetidas só queriam dizer "seja feliz!".

Voltemos ao dia de execução de Dalton Trevisan. O editor solicitou economia vocabular no relato e, para este cronista, é quase como pedir-lhe que não seja mais lésbico.

Foi lida a primeira acusação.

— O senhor disse que toda família de Curitiba guarda uma virgem abrasada no quarto.

Um advogado que disputara cargo político tentou contemporizar:

— Quem sabe ele tira o "abrasada"!

E dirigindo-se a Dalton, usando linguagem para se sintonizar com a turba jovem ali presente:

— Realmente, o senhor pegou pesado, doutor Trevisan. Não se diz de uma virgem que está abrasada. Isso sugere *penis aut vibrator aut digitum intra vas*. Só que não os três juntos, né? Afinal, fala-se da primeira vez!

— Quem sabe tenha sido erro de revisão! Ele quis dizer "abraçada". No português escrito do Brasil é comum trocar "*s*" por "*ç*" — disse um professor do Cursinho Camões. "Não, não, não", disse dom Fedalto, com sua boquinha latina — é como o INRI: o que escreveu, está escrito. Não foi assim que disse Pilatos?

— Eles não têm a dignidade do Nelsinho — murmurou Dalton, como se dissesse: "Perdoemos, eles não sabem o que dizem, quanto mais o que fazem".

Foram lidas outras acusações.

— O senhor chamou as mulheres de Curitiba de cadelas bem antes dos funkistas nos chamarem de cachorras e tchuchucas. Foi, pois, o senhor quem deflagrou o processo de desvalorização da mulher — disse, aos berros, uma psicóloga que acumulava sua profissão clínica com a de destaque em escola de samba de Antonina, já que em Curitiba ninguém queria se tratar com ela.

— Desvalorização da mulher! — espantou-se um executivo presente à lapidação: — As acompanhantes mais baratas estão custando cem reais a hora.

— Na Visconde de Guarapuava todas fazem muito mais por muito menos — informou um popular.

— Não me interesso por ruminantes", disse o executivo.

Chegou o pastor de uma igreja muito barulhenta contra quem o escritor muito imprecara:

— Ele disse que ia derrubar nosso templo; é verdade que não acrescentou que o reconstruiria em três dias, mas de todo modo é um herege.

Ninguém lhe deu ouvidos. Apenas uma senhora disse:

— Pequenas igrejas, grandes negócios, este mundo está perdido faz tempo, ainda bem que eu vou morrer logo, minha própria neta já não corta mais os cabelos nem limpa as unhas depois que entrou para a igreja dele; perdida, sim, mas de unha suja, neta minha, não!

Aproximou-se uma coordenadora pedagógica:

— O senhor disse que todas as normalistas eram prostitutas disfarçadas que à noite desfilavam no salão de espelhos com meia preta e liga roxa.

Quando foi descer do tablado, rasgou-se a saia e apareceu a liga roxa. O público caiu na risada.

Foi pedido silêncio enquanto o relato ia sendo repassado. Sem perceber o rasgo, ela ainda se virou e fez uma segunda acusação. "O senhor só escreve mal das mulheres: uma degolou o casal de garnisés, outra estrangulou o canário no arame da gaiola, outra furou o olho do peixinho vermelho e ainda escreveu também que beijo de virgem é mordida de bicho cabeludo, que o senhor gritou vinte e quatro horas e desmaiou feliz.

O escritor sorriu com o canto dos lábios. Eram tudo memórias de alegria, como escrevera Camões, agora apresentado nos cursinhos com o pseudônimo de Paulo Caolho para ver se os alunos se interessavam pelo vate renascentista. Que pena que a moça não tivesse lido o fim do mesmo conto:

— Não posso ter dó de mim, daí estou perdido, o amor é uma corruíra no jardim – de repente ela canta e muda toda a paisagem.

Os amigos acharam, depois de longas discussões sobre o canto do pequeno pássaro, que o mais acertado na segunda edição seria escrever que a corruíra trina.

Foi lida a última condenação. Era do alcaide.

— O senhor escreveu — disse ele mascando os "ss" para fora da boca — vou ler *ipsis litteris*: "dá uivos, ó Rua Quinze, berra, ó Ponte Preta, uma espiga de milho debulhada é Curitiba: sabugo estéril". E, para ser breve como o senhor gosta, digo que escreveu também que "Curitiba é província, cárcere, lar".

— *Dixi.*

Pelo menos, sabia latim. Todos escrevem "*dixit*", como se fossem terceiras pessoas.

Foi lida a sentença. O carrasco perguntou a Dalton Trevisan, tirando-o do silêncio obsequioso que lhe fora imposto por estranhas autoridades que manipulavam, como sempre, a turba presente:

— Qual é o seu último desejo?

— Viver — disse o escritor.

Como se tratasse de diálogo do pescoço com a forca, ele não pôde ser tão lacônico como no papel e reiterou, olhando distraído para o capuz do carrasco:

— O meu último desejo é viver.

A surpresa final foi quando o carrasco tirou o capuz e disse:

— Então, vai, anda, vai viver; aliás, vamos começar com uma coalhada com mel na famosa confeitaria.

O espetáculo foi muito aplaudido. No papel de Dalton tinha atuado Dante Mendonça, desta vez sem palitos nas mãos, herança perdida de quando começou sua frustrada carreira de ator na década de 1970, no Teatro Paiol, em *Doce primavera*, de Manoel Carlos Karam. A seleção de frases de Dalton tinha sido feita por Miguel Sanches Neto e Valêncio Xavier. Maí Mendonça ia fazer o papel de Ritinha e José Ghignone o de Nelsinho, mas ela teve que levar os filhos para Nova Trento, deu uma enchente e não pôde voltar a tempo, e seu José tinha tirado o bigode. O célebre livreiro ofereceu-se para ser Pio XII, mas disseram-lhe que o Papa não era personagem de Dalton. Ghignone ainda replicou:

— Eu poderia dizer aquelas poucas palavras que o pontífice pronunciou ao receber certa delegação diplomática brasileira: "Língua bonita o português: saber, sabor, sábio, sabiá".

O diretor, José Nélson de Freitas, não aceitou. E morreu depois disso, mas não por causa disso, morreu por causa de Teresa, mas esta é outra história. E em algum momento, se não interrompermos, seremos interrompidos. Eu só tive tempo de enviar um telegrama a Dalton Trevisan, uma frase de John Updike que me fora passada por Rubem Fonseca: "A celebridade é uma máscara que come o teu rosto".

Depois da Grande Catástrofe

O reitor tirou a carapaça de bronze e a colocou sobre um banco de ferro. Fazia alguns anos que ele vinha para a universidade vestido assim, com o fim de evitar ovos podres que profissionais universitários desempregados jogavam nele.

O tratamento de Magnífico, a que ele fazia jus, que na Idade Média era privativo dos primeiros latifundiários que se tornaram reitores, quando as universidades começaram a instalar unidades em *campus* e *campi*, não tinha sido abolido.

Nos últimos séculos ninguém mais vinha de carro, porém.

Todos os combustíveis fósseis tinham sido exauridos um pouco antes da Grande Catástrofe, que dizimara também os combustíveis vegetais.

Os carros elétricos eram cedidos mediante quotas na universidade e ele, sendo reitor, tinha direito a um, o que de pouco lhe servia, pois morava na vila e a bateria durava pouco.

Assim, preferia vir a cavalo, um animal cibernético que do muar antigo aproveitara pouco mais do que o desenho.

Quem jogava ovos podres eram profissionais universitários, formados em verdadeiros aluviões todos os anos, pela garantia de vagas em todas as universidades. Sobravam vagas, todos eram universitários, mas os rebeldes eram apenas aqueles que se tinham formado por reservas de cor, religião, tipo de desodorante, de calçado, de roupas, de costumes culinários etc. Os ovos eram recolhidos nos centros de abastecimento, depois do expediente, entre alimentos e víveres com prazo de validade vencido.

A secretária estava numa posição incomum, esticada de bruços sobre a mesa. Ele a colocava naquela posição com muita frequência, mas por outros motivos, e naturalmente livre da rigidez cadavérica que agora a acometia.

— Doutor Ateneu, Luz Amarela chamando.

Ele se aproximou, obediente. Era reitor, mas o que mais sabia era obedecer, principalmente ao partido, que o elegera reitor e ao qual prestava serviços extrauniversitários.

— Confidencial, digite sua senha.

Obedeceu de novo.

— Confirme.

Obediente outra vez, repetiu a combinação de letras, números e diacríticos. Seu perfil patognomônico era decifrado em seguida, pois desde o século XXI as doenças incuráveis eram utilizadas para identificação. E o diabetes era uma delas.

Equivocadamente inspirado em leituras feitas em restos de manuscritos gregos antigos, recuperados depois da Grande Catástrofe, o chefe do Departamento Financeiro tinha tentado identificar o reitor por um meio peculiar.

Sabedor de que o Magnífico era diabético, tinha construído um sifão de alumínio no qual o reitor deveria mijar a cada vez que sua intervenção era solicitada.

Ele denominou o invento de *diabaíno*, que em grego antigo significava passar pelas pernas, atravessar. Como tinha pouco a ensinar a quem quer que fosse, tinha gosto de explicar que os antigos gregos, que já sofriam de diabetes, deram este nome à doença ao observarem que as pessoas por ela atacadas precisavam urinar com muita frequência.

Para dar nome a seu invento, o burocrata empedernido tinha consultado uma edição escaneada do *Dicionário das línguas francesa e inglesa*, do lexicógrafo inglês Randle Cotgrave, publicado sete séculos antes, em 1611.

Nas anotações que fizera num canto da tela eletrônica em que escrevia, tinha incrustado estes versos recolhidos de uma região antiga chamada outrora Brasil, cujos limites geográficos, constituição política e instituições tinham sido dissolvidas, como as das outras nações, depois da Grande Catástrofe.

Os versos eram do cordelista Manoel Monteiro, extraídos de fragmentos de sua *Cartilha do diabético:* "Todo diabético deve/ Portar uma identidade/ Com o seu tipo sanguíneo,/ Nome, endereço e idade,/ Para não dizer que esqueceu/ Anote do médico o seu/ Fone de necessidade./ Se de dois em dois minutos/ Precisa ir ao banheiro,/ Sentir as veias das pernas/ Ardendo como um braseiro,/ Se está se sentindo assim/ Não espere tempo ruim/ Consulte um médico ligeiro".

Doutor Ateneu tinha prazer em ser identificado assim porque, humilhado com tanta frequência por aquele a quem só chamava de Financeiro, como se fosse um anátema ou condenação que deveria repetir todos os dias com salmodiante precisão, dizia à secretária:

— Tou mijando e andando pra esse daí.

Mijando, sim, mas andando, não.

A confirmação da senha requeria que ele parasse para mijar no tubinho. Saíam apenas umas gotinhas, diabético que era, mas suficientes para a máquina decifrar que ele era ele mesmo.

Feitos os devidos reconhecimentos mnemônicos da parafernália, recebeu o informe: "Odores estranhos exalando do tugúrio habitual. Verifique a configuração da secretária e dos outros utensílios, examinando o frigobar e o fogão descartáveis. Restos alimentares apodrecidos são a hipótese mais provável. Saia imediatamente da cabine para as abluções. Vá ao banheiro contíguo e lave o que nos apresentou".

O que nos apresentou? O gerúndio tinha sido abolido junto com os mosquitos, mas os eufemismos, não. Ele mostrara parte do que era chamado aparelho urinário, indispensável ao procedimento da correta identificação, a mais segura.

Só então veio examinar a secretária, afinal a origem daquelas advertências todas.

Mas não conseguiu continuar o exame. A aterrorizante holografia invadiu a sala numa luz azulada. No viva voz soou o aviso:

— A figura que adentrou o recinto indica que o testamento foi escrito inteiramente pelo invasor que manipulou a identificação de sua auxiliar. A presença dos indícios de restos alimentares nos sistemas de detecção a que se deve?

— Ela sempre escovou mal os dentes — disse Ateneu.

— O senhor pode comprovar o que está afirmando?

— Só se beijá-la mais uma vez — disse o reitor.

— Resposta prejudicada, entendimento impossível. Destrinche o que disse no decodificador.

O decodificador eletrônico era usado quando falhavam respostas como aquela. Era considerado um aparelho rudimentar, pois requeria informação explicada em palavras, de acordo com o léxico e a sintaxe hegemônicas.

O Financeiro, cujo nariz lembrava a probóscide de uma anta, misturava nomes e conceitos. Tendo ouvido uma conferência sobre etimologia, enquanto instalava os recursos de captação de sons e de imagens, soubera da insólita semelhança entre as palavras holocausto, onde tudo ou todos são queimados; hipocausto, o sistema de fornalhas subterrâneas que os antigos romanos instalavam em termas e casas de luxo; e holografia, palavra que os antigos gregos criaram para designar o testamento inteiramente escrito pela mão do testador e não apenas assinado por ele. Roma e Grécia permaneciam ainda, tantos séculos depois, como referências solares de civilização.

Aquela, porém, não era uma das mensagens-padrão que armazenara no sistema de comunicados internos. Ele a criara para tentar inutilmente desfazer a imagem que o reitor tinha dele, a de uma anta, que o funcionário, em espessa ignorância, atribuía à probóscide que lhe marcava o semblante, e não ao fato de ser um dos maiores néscios da universidade.

Doutor Ateneu não se fez de rogado:

— Fiquei com minha secretária algumas vezes, porém hoje não. Nem ontem.

O verbo ficar para designar atos de namoro era um dos poucos que tinham permanecido. E digitou no decodificador:

— Quando a beijava, era frequente que, ao tirar a língua de sua boca, trouxesse nela restos alimentares, ela escovava mal os dentes depois das refeições. E eu a beijava sempre depois da merenda ou do almoço. Fui claro?

— Sim — foi a resposta objetiva.

O neologismo OK, vigente no século em que a antiga nação bárbara do Norte havia dominando o mundo, tinha sido abolido.

Andra, a secretária, tinha nas mãos um exemplar de *Tempo de delicadeza*, de Affonso Romano de Sant'Anna, que, antes da transformação criogênica, tinha dirigido uma grande biblioteca, a maior de uma nação no tempo em que o mundo era assim dividido, mas era também conhecido como o marido da Marina, adorável e igualmente fascinante escritora, que escrevia em prosa repleta de sutis complexidades, a quem Affonso amara a vida inteira, sendo também por ela amado, e que, como ele, tinha sobrevivido à Grande Catástrofe.

A palma da mão esquerda de Andra cobria o seguinte trecho: "Outro dia tive saudade do papel-carbono. E tive saudade também do mimeógrafo a álcool. Os mais jovens nem sabem o que é papel-carbono ou mimeógrafo a álcool. Mas tive saudades deles, ou melhor, de um tempo em que eu não dependia eletronicamente dos outros para fazer as mínimas tarefas".

Ateneu era um homem sensível. A doença o tornara tolerante, modesto, bondoso e sábio. Tirou o livro da mão de Andra e lembrou que este nome lhe fora dado por ela, quando a trouxera da antiga China, país que visitara antes de a humanidade ser unificada em pátria nenhuma, sob o governo geral do planeta, logo depois da Grande Catástrofe.

Disse-lhe que doravante a chamaria de Alessandra, mas ela achara o nome muito comprido, ainda que tenha comido a inicial, pensando ser um artigo, quando lhe perguntara:

— Por que Lessandra?

— Sandra, então — ele lhe disse.

E ela:

— Andra é um nome bonito, que bom!

E rolou um clima, como então se dizia, pois era comum se fazerem metáforas com a inclinação da Terra quando alguém, se interessando por ter intimidades com uma pessoa, se inclinava sobre ela. Ele, ao contrário do Financeiro, sabia grego por inteiro e não desconhecia que clima, em grego antigo, queria dizer inclinação, fosse a do Sol, no poente, fosse a dele sobre Andra, ou a dela sobre ele. Enfim, metáforas, comparações, transportes, modos de se fazerem entender.

Antigamente era necessário apertar botões para rever a memória, mas agora bastava um leve toque e foi o que ele fez.

De imediato rolou a seleção dos melhores momentos dele e de Andra, que recolhera depois de muita pesquisa.

A cena inicial mostrava o modo gentil como ela lhe entregava o cartão de visitas, segurando-o com as duas mãos, segundo a etiqueta, e se inclinando respeitosamente.

Depois, os dois juntos tomando sopa de ninho de andorinhas e, em seguida, degustando escorpiões fritos.

A seguir, ainda com a seleção de imagens de refeições, os dois numa grande mesa, rodeada de festivos convivas que devoravam com gosto um cachorro assado recheado de cobras.

As cenas seguintes mostravam a primeira refeição na companhia do amado, quando, para experimentar a cor local dos alimentos, tinha comido uma feijoada, embora achasse estranhíssima aquela comida repleta de orelhas, pés e rabos de porco.

As imagens eram mudas, mas ele relembrou a pergunta que ela lhe fizera, por ler os lábios dos fotogramas em movimento:

— Por que só patas, rabos e orelhas, é alguma superstição que impede de aproveitarem outras partes do animal, como o lombo e o pernil?

Mas Andra estava morta e ele precisava saber por quê. A imagem holográfica, que ele muito contemplara, infelizmente lhe dava poucas pistas.

— O assassino será identificado em minutos — disse o viva voz. — Ela morreu de água injetada na veia. Por que ele fez isso, ainda não sabemos, mas essas mortes em geral são sem um motivo definido, ainda que a causa todos saibamos: é tristeza. Mortes com água são sempre por tristeza. O algoz era seu namorado. Matou-a com uma injeção de água e aplicou outra em si mesmo, mas com bastante açúcar na mistura. Eles queriam viver felizes para sempre e tinham certeza de que só poderiam ser felizes por pouco tempo. Inconformados, optaram por morrer juntos. Ele desencarnou primeiro e aos poucos estamos recuperando o ectoplasma na holografia. Ela vai demorar um pouco mais a espiritualizar-se.

Só então o reitor viu que tinha morrido, que era apenas imagem da imagem que dele todos faziam, pois o açúcar tinha tomado todo o seu organismo num ritmo alucinante. A última borrifada de urina tinha sido a da identificação, um pouco antes de perder a memória do passado recente.

A morte dos dois coincidiu com o fim da Idade da Grande Catástrofe, pois os cientistas naquele mesmo dia descobriram a árvore sintética, com sombra, flores, pássaros e odores primaveris o ano inteiro.

O agente-rabecão, ao recolher os corpos, tomou o livro nas mãos e, enquanto rodava a *Nona sinfonia* de Beethoven, música que os dois tinham escolhido para o funeral, leu a dedicatória: "Para Neu, o amor que não pode ser eterno: que eu possa ser para ti como uma árvore antiga, dessas que ambos temos contemplado em ilustrações: que eu te dê sombra, flores, frutos e não te fira nunca porque...".

— São fragmentos de um antigo poema — disse o agente-rabecão. — Ela não conseguiu terminar a dedicatória, mas de todo modo a mulher do reitor vai ficar aborrecida quando souber que os dois se amavam tanto, pois amor demais irrita aqueles que não sabem, não podem, não precisam ou não querem se amar.

E, quando a música terminou de rodar, ele contemplou filosófico: "Ninguém deve terminar nada, pois nada termina, tudo continua e, depois de resolvida a Grande Catástrofe, certamente virá outra, maior ainda".

Mas ele era um homem sombrio, por influências do ofício que exercia. Apesar de artificial, a Natureza agora seria ainda mais exuberante, poderia ser controlada e nisso também se assemelhava ao homem, que sobre ela reinara por tantos séculos.

Também eu não termino este relato, a prece da decifração tem muitas urgências e de todas elas a mais insuportável é esta: a de que o autor deve ter pressa em cifrar, enquanto o leitor tem a vida inteira para decifrar o que, em bruxuleantes sinais, vacilante, elaborei, sem nenhuma certeza, apenas com muita esperança, "a divina mentira que deu ao homem o dom de suportar a vida", como li num fragmento de poesia.

Busquei entender a morte do reitor e de sua amada de mil maneiras. Procurei luzes em fragmentos. Li que se não amamos, vamos para o Inferno, em cuja entrada está escrito: "deixa toda esperança, tu que entras".

Mas no céu o reitor entrava quando amava e era amado, assim como vivia no Purgatório ou no Inferno quando não amava nem era amado. E mostrava isso no rosto e na voz, mas também nos cabelos, arrumadinhos quando ele não era amado.

Tinha escolhido para epígrafe de sua atribulada existência um trecho de Shakespeare sobre o amor, que considerava o sentimento mais bonito e mais ético que um ser humano ainda podia ter: "O que é o amor? Não é o futuro;/ A alegria presente produz risos no presente;/ O que está para vir é ainda incerto;/ Na tardança não há fortuna alguma;/ Pois então venha beijar-me criatura doce e moça./ A juventude é coisa que não dura".

Não foi eterno para Andra nem para Ateneu, como não é para ninguém, pois tudo termina, mas eles foram felizes enquanto se amaram.

Não se pode entender o desespero deles. Mataram-se por inconformados que seu amor não fosse eterno e a decisão os levou a abreviar o amor e a vida.

O pecado universal

— Aleluia, aleluia, aleluia! O irmão, o que sente? É o ardor do pecado nefando?

— Ô louco! O que eu sinto, irmão, é uma coisa difícil de confessar, complicada de dizer.

— Coragem, irmão! Não vacile! Diga o que tem o irmão!

— O médico falou que é priapismo.

— Mas o que é que o espírito das trevas não inventa, hein? Ele quer que pequemos. Priapismo, o médico disse?

— Isso, irmão.

— Bem diferente do pecado nefando. Pensei que era no verso e é na frente o seu problema, irmão.

— Tentei de tudo para me curar, irmão. Anel mágico, pomada chinesa e unguento com banha de bagual. Nada disso foi suficiente. Ao invés de melhorar, piorou.

— Pudera! O irmão usou remédios errados. Foi como apagar incêndio com gasolina. E o irmão rezou?

— Rezei, irmão. Rezei para uma cambada de santos.

— Cambada? Se eram santos, não podiam ser cambada. O irmão deve moderar mais as palavras.

— Aqueles para quem rezei não passavam de uma cambada. Ficaram com as rezas e as oferendas e não deram o benefício negociado entre as partes. Logo, me enganaram. É por isso que chamo todos eles de cambada.

— O irmão tem de ter mais fé. *Tenha fé em Deus, tenha fé na vida.* Não escutou a famosa canção?

— Eu só penso naquilo, irmão. O dia inteiro.

— Continue rezando, não chame mais os santos de cambada e logo o Senhor vai providenciar ajuda para curar o mal do irmão. Antes, porém, não se esqueça do óbulo.

— Mas isso não é coisa de mulher?

— Não. O irmão é muito ignorante. Óbulo é coisa de Igreja. Óvulo é que é coisa de mulher.

— Mas não é a mesma coisa?

— Não, irmão. Um resulta numa criancinha. Outro, apenas numa esmolinha. O irmão estudou até que ano?

— Até o primeiro incompleto.

— Tal qual eu. A escola não tratou bem o irmão?

— Lá era o antro do pecado. A professora vinha de minissaia, mostrando as coxas, aquela bundinha apertada, a blusa transparente mostrava um sutiã rendado. Os biquinhos quase metralhavam os alunos quando a tentadora caminhava pela sala de aula.

— E o que o irmão fez? Caiu no pecado?

— Infelizmente, não. Quem caiu foi outro irmão. Mas todos queriam cair naquele precipício.

— O irmão se arrependeu?

— Jamais. Não tive a chance de me arrepender. Pois se nem pequei!

— Pensar na mulher do próximo já é pecado dos grandes.

— Esta não era de próximo nenhum. Não tinha namorado, noivo, marido ou coronel. Era dela todinha, só dela a danadinha.

— O irmão pelo jeito ficou gostando da professora.

— Muito, irmão. Podia ter me curado.

— Do priapismo?

— Sim, deste mal escandaloso, deste pecado horroroso.

— O irmão tenha fé. O Senhor vai curar o irmão. É só esperar. Deixe que o pastor cuide de outras ovelhas, o irmão não é a única do rebanho.

* * *

— E a senhora, irmã, o que tem, de que sofre, já que todos sofremos de alguma coisa neste vale de lágrimas?

— A angústia abateu-se sobre mim como se eu fosse a mulher do Jó.

— Vejo que a irmã andou lendo a Bíblia. Por que passou a sentir-se como Joa?

— Mas este era o nome dela?

— Não sabemos. Ali só se fala que Jó tinha sete filhos e três filhas, sete mil ovelhas, três mil camelos, quinhentas juntas de bois, quinhentas jumentas e numerosíssimos escravos.

— Uma das filhas de Jó chamava-se Caixinha de Unguentos. O nome da outra era Pomba.

— Pomba, irmã? Mas não a pombajira?

— Não, esta não. Esta não está na Bíblia.

— E a irmã sofre como a irmã do Jó por quê?

— Nada me satisfaz. Os pecados mais cabeludos eu tenho cometido. Não escolho mais os homens. O que vier, morre.

— Mas a irmã andou matando alguém?

— Não. Só a vontade deles eu matei. Mas de que adiantou? A minha eu não matei. Penso que mato a vontade *no* próximo, mas só mato a vontade *do* próximo. A minha continua a arder sempre.

— A cachopa da irmã vive em chamas?

— Isso mesmo. Eu sou toda fogo, meu corpo vive nas labaredas do vício. O meu maior pecado tem sido a luxúria, irmão. Não posso ver homem que me dá a terrível vontade, aquele irresistível desejo. Para falar a verdade, já estou com vontade do irmão.

— Que é que é isso, irmã? Olha o respeito! Estamos na casa do Senhor, não na da senhora! "Tenha fé em Deus, tenha fé na vida", como na célebre canção.

— Eu sou uma vagabunda.

— Não se desespere, irmã. A salvação pode estar ao seu lado.

— Ao meu lado?

— Quer um monumento, irmã? Olhe ao redor.

— Pode ser este, irmão?

— Sim, pode e deve ser este irmão. Ele sofre do mal que pode curar a senhora. O priapismo. E a senhora sofre do mal que pode curar o irmão, o ninfomanismo.

— Não entendi nada.

— Nem precisa. É como bula de remédio. Todos tomam remédio; ninguém lê as bulas. Os irmãos vão para casa e tomem o remédio quantas vezes for necessário. Até que se curem. Vão, porque entre vocês dois não será mais pecado. É da natureza. Mas antes não se esqueça do óbulo.

— Mesmo que eu esquecesse, a minha natureza lembraria do óvulo.

— Meu Deus, quantos irmãos ignorantes nesta minha igreja! Fechamos um cinema para abrir este templo e veja só no que deu. Este lugar é amaldiçoado. Aqueles outros não entendiam os filmes que aqui viam. E esses não entendem as palavras que profiro no mesmo lugar. Não faz mal. O importante é contribuir e se arrepender. Irmã, de uma vez por todas: não é óvulo. É óbulo. O óvulo é de sua natureza. Mas o óbulo, não. Para dar o óbulo a senhora precisa contrariar a sua natureza. Dê o óbulo, irmã. Dê logo. Apenas o óvulo vem naturalmente. Para vir este óbulo a senhora precisa fazer uma forcinha. Dê o óbulo, irmã. Vamos ver o que têm os outros irmãos.

* * *

— Durante o ato eu gosto de bater no parceiro, desce sobre mim a ira do Senhor, então eu desço o braço e desfiro tabefes e palmadas, deixando meu amado roxo, roxinho, quase lilás, que é uma cor que eu a-do-ro!

— Que é isso, irmã? A senhora sabe que sofre de uma doença sexual?

— E é transmissível?

— Não, acho que não. Esta não pode ser uma doença sexualmente transmissível.

— É, mas eu transmito de outro modo, irmão. Porque eu não consigo amar em silêncio e os vizinhos escutam tudo o que eu digo. Pois quero dizer ao irmão que, além de gostar de bater, eu gosto também de gritar.

— Desde quando a irmã sofre deste mal?

— Mas quem sofre? Deus me perdoe ao dizer. Eu não sofro coisa nenhuma. Bater e gritar no ato são coisas que me dão grandes prazeres. Assim, no plural. Porque não é um prazer só. São muitos. O nome do meu prazer é Lheegião.

— Irmã, mas a senhora grita e bate em todos os atos?

— Não, isso não. No caixa do banco, ainda que esteja escrito no papel *pague no ato*, eu não bato em ninguém. Só bato durante o ato sexual.

— Mas isso é doença, irmã. A irmã está doente.

— Não. Estou sadia. Não tenho um único arranhão no corpo. Quem está cheio de *hemapombas* é o meu ex-marido.

— Mas, irmã, não é *hemapombas* que se diz. É hematombas. A irmã não sabe gramática?

— Não. Eu só sei que no final do ato o meu ex-marido estava sempre lilás, como já lhe disse.

— Ex-marido? Irmã, a senhora não leu a Bíblia: "Não separe o homem o que Deus uniu"?

— Li. Leio sempre a Bíblia. Eu não separei ninguém. Foi ele quem quis ir embora. Sabe como é, né? Homem frouxo. Hoje em dia está assim. Poucos são homens de verdade, capazes de sujeitar-se a uma mulher como eu.

— Está bem, irmã. A senhora foi abandonada pelo marido, eu entendo.

— Bom, abandonada, mesmo, eu não fui. Ele fugiu.

— Sim, é quase a mesma coisa. É um detalhe.

— Sim, mas um detalhe muito importante.

— Está bem, irmã. Mas se arrependa de seus pecados.

— Sim, toda vez eu me arrependo. Só que depois faço tudo de novo.

— Isso é da natureza, irmã. Pecar outra vez. Nós pecamos sempre. Este é o nosso destino.

— Sim, sim, eu sei. Concordo. Eu sempre me arrependo. Mas depois peco de novo.

— Sim, sim, mas deve se arrepender de novo também, sempre. Vamos ver o que tem este outro irmão.

* * *

— Eu nasci com a marca do sofredor estampada na fronte. Quando botei a cabeça para fora do mundo interior de mamãe, a parteira notou que eu nascia já com desagrado. Tenho a testa franzida, os olhos assustados, eu não gostei muito do modo como fui recebido neste mundo. Aliás, eu nem queria nascer. Falando um pouco mais profundamente, pelo respeito que eu devo ao pastor, tenho que dizer ao irmão que tentei desnascer várias vezes, mas sabe como são os médicos. Encheram minha mãe de antiabortivos e eu tive que crescer em seu ventre, na marra. Acabei nascendo. Desde então minha vida é um sofrimento só. O pior é que acabei gostando de sofrer, cresci e casei. Pedia todas as noites à minha mulher: "Me bate, me chame de corno, me xingue de nome feio, desce o braço, me surre".

— E ela, irmão, o que fazia?

— Não queria. A muito custo, depois de muito eu pedir, ela dava umas palmadinhas sem graça na minha bunda. Ficava um pouquinho vermelho ali onde ela batia, mas só um tantinho.

— E o que é que aconteceu, irmão?

— Sabe como são as mulheres, né, irmão-pastor? Ela contou tudo para a minha sogra. No mesmo dia a velha foi lá em casa e levou a filha de volta para ela.

— Então agora o irmão está sozinho?

— Estou. Não tenho ninguém para me bater, minha vida tem sido um sofrimento só. Outro dia, caí no pecado, sabe como é, homem não aguenta muito tempo sem mulher, como os padres daquela outra igreja de onde vim, e procurei uma senhora de vida fácil, mas foi tudo muito difícil. Ela não quis me bater. "Bater é mais caro", ela me disse. Eu estava duro, isto é, no bom sentido, sem dinheiro, e não podia pagar mais. Foi um ato terrível. Onde se viu um ato sem nenhuma porrada? Foi um horror! A coisa mais sem graça do mundo! Só se o nosso objetivo fosse apenas povoar a Terra.

— Irmão, isso é uma doença. Mas tudo tem cura.

— Não, pelo amor de Deus, eu não quero me curar. Eu só quero me arrepender e depois fazer de novo.

— Bom, desde que o irmão não prejudique o próximo, não tem importância nenhuma.

* * *

Tempos depois houve grandiosa festa naquela igreja. Dois casamentos. A ninfomaníaca desposou o priápico. A sadista casou-se com o masoquista. A felicidade entrou em dois lares.

— Não é muito — disse o pastor num dos sermões que se seguiram — mas temos dois casais vivendo felizes para sempre. Não se pode evitar o pecado, este pecado é universal. O nosso dever consiste em arrumar as parcerias para que as trocas sejam benfeitas, do contrário a infelicidade toma conta do mundo.

Toda hora eu estou em julgamento

> *"... se condenar de matar Zé Bebelo, o quanto fosse um boi de corte? Um fato assim é honra? Ou é vergonha?..." "Para mim, é vergonha...", o que em brilhos ouvi: e quem falou assim foi Titão Passos.*
>
> João Guimarães Rosa, *Grande sertão: veredas*

Não posso pedir que me respeitem, pois se respeito tivessem, eu nem estaria aqui sentado no banquinho. Antes, deveria pedir que respeitem a si mesmos, mas isso seria também pedir demais. Pois se se respeitassem, não estariam aqui!

Sabendo com quem lida, o atual mandatário-mor os chama para as sujas tarefas, não que ele não as faça, ainda mais imundas, mas é que não quer deixar as marcas de suas patas de urso em todos os alfarrábios da instituição porque, como todo autoritário, é medroso.

Teme o porvir, teme o que vem, teme o que virá. Morre de medo e por isso quer calar quem já descobriu isso há muito tempo! Calar e mandar recado, não para aquele que agora persegue, mas para os outros: que entendam que se faz isso comigo, com os outros poderá ser muito mais cruel. É este o recado.

Como fazer? Pareceu-lhe simples. Todos vocês têm um ponto em comum: nenhum de vocês é alguém, isto é, todos são ninguém. Todos acham que lhe devem algum tipo de favor.

A moça ganhou a vaga: mesmo inculta, venceu o poeta. E ostenta ao ouvido um telefone celular que custa várias bolsas de trinta dinheiros.

A mulher ali ao lado, tomando anfetaminas, disfarça o nervosismo. Abandonada pelo marido, cansado de sua eterna frigidez, correu atrás dele pelo mundo e, humilhada, trocou a sala de aula por uma padaria. Depois quis voltar ao antigo bem-estar. O que lhe exigiram? Ah, muito simples: fosse inquisidora por alguns meses. Ela aceitou. É por isto que está aqui, ali ao lado do barbicha e do cara lisa, dois inqualificáveis. A outra completa o quinteto. Mas hoje, ao escrever, já esqueci os rostos todos.

Todos são colegas de Caverna, a entidade que se tornou, não o último, mas o primeiro refúgio dos canalhas. Então, agora só resta condenar. Mas é preciso disfarçar e por isso vocês vão encher alguns maços de papel com aquele estilo peculiar a quem não sabe escrever porque não sabe pensar.

Fazer o quê? É da natureza dos porcos que se juntem na pocilga. E quem não quiser entrar na lama, que guarde prudente distância. Este não é o caso de vocês.

Nenhum de vocês pensa que eu sou um igual entre vocês. Sabem que sou superior e esta certeza provoca ódio irremovível. O que agora sentem, ouvem e veem, não é o que sentem, ouvem e veem, é o que vão ver, ouvir e sentir. Mas há o instituto dos prazos e também isso vocês ignoram.

Vocês podem pensar que apenas veem um colega humilhado, mas também nisso se enganam. Estou apenas humilhado, um estado passageiro, ainda que me deixe atormentado e infeliz, mas tenho a incontida alegria de saber que colega de vocês jamais fui, não sou, jamais serei. Por meu ofício, não posso ser criatura que se domine lançando esse tipo de procedimento, pois sempre me restarão modos de defesa, já que meu prazo é a eternidade, como é o da escritura.

Por isso, se abanquem, se abanquem, senhoras e senhores, calhordas e calhordos! E façam o que lhes ordenaram. Condenação! Foi isso que lhes pediram. Alguns dos que os rodeiam nesse momento têm ainda um fio de esperança, um resto de crença em certos ritos e me disseram há pouco no cafezinho: "Será que o mandatário-mor teve coragem de descer tanto?"! Pois é, teve e, tendo-os convocado para cúmplices, não encontrou nenhuma resistência. Também homens e mulheres semelham bois tangidos por poderosos aguilhões.

Vocês acham que eu vou perder. Não é verdade. O que está no presente não pode ser posto no futuro, a não ser que em repetição, mas daí já não será a mesma coisa, será outra. Eu já perdi, vocês já venceram, sigamos em frente.

Meu único cuidado será escrever meu depoimento, não permitir que me roubem até as minhas palavras. Isso, não! O que escrever, assinarei! No futuro sempre haverá um espírito luminoso que se interesse pela versão dos vencidos. Afinal, eu, como o personagem de Kafka, não posso me defender do que não fiz!

Há pouco ouvia uma das testemunhas. Sei o quanto vale seu depoimento: o preço do carro que lhe deram, um carro importado, que ela disse ter ganho de herança, em partilha, numa rifa, não sei como. Só sei que foi em pagamento de alguns trabalhos, entre os quais este que há pouco fez. Não pôde subestimar quem a ameaçou, caso rompesse o trato antigo. Ela sabe do que ele é capaz!

Outro distribui tóxicos e poucos sabem até onde vai e em que mãos chegam os dividendos que trouxe para as campanhas. De todas as testemunhas que o mandatário-mor requisitou é possível rastrear as patifarias. Nem falta a dor do abandono daquela que um dia foi sua amante. Mas como foi de tantos outros, nem se sabe se é abandono ou dor. É seu modo de viver!

Eu quero ser como Joca Ramiro, aquele que sabe represar os excessos, ainda que muito odeie os Hermógenes e tenha pelo derrotado Zé Bebelo um olhar de compaixão. É este o tipo de olhar que faz resplandecer a ética do vencedor: tratar com grandeza o derrotado. Ou aquele que considera derrotado, pois às vezes nos enganamos. O perdedor de hoje pode ser o vencedor de amanhã. E tudo passa muito rápido nesta vida.

Aqui vocês são todos cacundeiros. É por isso que ninguém precisará ter o trabalho de lançá-los nas gemônias: vocês já se precipitaram ali faz tempo!

Vocês me perguntam se eu não tenho interesse em saber qual é a sentença. Não. Eu já sei qual é. Para falar a verdade, mas sem esperança de ser entendido, vocês me provocaram uma náusea quase insuportável: fiquei com saudade dos ditadores! Quando fui preso, há algumas décadas, sabia que aqueles que me combatiam não se diziam meus amigos, queriam uma coisa que eu não queria, e eu não fiz nada para elegê-los, pois que tinham dispensado meu voto ou minha aprovação. Esses que hoje me condenam, não! Trabalhei por eles, acreditei neles, lutei por eles, persuadi outros a que votassem neles. Bem feito para mim! Mas aprendi! Aprendi que esses são ainda piores do que aqueles que diziam combater!

E agora a última revelação: são também ladrões. E se tudo falha, por muito medrosos, recorrem também a assassinatos. Convidados a ajudar os maiorais, vocês agora sujaram de sangue as mãos, os pés, o corpo, a alma inteira. Essas marcas indeléveis farão com que, como ocorreu a Caim, vocês carreguem na testa, a vida inteira, o sinal do crime cometido contra aquele de quem vocês sempre se proclamaram colegas!

Há, porém, um triste consolo, que eu gostaria de evitar, mas contra o qual nada posso, não mando na História. Deem uma olhadinha no fim daqueles que caluniaram o semelhante. Podem passar incólumes por tudo, mas um dia, nem que seja o último dia, alguma luz resplandece nas trevas. Judas morre enforcado. Goebbels e a mulher – morto Hitler, o líder máximo, o *Führer*, suicidado – matam todos os filhos e morrem também, pelas próprias mãos: um dá um tiro no outro. Sei que nas famílias de vocês algo semelhante já aconteceu, mas ninguém aprendeu! Olhem ao redor: na laia a que pertencem, já não são poucos os que andam atirando uns nos outros.

Seguirei pela vida convicto de que é da natureza das cobras se arrastarem pelo chão, assim como é da natureza dos pássaros voarem livres pelo ar. Mas sei também que às vezes as cobras matam pássaros. E por isso os pássaros devem tomar cuidado, muito cuidado. Afinal, pássaros ou cobras, estamos todos na mesma gaiola.

É dela que hoje me liberto! Vou sair e comemorar a liberdade. Este fim de tarde marca a primeira aurora do resto de minha vida.

Não lhes desejo mal. Aprendi – este é o maior mandamento da religião que professo – a amar o semelhante, inclusive aqueles que me odeiam. Faço isso, me afastando deles. E Shakespeare me ensina a não engolir nenhum ressentimento, este veneno que vocês tomaram na esperança de que fizesse mal a mim. Não, a mim não fará mal algum. Eu não tomei dose alguma. Fará mal a quem sorveu os potes todos.

Já vejo no semblante de vocês os livores da morte próxima.

Vocês começaram a morrer bem antes deste fim de tarde, mas agora, com este pôr do sol, meu Deus, como ficou nítida a palidez que denuncia o torpor que tomou conta de todos vocês! Vejo-os moribundos! Um momento! Vou chamar o padre para que lhes dê a extrema-unção. Preciso me apressar, não sei se ainda vai dar tempo.

Ah, sim, uma última coisa: a inveja não fez mal a mim, fez mal a vocês. A inveja é o tributo que o invejoso paga, sem querer, àquele que inconscientemente admira!

E como a minha vida tem prazeres que vocês desconhecem, vou convidar meu amigo Quarto Crescente e sua amada ninfeta para mais uma visita ao brechó das almas. Precisamos encontrar boas mortalhas para vocês, antes de tomarmos um copo de vinho que não está em cima do piano. Pois o menino que em mim não morre mais sabe que "lá em cima do piano tem um copo de veneno, quem bebeu, morreu".

Ouro, incenso e mirra

> *Como a mirra que só lança perfume*
> *quando a deitam no fogo, a nossa alma só*
> *tem aroma quando a angústia a queima.*
> Eugênio de Castro

Era véspera de Natal e Jesus pensou em fazer umas comprinhas. A caminho da cidade, achou graça na coincidência de duas mensagens publicitárias, postas lado a lado num paredão. "Só Jesus Cristo Salva", estava escrito num lado da rocha. E no outro: "Baygon Mata Tudo".

Ao chegar à primeira loja, foi olhado com desconfiança. Os vendedores estavam acostumados a um julgamento rápido dos clientes, começando pelo exame sumário das roupas, calçados e cabelos. Ali estava um tipo que não compraria nada à vista ou com cartão. Foi logo encaminhado ao Crediário. Com a ficha aprovada, poderia comprar o que quisesse.

O Crediário ficava num mezanino e ele subiu. Tomou o final da fila e postou-se logo atrás de uma velhinha.

— Eles não gostam de vender para aposentado — disse aquela senhor.

— Eles não sabem o que fazem — disse Jesus.

— Todo ano é a mesma coisa — disse a velhinha. — Será que não sabem que eu já terminei de pagar o presente que dei para meu neto no ano passado? Agora preciso comprar o deste ano. Vai ser uma escaleta. Ele aprendeu a tocar a "Noite feliz". O senhor conhece escaleta? É como uma flauta de pastor, só que de teclas.

Jesus mantinha-se calado, mas amável, ouvindo-a com atenção. Ela estava gostando de ter alguém com quem conversar, pois morava sozinha e havia dias em que se sentia triste e abandonada.

A velhinha começou a ser atendida.

— O endereço ainda é o mesmo? — perguntou a moça.

— Sim, minha filha. Ainda moro no mesmo lugar. Velho não muda mais de casa. Mudança, agora, só para a última morada.

A senhora tinha um modo delicado de dizer as coisas.

— A última morada é o cemitério, não é, vovó? — perguntou a moça. A velha virou-se para ver se Jesus ainda estava na fila.

— Eles agora falam assim. Eu não sou avó dela, mas chamam a gente de vovó, tia. Outro dia me chamaram de meu. Eu estava na fila do ônibus e um rapaz me disse: "Ô meu". Olhei para um lado e outro, para ver se havia mais alguém, mas não. Era eu que ele estava chamando de meu.

— Eles não sabem o que falam — disse Jesus. — Às vezes é só um tratamento carinhoso.

— Minha filha — a senhora disse.

— Mas a senhora não é mãe dela, é?

— Eu não tive filhas — disse a velhinha — e assim ficou melhor. Elas dão muito trabalho para as mães. É uma guerra. Muitas batalhas por dia.

A mulher continuou com seus queixumes, mas, antes de deixar o Crediário, parecendo ter-se lembrado de alguma coisa muito importante, perguntou a Jesus:

— O senhor conhece a "Noite feliz"?

— É muito difícil uma noite feliz hoje em dia — disse o rapaz, parecendo suspirar.

— Nem me fale — disse a velhinha. — As mais frias são as piores. Doem as juntas, doem os ossos, dói o corpo todo. Sabe o que é um velho?

É uma pessoa cheia de dores.— Mas quando se ouve, se canta e se toca a "Noite feliz", tudo melhora um pouco, não é mesmo?

— E o senhor sabe tocar a "Noite feliz" na escaleta?

— Claro que sei. Em dó maior, o solfejo é fá-sol-fá-ré, fá-sol-fá-ré. Eu sei de cor, mas também toco de ouvido. Há duas maneiras: ou a gente memoriza as notas ou toca de ouvido, que é uma memória que não controlamos.

A velhinha deu adeus e disse que esperava Jesus no piso inferior para que ele testasse a escaleta. A moça do Crediário passou a interrogá-lo.

— Nome?

— Jesus dos Santos.

— Cliente novo ou já tem ficha?

— Novo — disse Jesus.

— Este endereço que você me deu, onde é que fica?

— É um lugar muito agradável. Fica perto de um riozinho. À noite, quando baixa o grande silêncio, só se ouve o murmurar do rio. Para dormir e sonhar é uma beleza.

— Você toca em algum conjunto? — perguntou a moça. — Não desses que fazem sucesso, claro. Desses que se apresentam em barzinhos. Outro dia vi um rapaz bem parecido com você, num bar perto da minha casa. Ele tocava, cantava, dançava e fazia uma porção de outras coisas ao mesmo tempo. Balançava a cabeça e batia um bumbo nas costas. Enquanto abria a gaita, chacoalhava uns pandeiros, e quando sapateava, sacudia uns penachos. Era muito engraçado. Você sapateia?

— Não, não — disse Jesus. — E também não danço.

— Que pena — disse a moça, que já estava gostando do rapaz. — Hoje vai ter baile no meu bairro.

Parou um pouco de fazer anotações e disse:

— Olha, o endereço não pode ser registrado da forma que você disse. Ninguém mora à beira de um rio, com águas que cantam e silêncios profundos, isto é, pode ser que até more, é que não se pode anotar assim.

Tem que ser rua, estrada, vila, fazenda, linha. Então eu escrevi aqui Linha Leste 4. Não existe Linha Leste com este número, mas ninguém vai conferir. Eles só conferem a data do nascimento, e salário, o número da carteira de identidade e do cadastro de pessoas físicas. Você pode descer e comprar o que quiser, depois sobe aqui para fazer o carnê. Quer o endereço do baile para o caso de mudar de ideia?

Jesus quis.

No piso de baixo encontrou a velhinha, que examinava a escaleta.

— Você tem as mãos pequenas — disse a velhinha —, mas alcança todas as teclas.

Jesus tocou para ela a "Noite feliz". A velhinha adorou aqueles sons tão bonitos, que lhe traziam doces lembranças de sua infância. Ficou tão comovida que chegou a convidá-lo para a ceia de Natal.

Jesus não ia, mas como não conseguiu encontrar o barzinho indicado pela moça, achou-se sem nenhum programa e resolveu fazer a ceia de Natal com a velhinha. Antes, passou em casa, acendeu um incenso para que a fumaça melhorasse os eflúvios do ambiente, tomou banho frio, lavou a barba com xampu, passou uma escova no cabelo, vestiu calças apertadas e, ao calçar os tênis, lamentou que cheirassem tão mal.

Os parentes que deram o depoimento à polícia na semana seguinte confirmaram que ela morava sozinha e que dava muita atenção a estranhos. Que eles lhe recomendavam sempre que falasse só com conhecidos, mas que ela dizia que, se fosse esperar um conhecido para conversar, ficaria muda o resto de sua vida. Os porteiros do prédio, que foram ouvidos enquanto o corpo era trasladado pelo elevador de serviço, disseram que ela sempre usava aquele elevador porque não gostava de espelhos. E que, na noite do crime, apresentara um homem malvestido como seu amigo, coisa que jamais fizera, pois subia sempre sozinha. Seu advogado lembrou que ela comprava a prazo para disfarçar as posses, porque tinha medo de sequestro, assalto e quejandos. O investigador perguntou o que eram quejandos.

— Eles não sabem o que escrevem — disse o advogado. — Havia um cheiro de mirra no apartamento e esse aí escreveu incenso.

No velório, quem mais chorava era um menino. Os parentes comentavam que ela deixara todas as propriedades para o neto, que pouco entendia daquelas conversas.

Outros insinuaram que naquele prédio aconteciam coisas ainda piores. Quanto aos documentos apresentados na loja, eram todos falsos. Jesus os obtivera com um ambulante meio romântico, em troca de uma revista *Sabrina* que encontrara na bolsa de outra mulher que também estrangulara.

O ourives que comprou umas correntes de ouro e outras joias algum tempo depois fez menção de reconhecer objetos que ele mesmo vendera há muitos anos, mas, por conveniência, resolveu se calar. Além do mais, quando iria conseguir ouro assim baratinho? A última vez que fizera um negócio tão bom foi quando comprara um cálice, uma patena e um cibório, roubados de uma igrejinha de Minas.

No sermão o padre lembrou que deveria ser proibido chamar alguém de Jesus, era um desrespeito, pois raramente dava um Jesus que prestasse. Mas seu irmão, presente à cerimônia, não gostava dessa parte da homilia. Ele sentia saudades de Jesus, a quem não via há muito tempo e a quem gostava de procurar por telefone com a frase: Onde está Jesus? Mas um dia atendeu-o uma telefonista nova que lhe dissera que não havia nenhum Jesus naquela repartição. E era verdade. Ali, o nome de quase todos era Legião.

Todas essas coisas foram descobertas no arquivo policial, numa pasta identificada pela etiqueta *Mistério de Natal*. No famoso café, no Dia de Reis, quando se comentou que o escritor tinha feito um conto sobre um fato verídico, ocorrido há alguns anos, o escrivão responsável pela abertura da antiga pasta disse num muxoxo:

— Ele não sabe o que escreve.

— Sabe sim — disse alguém. — Quanto você ganhou do ourives?

Os sinais do sobrenatural

Sou um pós-materialista e acredito em tudo o que não pode ser demonstrado. Em minha vida foram tantas as vezes que o sobrenatural se manifestou que sou obrigado a aceitar sua indispensável presença, sabendo que ele vem, não apenas do outro mundo, mas de outros mundos.

Na adolescência, andei muito a cavalo e, certa noite, depois de passar por um cemitério abandonado, a potranca começou a arquejar, como se precisasse fazer mais força.

Depois de curta descida, transposto o riozinho, havia uma subida que a eguinha conquistava sem dificuldade.

Naquela noite, porém, ela começou a gemer, cansada. Estranhei, virei para ver se por acaso o laço dependurado nos arreios não se soltara e não arrastava algum enrosco.

Nem bem me virei, quase morri de susto: viajava na garupa um dos habitantes do cemitério, que deixara o sepulcro para pegar carona comigo. Mas por que eu? Talvez porque a morte não goste que dela se ria.

Na adolescência profunda, quando construíram novo cemitério perto de nossa casa, todos os meus irmãos brincavam, arriscando palpites de quem iria inaugurar o lugar, a esse tempo chamado de campo-santo.

Eu estava no seminário porque minha mãe tivera vocação para eu ser padre. E só por isso não debochara da morte.

A dor maior fica com os mortos? Não. Ao contrário, eles podem sentir todas as dores, menos esta, que é exclusiva de quem fica.

Jamais esquecerei o que houve, pois dividiu minha vida em duas metades: uma, aquela que vivera até então; outra, dali pra frente. É que o cemitério foi inaugurado pelos meus dois irmãos, que morreram dias depois de tanto terem ajudado os outros da família a rir da morte e conjecturar sobre quem seria o primeiro habitante do cemitério.

Morreram num lugar chamado outrora de Volta Grande, eles deram uma pequena volta pela adolescência e voltaram para a misteriosa noite dos tempos, de onde um dia tinham vindo.

Quanto a mim, como os outros, fiquei. De modo que, ao contar o que a seguir vai narrado, começo com a celebração de estar vivo.

Sabemos que há muitas escritas em nossa vida e que os sinais de algumas delas são indecifráveis para alguns de nós.

Não para Carlão, porém, que não lê cartas, mas búzios.

A esse tempo, Euclides, meu melhor amigo, me confidenciou um dia que ele e sua namorada, Iracema, viviam uma situação cheia de segredos. Ela amava um, ele amava outra, embora os dois se amassem. Até aqui são quatro, o leitor que vá contando.

Sua namorada sabia que ele a amava, na verdade podia experimentar isso com alguma frequência. Sua esposa, Sofia, também sabia que ele a amava, mas que amava também sua namorada. Euclides nada sabia do amor de Iracema, só sabia que era um amor atravessado, se bem que menos complicado do que o deles dois.

Quando estavam na cama, para se concentrar no que estavam fazendo,

Euclides fazia de conta que era Marcello Mastroiani: admirava muito o ator italiano. Iracema, sua namorada, porém, gostava mais de Jean-Louis Trintgnant e imaginava de si mesma que era Catherine Deneuve dando para o ator francês.

Mas Euclides achava fria a atriz francesa e, quando comia a namorada, imaginava que ele, sendo Marcelo Mastroiani, fazia amor com Brigitte Bardot. Bem, acertavam as nacionalidades, ainda que, conquanto *king-size,* a cama fosse pequena para tanta gente.

A iniciativa de ir a Carlão foi de Sofia. Lá chegando, o mediador do sobrenatural recomendou-lhe de cara que voltasse com uma roupa que pudesse queimar.

Ela voltou, Carlão determinou que se despisse e não resistiu à beleza da consulente. Médico de almas e paciente entraram em êxtase mútuo e transaram sobre o tapete da salinha, à sombra de figuras de candomblé, de umbanda e de imagens de Santa Bárbara e de Nossa Senhora Aparecida, que para quem não sabe não é brasileira, já que provavelmente é a imagem original de Santa Preta, a padroeira da cidade de Schwyz, na Suíça, hoje substituída por uma cópia. Ela ficou preta de tanta fumaça que recebeu *per saecula saeculorum* em diversas igrejas medievais até chegar, roubada também, àquele cantão europeu.

Não quero divagar mais, embora um assunto puxe outro. Sofia engravidou de Carlão, que era guei. O sobrenatural é cheio de trapaças. Como ela sabia que era de Carlão? Ora, Euclides fizera vasectomia há muitos anos e sua mulher jamais transara com ninguém. Isto é, ninguém além de Carlão.

Marcelo Mastroiani pediu divórcio, não de Catherine Deneuve ou de Brigitte Bardot, mas de Sofia, que quando transava com ele imaginava ser a cantora Madonna, sendo o marido Bob Dylan. Ele, para evitar as lembranças da namorada, imaginava que era Ptolomeu transando com Cleópatra, assim ficava tudo em família.

Sofia pensou em fazer um aborto, mas desistiu da ideia depois que um sobrinho lhe mostrou uma sequência num vídeo de um computador, que começava com um feto de poucos dias e terminava com a foto de Virna Lisi pelada, onde se lia e se ouvia, em voz grave, a seguinte pergunta: "Você teria coragem de trucidar o bebê que um dia esta mulher foi?".

Nas visitas posteriores, já divorciada, Sofia contou que estava grávida. Carlão ficou muito feliz, não se sabe bem por quê. Não apenas assumiu a paternidade como convidou a mulher para morar com ele.

Os dois dão consultas em separado. Ela é cartomante numa salinha. Ele, jogador de búzios onde sempre exerceu o ofício, a poucos metros dali.

Sofia semelha ser mística ou médium, pois, em vez de ler mãos, lê olhos. Olha fixamente para a consulente e vai contando o que se passou na vida de quem a procura para consulta, antecipando apenas os melhores momentos, como que editando o jornal da vida, mas procedendo ao contrário do que fazem os jornalistas, que sempre preferem o pior.

Já houve consulentes desconfiados, que consultam um e outra. Jamais foi encontrada qualquer discrepância entre as consultas.

Como disse no início, sou um pós-materialista e sei que é tudo verdade: pois a verdade é aquilo em que acreditamos.

Vejamos, porém, o que aconteceu recentemente: tomei conhecimento pelo programa *Cidade, Cuidado!*, apresentando sempre à hora do jantar.

Um casal de bandidos em fuga refugiou-se na casa de Carlão e Sofia. Marido e mulher foram tornados reféns. Como o lugar mais apropriado para se esconderem era a salinha onde ele dava suas consultas, aproveitaram que a negociação com a polícia demoraria bastante e resolveram desamarrá-los para obter seus serviços.

Primeiro foi Carlão quem jogou os búzios, anunciando um final feliz nas negociações com a polícia. Depois foi a vez de Sofia, que, lendo, como disse há pouco, não as mãos, mas os olhos, temeu pela vida deles e disse que eles teriam, sim, um final feliz com a polícia, não fosse um detalhe: eles morreriam durante a consulta.

Não tiveram tempo de duvidar. Carlão puxou a pistola escondida atrás de São Jorge e alvejou a mulher pelas costas. Sofia tinha um revólver escondido sob a toalha da mesinha onde estava a bola de cristal e fuzilou o homem.

Os dois estão sendo processados. Seus advogados estão alegando legítima defesa. Um dia desses, Carlão perguntou ao juiz encarregado do caso se ele acreditava em coisas sobrenaturais.

O magistrado foi enigmático:

— Por exercer esta profissão, eu acredito em tudo! E frequentemente nada é verdade, pois, como a mentira, também a verdade é construída pedra por pedra.

— É que minha mulher e eu ouvimos ao mesmo tempo o seguinte, dito por ente sobrenatural: "V'cê quer viver mais ou morrer agora? Se quiser viver mais no futuro, precisa matar agora".

— Você sabia que construíram um cemitério de indigentes aqui na vila? — perguntou o juiz.

— É mesmo?

— Foi inaugurado pelos dois que vocês mataram.

Quando encontro Euclides, que continua meu melhor amigo, para consolá-lo da eterna queixa de que foi abandonado por Sofia, digo-lhe:

— Ela te deixou, não te abandonou; deixar é só sair de perto, mas continuar cuidando, e abandonar é sinônimo de banir, exilar, e ela não fez isso contigo.

E nunca mais andei a cavalo.

Este livro foi composto
em Chaparral MM para a
Leya em agosto de 2010.